RAYMOND KHOURY

MALUM

RAYMOND KHOURY

MALUM

THRILLER

Aus dem Amerikanischen von
Sigrun Zühlke

PIPER
München Berlin Zürich

Mehr über unsere Autoren und Bücher:
www.piper.de

Aktuelle Neuigkeiten finden Sie auch auf Facebook, Twitter und YouTube.

Von Raymond Khoury liegen im Piper Verlag vor:
Scriptum
Furia
Malum

Die amerikanische Originalausgabe erschien 2016 unter dem Titel »The End Game« bei Orion, USA.

FSC www.fsc.org
MIX
Papier aus verantwortungsvollen Quellen
FSC® C083411

ISBN 978-3-492-06028-8

Vermittelt durch Paul & Peter Fritz AG
Satz: Fotosatz Amann, Memmingen
Gesetzt aus der Janson Text
Druck und Bindung: CPI books GmbH, Leck
Printed in Germany

Prolog

Kyle Rossetti spürte, wie die Nadel seine Haut durchdrang und tief in seinen unteren Rücken hineinglitt.

Nicht zum ersten Mal.

Der Schmerz war ohnegleichen. Ein Krampf wie von einem elektrischen Schlag raste durch seine Beine, doch das Klebeband fesselte ihn an den Stahltisch, sodass der Blitz in seine Knochen fuhr, davon abprallte und sich dann auf der Hautoberfläche verteilte – so fühlte es sich zumindest an.

Irgendwann wurde der Schmerz zum Glück etwas schwächer.

»Wie sehr hängen Sie an der Vorstellung … sagen wir mal … gehen zu können?«

Die Stimme kam von dem Mann, der direkt hinter ihm stand. Dass es ein Mann war, war alles, was Rossetti über seinen Entführer wusste. Da es ihm noch nicht gelungen war, einen Blick auf ihn zu werfen, hatte er keine Ahnung, wie der Mann aussah. Seine Stimme klang neutral, ruhig, aber entschlossen. Sein Akzent verriet nichts, außer dass er Amerikaner war oder zumindest den größten Teil seines Lebens in Amerika verbracht hatte. Rossetti schüttelte den Kopf – oder hätte ihn geschüttelt, wenn ihn das Klebeband nicht daran gehindert hätte – und verfluchte sich im Stillen. Natürlich konnte der Kerl von überall her sein. Von überall.

»Ich kann Ihnen versichern, dass nur selten ein permanenter Nervenschaden zurückbleibt – zumindest, wenn die Nadel von einem Arzt eingeführt wird. Was ich bedauerlicherweise nicht bin. Die Taubheit, das Kribbeln oder der Schmerz – das könnten vollkommen unbedenkliche Begleiterscheinungen sein von dem, was ich hier tue. Andererseits könnten es natürlich auch die ersten Anzeichen einer irreversiblen, bleibenden Schädigung sein. Kann man vorher nicht wissen. Es sei denn, das wäre die Absicht.«

Rossetti durchschaute die perverse Logik bereits, die dieser spezifischen Art von Folter zugrunde lag. Ein Opfer ist immer geneigt, sich zu wehren, instinktiv versucht es, alles zu tun, um der Quelle des Schmerzes auszuweichen. Mit einer knapp acht Zentimeter langen Nadel in der Wirbelsäule jedoch wird es alles daransetzen, sich möglichst überhaupt nicht zu bewegen, was bedeutet, dass es eben nicht kämpft und nicht einmal daran denkt, sich zu befreien, sogar dann nicht, wenn das möglich wäre.

Vorausgesetzt, es gelang einem, sich nicht zu bewegen und nicht auf den unerträglichen Schmerz zu reagieren, der durch einen hindurchraste.

Der Schweiß, der sich unter Rossettis Körper gesammelt hatte, fühlte sich kalt und klamm an. Als wäre die Angst selbst durch seine Poren gesickert.

»Ich frage Sie jetzt noch einmal, und wenn Sie mir keine umfassende und detaillierte Antwort geben, werde ich die Augen schließen und die Nadel da drin herumbewegen. Dann sind wir beide in der Hand jener Macht, die das zufällige Chaos des Universums kontrolliert, welche auch immer das sein mag.«

Rossetti holte tief Luft.

Er konnte viel aushalten, in jeder Hinsicht. Er hatte aus verschiedenen Kriegen berichtet, hatte fünf Monate als embedded Journalist bei der 82nd Airborne Division in Afghanistan verbracht. Er war dem Tod öfter knapp entkommen, als er zählen konnte – oder als es ihm überhaupt bewusst war. Er war von Anwälten bedroht und schikaniert worden, von Handlangern großer Unternehmen und Regierungsorganisationen. Er hatte vor einem Sonderausschuss des Kongresses ausgesagt und sich immer wieder geweigert, seine Quellen preiszugeben, selbst als ihm eine Klage wegen Hochverrats gedroht hatte. Das hatte ihm damals vier Monate Gefängnis eingebracht, bis seine Verurteilung im Berufungsverfahren aufgehoben worden war. Was er später darüber geschrieben hatte – wie er es kaum geschafft hatte, den Drogen, der Gewalt und der Erniedrigung aus dem Weg zu gehen, die in den Strafvollzugsanstalten scheinbar an der Tagesordnung waren, in jenen Einrichtungen, in denen wohl vergessen worden war, dass und wie sie die Insassen eigentlich bessern sollten –, hatte ihm einen George-Polk-Award eingebracht, zusätzlich zu seinem Pulitzer-Preis. Für besonders tapfer hatte er sich aber noch nie gehalten. Auch wenn seine Kollegen und jene Teile der Öffentlichkeit, die noch an die Pressefreiheit glaubten und die Regierung für deren Garantie in die Verantwortung nahmen, ihn oft so beschrieben hatten.

Jetzt brauchte er alle Tapferkeit, die er aufbringen konnte, auch wenn er bereits wusste, dass das wahrscheinlich nicht ausreichen würde.

Als er mitten in der Nacht vor seinem Apartment in Tribeca, einem Stadtteil von Manhattan, abgefangen, gefesselt und in einen Lieferwagen geworfen worden war, war ihm sofort klar gewesen, dass das etwas mit dem Anruf zu tun hatte, den er vor Kurzem bekommen hatte. Mit sinkendem Mut und Übelkeit erregender Klarheit erkannte er, dass die Warnung seiner Quelle, mit niemandem darüber zu sprechen und auch keine weiteren Nachforschungen dazu anzustellen – weder mündlich noch digital –, nicht nur gut gemeint gewesen war, sondern Rossettis Leben hatte schützen sollen. Nicht etwa aus irgendeinem Gefühl für Anstand, sondern ausschließlich, damit er der Öffentlichkeit mitteilen konnte, was die Quelle hatte loswerden wollen. Aber derselbe investigative Drang, der ihn als Journalisten für diesen exklusiven Knüller besonders geeignet hatte erscheinen lassen, war es auch, der ihn in seine jetzige Lage gebracht hatte. Und ebendieser Drang, so wurde ihm klar, würde mit großer Wahrscheinlichkeit auch zu seinem Tod führen. Man foltert jemanden nicht so intensiv, es sei denn, man plant bereits, ihn am Ende zu töten.

Die Stimme sagte: »Ich frage Sie noch ein letztes Mal. Wer hat Sie kontaktiert? Was haben die Ihnen gegeben? Mit wem haben Sie die Informationen geteilt?«

»Mit niemandem. Ich schwöre. Ich habe Ihnen alles gesagt, was ich weiß. Wie sollte ich schweigen bei … all dem hier?«

»Das reicht aber noch nicht, Kyle.«

Der Mann hinter ihm drückte die Nadel tiefer.

Eine Supernova aus Schmerz entflammte entlang Rossettis Wirbelsäule. Die Nadel hatte buchstäblich einen Nerv getroffen.

Der Journalist heulte auf, Tränen verschleierten seinen Blick. Er befand sich am Rand der Bewusstlosigkeit. Der Schmerz war das Allerschlimmste, was er in den achtunddreißig Jahren seines Lebens erlebt hatte, und jagte ihm entsetzliche Angst vor einer Rückenmarksverletzung ein, die bleibende Lähmungen zur Folge haben würde.

Was genau gelähmt sein würde, war allerdings eine Frage des Zufalls.

Er spürte einen Luftzug auf der nackten Haut, als der Mann sich bewegte. »Sie werden sich vermutlich eine neue Wohnung suchen müssen. Im Rollstuhl kommen Sie diese Treppe nie hoch.«

Sein Folterer drückte die Nadel noch ein wenig tiefer.

Die Qual war unerträglich und ließ erst etwas nach, als die Nadel ein wenig zurückgezogen und der Nerv entlastet wurde. Danach war Rossetti sich nicht mehr sicher, ob er seine Füße noch spürte.

Dennoch stöhnte er erleichtert. »Bitte. Sagen Sie einfach einen Namen. Irgendeinen, welchen Sie wollen. Ich bestätige, dass er es war. Nur … hören Sie auf. Bitte.«

Der Mann seufzte, dann zog er die Nadel heraus. Mit einem leisen Klirren fiel sie auf den Stahltisch. Dann zog er seine Latexhandschuhe aus und ließ sie auf den Boden fallen.

Er stand reglos da, sein Atem war ruhig und gleichmäßig.

Rossetti hatte das Gefühl, eine Falltür habe sich unter ihm geöffnet, doch er würde erst noch in den Abgrund stürzen. Er kannte dieses Gefühl, dass gleich etwas wirklich Schlimmes geschehen wird, etwas, das man auf keinen Fall aufhalten kann.

Er wusste, dass ihm nur noch wenig Zeit blieb. Er wusste, dass das, was er als Nächstes sagte, wahrscheinlich darüber entschied, ob er lebte oder starb.

»Ich sage Ihnen die Wahrheit. Ich weiß nicht, wer er ist. Falls es überhaupt ein Er ist.«

»Die verzerrte Stimme?«

»Ja. Er hat mir gesagt, dass er mir alles sagen würde, wenn wir uns treffen. Dann ist er nicht aufgetaucht. Mehr weiß ich nicht – ich schwöre es.«

»Aber das ist nicht alles, oder?«

Rossettis Mund war so trocken wie das Tal in Afghanistan, in dem er zugesehen hatte, wie ein Soldat verblutet war, und trotz der warmen Luft in diesem anscheinend fensterlosen Raum fühlte sich sein Körper plötzlich eiskalt an.

»Das ist alles, ich schwör's. Nur das – und das, was er am Telefon gesagt hat über die Putzkolonne und die Blinden. Aber das ist Unsinn, absoluter Unsinn. Ich habe keinerlei Hinweise bekommen, die irgendeinen Sinn ergeben hätten.«

Jetzt war da das Geräusch einer Spritze, in die Flüssigkeit aus einer Ampulle aufgezogen wurde. Dann zwei kleine, leichte Spritzer, als ein paar Tropfen auf den Stahltisch fielen. Der Mann wollte offensichtlich nicht riskieren, Luft in die Blutbahnen seines Opfers zu injizieren.

Rossettis Gedanken rasten panisch, stolperten übereinander, widersprachen sich, klammerten sich verzweifelt an alles, das irgendeine Art von Trost versprach. Er fragte sich, ob der Mann eine Art Wahrheitsserum an ihm ausprobieren würde, aber das hätte er doch sicher als Erstes versucht? Er hatte das Gesicht des Mannes nie gesehen. Hieß das nicht, dass man ihn nicht töten würde? Aber warum wollte er ihm dann eine Spritze geben? Er war doch schon vollkommen bewegungsunfähig. Es sei denn, sie wollten ihn noch irgendwo anders hinbringen. Aber warum sollten sie ihn irgendwohin bringen, es sei denn zurück nach Hause? Ja. Das musste es sein. Sie würden ihn wieder nach Hause zurückbringen, als sei nichts geschehen.

Er würde die ganze Geschichte vergessen. Vielleicht sogar komplett den Job aufgeben. Vielleicht war es Zeit für eine Veränderung. Vielleicht könnten Samantha und er endlich die Kinder bekommen, nach denen sie sich sehnte, seit sie geheiratet hatten.

Seine randalierenden Gedanken wurden durch die Nadel jäh unterbrochen, die in seinen Hals gerammt wurde und den Inhalt der Spritze direkt in seine Vene injizierte. Kurz darauf spürte er eine seltsame Wärme durch seinen Körper fluten und hörte, während ihm schon die Sinne schwanden, wie der Mann die Spritze auf den Stahltisch fallen ließ und dann darum herum ging.

Der Journalist blickte in das Gesicht des Mannes. Es war nichts Außergewöhnliches daran, nichts, das sich auch nur vage einprägen würde. Es war, als starrte er in das Gesicht einer Schaufensterpuppe, in ein ausdrucksloses Musterbeispiel eines männlichen Gesichts.

Der Mann schüttelte den Kopf. »Einen Treffer hatten Sie. Allerdings ohne danach gesucht zu haben.«

Rossettis Augen schlossen sich vor dem kalten, toten Starren des Mannes, und er glitt in die Bewusstlosigkeit.

Wenn er sie das nächste Mal aufschlug, sollte sein ganzer Körper in Flammen stehen.

DIENSTAG

1

Allentown, New Jersey

Ich wollte wirklich nicht hier sein. Aber wer wollte das schon?

Es war drei Uhr morgens. Mein Partner Nick Aparo und ich saßen in unserem zivilen SUV am Rand einer dunklen Straße mitten im Nirgendwo, froren uns die Eier ab, schauten, warteten auf das Signal zum Zugriff und stellten sicher, dass unsere Zielperson sich nicht in Luft auflöste, bevor wir sie hopsnahmen.

Verstehen Sie mich nicht falsch. Das ist mein Job. Ich habe mir das so ausgesucht. Ich mache ihn, weil ich an ihn glaube, weil ich das, was wir als Special Agents des FBI tun, für wichtig halte. Und der Typ, den wir in dieser speziellen Nacht im Fadenkreuz hatten, verdiente unsere ungeteilte Aufmerksamkeit, keine Frage.

Nur dass ich eigentlich hinter größeren Fischen her war. Hinter Weißen Walen, um genau zu sein, von denen das Bureau nichts wissen durfte. Über die ich nicht mal mit Nick offen geredet hatte. Ich war mir sicher, er merkte, dass irgendetwas immer noch an mir nagte. Das garantieren dir für gewöhnlich zehn Jahre gemeinsamer Dienst an vorderster Front. Wenn nicht, dann ist man wahrscheinlich im falschen Job. Aber er wusste, dass es besser war, nicht nachzufragen. Er wusste, dass, wenn ich ihm nicht alles sagte, dies wahrscheinlich zu seinem eigenen Besten geschah. Dass ich ihm die Möglichkeit gab, alles abzustreiten, seinen Job zu behalten und der Strafverfolgung zu entgehen. Denn wenn ich in dem Haibecken, in dem ich vor ein paar Monaten zum ersten Mal versunken war, bis auf den Grund tauchen wollte, dann würde ich wahrscheinlich das eine oder andere Gesetz brechen müssen.

Nick verstand das – aber er war nicht glücklich darüber.

Also verbrachten wir Stunde um Stunde in angespanntem

Schweigen, während wir versuchten, die Wale im Raum – oder besser gesagt, in unserem Ford Expedition – nicht anzusprechen und durch die beschlagene Windschutzscheibe auf die Schneeflocken starrten, die vor dem einstöckigen Gebäude auf der anderen Straßenseite herabfielen, dem Haus mit der hypnotisch blinkenden, nervtötenden Weihnachtsbeleuchtung an der Dachkante.

Was immer unsere Zielperson in dem Haus machte, er machte es in einer deutlich wärmeren Umgebung als die armen Kerle, die geschworen hatten, ihn der Justiz auszuliefern. Wir saßen in einem Hunderttausend-Dollar-Spezial-Fahrzeug des FBI, und trotzdem schaffte es die Sitzheizung, immer wieder auszufallen und uns zittern zu lassen, als würden wir mit Stromschlägen traktiert. Den Motor anzumachen, während die ganze Straße in tiefem Schlaf lag, war keine Option. Jedenfalls nicht, wenn wir unsere Zielperson nicht laut und deutlich vorwarnen wollten.

Das Positive an der Situation war, dass uns wenigstens niemand sehen konnte. Unauffälliger als aus einem schneebedeckten Auto heraus, das in einer Reihe mit vielen anderen schneebedeckten Autos parkt, kann man kaum jemanden beschatten.

Der Schneesturm hatte vor einer Stunde aufgehört, er hatte eine viel beträchtlichere Schicht zu dem Wenigen hinzugefügt, das sich vorher geweigert hatte, wegzutauen. Jetzt fing es wieder an zu schneien. Diese Kaltfront würde definitiv meteorologische Rekorde brechen. Ich muss zugeben: Es war anstrengend. Der Körper verbrennt Energie, um sich warm zu halten, und um drei Uhr morgens, nach einigen solchen Nächten, ging mir allmählich der Saft aus.

Ich beobachtete, wie mein Atem vor meinen Augen Wolken bildete, und zog meinen FBI-Parka noch höher, bis der kalte Reißverschluss seinen Endpunkt unter meiner Nase erreichte. Noch ein Tropfen Kaffee, und ich würde auf keinen Fall mehr Schlaf finden, wenn ich es endlich nach Hause geschafft hätte – gerade noch rechtzeitig, um die Sonne aufgehen zu sehen, während ich mich an die tief schlafende Tess schmiegen und eindämmern würde.

Nick hingegen machte sich solche Sorgen nicht und goss sich noch einen Becher Kaffee aus der Fünf-Liter-Thermoskanne ein, dann schlürfte er die dampfende, bittere Flüssigkeit, als sei sie von seinem Lieblings-Barista gebraut worden. Unter seiner riesigen Pelzmütze im Russenstil, deren Ohrenklappen ihm fast bis unters Kinn reichten, sah er lächerlich aus, aber nichts, was ich hätte sagen können, hätte ihn je dazu gebracht, sie abzusetzen. Wenigstens beobachtete er mit mir zusammen das Gebäude und sah nicht auf seinem Smartphone einen endlosen Strom an weiblichen Tinder-Angeboten durch, den er auch noch unaufhörlich kommentierte, während er die Bilder nach links oder rechts wischte – was bei vorangegangenen Beschattungen sein Modus Operandi gewesen war. Besser als nichts, schätzte ich.

Das Subjekt unseres spontanen Iglu-Abenteuers hieß Jake Daland. Daland war der Gründer und Oberboss von Maxiplenty, das die Geschäfte von Silk Road übernommen hatte, kurz nachdem wir diesen Online-Marktplatz dichtgemacht hatten.

Daland war schon ein paar Jahre auf unserem Radar, seit er verschiedene Torrent-Portale ins Netz gestellt hatte. Als Washington und Hollywood begonnen hatten, schärfer gegen jene vorzugehen, die ihre Filme und Serien ohne Werbung und frei von epileptisch anmutenden Ladevorgängen sehen wollten – welche die meisten legalen Bezahlangebote noch plagten, sofern man keine direkte Glasfaserverbindung zu einem der Haupt-POP-Server hatte –, hatte er die Seiten einigen seiner Untergebenen übertragen, war untergetaucht und hatte etwas wesentlich Tückischeres auf die Beine gestellt: eine anonyme Tauschplattform, die jeden Kommunen-Bewohner zum Erröten gebracht hätte. So ähnlich hatte es uns jedenfalls der Ober-Geek des New Yorker Field-Office, der kaum zwei Sätze herausbrachte, ohne *Community* zu zitieren, erklärt. Als

Namen dafür hatte Daland eine ironische Abwandlung eines Neusprech-Ausdrucks aus Orwells 1984 gewählt. Und um zu verhindern, dass sie dasselbe Schicksal ereilte wie Silk Road, hatte er jegliche finanziellen Transaktionen auf der Plattform verboten – kein Bargeld, keine Schecks, keine Kreditkarten, keine Bitcoins. Maxiplenty war eine Tauschseite im Darknet, ein Online-Marktplatz, auf dem man alles tun konnte, was man wollte – Drogen, Waffen und Sprengstoff bekommen, Geld waschen oder jemanden ermorden lassen –, vorausgesetzt, man verfügte über etwas, das man dafür eintauschen konnte.

Daland verdiente kein Geld an diesen Transaktionen. Es ging ihm nur darum, der Regierung einen kranken, kompromisslosen, quasi-libertären Stinkefinger zu zeigen. Teilnehmen konnte man bei Maxiplenty nur auf Einladung. Wenn man seinen ersten Tausch erfolgreich abgeschlossen hatte, wurde man eingeladen, sich kostenpflichtig auf dem Online-Marktplatz anzumelden, und das war der Punkt, wo die menschliche Gier gegen den idealistischen Nonkonformismus siegte. Das Netzwerk war zu einem Drehkreuz der Verderbtheit geworden – es ging weit über das hinaus, was Daland ursprünglich im Sinn gehabt hatte –, und die Dollars aus den Abonnements begannen zu fließen. Die Seite verursachte kaum nennenswerte Betriebskosten. Während Maxiplenty wuchs, blieb Daland in seinem gemieteten Haus wohnen, gab so gut wie nichts aus, und sein einziges sündiges Vergnügen bestand in spätnächtlichen Pizzabestellungen. Offensichtlich hatte er bei all den Filmen gut aufgepasst, in denen das Erfolgsrezept der Kriminellen, die nicht ins Gefängnis wanderten, darin bestand, einen möglichst unauffälligen Lebensstil zu pflegen und auf außergewöhnliche Anschaffungen zu verzichten.

Als zwei User erfolgreich Morde tauschten – ein Wirklichkeit gewordener Filmplot, nur ohne die schönen Bilder, die Hollywood so hervorragend in Szene zu setzen versteht –, beschloss das US Attorney's Office, dass Daland zumindest Beihilfe geleistet und schlimmstenfalls sogar beide Verbrechen vermittelt hatte. Einige Abteilungen des FBI arbeiteten jetzt gemeinsam daran, Maxiplenty zu schließen und Daland einzubuchten. Dank der beiden Jungs, die sich hier gerade den Arsch abfroren, hatten wir bereits unterzeichnete Geständnisse der beiden Mörder. Daland selbst zu erwischen, war jedoch nicht einmal annähernd so einfach. Maxiplenty lief auf einem ausgeklügelten Netzwerk aus Servern, die überall auf der Welt standen, und nutzte dazu eine anscheinend unendliche Kette von IP-Verschlüsselungen, um sowohl die Seite selbst als auch diejenigen zu tarnen, die sich darauf tummelten. Es hatte die Techniker der Cyber-Abteilung in Quantico Wochen gekostet, genug Beweise für einen Haftbefehl zusammenzutragen. Beweise, die wir jetzt endlich hatten, seit vier Stunden. Weshalb wir nun hier saßen und auf die Information warteten, dass Dalands Haus vom Stromnetz genommen worden war, damit wir stürmen konnten.

Wir waren nicht allein. Ein ganzes Team, ein paar Spezialisten von der Cyber Division eingeschlossen, wartete in der Nähe, ausgerüstet mit Nachtsichtgeräten und mit etwas Glück auch weniger durchgefroren als wir. Das Ziel bestand darin, das gesamte Computer-Equipment – inklusive etwaiger Sicherheitssysteme – von der Stromversorgung abzuschneiden, bevor wir den Strom wieder einschalten und mit dem Eintüten und Beschriften anfangen würden. Daland sollte nicht das kleinste Zeitfenster bekommen, um irgendeinen roten Knopf zu drücken und all seine Festplatten zu löschen.

Also saßen wir hier in den Startlöchern und warteten darauf, dass die Ingenieure von Jersey Central Power & Light uns mitteilten, dass sie bereit waren, den Schalter umzulegen. Sie waren durchaus daran gewöhnt, um diese Jahreszeit zu solch unchristlichen Zeiten herausgerufen zu werden. Wegen des schlechten Wetters und der Überlastung des Stromnetzes durch die Weihnachtsdekorationen allerorten mussten sie sowieso rund um die Uhr in Bereitschaft sein. Dennoch, es dauerte länger, als ich erwartet hatte.

»Aufgepasst, Reilly«, ertönte eine Stimme in meinem Ohrhörer, »sieht aus, als wäre schon wieder Fütterung im Zoo.«

»Verstanden.«

Ich schaute angestrengt durch das Fenster in das Weiß hinaus und sah das inzwischen vertraute Auto des Pizzalieferanten mit der anderthalb Meter hohen Plastikpeperoni auf dem Dach vorbeigleiten.

»Noch mehr Pizza?«, grummelte Nick. »Wie in Gottes Namen kann der so viel Pizza essen und dabei so dünn bleiben? Scheißkerl.«

Ich drehte mich zu ihm um, ein schwaches Grinsen im Gesicht. »Vielleicht spült er sie nicht mit einem Teller Lasagne runter.«

Mein Partner war ziemlich legendär für seine Gelüste, besonders was italienisches Essen und üppig gebaute Blondinen anging. Ersteres hatte ihm eine gewisse Ablenkung verschafft, als Letzteres ihn seine Ehe gekostet und ihm die Scheidung eingebracht hatte. Heutzutage gab er sich beidem mit Vergnügen hin, nachdem er sich damit abgefunden hatte, seinen elf Jahre alten Sohn nur noch jedes zweite Wochenende zu sehen wie vom Richter zugestanden. Aber er war auch bei den Spinning-Kursen geblieben. Diese Wette hatte ich verloren, zusammen mit den meisten im Federal Plaza 26.

»Was ist denn an Pizza als Vorspeise so verkehrt? So isst man das in Italien, du Banause.«

Ich lächelte. »Vielleicht hat er ein Fitnessstudio da drin.«

Er verzog das Gesicht. »Zu Hause? Allein? Wo ist denn da der Sinn?«

»Du gehst nur zum Training, um Weiber aufzureißen, was?«

»Hmpf. Aber hey, wenn ich ein paar Jahre länger lebe, ist das doch auch in Ordnung.«

Ich schüttelte traurig den Kopf. Es war ein inzwischen gewohnter Wortwechsel, den wir beide genossen, eben weil er so vertraut war. Wenn es immer heißt, Partner wären wie alte

Ehepaare, dann stimmte das in Aparos Fall nur halb. Bei der Polizei hat man eigentlich immer jeweils nur einen Partner.

Der Pizzabote ließ den Motor laufen, während er zur Tür eilte und klingelte.

Die Schneeflocken wurden dicker.

Ich veränderte die Bildschirmhelligkeit des Laptops in meinem Schoß. In vier Fenstern sah ich die Aufnahmen der Kameras, die wir auf unser Zielobjekt gerichtet hatten. Ich konzentrierte mich auf die Aufnahmen der Kamera, die gegenüber der Haustür hinter einem Zeitungsautomaten versteckt war.

Jake Daland – elegant wie stets in einem kurzen Seidenkimono über einem weißen T-Shirt mit tiefem V-Ausschnitt, aus dem eine Matte schwarzer Brusthaare herauslugte – öffnete die Tür mit derselben ruhigen Nonchalance wie immer. Kein halber Schritt zur Tür hinaus, keine furchtsamen Blicke nach rechts und links. Null Interesse an dem, was sich vor seinem Haus abspielte. Entweder wusste er, dass wir hier draußen warteten, oder – und das war zwar möglich, wenn auch inzwischen ziemlich unwahrscheinlich – er hatte nicht die geringste Ahnung davon, dass er seit Wochen unter Beobachtung stand.

Daland nahm die Pizzaschachtel und gab dem Boten Geld. Der Pizzabote machte einen etwas verwirrten Eindruck. Sie wechselten ein paar Worte, während der Bote mit seinem übergroßen Daunenmantel kämpfte und seine Taschen absuchte, dann schüttelte er den Kopf, das Wechselgeld in der ausgestreckten Hand.

»Was macht er da?«, fragte Nick.

»Daland muss ihm einen großen Schein gegeben haben, und der Junge hat nicht genug Geld zum Wechseln.«

Nick zuckte die Achseln. »Mann, wir stehen echt auf der falschen Seite des Gesetzes.«

Sie redeten noch ein bisschen, dann winkte Daland den Fahrer herein. Der Junge trat ein, und die Tür schloss sich hinter ihm.

Kurz darauf erschien der Pizzabote wieder. Er hielt eine Schachtel in der Hand, die wie ein Geschenk von seinem treuesten, mitternächtlichen Kunden aussah.

Nick sagte: »Und jetzt gibt er dem Typen auch noch ein Weihnachtsgeschenk?« Er schüttelte den Kopf. »Ich sag's dir, Sean, wir haben uns wirklich für den falschen Job entschieden.«

Der Pizzabote stieg wieder in seinen Wagen und fuhr davon.

Genau in dem Augenblick erwachte mein Ohrhörer lautstark zum Leben. »Wir haben das Go. Alle Teams in Position.«

Nick und ich kletterten aus dem Wagen. Wir trugen Kevlar unter unseren FBI-Parkas, auch wenn ich es für höchst unwahrscheinlich hielt, dass wir auf bewaffneten Widerstand stoßen würden. Vier Mitglieder des Sondereinsatzkommandos schlichen bereits geduckt zur Vordertür des Hauses, während zwei andere Agenten, Annie Deutsch und Nat »Len« Lendowski, aus einem weiteren zivilen Fahrzeug stiegen und sich aus der entgegengesetzten Richtung näherten. Weitere FBI-Leute deckten die Rückseite. Die Techniker würden warten, bis das Haus gesichert war.

Wir reihten uns hinter den SEK-Typen ein. »Eins in Position«, sagte ich in das Mikrofon an meinem Ärmel.

»Zwei in Position«, kam die Bestätigung von der Rückseite des Hauses.

»Position beibehalten«, sagte die Stimme in meinem Ohr. Ein kurzer Moment, dann meldete sie sich wieder: »In fünf. Vier. Drei.« Zwei Sekunden später wurde der Strom abgestellt und die Weihnachtsbeleuchtung auf Dalands Dach ging aus.

Wir schoben unsere Nachtsichtgeräte über die Augen und zogen die Waffen, während der Leiter des SEKs mit der Ramme die Tür einbrach, doch als wir hinter ihm her wollten, schrillte in meinem Kopf eine Sirene, mit der mein Hirn mich auf etwas aufmerksam machte, das ich auf dem Weg zum Haus hinauf unbewusst gesehen hatte.

Etwas, das ich kaum aus dem Augenwinkel wahrgenommen hatte.

Ganz unschuldig am Bordsteinrand, verborgen im Schatten der parkenden Autos, lag, beinahe unsichtbar: ein rotes Band.

Das Weihnachtsgeschenk, das Daland erst vor wenigen Minuten dem Pizzaboten gegeben hatte.

Das Gefühl, dass hier etwas nicht stimmte, jagte wie ein Elektroschock durch mich hindurch.

»Nick! Ins Auto – jetzt!«, rief ich, während ich mir das Nachtsichtgerät vom Kopf riss und zurück auf den Bürgersteig rannte. Ich sah, wie Deutsch und Lendowski mich verwirrt anstarrten, und winkte ihnen zu: »Los, los, los!«

Sie verschwanden im Haus, während ich an dem Geschenk vorbeistürmte, darauf zeigte und Nick zurief: »Das Geschenk war nur Tarnung. Er hat uns reingelegt.«

Wir rannten zum Wagen zurück, Nicks Gesicht ein einziges Fragezeichen, während ich den Gang einlegte und das Gaspedal durchtrat.

Schleudernd kamen wir vom Bordstein weg. Ich brüllte über den aufheulenden Motor hinweg: »Der Pizzabote ist noch im Haus! Das war *Daland*, der da in dem Lieferwagen weggefahren ist.«

Nick schüttelte den Kopf. »Der Bastard hat mindestens fünf Minuten Vorsprung.«

Auf den Straßen lag eine Schneedecke, aber auf den Allradantrieb des Expedition war Verlass. Es gab keinen Verkehr und bald gelangten wir an eine Kreuzung. Ich hielt an, da ich keine Ahnung hatte, welche Richtung ich nehmen sollte.

»Er weiß, dass er aufgeflogen ist«, sagte ich. »Dann weiß er auch, dass alle anderen auch aufgeflogen sind. Wo fährt er also jetzt hin?«

Nick rieb sich über das Gesicht in dem Versuch, sein Gehirn auf Touren zu bringen. »Daland weiß, dass wir nach dem Lieferwagen Ausschau halten, und der ist nicht gerade unauffällig. Er muss ihn loswerden, und zwar pronto.«

»Ja, aber wo? Und was nimmt er stattdessen?«

Das Navi flackerte unter Nicks Fingern von einer Ansicht zur nächsten. Ich konnte nicht darauf warten, dass es irgendwelche Antworten lieferte. Ich sah mir die Straße an und konnte gerade so eine schwache Reifenspur ausmachen, die nach links abbog.

Ich folgte ihr.

Nick sah zu, wie ich in eine weitere Wohnstraße einbog, dann wandte er seine Aufmerksamkeit wieder dem Navigationssystem zu. Der dichte Schneefall erschwerte zunehmend die Sicht. Selbst auf der höchsten Stufe hatten die Scheibenwischer Mühe, sich gegen die fetten Schneeflocken zu behaupten, und die Spur, der ich folgte, wurde immer schneller von neuem Schnee zugedeckt.

Wir würden ihn verlieren.

Ich schaltete die Traktionskontrolle ein. »Er kann in dem Wetter nicht lange draußen bleiben. Entweder hat er hier irgendwo in der Nähe ein Versteck oder er hat ein anderes Fahrzeug hier stehen.«

Nick schüttelte den Kopf und sagte: »So weit voraus zu planen, traue ich ihm nicht zu. Passt nicht zu ihm.«

Ich nickte. »Dann vielleicht ein Taxi?«

Nick griff nach dem Funkgerät. »Ich brauche Lokalisierungen aller Taxigesellschaften mit 24-Stunden-Rufbereitschaft im Umkreis des Zielobjekts.«

Wenig später quäkte es: »Millpond Cabs, Ecke North Main und Church.«

Wieder quäkte das Funkgerät, diesmal war es Lendowski: »Daland ist auf und davon«, sagte er. »Der Pizzajunge ist fix und fertig. Daland hat ihm gesagt, dass er einem eifersüchtigen Ehemann aus dem Weg gehen muss. Die Freundin des wütenden Mannes sei im Schlafzimmer und habe ihm drei Hunderter gegeben. Reilly, wo zum Teufel stecken Sie?«

Also war es gar nicht um Wechselgeld gegangen. Nicht, dass das jetzt noch eine Rolle spielte.

Nick versetzte mir einen Knuff gegen den Oberarm und zeigte hektisch nach links. Ich ließ den SUV herumschwingen und fuhr Richtung Westen, Nick antwortete für uns beide. »Wir sind an ihm dran. Sichern Sie und Deutsch das Haus.«

»Schon erledigt. Strom ist wieder da.«

»Und? Waren wir erfolgreich?«, fragte ich.

»Wir haben diverse Computer. Die Festplatten waren schon dabei zu überschreiben. Er hatte Sicherheitsakkus, aber die Techniker haben sie noch rechtzeitig ausgeschaltet. Ich denke, wir haben genug, wenn wir erst einmal die Daten wiederhergestellt haben. Außerdem ist da noch ein Laptop, aber da wurde die Festplatte rausgenommen.«

Ich jagte den Motor hoch, der Allradantrieb gewann jetzt die einseitige Schlacht gegen den Neuschnee.

Inzwischen waren die Häuser größer. Standen weiter weg von der Straße.

Nick zeigte nach vorn. »Noch fünfhundert Meter, dann müssen wir über die North Main und in die Church einbiegen.«

Im Vorbeifahren schaute ich in jede Seitenstraße. Ich lugte auf ein Grundstück, das sich ein Fitness-Center und eine Tankstelle teilten. Nichts.

»Sean, da rechts!«, rief Nick und ließ bereits das Fenster herunter, um besser sehen zu können. Ich bremste den Geländewagen ab, bis wir uns im Kriechgang fortbewegten.

Eine schmale Straße führte in einem Dreißig-Grad-Winkel von uns weg. Beinahe vollständig von den schneebedeckten Bäumen verdeckt, war die Spitze einer riesigen Peperoni zu sehen.

Ich lenkte nach links, bereit, nach fünfzig Metern wieder rechts abzubiegen.

Nick zeigte auf die rasch näher kommende Kreuzung.

Ein einziges Fahrzeug bog gerade links in die North Main Street ein.

Als wir auf gleicher Höhe mit ihm waren, einem Toyota

Camry, bemerkte ich die »Millpond Taxicabs«-Beschriftung. Das Taxi fuhr an, bevor ich einen Blick hineinwerfen konnte.

Ich riss das Lenkrad herum und bremste scharf. Der Wagen rutschte ein paar Meter in der ursprünglichen Fahrtrichtung weiter, dann vollzog er die Wendung, als die Reifen wieder griffen.

»Das ist er.«

Nick ließ die Sirene aufheulen, während ich den Wagen auf die leere Gegenfahrbahn brachte, an dem Camry vorbeischoss und ihm dann schleudernd den Weg abschnitt.

Der Taxifahrer stieg auf die Bremse. Die Räder blockierten, und der Camry rammte den SUV an der Beifahrerseite, sodass Nicks Tür nicht mehr aufging.

Ich sprang heraus, zog die Waffe und lief geduckt um die Motorhaube unseres SUV herum.

Die Beifahrertür öffnete sich, und Daland stieg mit hocherhobenen Händen aus.

»Runter«, bellte ich ihn an. »Auf die Knie!«

Nick war über die Gangschaltung geklettert und hielt den Taxifahrer in Schach, der ebenfalls ausgestiegen war und beide Hände in die Luft hielt.

Daland ließ sich auf die Knie fallen und rief: »Ganz ruhig! Ich bin nicht bewaffnet.«

Ich trat auf ihn zu. »Wo ist die Festplatte?«

»Welche Festplatte?«

Der Taxifahrer drehte sich vor Schreck zitternd zu mir um. »Als wir von der Church abgebogen sind, hat er was aus dem Fenster geworfen.«

Daland ließ den Kopf hängen, dann wandte er sich wütend zu dem Taxifahrer. »Die beobachten sowieso schon alles, was du machst, jede Website, die du je angeschaut hast, jede Tastenkombination, die du je getippt hast. Die kennen alle, mit denen du redest, alles, was du kaufst. Die besitzen dich. Und du bist ein Niemand. Stell dir mal vor, was die mit Leuten anstellen, die tatsächlich eine Rolle spielen.«

Ich rührte mich nicht vom Fleck, während Nick Daland die Handschellen anlegte. »Spar dir die Tirade für deinen Twitter-Feed, Daland.« Ich deutete auf den Taxifahrer. »Zeigen Sie mir die Stelle.«

Im Laufschritt kehrten wir zur Church Street zurück, er vorneweg. Unsere Schritte knirschten im Schnee.

Das Funkgerät quäkte, und ich machte Meldung: »Ziel gesichert, wiederhole, Ziel gesichert. Wir treffen uns am Haus. Und sagt dem Pizzajungen, dass seinem Auto nichts passiert ist.«

Der Schnee fiel inzwischen dichter und schien entschlossen, länger liegen zu bleiben, aber wir brauchten nicht lange. Wir fanden die Festplatte halb im Schnee versunken am Fuß eines Zaunes.

Ich wischte mir ein paar Schneeflocken aus dem Gesicht und genoss die Schärfe, mit der die eiskalte Luft in meine Lungen drang.

Es war ein gutes Gefühl, mit Daland fertiggeworden zu sein. Es fühlte sich immer großartig an, einen Fall erfolgreich abzuschließen. Wir hatten unseren Teil getan. Ab jetzt lag der Ball im Feld der Staatsanwaltschaft. Doch jetzt wurde die vertraute Euphorie des Augenblicks von etwas wie einer Vorahnung getrübt. Eine Vorahnung von dem, mit dem ich mich erneut würde beschäftigen müssen.

Ich sah zu den Schneeflocken hinauf, sah, wie sie auf mein Gesicht zustürzten, das unter ihrer sanften, kalten Berührung kribbelte, und schloss die Augen.

Weihnachten würde nicht besonders fröhlich werden.

2 Boston, Massachusetts

Dr. Ralph Padley war ein Gewohnheitstier, so sah er sich jedenfalls selbst.

Seine Frau, seine Kollegen und Studenten hielten ihn für einen Kontrollfreak mit Tendenz zu einer ernsthaften Zwangsstörung – noch häufiger ging er ihnen einfach nur schrecklich auf die Nerven.

Im vergangenen Jahr jedoch war sein sorgfältig orchestriertes Leben durch etwas ins Chaos gestürzt worden, worüber er keinerlei Kontrolle hatte. Etwas, das ihn, zusammen mit der schrecklichen Angst, die er angesichts des Wissens empfand, dass seine Tage nun ziemlich exakt gezählt waren, nur noch unerträglicher machte.

Der einzige Mensch, der außer Padley die Ursache seines schon beinahe krankhaften Drangs nach Kontrolle kannte, war der Psychoanalytiker, zu dem er seit über zehn Jahren einmal in der Woche ging. Als Padley elf Jahre alt gewesen war – fast auf den Tag genau vor achtundfünfzig Jahren –, hatte er während eines Ferienaufenthaltes bei den Großeltern in St. Augustine, Florida, seinen sieben Jahre alten Bruder nicht vor dem Ertrinken in einem Swimmingpool retten können. Er fühlte sich schuldig deswegen. Immerhin war er der Ältere gewesen, der seinen jüngeren Bruder hätte beschützen müssen. Die Schuldgefühle ergaben, seinem Psychiater zufolge, zwar psychologisch, aber nicht emotional oder praktisch, einen Sinn. Doch Padley konnte nichts dagegen tun. Seine noch wachsende Persönlichkeit war durch die Tatsache, dass seine Eltern ihn bestärkten, indem sie beschlossen, dass er in der Tat die Schuld daran trug, tiefgreifend beeinträchtigt worden. Dass beide Eltern daran gescheitert waren, ihren Sohn wiederzubeleben – und beide waren Allgemeinärzte –, hatte eine Idee gesät, die später zur Blüte gelangen sollte, als Padley sich nach den ersten vier Studienjahren an der Harvard Medical School für eine Facharztausbildung entschied.

Schon vor der Diagnose, bevor er anfing, abzunehmen und bevor seine Haut diesen kränklichen Ton annahm, hatte Padley sich rigoros an immer dieselbe Routine gehalten. Heutzutage ging er, zusätzlich zu seinem wöchentlichen Termin beim Psychiater und dem sonntagmorgendlichen Kirchgang, vier Mal in der Woche schwimmen, einmal im Monat zu einem klassischen Konzert und jeden zweiten Samstag im Monat mit seiner Frau ins Bett. Letzteres passte seiner deutlich jüngeren dritten Frau sehr gut, denn es bedeutete, dass sie immer wusste, wann sie Zeit hatte, um kurz nach nebenan zu gehen und ihrer Libido mit einem von Bostons führenden Theaterkritikern freien Lauf zu lassen. Dieser war, trotz einer Unzahl affektierter Manierismen und anderer Hinweise, die auf das Gegenteil hindeuteten – genug, um Padley davon zu überzeugen, dass sein Nachbar keinerlei Interesse an seiner Frau hatte –, alles andere als schwul.

Padley war Professor für Medizin mit dem Fachgebiet Kardiologie in Harvard, ein Posten, den er seit 1985 innehatte. Als Chirurg hatte er viele Leben gerettet. Er hatte auch viele andere ausgebildet, die ihrerseits noch mehr Leben gerettet hatten. Aus diesem Wissen hatte er über die Jahre keinen geringen Trost gezogen. Er hatte es immer als eine Art Ausgleich für seine andere Arbeit gesehen, eine Arbeit, von der nur eine Handvoll Leute wussten.

Eine Arbeit, die genau den gegenteiligen Effekt auf seine Zielpersonen hatte.

Begonnen hatte alles, als er mit Anfang dreißig intensiv an einem möglicherweise bahnbrechenden Forschungsprojekt in der kardiovaskulären Pharmakologie arbeitete. Sein erklärtes Ziel bestand darin, ein Medikament der nächsten Generation herzustellen, das einen stabilen Herzrhythmus erhalten konnte – gewissermaßen den »Schrittmacher in einer Pille«, der innerhalb einer Generation Herzschrittmacher und Betablocker ebenso verzichtbar machen sollte wie Notfalloperationen nach Herzinfarkten.

Angesichts der Geheimniskrämerei und des Wettbewerbs in der medizinischen Forschung, arbeitete Padley überwiegend für sich. Fünf Jahre und Hunderte von Laborratten später gerieten seine Experimente vom rechten Weg ab, und er erschuf am Ende das exakte Gegenteil von dem, was er eigentlich gesucht hatte.

Erst verwirrte ihn seine Entdeckung, dann entsetzte sie ihn.

Er rang mit sich, was er damit anfangen sollte. Er dachte darüber nach, alle Unterlagen zu seiner Forschung zu zerstören und sie zu vergessen. Er wusste, dass Letzteres unmöglich sein würde, stand aber einige Male kurz davor, Ersteres zu tun, doch auch dies stellte sich als unmöglich heraus. Das Potenzial, das in seiner Entdeckung steckte, war einfach zu groß, um es zu ignorieren. So entschied er sich für einen anderen Weg. Als strammer Patriot zu einer Zeit, in der sein Land überall auf dem Erdball in kalte und heiße Kriege verstrickt war, nahm Padley Kontakt zur CIA auf. Die schickten unverzüglich jemanden vorbei, der ihn befragte und sich schnell sehr, sehr interessiert zeigte.

Die Abmachung war simpel. Er würde gutes Geld dafür bezahlt bekommen, dass er im Geheimen weiter an der Verbesserung seiner Entdeckung und der Verabreichungsmethoden arbeitete, während er offiziell seiner Arbeit an der Universität nachging.

Kurz darauf wurde der Umfang seiner geheimen Forschung ausgeweitet.

Seither führte er ein Doppelleben. Sein Leben in mehrere, vollkommen voneinander getrennte Bereiche aufzuteilen, fiel jemandem, der so extrem strukturiert war wie er, nicht schwer. Ja, er empfand es als erregend, Teil einer geheimen, sorgfältig ausgewählten Gruppe von Menschen zu sein, die Großes für ihr Land leisteten. Er genoss die Meetings, zu denen er eingeladen wurde, und obwohl er über einige Mitglieder in dieser Gruppe nicht viel wusste – weder ihre echten Namen noch irgendetwas über ihr Leben –, fühlte er sich ihnen doch zugehörig, und dieses Zugehörigkeitsgefühl bezog sich auch auf die dahinterstehende Organisation, den Geheimdienst.

Über die Jahre erzielte er in beiden Arbeitsgebieten Erfolge. Einige bahnbrechende Forschungsergebnisse zu aus Stammzellen Erwachsener gezüchteten Kunstherzen katapultierten ihn schließlich auch wieder ins Zentrum der medizinischen Forschung. Padley hatte eine Methode gefunden, um Stammzellen zu züchten, die eine stabile elektrische Spannung halten konnten, ohne die auch das ausgeklügeltste künstlich gewachsene Herz nicht in einem lebenden Organismus funktionieren konnte. Stur verschloss er die Augen vor der Ironie, die darin lag, dass er – als jemand ohne jeglichen Sinn für Humor – sein gesamtes Berufsleben an etwas gearbeitet hatte, das man »funny current« nannte, die lustige Strömung, also dem Strom, der sich plötzlich in den Sinus- und AV-Knoten des Herzens ausbreitet. Oder, um es einfacher auszudrücken, wie er es häufig herablassend für seine Studenten formuliert hatte: der elektrischen Erregung, die das Leben eines jeden im Vorlesungssaal garantierte, sofern er keinen Schrittmacher hatte.

Seine Entdeckung besänftigte die Fakultät, die mehr als eine Million Dollar in seinen früheren pharmakologischen Forschungsprojekten versenkt hatte. Ja, die Fakultät war mehr als besänftigt, würden doch die Patente, die sich aus Padleys Arbeit ergaben, die Investitionen um ein Vielfaches wieder einspielen.

Somit waren alle glücklich, wenn man davon absah, dass Padley immer noch der humorlose Pedant war, der er immer gewesen war, und dass es seiner dritten Frau wie ihren Vorgängerinnen immer noch nicht vergönnt gewesen war, auch nur einen einzigen Orgasmus mit ihrem Ehemann zu bekommen. Da er sie auch nie mit Kindern hatte segnen können, besaß er zumindest Anstand genug, niemals ihr Recht auf den ausufernden Gebrauch der Kreditkarte infrage zu stellen. Dass sie keine Kinder bekommen hatte, hatte ein tiefes Loch in die Seele von Padleys Frau gerissen – so behauptete sie zumindest, auch wenn es inzwischen kein Thema mehr zwischen ihnen war. Ein Loch, das sie mit Wohltätigkeitsdinners und den vorgenannten Seitensprüngen mit Bostons führendem Literaturkritiker zu füllen suchte.

Doch wie dem auch sein mochte, vor einem Jahr hatte sich alles geändert. Padleys ganze Welt war auf den Kopf gestellt worden.

Er hatte nicht mehr lange zu leben.

Der unwillkommene Gast war ein metastasierendes Pankreaskarzinom, das nicht nur sehr brutal, sondern auch überaus gnadenlos war.

Padleys emotionale Reaktion darauf war unorthodox.

Ein Leben, immer auf dem neuesten Stand der medizinischen Forschung, da war Verleugnung keine Option.

Dasselbe traf auf Wut oder Verhandeln zu – allein der Gedanke daran war unter seiner Würde.

Die Akzeptanz war bereits gut verankert – so gut, dass er sich weigerte, sich einer Chemotherapie zu unterziehen, die sein Leben ein wenig hätte verlängern können. Er wollte die Zeit, die ihm noch blieb, weder in einem Krankenhaus noch krank und unter Nebenwirkungen leidend verbringen.

Dennoch hatte sich relativ schnell eine gewisse Depression in ihm breitgemacht, und diese Depression brachte etwas anderes hervor: eine Angst vor dem, was ihn im Jenseits erwarten mochte, und das dringende, rasch wachsende Bedürfnis, etwas wiedergutzumachen.

Die Erinnerungen an Jahre verdeckter Operationen und das erneute Durchspielen heimlicher Gespräche beschäftigten ihn fortan Tag und Nacht. Die Gesichter der Toten, auf Fotos in Zeitungen oder im Fernsehen, behelligten ihn, wenn er es am wenigsten erwartete, forderten lautstark seine Aufmerksamkeit und schrien nach Vergeltung, während die verstörenden, unterbewussten Vorstellungen von ewiger Verdammnis seine Träume heimsuchten.

Sosehr er auch versuchte, diese ihm vollkommen unvertrauten Anstürme von Schuld und Reue abzuwehren, so wenig konnte er ihnen entkommen.

Er musste etwas dagegen unternehmen. Er musste irgendeine Art von Vergebung erlangen. Er fürchtete, dass er bereits jenseits von jeglicher Rettung war, auch wenn man ihm sein ganzes Leben lang gesagt hatte, dass diese Möglichkeit immer bestand, solange sein Ansinnen aufrichtig und rein war. Allerdings war sein Ansinnen das gar nicht unbedingt: Er wurde vielmehr getrieben von einer tief verwurzelten, urwüchsigen Angst. Doch sie war alles, was er hatte.

Er dachte lange und gründlich darüber nach, was er tun konnte. Er sprach mit niemandem darüber, nicht mit seiner Frau, nicht mit seinem Psychiater, nicht einmal mit seinem Priester. Er würde es allein tun. Wenn es schon nicht möglich war, die Vergangenheit zu ändern, so konnte er vielleicht wenigstens die Zukunft beeinflussen. Allerdings würde das knifflig sein – und gefährlich. Und auch wenn ihm nicht mehr viel Zeit blieb, um sich darüber Sorgen zu machen, dass er alles verlieren konnte, klammerte er sich doch wie so viele Menschen, die plötzlich mit ihrem unmittelbar bevorstehenden Tod konfrontiert sind, an jeden Tag, der ihm noch blieb.

Nein, er würde sehr vorsichtig sein müssen. Und wenn er nur irgendeine Chance auf die Wiedergutmachung haben wollte, auf die er aus war, würde er auch überaus effektiv handeln müssen.

Sein erster Versuch hatte in einem Desaster geendet. Dabei hatte er gedacht, er hätte klug gewählt. Der Mann, den er ausgesucht hatte, hatte allerbeste Empfehlungen gehabt. Doch trotz der peinlich genauen Vorbereitung und obwohl er wusste, womit er es zu tun bekommen würde und über welche Möglichkeiten die Leute verfügten, die jetzt seine Gegner waren, war Padley gescheitert. Die Person, an die er sich gewandt hatte, war jetzt tot. Und der Tod, da war sich Padley sicher, war eine Gnade für diesen Mann gewesen, nach der Folter, der er zweifellos unterzogen worden war. Aber Padleys Plan war zumindest in einem Punkt aufgegangen: Er selbst war immer noch in Sicherheit. Niemand war ihm auf die Spur gekommen. Er war noch immer frei, er war noch immer am Leben. Was bedeutete, dass seine Vorsichtsmaßnahmen gegriffen hatten.

Er musste nur denjenigen, an den er sich dieses Mal wenden würde, noch sorgfältiger auswählen.

Tage und Wochen angestrengten Nachdenkens hatten ihm eine Handvoll von Möglichkeiten gebracht, aber eine trat mit jeder Überlegung mehr und mehr hervor. Es lag sogar, so dachte er, eine elegante Symmetrie darin, die seinem allzu ordnungsliebenden Geist überaus gefiel.

Morgen würde er anrufen, beschloss er. Er würde noch wachsamer, noch vorsichtiger sein als beim ersten Mal. Er würde ein anderes Prepaidhandy benutzen, eins, dass er bar bezahlt hatte und das nicht zu ihm zurückverfolgt werden konnte. Er würde wieder seine Stimme verfremden, mit demselben Verzerrer, den er beim ersten Versuch benutzt hatte. Und, was am allerwichtigsten war, er würde sehr, sehr eindeutig mit seinen Anweisungen sein, was der Mann zu tun oder zu lassen hatte.

Was danach kam, lag nicht mehr in seiner Hand.

Special Agent Sean Reilly musste in seinem Job einfach nur so effektiv sein, wie Padley es in seinen beiden gewesen war.

MITTWOCH

3

Mamaroneck, New York

Meer, Land und Himmel bildeten eine einzige grauweiße Fläche vor dem Fenster, als ich langsam wieder zu Bewusstsein kam. Ich drehte mich um und sah auf die Uhr: zwölf Uhr mittags. Ich weiß, das hört sich sehr dekadent an, aber ich war erst kurz vor sechs aus Jersey zurück gewesen.

Nick und ich hatten kurz nach fünf an Deutsch und Lendowski übergeben, was uns den üblichen, wenn auch unverdienten, sardonischen Scherz von Lendowski eintrug. Für Annie Deutsch hatte ich immer Zeit. Sie war Anfang dreißig und arbeitete mit jener Ernsthaftigkeit, die viele Ex-Cops in den ersten Jahren beim Bureau zeigen, die ernste Miene schien auf ihrem Gesicht festgetackert, als habe jemand ihr gesagt, dass sie nie wieder lächeln dürfe. Sie sah gut aus und war Single, zwei Tatsachen, auf die sich die meisten Gespräche über sie schnell konzentrierten. Auf Lendowski hingegen konnte ich gut verzichten. Zwei Meter zehn groß und nichts als Muskeln, mit einem Charakter, den man, freundlich ausgedrückt, nur als kriegerisch bezeichnen konnte. Und er hatte eine selbstgefällige Art an sich, die mich immer misstrauisch machte, als sei es reiner Zufall, auf welcher Seite des Gesetzes er gelandet war.

Ich hatte Nick noch zum Federal Plaza mitgenommen, damit er seinen eigenen Wagen aus dem Parkhaus holen konnte. Viel Energie zum Reden hatte keiner von uns noch übrig gehabt. Die Stadt war von kalter Schönheit gewesen, wie das Morgengrauen sich seinen Weg über Manhattans Skyline erzwungen hatte. Ein paar Weihnachtsdekorationen hatten geblinkt, und das hatte schon gereicht, um alle daran zu erinnern, die es vergessen hatten, dass New York immer noch die größte Stadt der Welt war.

Diese Nachtschichten waren wirklich mörderisch. Als Nick

aus dem Wagen stieg, ermahnte er mich, auf dem letzten Stück wach zu bleiben. Vor ein paar Nächten war ich tatsächlich beinahe hinter dem Lenkrad eingeschlafen und hatte an den Straßenrand fahren müssen, um für eine Stunde die Augen zuzumachen, bevor ich nach Hause hatte fahren können. Dann war ich um zwei Uhr nachmittags aus dem Schlaf hochgeschreckt in der festen Überzeugung, mein Wecker habe gerade geklingelt. Der Geist kommt schon auf seltsame Ideen, wenn man die innere Uhr des Körpers durcheinanderbringt. Jetzt freute ich mich darauf, endlich Nosferatus Lebensrhythmus aufgeben und zu einem normaleren, für Sterbliche besser geeigneten Tagesablauf zurückzukehren.

Tess hatte meinen fünf Jahre alten Sohn Alex zur Vorschule gefahren und mich sechs Stunden lang meinem unruhigen Schlaf überlassen. Miss Chaykin – wir waren nicht verheiratet – ist meine Partnerin in allem, außer im Dienst, auch wenn man über Letzteres angesichts unserer diversen Abenteuer in den vergangenen Jahren sehr wohl streiten könnte. Ich habe noch nie sonderlich gut geschlafen, wenn ich allein im Bett lag, und die letzten Wochen voller Nachtschichten und unregelmäßiger Tagschichten hatten mir noch einmal gezeigt, wie sehr ich darauf angewiesen war, Tess' warmen Körper neben mir zu spüren.

Wir witzelten oft, dass das für uns als Paar wohl den schlaflosen Nächten mit einem fordernden Baby am nächsten kam, wo wir selbst doch noch keines zusammen hatten und uns auch immer noch nicht einig waren, ob wir eines bekommen sollten. Ich war zwiegespalten, was das anging. Ich hatte es nie erlebt. Ich hatte die ersten zehn Jahre im Leben von Tess' Tochter Kim, die jetzt fünfzehn war, nicht mitbekommen, da Tess und ich uns erst vor ein paar Jahren kennengelernt hatten.

Ich hatte auch den größten Teil vom Leben meines eigenen kleinen Sohnes nicht mitbekommen, da seine Mutter – mit der ich vor ein paar Jahren eine kurze, aber heftige Affäre hatte – mir nie mitgeteilt hatte, dass ich Vater geworden war, bevor wir letzten Sommer wieder Kontakt zueinander hatten. Nicht gerade die klassische Bilderbuchfamilie, aber das dürften heutzutage sowieso nur noch die wenigsten Familien sein.

Kim war ein großartiges Mädchen, was mehr Tess' Fähigkeiten als alleinerziehender Mutter zuzuschreiben war, als dass es irgendetwas war, wozu ich beigetragen hatte, seit wir zusammenlebten. Sie und ich verstanden uns wirklich gut. Wie ihre Mutter war sie unglaublich eigensinnig und mit einem messerscharfen Verstand gesegnet. Abwechselnd erheiterte sie uns mit ihrer wachsenden Unabhängigkeit und machte uns mit ihrer Nichtachtung vollkommen vernünftiger Grenzen wütend. Nachdem ich erlebt hatte, welche tödlichen Risiken ihre Mutter eingegangen war, wie sie überlebt hatte und danach aufgeblüht war, hätte mich das wirklich nicht überraschen sollen. Ich mochte sogar Kims Freund, Giorgio, der ein Jahr älter war als sie, Junior an der Highschool und bereits Yale im Blick hatte, obwohl die derzeit nur unter sieben Prozent der Bewerber aufnahmen. Früher hatte ich mir mal vorgestellt, wie ich das ganze Bad-Boys-Programm gegenüber dem Freund meiner Tochter durchziehen würde, im Feinrippunterhemd mit Waffe und Whiskeyflasche, aber der verdammte Junge, klug und dennoch cool und sportlich, hatte mir dieses Vergnügen vermiest.

Alex hingegen hatte seine Dämonen noch lange nicht abgeschüttelt. Doch zumindest hatten er und Kim beinahe sofort eine innige Verbindung zueinander gefunden. Man musste es ihr hoch anrechnen, dass sie die Rolle der großen Schwester, die wir ihr einfach so übergestülpt hatten, bereitwillig angenommen hatte. Die beiden zusammen zu sehen, war ein steter Quell des Trostes in der bittersüßen Welt, in der zu leben ich verdammt zu sein schien.

Ich streifte ein T-Shirt und eine Jogginghose über und trottete nach unten in die Küche. Obwohl ich noch ziemlich müde war, dauerte es nicht lange, bis der Daland-Maxiplenty-Fall von den wieder auftauchenden Weißen Walen beiseitegeschoben wurde, die meine Gedanken heimsuchten. Es hätte mich nicht überraschen sollen. Meine Abenteuer als Weltenbummler mit Tess hatten mich darin bestärkt, dass wir nie wirklich mit der Vergangenheit abschließen können. Oder eher, dass die Vergangenheit nie wirklich mit uns abschließt. Es muss nur der richtige Schlüssel im passenden Loch herumgedreht werden, und schon stürzen die ganzen Geheimnisse auf uns herab. Und wir wissen vorher nie, wie wir mit ihnen zurechtkommen werden, bis sie uns direkt ins Gesicht starren.

Als ich in die Küche schlurfte, hörte ich, wie Tess in ihrem Arbeitszimmer mit der üblichen flinken Präzision auf der Tastatur klapperte. Ich dagegen brauchte immer noch doppelt so lang wie eigentlich nötig, um einen simplen Bericht zu schreiben. Ich goss mir etwas Kaffee ein, warf einen Blick auf die Titelseite der *New York Times* auf Tess' iPad, das zum Laden auf dem Tisch lag, dann schlenderte ich, den Becher in der Hand, ins Arbeitszimmer, wo meine private Bestseller-Autorin/Mätresse damit beschäftigt war, einen weiteren Pageturner rauszuhauen.

Sie saß an einem sehr coolen, riesigen Aluminiumtisch, der aus der Spitze eines Flugzeugflügels gefertigt war, ein Geschenk meiner Wenigkeit, das ich ihr gemacht hatte, als ihr erster Roman es auf die Bestsellerliste der *New York Times* geschafft hatte. Ihr Blick hing am Monitor, als ich mich in den Sessel ihr gegenüber setzte, den Kaffeebecher in beiden Händen. Meine Aufmerksamkeit wanderte zum hinteren Teil des Hauses. Die Terrasse und der kleine Garten waren mit roten und grünen Lichterketten verziert. Ich starrte einen Augenblick wie gebannt durch die Glastüren, dann schaute Tess auf und schenkte mir dieses strahlende Lächeln, das mich jedes Mal auf verdrehte Weise dankbar für jene Nacht voller Gewalt machte, in der wir uns kennengelernt hatten.

Sie schwang ihre langen Beine unter dem Tisch hervor. »Weihnachtsdeko und zweitausend Wörter, kein schlechter Schnitt für einen einzigen Vormittag, was?«

Ich lächelte. »Du bist echt ein Faulpelz, deine Mittagspause ist gestrichen.«

Sie legte den Kopf schief und schürzte die Lippen. »Und ich hatte gedacht, wir lassen das Mittagessen aus und gehen stattdessen nach oben, damit du mir hilfst, ein Kleid für Dienstagabend auszusuchen. Es sei denn, du hättest was anderes vor?«

Ich wollte schon etwas einwenden – ich meine, ja, wir würden zum Dinner mit dem Präsidenten gehen. *Dem* Präsidenten. Im Weißen Haus. Die Kleiderfrage war sicher wichtig – aber dann traf der Ausdruck auf ihrem Gesicht einen gewissen Wohlfühlpunkt direkt in meinem Kopf, und mir wurde klar, dass sie eigentlich etwas ganz anderes vorgeschlagen hatte.

Meine Güte, wie ich diese Frau liebe.

Ich legte den Kopf schief und musterte sie spöttisch. »Das hatte ich, aber ich weiß ja, wie wichtig dir die Weihnachtszeit ist, und würde dich auf keinen Fall enttäuschen wollen.«

Sie grinste mich strahlend an. »Super Idee, Cowboy.«

Ich hatte etwas vor. Ich hatte einen Termin mit Kurt Jaegers in Jersey. Kurt war ein Hacker, einer von den Guten, ein Zauberer am Computer, der mir privat aushalf, absolut inoffiziell. Er hatte um ein Treffen gebeten, was bedeuten konnte, dass er Neuigkeiten für mich hatte, gute Neuigkeiten. Ich erwartete nicht zu viel, aber auch ich hatte ein paar neue Ideen, wie er mir bei den Weißen Walen helfen konnte, denen ich nachjagte.

Aber jetzt konnte das alles warten.

Ich musste erst ein bisschen leben.

Also, die Weißen Wale.

Nicht eins, sondern zwei Dinge, die an mir nagten, mich von innen her auffraßen. Wenn ich genauer darüber nachdenke, ist der Wal vielleicht nicht die treffendste Metapher. Passender wäre vermutlich so etwas wie der Alien aus, na ja, *Alien*, der im ersten Film aus John Hurts Brustkorb gebrochen ist.

Erstens versuchte ich immer noch, den schwer fassbaren »Reed Corrigan« ausfindig zu machen. Corrigan – Klarname unbekannt – war der ehemalige CIA-Spion, der Anfang des Jahres die Gehirnwäsche bei meinem Sohn Alex veranlasst hatte. Bei einem Sohn, von dem ich bis dahin nicht einmal gewusst hatte. Seine Mutter, Michelle, eine ehemalige DEA-Agentin, mit der ich während eines Auftrags in Mexiko zusammengekommen war, bevor ich Tess kennengelernt hatte, hatte mir nie gesagt, dass sie schwanger geworden war. Michelle und Alex waren in einen kranken Plan verwickelt worden, um einen irren mexikanischen Drogenbaron – genannt »El Brujo«, der Hexer – aus seinem Versteck zu locken. Der Plan hatte beinhaltet, Alex einer Gehirnwäsche zu unterziehen und ihn als Köder zu benutzen. Corrigan hatte in den Gedankenkontroll-Programmen der CIA gearbeitet und dafür gesorgt, dass ein paar ziemlich verstörende Dinge in Alex' Hirn eingepflanzt wurden. Doch der Plan war ziemlich schiefgegangen, und ich war auch hineingezogen worden. Am Ende war Michelle tot, und Tess und ich durften bei Alex die Scherben wieder aufsammeln, während Corrigan, wer auch immer er sein mochte, immer noch irgendwo da draußen herumlief.

Ich würde nicht lockerlassen, bis ich den Mistkerl gefunden hatte.

Alex ging es jetzt besser, dank der Psychotherapeutin, zu der wir ihn jede Woche brachten. Seine Albträume waren nicht mehr so schlimm, aber es gab sie noch hin und wieder. Außerdem hatte ich das Gefühl – vielleicht auch mehr die Hoffnung –, dass die scheußlichen Gedanken, die sie ihm über mich eingepflanzt hatten, allmählich mehr in den Hintergrund traten. Es kam mir so vor, als schaute er mich seltener so beklommen und ängstlich an, wie er es früher getan hatte. Ganz vorsichtig näherten wir uns einer normalen Vater-Sohn-Beziehung an, wenn ich ihn samstagmorgens zum Kinder-Baseball fuhr, aber wir hatten noch einen langen Weg vor uns.

Um Corrigan zu finden, hatte ich Kurt angeworben, der für mich in die Datenbanken der CIA eindringen sollte. Als das nicht funktioniert hatte, hatte ich versucht, einen CIA-Analysten zu erpressen, den Kurt für mich ausfindig gemacht hatte, einen Widerling namens Stan Kirby, der eine Affäre mit der Schwester seiner Frau hatte. Diese Aktion hatte gemischte Ergebnisse gebracht. Einerseits und vollkommen überraschend hatte ich dadurch das Leben des Präsidenten retten können – daher demnächst unser Dinner im Weißen Haus mit den Yorkes persönlich. Andererseits hatte es mich, was Reed Corrigan anging, nicht sonderlich weitergebracht.

Kirby hatte drei Akten gefunden, in denen Reed Corrigan erwähnt wurde, aber sie waren alle stark zensiert worden und taugten daher nicht viel.

Eine davon allerdings hatte den zweiten Wal geweckt – oder den Alien oder welche Metapher auch immer Ihnen hier am besten gefällt. In dieser Akte, zu einer Operation namens »Cold Burn«, an der Corrigan und Fullerton beteiligt gewesen waren, war auch von etwas die Rede gewesen, das »Azorer-Projekt« hieß. An sich nicht sonderlich rätselhaft – nur dass darin wiederum jemand mit den Initialen CR erwähnt wurde.

Ich kannte den Begriff »Azorer«. Als ich zehn Jahre alt gewesen war, hatte ich ihn auf einem Ausdruck auf dem Tisch meines Vaters gesehen. Das hatte sich komisch angehört und meine Aufmerksamkeit erregt. Als ich meinen Vater danach gefragt hatte, hatte er nur abgewinkt und vom Thema abgelenkt, als sei es nichts Wichtiges, und wir hatten ein bisschen herumgealbert, dass »Azorer« ein guter Name für einen Comic oder einen Sience-Fiction-Film sei, so à la »Der mächtige Azorer«.

Das war nicht allzu lange, bevor ich meinen Dad zusammengesackt an seinem Schreibtisch vorgefunden hatte, kurz nachdem er sich das Hirn weggeblasen hatte.

Mein Dad – Colin Reilly.

CR.

Seinen Namen direkt neben einem Eintrag zum Azorer-Projekt zu finden, in einer Akte, die Reed Corrigan betraf, hatte mich erschüttert wie kaum etwas, an das ich mich erinnern kann. Erst mein Sohn und jetzt auch noch mein Vater? Jetzt war ich noch entschlossener, diesen Corrigan zu finden, nicht nur aus dem brennenden Verlangen nach Vergeltung für das, was er Alex angetan hatte, heraus, sondern auch, um die Wahrheit über den Selbstmord meines Vaters aufzudecken, wenn es denn wirklich Selbstmord gewesen war. Ich wusste nicht mehr, was ich glauben sollte, und ich hatte das starke Gefühl, dass da noch mehr dran war. Angesichts dessen, wozu dieses Ekelpaket und seine Leute fähig waren, und angesichts ihrer Möglichkeiten, Menschen zu manipulieren, begann ich, mir alle möglichen finsteren Szenarien vom Tod meines Vaters auszumalen.

Das war umso schmerzhafter, als ich nie wirklich Gelegenheit gehabt hatte, ihn kennenzulernen. Er war Lehrbeauftragter an der George Washington University gewesen, ein Experte für komparative Rechtswissenschaft, und war in seiner Arbeit aufgegangen. Nicht gerade der geselligste und gefühlsbetonteste Mensch, den ich je getroffen habe, und immer schien er etwas Wichtigeres im Sinn zu haben, als Zeit mit mir zu verbringen. Ich glaube nicht, dass er jemals etwas, das ihn begeisterte oder belastete, wirklich ganz beiseiteschieben konnte, um die einfachen Freuden des Familienlebens zu genießen. Wenn er zu Hause war, verbrachte er viel Zeit in seinem Arbeitszimmer, zu dem sein zehn Jahre alter Sohn normalerweise keinen Zutritt hatte, was keine ganz ungerechtfertigte Regel war angesichts der Bücher- und Papierstapel, die sich da überall türmten, und meiner Neigung, Chaos zu verbreiten. Ich weiß aber, dass er hoch angesehen war. Zu seiner Beerdigung kamen eine Menge Leute, Männer und Frauen, die mir damals selbst unter den gegebenen Umständen wie ein überaus schlecht gelaunter Haufen vorkamen.

Meine Mutter sprach nicht viel darüber. In meiner Jugend durfte sein Selbstmord nicht angesprochen werden. Nicht, dass ich groß nachgefragt hätte. Sie sagte mir nur, dass sie nach seinem Tod entdeckt hätte, dass er unter Depressionen gelitten und Medikamente dagegen genommen hatte. Mehr bekam ich dazu nie aus ihr heraus. Ich denke, sie hat ihren Schmerz und ihre Trauer darüber, dass er sich ihr nicht anvertraut hat, nie wirklich verarbeitet. Sie hat es einfach geschluckt. Genau wie er, schätze ich. Als ich dann auszog und anfing, an der Notre-Dame Jura zu studieren, heiratete sie erneut, zog nach Cape Cod und stürzte sich in ihr neues Leben. Danach haben wir nie wieder über meinen Vater gesprochen. Es war, als hätte ihr erster Mann nie existiert.

Erst später habe ich gelernt, dass es für einen Zehnjährigen absolut normal ist, die Erinnerung an das gegen eine Wand gespritzte Blut seines Vaters zu unterdrücken – ja, ich hatte mich in der Tat zum ersten Mal so lebendig daran erinnert, als ich die zensierte Akte meiner widerstrebenden CIA-Quelle über den Mann gelesen hatte, der eine Gehirnwäsche bei meinem Sohn vorgenommen hatte. Von Müttern hingegen wird im Allgemeinen erwartet, dass sie dafür sorgen, dass die Erinnerung nicht allzu tief begraben wird. Unterm Strich sind wir vielleicht beide ganz gut damit gefahren.

Wenn ich an meinen abwesenden Vater dachte, dachte ich auch daran, dass ich immer für Alex da sein wollte. Mein Job zählte allerdings nicht gerade zu den risikoarmen Tätigkeiten. Ich musste noch herausfinden, wie das gehen sollte.

Was ich nicht erst herausfinden musste, was ich mit absoluter Sicherheit wusste, war, dass ich dem Mann niemals vergeben würde, der einen vier Jahre alten Jungen einer Behandlung unterzogen hatte, die für mich immer noch unfassbar war, auch wenn ich die Ergebnisse mit eigenen Augen gesehen hatte. Ich würde ihn finden, koste es, was es wolle. Nichts würde das zwischen Reed Corrigan und mir jemals ändern.

Das Problem war, dass er nicht auffindbar war. Die CIA schützte seine Identität aus Gründen, die sie mir nicht mitteilen wollte. Offensichtlich war er ein wertvoller Spion, und ich war am Ende meiner Möglichkeiten, ihn aufzustöbern, angelangt.

Das Azorer-Projekt hatte sich ebenfalls als Sackgasse erwiesen, sowohl was Corrigan als auch was meinen Vater anging. Es wurde auch »Projekt Jennifer« genannt, und das war der Tarnname der CIA für eine Achthundert-Millionen-Dollar-Operation, bei der 1974 ein gesunkenes russisches U-Boot vom Grund des Pazifischen Ozeans geborgen wurde. Howard Hughes hatte seinen Namen zur Verfügung gestellt, um der Coverstory mehr Glaubwürdigkeit zu verleihen, dass das Schiff, welches das U-Boot heben sollte, die *Hughes Glomar Explorer*, nach Manganvorkommen suchte. Es war eine der teuersten und technologisch anspruchsvollsten Operationen in der Geschichte der CIA gewesen – und einer ihrer größten Erfolge –, aber das umfangreiche Dossier darüber war ebenfalls eine Sackgasse, jedenfalls für das, wonach ich suchte. Ich konnte beim besten Willen nicht herausfinden, was das U-Boot-Projekt mit meinem Vater oder was mein Vater mit der CIA oder mit einer Operation namens »Cold Burn« zu tun gehabt haben sollte.

Doch die Verbindung zu meinem Vater konnte auch neue Möglichkeiten eröffnen. Ich hatte Kurt gebeten, einen weiteren Blick auf die Server der CIA zu werfen, um zu sehen, ob da noch mehr über meinen Vater zu finden war. Bis jetzt hatte er aber auch an dieser Front nicht viel Glück gehabt.

Weshalb ich nur noch zwei letzte Angriffspunkte hatte.

Einer bestand darin, Kirby, den CIA-Analysten/Schürzenjäger, noch einmal unter Druck zu setzen. Ihn dazu zu bringen, dieses Mal nach Akten über meinen Vater zu suchen, und zu schauen, ob mich diese Spur zu Corrigan führen würde.

Die andere Option bestand darin, mit meiner Mutter zu sprechen und herauszufinden, ob sie mehr über den Tod meines Vaters wusste, als sie bisher gesagt hatte.

Beides erschien mir gleichermaßen wenig verlockend.

4

Newark, New Jersey

Ich ging durch den nördlichen Teil des Riverbank Parks und wartete, froh darüber, an der frischen Luft zu sein oder zumindest nicht in einem Ford Expedition sitzen zu müssen. Hier draußen war der meiste Schnee schon geschmolzen, auch wenn alles danach aussah, als würde es heute Abend noch mehr geben.

Kurt Jaegers war ich zum ersten Mal vor ein paar Jahren begegnet, nachdem er in den Internetkriminalitäts-Charts der vom FBI gesuchten Kriminellen auf den siebten Platz vorgerückt war, weil er sich in eine Serverfarm der Vereinten Nationen eingehackt hatte. Dabei hatte er auf dieselben Fertigkeiten zurückgegriffen, die er jetzt nutzte, um Corrigan aufzuspüren. Er hatte sich einverstanden erklärt, mir zu helfen, und war in die CIA-Datenbanken eingedrungen, nachdem ich ihm eine »Du kommst aus dem Gefängnis frei«-Karte versprochen hatte, für den Fall, dass er jemals für etwas verhaftet werden sollte, das irgendwie zu rechtfertigen war. Kurt entwickelte schon bald eine Begeisterung für das Projekt, die mich überraschte, denn ich gehörte ja, aus seiner Perspektive, zu den Bösen – Sie wissen schon, Big Brother und all das. Aber Kurt und ich verstanden uns. Er hatte ein gutes Herz. Ich mochte ihn und hörte mir seine Geschichten über die idealistische Fantasywelt, in der er lebte, mit Genuss an.

Kurt bestand darauf, dass wir uns immer an anderen Orten und zu anderen Uhrzeiten trafen, damit mir niemand folgte, auch wenn ich mir ziemlich sicher war, dass ich darauf ganz gut selbst achten konnte. Seine Paranoia war allerdings nicht ganz unbegründet, wenn man bedachte, mit welchen Leuten wir es zu tun hatten, auch wenn die Zeit dieses Mal sehr knapp war, weil ich mich um vier mit Nick im Federal Plaza treffen musste für die Abschlussbesprechung zur Daland-Verhaftung.

Ich machte ein paar Schritte auf das Flussufer zu und beobachtete beiläufig die Umgebung. Ich war sauber.

Kurt hatte mir erzählt, dass er einen ganzen Stapel Bücher über Einsatzpraxis gelesen und innerhalb des MMORPGs, des »Massively Multiplayer Online Role-Playing Games«, das er spielte – das »massiv« versicherte er mir scherzhaft, wäre keine Anspielung auf seinen Bauchumfang –, auch Tarntechniken angewandt hatte. Heutzutage werden Wörter ja oft inflationär gebraucht – alles ist großartig, jeder ist ein Genie –, allerdings war in seinem Fall »massiv« noch stark untertrieben. Doch als er jetzt im Süden von mir aus dem Wald heraustrat, kam mir der neue, schlankere Kurt immer noch wie eine bizarre Erscheinung vor. Er hatte eine Tonne abgenommen – okay, vielleicht nicht wirklich eine Tonne. Einen gewissen Verdienst daran, dass er so viel Speck verloren hatte, schrieb ich mir selbst zu. Unsere regelmäßigen Treffen brachten ihn nicht nur aus dem Haus, sondern schienen ihm auch ein Ziel im Leben zu geben, das er vorher nicht gehabt hatte.

Im Verlauf der Monate, seit er mir half, hatte ich Kurt gut kennengelernt. Er hatte sich mir geöffnet – wahrscheinlich mehr als den meisten anderen, wenn ich bedachte, was er mir über sein Leben erzählt hatte. Er hatte es nicht leicht gehabt. Nicht, dass mich das überrascht hätte.

Während der Schulzeit war Kurt häufig Opfer außergewöhnlich grausamer Streiche gewesen – sowohl verbal als auch tätlich –, die ihm von einer Clique besonders bösartiger Mädchen gespielt worden waren. Diese systematische Mobbing-Kampagne hatte ihren Ursprung darin gehabt, dass er beim Schuljahresabschlussfest nach der fünften Klasse eine von ihnen zum Tanzen aufgefordert hatte, ein Vergehen, das anscheinend so abscheulich war, dass er bis ans Ende seiner Schulzeit dafür bestraft werden musste.

In der Mittelstufe hatten die Mädchen ihren Hass auf Kurt mit ihren Dumpfbacken von Freunden geteilt, was die letzten beiden Jahre seiner Schulzeit zu einer unerträglichen Qual gemacht hatte. Hätte er nicht seine Sony-Playstation, sein Modem und die bahnbrechenden Internet-Chats gehabt, in denen er sich herumgetrieben hatte, kaum dass sie erfunden waren, er hätte wahrscheinlich seiner bedauernswerten Existenz ein Ende gemacht, lange bevor er eine Chance gehabt hatte, die langfristigen Konsequenzen einer solchen Entscheidung zu überdenken.

Wie für so viele soziale Außenseiter hatte das Internet und die rasch wachsende Gaming-Kultur, die darauf aufbaute, Kurt einen Grund zum Leben gegeben. Und wie die meisten Hardcore-Gamer war er im Grunde seines Herzens immer neugierig darauf, was als Nächstes kommen würde. Instinktiv hatte er begriffen, dass die Spiele besser werden würden, schneller und umfassender, und dass er dabei sein wollte, wenn das geschah. Mit zwanzig war er ebenso abhängig von Konsolenspielen und der Online-Welt wie vom Essen, seinem Heilmittel gegen die Behandlung, die ihm von den Hexen von East Brunswick zuteilgeworden war, und die ihn darin bestätigt hatte, sich von Frauen aus Fleisch und Blut fernzuhalten und sich ganz jenen zuzuwenden, die aus Pixeln bestanden.

Hätte ich Kurt nicht für mich selbst gebraucht, ich hätte ihn längst unserer Cyber-Abteilung empfohlen, aber wir hatten uns schön aneinander gewöhnt, und keiner von uns schien das kaputt machen zu wollen. Während der letzten Monate hatten wir so viel zusammengearbeitet, dass ich meine Neigung zu Sarkasmus überwiegend gezähmt und einen nicht geringen Respekt für Kurts Hartnäckigkeit entwickelt hatte. Außerdem wusste ich inzwischen genug darüber, wie Überwachung und die Schleppnetzfischerei in den Datenströmen funktionierten, über Drohnen, Hochleistungsmikrofone und Mikrokameras, um verstanden zu haben, dass wir eines Tages keine Agenten in der richtigen Welt mehr brauchen würden. Ich hoffte nur, dass dieser Tag nicht kommen würde, bevor ich in Pension ging.

Kurt grinste von einem Ohr zum anderen, als er auf mich zuschlenderte, sein Gang war so, als würde er die paar hundert überflüssigen Pfunde immer noch mit sich herumschleppen, die er erst vor Kurzem verloren hatte. Vielleicht war es wegen Weihnachten. Weihnachten machte Typen wie Kurt wieder zu Fünftklässlern – glücklichen dieses Mal. Hätten wir unsere Treffen nicht möglichst unauffällig halten müssen, hätte es mich überhaupt nicht gewundert, wenn er in einem grünen Strickpulli mit einem Rentier darauf aufgekreuzt wäre.

Mit einem letzten Blick nach rechts und links kam er die letzten Meter heran und begrüßte mich mit einer angedeuteten Verbeugung: »*Kon'nichiwa, watashi no kunshu.*«

Das war eine weitere seiner Obsessionen aus der Spionagepraxis: unsere Telefongespräche über japanische Skype-Accounts zu schicken, die er für diesen Zweck hackte und weder in Anrufen noch SMS sich selbst oder mich beim richtigen Namen zu nennen. Was überhaupt keinen Sinn ergab, da keiner von uns auch nur im Entferntesten irgendeinen Bezug zu Japan hatte. »Kurt, im Ernst. Wir stehen uns hier richtig gegenüber.«

Er zuckte zusammen: »Keine Namen, Kumpel. Was, wenn uns jemand gefolgt ist und uns belauscht?«

»Ich denke, das hab ich abgeklärt«, sagte ich und setzte dann extra betont mit einem jugendlichen Grinsen nach: »Kurt.«

Ich konnte nicht anders, wenn ich mit ihm zusammen war.

Er stöhnte auf, dann wies er auf unsere Umgebung. »Was hältst du davon? Cooler Platz für ein Meeting, oder?«

»Echt genial.« Sehen Sie, was ich meine? Wir machen es alle.

Dafür widerstand ich der Versuchung, noch einmal »Kurt« zu ihm zu sagen.

Stattdessen sagte ich: »Bist du dir sicher, dass du nie in Quantico warst?« Ich konnte den Sarkasmus einfach nicht ganz unterdrücken. Besonders nicht, wenn Kurt mich auf seine unendliche Tour zu den Myriaden von Sehenswürdigkeiten in Essex County mitnahm.

»Quantico, Schwantico«, spöttelte er. »Ich würde zu gern

mal sehen, wie lange du und deine Jungs bei der Belagerung von Orgrimmar überleben würdet.«

Ich ersparte mir die Nachfrage, was das nun wieder war – der kulturelle Graben zwischen uns war unüberbrückbar –, und musterte sein Gesicht, dann schaute ich ihn noch einmal genauer von oben bis unten an. Noch etwas hatte sich verändert, etwas anderes als nur der Gewichtsverlust: Es hatte eine Generalüberholung in der Körperpflege stattgefunden. Dann fiel es mir wie Schuppen von den Augen. Der unglaublich geschrumpfte Kurt war hinter einer Frau her. So unwahrscheinlich sich das anhörte, so sicher war ich mir, dass er definitiv auf der Jagd war, und seine gute Laune verdeutlichte noch dazu, dass er damit rechnete, Erfolg zu haben.

Nicht ideal, rein egoistisch betrachtet. Es fehlte mir gerade noch, dass Kurts Gedanken durch diese Jagd abgelenkt wurden.

Ich hob die Hände. »Wer ist sie?«

Mit weit aufgerissenen Augen riss Kurt kurz den Kopf zurück. »Was? Nein!«

»Na komm schon.«

»Wie kommst du …?« Dann kehrte sein Grinsen zurück, und er wedelte mit einem pummeligen Finger vor meiner Nase herum. »Oh, du bist gut. Voll ins Schwarze getroffen.«

Ich legte den Kopf leicht schief und sah ihn beinahe bettelnd an: »Na los, spuck's aus.«

»Du wirst sie lieben. Sie ist toll. Und reell, ein echter Gewinn fürs Team. Sie geht weiter, als ich es je geschafft habe.«

Ich spürte, wie mir die Galle hochkam. »Sie geht weiter? Wovon redest du da? Hast du ihr was gesagt? Über uns?«

Kurt wich ein paar Schritte zurück. »Entspann dich, Kumpel. Hör erst mal zu. Sie weiß nicht, wer du bist, weiß nicht, warum du nach Corrigan suchst. Aber sie hat Skills, Mann. *Echte* Skills.«

Ich holte einmal tief Luft und beruhigte mich. Kurt war

nicht dumm. Außerdem schaffte er es kaum, tiefer in die CIA-Server einzudringen, als wir es bereits getan hatten. Vielleicht brauchte er Unterstützung. Ich war mir sehr wohl darüber im Klaren, dass es seit den Heldentaten Chelsea Mannings und Edward Snowdens sehr viel schwieriger geworden war, sich bei Regierungsagenturen einzuhacken. Aber das Spiel war zu gefährlich, um jemanden dazu einzuladen.

Ich zeigte auf eine leere Bank. Wir setzten uns beide, wobei Kurt von mir abrückte, bis fast ein halber Meter zwischen uns war.

»Okay. Also … wer ist sie?«

Nervös schlug er die Beine übereinander und stellte sie dann wieder nebeneinander ab. »Sie heißt Gigi. Gigi Decker. Hier …«

Er zog sein Smartphone heraus und wischte über das Display, um es zu entsperren, dann gab er mir das Gerät. Auf dem Hintergrundbild war eine füllige und überraschend attraktive Rothaarige zu sehen, die – vermutlich, weil sie Kurts Interessen ebenso gut kannte wie ich – im Kostüm irgendeiner Figur aus World of Warcraft steckte.

Es war ihm offensichtlich bildschirmhintergrundernst mit Gigi.

Er holte sich das Telefon zurück. »Lady Jaina Proudmoor. Erzmagierin der Kirin Tor. Die Haare sind übrigens echt.« Den letzten Satz fügte er mit aufrichtigem Stolz hinzu.

»Ich verstehe, was du mit reell meinst. Sie sieht total … verlässlich aus.« Ich kann nicht wirklich eine Augenbraue hochziehen, aber könnte ich es, hätte ich es jetzt getan.

Kurt machte ein gekränktes Gesicht. »Hey, wenn sie nicht in Pandaria ist, dann ist sie eine verdammt gute Hackerin. Ich meine, wirklich herausragend. Sie hat sich tiefer in die CIA-D-Base eingehackt als jeder andere, den ich kenne. Und das Coole daran ist, dass sie ideologisch vollkommen neutral ist. Sie hackt nur, weil sie's kann.«

»Und um dich zu beeindrucken natürlich.«

Er strahlte. »Was soll ich dazu sagen? Ich bin halt ein toller Fang.«

Ich verdrehte die Augen, musste aber dennoch lächeln. Er war wirklich ein überaus liebenswerter Mistkerl. Ich hoffte nur, Gigi würde ihm nicht das Herz brechen, und nicht nur, weil das uns beiden schweren Schaden zufügen würde.

»Okay, also, sie ist unglaublich.« In Ordnung, ich muss meine missgelaunte Bemerkung von eben zur Sprachverwahrlosung in der heutigen Zeit wohl zurücknehmen. »Also, was hat sie herausgefunden?«

Er verzog das Gesicht. »Nun, es gibt eine gute Nachricht und eine schlechte.«

Mein ganzer Körper spannte sich in Erwartung an. Vielleicht kam doch endlich Bewegung in unsere Suche. »Was meinst du damit?«

Er rückte dicht an mich heran. »Sie ist reingegangen und hat sich ein bisschen in den User-Protokollen und den Logs zu den Begriffen umgeschaut, die ich bei meinen Suchen rund um Corrigan und deinen Dad benutzt habe, ohne irgendwas zu finden. Dann ist sie noch mal rein und tiefer gegangen. Immer noch nichts. Dann haben wir's ein paar Tage später wieder versucht, nur dass dieses Mal die Logs und die User-Protokolle verschwunden waren. Alles, was Datenverbindungen zu unseren Zielakten hatte, war verschwunden. Weg. Ich meine, bis jetzt haben die in Langley standardmäßig nur die Zugangs-Codes regelmäßig geändert. Aber letzte Woche haben sie auch die Protokolle geändert und Dutzende von Datensätzen gelöscht.«

Er bedachte mich mit einem wissenden Blick voll böser Ahnungen.

Ich kannte die Antwort bereits, fragte aber dennoch: »Also wissen sie, dass wir drin waren?«

Er nickte und sein Gesichtsausdruck wurde noch verschwörerischer.

»Es fällt mir schwer, das Gute daran zu sehen, Kurt.«

»Hm, na ja, zugegeben, das ist nicht gerade toll. Aber es gibt noch mehr. Gigi gibt nicht so schnell auf. Und das war für sie wie eine Herausforderung, als hätten sie ihr einen Handschuh hingeworfen. Also läuft sie echt auf Hochtouren und fängt an, alle möglichen Sachen auszuprobieren, einschließlich dieses kleinen Tricks von ihr. Sie versucht es mit Schreibfehlern. So denkt sie, immer abseits der ausgetrampelten Pfade, verstehst du?« Er schwieg kurz und nickte, mehr zu sich selbst, mit einem bewundernden Grinsen auf dem Gesicht, er genoss den Gedanken offenbar. »Und sie hat einen Treffer gelandet. Einen mit einem ›m‹ am Ende, Corriga*m*.«

»Mach keine Witze.«

»Ich schwör's dir. Sie sagt, bevor die Rechtschreibkorrektur sich überall durchgesetzt hat, kam das häufiger vor, als man meint.«

Er verstummte wieder. Kurt hatte diese nervige Angewohnheit, Kunstpausen einzulegen, um die Spannung zu erhöhen. Vielleicht war sein Sprechrhythmus auch einfach nur von zu vielen schlecht geschriebenen Fernsehserien geprägt, die er als Kind gesehen hatte.

»Und …?«

»Sie hat einen Beleg für Reed Corrigam gefunden – mit m – in einem versteckten Archiv. Stammte aus einem Bericht der Dirección de Inteligencia – der DI, Kubas Geheimdienst.«

Ich wusste, was die DI war, wollte ihm aber den Spaß nicht verderben. Wir vom FBI hatten uns schon oft mit deren Agenten in Miami angelegt. Also sagte ich nur: »Logisch. Die müssen damals in El Salvador tätig gewesen sein.«

Kurt nickte, dann schaute er sich wieder argwöhnisch um und musterte die Umgebung noch einmal gründlich, bevor er ein paar zusammengefaltete Blätter aus der Tasche zog und sie mir gab. »Steht alles da drin. Es geht um ein Treffen, das ein DI-Typ mit Corrigan hatte. Angeblich gab es ein Leck bei der DI, und der DI-Agent wird nur mit seinen Initialen genannt, aber es kommt auch der Name ›Octavio Camacho‹ vor, und den hab ich gegoogelt. Der Treffer, der am vielversprechendsten aussah, war dieser Typ hier«, erklärte er, während er die Ausdrucke durchblätterte, bevor er eine bestimmte Seite herauszog. »Er war ein portugiesischer Journalist.«

»War?«

»Jep. Camacho ist 1981 gestorben.«

Ich blätterte zu dem Bericht über das Treffen zurück. Es hatte im selben Jahr stattgefunden – ein paar Monate vor Camachos Tod.

Ich spürte, wie meine Schultern nach unten sackten. »Das ist alles?«

Kurts Miene tat es ihnen gleich. »Bis jetzt. Aber sie ist noch dran. Sie versucht jetzt, ein paar digitalisierte Archive anzuzapfen. Die Verschlüsselungs-Algorithmen dafür sind meistens nicht so sicher wie die für aktuelle Dateien. Zumindest nicht für Gigi, wenn sie eine Fährte hat.« Sein Gesicht leuchtete bei ihrem Namen auf. Der Kerl war bis über beide Ohren verknallt. »Aber vielleicht kriegst du ja über Camacho noch mehr raus. Vielleicht kannst du mal beim Portugiesischen Geheimdienst nachschauen, ob die was über Corrigan haben.«

»Oder Corrigam.«

Er lächelte. »Genau.«

Ich war nicht gerade begeistert. Das war nicht viel – ganz und gar nicht viel. Wahrscheinlich nur eine weitere dunkle Sackgasse mit einer unüberwindlichen Backsteinmauer am Ende.

Kurt las meine Miene. »Kumpel, wir finden schon was. Sie auf jeden Fall, das weiß ich ganz sicher.«

Ich zuckte die Achseln. »In Ordnung. Tu mir einen Gefallen, ja, und guck für mich was anderes nach.«

»Schieß los.«

»Du erinnerst dich noch an unseren kleinen Casanova in D.C.?«

Kurt sah mich neugierig an. »Unseren Stan?«

»Genau den. Guck mal, ob du rausfinden kannst, was für Donnerstag auf seinem Kalender steht.«

Er kratzte sich mit dem Daumen am Ohr. »Diesen Donnerstag? Übermorgen?«

»Jep.«

»Donnerstags war Stans Fremdgeh-Abend.«

»Ich frage mich, ob er das immer noch ist«, sagte ich.

Er nickte langsam, das Ohrkratzen wurde auch langsamer.

»No problemo, Kinderspiel.«

»Prima. Danke.« Ich tippte auf die Ausdrucke, während ich aufstand. »Ich lass es dich wissen, wenn ich was finde.«

»Cool«, sagte er und stand ebenfalls von der Bank auf. »Ich grüß Gigi von dir.«

Ich bedachte ihn mit einem strafenden Blick.

»Hey, Kumpel, bleib mal locker. Es ist Weihnachten«, sagte er.

Ich machte ein paar Schritte, dann drehte ich mich zu ihm um. »Mach keinen Scheiß mit ihr, Kurt. Es hört sich so an, als wäre sie's wert. Aber pass auf, dass sie nicht zu weit geht. Ich will nicht, dass einer von euch in einem orangen Overall endet oder als Dauergast in der ecuadorianischen Botschaft. Nicht, nachdem ihr euch gerade erst kennengelernt habt.«

Kurt strahlte mich an und klopfte sich aufs Herz. »Danke, Mann. Ehrlich. Ich bin … Danke.«

»Leg's nicht drauf an, Jaegers. Meine Weihnachtsstimmung hat ihre Grenzen.« Ich drehte mich um und ging weg. Als ich auf meinen Wagen zuging, konnte ich mir ein Lächeln nicht verkneifen, obwohl ich enttäuscht war. Die Kurt-Route – jetzt die Kurt-und-Gigi-Route – führte nirgendwohin. Sobald er mir die Informationen über Kirby gegeben hatte, würde ich ihn wohl freilassen müssen. Er würde mir fehlen, aber es brachte mich nicht weiter, und ich gefährdete ihn und seine Erzmagierin, was immer das sein sollte, erheblich.

Ich wollte gerade in den Wagen steigen, als mein BlackBerry klingelte.

Ich sah auf das Display. Es wurde keine Nummer angezeigt. Ein privater Anruf.

»Agent Reilly?«

Ich erstarrte. Die Stimme klang hohl und künstlich eintönig. Wer immer das war, er nutzte irgendeinen Stimmverzerrer.

Nie ein gutes Zeichen.

5

In solchen Situationen muss ich immer sofort an Tess, Kim und Alex denken.

Ich weiß nicht, warum. Normalerweise bekomme ich es nicht mit Psychos oder Serienkillern zu tun. Die Fälle, an denen ich für gewöhnlich arbeite, haben nicht diesen persönlichen Touch, der in eine Vendetta gegen meine Lieben oder mich ausarten könnte. Aber genau in jenem Augenblick dachte ich an sie. Und das machte mir Angst.

»Ich höre«, sagte ich nur.

»Interessieren Sie sich für Gerechtigkeit?«

»Hören Sie, es tut mir leid, aber es ist echt schwer, diese Frage ernst zu nehmen, wenn sie mit einer Darth-Vader-Stimme gestellt wird.«

Der Mann antwortete nicht gleich. Dann sagte er: »Ich weiß Dinge, Agent Reilly. Dinge, die Sie sich anhören müssen. Dinge, gegen die Sie etwas unternehmen müssen. Dinge, für die Leute bereit sind zu töten, um sie geheim zu halten. Die Frage ist nur, lassen Sie sich darauf ein? Sind Sie bereit, Ihr Leben aufs Spiel zu setzen, um die Wahrheit ans Licht zu bringen?«

Ich wusste nicht, was ich davon halten sollte. Wir haben solche Spinner öfter, als man denken sollte, aber normalerweise rufen sie in der Zentrale an. An die Telefonnummern von Special Agents kommt man nicht so leicht heran.

Ich sagte: »Ich weiß nicht, was Sie über mich wissen, aber das ist so in etwa das, was ich in meinem Job mache. Wer sind Sie? Woher haben Sie meine Nummer?«

»Was ich weiß, was ich Ihnen sagen möchte, das reicht weit zurück. Es betrifft eine Menge Leute.«

»Okay. Ich lege jetzt auf, weil wir jetzt das Monatskontingent für Enthüllungen zum Kennedy-Attentat erschöpft haben und ...«

Er fiel mir ins Wort: »Einer davon war Ihr Vater. Colin Reilly.«

Jetzt war ich wach.

Ich brauchte einen Augenblick, bis ich wieder ruhig sprechen konnte. »Was wissen Sie über meinen Vater?«

»Die Wahrheit. Hören Sie, ich bin bereit, Ihnen alles zu geben. Alle Informationen, die Sie brauchen, Beweise, um es zu belegen. Ich habe alles protokolliert, und ich werde es Ihnen liefern. Aber ich muss sicher sein, dass Sie dafür sorgen, dass es bekannt wird.«

Ich versuchte, ruhig zu bleiben. Ich war mir sehr wohl bewusst, dass mir wahrscheinlich jemand einen Streich spielte, aber wer auch immer das war, drückte ein paar ziemlich heiße Knöpfe. »Sie haben meine Frage nicht beantwortet.«

»Sie wissen, dass ich das nicht tun werde. Nicht jetzt, nicht so. Ich werde Ihnen alles sagen, aber wir müssen uns treffen.«

»Ich muss schon noch ein bisschen mehr wissen, bevor ich mich auf so was einlasse.«

»Nein, müssen Sie nicht.«

»Tut mir leid, aber dieses Gespräch ist jetzt zu Ende.« Ich schwieg eine Weile, tat so, als wollte ich auflegen – aber er merkte, dass ich nur bluffte, und blieb in der Leitung, ohne in Panik zu geraten.

Kurz darauf hörte ich ihn husten – ein seltsames, misstönendes Geräusch, wenn es durch einen Stimmverzerrer kommt –, dann sagte er: »Spielen wir keine Spielchen und verschwenden wir nicht unsere Zeit. Ich kann nicht mehr sehr viel länger telefonieren. Alles, was Sie wissen müssen, ist, dass es ernst ist. Es ist ernst, und ich brauche Sie. Sie müssen die Wahrheit hören – über Ihren Vater, über andere, über Azorer … treffen Sie sich mit mir.«

Azorer. Davon wusste er auch.

Natürlich konnte es eine Falle sein. Es konnte Corrigan sein, der mein schmerzliches Ableben vorbereitete. Aber andererseits, wenn er mich töten wollte, hätte er das längst tun können. Ich lebte ja nicht gerade wie Salman Rushdie.

»Wo und wann?«

»Morgen. Ein Uhr. Times Square. An der Duffy-Statue. Sie wissen, wo das ist, oder?«

»Natürlich.«

»Kommen Sie allein. Ich werde nicht erscheinen, wenn ich vermute, dass Sie noch jemanden dabeihaben. Und, Reilly? Reden Sie nicht darüber. Das ist nur zu Ihrem Besten.«

»Ach ja?«

»Der Letzte, an den ich mich gewandt habe – der Einzige, dem ich versucht habe, davon zu erzählen –, ist tot. Und ich bin mir sicher, es war kein schöner Tod, nicht, dass der Tod das jemals sein könnte, aber – im eigenen Haus zu verbrennen, weil es einen Kabelbrand gab? Ein paar Tage, nachdem ich ihn angerufen hatte? Ich bitte Sie. Und es ist ja nicht, als … Ich meine, ich habe ihm gesagt, er solle nicht recherchieren, aber manchen Typen liegt das einfach im Blut. Die können nicht anders.«

»Warum hören Sie dann nicht auf mit dem Versteckspiel und kommen direkt ins Federal Plaza? Wir können Sie schützen.«

»Nein, das können Sie nicht.« Seine Stimme klang ruhig und sachlich.

»Sie könnten ins Zeugenschutzprogramm des FBI. Stünden unter meinem persönlichen Schutz.«

»Nein. Diese Leute, von denen ich Ihnen berichten werde, sind sehr einflussreich. Und das sind Insider. Deshalb müssen Sie sich erst anhören, was ich zu sagen habe. Allein. Damit Sie darüber nachdenken können, was Sie tun wollen, bevor Sie sie aus dem Spiel nehmen.«

Irgendetwas an seiner Stimme klang überzeugend. Sogar mit dem Verzerrer war seine Angst spürbar.

»Okay«, sagte ich. »Ich werde da sein.«

»Gut.« Dann war die Leitung tot.

6

Ocracoke, North Carolina

»Wir haben ein Problem.«

Gordon Roos runzelte die Stirn, während er es sich auf dem Sessel auf der breiten Terrasse bequem machte und auf den schläfrigen, kleinen Hafen hinausblickte. Dampf stieg von dem Kaffeebecher auf, den er in der Hand hielt, und löste sich in der frischen Abendluft auf.

Er trank einen Schluck, dann sagte er: »Wir haben immer Probleme. Was ist daran neu?«

»Es ist Padley.«

Auf den Outer Banks schneite es so gut wie nie. Vor ein paar Jahren hatte es mal ein paar Zentimeter Schnee gegeben, was als bemerkenswertes Phänomen in die Geschichte eingegangen war. Roos hatte es nichts ausgemacht. Er mochte es, dass der Schnee sie noch stärker abschottete. Seit er nach Ocracoke gezogen war, lebte er sogar noch isolierter als in seinem ersten Haus weiter oben an der Küste, und das war genau nach seinem Geschmack – solange er gut an- und abreisen konnte. Sein Auto verließ nur selten die Insel. Auf dem kleinen Flughafen, der kaum mehr als eine Startbahn mit einem kleinen, leerstehenden

Häuschen als Terminal war, hatte er eine einmotorige Cessna Skyhawk stehen. Außerdem lag ein kleines Sportfischerboot von ihm im Hafen, aber das diente nur seinem Vergnügen.

Er liebte die Winter hier. Die spätherbstlichen Touristen waren längst abgereist und hatten die Inseln den paar hundert ständigen Bewohnern überlassen. Sein Haus gehörte zu einer kleinen Ansammlung von Gebäuden am südöstlichen Ende des Silver-Lake-Hafens, die sämtlich von Einheimischen bewohnt waren. Auf der einen Seite von ihm wohnte ein Künstler, auf der anderen Seite ein Folk-Musiker, dessen Musik Roos ganz gut gefiel – was ein Glück war, da der Mann gern spätabends übte. Die Nachbarn blieben im Großen und Ganzen jeder für sich, auch wenn sie sich jedes Jahr zu Weihnachten zu einem kleinen Umtrunk trafen, eine Tradition, die Roos umso mehr genoss, seit seine Frau ihn verlassen hatte. Sie hatten keine Kinder, und seine Eltern waren lange tot, weshalb er um diese Jahreszeit keinerlei Verpflichtungen hatte.

Er hatte sich auf ruhige Feiertage gefreut – lesen, mit dem Boot in den Golfstrom rausfahren, um nach ein paar Nordatlantischen Thunfischen Ausschau zu halten und, natürlich, hin und wieder etwas Gesellschaft einladen – bezahlte, versteht sich – für ein oder zwei Nächte fleischlichen Vergnügens. Dann war der Anruf auf seinem verschlüsselten Satellitentelefon erfolgt. Nur ein Mensch auf der Welt hatte diese Telefonnummer. Edward Tomblin war jahrzehntelang Roos' Kollege bei der CIA gewesen. Tomblin war immer noch dabei. Außerdem war Tomblin Roos' engster – und vielleicht auch sein einziger, im wahrsten Sinn des Wortes und innerhalb der Grenzen, die ihre Arbeit ihnen auferlegte – Freund. Und Roos kannte seinen Freund gut genug, um aufzuhorchen, als er merkte, wie ernst dessen Stimme klang.

»Wer noch mal?«, fragte er.

»Das Leak? Mit dem Reporter? Das war Padley. Der schlägt über die Stränge – oder eher: Er hat vollkommen den Verstand verloren.«

Roos brauchte einen Augenblick, um darüber nachzudenken, und trank noch einen Schluck von seinem Kaffee. Er genoss das Brennen der heißen Flüssigkeit, als sie seine Kehle herabrann und seinen scharfen Verstand noch mehr auf Touren brachte.

»Woher wissen wir das?«

»Er hat noch einmal jemanden angerufen. Wir haben es nur mitgekriegt, weil der auf unserer aktiven Beobachtungsliste steht.«

»Wen denn?«

»Oh, das wird dir gefallen. Reilly. Sean Reilly.«

Das Brennen wurde giftig.

»Was hat er ihm gesagt?«

»Nicht viel. Nur dass er Material für ihn hat. Informationen. Aufzeichnungen – über alles. Zeug, mit dem Reilly an die Öffentlichkeit gehen soll. Zeug, das seinen Dad betrifft. Aber der Doc stellt das ganz clever an. Er benutzt ein Prepaidhandy und einen Stimmverzerrer. Außerdem hat er alle Schlagworte vermieden, die wir hätten auffangen können. Wir haben ihn nur erwischt, weil wir die Aufzeichnung noch mal mit unserer Roten Liste abgeglichen und einen Treffer bekommen haben. Er weiß wohl nicht, dass wir Dekodierungsprogramme für jeden Verzerrer haben, den man in diesem Land kaufen kann.«

»Oder anderswo.«

»Ich wollte nicht unbescheiden klingen.«

Also hatten sie noch einmal Glück gehabt. Sie hätten nichts von dem Anruf mitbekommen, wenn sie Reilly nicht sowieso überwachen würden.

Reilly. Der gottverdammte Reilly schon wieder.

Roos schob diesen speziellen Ärger beiseite. »Ausgerechnet Padley? Warum? Und warum jetzt?«

»Er stirbt.«

»Was?«

»Wir haben ihn einmal vollständig durchleuchtet, nachdem wir ihn identifiziert hatten. Bauchspeicheldrüsenkrebs.

Aggressiv und metastasiert. Im Endstadium. Er hat nicht mehr lange.«

»Mein Gott.«

»Den hat er wohl auch im Sinn, ganz eindeutig.«

Roos atmete lange aus, dann trank er noch einen Schluck Kaffee. Er war lange genug dabei, um zu wissen, was sie tun mussten. Dennoch missfiel ihm der Gedanke.

Er mochte den Doc. Sicher, der Mann hatte ein paar nervtötende Eigenheiten. Heutzutage würde man ihm wohl schon fast eine Zwangsstörung diagnostizieren. Aber sie waren ja alle auf ihre Weise Kontrollfreaks. Das brachte der Job so mit sich. Oft ging es ums Überleben – ganz besonders oft ums eigene Überleben. Man lernte früh, dass der einzige Mensch, dem man unter allen Umständen vertrauen konnte, man selbst war.

Aber das hier – das war doch ein Schock. Padley war zu ihnen gekommen. Er hatte nie einen Zweifel an seinem Engagement gelassen, hatte nie die Aufgaben angezweifelt, die man ihm aufgetragen hatte, selbst wenn man ihm nicht alle Informationen geliefert hatte, Informationen, die ihn hätten Dinge infrage stellen lassen können. Sich so zu wandeln, so einen Verrat zu begehen für … was?

»Also geht's hier um Erlösung?«, fragte Roos. »Der gute Doc will Wiedergutmachung leisten, damit er an den Himmelspforten auf die Gästeliste kommt?«

»Sieht danach aus.«

Roos nickte, während er eine lange Segeljacht beobachtete, die mit Motorantrieb in den Hafen einlief. »Okay«, sagte er. »Ich fürchte, wir haben keine andere Wahl. Ich kontaktiere Sandmann, damit der sich darum kümmert.«

»Hat es keinen Sinn, noch mal mit dem Doc zu reden und ihm zu zeigen, dass er auf dem Holzweg ist?«

»Was soll das bringen? Er stirbt sowieso. Tut mir schon fast leid, dass wir dem hinterhältigen, kleinen Scheißer den ganzen Mist ersparen, der noch auf ihn wartet. Ich hab miterlebt, was mein Dad durchgemacht hat … Verdammt, wenn du jemals mitkriegst, dass mir so was bevorsteht, dann tu mir einen Gefallen und jag mir den Sandmann auf den Hals.«

Tomblin lachte leise. »Es wäre mir ein Vergnügen.«

Jetzt war es an Roos, leise zu lachen. »Arschloch.«

»Was ist mit Reilly?«

»Ja, was ist mit Reilly?«

Roos hatte sich schon vor ein paar Monaten um Reilly kümmern wollen, nachdem sie herausgefunden hatten, dass er es auf »Reed Corrigan« abgesehen hatte – Roos' Deckname bei einigen Projekten, an denen er mit Tomblin zusammengearbeitet hatte, damals, als Roos noch aktiver Agent gewesen war. Tomblin hatte ihm geraten zu warten. Reilly wurde aber noch mehr zur Plage, als er in die Sokolow-Affäre hineingezogen wurde und Roos davon abhielt, den flüchtigen russischen Wissenschaftler in die Hände zu bekommen, der es geschafft hatte, sowohl dem KGB als auch der CIA durch die Lappen zu gehen und beiden die unglaubliche – und unglaublich gefährliche – Erfindung und die ungeheuerlichen Auswirkungen, die sie hätte haben können, vorzuenthalten. Und dann war der Hurensohn auch noch hingegangen und hatte dem Präsidenten das Leben gerettet, und Roos hatte zurückstecken müssen im großen Stil.

Dieses Mal würde er nicht lockerlassen.

»Er ist Punkt Nummer zwei auf der To-do-Liste des Sandmanns, denke ich.«

Tomblin schien für die Dauer eines Atemzuges zu zögern, dann sagte er: »Einverstanden.«

»Ganz besonders jetzt. Reilly darf dieses Mal nicht dazwischenfunken. Aber wir müssen aufpassen, er ist ein extrem schwer zu fassender Mistkerl.«

»Reillys Mädchen – die ist auch nicht ohne.«

»Die Schriftstellerin?«

»Ja. Wir müssen sicherstellen, dass sie hinterher kein Futter für einen neuen Roman hat.«

»Der Sandmann hat uns bisher noch nie hängen lassen.«

»Stimmt«, sagte Tomblin. »Aber wie du schon sagtest – sie ist wie er. Findig.«

»Den täglichen Logs zufolge scheint er aber nicht alles mit ihr zu teilen, ist das korrekt?«

»Ja. Aber uns lässt der Kerl auch im Dunkeln. Andererseits könnte am Ende genau das sie am Leben erhalten.«

»Wenn sie sich entscheidet, Schwierigkeiten zu machen, können wir uns immer noch um sie kümmern«, meinte Roos. »In der Zwischenzeit halte mich auf dem Laufenden. Und unserem Schoßhündchen machst du auch besser Beine. Vielleicht fängt er dann endlich mal an, sich den Vorschuss zu verdienen, den wir ihm zahlen.«

»Einverstanden.«

Roos legte auf und schaute in die Ferne. Die Jacht fuhr langsam rückwärts an ihren Liegeplatz. Er beobachtete sie, um das Können des Skippers einzuschätzen.

Für jeden anderen Sterblichen wäre diese Nachricht mehr als beunruhigend gewesen, aber Roos hatte schon viel Schlimmeres erlebt. Er würde keinen einzigen seiner Pläne deswegen ändern. Er würde in aller Ruhe seinen Kaffee austrinken, noch mal einen Blick auf die Wettervorhersage werfen und dann einen Spaziergang an den Dünen entlang machen, wie er es jeden Abend tat. Er dachte sogar darüber nach, sich einen Hund zuzulegen. Er hatte einen gehabt, als er noch ein kleiner Junge gewesen war, aber sein Vater hatte ihn erschossen, kurz bevor sie in die Stadt gezogen waren.

Wenn er einen Hund kaufte, würde er selbst der Einzige sein, der ihn erschießen durfte. Und nur, um ihm die leidvollen Jahre zu ersparen, die Roos selbst ebenfalls nicht vorhatte zu durchleben. Er schätzte, dass ihm noch fünfzehn gute Jahre blieben – zwanzig, wenn er Glück hatte –, vollkommen ausreichend für die Lebensspanne, in der ein guter, reinrassiger Hund nützlich war.

Bei dem Gedanken an die Jahre ununterbrochener Muße, die noch vor ihm lagen, lächelte er. Er glaubte fest daran, dass er sie sich mehr als verdient hatte. Und nichts, gar nichts, und ganz besonders nicht Sean Reilly, würde daran etwas ändern.

7 Lower Manhattan, New York City

Wir waren alle im Beekman, einer unserer Lieblingskneipen, einem inhabergeführten Irish Pub, in dem angeblich das beste Guinness der ganzen Stadt gezapft wurde. Nicht, dass ich das hätte beurteilen können. Ich genoss meine zweite Cola mit viel Eis, und die Entscheidung, nichts Hartes zu trinken, hatte mir schon eine Stunde lang spöttische Bemerkungen von den Kollegen alter Schule eingetragen.

Unser Boss, Ron Gallo, hatte sich nicht mal die Mühe gemacht zu erscheinen. Keine Überraschung: Der Assistent Director in Charge des New Yorker Field Office gehörte zu den Vorgesetzten, die meinten, es würde ihrem Ansehen bei ihren Untergebenen schaden, wenn sie sich mit der Truppe gemein machten. Als gäbe es da überhaupt noch etwas zu schädigen. Er und ich, wir hatten sowieso nicht viel füreinander übrig. Ich weiß nicht, ob das nur an seinen außergewöhnlich armseligen Führungsqualitäten lag, auch wenn er wirklich nichts ausließ: Wutanfälle, Verdienste anderer für sich beanspruchen, sein Wort nicht halten. Er schien einfach diesen kriecherischen, unsicheren, politisch ausgefuchsten Karriereansatz zu verfolgen, der mich immer an ein Wiesel denken ließ, wenn ich sein langes Gesicht mit den schmalen Augen sah.

Ich war immer noch angeschlagen von den Nachtschichten in New Jersey – davon und von dem verdammten Telefonanruf. Der ging mir gerade wieder im Kopf herum, als ich eine Hand auf meiner Schulter spürte, mich umdrehte und mich

Special Agent Deutsch gegenübersah. Ich wusste nur wenig über sie, weil sie noch nicht lange dabei war. Jetzt lächelte sie, der Cocktail in ihrer linken Hand und die allgemeine Kameraderie um uns herum schienen auch ihre Haltung etwas gelöst zu haben. Ich machte mir Sorgen um sie, wenn Nick in der Nähe war. Auch wenn sie eine eher kleine Brünette war und damit nicht seinem üblichen bombastischen Typ entsprach, hatte er schon ein paar Mal erwähnt, dass er sie attraktiv fand.

»Agent Reilly?«

»Agent Deutsch?«

Ich entdeckte ein Zucken um ihre Mundwinkel. »Annie.«

»Sean.«

Ihre Augen blitzten mit derselben schwer fassbaren Kombination aus Intelligenz, Esprit und einer lässigen Akzeptanz der bombensicheren Fähigkeit, Aufmerksamkeit auf sich zu ziehen, die ich an Tess so anziehend fand.

Sie beugte sich vor und flüsterte mir ins Ohr: »Ich muss Lendowski loswerden. Er scheint zu glauben, dass es mir gefällt, wenn er mir die Zunge ins Ohr steckt.«

Ich schaute mich um. In ein paar Metern Entfernung konnte ich Lendowski laut lachen sehen, wobei er Deutsch anzüglich anstarrte. »Warum ich?«

Es war nur halb im Scherz gemeint.

Lendowskis häufig peinliche Husarenstücke bei den Damen waren im Bureau allseits bekannt, vor allem, weil er selbst sie jedem auf die Nase band, der sich nicht dagegen wehrte. Im Vergleich mit ihm wirkte Nick wie ein Mönch. Lendowski hatte den letzten drei Anzeigen wegen sexueller Belästigung nur knapp entrinnen können, und er schien immer als Opfer daraus hervorzugehen, was keine schlechte Leistung war für jemanden, der auf WWE, dem Wrestling-Sender, keine schlechte Figur machen würde. Außerdem spielte er gern, vielleicht noch lieber, als er Frauen belästigte.

Die Frage schien sie etwas aus dem Konzept gebracht zu haben. Sie zögerte, bevor sie antwortete: »Weil du gerade hier stehst.« Dann schwieg sie kurz, bevor sie noch anfügte: »Und wegen der Art und Weise, wie sie dich beschreibt.«

»Hä?« Ich hatte keine Ahnung, wovon sie sprach.

»Du bist Jake, oder? Mias fahrender Ritter?«

Kopfschüttelnd lachte ich auf. »Ach, du lieber Gott.« Irgendwann hatte das mal passieren müssen, aber je mehr Zeit vergangen war, desto eher hatte ich geglaubt, dass es mir erspart bleiben würde.

Als sie gehört hatte, dass Tess Bestseller-Autorin war, war die Schlussfolgerung wohl naheliegend gewesen, dass der männliche Held in ihren ersten beiden Büchern dem Mann in ihrem Leben nachempfunden war. Ich konnte dem nicht entkommen, obwohl Tess alles tat, es zu verschleiern: Jake Corben trug einen Kinnbart und lebte auf einer Rinderfarm, wenn er nicht im Auftrag einer mysteriösen Geheimgesellschaft rund um den Globus reiste und dabei archäologische Abenteuer erlebte.

»Na ja, also erstens mal bin ich kein Cowboy.«

Sie legte den Kopf schief. »Und ich auch kein Rodeo-Groupie.« Ihr übertriebener texanischer Akzent war perfekt. Dann legte Lendowski ihr die Hand auf den Arm.

»Was dagegen, wenn ich unterbreche?«, fragte er. »Annie und ich haben gerade miteinander geredet, da ist sie mir irgendwie von jemandem abgegriffen worden, als ich an die Bar wollte.« Er grinste uns breit an und zeigte dabei viel zu viele Zähne. Wie viele Zähne hatte der Kerl? »Versteht ihr? Ab-ge-griffen?«

Sie schob geduldig seine Pranke weg, während er noch über seinen genialen Kalauer lachte. »Len, wie wär's, wenn du stattdessen mal be-greifen würdest, dass ich das nicht möchte?«

Er zwinkerte mir halbtrunken zu. »Sie lieben solche Spielchen, stimmt's? Die Anmache ist alles bei den Weibern, das sag ich dir. Du hättest mal sehen sollen, wie ihre Augen geleuchtet haben, als ich ihr verraten habe, dass mein Name von ›endow‹ kommt wie Ausdauer, verstehste? Stimmt doch, Baby, oder?«

Er wollte eine Hand auf ihre Hüfte legen, aber sie wich ihm aus, sodass er in die Luft griff.

Er lachte und versuchte es wieder, dieses Mal mit beiden Händen, um sie von mir weg zu manövrieren in Richtung der Bar und seiner Kumpel vom Sondereinsatzkommando.

Mir Lendowski zum Feind zu machen, das fehlte mir gerade noch, aber andererseits war er eindeutig betrunken und ich sah, dass Deutsch allmählich die Geduld ausging. Doch wenn sie ihm zu kräftig auf die Füße trat, würde er ihre Karriere behindern oder ganz zum Stillstand bringen, besonders da sie Partner waren. Ich war mir sicher, das wusste sie.

Ich hingegen gehörte quasi zur Einrichtung und hatte genug Leute, die mich unterstützten im Rücken, um mich gegen jedes Macho-Gehabe zur Wehr setzen zu können, das der große Tölpel meinte, mir gegenüber an den Tag legen zu müssen.

Ich ging dazwischen, packte seine Handgelenke und schob entschieden seine Hände von Deutsch weg. Dann sagte ich so leise, wie ich konnte, um immer noch gehört zu werden: »Geh zurück zu deinen Kumpels, Len. Die nächste Runde geht auf mich.«

Er schwang bösartig herum, und seine Faust zischte an meinem linken Ohr vorbei, als ich den Kopf zurückriss und dem Schlag auswich.

Deutsch trat vernünftigerweise etwas zurück, und ich täuschte zur anderen Seite an, um den Folgeschlag zu vermeiden, dann stürzte sich Lendowski auf mich. Ich hatte schon den Platz, auf den er abzielte, frei gemacht, sodass er statt meiner ein paar Wall-Street-Banker im Anzug traf.

Er löste sich von ihnen, richtete sich auf und holte zu einem rechten Haken gegen meinen Kopf aus, hatte aber zu viel Schwung geholt und wurde mitgerissen. Ich musste ihn nur noch ganz leicht an der Schulter berühren, nur ein klein wenig nachhelfen, um ihn zu Boden zu schicken – was ich auch tat.

Als er sich wieder aufgerappelt hatte, ließ er die Fingerknöchel knacken und rollte den Kopf, passend zu dem Bild, das er selbst von sich hatte. Er bedachte mich sogar mit einem Scharfschützenblick, aber irgendwie konnte ich dem Drang, ihn auszulachen, widerstehen, eine Reaktion, die unserer beruflichen Beziehung wesentlich mehr geschadet hätte als ein paar Schläge auf die Nase.

Es deutete alles darauf hin, dass es jetzt doch noch sehr hässlich werden würde, aber als Lendowski wieder dazu ansetzte, sich auf mich zu stürzen, erschien Nick hinter ihm, legte den Arm um ihn und sagte: »Yo, Zeit für eine Pause, Großer.« Er zerrte ihn weg.

Mir fiel ein, dass Nick und Lendowski ins selbe Fitnessstudio gingen, und ich hoffte, dass seine Beziehung zu Lendowski gut genug war, um den Kerl wieder zur Vernunft bringen zu können.

Deutsch trat wieder zu mir. »Danke. Mia hat wirklich Glück.«

»Meine Rede«, lachte ich, weil es mich amüsierte, dass sie so darauf bestand, den Namen zu benutzen, den Tess ihrem fiktiven Alter Ego gegeben hatte. Allerdings würde ich die Botschaft nicht weitergeben. Tess gehörte definitiv nicht zu den Frauen, die es mochten, wenn jemand ihnen zur Wahl ihres Mannes gratulierte, besonders nicht, wenn es sich dabei um eine attraktive – und erreichbare – Kollegin handelte. Und erst recht nicht, wenn es eine war, die nicht mal andeutungsweise die Neigung zeigte, sich einen anderen Gesprächspartner zu suchen.

Wir beobachteten, wie Lendowski widerwillig nickte und dann hinausging.

Annie sagte: »Wie schafft ein Neandertaler wie der es nur, seine Marke zu behalten?«

»Dein Urteilsvermögen ist vom Alkohol getrübt. Er kann doch auch ganz charmant sein. Wenn du ihm nur eine Chance gibst.«

Eine Sekunde lang sah sie mich kritisch von der Seite an, als wäre sie sich nicht sicher, ob ich es ernst meinte, dann hellte sich ihre Miene auf, und sie lachte sogar – ein Novum. »Warum konnten die mich nicht mit jemandem wie dir zusammenstecken?«

»Mich muss man sich verdienen, Annie.«

Sofort bereute ich es, den Mund so voll genommen zu haben – umso mehr angesichts des neugierigen, aber nicht entmutigten Blickes, den sie mir jetzt schenkte.

»Dich verdienen, das ist ja mal ein verlockender Anreiz.«

»Und das ist auch mein Stichwort«, sagte ich lächelnd. »Im Ernst jetzt … sitz es einfach aus. Man wird dir irgendwann jemand anderen zuteilen, da bin ich sicher. Die sind ja nicht blind.«

»Ich hoffe es – beim nächsten Mal kann ich mich vielleicht nicht beherrschen.«

»Sorg nur dafür, dass du genug Zeugen hast.«

Ich winkte ihr zu, drehte mich um und machte mich auf den Weg nach draußen. Bei Nick blieb ich kurz stehen und sagte ihm, dass ich nach Hause ging. Es wurde spät, und ich war körperlich und geistig ausgelaugt. Waren wir alle.

Draußen sah ich Lendowski, der in einer Seitengasse an der Wand lehnte. Erst dachte ich, dass er sich übergab, aber dann wurde mir klar, dass er telefonierte, was wahrscheinlich bedeutete, dass sich sein Buchmacher mit weiteren schlechten Nachrichten gemeldet hatte.

Ich sog die kalte Luft tief ein und streckte die Hand aus, um ein Taxi heranzuwinken, damit ich meinen Wagen aus dem Parkhaus an der Federal Plaza abholen konnte. In weniger als einer Stunde würde ich zurück in meinem Schloss sein und mich an meine holde Maid kuscheln.

Lendowski war schlagartig nüchtern geworden, als er die Stimme am anderen Ende der Leitung hörte, eine Stimme, die, auch wenn sie nicht seinem Buchmacher gehörte, ihm doch dieselbe Angst einjagte.

Er schuldete seinem Buchmacher sechzigtausend Dollar,

und er hatte keine Ahnung, wie er sie jemals zurückzahlen sollte. Sie bedrohten ihn bereits, und die Tatsache, dass sie das, ohne mit der Wimper zu zucken, bei einem FBI-Agenten wagten, ließ ihm keine Illusionen darüber, wie ernst es diese Leute meinten und wie unerbittlich sie waren. Sie brachten ihn ins Schwitzen – nicht gerade einfach bei Nat Lendowski. Dann, vor ein paar Monaten, hatte er einen Anruf von jemandem bekommen, der von seinen Schulden wusste. Der Typ hatte ihm fünfhundert Dollar pro Woche versprochen, nur damit er Reilly im Auge behielt. Nicht allzu kompliziert. Er wollte nur, dass Lendowski ihn wissen ließ, wenn Reilly sich ungewöhnlich verhielt oder für längere Zeit ohne weitere Erklärung von der Bildfläche verschwand.

Lendowski gab sich nicht wirklich Mühe, das Geld zu verdienen, holte sich aber jede zweite Woche den Umschlag mit den gebrauchten Scheinen ab, der zuverlässig im Waschraum seines Apartmenthauses für ihn bereitlag. Er hätte mit dem Geld seine Schulden abzahlen können, doch stattdessen spielte er damit – und verlor. Was bedeutete, dass er inzwischen diesem Typen genauso ausgeliefert war wie seinem Buchmacher.

Als er den Anruf annahm, kam der Typ gleich zur Sache.

»Hey, Len. Zeit, dass Sie anfangen, sich Ihre Kohle zu verdienen.«

Len runzelte die Stirn. »Was soll ich machen?«

»Reilly«, sagte der Mann. »Bleiben Sie dicht an ihm dran. Stellen Sie sich einfach vor, Ihr Leben hinge davon ab.«

Mit einem unguten Gefühl in der Magengegend wurde Lendowski klar, dass das nicht gerade leicht werden würde, ganz besonders nicht nach dem, was sich gerade im Pub abgespielt hatte. Aber zumindest hatte er jetzt schon etwas anzubieten.

»Er ist auf dem Weg nach Hause. Ich weiß, dass er morgen Abend die Stadt verlässt und zu irgendeinem großen gesellschaftlichen Ereignis geht. Habe ihn mit seinem Partner darüber reden gehört. Er nimmt seine Frau mit.«

»Okay. Gut. Wenn's noch was gibt, rufen Sie mich sofort an.«

Der Anrufer beendete das Gespräch.

Lendowski steckte sein Telefon ein, drehte sich um und entleerte seinen Magen an die Hauswand.

8

Mamaroneck, New York

Der rätselhafte Anruf beschäftigte mich noch immer.

Ich war mir nicht ganz sicher, was ich davon halten sollte. Es bestand die Möglichkeit, dass er echt war. Der Mann hatte sich aufrichtig angehört. Andererseits durfte ich nicht vergessen, dass es eine Falle sein konnte. Doch wie dem auch sein mochte, ich musste zu dem Treffen gehen. Es gab keine andere Möglichkeit trotz der üblichen Komplikationen, die das mit sich brachte, einschließlich der wichtigsten: Ich konnte Nick nichts darüber sagen, und er würde wahrscheinlich doch darauf kommen und mich dann ständig bedrängen, um herauszufinden, was ich zu verbergen hatte. Ihn dabeizuhaben, würde die Sache natürlich auch sicherer machen, aber ich hatte das Ding hier allein angefangen und würde nicht jetzt noch seine Karriere aufs Spiel setzen. Außerdem durfte ich nicht riskieren, den Anrufer zu verschrecken, wenn er es denn tatsächlich ehrlich meinte und etwas Wichtiges mitzuteilen hatte.

Ich lag auf dem Bett und grübelte, tief in Gedanken versunken, über all das nach, während Tess ein Outfit nach dem anderen aus dem Schrank zog und mir vorführte, damit ich meine Meinung dazu äußerte.

»Was ist mit dem hier?«, sagte sie, während sie mir vergnügt ein langes, schmal geschnittenes Kleid in schimmernder Bronze hinhielt, das unten weiter wurde. »Du hast gesagt, dass es dir gefiel, als ich es zu der Gala am Institut getragen habe.« Ihre Miene verfinsterte sich bei dem Gedanken so schnell, wie sie sich gerade aufgehellt hatte. »Andererseits – meinst du, dass auf der Gästeliste des Weißen Hauses irgendjemand steht, der auch auf der Gala war?«

Ich zog die Augenbrauen hoch und nickte, wenn auch ohne rechte Begeisterung. Die war mir schon bei Kleid Nummer drei ausgegangen. Ich entschied mich für die sichere Antwort: »Sie sind alle großartig. Egal, für welches du dich entscheidest, du wirst sowieso das heißeste Mädchen im Saal sein.«

Okay, ich wusste gleich, dass das nicht der Bringer sein würde, und das war es dann auch nicht. Tess bedachte mich nur mit jenem ausdruckslosen Blick, der mir signalisierte, dass eine Menge Arbeit vor mir lag, bis ich das wiedergutgemacht hatte, und sagte mit ihrem besten gespielten französischen Akzent: »Sie 'aben wirklisch eine seidene Zunge, Monsieur Reilly. Kein Wunder, dass Frauen bei jedem Ihrer Worte in Verzückung geraten.«

»Tja, so hat jeder sein Kreuz zu tragen«, antwortete ich, bevor ich raus in die Küche ging. »Willst du ein Bier?«

»Aber sischer, mein süß'är Casanova.«

»Ich nehme an, das bedeutet, dass du ein ausländisches Bier willst?«

»Moi?«

Ich lächelte. »Ein Bud, kommt sofort.«

Ich griff in den Kühlschrank, dann trank ich einen großen Schluck und setzte mich an den Küchentisch, in Gedanken spielte ich den morgigen Tag durch.

Um eins musste ich am Times Square sein. Das Treffen würde nicht allzu lange dauern, vorausgesetzt, Darth tauchte tatsächlich auf. Der Kerl hatte sich so nervös angehört, dass ich den Eindruck hatte, er würde beim geringsten Anlass einen Rückzieher machen.

Er konnte aber auch auftauchen und sich als etwas ganz Großes erweisen. In dem Fall musste ich versuchen, ihn zu überreden, sich unter unseren Schutz stellen zu lassen, was, wenn er sich darauf einließ, unseren kleinen Ausflug nach DC verhindern würde. Ich konnte mir schon vorstellen, wie begeistert Tess darüber sein würde.

Sie freute sich unheimlich auf unseren Kurzurlaub. Sie hatte ihre Mutter, die in Westport lebte, gebeten, herzukommen und sich um Kim und Alex zu kümmern, während wir verreist waren. Nur wir zwei, eingeigelt in einem hübschen Hotelzimmer in der Hauptstadt. Was klasse werden würde. Das zu verpassen, wäre schlimm. Mein geheimes Treffen konnte aber auch total danebengehen und sich in irgendetwas Hässliches und Heftiges verwandeln, was Anlass zu ganz anderen Sorgen gab.

Um zwei musste ich an der Penn Station sein, um unseren Acela Express nach D.C. zu bekommen. Ich hatte mich schon auf dünnem Eis bewegt, als ich Tess gesagt hatte, dass ich sie an der Union Station absetzen und mich dann später mit ihr im Hotel treffen würde. Auch das würde zeitlich eng werden – ich würde in einen bereits wartenden Mietwagen springen und rausfahren müssen, damit ich mit meinem schäkernden Lieblings-CIA-Agenten sprechen konnte, bevor ich mich rechtzeitig für das glamouröse Weihnachts-Dinner wieder mit ihr traf.

Das war kein Gespräch, dem ich mit großer Freude entgegensah. Ich hatte schon beim ersten Mal ein schlechtes Gewissen dabei gehabt, Stan Kirby zu erpressen, und ich hatte mich damit bei ihm auch nicht gerade beliebt gemacht. Wahrscheinlich würde er stinksauer sein, wenn ich wieder aufkreuzte, und das auch noch bei ihm zu Hause, aber mir blieb nichts anderes übrig. Ein Telefonanruf hätte nicht die nötige Wirkung, wenn ich wollte, dass er sich auf den Servern der CIA nach einer Akte über meinen Vater umschaute. Ich konnte ihn auch nicht in seinem Büro aufsuchen. Und Kurt hatte angerufen, um mir zu sagen, dass seine Schnüffelei auf Kirbys digitaler Fährte ergeben hatte, dass seine donnerstagabendlichen Stelldicheins anscheinend ein Ende gefunden hatten und dass er so ziemlich jeden Tag direkt aus Langley nach Hause fuhr. Vielleicht hatte meine kleine Intervention ihn ja wieder auf den Pfad der Tugend zurückgeführt. Vielleicht hatte aber auch seine Geliebte einfach genug von seinem langweiligen Hintern gehabt. Wer weiß. Dennoch, ich konnte es mir nicht leisten, die Chance zu verschenken, ihn persönlich zu treffen. Die Einladung ins Weiße Haus war gerade richtig gekommen, das war eine exzellente Gelegenheit, um sich kurz davonzustehlen und mit ihm zu plaudern, ohne allzu viel Aufmerksamkeit zu erregen.

Ich beschloss, dass es mich nicht sonderlich weiterbringen würde, noch länger darüber nachzugrübeln. Ich musste einfach rausgehen und abwarten, wie sich beide Ereignisse entwickelten. Im Augenblick war es das Beste, mit Tess' Bier ins Schlafzimmer zurückzukehren und Wiedergutmachung dafür zu leisten, dass ich angesichts ihrer überteuerten Haute-Couture-Kollektion nicht in Begeisterungsstürme verfallen war.

Ich bekam aber nicht sehr viel Gelegenheit zur Begeisterung. Kaum hatte ich Tess ihr Bier gegeben, sah ich, wie sie abgelenkt zur Schlafzimmertür blickte.

Ich folgte ihrem Blick und sah Alex auf der Schwelle stehen, sein Gesicht angespannt vor Sorge, obwohl er offensichtlich noch halb schlief.

»Oh, Baby«, sagte sie warmherzig.

Sie wollte aufstehen, aber ich hielt sie auf und sagte: »Ich kümmere mich um ihn.«

Ich drehte mich um und ging langsam auf ihn zu. Schweigend beobachtete er mich, als ich vor ihm auf ein Knie ging.

»Hey«, sagte ich leise und gab ihm einen Kuss auf die Stirn. »Was ist denn los, Champ? Es ist schon sehr spät.«

Er starrte mich an, die Unterlippe etwas vorgeschoben und zittrig, die Augen glänzend vor Angst.

Er musste mir nicht sagen, was los war. Es war nicht das erste Mal, dass er einen Albtraum hatte.

»Na komm«, sagte ich, als ich ihn auf die Arme nahm und an mich drückte. »Bringen wir dich wieder ins Bett.«

Ich schaute kurz zurück zu Tess. Sie lächelte mich etwas gequält an und nickte, und ich trug ihn in sein Kinderzimmer.

»Geschichte«, murmelte er, fest an mich geklammert.

Ich schmolz ein wenig dahin. Obwohl mich jedes Mal die nackte Wut überkam angesichts dessen, was sie ihm angetan hatten, ließ er sich inzwischen wenigstens auch von mir trösten und nicht nur von Tess.

Es war ein bittersüßes Gefühl – es zu genießen, wie mein Sohn sich eng an mich schmiegte, zu spüren, wie er sich an mich hängte, seinen Beschützer, seinen Dad –, aber zugleich die Kerle, die dafür verantwortlich waren, dass er so Schutz suchte, zu Brei schlagen zu wollen.

»Okay«, sagte ich, als wir uns in seinem Bett aneinanderkuschelten. »Worauf haben wir denn heute Nacht Lust? Ein bisschen Gobblefunk oder die Geschichte von der schlauen Maus und ihrem Freund mit den großen Zähnen?«

Alex lächelte.

Ich schmolz noch ein bisschen mehr.

»Gobblefunk«, murmelte er.

»Gute Entscheidung«, antwortete ich und hob die Hand zum Abklatschen, die er sanft mit der Handfläche berührte, bevor er sich mit fest geballten Fäusten die Augen rieb, wie kleine Kinder das so ausgezeichnet können.

Wir versanken in der wundervollen Welt von Sophiechen und dem Riesen. Alex' Atem wurde lauter und ruhiger, sein leises Schnarchen war wie Musik in meinen Ohren, Balsam für meine müden Sinne.

Als ich sicher war, dass er fest schlief, konnte ich mich nur schwer aus diesem wonnevollen Kokon lösen, um aufzustehen und zurück ins Schlafzimmer zu gehen, aber ich musste. Ich musste selbst noch eine ordentliche Mütze voll Schlaf nehmen.

Der morgige Tag würde ein oder zwei Komplikationen mit Sicherheit bereithalten, im besten Fall.

DONNERSTAG

9
Boston, Massachusetts

Dr. Ralph Padley erwachte um sieben. Wie jeden Morgen, seit er vor siebzehn Jahren in das traditionelle Bostoner Backsteinhaus am East Broadway gezogen war.

Bis sein Körper ihn verraten hatte, hatte er es genossen, seine Tage hier zu beginnen. Der Kauf hatte sich als außerordentlich kluge Investition erwiesen, da die Gegend jetzt mit Back Bay oder South End vergleichbar war – seine gründliche Recherche hatte sich wieder einmal ausgezahlt. Seiner rigiden Gewohnheit folgend, duschte er, zog sich an und kratzte eine dünne Eis- und Schneeschicht von der Windschutzscheibe, bevor er zu dem Starbucks an der Ecke Beacon und Charles fuhr. Ungeachtet dessen, was er durchmachte, ungeachtet der Schmerzen und Schwächen, würde er, so lange er konnte, an seiner Routine festhalten. Das würde seine persönliche kleine Rache für das sein, was ihm das Schicksal auferlegt hatte.

Er ging unter der Weihnachtslichterkette hindurch, die in dem neoklassizistischen Eingangsportal hing, und stellte sich in die kurze Schlange. Hinter den ionischen Säulen, die oben an die Stuckdecke stießen, herrschte weihnachtliche Wärme, auch wenn Padley die anstehenden Feiertage überhaupt nicht zur Kenntnis nahm. Mehr denn je war er der festen Überzeugung, dass Freude, die in Kaufhäusern und Geschäften erzeugt wurde, nur ein Instrument zynischer Marketingstrategien war.

Trotz all dem fühlte Padley sich heute gut. Aufgeregt, das ja, ängstlich sogar. Aber tief innen verspürte er Hoffnung. Heute würde er eine Kette von Ereignissen anstoßen, die zwar extrem gefährlich waren, die aber im Fall des Erfolges die Grundlage für seine Erlösung sein würden.

Wie jeden Morgen gab er seinem Barista den Harvard-University-Thermobecher und bestellte sein morgendliches Getränk – Earl-Grey-Tee Latte –, in das er einen großzügigen Schuss Sahne-Milch gab. Ihm fiel auf, dass die Thermoskanne beinahe leer war, doch zum Glück enthielt sie noch genau die richtige Menge für ihn.

Er trank seinen Tee, während er die Beacon entlangfuhr und links in die Clarendon einbog, wo er kurz vor der Kreuzung zur Boylston Street parkte. Er holte seine Sporttasche aus dem Auto und ging die hundert Meter zum Boston Sports Club zu Fuß.

Er betrat den BSC – oder versuchte es zumindest – in genau demselben Augenblick, in dem ein schlanker Mann mit einem Fedora versuchte, dasselbe zu tun. Nach der gesellschaftlich akzeptierten Anzahl von »Entschuldigung« und einem tadellos höflichen »nein, bitte entschuldigen Sie«, gab der Fedora-Mann nach und trat beiseite, um dann hinter Padley hineinzugehen.

Die Begegnung veranlasste Padley, darüber nachzudenken, warum Männer eigentlich keine Hüte mehr trugen. Sein Großvater hatte immer einen Homburg getragen und dem kleinen Ralph gesagt, dass die Wahl des Hutes viel über einen Mann aussagte. Doch da schon der junge Ralph sich nie ganz sicher gewesen war, was er über sich selbst aussagen wollte, hatte er sich entschlossen, keinen Hut zu tragen. Jetzt jedoch hatte er der Welt etwas zu bieten, etwas, auf das er zu Recht stolz sein konnte, und er fragte sich, ob es nicht an der Zeit war, eine passende Kopfbedeckung zu wählen. So wie die Dinge standen, würde er eine Schirmmütze bevorzugen, vielleicht aus Cord oder Wolle – alles, nur keinen Harris Tweed, überlegte er, der definitiv die falsche Botschaft aussenden würde –, auch wenn er sich vorbehielt, seine Meinung noch zu ändern und sich vielleicht doch noch für etwas Gewagteres zu entscheiden.

Er zog sich um, trank die letzten Tropfen seines Latte aus, während er die Sporttasche in den Spind stellte, und machte sich dann direkt zum Schwimmbad im Untergeschoss auf, das

25 Meter lang war und über drei Bahnen verfügte. Um diese Uhrzeit an einem Werktag war genug Platz, dass er seine hundert Bahnen schwimmen konnte, in jenem flüssigen, rhythmischen Kraulstil, der ihm schon reichlich bewundernde Blicke von wesentlich jüngeren Schwimmern eingetragen hatte.

Er glitt ins Wasser.

Er schwamm ein paar Bahnen und genoss das Gefühl, wie das Wasser ihn umschmeichelte, er spürte, wie das Adrenalin seinen Körper weckte.

Dann spürte er noch etwas anderes.

Ein Zwicken im Brustkorb.

Da er sich selbst schon jedem verfügbaren Herzfunktionstest unterzogen hatte, achtete er nicht darauf und brachte mit kraftvollen Schlägen eine weitere Bahn zu Ende.

Als er aus einer perfekten Rollwende herausschoss, spürte er einen scharfen Schmerz im linken Ventrikel.

Dass er sich selbst diagnostizieren konnte, gab ihm für einen Augenblick ein Gefühl der Kontrolle, das allerdings auf Illusionen fußte. Als er die Zehn-Meter-Linie passierte, wurde ihm zu seiner nicht geringen Überraschung klar, dass er ventrikuläres Kammerflimmern hatte.

Unmöglich.

Er bekam keine Luft mehr, und als er versuchte, nach Luft zu ringen, füllte er seine Lunge mit Chlorwasser. Er war hilflos. Sein gesamter Körper, einschließlich des Kopfes, befand sich jetzt unter Wasser.

Am Rande seiner Wahrnehmung fühlte Padley, wie sich das Wasser bewegte, als ein Bademeister ins Becken sprang. Innerhalb von Sekunden wurde er an den Beckenrand gebracht, wo ein weiterer Bademeister half, ihn aus dem Wasser zu ziehen.

Der erste Bademeister begann mit den Wiederbelebungsmaßnahmen, doch Padley hatte sich inzwischen in sein unter Sauerstoffmangel leidendes Gehirn zurückgezogen und bekam überhaupt nicht mehr mit, was um ihn herum geschah. Er wusste, dass er jetzt asystolisch war, was ihn auf den – scheinbar absurden – Gedanken brachte, dass ihm jetzt die Forschung, die er all die Jahre im Auftrag der CIA geleistet hatte, irgendwie heimgezahlt wurde, einschließlich Zinsen.

Während sein Körper für ihn verloren war, erlebte sein Geist einen zweiten Moment der Klarheit und er erkannte, dass seine Frau bereits seit Jahren hinter seinem Rücken den Nachbarn bumste.

Als sein Herz für immer stehenblieb – seine elektrische Spannung, oder besser gesagt, das Ausbleiben derselben, war nur für jemanden »lustig«, der das Absurde schätzte wie er – musste Ralph Padley innerlich darüber lächeln, wie die Art und Weise seines Todes einen Kreis schloss.

Wenn er sich noch jemandem hätte mitteilen können, dann hätte er gesagt, dass er ziemlich sicher war, das engelsgleiche Gesicht seines Bruders gesehen zu haben, bevor alles dunkel wurde und er vollkommen vergaß, wer er war und wie er überhaupt irgendwo hineinpasste.

10

Times Square, New York City

Es wurde ein Uhr, die Zeit verstrich, und niemand kam.

Wenn ich niemand sage, dann meine ich das nicht wörtlich. Es waren Leute da. Unmengen von Leuten. Anscheinend konnte nichts außer einem ernst gemeinten Hurrikan die Massen von dem chaotischen Mahlstrom fernhalten, den der Times Square bildete, ganz egal zu welcher Tages- oder Nachtzeit. Aber von all den vielen Menschen um mich herum trat keiner zu mir oder sprach mich an.

Was mich überraschte.

Mein Bauchgefühl hatte mir gesagt, dass der Typ echt war, ob er nun ein Whistleblower oder ein Köder war. Wie dem auch gewesen sein mochte, er hätte mir helfen können, mehr über meinen Vater und Corrigan herauszufinden. Irgendwie war ich zu dem Schluss gekommen, dass das passieren würde, und ich hatte zu der Ansicht geneigt, dass er aufrichtig war und mir tatsächlich entscheidende Informationen liefern würde. Und wenn das der Fall war und er jetzt nicht aufgetaucht war, hieß das entweder, dass er einen Rückzieher gemacht oder dass jemand anderes ihn zuerst in die Finger bekommen hatte.

Ich meine, ich war da. Ich war früh dran gewesen, hatte mir den Treffpunkt aus sicherer Entfernung gründlich angesehen. Es war voll wie immer – voller als sonst. So kurz vor Weihnachten geht es hier noch irrer zu als normalerweise schon. Der Times Square, ganz besonders in diesem Abschnitt, in der Fußgängerzone am TKTS-Ticket-Stand, war wie ein kondensiertes Mini-Las-Vegas, voller Menschen, Musik, Autohupen, gigantischer LED-Anzeigen und Neonlichter, ein schonungsloser Angriff auf die Sinne, was heutzutage allerdings auf beinahe ganz Manhattan zutraf. Am Ende stand ich gut eine halbe Stunde da und suchte die Umgebung ab, während meine Augen und Ohren unter dem unablässigen Bombardement litten. Und inmitten all des Trubels, zwischen den mit weit aufgerissenen Augen wie betäubt umherwandernden Touristen, den gestressten Einheimischen, den Gaffern und Hausierern, den Elmos und Captain Americas und den Gitarre spielenden Glitzercowboys, war es so gut wie unmöglich, festzustellen, ob mich jemand beobachtete. Was einer der Gründe dafür war, dass der Times Square ein so beliebter Platz für unorthodoxe Treffen wie dieses war. Das und die vielen verschiedenen Fluchtwege, die er bot.

Um halb zwei wurde es Zeit zu gehen. Ich sah noch einmal auf mein Telefon. Nichts. Und es waren dreizehn Blocks bis zur Penn Station, wo Tess und unser Acela-Schnellzug nach D.C. auf mich warteten.

Auf der roten Tribüne über dem TKTS-Stand saß Sandmann und beobachtete den FBI-Agenten, der auf ein Treffen wartete, das nicht stattfinden würde, während er so tat, als surfte er auf seinem iPad.

Das iPad war eine tolle Tarnung für eine Überwachung wie diese. Trotz der Kälte und des Trubels um ihn herum, schienen alle in irgendeine Art von Gerät versunken und in ein soziales Paralleluniversum versetzt zu sein – auch die, die nicht allein saßen. Diese neue Normalität war ein Segen für jede Beschattung. Sie gab Agenten wie Sandmann etwas in die Hände. Sandmann wusste, dass sich angehende Schauspieler über so etwas Sorgen machten. Viele Jahre und viele Todesfälle zuvor hatte er mal einen Schauspielkurs besucht. Nicht, dass er je hätte Schauspieler werden wollen. Der Kurs hatte ihm helfen sollen, überzeugender aufzutreten, wenn er in eine Rolle schlüpfte. Im Verlauf seines Berufslebens hatte er unzählige Rollen gespielt, und trotz all der Morde war er immer noch ein gesichtsloser Geist, der in keinem einzigen Polizeibericht und auf keinem einzigen Phantombild je erschienen war.

Während seine Aufmerksamkeit auf Reilly gerichtet war, scrollte er gemächlich durch die Seiten der Huffington Post, seiner Startseite. Es verschaffte ihm immer eine Art perverser Befriedigung, einen Blick auf die Ansichten von Leuten zu werfen, die dachten, dass ihre Äußerungen in Blogs und Kommentaren sich irgendwie auf das, was wirklich geschah, auswirkten. Er wusste, dass die wahren Machtverhältnisse in der Welt außerhalb des Einflusses dieser naiven Seelen lagen. Wahrscheinlich hatte er selbst wesentlich mehr dazu beigetragen, den Lauf der jüngsten Geschichte zu beeinflussen, als alle Blogger der Seite zusammen.

Ein weiteres von Sandmanns Zielobjekten würde in Kürze für immer in ewigen Schlaf versinken.

Er hatte sein Erscheinungsbild verändert, was er regelmäßig tat. Heute trug er einen kurz geschnittenen schwarzen Bart, eine dick umrandete Brille und ein beiges Gant-Cap sowie eine dicke, dunkelblaue Wendejacke und verwaschene Jeans. Er wusste, wie man unauffällig blieb, wie man den Standort wechselte, während man die Beute nicht aus den Augen ließ. Er war ein Meister der Beschattung, so geschickt, dass nicht einmal ein gut ausgebildeter, talentierter Agent ihn entdecken würde.

Reilly, da war er sich sicher, hatte ihn nicht bemerkt.

Niemand hatte Kontakt zu dem FBI-Agenten aufgenommen. Niemand hatte ihm nach alter Schule etwas zugesteckt. Es gab keinen toten Briefkasten, kein brauner Umschlag oder USB-Stick war von einem Passanten heimlich übergeben worden.

Was gut war.

Es bedeutete, dass Padley nicht aus dem Grab heraus Kontakt zu Reilly aufgenommen hatte. Jetzt mussten sie nur noch dafür sorgen, dass, falls er es doch noch tat, das, was er Reilly hatte geben wollen, diesen niemals erreichte. Nicht, dass sie Grund zu der Annahme hatten, Padley hätte über etwas verfügt, das er Reilly hätte liefern können. Sandmann war lange genug vor Ort geblieben, um zu sehen, wie Padleys Frau aus dem Haus gestürzt war, als die Nachricht von seinem Ertrinken eingetroffen war. Er war ins Haus eingedrungen und hatte das Arbeitszimmer durchsucht, ohne etwas zu finden. Dasselbe musste er bei nächster Gelegenheit noch mit Padleys Büro tun. Ihr Kontakt bei der NSA hatte bereits seine Festplatten durchsucht, sowohl zu Hause als auch bei der Arbeit, und nichts gefunden.

Er beobachtete, wie Reilly auf die Uhr sah und noch einmal mit den Augen den geschäftigen Times Square absuchte.

Immer noch nichts.

Während er Reilly beobachtete, überlegte Sandmann, wie er den Mann eliminieren würde. Der Agent war jung, fit und machte einen gesunden Eindruck – und er war an Bedrohungen von außen gewöhnt. Es war ein interessanter und fordernder Auftrag, zweifellos. Anders als Padley. Das war ein Kinderspiel gewesen. Sicher, der Doktor war vorsichtig gewesen. Aber er war alt, und auch wenn er nicht so aussah oder sich so verhielt, hatte er doch an der Schwelle des Todes gestanden. Und der Krebs hätte ihn sowieso getötet. Nicht, dass er das Gefühl hatte, sich rechtfertigen zu müssen, aber Sandmann wusste, dass er das Unvermeidliche nur beschleunigte. Bei Licht betrachtet tat er das bei allen seiner Opfer – den Schlaf, aus dem niemand mehr erwacht, etwas früher herbeiführen.

Eine Arbeitsplatzbeschreibung, die seltsam gut zu seinem Tarnnamen passte, auch wenn der nicht daher rührte.

Seine Kumpel beim Third Battalion, Fifth Marines, hatten ihn schon kurz nach ihrem Einsatz am Golf im Dezember 1990 so getauft. Nicht nur, weil er im heißen Wüstensand erst richtig zu Form aufzulaufen schien, sondern auch, weil er aufgrund irgendeiner zufälligen genetischen Disposition so gut wie keinen Schlaf brauchte. Es war, als wäre er derjenige, der die anderen zum Einschlafen brachte – und so wurde er der Sandmann. Anfangs war es ein witziger, fröhlicher Spitzname gewesen. Als er kurz darauf bewiesen hatte, wie effektiv er draußen im Feld töten konnte, gewann der Spitzname eine wesentlich ernstere Konnotation. Und noch einmal sehr viel später, als er seine derzeitige Tätigkeit aufgenommen hatte, war Sandmann ein praktischer Tarnname gewesen: nicht eindeutig und einzigartig, sondern mit einer Fülle von Assoziationen in der Populärkultur und im allgemeinen Sprachgebrauch versehen, was sich in einer Zeit der Überwachung von Datenströmen und der Schlagwortsuche als überaus nützlich erwies.

Nach drei Jahren bei den Marines, gefolgt von sechs Jahren bei der Delta Force war er von einem Privatunternehmer kontaktiert worden. Man hatte ihm verschiedene Berufswege angeboten. Schnell hatte er im Zivilleben Fuß gefasst und war schon bald von einer ganzen Reihe an Regierungsorganisationen und Privatunternehmen gebucht worden.

Er liebte die Unabhängigkeit, die Freiheit, sein eigener Commanding Officer im Feld zu sein – in seinem Fall dem ultimativen urbanen Guerilla-Theater des Krieges.

Sandmann sah, wie Reilly davonging, und folgte ihm.

Es wurde Zeit, dass er die richtige Gelegenheit fand, um den zweiten Teil seines Auftrags auszuführen.

11

Arlington, Virginia

Ich ließ den Mietwagen an der North Highland stehen, östlich vom Lyon Village Park, direkt unterhalb der Tennisplätze, wo die Bäume eine fast lückenlose Deckung boten. Die Temperaturen waren auf null gefallen, aber es lag weder Schnee noch war für die nächsten Tage welcher angekündigt. Was ein Glück war. Schnee hätte die Fahrt von der Union Station zu Kirbys Wohnviertel zu einem höllischen Albtraum mit einem schleudernden Auto gemacht – oder der Toyota Prius wäre ganz liegen geblieben.

Ich war so einfach gekleidet, wie es in diesem gehobenen Wohnviertel möglich war, ohne ungewollte Aufmerksamkeit auf sich zu ziehen. Unter meiner Wollmütze und dem Winterparka hätte ich einfach irgendwer sein können, als ich dem Bogen der Twentieth Street North folgte und um das Lyon Village Community House mit seinem Glockenturm im Kolonialstil herumging. Hinter einigen makellosen Apartmenthäusern konnte ich den Lee Highway sehen. Das war das Ende der Route, die ich genommen hatte, um hierherzugelangen.

Nachdem ich an einem kleinen, gepflegten Parkplatz und einer kleinen Gruppe von Bäumen und Büschen vorbeigegangen war, bog ich links in die North Harvard Street ein.

Hier waren die Häuser größer. Zwischen vier und sechs Zimmern, ohne Probleme mehr als anderthalb Millionen wert. Dennoch war die Atmosphäre bürgerlich und gut nachbarschaftlich. Natürlich gab es hier genauso viele moralische Verfehlungen wie überall sonst. Musste es ja. Sie waren nur besser verborgen.

Als ich in die Twenty-First Street North einbog, konnte ich das Satteldach des zweistöckigen Hauses sehen, von dem ich wusste, dass es Kirby gehörte. Eine Stars-and-Stripes-Flagge war am Giebel aufgepflanzt, genau wie es auf dem Bild von Google-Street-View zu sehen gewesen war, als ich heute Morgen nachgeschaut hatte, wo Kirby wohnte.

Drinnen brannte Licht, also nahm ich an, dass seine Frau und die Kinder schon wieder zu Hause waren. Kirby selbst würde innerhalb der nächsten halben Stunde zurückkommen, so hatte Kurt es zumindest prophezeit, nachdem er Kirbys jüngste Kreditkartenabrechnungen durchwühlt hatte.

Ich trat vom Bürgersteig und ging zu einer Baumgruppe am Rand einer großen Rasenfläche. Darunter war ich ziemlich gut verborgen. Der Rasen erstreckte sich bis zu einem großen Gebäude mit Dachgauben, das ein paar Häuser weiter Kirbys Haus gegenüberstand.

Meine Uhr zeigte zwanzig nach sechs. Nicht mehr lange.

Ich schaute mich noch einmal kurz um.

Abgesehen von einem Pärchen, das einen Kinderwagen vor sich herschob, war niemand auf der Straße zu sehen. Sie kamen wohl nach einem Spaziergang an der frischen Luft einmal um den Block – wahrscheinlich, um den Insassen des Kinderwagens zum Einschlafen zu bewegen – nach Hause zurück.

Keine Bewegungsmelder, soweit ich sehen konnte. Auch keine Kameras. Die Einwohner vertrauten offensichtlich darauf, dass die Nachbarn schon aufpassen würden.

Es dauerte nicht lange, bis ein blauer Lexus um die Ecke bog. Als er in die Zufahrt zu dem Satteldachhaus einbog, begann das Garagentor hochzufahren, per Funk vom Wageninneren aus gesteuert.

Der Fahrer blieb noch einen Augenblick lang sitzen.

Ich trat aus dem Schatten der Bäume und ging zügig auf das offene Garagentor zu.

Kirby stieg schließlich aus, eine Einkaufstasche in der linken Hand, den Schlüssel zwischen Daumen und Zeigefinger.

Das Garagentor senkte sich.

Kirby zog die Beifahrertür auf und beugte sich in den Wagen, um mit der rechten Hand etwas herauszuholen.

Ich sprintete die letzten paar Meter, duckte mich unter dem sich schließenden Tor durch und zog den ersten Gegenstand, den ich zu fassen bekam, eine Plastikkiste mit Rollschuhen, in die Toröffnung, sodass die Lichtschranke unterbrochen wurde und das Tor sich nicht weiter schloss.

Kirby, mit dem Kopf noch im Wagen, hatte mich nicht gehört. Er trat zurück und richtete sich auf, einen Strauß Rosen in der rechten Hand.

Als er mich erblickte, wurde er kreidebleich. »Was zum Teufel machen Sie hier?«

Ich zeigte auf die Blumen: »Wiedergutmachung?«

Ich sah, wie er gegen den Drang ankämpfte, mir an die Gurgel zu gehen. Einen Moment später schien er sich zu entspannen, er hatte Besonnenheit dem gerechten Zorn vorgezogen.

»Was machen Sie hier?«, zischte er. »Ich habe Ihnen doch gesagt, dass ich Sie nie wiedersehen will.«

Das Garagentor hatte schon versucht, sich zu schließen und schwang nun wieder hoch.

»Sie müssen noch etwas für mich tun.«

Von einem dunkelblauen Chevy Malibu aus, der etwa zwanzig Meter weiter weg parkte, lauschte Sandmann dem Gespräch mit einem leistungsstarken Richtmikrofon. Die optische Bestätigung wurde durch ein Zielfernrohr geliefert.

Er hatte Reilly nicht aus den Augen gelassen, seit der Agent das Treffen mit Padley aufgegeben hatte. Die Zugfahrt von New York City nach D.C. war ohne Zwischenfälle verlaufen. Wie angekündigt, hatte an der Union Station ein Wagen für ihn bereitgestanden, die Schlüssel dazu hatten sich in einem Kästchen befunden, das mittels eines Magneten an der Unterseite des Fahrgestells befestigt gewesen war. Der Wagen war so geparkt gewesen, dass Sandmann seiner Zielperson hatte folgen können, als diese den Bahnhof verlassen hatte.

Als klar wurde, für welches Haus Reilly sich interessierte, schickte er die Adresse in einer verschlüsselten E-Mail an einen der Datenfachleute seines Auftraggebers. Die überraschende Antwort, die innerhalb von weniger als einer Minute eintraf, verriet ihm, dass das Haus einem ihrer Mitarbeiter gehörte, einem hochrangigen Analysten der CIA namens Stan Kirby. Der Mann hatte fünfundzwanzig Jahre in Langley gearbeitet und war derzeit leitender Analyst mit Berechtigungslevel 2B. Trotz zweier Verwarnungen wegen Arbeitszeitvergehen empfing er immer noch alle Zusatzleistungen und würde in den Genuss des vollen Pensionspaketes der CIA-Führungsebene kommen.

Sandmann konzentrierte sich auf die Geräusche, die durch seine Ohrhörer kamen, als Kirby antwortete.

»Noch was? Nein, verdammt noch mal. Beim letzten Mal haben Sie gesagt, dass es das gewesen wäre.«

»Ich weiß, und ich hätte mir das auch gewünscht«, hörte er Reilly sagen. »Aber es ist noch was Neues aufgetaucht, und ich habe keine andere Wahl.«

»Keine andere Wahl, keine andere Wahl«, spottete Kirby. »Verkaufen Sie mich nicht für dumm, es macht Ihnen doch Spaß!«

Ich merkte, wie ich mich verspannte. Das lief nicht gut. »Macht es nicht. Aber ich bin bereit zu tun, was ich tun muss, um Antworten zu bekommen.«

»Ja, klar, natürlich. Sie können mich mal, wissen Sie das? Ich bin fertig mit diesem Scheiß. Wenn Sie's meiner Frau sagen wollen, nur zu. Mein Gott, ihre Schwester war das Beste, was mir je passiert ist – bis Sie alles kaputt gemacht haben.«

Ich hielt seinem finsteren Blick stand, dann zuckte ich die Achseln und zog das Telefon heraus. »Na gut. Wenn Sie unbedingt wollen.«

Ich tat, als würde ich eine Nummer wählen, dann hielt ich mir das Telefon ans Ohr.

Kirby zog ein langes Gesicht. »Was machen Sie da?«

»Ich rufe Ihre Frau an. Das wollten Sie doch, oder etwa nicht?«

Er ließ die Blumen und die Einkaufstüte fallen, stürzte sich auf mich und versuchte, an das Telefon zu gelangen. »Sind Sie wahnsinnig?! Legen Sie verdammt noch mal auf!«

Ich ließ den Arm sinken und starrte ihn an.

»Was ist es denn dieses Mal?«, fragte er, geschlagen und wütend.

»Mein Vater. Ich muss wissen, was die CIA über ihn hat.«

Sandmann hatte schon Vermutungen darüber angestellt, was für eine Geschichte sich hier abspielte. Der FBI-Agent hatte jemanden innerhalb der CIA erpresst. Er hatte seinen eigenen Maulwurf. Und das stellte seine Auftraggeber vor ein Problem. Wenn Reilly geheime Informationen über irgendetwas bekommen hatte, das sie betraf, war er eine direkte Bedrohung. Ganz besonders, da der Anruf von Padley ihn darin bestätigt haben dürfte, dass es da noch mehr zu enthüllen gab.

»Ihren Vater?«, fragte Kirby. »Wer zum Teufel ist denn Ihr Vater?«

»Colin Reilly. Er ist tot. 1980 gestorben. Er wird in einer der Akten über Corrigan erwähnt, die Sie mir besorgt haben.«

Sandmann konnte nur den Kopf schütteln über Reillys Ungestüm. Am Morgen noch hatte er vergeblich versucht, an Informationen zu gelangen, von denen er sich erhofft hatte, ein bisher unlösbares Geheimnis lüften zu können, und am Abend versuchte er schon, einen Erpressungsversuch zu wiederholen, aus dem er beim ersten Mal unbescholten herausgekommen war. Das war genau die Art von Waghalsigkeit, die einem mit großer Wahrscheinlichkeit irgendwann das Genick brach.

Diese Waghalsigkeit bot Sandmann eine Gelegenheit, die er nicht ungenutzt verstreichen lassen konnte.

Eilig tippte er eine weitere verschlüsselte E-Mail: *Kirby hat Reilly geheime Akten beschafft. Welche? Namenssuche: Reed Corrigan + Colin Reilly.*

Er schickte die Mail ab, zog die Ohrhörer heraus, legte Zielfernrohr, Richtmikrofon und Ohrhörer auf den Beifahrersitz und stieg aus dem Wagen. Sein Telefon steckte er ein, während er sich aufrichtete. Er hatte schon überlegt, wie er mit Reilly verfahren würde. Kirby würden sie in ihrer Gewalt behalten, bis sie alles herausgefunden hatten, was sie wissen mussten. Dann würde Stan Kirby ein tragisches, aber vollkommen unvorhersehbares Ende nehmen.

Sandmann ging auf die offene Garage zu.

Ich sah, wie Kirby sich das Hirn zermarterte, während er in die Knie ging, um den Blumenstrauß aufzuheben.

»Ich kann mich nicht erinnern, den Namen je gelesen zu haben.«

»Es waren nur seine Initialen, CR«, sagte ich lauter als gewollt. Es fiel mir inzwischen schwer, meine Ungeduld im Zaum zu halten.

»Leise, Mann, ja? Sonst hört sie uns noch.« Er legte die Blumen ins Auto.

Ich hörte die Verzweiflung aus seiner Stimme heraus und konnte die Erschöpfung in seinem Gesicht sehen, als er im Geist noch einmal alles durchging, was er hatte enthüllen können. Ich war nicht in der Stimmung, es ihn ruhiger angehen zu lassen.

»Selbe Übung, anderer Name«, sagte ich. »Besorgen Sie mir alles, was es über meinen Dad in den Archiven gibt, und Sie haben mich zum letzten Mal gesehen.«

Er schnaubte. »Wieso kommt mir das nur bekannt vor?«

Hinter mir war ein kaum wahrnehmbares Geräusch zu hören. Ich wirbelte herum und blickte in den Lauf einer Waffe. Der Mann, der sie in der Hand hielt, trug ein schwarzes Baseballcap, das zusammen mit der dickrandigen Brille seine Augen fast vollständig verbarg. Ein kurz geschnittener, aber voller dunkler Bart bedeckte die untere Gesichtshälfte, und seine Hände steckten in schwarzen Lederhandschuhen.

Der Kerl war ein Profi.

Ich sah, wie er die Lage mit einem Blick erfasste, dann die linke Hand hob und an dem roten Griff zog, der an einem kurzen Seil vom Garagentor hing und so das Tor vom Antrieb trennte, sodass er nicht innen eingeschlossen werden konnte.

Ich warf einen Blick zu Kirby. Der war starr vor Schreck. Er kannte den Mann nicht.

Dann sprach der Bärtige mich an und wedelte dabei herrisch mit der Waffe: »Reilly, holen Sie Ihre Waffe heraus, und legen Sie sie auf den Boden. Schön langsam.«

Also wusste er, wer ich war. Das verriet mir alles, was ich im Augenblick wissen musste. Ich zögerte ein paar Sekunden und schätzte die Situation ab, dann zog ich langsam meine Glock heraus und legte sie vorsichtig auf den Betonboden.

»Stan, bringen Sie sie mir. Fassen Sie sie am Lauf an. Mit zwei Fingern. Sachte.«

Kirby gehorchte und händigte ihm meine Waffe aus. Der Bärtige nahm sie vorsichtig entgegen, ergriff sie ebenfalls am Lauf, dann griff er um, sodass er sie jetzt richtig herum hielt, aber nur mit den Fingerspitzen.

Als wollte er meine Fingerabdrücke darauf nicht verwischen.

»Stan, haben Sie eine Waffe im Haus?«

»Ja. Im Schlafzimmer. In einer verschlossenen Kassette.«

Der Mann dachte kurz darüber nach. »Nicht sehr praktisch, Stan. Nicht, wenn der Kerl, der Sie schon einmal erpresst hat, Sie wieder bedroht. Zu Ihnen nach Hause kommt und von Ihnen verlangt, Gesetze zu brechen und Hochverrat zu begehen. Dieses bewaffnete Arschloch kommt ungebeten in Ihre Garage spaziert und wedelt Ihnen mit seiner Waffe vor dem Gesicht herum, um Sie dazu zu bringen, Ihr Land zu verraten. Und was machen Sie, Stan? Lehnen Sie sich gemütlich zurück und gucken Sie zu? Oder unternehmen Sie was dagegen?«

Kirby stand wie angewurzelt da. Er sah aus wie ein Dampfkochtopf, der kurz vorm Explodieren war.

»Ich sag Ihnen, was Sie machen, Stan.«

Der Bärtige richtete meine eigene Waffe auf mich.

»Sie werfen sich auf den Kerl und erschießen ihn.«

12

»Macht schon Sinn, was, Stan? Abgesehen davon sehe ich nicht, dass Sie hier groß die Wahl hätten. Sie haben eine Familie zu beschützen. Sie wollen doch nicht den Rest Ihrer Tage in einem Hochsicherheitsgefängnis verbringen, oder?«

Kirby sah aus, als würde er gleich eine Herzattacke erleiden. Der Bärtige hatte meine Waffe direkt auf mich gerichtet, er hielt Kirby offensichtlich für keine Bedrohung.

»Jetzt holen Sie mal tief Luft, und antworten Sie mir, Stan, denn in ungefähr zehn Sekunden erschieße ich Sie beide hier auf der Stelle und überlasse es Ihren Freunden in Langley, die Sauerei zu beseitigen. Die Sauerei, die Sie ihnen eingebrockt haben.«

Kirbys Augen leuchteten auf. Ich konnte es förmlich sehen, wie er realisierte: Die Agency wusste Bescheid. Irgendwie waren Sie darauf gekommen, dass er Akten an mich weitergegeben hatte, und darin befand sich irgendetwas so Gefährliches, dass das Leck für immer gestopft werden musste. Aber sie boten ihm einen Ausweg. Eine Möglichkeit, seinen Job und seine Pension zu behalten. Alles, was er dafür tun musste, war, mich zu töten.

»Die werden Sie auch umbringen«, sagte ich zu ihm. »Er hat die Geschichte schon parat, mit der er das abdecken kann.«

Kirby sah mich wütend an. »Was soll ich denn machen? Sehen Sie etwa eine andere Möglichkeit?«

»Also«, sagte der Bärtige zu Kirby, »dann sind wir uns einig?«

In dem Bruchteil einer Sekunde, in dem er kurz Kirby ansah, in diesem Moment höchster, alles andere verschlingender Intensität, der einer Tötung unmittelbar vorausgeht, warf ich mich auf ihn.

Ich hatte keine andere Wahl. Ich konnte nicht einfach da stehen bleiben und zulassen, dass sie mich nach Belieben umbrachten, bevor sie ihre Geschichte aufeinander abstimmten, und wenn ich schon eine Kugel abfangen musste, dann lieber mit jeder Stelle meines Oberkörpers als mit meinem Gehirn.

Ich musste mich um zwei Waffen kümmern und griff mit jeder Hand nach einer davon. Meine rechte Hand klammerte sich um seine Waffe, meine linke um meine Glock, und mein Oberkörper rammte ihn im selben Moment, in dem mein Kopf gegen seinen Schädel knallte.

Ein Schuss löste sich aus seiner Waffe, als er rückwärts taumelte, meine Hände ließen nicht locker. Der Lärm erschreckte uns beide für eine Nanosekunde, und ich hatte keine Ahnung, wohin der Schuss gegangen war. Wir rangen, ich versuchte, ihm das Knie in die Weichteile zu rammen, aber er blockte mich mit seinem Bein ab, stieß mich von sich weg und gewann sein Gleichgewicht zurück. Ich musste dicht an ihm bleiben, ich durfte nicht zulassen, dass er sich von mir löste und zurückwich, auch nicht mit nur noch einer Waffe, also umklammerte ich seine Hände, so fest ich konnte und versuchte, ihm meine Waffe zu entringen –

In dem Moment krachte der zweite Schuss, dieses Mal aus meiner Waffe, und dann ging alles drunter und drüber. Es gelang mir, sein Handgelenk so zu verdrehen, dass er die Glock loslassen musste, und als sie herunterfiel, hörte ich Kirby stöhnen und zu Boden gehen, zeitgleich erscholl ein Schrei »Stan!« von irgendwo aus dem Haus, der Schrei einer Frau. Diese kleine Ablenkung in all dem Chaos reichte dem Bärtigen, um mir mit dem Griff seiner Waffe einen Hieb gegen die Schläfe zu versetzen.

Der Schlag traf mich hart – wirklich hart. Ich fühlte, wie meine Zähne im Kieferknochen klapperten. Mit Mühe konnte ich mich auf den Beinen halten, aber ich war geschwächt. Wir rangelten noch ein bisschen, wobei ich versuchte, mit aller mir noch verbliebenen Kraft seine Waffenhand im Griff zu behalten und sie von mir wegzulenken. Dann heulte eine Alarmanlage auf, wahrscheinlich die des Hauses – Stans Frau musste den Panikknopf gedrückt haben. Das wirkte wie Riechsalz auf meine malträtierten Sinne. Ich nutzte die neue Klarheit zum Gegenschlag und versuchte, ihm einen weiteren Kopfstoß zu verpassen. Doch er sah ihn kommen und wich aus. Damit hatte ich meine Deckung aufgegeben, und er hämmerte mir einen Haken direkt auf den Unterkiefer. Mir wurde kurz schwarz vor Augen, meine Beine gaben unter mir nach, und als ich auf dem Boden aufprallte, bekam ich gerade so noch mit, wie mein ungeschützter Kopf auf dem harten Beton aufschlug. Blut, das noch vom ersten Hieb stammen musste, rann mir über die Stirn. Wie durch einen Nebel sah ich Kirby neben mir auf dem Boden liegen. Die Kugel hatte ihm den Wangenknochen durchschlagen, und so, wie sein Hinterkopf aussah, musste sie direkt durchs Gehirn gedrungen sein.

Ich schaute nach oben und sah den Mann mit dem Bart die Waffe auf mich richten.

Dann schrie die Frau wieder: »Stan!«

Sandmann hörte den Schrei ebenfalls und wusste, dass ihm nur noch Sekunden blieben.

Sein Verstand arbeitete rasend schnell. Er wollte Reilly töten, aber er konnte ihn nicht mit seiner eigenen Waffe erschießen. Hastig suchte er den Boden nach Reillys Glock ab, doch bevor er sie finden konnte, fiel sein Blick auf die Hülse der Patrone, die aus seiner eigenen Waffe stammte. Wieder schrie die Frau: »Stan!«, und diesmal klang ihre Stimme deutlich näher. Er hatte noch ein oder zwei Sekunden, um hier rauszukommen, oder er würde auch sie töten müssen, eine Option, die er rasch als zu vertrackt verwarf. Er beugte sich nach unten und hob die Hülse auf. Das war alles nicht so sauber, wie er es gern gehabt hätte – er hatte keine Zeit mehr, um den Querschläger zu suchen –, aber unter den gegebenen Umständen musste das reichen.

Er duckte sich unter dem offenen Garagentor hindurch und verschwand, so schnell er konnte, zu seinem Wagen.

Als das Heulen der Alarmanlage mich wieder ins Bewusstsein zurückschleifte, spürte ich den Schmerz in meinem Kopf. Meine Mütze war an einer Seite vollkommen durchnässt, dort, wo ich in einer sich schnell ausbreitenden Lache aus frischem Blut lag. Gerade als ich mich auf die Knie hochzog, wurde die Tür zum Haus aufgerissen, und Kirbys Frau trat mit einer Waffe in der Hand in die Garage. Sie sah ihren Mann tot auf dem Boden und schrie schon wieder »Stan!«. Dann erblickte sie mich und schwang die Waffe mit zitternden Händen herum.

»Was haben Sie gemacht? Stan! O mein Gott, Stan.«

Ich war immer noch auf den Knien und kam nur mühsam hoch. Alles war verschwommen, und mein Kopf hämmerte, aber ich hob die Hände, so hoch es ging.

»Bitte, nicht schießen. Es ist nicht so, wie es aussieht. Bitte, hören Sie mir zu. Ich bin vom FBI.«

Sie verzog das Gesicht und begann heftig zu schluchzen, ihr ganzer Körper begann zu beben, dann wandelte sich Verwirrung und Angst in unbändige Wut – und ich konnte sehen, dass sie kurz davor war, abzudrücken.

Inzwischen hatte ich es auf die Füße geschafft und taumelte einen Schritt rückwärts, dann noch einen, zögerlich, die Hände immer noch hoch erhoben und weit auseinander.

»Hören Sie …«

Sie war außer sich vor Angst, aber ich wusste, dass ein in

Panik ziellos abgefeuerter Schuss meist wesentlich gefährlicher war als ein schlecht gezielter, wohlüberlegter.

Sie drückte ab.

Die Kugel zischte an meiner Wange vorbei, so dicht, dass ich mir sicher war, dass sie ein paar Hautzellen mitnahm.

Eine zweite würde ich nicht riskieren. Ich drehte mich um, duckte mich und rannte, so schnell ich konnte, unter dem Garagentor hindurch.

Ich stolperte in die Richtung meines Wagens, kam aber nicht weit. Ein Nachbar war aus seinem Haus getreten, das Telefon noch in der Hand. Dann hörte ich die erste Sirene aufheulen – aus der Richtung, in der mein Mietwagen stand. Der Nachbar musste den Notruf betätigt haben.

Ich taumelte seitwärts und änderte den Kurs.

Ich duckte mich in eine nahegelegene Zufahrt, überquerte das Grundstück, brach hinten durch ein paar Büsche, wankte über einen Rasen, durchquerte zwei weitere Gärten und hielt auf ein Haus am Ende der Straße zu, dessen Fenster alle dunkel waren. In ein paar Minuten würde ein Polizeihubschrauber hier kreisen und mit einem Suchscheinwerfer die Gegend abtasten.

Ich musste möglichst weit von hier weg kommen, und das schnell.

Ich erinnerte mich an die Mietshäuser hinter dem Lee Highway und die dazugehörigen Parkplätze. Keine Tore oder Zäune. Um diese Zeit würden die meisten Bewohner zu Hause sein und bis zum Morgen nicht mehr wegfahren.

Die linke Hand am Kopf, in dem vergeblichen Versuch, die Blutung zu stoppen, umrundete ich das Haus und hoffte nur, dass auf dem Grundstück keine Bewegungsmelder installiert waren.

Dann kletterte ich über einen Zaun und stürzte auf der anderen Seite zu Boden, weil meine Beine unter mir nachgaben. Durch die Gehirnerschütterung konnte ich immer noch nur verschwommen sehen, und Blut lief mir ins linke

Auge. Ich stolperte einen steilen Abhang hinunter, durchbrach nicht enden wollendes Gebüsch, während ich auf einer dicken Schicht Rindenmulch immer weiter nach unten rutschte, bis ich schließlich an einem breiten Baum zum Halten kam.

Meine Erinnerung hatte mich nicht getäuscht. Ich befand mich jetzt etwa hundert Meter entfernt von dem ungesicherten Parkplatz neben dem Wohnblock hinter dem Lee Highway.

Noch mehr Sirenen ertönten, kaum mehr als fünfhundert Meter entfernt. Ich schüttelte den Kopf, richtete mich auf, torkelte wie ein verwundetes Tier auf den kleinen Parkplatz zu und hielt Ausschau nach einem Auto, das alt genug war, um es kurzschließen zu können.

13

Washington, D.C.

»Sean. Ich noch mal. Nur so zur Info, Baby – der Wagen, der uns abholen soll, kommt in zehn Minuten. Zehn. Minuten. Du weißt doch noch, weshalb wir hier sind? Dieser zwanglose Pizzaabend bei deinem Kumpel in der Pennsylvania Avenue? Im … wo war das noch gleich? Ach ja. Jetzt fällt's mir wieder ein. Im Weißen Haus!« Die letzten drei Worte waren schon fast geschrien. Dann mit gespielt guter Laune: »Ruf mich mal an, Süßer. Ich hoffe, du hast eine gute Entschuldigung. Historisch einmalig. Bye.«

Sie legte auf, dabei tippte sie so fest auf das iPhone, dass sie mit ihrem Fingernagel fast das Display zersplitterte.

Das war jetzt die dritte Nachricht, die sie ihm hinterließ.

Sie starrte sich wieder im Spiegel des Hotelzimmers an und musterte jeden Zentimeter ihrer Erscheinung: die Frisur, das Make-up, den Schmuck, jede Falte ihres Kleides, die Schuhe, bis hinunter zum Nagellack auf ihren Zehen.

Perfekt. Tadellos. Ihrer bescheidenen Meinung nach.

Nur eines fehlte: ihr Begleiter für den heutigen Abend.

Das passierte nicht zum ersten Mal, natürlich nicht. Nur vielleicht noch nie bei so einer wichtigen Gelegenheit. Aber er hatte sie schon ein paar Mal versetzt. Das brachte sein Job mit sich. Mit dem Unberechenbaren musste man manchmal rechnen. Sie wusste das.

Aber das hier fühlte sich anders an. Seit dem Sommer, seit dieser ganzen Geschichte in Kalifornien und Mexiko hatte er Dinge vor ihr geheim gehalten. Auch das wusste sie. Und es hatte ihr Sorgen bereitet. Sie hatte ihn danach gefragt, nicht allzu oft, einfach, wenn es gerade gepasst hatte, wenn sie den Eindruck gehabt hatte, dass er etwas entspannter war als normalerweise. Und war gescheitert. Er hatte darauf bestanden, dass nichts los war. Und jetzt das.

Sie machte sich ernsthaft Sorgen. Es gab nichts, was sie hätte beruhigen können. Man entwickelte ein Gespür für solche Sachen, für den Menschen, den man liebte und mit dem man sein Leben teilte. Und im Augenblick brodelte dieses Gespür in ihr förmlich.

Wo bist du, Sean?

Ich sah, wie mein Telefon bei Tess' Anruf aufleuchtete, aber ich konnte mich nicht dazu überwinden, ihn anzunehmen. Ich war immer noch groggy, mein Hirn immer noch erschöpft von dem Wahnsinn, dem ich gerade entronnen war – den ich überlebt hatte.

Ich wusste nicht, was ich ihr sagen konnte, ohne ihr Sorgen zu machen, ohne sie zu ängstigen, ohne sie mit hineinzuziehen – ich musste das erst einmal alles durchdenken.

Wahrscheinlich war sie sowieso schon mehr als nur besorgt. Kein Anruf von mir an einem Abend wie diesem – sie musste Frustration und Wut bereits hinter sich haben und jetzt außer sich vor Sorge sein.

Ich hasste es, dass ich ihr das zumutete. Aber ich konnte es nicht ändern. Im Augenblick musste ich vor allem in Bewegung bleiben und nachdenken.

Den Blick auf die Straße gerichtet, löste ich die Abdeckung von meinem Telefon und nahm den Akku heraus.

Und fuhr weiter Richtung Norden.

»Tess, wie schön, Sie zu sehen«, sagte die First Lady bei der Vorstellung.

Tess schüttelte ihr die Hand, bevor sie sich Präsident Yorke zuwandte, der sie fragte: »Wo ist denn Ihr umwerfender Mann? Hatten wir nicht Sie beide erwartet?«

Sie fühlte sich überaus unwohl. Ein Unwohlsein, das schon lange von ihr Besitz ergriffen hatte, bevor sie den Südeingang erreicht hatte. Das Szenario an sich war schon unter normalen Umständen einschüchternd genug: Weihnachtsdinner im Weißen Haus unter Vorsitz des mächtigsten Mannes des Planeten und seiner Frau. Alles andere als eine zwanglose Cocktailparty. Dazu kam noch die Tatsache, dass sie allein hier erschienen war, ohne ihren Begleiter – dem die Einladung eigentlich gegolten hatte – und ohne dass sie eine überzeugende Erklärung für seine Abwesenheit hatte, so erreichte ihr Unwohlsein ungeahnte Höhen auf der nach oben offenen Richterskala.

Henry »Hank« Yorke näherte sich dem Ende seiner ersten Amtszeit, doch die Aussicht auf ein ganzes Jahr intensiven Wahlkampfes, der in den nächsten Wochen beginnen würde, schien ihn nicht zu beunruhigen. Er war groß gewachsen und charismatisch, Ende sechzig, also nicht ganz so jung, wie es die letzten Präsidenten des Landes gewesen waren. Nichtsdestotrotz war er in guter körperlicher Verfassung, und seine Hoffnung auf eine zweite Amtszeit schien so gerechtfertigt wie die jedes anderen Präsidenten.

Präsident Yorke und seine Frau Megan luden meist im Dezember zu einer ganzen Reihe von gesellschaftlichen Veranstaltungen ein. Ihre persönlichen Berater und ihr Stab hatten seit Wochen daran gearbeitet, Cocktailpartys und Abendessen zu organisieren. Sie hatten sich durch Listen von Spendern, Lobbyisten, Bloggern und Journalisten, Regierungsangestellten, ausländischen Diplomaten und allen möglichen Unterstützern oder Menschen, die sich um irgendetwas verdient gemacht hatten, gearbeitet, damit alle Gästelisten harmonisch und ausgeglichen waren, und sie hatten wieder und wieder überprüft, um niemanden vor den Kopf zu stoßen und jeden diplomatischen Fauxpas zu vermeiden. Die Veranstaltung heute Abend war keine Wirbelwind-Tour durch alle Festsäle des Weißen Hauses mit sechshundert Gästen. Es war ein eher intimes Dinner mit Tischordnung im State Dining Room – intim hieß in diesem Fall achtzig Gäste an acht Tischen zu je zehn Personen. Da war es nicht so leicht, in der Menge unterzutauchen oder den peinlicherweise leeren Platz am Tisch zu überspielen.

»Ja, wo ist er denn?«, fragte die First Lady.

Tess lächelte nur nervös, und ihr fiel nichts Besseres ein als: »Ich kann es Ihnen wirklich nicht sagen«, mit einem beschämten halben Auflachen.

Ich entschuldige Sean beim Präsidenten! Ihr schauderte innerlich.

»Ich hatte mich so darauf gefreut, ihn zu treffen«, sagte Megan Yorke. »Hank hat mir so viel von ihm erzählt, und natürlich stehen wir tief in seiner Schuld. Ich hatte noch keine Gelegenheit, mich persönlich bei ihm zu bedanken.« Sie wandte sich ihrem Gatten zu. »Ich kann es immer noch nicht fassen, dass du mir nicht erzählen willst, was an dem Abend wirklich passiert ist oder dass du dich erst mit ihm getroffen hast, nachdem Agent Reilly wieder zu Hause in New York war. Ich meine, ich war ja schließlich auch dabei, oder?«

Yorke schenkte ihr ein routiniertes Lächeln und nickte, ohne eine Reaktion auf ihre Beschwerde zu zeigen. »Wir mussten erst sicherstellen, dass die Bedrohung vollständig gebannt war, Liebes. Ich wollte vermeiden, dass du dir unnötig Sorgen machst.«

Die beiden verdankten Reilly ihr Leben. Mit einem raschen Blick in den Raum fragte Tess sich, wie viele der Menschen hier in jener Nacht vor einigen Monaten beim Correspondents Dinner des Weißen Hauses im Hilton Hotel in Washington dabei gewesen waren, als ein abtrünniger russischer Agent kurz davor gestanden hatte, ein Blutbad von historischen Ausmaßen anzurichten. Yorke und seine Frau, zusammen mit den meisten ihrer hochrangigen Mitarbeiter und einer ganzen Reihe hochdekorierter Gäste, waren vor einem grauenvollen Tod gerettet worden, weshalb Reilly zu diesem festlichen Dinner eingeladen worden war. Tess hatte mit sich gerungen, ob sie überhaupt kommen sollte, wenn er nicht auftauchte, war dann aber zu dem Entschluss gekommen, dass es etwas weniger unhöflich war, wenn nur einer von ihnen erschien, als wenn sie beide fehlten.

»Sie wissen ja, wie das ist«, sagte Tess mit einem gequälten Lächeln, das ihre angespannten Gesichtsmuskeln zerriss. »Wahrscheinlich jagt er gerade irgendeinen Irren, während wir hier sitzen und diesen köstlichen Merlot genießen.«

»Ich weiß nicht, wie Sie damit so blendend zurechtkommen«, sagte die First Lady. »Es ist bewundernswert, wo Sie doch wahrscheinlich die Hälfte der Zeit nicht einmal wissen, wo er gerade ist. Als Hank noch in Langley war, habe ich es irgendwann aufgegeben, Einladungen anzunehmen, weil er mich so oft versetzt hat, aber wenigstens wusste ich immer, wo er war, und ich wusste, dass er nicht in Gefahr war, schließlich war er ein reiner Schreibtischtäter«, setzte sie mit einen leisen Lachen und einem neckischen Seitenblick zu ihrem Mann hinzu. »Ihr Leben muss – nun, ich beneide Sie nicht. Das ist sicher nicht leicht.«

Der Präsident, dessen Weg in die Politik und ins Weiße Haus beim Geheimdienst begonnen hatte – am Ende hatte er die CIA geleitet –, nickte zustimmend. »Ich bin sicher, dass, was auch immer er gerade tut, wir uns wahrscheinlich glücklich schätzen können, dass er es tut.« Seine Miene wurde etwas ernster, und er schien Tess genauer anzusehen. »Sie wissen bestimmt, dass eine Menge Leute nicht gerade begeistert von der Art und Weise sind, mit der er an seine Arbeit herangeht – ich habe mehr als nur ein paar Anrufe wegen ihm bekommen –, aber ich sage denen immer, dass sie sich zurückhalten sollen. Wenn überhaupt, dann brauchen wir mehr Männer wie ihn. Also, welchen Grund auch immer er hat, heute Abend nicht hier zu sein, es soll mir recht sein. Und zumindest lernen wir ja jetzt Sie kennen.«

Sie und Reilly waren an einem Tisch neben dem Weißen Haus aus Lebkuchen platziert, was, wie ihr gesagt wurde, jedes Jahr neu hergestellt wurde. Sobald alle Gäste saßen und die Vorspeise, in Form einer Pfifferlingsuppe mit Ziegenkäse-Croûtons, genossen, begann Reillys leerer Platz sie anzustarren. Als das Essen auf sein Ende zusteuerte, fühlte sie sich am Boden zerstört. Drei Mal hatte sie die fragenden Blicke ihrer Tischgenossen ertragen müssen, die gemerkt hatten, wie sie unter dem Tisch heimlich auf ihr Telefon geschaut hatte, aber ihr Display war leer geblieben. Reilly hatte weder angerufen noch eine SMS geschickt.

Sie war zutiefst beunruhigt.

Wo steckst du nur, Sean?

14

Lower Eastside, Manhattan

Die Sesselpolsterung war in etwa so weich wie ein Quader aus gepresstem Schrott, aber ich hatte dennoch das Gefühl, dass ich jederzeit wegdämmern würde.

Mein Kopf hämmerte – ebenso vor Überanstrengung infolge unablässigen Grübelns über die Ereignisse und meine Möglichkeiten wie von dem Schlag an den Kopf mit dem Griff meiner Waffe.

Ich sah auf die Uhr: fünf nach zwei. Mein Gastgeber war ausgegangen und vor allem für einen Wochentag spät dran. Offensichtlich genoss er es, nach dem gestörten Tag- und Nachtrhythmus der vergangenen Wochen, sein Leben zurückzuhaben und war zweifellos damit beschäftigt, den endlosen Strom aus Tinder-Matches in Eroberungen aus Fleisch und Blut zu verwandeln. Ich hoffte nur, dass er nach Hause zurückkommen würde, statt bei dem vollbusigen Freigeist, den er wahrscheinlich mit seiner wankelmütigen Gegenwart beehrte, zu bleiben.

Ich hatte einen uralten Honda-Accord kurzgeschlossen und war in die Stadt zurückgefahren, wo ich ihn in einem Parkhaus abgestellt hatte. Durch einen sehr seltsamen Zufall hatte ich auf dem Armaturenbrett einen Doppelgänger von Nicks Pelzmütze gefunden und mir »ausgeborgt« – die Wärme, die sie meinem immer noch empfindlichen Kopf bot, hatte das fragwürdige Aussehen mehr als wettgemacht.

Die fünf Blocks zu dem vertrauten Mietshaus war ich gelaufen. Dann hatte ich die raue Stimme meines Partners nachgeahmt und einem wütenden Hausbewohner über die Gegensprechanlage erklärt, dass ich zu viel getrunken und den Schlüssel verloren hätte, und hatte, nachdem man mich widerwillig hineingelassen hatte, das Schloss zu der mietpreisgebundenen Wohnung geknackt, in der ich jetzt herumlungerte.

Es war unwahrscheinlich, dass mein Gastgeber sich über meinen Besuch freuen würde, wenn er nach Hause kam. Wenn ich in tiefen Schlaf oder Bewusstlosigkeit versunken sein würde, würde das die Dinge aller Wahrscheinlichkeit nach noch verschlimmern, also zwang ich mich ein weiteres Mal dazu, systematisch die Ereignisse durchzugehen, die sich heute Nacht zugetragen hatten. Selbst in meinem benommenen Zustand wusste ich, dass mir vielleicht irgendetwas einfallen würde, irgendeine neue Erinnerung oder ein abschweifender Gedankengang ausgelöst würde, der zu einer neuen Erkenntnis führen konnte. Zwei Stunden später trieb ich in einer dichten Wolke aus Verzweiflung, Erschöpfung und einem pochenden Schmerz am Rande einer Gehirnerschütterung dahin, als ich hörte, wie sich quietschend die Wohnungstür öffnete.

Ich versuchte aufzustehen, aber mein Kopf fühlte sich an wie ein Amboss. Gerade fiel ich in den Sessel zurück, als Nick ins Zimmer kam und das Licht einschaltete.

Seine Kinnlade klappte herunter, als er mich erblickte – die Pelzmütze noch auf dem Kopf, eine Seite des Gesichts von einem dicken Streifen getrockneten Bluts verklebt und ein Hosenbein mit einer feinen Schicht Streusalz bedeckt.

»Was zum Henker … Sean?«

»Also weißt du noch nichts?«

»Wovon redest du?«

Meine Stimme war schwach. »Nein, ich dachte nur … die hätten dich inzwischen angerufen.«

Er angelte sein BlackBerry aus der Tasche. »Mein Telefon ist stumm geschaltet. Es war eine großartige Nacht, ich meine …« Er zögerte ein wenig, als wüsste er nicht recht, was er sagen sollte, dann setzte er hinzu: »Tinder-Date … du weißt ja, wie das ist …«

Dann schaute er auf das Display.

»Scheiße«, grummelte er. »Elf verpasste Anrufe.« Er sah auf und musterte mich, jeglicher Anflug von Heiterkeit war aus seiner Miene verschwunden. »Was ist los?«

»Setz dich, Mann … setz dich erst mal.«

Und dann erzählte ich meinem Partner endlich alles.

Die ganze verkorkste Geschichte, von meiner ersten Begegnung mit Kirby angefangen. Allerdings ohne Kurt beim Namen zu nennen. So viel Anonymität glaubte ich ihm schuldig zu sein, und Nick fragte auch nicht weiter nach. Stattdessen saß er einfach nur da, hörte zu und schüttelte immer mal wieder den Kopf, ersparte es sich aber, seiner Missbilligung Ausdruck zu verleihen, und sagte nichts, bis ich geendet hatte. Und dann saß er noch einmal so lange einfach nur schweigend da, dass es sich wie eine Ewigkeit anfühlte.

Schließlich holte er lange erschöpft Luft, beugte sich vor und sah mir direkt in die Augen. »Du musst dich stellen, Sean. Das ist der einzige Weg. Mit jeder Sekunde, die du nicht in Haft bist, sieht es nur schlimmer aus.«

»Nein, auf keinen Fall.« Ich war zu kaputt, um eine Begründung zu formulieren.

»Es ist die einzige Möglichkeit. Danach hast du zumindest eine Chance, dass sie dir glauben. Du musst es tun. Die ganze Story ausspucken. Die Erpressung, das mit den Akten. Alles. Du weißt, wie das läuft. Wenn alles, was du sagst, stimmt, und wir wissen ja, dass es stimmt, wenn alles verifiziert werden kann, wofür ich verdammt noch mal sorgen werde, dann besteht vielleicht eine winzige Chance, dass dir deine Version der vergangenen vierundzwanzig Stunden ebenfalls geglaubt wird. Oder zumindest, dass sie als glaubhaft in Betracht gezogen wird, bis die Belege dafür gefunden sind.«

Meiner Ansicht nach war diese Chance so gering, dass es sich nicht einmal lohnte, darüber nachzudenken.

»Nein«, sagte ich. »Sieh mal, die haben diesen Corrigan die ganze Zeit geschützt. Aus welchem Grund auch immer, die wollen nicht, dass er gefunden wird. Sie werden behaupten, dass es ihn nie gegeben hat, und mich einbuchten.« Jetzt, wo ich es selbst aussprach, hörte es sich noch viel schlimmer an. »Ich muss ihn selbst finden.«

»Klar, weil du damit bisher auch so viel Erfolg hattest?«

Ich flippte aus. »Nick, was soll ich denn machen? Guck mich doch an. Ich bin am Arsch! Soll ich denen meinen Kopf auf dem Silbertablett servieren?«

»Mein Gott, Sean«, feuerte er zurück. »Hör dir mal zu. Du weißt ja selbst nicht, was du sagst.«

»Wir haben um die Waffe gerungen, da ist sie losgegangen!«, brüllte ich. »Meine Fingerabdrücke sind da überall drauf! Seine Frau hat mich gesehen. Mich – sonst niemanden. Nur mich!«

»Es hätte doch gar keinen Kampf gegeben, wenn der Kerl

mit dem Bart nicht da gewesen wäre!«, brüllte er zurück. »Es war Selbstverteidigung …«

»Was ich unmöglich beweisen kann, wenn ich den Bärtigen nicht dazu holen kann, damit er meine Geschichte stützt.«

»Du glaubst doch wohl nicht, dass du fit genug bist, um überhaupt irgendwas zu machen? Ich meine, guck dich mal an. Es ist ein Wunder, dass du nicht irgendwo am Straßenrand liegen geblieben bist.« Er holte Luft, betrachtete mich noch einmal genau und fuhr dann in einem ruhigeren Ton fort: »Das muss aufhören, Sean. Du musst mit diesem Einsamer-Rächer-Scheiß aufhören. Ich brauche meinen Partner. Ich will meinen Kumpel zurück. Ich hab mit angesehen, wie du vollkommen besessen geworden bist von diesem Reed Corrigan, und … du hast dich verändert, Mann. Diese ganzen Geheimnisse … Und du bist nicht mehr konzentriert. Du warst immer hundert Prozent beim Job, aber seit letztem Sommer … Ständig verschwindest du, ohne irgendwem was zu sagen, um weiß Gott was zu machen.«

»Wir haben Daland gekriegt, oder?«

»Wir haben Daland gekriegt, weil du sogar dann noch ein verdammt guter Agent bist, wenn deine Gedanken ganz woanders sind. Daran wird nichts etwas ändern. Aber sieh doch nur, wohin dich das gebracht hat. Ich meine … Mein Gott!«

Ich war zu müde, um zu streiten, aber ich hörte die Verzweiflung aus meiner eigenen Stimme heraus. »Meinst du etwa, das macht mir Spaß? Meinst du, es gefällt mir, wenn mein Partner ständig an mir herummeckert? Ich kann kaum einen Gedanken fassen, ohne dass mir der Kerl in den Kopf kommt. Zu Hause ist es genau dasselbe. Alex mag jetzt okay sein – zumindest geht's ihm besser –, aber ich stecke immer noch drin. Jedes Mal, wenn ich ihn ansehe, denke ich daran, was sie ihm angetan haben, und das … Ich kann nicht lockerlassen, Nick. Und jetzt auch noch mein Vater …« Ich verstummte und holte ein paar Mal tief Luft. »Ich muss rausfinden, was mit ihm passiert ist. Und das muss ich alleine tun. Mehr denn je.«

»Was, wenn du was rausfindest, was dir nicht gefällt, wenn du besser dran wärst, wenn du es nicht wüsstest?«

»Wie meinst du das?«

»Ich meine, was ist, wenn dein Dad sich tatsächlich mit diesen Typen eingelassen hat und sich wirklich wegen seines Schuldgefühls umgebracht hat?«

»Aus Schuldgefühl?«

»Vielleicht. Wer weiß das schon. Vielleicht hat er bei irgendetwas Üblem mitgemacht und konnte nicht mehr damit leben? Was willst du wirklich über ihn erfahren, Sean? Manchmal ist es besser, wenn bestimmte Türen geschlossen bleiben. Ich will ganz sicher nicht über alles Bescheid wissen, was mein Dad getrieben hat, nachdem er uns verlassen hat.«

Ich war zu aufgebracht, um ihm auch nur ansatzweise zu antworten, aber sogar in meinem überreizten Zustand konnte ich das, was er sagte, nicht ganz von mir weisen. Zu mehr als »Er hat nicht bei irgendwas Üblem mitgemacht. Er war einer von den Guten« konnte ich mich nicht durchringen.

Nick zuckte die Achseln, er war jetzt ruhiger. »Ja, na gut, ich hoffe, dass er das war, Kumpel. Ehrlich.« Dann saß er da und starrte mich einfach nur an, wobei er langsam nickte, tief in Gedanken versunken.

»Okay«, sagte er schließlich, nickte noch einmal, irgendwie feierlich, dann drückte er sich aus dem Sessel hoch. »Ich mach uns einen Kaffee.«

Ich lehnte mich zurück, schloss die Augen und wartete begierig auf den Koffeinschuss. Ich hatte nicht gewusst, ob Nick mit meiner Sicht der Dinge übereinstimmen würde, aber ich hatte es darauf anlegen müssen. Immerhin waren wir Partner.

Ich musste eingeschlafen sein, denn ich wachte auf, als Nick zurück ins Wohnzimmer kam, einen Becher mit dampfendem Kaffee in jeder Hand.

»Ich hätte bei Rochelle bleiben sollen.« Er stellte seinen

Becher – der ironischerweise die Aufschrift »Ehemann des Jahres« trug – auf den niedrigen Tisch vor dem abgewetzten Sofa. »Sie hat's mir angeboten, weißt du? Aber ich Trottel dachte, ich bräuchte für morgen früh ein sauberes Hemd. Großer Fehler, was?«

Er drehte sich zu mir um, um mir einen der schwarz-weißen FBI-Becher aus dem Geschenkeshop des Weißen Hauses zu geben, ein Geschenk von meiner Wenigkeit.

»Das war eine Nacht voller Fehler«, murmelte ich.

Da, genau in dem Augenblick, als ich die Hand zum Becher ausstreckte, packte er mein Handgelenk, schlug eine Handschelle darum und zog das andere Ende davon zur metallenen Armlehne des Sessels hinunter. Der Becher knallte auf die Bodendielen, und glühend heißer Kaffee spritzte auf uns beide.

Ich versuchte noch, mir seine Abwärtsbewegung zunutze zu machen, um seinen Arm bis auf den Boden zu drücken und meinen freien Arm um seinen Hals zu schlingen, sodass ich mit meiner Hand in der Handschelle nach seiner Waffe greifen konnte, aber er wusste genau, was ich versuchen würde, und übte bereits Gegendruck nach oben aus – genug, um die offene Handschelle auf Höhe des Stahlrohrs zu bringen. Mit der freien Hand schloss er sie und machte einen Schritt rückwärts.

»Was soll der Scheiß, Nick? Was machst du da?«

Er sah mir direkt in die Augen – seine Miene war angespannt und wachsam, während ich das obligatorische Rütteln an der Handschelle vollführte. Die Polsterung mochte ihre besten Tage schon lange hinter sich haben, aber das Stahlrohr des Rahmens war noch tadellos stabil.

»Nick«, platzte ich heraus. »Mach das nicht.«

»Es tut mir leid«, wiederholte er bewusst meine Antwort von vorhin.

»Ich bin schon nah dran«, krächzte ich. »Der Schütze, der mir zu Kirbys Haus gefolgt ist, muss für Corrigan arbeiten. Warum sollten die jetzt aktiv werden? Sie hätten mich doch jederzeit schon umbringen können.«

»Sean, hör dir doch mal zu. ›CR‹? Das könnte doch jeder sein.«

»Und was ist mit dem Azorer-Projekt? Ich hab dir doch gesagt, ich hab's auf seinem Tisch gesehen.«

Nick explodierte. »Das war vor einer Zillion Jahren, um Himmels willen! Wie kannst du dir sicher sein, dass du dich richtig erinnerst? Und nehmen wir mal an, dass es da diese riesige Verschwörung gibt, sagen wir mal, du findest raus, dass deinem Vater was Schlimmes passiert ist. Was dann? Dann musst du rausfinden, wer damit zu tun hatte. Und warum. Und dann musst du sie bestrafen. Genau wie bei Alex. Das ist doch ein Fass ohne Boden, Sean. Und du willst das ganz allein machen. Ohne mich, ohne das Bureau. Heimlich. Das ist einfach verrückt, Sean. Wieso in Gottes Namen kannst du das nicht erkennen?«

Ich war auch kurz davor zu explodieren, aber ich holte tief Luft und sah meinem Partner in die Augen. Das Ganze war so absurd gewesen, dass ich eigentlich beschlossen hatte, es niemandem zu erzählen, aber jetzt war der Zeitpunkt für rückhaltlose Offenheit gekommen.

»Sieh mal, da ist … da ist noch was. Ich hab's dir nicht gesagt, weil er gesagt hat, ich solle mit niemandem darüber sprechen. Damit diejenigen dann nicht umgebracht werden.«

»Wovon redest du?«

»Ein Typ hat mich angerufen. Ich weiß nicht, wer es war. Elektronischer Stimmverzerrer, Prepaidhandy, das Übliche. Er hat mir gesagt, er hätte Informationen über meinen Dad. Er hat gesagt, er würde mir die Wahrheit sagen. Wir haben ein Treffen vereinbart, aber er ist nicht aufgetaucht.«

»Mensch, du müsstest dich mal hören. Und diese elektronische Stimme … du sagst, er sei nicht aufgetaucht. Heißt das, du bist allein zu dem Treffen gegangen? Ohne mich im Hintergrund? Und hättest dir den Typen vielleicht gegriffen und die Wahrheit aus ihm rausgeprügelt? Das ist einfach nur … klasse, Sean. Glasklares Denken, doch, ja.«

»Ich wollte dich da nicht mit reinziehen.«

Nick hob die Hände, schüttelte sie in der Luft und brüllte mich an: »Also fährst du runter nach D.C., um Kirby zu erpressen, damit er dir diese Informationen besorgt?! Einfach so. Du verstehst schon, worüber ich rede, oder? Das ist keine Ermittlung, Sean. Das ist ein ausgebrannter, von Rache besessener Agent auf einer selbstzerstörerischen Mission!« Die Adern an seinem Hals traten hervor. »Also das ist jetzt meine Intervention, okay? Ich lasse dich das nicht machen. Nicht wegen mir – vergiss mich. Wie du sagtest, mir kann man sowieso nicht mehr helfen. Aber für Tess und Kim. Und Alex. Verdammt, und für dich, weil ich dich liebe, du blöder Idiot.« Er hielt meinen Blick fest, dann ließ er sich schwer auf das Sofa gegenüber von meinem Sessel fallen.

Er zog sein Telefon heraus. »Du wirst dich stellen.«

Ich schüttelte den Kopf: »Nein, Nick. Mach das nicht …«

Ich sah, wie er sein Telefon entsperrte. »Nein. Hör mir zu. Du glaubst, ich wäre sicher bei den Cops? Diese Typen wollen mich tot sehen. Steck mich in Untersuchungshaft in eine Zelle, und die haben mich.«

»Wir gehen nicht zu den Cops, wir erledigen das im Haus. Ich nehm dich mit ins Federal Plaza. Wir gehen die ganze Geschichte mit Gallo durch, Schritt für Schritt. Dann entscheiden wir, was zum Teufel wir machen.«

»Die kriegen mich. Egal, wo im System, die kriegen mich.«

»Nicht, solange ich dabei bin.«

Er drückte auf wählen. Nach einigen Sekunden sagte er dann: »Boss? Sorry, wenn ich Sie aufwecke. Ja, es geht um Reilly.« Kurze Pause, dann verdrehte er die Augen. »Lassen Sie mich mal zu Wort kommen, dann sag ich's Ihnen.«

Ich konnte hören, wie er mit den Zähnen knirschte, als er sich die Gardinenpredigt des Assistant Director in Charge anhörte.

»Er ist hier, bei mir«, sagte er schließlich dazwischen. »Er will sich stellen, aber nur, wenn Sie ihm FBI-Schutz garantieren.« Eine Pause, dann: »Okay, wir warten.«

Er beendete das Gespräch.

Ich fühlte mich, als hätte jemand einen Zementmischer in meiner Magengrube entleert. »Was hast du getan, Mann?«

»Ich rette dein Leben.«

Verzweifelt schüttelte ich den Kopf. »Denkst du etwa, ausgerechnet Gallo wird das zu würdigen wissen?«

»Du bist einer von seinen Leuten. Ich denke, der ADIC wird alles tun, um dem Bureau die Chance zu geben, dieses Mega-Desaster unter Kontrolle zu halten. Und ich bin da, um dafür zu sorgen, dass er das auch tut.«

»Die werden uns Corrigan nicht ausliefern. Ohne ihn haben wir gar nichts.«

»Du hast dem Präsidenten das Leben gerettet, Sean. Vielleicht ist es an der Zeit, dass wir die ganz schweren Geschütze auffahren.«

»Sogar dann wirst du mit leeren Händen dastehen, glaub mir.«

»Ein bisschen Vertrauen solltest du haben, Sean.«

»Ist mir ausgegangen.«

Dem war nichts mehr hinzuzufügen. Wir saßen nur schweigend da und warteten auf Gallos Rückruf. Offenbar spielten wir beide verschiedene Szenarien im Kopf durch, obwohl wir kaum klar denken konnten, denn Nick brach irgendwann das Schweigen und sagte: »Wenn das Bureau nicht weiterkommt, gehen wir an die Presse.«

Ich zuckte die Achseln: »Falls ich bis dahin nicht schon tot bin.«

»Lass das mal meine Sorge sein, dich am Leben zu halten. Denk du mal lieber darüber nach, was du Tess sagst.«

Die Erwähnung ihres Namens traf mich noch härter als der Schlag mit dem Pistolenknauf. Alle Gedanken stoben auseinander, als mir die Bilder meiner Familie vor Augen traten. Vielleicht hatte Nick recht. Vielleicht hinderte meine Entschlossenheit, herauszufinden, was mit meinem Vater passiert war, damit ich mit der Vergangenheit abschließen konnte, mich daran, die Auswirkungen zu erkennen, die das auf Tess und unsere Kinder hatte, und setzte so unsere Zukunft aufs Spiel.

Wie dem auch sein mochte, ab jetzt würde ich aus einem FBI-Vernehmungsraum heraus damit fertigwerden müssen.

Nicks Telefon klingelte. Er ging dran, hörte zu, dann sagte er: »Okay. Wir treffen Sie in einer Stunde dort.«

Er drehte sich zu mir um. »Gallo kommt.« Dann streckte er mir die Hand hin und gab mir sein Telefon. »Du musst Tess anrufen. Und dann musst du dir einen guten Anwalt besorgen.«

15

Washington, D.C.

»Sean, was zum Teufel ist los? Das FBI sagt, du würdest gesucht wegen …«

Ich hörte ein Rascheln am anderen Ende der Leitung, als nähme ihr jemand das Telefon ab, dann sagte eine männliche Stimme: »Agent Reilly? Hier spricht Tom Murray. DC Field Office. Wo sind Sie?«

Also waren sie schon dort.

Ich hatte nichts anderes erwartet, aber trotzdem. Die Spuren waren leicht zu lesen. Meine Waffe. Meine Fingerabdrücke. Der Mietwagen auf meinen Namen. Zugfahrkarten zusammen gekauft. Ein kurzer Anruf, vielleicht zu Hause, vielleicht im Büro, musste ergeben haben, dass wir für das große Dinner in D.C. waren. Unsere Zimmerreservierung war dann auch leicht herauszufinden gewesen.

Das Dinner. Ich fragte mich, wann sie Tess aufgetrieben hatten. Vorher, hinterher oder … autsch … währenddessen.

»Ich bin in Obhut des FBI in New York. Ich habe mich Special Agent Aparo gestellt. Können Sie mir bitte wieder Tess geben?«

Als ich das so formulierte, fühlte es sich derart seltsam an, dass ich nicht sagen konnte, was ich instinktiv gerne gesagt hätte, nämlich: »Geben Sie mir bitte meine Frau wieder.« Es bereitete mir ein ungutes Gefühl in der Magengegend. Vielleicht war das auch etwas, worum ich mich kümmern sollte. Vorausgesetzt, sie wollte es. Vorausgesetzt, es würde noch eine Rolle spielen. Vorausgesetzt, wir hatten dann noch ein Leben zusammen, das vor uns lag.

»Sie werden entschuldigen, wenn ich da ein bisschen penetrant sein muss, aber dafür brauche ich erst eine Bestätigung.«

»Bleiben Sie dran.«

Ich gab Nick das Telefon und sagte ihm, was er tun sollte. Er sprach kurz mit Murray, erklärte ihm die Lage. Gab ihm die Sicherheit, die er brauchte. Dann gab er mir das Gerät zurück.

»Sean?« Es war Tess' Stimme. »Was geht da vor?«

Sie so zu hören, so müde und besorgt – nicht einfach.

»Es ist … kompliziert.«

»Komm mir jetzt nicht so. Was ist los?«

Ich musste lächeln. Sie war tough, und ich durfte nicht vergessen, dass sie, was immer auch geschehen mochte, auf meiner Seite stand. »Ich erzähle dir die ganze Geschichte, wenn wir uns sehen. Langer Rede, kurzer Sinn: Jemand ist erschossen worden und jemand anderes hat es so aussehen lassen, als hätte ich das getan.«

»Was du aber natürlich nicht getan hast.«

»Natürlich nicht.«

»Okay, also kein Grund zur Sorge«, schloss sie, vielleicht mehr, um sich selbst etwas zu beruhigen.

»Mir wird nichts passieren«, sagte ich. »Aber bis das alles geregelt ist, dachte ich« – und da warf ich einen Blick zu Nick, der mich beobachtete –, »dass es besser ist, wenn ich mich stelle, damit niemand auf dumme Gedanken kommt.«

Sie schwieg eine Weile, wahrscheinlich, weil ihr bewusst wurde, wie ungewöhnlich das für mich war.

»Gut«, sagte sie dann nur. »Bleib dran.«

Ich hörte, wie sie den Agenten fragte: »Beschuldigen Sie mich in irgendeiner Sache oder kann ich gehen?«

»Wohin denn?«

Sie gab nicht nach: »Was glauben Sie denn?«

Er sträubte sich kurz, dann sagte er: »Ich telefoniere noch einmal.«

Sie kam wieder an den Apparat. »Ich nehme den ersten Flug. Dann müsste ich so gegen acht bei dir sein.«

»Nein«, entgegnete ich. »Fahr erst nach Hause. Nick trifft sich dort mit dir. Die werden Leute vorbeischicken wollen, die sich bei uns umsehen, und dann solltest du da sein. Deiner Mutter möchte ich das nicht allein zumuten.«

»Sie kommt damit zurecht, Sean.«

»Das bezweifle ich nicht«, sagte ich. »Aber trotzdem ... fahr erst nach Hause. Wenn die da fertig sind, kommst du in die Stadt.«

»Bist du sicher?«

»Ja«, sagte ich, während sich meine Eingeweide bei dem Gedanken daran, dass mein eigenes Haus von einem Spurensicherungsteam durchsucht würde, zusammenkrampften. »Tess, es ... es tut mir wirklich alles schrecklich leid. Ehrlich. Aber ... hab Geduld mit mir. Wir schaffen das, du wirst sehen. Okay?«

»Natürlich«, sagte sie. Sie schwieg kurz, als wollte sie etwas hinzufügen, konnte es aber nicht.

»Sieh zu, dass du ein bisschen Schlaf bekommst«, sagte ich schließlich. »Morgen wird wahrscheinlich ein langer Tag für uns beide.«

»Ich liebe dich«, sagte sie.

»Ich liebe dich auch«, sagte ich, dann legte ich auf.

FREITAG

16

Federal Plaza, Lower Manhattan

Da saß ich nun, in einem Raum, der mir nur allzu vertraut war, nur dass dieses Mal *ich* der Typ war, der an dem nackten Stahltisch saß und durch eine Tür aus Glas und Stahl mit einem achtstelligen Sicherheitscode von der Außenwelt abgeschnitten war.

Es war noch nicht mal hell, aber wir saßen jetzt schon über eine Stunde hier. Nur ich, Gallo und Nick in dem kahlen, fensterlosen Vernehmungsraum im dreiundzwanzigsten Stock des Federal Plaza. Das einundvierzig Stockwerke hohe Gebäude, das die westliche Ecke des Foley Square bildet, ist der Dreh- und Angelpunkt der polizeilichen und gerichtlichen Maschinerie in Manhattan. Für inzwischen zehn Jahre war es außerdem mein zweites Zuhause gewesen. Jetzt war es mein Gefängnis. Ich kann wirklich nicht behaupten, dass ich mir das jemals hätte vorstellen können.

Ich hatte noch keinen Anwalt verlangt, auch wenn mir klar war, dass ich bald einen würde hinzuziehen müssen. Die Kameras oben an der gegenüberliegenden Wand waren noch ausgeschaltet. Gallo hatte dem zugestimmt, allerdings nicht ohne vorher hartnäckigen Widerstand zu leisten, der natürlich nur gespielt war: Er wusste, dass es seinen Arsch genauso rettete wie meinen, wenn unser erstes Gespräch inoffiziell stattfand. Außerdem musste er erst mal einen besseren Eindruck davon bekommen, womit er es hier zu tun hatte, bevor er entscheiden konnte, wie die Sache am besten anzugehen war.

Meine Argumentation war leicht nachzuvollziehen: Warum hätte ich Kirby umbringen sollen? Er hatte mir beim ersten Mal geholfen, und jetzt hatte ich wieder seine Hilfe gebraucht. Gallos zynischer Antwort allerdings hatte ich zugegebenermaßen wenig entgegenzusetzen: Ich hatte, wie ich selbst gestanden hatte, total unter Strom gestanden und war verzweifelt auf der Suche nach Antworten gewesen; vielleicht hatte ich die Waffe gezogen, um ihm zu drohen. Vielleicht hatte er mich in einem Wutanfall angegriffen. Vielleicht hatten wir um die Waffe gekämpft, und hinterher war er tot gewesen. Und das zusätzlich zu meinem nicht gerade belanglosen Geständnis, dass ich einen Angestellten der CIA dazu erpresst hatte, mir vertrauliche Unterlagen zuzuspielen.

Ich bekam einen ersten Vorgeschmack darauf, wie hart es werden dürfte, einen neutralen Dritten davon zu überzeugen, dass es meinen rätselhaften Mann mit dem Bart tatsächlich gab. Natürlich würden Nick und die Jungs in D.C. die Gegend nach Zeugen oder Aufnahmen von Überwachungskameras durchkämmen, die meine Behauptungen stützen konnten, aber offen gesagt konnte ich nicht erkennen, wie irgendetwas in der Art, außer einer Videoaufzeichnung des Geschehens, helfen könnte, mich zu entlasten.

Es sah gar nicht gut aus.

Außerdem war es nicht so leicht gewesen, Kurts Namen herauszuhalten, wie es Nick gegenüber gewesen war.

»Wie haben Sie Kirby als leicht verwundbares Ziel identifizieren können?«, hatte Gallo gefragt.

Er mochte ein Arschloch sein, aber dumm war er nicht.

Bei Nick hatte ich der unausgesprochenen Frage ausweichen können. Jetzt musste ich das wieder tun. »Ich habe mich umgehört.«

»Was meinen Sie mit ›umgehört‹? Bei wem?« Gallos Ego mochte es gar nicht, so abgebügelt zu werden.

»Das spielt doch jetzt keine Rolle, oder? Ich brauchte jemanden mit Zugang und habe ein paar Leute gefragt und da ist sein Name aufgetaucht. Können wir jetzt weitermachen?«

Es ging noch ein paar Mal hin und her, bevor er sich zähneknirschend zufriedengab.

Gallos Miene verfinsterte sich zusehends, je länger ich sprach. Es war, als würden seine Augen mit jedem Wort tiefer in zwei

Abgründe in seinem Schädel sinken. Ich gab mich nicht der Illusion hin, dass er sich in irgendeiner Weise um mich sorgte. Es ging ihm nur um sich selbst, das lag auf der Hand. Darum, wie seine mangelnde Aufsicht so etwas hatte zulassen können, ganz besonders in Anbetracht der Tatsache, dass er vom ersten Tag an gewusst hatte, dass ich versuchte, Reed Corrigan zu finden und mit jeder Anfrage bei der CIA gegen Wände gerannt war.

Gut möglich, dass er selbst mit dieser Geschichte baden ging, wenn auch vielleicht nicht so gründlich wie ich, aber dennoch – für jemanden wie Gallo war jedes Hindernis auf dem heiligen Pfad seiner Karriere eine Katastrophe.

Genau darauf setzten Nick und ich. Und Nick steuerte Gallo geschickt dahin, wo wir ihn haben wollten. Ob er damit durchkommen würde, war eine ganze andere Frage.

Währenddessen tobten in mir die widersprüchlichsten Gefühle, was meinen Partner betraf. Auch wenn ich seine Beweggründe nachvollziehen konnte, war ich immer noch stinksauer darüber, wie er mich reingelegt hatte; andererseits schätzte ich ihn dafür, wie geistesgegenwärtig und engagiert er diese erste Phase lenkte. Ich hatte ihn immer für seine zynische Lebenseinstellung gescholten, eine Haltung, die ich als »pragmatischen Nihilismus« bezeichnete: Das Leben ist überwiegend scheiße, also genießt man lieber die außerordentlich seltenen Momente, in denen einem etwas Gutes widerfährt, weil es andernfalls ausnahmslos scheiße wäre. Das hier zählte in keinster Weise zu den guten Momenten, und ich wusste, dass er es alles andere als genoss, aber er war voll da und auf meiner Seite. Doch mir war klar, dass das, beim besten Willen, wahrscheinlich nicht reichen würde.

Ganz besonders nicht, wenn die CIA beschloss, auch noch zur Party zu kommen.

Sie kamen gegen halb acht, zwei Leute.

Showtime.

Annie Deutsch und Nick führten sie herein. Bevor Deutsch wieder ging, nickte sie mir noch kurz mit einem vielsagenden Blick zu, der von der Verwirrung und der Sorge, die sie umtrieb, zeugte. Die Tür ging zu, schloss uns ein, und es folgte eine kurze Vorstellungsrunde. Der Alpha-Mann der beiden hieß Neil Henriksson. Er war groß und schlank, aber kräftig, mit akkurat geschnittenem Haar, dessen Farbe irgendwie eher beige als blond war, und einem gewohnheitsmäßig verächtlichen Gesichtsausdruck. Ich konnte mir vorstellen, wie humorvoll er im Privatleben war. Den Namen seines Lakaien bekam ich nicht mit.

Noch während sie sich setzten, sagte Henriksson: »Okay, Special Agent Reilly, fangen wir mal ganz von Anfang an, in Ordnung?«

Gallo antwortete in aller Ruhe: »Special Agent Reilly nimmt sein Recht auf Aussageverweigerung in Anspruch und wird keine Fragen beantworten, solange sein Anwalt nicht zugegen ist.«

Henrikssons Gesichtsausdruck veränderte sich dramatisch, er riss den Kopf herum.

»Wie bitte?«

»Sie haben mich gehört«, sagte Gallo.

Der ADIC tat alles, um mich unter seinen Fittichen zu behalten. Wieder natürlich nicht aus irgendeinem plötzlichen Anfall von Mitgefühl. Es verschaffte ihm einfach nur einen Vorteil in den Verhandlungen, um die Auswirkungen auf seinen eigenen Lebenslauf in Grenzen zu halten, bevor er mich auslieferte. Und mir verschaffte es mehr Zeit, um darüber nachzudenken, was ich als Nächstes tun sollte, und Entscheidungen zu treffen.

Henriksson zögerte nicht: »Vielleicht haben Sie noch nicht ganz verstanden, womit wir es hier zu tun haben. Das ist keine Wald-und-Wiesen-Ermittlung. Hier geht es um einen Fall, der die nationale Sicherheit berührt.«

»Wieso das denn?«, warf Nick ein.

»Agent Reilly wird gesucht, damit er zu dem Mord an einem Angestellten der CIA vernommen werden kann. Einem Angestellten mit Zugang zu bedeutenden sicherheitsrelevanten Informationen.«

»Und wie soll das die nationale Sicherheit berühren?«

»Reilly könnte mit Elementen zusammenarbeiten, deren Ziele noch unbekannt sind. Wir müssen herausfinden, womit wir es zu tun haben und ob es ein Leck gegeben hat oder nicht.«

Nick nickte verständnisvoll, dann sagte er: »Ich verstehe. Andererseits könnte es auch nur um irgendeine Tussi gegangen sein.« Flapsiger hätte er es kaum sagen können. Dann setzte er hinzu: »Es sei denn, Sie hätten signifikante genauere Informationen, die Sie aber nicht mit uns teilen. Vielleicht etwas über jemanden bei der Agency, der unter dem Namen Reed Corrigan operiert? Sie wissen schon, den, zu dem dieses Büro hier mehr als eine Anfrage gestellt hat, nur um mitgeteilt zu bekommen, dass er nicht existiert?« Er machte eine kurze Pause, sprach aber weiter, bevor Henriksson antworten konnte: »Oh, warten Sie, sorry, ich weiß – Sie können das nicht wissen, weil es geheim ist, stimmt's?«

Henriksson drückte den Rücken durch, während sein Blick sich förmlich in Nick hineinbohrte. »Wie ich schon sagte, es handelt sich hier um eine Angelegenheit, die die nationale Sicherheit berührt. Meine Instruktionen lauten, Agent Reilly nach Langley zu begleiten, wo unsere Leute und die Kriminalpolizei von Arlington County ihn vernehmen können.«

»Er geht nirgendwohin«, sagte Gallo.

»Der Mann wird verdächtigt, einen Angestellten der CIA mit 2B-Berechtigung erschossen zu haben«, feuerte Henriksson zurück. »Wir müssen wissen, was da passiert ist, und jedes potenzielle Leck so schnell wie möglich schließen.«

»Sehen Sie, ich bin da ganz bei Ihnen«, antwortete Gallo. »Wir stehen auf derselben Seite, schon vergessen? Aber mir sind die Hände gebunden. Es gelten rechtsstaatliche Verfahrensregeln, an die wir uns halten müssen. Zum jetzigen Zeitpunkt ist der Sachstand, dass Reilly sich bei uns gemeldet und ausgesagt hat, jemand hätte versucht, ihn zu töten. Mehr haben wir derzeit nicht. Er bietet uns an, in allen Einzelheiten zu berichten, was geschehen ist, sobald sein Anwalt eingetroffen ist, was irgendwann heute im Lauf des Vormittags der Fall sein wird. Bis jetzt können wir ihn nicht einmal verhaften, nicht ohne richterlichen Beschluss. Haben Sie einen?«

Henrikssons Kiefer spannte sich sichtlich an, dann sagte er: »Noch nicht.«

»Machen Sie sich keine Sorgen. Der Staatsanwalt wird bald eintreffen.«

»Der Mord ist in Virginia passiert.«

Nick sagte: »Ja, aber jetzt ist er hier, oder?«

Gallo setzte hinzu: »Wir müssen erst die Papiere fertig haben. Bis das geregelt ist, sind uns die Hände gebunden. Wir können ihm nicht den Prozess machen – oder ihn entlassen.«

Henriksson holte tief Luft, als überlegte er, ob er uns etwas mitteilen sollte oder nicht – oder als wollte er zumindest den Eindruck erwecken, als dächte er darüber nach. Dann ging die juristische Balgerei weiter. Während ich beobachtete, wie sie sich stritten, trat mein Geist einen Schritt zurück vom Geschehen, und ich konnte nicht umhin zu bemerken, wie perfekt sie etwas illustrierten, was mir schon vor Jahren aufgefallen war, wenn ich über die enormen Unterschiede zwischen FBI und CIA und ihren jeweiligen Angestellten nachgedacht hatte. Die Polizeiarbeit schien überwiegend leidenschaftliche Menschen anzuziehen wie Italiener oder Iren: temperamentvolle, von ihren Gefühlen gelenkte Extrovertierte mit Minderwertigkeitskomplex, bei denen sich ein unerschütterlicher moralischer Kompass mit dem Katholizismus verband – unabhängig davon, ob sie ihn praktizierten oder sich davon gelöst hatten –, und mit einer Gesellschaftsvorstellung, die in der Familie im weitesten Sinne wurzelte, sowie in einem Realismus, der offen für die besseren Seiten der Menschen ist und dennoch nicht im Widerspruch zu der Überzeugung steht, dass der Mensch von Grund auf fehlerbehaftet ist. Die Geheimdienste hingegen schienen einen eher kälteren Menschentyp anzuziehen, Nordeuropäer wie Henriksson: introvertierte, sauertöpfische, puritanische Ideologen mit einem von Selbsthass gespeisten Überlegenheitsgefühl, die das Familienleben als quälende Lebensaufgabe sehen, die durchgestanden werden muss, und für die die Gesellschaft kaum mehr ist als ein Paranoia auslösender Haufen Sünder, der permanent unter Beobachtung gehalten werden muss und selbst bei einer Überwachung rund um die Uhr noch im Geiste sündigt.

Allmählich wurde ich kribbelig, weil ich das Gefühl hatte, dass es nicht so glatt aufgehen würde, wie Nick sich das vorstellte. Vielleicht musste ich doch einen eigenen Weg hier raus finden, was nicht einfach werden würde. Andererseits kannte ich das Gebäude in- und auswendig. Was bedeutete, dass ich wahrscheinlich zu den wenigen Menschen gehörte, die in der Lage waren, irgendeine winzige Schwachstelle zu finden und sie zu nutzen – auch wenn ich wusste, dass es so gut wie unmöglich war, hier zu entkommen.

Gallo und Nick gaben nicht klein bei und gewannen – fürs Erste. Ich würde nirgendwohin gehen. Henriksson und sein Lakai wurden von Gallo hinausgeleitet, wohingegen Nick bei mir blieb.

»Du musst allmählich am Verhungern sein«, sagte er. »Ich hol dir was.«

Ich nickte schwach. »Danke.« Ich wollte ihm auch dafür danken, dass er sich so für mich eingesetzt hatte, aber ich war auch immer noch gekränkt, weil er mich überhaupt in diese Lage gebracht hatte. Für einen Augenblick fiel die Müdigkeit von mir ab, sodass mir wieder einfiel, was ich vor allem von ihm brauchte.

»Vergiss das Essen mal für eine Sekunde«, sagte ich mit einem Blick auf die Uhr. »Tess müsste inzwischen gelandet sein.«

»Sie kommt her, oder?«

»Später, sie fährt erst nach Hause«, sagte ich, dann zeigte ich zu den Kameras hoch. »Sind die immer noch aus?«

Er nickte.

Dennoch senkte ich die Stimme und beugte mich zu ihm. »Mein Laptop muss gesichert werden, ich will nicht, dass irgendjemand daran herumpfuscht.«

»Du möchtest sie anrufen und …?« Er brauchte seinen Gedanken nicht laut zu Ende zu bringen.

»Nein«, flüsterte ich. »Ich will sie auf keinen Fall mit hineinziehen, ich will ihnen keinen Grund geben, sie zu schikanieren.« Ich sah ihn an.

»Was, soll etwa ich …?«

»Du musst ihn sichern. Wir können das auch offiziell machen. Ich gebe dir eine Vollmacht, mein Haus nach Beweisen zu durchsuchen. Geh unter dem Vorwand hin, sie abholen zu wollen. Sprich mit ihr, sag ihr, was los ist. Versuch, ihr ein bisschen Sicherheit zu geben. Und kümmere dich dann auch darum.«

Er erwiderte meinen Blick, dann nickte er. »Okay.«

Trotz allem, trotz des Wirbelsturms aus einander widersprechenden Gefühlen, der in mir tobte, musste ich eingestehen, dass es doch eine gewisse Erleichterung war, ihn an meiner Seite zu haben als meinen Partner, der die ganze Geschichte kannte und mir den Rücken stärkte. Meinen Partner an meiner Seite zu haben, hatte mir gefehlt. Das hatte mir wirklich gefehlt.

Vielleicht würde ich ihm irgendwann tatsächlich verzeihen.

17

Ocracoke, North Carolina

»Ich habe gerade mit unseren Leuten in New York gesprochen. Die kämpfen mit harten Bandagen«, informierte Tomblin Roos über die gesicherte Leitung.

Gordon Roos schäumte vor Wut, aber wie immer ließ er es sich nicht anmerken. In Gedanken bewegte er Schachfiguren über ein Spielbrett, bedachte Reaktionen und Gegenreaktionen und entschied, wie mit der Krise, die wie ein Pilz aus dem Boden geschossen war, am besten umgegangen würde.

Wenigstens wussten sie inzwischen mehr, als sie vor dem Fehlschlag in Arlington gewusst hatten: Reilly hatte eine Schwachstelle in der CIA aufgetan und mit deren Hilfe versucht, Roos ausfindig zu machen. Das Leck war jetzt gestopft, und Reilly wurde dafür beschuldigt. Unterm Strich kein schlechtes Resultat. Aber Reilly in FBI-Schutzhaft – das war bei Weitem nicht ideal.

»Wir müssen ihn so schnell wie möglich aus deren Einflussbereich rauskriegen«, setzte Tomblin hinzu. »Ihn zum Schweigen bringen, bevor irgendjemand anfängt, sein Gefasel ernst zu nehmen.«

»Oder wir kümmern uns dort um ihn.«

»Das ist die andere Option. Die riskantere natürlich.«

»Haben wir dafür jemanden?«

»Ein paar vielversprechende Kandidaten«, sagte Tomblin.

Roos wusste, dass er sich auf das Urteil des Mannes verlassen konnte. Edward J. Tomblin war nicht nur Roos' Partner gewesen und er war auch nicht nur sein ältester Freund, er war darüber hinaus ein überaus fähiger Mann, der zu der Handvoll hochrangiger CIA-Angestellter zählte, die sechs verschiedene Administrationen überlebt hatten.

Sie waren beide 1969 direkt vom College weg von der CIA

rekrutiert und als angebliche Entwicklungshelfer in die selbsternannte Republik Biafra geschickt worden, wo sie in dem Ozean aus Blut, der den Südosten Nigerias überschwemmt hatte, eine unverbrüchliche Freundschaft geknüpft hatten. Allerdings hatte jeder von ihnen anders auf die Gräuel reagiert, deren Zeugen sie geworden waren: Roos hatte den ersten wilden Rausch des Töten-oder-Getötetwerdens erlebt, eine Haltung, die ihn von da an prägen sollte, während Tomblin eine Distanziertheit entwickelt hatte, ähnlich wie bei der Zen-Meditation, die ihm ebenso gut diente, ihm allerdings weniger Herzanfälle bescherte. Und dennoch waren sie damals beide mit der unerschütterlichen Überzeugung daraus hervorgegangen, dass sie einfach alles überleben konnten.

In den gut vierzig Jahren, die seither vergangen waren, hatte sich dies in der Tat als zutreffend erwiesen. Zusammen hatten sie die letzten paar Monate des Vietnamkrieges überlebt, die Killing Fields von Kambodscha und Angola, gefolgt von ein paar Jahren an der Speerspitze des Kalten Krieges, wo sie zum ersten Mal die Tarnnamen »Reed Corrigan« für Roos und »Frank Fullerton« für Tomblin verwendet hatten.

Um etwa diese Zeit herum war die »Putzkolonne« aus der Taufe gehoben worden. Mit dieser kleinen, verdeckt arbeitenden Einheit hatten sie unglaublich viel erreicht, es war eine Arbeit gewesen, auf die sie stolz waren. Nach dem elften September hatten sich ihre Wege getrennt. Während die Geheimdienste des Landes unter Beschuss geraten waren, waren rund um den Erdball kleinere Konflikte aufgekommen und übergekocht. Roos hatte die Möglichkeiten gesehen, die darin lagen, sich von den internen Machtkämpfen zu befreien und stattdessen seine Verbindungen und seine Expertise zu Geld zu machen und freiberuflich tätig zu werden. Er hatte begonnen, sich für verschiedene Regierungen und Unternehmen zu verdingen und ernsthaft Geld zu machen.

Tomblin hingegen war weniger Abenteurer und hatte es bevorzugt, die stürmischen Zeiten abzuwarten und bei der

Firma zu bleiben. Er war gut damit gefahren. Seit 2005, als infolge des elften Septembers und des Irakkrieges der National Clandestine Service der CIA gegründet worden war, hatte er keine offizielle Position mehr inne. Der NCS ging nicht an die »Öffentlichkeit«. Er war der verdeckte Arm einer Organisation, die selbst schon nicht gerade ein offenes Buch war, und verfolgte einen noch aggressiveren Ansatz, um die Nation zu schützen. In der offiziellen Aufgabenbeschreibung war er die »Nationale Autorität für die Koordination, Konfliktlösung und Evaluation aller verdeckten Operationen innerhalb der Geheimdienste der Vereinigten Staaten«, was hieß, sie konnten tun und lassen, was sie wollten. Als Deputy Director des NCS leitete Tomblin fünf der wichtigsten Abteilungen. Darunter die Special Activities Division, die sowohl offene Aktionen wie paramilitärische Überfälle und Mordaufträge in verbotenen Zonen beinhaltete, als auch verdeckte Operationen wie zum Beispiel PSYOP – Psychologische Operationen.

Es war ein Projekt innerhalb der PSYOP – nämlich zur Gehirnwäsche und Gedankensteuerung, womit sie beide schon früher in Programmen der CIA wie MK-Ultra zu tun gehabt hatten –, das ihnen jetzt Schwierigkeiten bereitete.

Genauer gesagt, der Vater eines kleinen Jungen, der einfach nicht lockerlassen wollte.

Roos hatte dieses Verhängnis heraufbeschworen – über sich selbst, über Tomblin und vor allem über den Mann, der die Putzkolonne ursprünglich zusammengestellt und angeführt hatte, den Mann, der mehr zu verlieren hatte als sie beide zusammen.

»Gut«, sagte er zu Tomblin. »Ich erwarte jederzeit ein Update von Sandmann. Lass uns dann noch mal schauen.«

»Okay.« Tomblin schwieg kurz, dann sagte er: »Reilly hat einige Schwachstellen, die wir nutzen können, Gordon. Und wir wissen, wie wichtig sie für ihn sind. Ganz besonders die Frau und der Junge.«

Roos lächelte. »Das habe ich auch gerade gedacht.«

18

Mamaroneck, New York

Vollgepumpt mit Koffein, weil er vergeblich versucht hatte, eine Nacht mit höchster Anspannung und null Schlaf auszugleichen, traf Aparo in der Allee ein, in der das Haus von Reilly und Tess stand, und parkte seinen Ford Taurus vor den drei Fahrzeugen des Spurensicherungsteams.

Er stieg aus und sprach mit Max Goodman, dem Special Agent, der das Team leitete und der gerade ein Stückchen weiter die Straße hinunter aus einem GMC Yukon ausstieg.

Aparo winkte ihm zu, während er zu ihm ging. »Gebt mir nur eine halbe Stunde, okay?«

Er hatte Goodman angerufen und ihn darum gebeten, noch zu warten, bis er beim Haus war, und dabei betont, dass eine FBI-Familie darin wohnte und dass sein Partner nach aktuellem Sachstand sich nichts weiter hatte zuschulden kommen lassen, als sich unerlaubt von einem Tatort zu entfernen.

Goodman schüttelte den Kopf. »Sie haben gesagt, wir sollen warten, bis Sie da sind, und jetzt sind Sie da. Wir müssen reingehen.«

Aparo senkte die Stimme und versuchte es erst einmal mit einem versöhnlichen Ansatz. »Sehen Sie, Max, die Dame ist erst vor einer Stunde aus dem Flieger gestiegen, sie war die ganze Nacht unterwegs. Lassen Sie mich erst mit ihr reden, bevor Ihre Jungs hineinstürmen.«

Goodman war nicht beeindruckt. »Sie sollten nicht mal in der Nähe dieses Falles sein. Um Himmels willen, Sie sind sein Partner! Jetzt gehen Sie mir aus dem Weg, damit ich meinen Job machen kann.«

Aparo legte eine Hand auf Goodmans Arm. »Kommen Sie schon, Max. Sie hat ihre Mom und zwei Kinder da drin. Ein Mädchen im Teenageralter und einen fünf Jahre alten Jungen.

Ist Ihr Kind nicht auch in dem Alter? Wie würden Sie sich fühlen, wenn Sie an deren Stelle wären? Würden Sie etwa wollen, dass Ihr Kind so was miterlebt?«

Goodman antwortete nicht.

»In ein paar Minuten machen sie sich auf den Schulweg«, setzte Aparo hinzu. »Mehr verlange ich ja gar nicht.«

Aparo wusste, dass dies der entscheidende Moment war. Entweder verspürte Goodman Mitgefühl, wenn er an seinen Jungen dachte und sich vorstellte, der müsste mit ansehen, wie bewaffnete Polizisten durch sein Zuhause stürmten, oder schon die Erwähnung seiner Familie in diesem Zusammenhang reichte, um ihn bestenfalls in eine Schimpftirade ausbrechen zu lassen oder dafür zu sorgen, dass eine Faust in sein Gesicht sauste.

Goodman wurde kurz still, dann sagte er: »Okay. Gehen Sie. Ich warte, bis die Kinder außer Haus sind.«

Aparo verbarg sein Lächeln hinter einer Miene aufrichtiger Dankbarkeit. »Schon passiert. Ich schulde Ihnen was. Und tun Sie mir einen Gefallen, halten Sie die Jungs außer Sichtweite, bis die Kinder weg sind.«

Tess war vor etwa einer halben Stunde nach Hause gekommen, ihre Anspannung war kaum zu übertreffen. Die Fahrzeuge der Spurensicherung parkten bereits an der Straße, auch wenn Aparo ihr in einer SMS geschrieben hatte, dass niemand versuchen würde, das Haus zu betreten, bevor er selbst eingetroffen sei.

Ihre Mom Eileen lag gut im Zeitplan, sowohl Kim als auch Alex würden gleich mit dem Frühstück fertig sein, während Eileen die Pausenbrote zubereitete. Im Augenblick hatten die Kinder noch nichts von den Ereignissen der letzten zwölf Stunden mitbekommen. Auch wenn Tess wusste, dass das nicht so bleiben würde, wollte sie doch erst von Angesicht zu Angesicht mit Sean sprechen, bevor sie entschied, was sie ihnen sagte. Ihre Mom hingegen wusste in der Sekunde, in der Tess vom Flughafen La Guardia aus angerufen hatte, um zu sagen, dass sie angekommen war – wesentlich früher als geplant –, dass etwas nicht stimmte. Eileen hatte schon genug von Tess' und Seans misslichen Abenteuern miterlebt, um zu wissen, wann es an der Zeit war, Fragen zu stellen, und wann nicht. Bis jetzt hatte sie noch nicht nachgefragt, aber Tess konnte die Sorge hinter ihrer stoischen Miene brodeln sehen.

Als Tess bei den Pausenbroten half, obwohl ihre Mutter versuchte, sie davon abzuhalten, klingelte es.

Sie erstarrte, dann zwang sie sich zu handeln und warf ihrer Mutter einen vielsagenden Blick zu: »Ich gehe.«

Sie schaute zu den Kindern zurück, während sie die Küche verließ. Alex bekam nichts mit, er starrte konzentriert auf die Cornflakes-Packung. Kim hingegen schien zu wissen, dass irgendetwas ganz und gar nicht stimmte. Ihr fragender Blick folgte Tess aus der Küche, aber zu Tess' großer Erleichterung schien Kim dem unausgesprochenen Wunsch ihrer Mutter, jetzt noch nicht darüber zu sprechen, zu erfüllen.

Als Tess zur Tür ging und durch den Spion schaute, war ihr schlecht vor Nervosität.

Aparo. Allein.

Sie machte die Tür auf und atmete erleichtert aus. »Nick.«

Er kam herein.

Als sie die Tür hinter ihm wieder schloss, sah sie die Männer von der Spurensicherung draußen stehen. Der Anblick erschütterte sie, und ihre Stimme wurde zittrig. »Was ist da los, Nick? Was soll das alles?«

Er trat näher und nahm sie in die Arme, um sie fest an sich zu drücken und ihr sacht den Rücken zu klopfen. »Wir schaffen das. Es wird alles gut.«

Sie rückte von ihm ab, nickte und wischte sich das Gesicht, dann bedeutete sie Aparo, ihm in ihr Arbeitszimmer zu folgen, wo sie die Tür hinter ihnen schloss.

Aparo blieb stehen: »Ich brauche Seans Laptop.«

»Warum?«

»Er will ihn hier raushaben, damit niemand daran herummanipulieren kann. Aber ich kann das nicht machen, ich bin ohne Tasche reingekommen. Kannst du ihn mit rausnehmen? Die Jungs von der Spurensicherung werden uns beobachten, also muss alles ganz normal aussehen.«

Tess sah auf ihr MacBook Air, das aufgeklappt auf dem Aluminiumtisch stand.

»Wir haben das gleiche Modell. Unterschiedliche Versionen, aber es sieht von außen gleich aus. Ich sag einfach, es wäre meins, wenn jemand fragt.«

Sie ging zu einer großen Kommode hinüber und zog ein weiteres MacBook Air heraus, das sie in eine rosafarbene Mappe schob. Dann klappte sie den offenen Laptop zu und legte ihn in die Schublade.

Als sie die Mappe gerade in ihre lederne Schultertasche steckte, hörte sie ihre Mutter draußen sagen: »Wir gehen jetzt.«

»Wartet mal.«

Sie trat aus dem Arbeitszimmer und fand Eileen, Kim und Alex in der Küche. Tess wich dem bohrenden Blick ihrer Tochter aus und setzte ihr sorgenfreiestes Lächeln auf.

»Bis später, Kinder. Und lernt schön.«

»Mom …«, setzte Kim an, aber Tess fiel ihr ins Wort.

»Wir sehen uns nachher, Baby«, sagte sie, beugte sich zu ihr und gab ihr einen Kuss auf die Wange.

»Wo ist Daddy?«, fragte Alex.

Tess sah auf ihn hinab. Seltsamerweise schien er sich ebenfalls Sorgen zu machen. Es war beinahe, als könnte er die Anspannung spüren, was Tess bei seinem Alter überraschte.

Sie beugte sich zu ihm herunter und richtete den Kragen seiner Jacke. »Er ist direkt ins Büro gegangen, aber ich soll dir sagen, du fehlst ihm ganz doll. Ihr beide. Nun aber ab mit euch, sonst kommt ihr noch zu spät.«

Sie gab Alex einen Kuss und sah ihnen nach, als sie in die Garage hinausgingen, dann eilte sie zurück ins Arbeitszimmer.

»Okay«, sagte sie zu Nick, »rede mit mir. Was zur Hölle ist hier los?«

»Der Typ, hinter dem Sean die ganze Zeit schon her ist? Der Kerl, der Alex' Gehirn gewaschen hat?«

»Reed Corrigan.«

»Genau. Sean will nicht akzeptieren, dass Corrigan ein Geist ist. Er versucht immer noch, den Scheißkerl zu finden. Deshalb ist er nach Arlington gefahren, um sich da mit jemandem zu treffen – demjenigen, der dann erschossen wurde. Er hieß Stan Kirby. Er hat für die CIA gearbeitet.«

Tess riss die Augen auf. »Sean wird beschuldigt, einen CIA-Agenten erschossen zu haben?«

»So, wie die Dinge im Moment stehen, ja. Na ja, nicht ganz – Kirby war kein ermittelnder Agent, er war Analyst.«

»Aber er hat es nicht getan, oder?«

»Natürlich nicht. Und wir werden ihm helfen, das zu beweisen. Wir werden alles daransetzen, den wahren Mörder von Kirby zu finden. Und ich werde alles daransetzen, Corrigan zu finden, denn ihn zu finden, könnte der einzige Weg sein, um Seans Unschuld zu beweisen. Es ist alles ungeklärt seit gestern Nacht.«

Die Angst ballte sich wie eine eiskalte Faust in ihrem Magen zusammen. »Sean konnte ihn nicht finden, Nick. Was lässt dich glauben, du könntest das?«

»Sean hat das ganz allein versucht, nebenbei. Ich werde etwas nutzen, was Sean nicht genutzt hat – die gesamten Ressourcen des Bureaus. Ich werde sogar den Präsidenten einspannen, wenn ich muss.«

Der letzte Satz sprang aus Sandmanns Ohrhörer und verankerte sich tief in seinem Gedächtnis.

Aparo könnte auch noch zum Problem werden, dachte er.

Er parkte ein paar hundert Meter von Reillys Haus entfernt. Während er das Gespräch belauschte, das im Haus geführt wurde, konnte sich Sandmann vorstellen, wie Tess Chaykins

Gedanken sich überschlugen. Er hatte keine Überwachungskamera, sogar eine von diesen stecknadelkopfkleinen, wie sie heutzutage verwendet wurden, wäre zu riskant, zu leicht zu entdecken gewesen. Jemand mit einem so gut geschulten Auge wie Reilly hätte sie entdecken können. Audio hingegen war wesentlich leichter zu verbergen und erbrachte dieselben Resultate.

»Also hat Sean die ganze Zeit da weitergebohrt?«, fragte sie. »Seit Alex bei uns lebt?«

»Jep«, hörte er Aparo antworten.

»Und er hat dir nichts davon gesagt?«

»Nein. Und glaub mir, ich hab ihn gefragt. Oft.«

»Warum wollte er dir nichts davon erzählen?«

»Damit ich meinen Job behalten kann. Und vielleicht nicht ins Gefängnis muss. Was wohl auch für dich gilt, schätze ich.«

»Wieso?«

»Er hat Kirby unter Druck gesetzt. Der hat mit der Schwester seiner Frau geschlafen.«

»Bezaubernd.«

Das sah Sandmann auch so.

Aparo sagte nichts darauf. Stattdessen setzte er hinzu: »Er hatte jemanden, der ihm dabei geholfen hat, will aber nicht sagen, wer das ist. Hast du eine Ahnung, wer das sein könnte?«

Sandmann lauschte angestrengt, während Tess nachdachte. Seine Sinne waren zum Zerreißen gespannt, denn jetzt könnte ihm ein fehlendes Puzzlestück direkt in den Schoß fallen. Dann sagte Tess: »Nein.«

Sandmann runzelte die Stirn. Dennoch waren inzwischen ein paar der größeren Lücken in Reillys Geschichte mit Kirby gefüllt. Und er glaubte auch zu wissen, wo er den Rest der Antworten finden konnte, nach denen er suchte.

Tess stieß einen müden Seufzer aus. »Ich wusste, dass ihm irgendetwas keine Ruhe gelassen hat. Die ganze Zeit … ich dachte, es hätte mit seinem Vater zu tun.«

»Das gehört auch dazu. Oder zumindest glaubt Sean das. Er hat sich in den Kopf gesetzt, dass es eine Verbindung zwischen Corrigan und seinem Dad gibt. Er vermutet, dass Corrigan etwas mit dem Selbstmord seines Dads zu tun haben könnte.«

Tess fiel es schwer zu begreifen, was sie da hörte. Es war alles so weit hergeholt. Als Plot für einen ihrer Romane hätte sie die Geschichte als zu unglaubwürdig abgelehnt. Aber sie wusste auch, dass die Realität oft jede Fiktion übertraf – dass im echten Leben manchmal Dinge geschahen, die dermaßen bizarr und überraschend waren, dass man sie niemals glaubhaft in einem Roman wiedergeben könnte.

»Das muss ich von ihm selbst hören.«

»Natürlich. Deshalb gehen wir ja zu ihm.«

»Okay. Lass mich nur schnell meine Sachen holen.«

Sie holte ihr iPad aus der Küche und zog einen etwas formelleren Blazer aus dem Schrank im Eingangsbereich. Als sie zur Tür ging, empfand Tess eine Kombination aus dumpfer Wut und verzweifelter Traurigkeit. Wut darüber, dass der Mann, den sie liebte, all dies vor ihr hatte verbergen müssen – wenn auch nur, um sie zu schützen –, und Traurigkeit darüber, dass sie ihm in seiner Frustration und Unsicherheit nicht hatte beistehen können.

Jetzt würde sie alles tun, um ihm zu helfen.

Gemeinsam verließen sie das Haus. Aparo winkte einem großen Mann mit Sonnenbrille und FBI-Blouson zum Dank zu.

Sie stieg in Aparos Wagen und lieferte ihr Haus dem Spurensicherungsteam aus.

Sandmann hörte sein abhörsicheres Telefon klingeln, während er Aparos Zivilfahrzeug an sich vorbeifahren sah.

»Sind Sie noch am Haus der Zielperson?«, fragte die Stimme.

»Ja. Seine Frau und sein Partner sind gerade weggefahren.«

»Es ist ein weiterer Spieler aufgetreten. Wir müssen ihn finden.«

»Ich kümmere mich drum.«

»Wir brauchen diesen Laptop.«

»Das habe ich mir auch schon gedacht. Auftragsprotokoll?«

»Der Partner ist verzichtbar«, informierte ihn die Stimme ungerührt.

»Die Frau?«

»Optional.«

»Verstanden.«

Sandmann beendete das Gespräch, ließ den Motor an und fuhr los.

19

Aparos Magengrube brüllte ihn an.

Seit dem Essen vom Chinesen mit seiner neuesten Eroberung hatte er nichts mehr zu sich genommen, und die Energie daraus war schon nach ein paar Stunden gemeinsamen Herz-Kreislauf-Trainings verbrannt gewesen. Sosehr er es genossen hatte, sosehr er sich darauf freute, sie wiederzusehen, so froh war er doch, dass er ihr Angebot, über Nacht zu bleiben, abgelehnt hatte, weil er dadurch für seinen Partner in Not hatte da sein können.

Er drehte sich zu Tess um. »Ich habe seit gestern nichts mehr gegessen. Gibt's hier was, wo wir kurz anhalten können, damit ich mir was zu essen holen kann?«

»Direkt hinter der Apotheke ist ein nettes Café. Die haben ganz ordentliche Sandwiches zum Mitnehmen.«

Wenig später bog Aparo auf einen Parkplatz ein.

»Kann ich dir irgendwas mitbringen?«

»Ich brauche nichts«, antwortete Tess.

»Hast du heute Morgen schon was gegessen? Es wird wahrscheinlich ein langer Tag.«

Tess schüttelte den Kopf. »Danke, ich brauche wirklich nichts.«

»Nicht mal einen Kaffee?«

Sie lächelte. »Nein, Mom.«

»O-kay.«

Aparo stieg aus und ging auf das Café zu.

Er erreichte die Tür direkt vor einem Mann mit einem Fedora und einem schweren Wintermantel, der ebenfalls hineinwollte. Aparo hielt die Tür hinter sich auf, damit sie nicht zurückschwang.

Das Café war offensichtlich beliebt. Viele der kleinen Tische waren von einzelnen Gästen oder Pärchen besetzt, von denen einige an ihren Laptops arbeiteten. Aparo ging direkt zur Theke, wo schon drei Leute vor ihm anstanden. Er warf einen Blick auf die Tafel mit den Speisen, während er darauf wartete, dass er an die Reihe kam, dann bestellte er das Spezialangebot: ein Baguette mit Rührei, Wurst und Tomate, dazu einen großen schwarzen Kaffee.

»Doppelt so schnell, bitte«, sagte er, während er einen Zehndollarschein zu dem schwarz gekleideten Mann mit Pferdeschwanz und Kinnbart hinüberreichte. »Und behalten Sie das Wechselgeld.«

Er trat beiseite, um den Mann mit dem Hut bestellen zu lassen.

Während er wartete, scrollte er durch seine SMS und E-Mails. Sein Postfach lief über, aber es war nichts darin, das nicht warten konnte, bis er im Büro war.

Eine Kellnerin hinter der Theke, die zwei Papiertüten hochhielt, lenkte seine Aufmerksamkeit auf sich. »Schinken auf Roggenbrot … und ein Omelette-Baguette.«

Aparo streckte die Hand nach seiner Bestellung aus, doch im selben Moment wollte auch der Mann mit dem Fedora zugreifen und stieß Aparos Tüte zu Boden.

»O mein Gott, das tut mir leid«, sagte der Mann kopfschüttelnd. Es war ihm sichtlich peinlich. Er bückte sich, um die Tüte aufzuheben, doch es gelang ihm nicht gleich. »Manchmal bin ich dermaßen ungeschickt«, murmelte er, während er die Tüte abklopfte, bevor er sich zu Aparo umdrehte und sie ihm gab. »Es tut mir wirklich leid. Lassen Sie mich Ihnen ein neues kaufen.«

Aparo sah sich sein Essen kurz an. Das Baguette war etwas länger als die Tüte, ein Ende schaute heraus. Es hätte den Boden berührt haben können, aber nur ganz wenig. Außerdem hatte er keine Zeit. Er wollte so schnell wie möglich ins Federal Plaza zurück. »Nein, ist schon in Ordnung.«

»Sind Sie sicher?«

»Klar.«

Der Mann war sichtlich erleichtert. »Okay. Also noch mal, sorry.« In einer auf eine altmodische Art höflichen Geste tippte er sich an den Hut.

Aparo winkte noch einmal ab, nahm seinen Kaffee aus der ausgestreckten Hand der Kellnerin und verließ dann das Café, die Tüte hatte er bereits geöffnet und das Baguette angebissen.

Bis er zum Auto zurückkam, war die Hälfte des Baguettes bereits in seinem Bauch verschwunden.

Tess konnte dem Drang nicht widerstehen, ihrer Mutter eine SMS zu schicken, um zu erfahren, wie die Kinder zur Schule gekommen waren.

Die SMS hatte keinen Sinn, und Tess wusste das. Sie brauchte eine kurze Pause von der Dramatik der bedrohlichen Situation, der sie sich ausgesetzt sah, und fand Trost darin, sich mit etwas so Alltäglichem zu beschäftigen. Wie vorauszusehen gewesen war, feuerte ihre Mom eine ihrer typischen Antworten zurück, in der sie sie informierte, dass wie durch ein Wunder alles glatt gelaufen war und sie sich auf eine schöne Tasse Kaffee mit ihr freute, sobald die Umstände es erlaubten. Sie hatte keine Anführungszeichen um »Umstände« gesetzt. Das brauchte sie nicht. Tess sah sie auch so.

Sie sah zu, wie Aparo wieder in den Taurus kletterte, den Kaffee in der einen Hand und eine offene Sandwichtüte in der anderen. Er verschlang das Sandwich.

»Ganz schön hungrig, was?«

»Nur, was der Doktor verordnet hat«, brachte er gerade so zwischen zwei Mundvoll hervor, während er den Wagen anließ.

Sie fuhren auf die I-95 und reihten sich in den Verkehr ein, der Richtung Süden zur Stadt strömte.

Tess ging in Gedanken alle möglichen Szenarien durch, die sie und Sean erwarten konnten. Sie sagte nicht viel, und Aparo war vollauf mit seinem Baguette und dem Kaffee beschäftigt.

Zehn Minuten nachdem sie auf die Interstate aufgefahren waren, zuckte Aparo zusammen. Sie bemerkte es, nachdem sie ihn die Tüte zusammenknüllen und über die Schulter auf den Rücksitz hatte werfen sehen. Eine Gewohnheit, die wohl unter FBI-Agenten relativ verbreitet war – den vielen im Auto verbrachten Stunden geschuldet –, die sie Sean aber hatte abgewöhnen können, zumindest, was den Familienwagen betraf.

Aparo verzog das Gesicht.

»Alles in Ordnung?«, fragte sie.

»Sodbrennen«, sagte er und hieb sich mit der geballten Faust an die Brust, wobei er die linke Schulter hob und senkte, in dem Versuch, sein Unbehagen zu lindern. »Dahinten muss irgendwo eine Flasche Wasser sein, kannst du mir die mal geben?«

»Klar.« Sie drehte sich um und wühlte in dem Durcheinander auf dem Rücksitz, bis sie eine halb leere Flasche fand. Doch als sie sie Aparo geben wollte, griff der sich mit der linken Hand an die Brust, krampfte sie zusammen und sog scharf die Luft ein.

»Mein Gott! Bist du sicher, dass alles in Ordnung ist?«

Seine rechte Hand war immer noch fest am Lenkrad.

»Ja. Das ist nichts. Einfach nur Schlafmangel, ein leerer Magen, dann zu schnell gegessen und …«

Er stöhnte laut, sein Kopf fiel in den Nacken und gegen die Kopfstütze, sein rechter Arm baumelte schlaff herunter. Der Wagen schwenkte auf die Überholspur.

»Nick!«

Tess griff nach dem Lenkrad und bemühte sich, den Wagen wieder auf die mittlere Spur zu bringen. Ein Geländewagen raste links an ihnen vorbei und verfehlte sie nur knapp.

»Mein Gott! Nick! Wach auf!«

Sie riss zu heftig am Lenkrad, woraufhin der Taurus einen Lkw auf der rechten Fahrbahn touchierte und auf die Mittelleitplanke zuschleuderte. Eine Kakophonie aus quietschenden Bremsen und panischem Hupen füllte ihre Ohren, als der Wagen einen Tieflader schnitt und einen Kleinwagen streifte.

Mit Entsetzen sah Tess, wie der Kleinwagen auf die innere Spur zurückfuhr und in einen Kastenwagen krachte, der einen Schlenker gemacht hatte, um ihnen auszuweichen.

Sie hatte keine Chance, an das Bremspedal zu kommen. Sie stieß das Lenkrad von sich weg, und der Wagen flog wieder über die Fahrspuren und gegen die Mittelleitplanke. Funken stoben, als Auto und Leitplanke kreischend aufeinandertrafen, aber der Wagen hatte immer noch zu viel Schwung.

Sie warf einen Blick über die Schulter, um zu sehen, wie dicht die Fahrzeuge hinter ihr waren, dann legte sie mit Kraft den Leerlauf ein und riss an der Handbremse.

Als er langsamer wurde, geriet der Wagen ins Schleudern, bis er schließlich ein paar hundert Meter weiter inmitten von Lärm und Rauch zum Stehen kam.

Tess riss die Augen auf und atmete erleichtert aus, dann drehte sie sich zu Aparo um. Er atmete nicht. Die Fahrertür war wegen der Leitplanke eingeklemmt. Hinter ihr auf der Autobahn lag eine Spur der Verwüstung aus beschädigten Autos und Lkws, und rechts von ihr floss der Verkehr zäh vorüber. Alle versuchten irgendwie, dem Haufen Schrott auszuweichen, der die linke Fahrspur blockierte. Es gab für sie keinen sicheren Weg aus dem Wagen heraus.

Sie beugte sich über den liegenden Mann und zog an dem Hebel, um den Sitz zurückzustellen, dann kletterte sie auf ihn und begann mit Wiederbelebungsmaßnahmen.

Aparo rührte sich nicht.

Sie versuchte es noch einmal.

Zwischen seinen Lippen drang ein wenig Luft hervor, aber es erfolgte kein Luftholen oder Husten, was darauf hindeuten würde, dass er wieder anfing, selbstständig zu atmen.

Sie holte mit dem rechten Arm aus und rammte die Faust auf Aparos Brustkorb. Dann noch einmal.

»Komm schon!« Sie hämmerte auf ihn ein, wieder und wieder.

Ohne Resultat.

20

Tess brach es das Herz, als ihr tiefverwurzelter Instinkt ihr sagte, dass der Mann neben ihr gestorben war und nicht wieder ins Leben zurückkehren würde.

Sie rollte sich von Aparo herunter und ließ sich in ihren Sitz fallen. Ihr Kopf dröhnte, sie musste ihn sich irgendwann in dem ganzen Wahnsinn gestoßen haben.

Eine graue Limousine war vor ihr eingeschert und hielt an. Der Fahrer, ein Mann mit kurzem Haar und einem dicken Mantel, kam bereits auf ihren Wagen zu. Irgendetwas an ihm kam ihr bekannt vor, aber ihr Geist war dermaßen reizüberflutet, dass es ihr nicht genauer einfiel. Innerhalb von Sekunden war er an ihrer Tür und schaute ins Wageninnere.

»Geht es Ihnen gut?«

Erschüttert und benommen starrte sie ihn an, ohne gleich zu antworten.

»Miss? Geht es Ihnen gut?«

Er riss am Türgriff, aber die Tür war abgeschlossen. Er zeigte nach innen auf die Bedienknöpfe.

»Können Sie die Tür entriegeln, Miss?« Er bewegte dazu die Lippen überdeutlich, als dächte er, sie könne ihn nicht hören. »Sie müssen die Tür entriegeln.«

Seine Worte drangen zu ihr durch, und sie zog am Türgriff. Die Tür öffnete sich quietschend.

Der Mann half ihr hinaus. »Was ist passiert? Sind Sie in Ordnung?«

»Ich weiß nicht«, stammelte sie. »Er – er hat einfach aufgehört zu atmen.« Sie war kurz davor, in Tränen auszubrechen.

»Lassen Sie mich mal sehen«, sagte er und wollte sie von der Tür wegdrängen, damit er ins Auto klettern konnte.

Tess bewegte sich nicht. Sie stand unter Schock und konnte den Blick nicht von Nicks reglosem Körper lösen. Dann drang ein Gedanke durch den Nebel in ihrem Kopf, und sie zog ihr Telefon heraus, um 911 zu wählen.

»Miss«, sagte der Mann. »Können Sie mal beiseitetreten?«

Sie hob den Blick, seine Worte drangen nur in den Außenbereich ihres Bewusstseins vor – und sie nickte. Als sie beiseitetrat, um ihn vorbeizulassen, und ihr Finger noch über dem Telefon schwebte, hörte sie eine Sirene hinter sich. Ein Fahrzeug der Highway Patrol kam auf der leeren Überholspur auf sie zugerast und hielt direkt hinter der zerbeulten Limousine. Die Scheinwerfer auf dem Dach blitzten.

Sie sah den uniformierten Polizisten aussteigen, dann merkte sie, dass der Mann, der eben noch neben ihr gestanden hatte, zu seinem Auto zurückging. Im Gehen drehte er sich um, nickte ihr kaum merklich wissend zu, dann stieg er ein und fuhr davon.

»Sind Sie okay, Miss?«, fragte der Streifenpolizist.

Sie drehte sich um, nickte und rief, immer noch benommen, im Federal Plaza an.

Deutsch hörte zu, wie Gallo und Lendowski sich über Reillys Waffe und das Ergebnis der Fingerabdruckanalyse, die vom Field Office in D.C. gekommen war, stritten, als ein Knopf an ihrem Tischtelefon aufleuchtete.

Es war die Zentrale. »Ich habe hier einen Anruf für Agent Reilly«, sagte der Telefonist. »Wie gehen wir mit seinen Anrufen um?«

»Stellen Sie durch.«

Deutsch erkannte die Stimme nicht gleich. Es war eine Frau, und sie klang, als sei es dringend. »Ich muss mit Sean sprechen. Hier spricht Tess. Tess Chaykin. Es ist etwas Schreckliches passiert. Bitte.«

Deutsch richtete sich auf. »Miss Chaykin, hier spricht Agent Deutsch. Was ist passiert? Wo sind Sie?«

»Ich bin ... Ich bin irgendwo auf der I-95. Wir waren auf dem Weg zum Federal Plaza, Nick und ich, und ... es hat einen Unfall gegeben. Nick ist ... er ist tot.«

Deutsch spürte, wie ihr das Blut aus dem Gesicht wich, und sie erstarrte, während die Worte noch in ihr nachhallten, ohne zu ihr durchzudringen. Erst einen Augenblick später stammelte sie: »Nick ist tot?«

Sie hörte Tess' Stimme brechen, als leise eine Antwort kam. »Er ist tot. Ich stehe direkt neben ihm. Er ist ... er ist tot.«

Das kann nicht sein, dachte Deutsch. Es kann nicht ... und doch war es wahr. Es musste stimmen. Tess bildete sich nichts ein.

Aparo war tot.

»Mein Gott«, presste Deutsch hervor. »Aber ... wie? Ich kann mir gar nicht ...«

»Einfach so. Er ... Ich weiß auch nicht, es sieht so aus, als hätte er einen Herz- oder Schlaganfall gehabt oder so was. Er ist einfach gestorben. Einfach so. Er saß am Steuer und … wir sind in die Leitplanke gekracht.«

»Was ist mit Ihnen – sind Sie okay?«

»Mir geht es gut. Ich hab mir nichts getan. Aber ich muss mit Sean sprechen. O mein Gott, Nicks Sohn. Wir müssen es Lisa sagen.«

»Bleiben Sie dran.«

Sie sah auf, erblickte, mit Augen, die heute scheinbar nicht mehr klar sehen wollten, Gallo und Lendowski, die immer noch in ihren Streit verstrickt waren. Sie verdeckte die Sprechmuschel des Telefonhörers.

»Hey«, rief sie, dann brüllte sie wütend: »Hey!«

Beide drehten sich um, sichtlich überrascht von ihrem Ausbruch.

Einen Moment lang saß sie schweigend da, verarbeitete die Nachricht und war sich nicht sicher, wie sie sie überbringen sollte. Als sie dann sprach, war ihre Stimme so leise, dass sie kaum zu hören war.

»Es geht um Aparo. Er … er ist tot.«

Sie sah, wie sich die Mienen ihrer Kollegen umwölkten, und gab ihnen eine Sekunde, um es sacken zu lassen, dann setzte sie schnell hinzu, während sie den Hörer hochhielt: »Ich habe hier Tess Chaykin in der Leitung. Reillys Frau – seine Freundin«, korrigierte sie sich. »Sie war bei ihm. Sie sind in einen Autounfall verwickelt. Sie steht unter Schock, und sie muss mit Reilly sprechen.« Sie konzentrierte sich auf Gallo. »Darf ich ihm den Anruf weiterleiten?«

Gallo sah sie verwirrt an, während er sich an Lendowskis Tisch lehnte. Dann sagte er: »Sicher. Nur zu.«

Sie nickte, sagte dem Operator, er solle das Gespräch auf ihr Handy umlegen, und eilte zum Vernehmungsraum.

Sie stand gerade beim Tastenblock vor der Tür, als ihr Handy klingelte. Sie nahm den Anruf entgegen, während sie den Code eintippte, und versuchte ihre Stimme ruhig und professionell klingen zu lassen. »Miss Chaykin? Ich gebe ihn Ihnen gleich, bleiben Sie dran.«

Die Türen glitten auf. Reilly – sie konnte sich immer noch nicht daran gewöhnen, ihn Sean zu nennen – saß auf dem Stuhl und starrte finster die Wand an.

»Ich habe Tess am Telefon. Es ist etwas Schreckliches passiert.«

Reilly stand auf und entriss ihr das Telefon. »Tess?«

Deutsch beobachtete ihn, als er zuhörte, sie sah, wie zuerst Unglauben in seine Augen trat, dann Entsetzen und schließlich der unverwechselbare Glanz von Tränen.

21

Ich hatte das Gefühl, als versuchte jeder Muskel in meinem Körper, sich durch meine Haut hindurchzubohren.

Brennende Wut, bodenlose Trauer und Entsetzen wirbelten in mir herum und brodelten, sodass ich kaum in der Lage war, einen Gedanken zu fassen, der über die brutale und niederschmetternde Realisierung hinausging, ganz zu schweigen davon, zu entscheiden, was ich als Nächstes tun sollte.

Die Tür glitt auf, und Lendowski kam mit Kaffee und einem Sandwich herein.

»Gallo hat mir gesagt, ich soll dir das bringen«, sagte er. Weil er das natürlich niemals ohne klare Anweisung eines Vorgesetzten getan hätte. Als hätte ich das nicht gewusst.

Er stellte den Kaffeebecher und das Sandwich auf dem Tisch ab.

Ich fragte: »Irgendwas Neues von Nick?«

Ich konnte sehen, wie er seine Haltung änderte – Partner waren heilig, selbst wenn man gute Gründe dafür hatte, die eine Hälfte des Teams zu hassen. Außerdem waren er und Nick zusammen ins Fitnessstudio gegangen.

Vergangenheit.

Unwirklich.

»Wir warten die Obduktion noch ab«, sagte er, »aber es hört sich so an, als hätte er einen Herzinfarkt gehabt.«

Ich zog den Kaffeebecher zu mir, nahm den Deckel ab und trank einen Schluck. Das Brennen hinten in meiner Kehle betäubte den tieferen, weniger leicht zu lindernden Schmerz, der seine nadelspitzen Tentakel auf jedes meiner Nervenenden gelegt hatte.

Ich trank noch einen Schluck, schäumend vor Wut bei dem Gedanken an seinen sinnlosen Tod.

»All die Jahre behandelt er seinen Körper wie einen Mülleimer, und dann, nachdem er sechs Monate ins Fitnessstudio geht und genauer darauf achtet, was er isst, passiert so was?«

Lendowski zuckte die Schultern. »Wenn die Zeit um ist, ist die Zeit um, oder?«

Ich schüttelte ungläubig den Kopf. Ich hatte schon davon gehört, dass Leute tot umgefallen waren, die es nach jahrelangem Nichtstun mit dem Training übertrieben hatten, und es war mir immer absurd vorgekommen. Dies hier ging aber weit darüber hinaus – es war einfach nur grausam.

Lendowski kratzte sich am Kopf. »Du kanntest ihn sehr viel besser als ich, aber wie du schon sagtest, das ganze Junkfood, null Bewegung und immer hinter den Frauen her, ganz zu schweigen vom stressigen Job und einem Arschloch als Partner … irgendwann holt einen das ein.«

Er hatte einfach nicht widerstehen können, sprach die Stichelei aber mit einem Lächeln aus, weil er nicht an Aparos Sarg streiten wollte.

Ich wollte es ebenso wenig. »Nicht jetzt, Len. In Ordnung?«

Für einen Moment war er sprachlos, dann sagte er: »Klar.«

Er wandte sich zum Gehen, dann drehte er sich noch einmal

um. »Er war ein guter Agent. Auf Männer wie ihn baut das Bureau.«

Ich nickte. »Ganz genau.«

»Eine Gnade Gottes, dass es sie gibt, wenn du verstehst, was ich meine?«

Ich zuckte nur die Achseln, und Lendowski gab den Code ein und verließ den Raum.

Ich hatte Hunger. Seit der Zugfahrt nach D.C. hatte ich nichts mehr gegessen, was jetzt ... wie viele Stunden her war? Ich hatte kein Zeitgefühl mehr. Dennoch konnte ich mich nicht überwinden, das Sandwich zu essen. Nick und ich waren mehr als zehn Jahre lang Partner gewesen. Abgesehen von all den Situationen, in denen es um Leben und Tod gegangen war, den Gelegenheiten, bei denen wir einander das Leben gerettet hatten, hatte ich auch großartige Zeiten mit ihm erlebt, viel mit ihm gelacht, nächtelang mit ihm Gespräche geführt und seine persönlichen Schwierigkeiten gemeinsam mit ihm durchlitten – die Probleme in seiner Ehe, die Frauen, die Scheidung ... und jetzt war das alles vorbei, einfach so. Ein Freund, ein Partner, ein temperamentvoller Mann mit einer gesunden Lust aufs Leben, ein Vater, Dad eines elf Jahre alten Sohnes, innerhalb eines Wimpernschlages weg. Ausgelöscht.

Das war schwer zu akzeptieren.

Ich weiß, wir gehen alle irgendwann diesen Weg. Die einzige Frage ist, wann. Ich dachte an Nicks Sohn, Lorenzo. Elf Jahre alt. Ein Jahr älter, als ich war, als mein Dad starb. Ich wusste, was er jetzt durchmachen würde. Ich musste versuchen, für ihn da zu sein, wenn – falls – ich es jemals schaffte, mein Leben wieder auf die Reihe zu bekommen. Lisa, seine Exfrau, würde unsere Hilfe ebenfalls brauchen. Trotz allem hatten sie ja fünfzehn Jahre zusammengelebt, zwölf als Mann und Frau, elf davon als Eltern, und das geht nicht einfach so weg, jedenfalls nicht, wenn nicht irgendwelche größeren Verletzungen im Spiel waren, und das waren sie nicht. Sie würde trauern, da war ich mir sicher. Es machte mich nur noch wütender, dass ich hier drin war und nicht dort, nicht bei ihnen und ihnen half, das durchzustehen.

Vielleicht war es selbstsüchtig, aber das ließ mich wieder an Tess denken. An unser gemeinsames Leben. An Alex und Kim. Daran, ob ich wirklich das Leben lebte, das ich leben wollte.

Der Wirbelsturm in mir warf alle möglichen Arten von wilden Gedanken auf. Was ich immer noch nicht verstand, war der Zeitpunkt, zu dem der Killer in Arlington erschienen war. Warum hatte er mich ausgerechnet jetzt töten wollen? Denn das musste er ja vorgehabt haben. Kirby war nur ein Kollateralschaden – ein glücklicher Zufall für die. Ich war seit Monaten hinter Corrigan her gewesen, also warum hatten sie so lange gebraucht, um an mich heranzukommen? Kurt und ich hatten Wasser getreten. Nein, etwas anderes musste Corrigan zum Handeln gezwungen haben, und wenn das wichtig genug war, um mich in ein frühes Grab zu schicken, dann war es unwahrscheinlich, dass sie sich durch irgendein unvorhergesehenes Ereignis davon abhalten lassen würden – was bedeutete, dass sie immer noch hinter mir her waren.

Der Plan überstieg jedoch die Möglichkeiten eines einzigen Mannes, selbst bei Corrigans Einfluss. Er musste Unterstützung von weiter oben gehabt haben, von jemandem innerhalb der CIA. Die Frage war nur, mit wie vielen von denen ich es zu tun hatte.

Spione schienen entweder langjährige Allianzen mit ihren Kollegen zu bevorzugen, oder sie verrieten sie für einen kurzfristigen Vorteil, dazwischen gab es offenbar nicht viel. Corrigans Mann bei der CIA konnte, den Akten nach, die Kirby mir gegeben hatte, sogar sein früherer Partner »Frank Fullerton« sein – oder wie auch immer er in Wirklichkeit hieß. Doch Kurt und ich waren auch bei Fullerton nicht weitergekommen. Vielleicht sollte ich Gigi auf diese Spur ansetzen.

Und dann kristallisierte sich etwas heraus, das schon die ganze Zeit, seit Deutsch mir ihr Handy vor fast einer Stunde gegeben hatte, an mir nagte.

Mein Whistleblower, der nicht am Times Square erschienen war. Der bärtige Mann bei Kirbys Haus. Die CIA, die nach dem Tod eines Analysten direkt den nationalen Verteidigungsfall ausgerufen hatte, was bedeutete, sie wussten, dass er die Akten weitergegeben hatte. Und doch hatten sie bis dahin damit gewartet, etwas zu unternehmen. Was war anders?

Der Anruf von meiner tiefen Stimme.

Das war es, was sie aufgeschreckt haben musste. Nur dass er mir noch gar nichts geliefert hatte.

Vielleicht wussten sie das aber nicht.

Und dann stirbt Nick. Kurz nachdem er geschworen hat, er würde keinen Stein auf dem anderen lassen und das Bureau dazu bringen, alles zu tun, was in seinen Möglichkeiten stand, um mir zu helfen. Das hatte ihn gefährlicher für sie gemacht als mich, und nun ließen mir zwei Fragen keine Ruhe mehr: Erstens, konnte Corrigan gewusst haben, dass Nick alle Hebel in Bewegung setzen würde – ich schloss die Augen, *gesetzt hätte* –, um ihn aufzuspüren, und zweitens, war es möglich, dass die ihn umgebracht hatten?

Unmöglich.

Aber das zeitliche Zusammenfallen beider Vorfälle war schwer zu übersehen.

Wenn sie ihn irgendwie vergiftet hatten, würde das bei der Obduktion zutage treten. Aber wenn sie das getan hatten, wenn sie Nick so einfach hatten töten können, was sollte sie dann daran hindern, mich hier auf der Stelle umzubringen? Ganz besonders jetzt, wo er nicht mehr da war, um mich zu schützen?

Ich starrte erst auf den Kaffee, dann auf das Sandwich und beschloss, beides nicht mehr anzurühren.

Ich musste hier raus.

Vor sich konnte Deutsch den Unfallort sehen.

Die ganze Fahrbahn war gesperrt und würde es auch noch für mindestens eine Stunde bleiben. Überraschenderweise schien Aparo das einzige Todesopfer gewesen zu sein, auch wenn sie gehört hatte, dass es bei den Insassen von einigen anderen Fahrzeugen oberflächliche Verletzungen und ein gebrochenes Bein gegeben hatte.

Sie stellte ihr Auto an der Absperrung ab, ließ ihre Marke aufblitzen und eilte auf den Haufen ineinander geraster Fahrzeuge und die Einsatzwagen der Highway Patrol und Krankenwagen zu, von denen gerade einer lautstark davonfuhr, um noch einen Verletzten in die Notaufnahme des White Plains Hospital zu bringen.

Eine auffallend gut aussehende Frau mit lockigem, blondem Haar saß in der Hecktür eines Westchester-EMS-Krankenwagens und hielt sich ein Kühlpäckchen an den Kopf. Ein Sanitäter war gerade damit fertig, sie zu untersuchen, und etwas entfernt von ihr stand ein State Trooper und sprach in sein Funkgerät. Es sah so aus, als wartete er darauf, die Aussage der Frau aufnehmen zu können.

Von den Autorenfotos auf den Schutzumschlägen ihrer Bücher erkannte Deutsch, dass dies Tess Chaykin war – und sie konnte auch sehen, warum Reilly sich in sie verliebt hatte. Selbst nach dem, was sie in den vergangenen Stunden durchgemacht hatte, strahlte sie eine Gelassenheit und Selbstsicherheit aus, die beinahe wie aus einer anderen Welt zu kommen schien. Eine Haltung, die Deutsch selbst erst noch zurückgewinnen musste.

Sie zeigte dem Polizisten ihre Marke. »Geben Sie mir ein paar Minuten mit ihr, ja?« Der Trooper nickte, und Deutsch ging zu der Frau hinüber. »Miss Chaykin?«

Tess sah zu ihr hoch, und Deutsch fielen sofort ihre warmen grünen Augen auf. Sie stellte sich Reilly mit ihr zusammen vor, und sie durchzuckte Eifersucht. Dann verurteilte sie sich aber sofort innerlich dafür, als sie daran dachte, dass der Partner dieser Frau unter Mordverdacht in einem Haftraum saß.

»Tess«, antwortete die Frau.

Deutsch streckte die Hand aus.

»Ich bin Annie Deutsch. Wir haben miteinander telefoniert.«

Tess schüttelte ihr die Hand. »Ihr Partner war das neulich abends in der Bar, oder?«

Deutsch merkte, wie ein Lächeln ihre Mundwinkel umspielte. »Ja, das war sehr edel von Reilly. Wie geht es Ihrem Kopf?«, fragte sie.

»Tut weh, aber der Sanitäter sagt, es sei keine Gehirnerschütterung.«

»Das ist ja schon mal was.«

Ein unbehagliches Schweigen entstand zwischen ihnen, dann fragte Deutsch: »Wo haben sie Aparo hingebracht?«

»Er ist auf dem Weg ins White Plains«, sagte Tess.

Deutsch nickte und starrte in die Ferne, dem Krankenwagen hinterher. »Sie werden eine Obduktion machen müssen.«

Tess sah fertig aus, der Tod Aparos machte ihr sichtlich stark zu schaffen.

Deutsch fragte: »Was ist passiert?«

»Ich weiß es nicht. Im einen Moment war er noch gesund, dann ist er einfach … gestorben.« Sie schwieg kurz und setzte hinzu: »Ich muss Sean sehen.«

»Ich bin hier, um Sie hinzufahren, aber bevor wir aufbrechen«, sagte Deutsch und nickte zu dem wartenden Polizisten hinüber, »müssen Sie eine Aussage machen.«

Tess nickte, dann drückte sie sich wieder das Kühlpäckchen an die Stirn. »Ich beeile mich.«

Es war nicht gerade der beste Plan, der mir je eingefallen war, oder der sicherste.

Tatsächlich grenzte es an Wahnsinn, und es war definitiv eine der verrücktesten Ideen, die mir jemals gekommen war.

Im Augenblick hatte ich nichts anderes.

Also holte ich tief Luft und rief nach Gallo.

Zwei Minuten später brachte ein Junior-Agent, an dessen

Namen ich mich nicht erinnern konnte, ein Telefon und setzte sich mir gegenüber an den Tisch, um zu warten, bis ich fertig war.

Ich rief Tess am Handy an. Sie antwortete sofort.

»Sean?«

»Alles in Ordnung mit dir?«

»Mir geht's gut, Sean … Mein Gott, es war schrecklich! Ich kann noch gar nicht glauben, dass er …« Ich hörte den Damm brechen, und sie fing an zu schluchzen.

Ich ließ sie ein paar Sekunden in Ruhe.

»Tess, wir sehen uns gleich. Annie bringt dich her, okay?«

»Lisa …«, sagte sie und meinte Nicks Exfrau. »Jemand muss sie benachrichtigen. Und Lorenzo … o mein Gott.«

»Ich kümmere mich darum«, sagte ich. »Ich rufe sie an. Du hast schon genug durchgemacht.«

»Okay«, sagte sie und beruhigte sich ein wenig.

Ich gab ihr noch einen Moment, um sich zu sammeln. Ich war darauf angewiesen, dass sie verstand, was ich sagen wollte.

»Das ist alles einfach nur«, sagte ich schließlich, »verrückt. Als hätten sich die Sterne gegen mich verschworen. Wie du neulich abends gesagt hast. Über das Karma und unsere vergangenen Leben, weißt du noch?«

Ich hörte Tess zögern und versuchte, sie im Stillen mit meiner Willenskraft dazu zu bringen, mich zu verstehen – wir hatten nämlich in letzter Zeit über nichts dergleichen gesprochen.

Bitte, Tess. Konzentriere dich. Hilf mir hier.

»Natürlich«, antwortete sie.

Gutes Mädchen. Tolles Mädchen.

»Vielleicht habe ich ja irgendwas in der Vergangenheit getan, wofür ich jetzt bezahle. Ich meine, wie sonst könnte man den ganzen Scheiß erklären, der uns gerade passiert?« Ich schwieg kurz, weniger, weil es notwendig war, sondern einfach, um es für den Junior-Agenten noch etwas dramatischer klingen zu lassen. »Ich wünschte, ich könnte zurückgehen und rausfinden, was es war. Du verstehst, was ich sagen will?«

Sie brauchte ein paar Sekunden, dann sagte sie: »Glaubst du, das könnte helfen?«

Sie verstand mich.

»Ich glaube schon. Entscheidend.« Ich dachte, ich sollte vielleicht noch einen Extrahinweis einstreuen. »Wie Nick immer gesagt hat …«

Ich hörte die Verwirrung aus ihrer Stimme heraus. »Was meinst du?«

Beinahe kaum wahrnehmbar sprach ich langsamer und veränderte meine Stimme ganz leicht – nicht so sehr, dass der Junior-Agent etwas merkte, aber doch so deutlich, dass jemand, mit dem ich schon Tausende von Stunden verbracht hatte, es heraushören würde.

»Er hat immer gesagt: ›Nah dran, aber *keine Zigarre.*‹ Nun, so geht's mir im Augenblick. Keine Zigarre. Und jetzt, wo Nick nicht mehr da ist, brauche ich jedes bisschen Hilfe, das ich kriegen kann.« Ich kehrte zu meiner normalen Sprechgeschwindigkeit und meinem gewohnten Tonfall zurück. »Ich brauche diese Zigarre, Tess. Es muss nicht die ganze sein – nur ein paar Züge, um wieder etwas Hoffnung zu schöpfen.« Ich schwieg. »Du verstehst, was ich sagen will, oder?«

Ich konnte förmlich hören, wie die Rädchen in ihrem Gehirn ineinander griffen.

»Du weißt, wo die Redensart herkommt, oder?«, sagte sie mit zittriger Stimme. Ich wusste, dass das alles nur Show für Deutsch war, weil Tess jetzt – so hoffte ich – die Tatsache verschleierte, dass sie genau wusste, was ich ihr zu sagen versucht hatte. »Früher auf den Jahrmärkten wurden Zigarren als Preise ausgelobt. Als alle Spiele, für die man Kraft brauchte, nur für Erwachsene waren. Wenn man dann mit dem Hammer auf die Stahlplatte gehauen hatte, aber die Glocke nicht schrillte, dann sagte der Typ: ›Nah dran, aber keine Zigarre‹!«

»Das solltest du in deinem nächsten Buch einbauen.«

»Vielleicht … okay, ich seh dich gleich – ich muss nur erst noch mal nach Hause. Ich …« Ihre Stimme wurde weich und klang ein bisschen gedämpft, als ob ihr Mund jetzt noch näher am Telefon war. »Ich muss mich umziehen. Ich seh ein bisschen … na ja, die ganze Geschichte ist nicht spurlos an mir vorübergegangen. Hast du was dagegen, wenn Annie mich erst noch nach Hause fährt?«

Ich verspürte eine kleine Welle der Erleichterung, als ich mir vorstellte, wie sie Deutsch ansah, die wahrscheinlich mitfühlend nickte.

Erleichterung – und Hoffnung.

Sie hatte definitiv verstanden, was ich ihr hatte sagen wollen.

22

Tess musste ihre Nerven im Zaum halten, als Annie Deutsch den Chevy auf den Angestelltenparkplatz neben dem kleinen Spielplatz am Federal Plaza einschwenkte.

So etwas hatte sie noch nie im Leben getan – etwas, das sie ernsthaft ins Gefängnis bringen konnte. Sie versuchte, dem Gedanken keinerlei Raum zu geben, und wehrte ihn jedes Mal ab, wenn er auf sie einhämmerte. Sie musste es tun.

Für *Sean*.

Sie blieb dicht bei Deutsch, die sie durch die geschäftige Lobby zu den kugelsicheren Glastüren führte, die die Aufzüge des FBI schützten. Dort angekommen, schleuste Deutsch sie rasch durch den Metalldetektor und eine kurze Handtaschenkontrolle. Die Pillen führten zu neugierigen Fragen, aber angesichts all dessen, was geschehen war, war es vollkommen normal, dass sie ein Kopfschmerzmittel bei sich hatte.

Schweigend fuhren sie mit dem Aufzug nach oben, dann folgte Tess Deutsch auf den Flur. Es war ruhig auf dem Stockwerk, auch wenn immer noch verschiedene Agenten an ihren

Schreibtischen arbeiteten. Mit jedem Schritt spürte sie, wie die Kraft aus ihr hinausströmte. Mit jedem Schritt wurde alles wirklicher und unumkehrbarer. Sie konnte die sorgenvollen Gedanken darüber, ob das alles gut gehen würde, nicht mehr verdrängen, und kämpfte gegen den Impuls an, einfach umzudrehen und davonzulaufen. Das Risiko war schon für Sean hoch genug, aber sie wusste, dass sie nun ihre eigene Freiheit aufs Spiel setzte und die Chance, in den nächsten paar Jahren für Kim und Alex da zu sein. Aber dann rief sie sich all die Gelegenheiten in Erinnerung, bei denen Sean sie gerettet hatte – aus dem Kofferraum des Wagens im Vatikan; aus der mit Sprengstoff beladenen Weste in der Türkei; vor dem Ertrinken, als De Angelis das Boot in der Hölle dieses biblischen Sturmes versenkt hatte. Sie war ihm dies hier schuldig, koste es, was es wolle – und sie war es sich selbst schuldig, alles zu tun, um mit dem Mann zusammenzuleben, den sie gewählt hatte, beide in Freiheit und ohne die schreckliche Last, die Sean in jemanden verwandelte, den sie kaum noch wiedererkannte.

Innerhalb weniger Minuten waren sie an der Tür zum Vernehmungsraum.

Durch das Glas erhaschte Tess einen Blick auf Sean, der in dem kahlen Raum saß. Er spürte ihre Gegenwart, sah auf, und ihre Blicke trafen sich. Ein Schwall gemischter Gefühle überflutete sie: eine kurzlebige Erleichterung darüber, ihn endlich zu sehen, in Reichweite seiner Arme, seiner Lippen, seiner verlässlichen Umarmung zu sein, die jedoch schnell von der lähmenden, tiefreichenden Furcht abgelöst wurde, die daher rührte, ihren Reilly, ihren Special Agent, ihren rückhaltlosen Verfechter von Recht und Ordnung eingesperrt zu sehen wie irgendeinen dahergelaufenen Kriminellen.

Deutsch wollte gerade den Code eingeben und Tess in den Vernehmungsraum schicken, als ein großer Muskelmann, den Tess noch nie gesehen hatte, dazwischenging.

»Warte mal, Annie«, sprach er Deutsch an. »Ich nehme an, das ist Reillys bessere Hälfte?« Er sah Tess an. »Miss Chaykin?«

Deutschs Finger schwebten über dem Tastenfeld, während Tess ihn musterte und ihr Bauchgefühl ihr sagte, dass der Kerl nichts Gutes bedeutete.

Er streckte die Hand aus. »Nat Lendowski«, sagte er. »Aber alle nennen mich Len.«

Lendowski. Das war also der Kretin, von dem Sean gesprochen hatte, der Kerl, der Deutsch in der Kneipe belästigt hatte.

Tess gab ihm argwöhnisch die Hand.

»Es tut mir leid, dass wir uns unter so unangenehmen Umständen kennenlernen«, sagte er, »aber ich bin froh, dass Sie okay sind.«

Tess nickte höflich: »Danke.«

Lendowski deutete in Richtung des Vernehmungsraumes. »Wette, er wird sich freuen, Sie zu sehen. War eine lange Nacht.«

»War es für uns alle«, antwortete Tess. Sie warf Deutsch einen Blick zu, drängte sie stumm, weiterzumachen und sie endlich hineinzulassen.

»Also gut«, sagte Deutsch, während sie sich wieder umdrehte und anfing, den Code einzugeben.

Lendowski ging dazwischen. »Warte mal, du wirst sie das doch nicht mit reinnehmen lassen, oder?«

Deutsch hielt inne, und sie drehten sich beide leicht irritiert zu ihm um.

Er zeigte auf Tess' Handtasche.

»Wie bitte?«, fragte Tess.

»Ihre Handtasche«, sagte er zu ihr. »Die können Sie nicht mit reinnehmen.«

Deutsch hob verärgert die Handflächen: »Len, um Himmels willen, meinst du das jetzt ernst? Sie ist damit durch die Sicherheitskontrolle ...«

»Annie«, unterbrach er sie entschieden. »Er sitzt hier zur Vernehmung. Wegen Mordes.«

»Sein Partner ist gerade gestorben«, konterte Deutsch in scharfem Ton. »Sie war mit ihm im Auto.«

»Irrelevant«, antwortete er. »Die Sicherheitsvorschriften gelten trotzdem. An die erinnerst du dich doch noch, oder?« Er gab sich keine Mühe, die Herablassung in seinem Tonfall zu verbergen.

Er schaute ihr in die Augen, wartete.

Tess wandte sich zu Deutsch um. »Es ist kein Problem.«

»Nein, das ist einfach lächerlich …«

»Ist schon gut, Annie«, beharrte Tess. Sie schob den Riemen von der Schulter und gab Lendowski die Tasche. »Bei Ihnen wird sie wohl nicht geklaut werden, nehme ich an.«

»Da wäre ich mir nicht so sicher«, warf Annie mit einem finsteren Blick auf ihren Partner ein.

»Ich werde sie unter Einsatz meines Lebens verteidigen.« Lendowski grinste.

Tess nickte, dann breitete sie die Arme weit aus. »Ich nehme an, Sie wollen mich auch noch filzen?«

Lendowski spannte sich an, sichtlich verblüfft von ihrem unerwarteten Angebot. Tess stand einfach da, eine Augenbraue hochgezogen, die Arme weit ausgebreitet, starrte ihm fest in die Augen, todernst, und forderte ihn heraus.

Sie sah, wie Lendowskis Blick zu Deutsch sprang und wieder zurück, offensichtlich war er nervös. Er öffnete den Mund leicht, ohne gleich etwas zu sagen, und stieß dann hervor: »Nein, das wird nicht nötig sein.«

»Sind Sie sicher? Die Vorschriften verlangen das doch bestimmt«, spottete sie.

»Ist schon in Ordnung«, sagte er etwas verlegen.

»Okay, wie Sie wollen.« Tess drehte sich zu Deutsch um, die Andeutung eines triumphierenden Lächelns erhellte ihr Gesicht. »Kann ich jetzt zu ihm?«

»Natürlich.«

Deutsch gab den Code ein, und die Tür öffnete sich mit einem Klicken. Die beiden Frauen traten ein.

Reilly war schon aufgestanden, und Tess wartete nicht auf eine Aufforderung. Sie stürmte an Deutsch vorbei und warf ihre Arme um seinen Hals, zog ihn eng an sich und küsste ihn auf den Mund.

»Tess, bitte«, sagte Deutsch, »keine Berührungen.«

»Oh, Baby, ich bin so froh, dich zu sehen«, sagte sie, als sie zurückwich, Deutschs Anweisung aber ignorierte und ihre Arme um ihn behielt. Sie legte die Hände um sein Gesicht, ließ sie kurz dort und verschränkte sie dann in seinem Nacken.

»Gott sei Dank ist dir nichts passiert«, sagte Reilly.

»Es war schrecklich, Sean. Einfach schrecklich.«

Sie ließ die Arme auf seinen Schultern liegen, was ihr eine neuerliche Ermahnung von Deutsch eintrug. »Tess. Treten Sie von ihm weg.«

Tess warf einen Blick über die Schulter zu ihr. »Ja, ja. Tut mir leid.«

Sie musste sich beeilen.

Was Deutsch nicht sehen konnte, weil Tess dafür sorgte, dass sie es nicht sehen konnte, war, was ihre Hände taten.

Sie wühlten im Ärmelaufschlag ihrer Bluse herum.

Um zwei Gelatinekapseln herauszuziehen, die sie seit ihrer Stippvisite zu Hause dort versteckt hatte, die Kapseln, die sie hastig geleert hatte – war nicht Kurkuma darin gewesen? –, bevor sie sie mit dem bräunlichen Pulver aus dem Edelstahlröhrchen gefüllt hatte, das Reilly hinter einem losen Paneel in seinem Regal versteckt aufbewahrte, dem Röhrchen, das er aus Mexiko mitgebracht hatte.

Dem Röhrchen, das sie und Reilly nur die »Zigarre« nannten.

Die beiden Kapseln steckten jetzt in ihrer rechten Hand. Jetzt musste sie sie Reilly übergeben.

Sie ließ die Arme heruntergleiten und nahm seine beiden Hände in ihre. »Wir kriegen das hin, stimmt's? Wir haben dich bald wieder zu Hause, ja?«

»Tess«, wiederholte Deutsch. »Bitte.«

»Okay.« Tess gehorchte – aber nicht, ohne die beiden Kapseln in Reillys Hände gleiten zu lassen.

Sie setzte sich auf einen Stuhl, und Reilly tat es ihr nach. Deutsch blieb an der Seite stehen.

»Ich bin bald zu Hause. Wir kriegen das hin«, sagte Reilly in leisem, beruhigendem Ton.

»Wir müssen dir einen Anwalt besorgen. Einen guten. Willst du irgendjemanden Bestimmtes?«

Reilly warf einen Blick zu Deutsch und zeigte mit dem Finger zu den Kameras hoch. »Hat Gallo zugestimmt?«, fragte er.

Deutsch nickte. »Nur, solange sie hier drin ist, ja. Sie sind aus.«

Reilly nickte, dann sprach er weiter mit Tess. Sie redeten über Aparos Exfrau, und Reilly sagte ihr, dass er mit ihr gesprochen und ihr mitgeteilt hatte, was geschehen war. Er fragte Tess, wie es ihren eigenen Kindern ging, dann erzählte er ihr, was alles geschehen war, seit sie sich an der Union Station getrennt hatten, sagte ihr, was dem vorausgegangen war, erzählte die ganze Geschichte noch einmal. Sie sprachen darüber, was und wie sie es den Kindern sagen sollte und was ihre Mutter erfahren musste. Und währenddessen konnte Tess nicht anders, als sich immer wieder zu fragen, was Reilly wohl vorhatte, ob es funktionieren würde und ob er es überleben würde.

Sie wollte nicht gehen, denn wenn sie wegging, würde er seinen Plan in die Tat umsetzen. Doch nach einer Weile musste sie. Das wussten sie beide. Bevor sie ging, musste sie um Deutschs willen ihre Rolle zu Ende spielen.

»Du konntest es einfach nicht sein lassen, oder?«, fragte sie ihn.

»Was, und den Mistkerl davonkommen lassen?«

»Ist er doch schon – erkennst du das nicht? Du bist derjenige, der kurz davor steht, des Mordes beschuldigt zu werden und er … er ist ein Geist. Eine Fata Morgana.« Sie versuchte zornig auszusehen, aber es war eher Trauer und Angst, die sie jetzt beherrschten. »Du kennst ja noch nicht einmal seinen richtigen Namen.«

Sie wussten beide, dass sie auf einem schmalen Grat wandelten. Es war ein Glück, dass sie beide über eine außerordentliche Selbstbeherrschung verfügten. In der Tat war das eine der Eigenschaften, die ihr als Erstes an Reilly aufgefallen waren – seine unheimliche Selbstbeherrschung und Zielstrebigkeit. Doch im Gegensatz zu anderen positiven Eigenschaften konnte Letztere auch katastrophale Auswirkungen haben.

Reilly hieb mit beiden Händen auf den Tisch, blieb aber sitzen. Sein Zorn war so aufrichtig wie ihrer, aber, das wusste sie, ebenso beherrscht.

»Alle sagen, wir sollen die Vergangenheit hinter uns lassen, aber es ist die Vergangenheit, die uns prägt. Sie macht uns zu dem, was wir sind, sie formt das, was wir werden. Ich will nicht, dass mein Leben weiterhin von dem Schlechten geprägt wird, das passiert ist, als ich ein Kind war, genauso wenig wie ich will, dass Alex' Zukunft so geprägt wird. Aber der einzige Weg, das zu verhindern, ist, sich dem direkt zu stellen und damit fertigzuwerden, bevor es das mit uns macht.«

»Alex und Kim … brauchen einen Vater, keinen Racheengel.«

»Es geht nicht um Rache, Tess. Es geht um Gerechtigkeit. Das ist nicht dasselbe.«

»Vielleicht nicht, aber das eine gibt oft vor, das andere zu sein. Ganz besonders, wenn jemand davon besessen ist.«

Tränen traten ihr in die Augen – vor Wut und Schmerz, aber auch vor Angst.

Es war Zeit zu gehen.

Sie stand auf und sah Deutsch an. Die verstand und nickte.

Tess drehte sich zu Reilly um, beugte sich herunter, umarmte ihn noch einmal und vergrub ihr Gesicht in seiner Halsbeuge.

»Tu nichts Dummes«, flüsterte sie ihm ins Ohr. »Ich brauche dich. Bei mir. Immer.«

»Ich bin bald bei dir«, antwortete er. »Versprochen.«

»Das hoffe ich für dich«, sagte sie. Dann küsste sie ihn, hart und verzweifelt, bevor sie sich von ihm losriss und den Raum verließ.

23

Ich sah auf die Uhr – 03:00 Uhr.

Sie hatten sie mir gelassen, aber zuvor hatten sie mit absolut humorlosen Mienen auf meinen Witz reagiert, dass sie frustrierenderweise nicht über eine Garotte oder einen Laser im James-Bond-Style verfügte. Wenn ich erst einmal offiziell angeklagt wäre, würde ich mich von ihr verabschieden müssen. Und wenn ich erst einmal so im System wäre, würde es sehr viel schwieriger werden, rauszukommen.

Ich musste mich heute Nacht auf den Weg machen.

Ich konnte mich glücklich schätzen, dass ich noch hier war, dass ich die Nacht in einem Haftraum im Federal Plaza verbringen durfte. Das entsprach keineswegs der Standard-Prozedur, aber bis Gallo einen Haftbefehl für mich eingeholt hatte, war es zu spät gewesen, um mich der Bundespolizei zu übergeben, mich zu vernehmen und dann zum neuen Bundesgerichtsgebäude in der Pearl Street 500 zu bringen, das über dem klassizistischen, sechsseitigen Gerichtsgebäude an der Ostseite des Foley Square aufragte, damit ich vor einen Bundesrichter gebracht werden konnte. Sie hatten es gerade so noch geschafft, mich hoch in den sechsundzwanzigsten Stock zu bringen, damit sie mich fotografieren und meine Fingerabdrücke nehmen konnten, bevor sie mich wieder nach unten in den Vernehmungsraum zurückgebracht hatten. Ich musste über Nacht dort untergebracht werden, bevor man mich am nächsten Morgen anklagen konnte. Normalerweise hätten sie mich rüber ins Bundesgefängnis gebracht, das Metropolitan Correctional Center auf der anderen Seite des Platzes, hinter dem Gerichtsgebäude. Aber die Einrichtung war ständig überbelegt, und wer auch immer die Fäden zog, hätte reichlich Gelegenheit bekommen, mich zu töten, während ich auf meine Anklage wartete, und er hätte eine breite Auswahl an Möglichkeiten gehabt: ein vorgeblicher Terrorist, ein korrupter Wachmann, ein rassistischer weißer Psychopath oder einfach nur irgendein armer Depp, den sie erpressten, damit er ihnen zu Willen war. Unter diesem Dach hier fühlte ich mich sehr viel sicherer, und Gallo hatte zähneknirschend zugestimmt, mich über Nacht hierzubehalten. Die meisten waren sowieso viel zu erschüttert von Nicks Tod, weshalb bis morgen alles auf Eis gelegt war. Was mir nur recht sein konnte.

Ich war in eine Haftzelle verlegt worden, man hatte mir eine Decke und ein Kissen gegeben, um die harte Holzbank etwas gemütlicher zu machen.

Nicht, dass mir eins von beidem irgendwie wichtig gewesen wäre.

Meine Gedanken waren ganz woanders. Überwiegend bei Nick, natürlich. In meinem Kopf war er immer noch lebendig, und ich erwischte mich dabei, wie ich daran dachte, ihn dies oder jenes zu fragen, bevor mir wieder einfiel, dass er nicht mehr da war. Wahrscheinlich hatte ich es immer noch nicht ganz begriffen.

Hauptsächlich jedoch dachte ich über das nach, was ich versuchen wollte.

Ich hatte die beiden Kapseln immer noch in der Hand und war mir wohl bewusst, dass es jedes Mal, wenn ich mich bewegte, mehr danach aussah, dass ich etwas verbarg, sogar mitten in der Nacht.

Lendowski – ich hatte den Agenten durch die offene Tür gesehen, als Tess gegangen war – war wahrscheinlich auf seinem Stuhl halb eingeschlafen, aber ich konnte nicht riskieren, dass er mich in irgendeiner Weise etwas Verdächtiges tun sah. Die Vorschrift besagte, dass der Haftraum in Ton und Bild überwacht werden musste, folglich konnte Lendowski, selbst wenn er jetzt gerade vor sich hin döste, mit Leichtigkeit jederzeit hellwach werden.

Tess hatte gewusst, wo ich die kleine Edelstahlröhre aufbewahrt hatte, die ich seit diesem Albtraum, den wir alle im letzten Sommer in Mexiko durchlebt hatten, besaß. Wir hatten viel darüber gesprochen, Tess war fasziniert von ihrem Inhalt – keine Überraschung –, der einzigen bekannten Probe der rohen, unverarbeiteten Droge, um die unzählige Menschen gekämpft hatten, vom abenteuerlustigen Chemiker, der sie entdeckt hatte, bis hin zu El Brujo, dem Drogenbaron, der sie auf die Welt hatte loslassen wollen. Gute alte Zeiten. Eher nicht.

In einem ruhigen Augenblick sollte die Rohsubstanz Visionen heraufbeschwören, die entweder echte Erinnerungen aus vergangenen Leben der jeweiligen Person waren oder Bilder, die so zeitlos ursprünglich und so tief persönlich waren, dass dies der einzige Weg war, sie zu begreifen, weil die Alternative eine so unglaublich irrationale und bedrohlich surreale Erfahrung war, dass der Verstand schlichtweg nicht in der Lage war, sie zu erfassen.

Ich war mir immer noch nicht ganz sicher, wie genau ich dazu stand. Eines jedoch wusste ich ganz genau, nämlich, dass sie, wenn ich die Droge jetzt, in meinem ausgelaugten und erschöpften Zustand, einnahm, schwere Verwüstungen in meinem Körper und meinem Geist anrichten würde. Aber ich sah einfach keinen anderen Ausweg.

Ich lehnte mich in meinem Stuhl zurück und zog die Kapseln vorsichtig auseinander, dann schlug ich beide Hände vors Gesicht, die Handflächen am Mund, als wollte ich mir das Gesicht reiben, um die Müdigkeit zu vertreiben, obwohl ich bereits mehr als nur halb eingeschlafen war. Ich steckte die Kapseln in den Mund und schluckte schwer, um auch noch die harten Gelatinekapseln nach unten zu zwingen.

Ich schätzte, dass ich gerade etwa ein Gramm der Substanz geschluckt hatte. Dankenswerterweise hatte ich nicht viel davon geschmeckt, aber was ich geschmeckt hatte, war ekelhaft gewesen – irgendetwas zwischen verbranntem Kohl und einem Hundefutter-Rezept, das von Purina verworfen worden war. Kurz darauf kämpfte ich gegen den Würgereiz an.

Ich saß absolut still und versuchte, meinen Atem zu regulieren, während ich darauf wartete, dass die Wirkung eintrat.

Es dauerte nicht lang.

Nach ein paar Minuten wurde mir schlecht. Ich drückte das Kinn auf die Brust – wenn ich mich jetzt übergab, würde die Droge nicht genug Zeit haben, um zu wirken, und ich würde genau da bleiben, wo ich war. Ich presste die Lippen aufeinander und hielt den Atem an, um meinen Magen dazu zu zwingen, die ungewohnte Mixtur zu akzeptieren. Dann atmete ich so langsam wie möglich aus, indem ich die Luft ganz allmählich durch die Nase ausströmen ließ und den Mund dabei fest geschlossen hielt.

Ich wartete, so lange ich konnte, bevor ich erneut meine Lunge mit Luft füllte. Mein Magen fühlte sich an, als versuchte er, ein Fass voll psychotischer Piranhas auszuschleudern. Ich wand mich auf dem Stuhl und widerstand dem Drang, aufzustehen und meinen Eingeweiden mehr Raum zu geben, um sich umzudrehen.

Offensichtlich verfügte die Droge noch über einige Wirksamkeit, auch wenn ich überhaupt nicht wissen konnte, was als Nächstes geschehen würde. Ich setzte darauf, dass die tieferreichenden halluzinogenen Effekte nicht als Erstes eintraten, was mir ein Zeitfenster verschaffen sollte, in dem ich die physiologischen Wirkungen nutzen konnte.

Ein scharfer Schmerz hinten in der Kehle, wie mehrere Bienenstiche auf einmal, ließ mich unwillkürlich nach Luft schnappen. Wieder schluckte ich hart. Allmählich bekam ich das Gefühl, den Kampf gegen die Versuche meines Magens, sich zu entleeren, gewinnen zu können.

Ich fing an zu schwitzen. Ich spürte, wie meine Handflächen feucht wurden und mir Schweißtropfen auf die Stirn traten. Die Körpertemperatur stieg, auch wenn ich fürs Erste den Mageninhalt drinnen behielt.

Die Tischplatte krachte gegen meine Brust, als ich mich

unter einer erneuten Schmerzattacke krümmte, mein Bauch fühlte sich an, als hätte er gerade einen Schlag mit dem Baseballschläger abbekommen.

Ich konnte einen Schmerzensschrei nicht unterdrücken. Inzwischen brannte meine Kehle, und mein Mund fühlte sich trocken an. Ich hatte das Gefühl, gleich ohnmächtig zu werden.

Wenn es passieren sollte, dann musste es jetzt passieren.

Ich fing an, an den Handschellen zu zerren, und knallte die Kette, die sie miteinander verband, gegen den Tisch, dann warf ich mich mit dem ganzen Körper nach hinten gegen die Stuhllehne, starrte direkt in die Kamera, holte tief Luft und brüllte, so laut ich konnte: »Hey! Hey! Ich brauche hier mal Hilfe!«

Ich konnte nur hoffen, dass ich bereits genug von der Droge absorbiert hatte, um meinen Stoffwechsel gründlich durcheinanderzubringen, was sich hoffentlich auszahlen würde, denn es war an der Zeit, mit maximal möglichen dramatischen Effekten meinen Mageninhalt wieder von mir zu geben.

Ich entspannte den ganzen Körper, konzentrierte alles auf den Aufruhr in meinem Magen und die Übelkeit hinter der Stirn.

Galle schoss aus meinem Mund, als mein Magen versuchte, die fremde Substanz auszutreiben, die vor ein paar Minuten darin gelandet war.

Ich ballte die Fäuste und hieb damit auf die Tischplatte. Dann noch einmal. Und ein drittes Mal.

»Hey! Hilfe! Helft mir!«

Mein Magen jagte einen Schwall durch die Kehle und zum Mund heraus.

Ich krachte gegen den Stuhl, ohne noch zu wissen, was von meinem Verhalten echt und was nur gespielt war. Ich stand kurz davor, die Kontrolle zu verlieren, und das würde den ganzen Plan zunichtemachen.

Aus dem Augenwinkel sah ich, wie die Tür aufglitt und Lendowski hereingerannt kam, dicht gefolgt von Deutsch. Der rasch schwindende Teil von mir, der noch klar denken konnte, registrierte, dass dies zu meinem Vorteil war.

»Was zum Teufel?« Lendowski packte mich an den Schultern, zog mich vom Tisch weg und stellte sicher, dass meine Atemwege frei waren. Ich hatte nicht mal gemerkt, dass ich vornübergesackt war, aber meine Lungen brannten, als ich nach Luft rang. Offensichtlich war ich auf gutem Wege gewesen, zu ersticken.

»Netter Versuch, Kumpel, aber ich hätte von dir mehr erwartet als die guten alten Finger im Hals.«

Ich sog erst einmal mehr Luft ein, bevor ich versuchte zu antworten: »Hab ich nicht! Ich brenne, Len.«

Deutsch trat vor, nahm mein Gesicht in beide Hände und sah mir in die Augen. »Seine Pupillen sind riesig, und er hat hohes Fieber.«

Ich kämpfte gegen den heftigen Brechreiz an, damit ich Lendowskis Reaktion beobachten konnte.

»Quatsch. Dem geht's gut. Oder etwa nicht, Reilly?«

Ich versuchte zu sprechen, aber es kam nur ein lautes Stöhnen heraus.

»Er hat sich zum Kotzen gebracht, das ist alles. Wie diese klapperdürren Models es im Scheißhaus machen.«

Deutsch richtete sich auf und widersprach ihrem Partner: »Er braucht einen Arzt, und zwar jetzt.«

Ich würgte wieder. Diesmal kam nichts hoch, aber meine Eingeweide fühlten sich an, als würden sie auseinandergerissen.

Ich versuchte auf die Füße zu kommen, fiel aber wieder auf den Stuhl zurück.

Deutsch brüllte jetzt: »Wir müssen den Notruf wählen.«

»Vergiss es.«

»Len, hör zu. Ihm geht's wirklich schlecht, und er braucht sofort Hilfe.«

Ich konnte sehen, wie Lendowski innerlich schäumte. »Scheiße!«

»Es geht schneller, wenn wir ihn selbst ins Krankenhaus bringen. Das Presbyterian ist weniger als zwei Meilen entfernt. Los!«

Deutsch schloss die Handschellen auf, legte mir die Hände unter die Achseln und richtete mich auf. Dann legte sie ihren Arm um meine Taille und warf sich meinen linken Arm über die Schultern. Sie hatte überraschend viel Kraft für ihre Größe. Dann starrte sie Lendowski an: »Hilf mir, ihn hochzuheben.«

Sie schleiften mich zur Tür, dann blieb Lendowski stehen, um sich Erbrochenes von der Jacke zu wischen.

Deutsch drehte sich um, verwundert, was denn nun wieder los war. »Nun mach schon!«

Lendowski ging zum Ausgang und gab den Code ein. Die Türen glitten auf. Ich konnte hören, wie er Gallo per Kurzwahl anrief. Der ADIC würde mindestens vierzig Minuten brauchen, um nach Manhattan zurückzukommen, so würde mir zumindest seine Schadenfreude erspart bleiben, falls ich hier scheiterte.

Lendowski nahm meinen anderen Arm und half Deutsch, mich den Flur entlang zum Aufzug zu führen. Allmählich zeigte auch er so etwas wie Besorgnis: »Meine Güte, der zittert ja, als hätte er einen Presslufthammer verschluckt.«

Deutsch beugte sich zu mir. »Atme einfach nur, Sean. Atme.«

Mein ganzer Körper schwankte zwischen einer Leichtigkeit, die sich anfühlte, als sei meine Haut mit Helium gefüllt, und einer Schwere, die so extrem war, dass ich überzeugt davon war, demnächst durch den Boden hindurch zu sinken und im darunterliegenden Stockwerk von der Decke zu tropfen.

Ich merkte, wie ich das Bewusstsein verlor. Der letzte Gedanke, der durch meinen Geist kroch, bevor er aufgab, war:

Das klappt nicht.

24

Mit einem Ruck kam ich wieder zu mir, als Lendowski mich auf den Rücksitz seines Explorers schob. Deutsch folgte mir hinein und rückte mich gerade, damit ich nicht erstickte.

Es mussten nur ein paar Minuten gewesen sein, in denen ich bewusstlos gewesen war, fühlte sich aber an wie Stunden.

Irgendwie war mein Kopf dennoch vollkommen klar – wie bei jenen seltenen Gelegenheiten, wenn dem Körper gestattet wird, dann aufzuwachen, wenn er bereit dazu ist, statt dann, wenn das Smartphone es verlangt. Aber es war noch mehr als das. Eine Klarheit, die ich noch nie erlebt hatte, als wäre ich im Geschehen und würde es gleichzeitig von außen beobachten.

Vielleicht klappt es am Ende ja doch.

Vielfältige Signale stürmten gleichzeitig auf mich ein.

Meine Handgelenke waren nicht mehr gefesselt. Deutsch war Rechtshänderin, aber sie saß zu meiner Linken, direkt hinter Lendowski. Ich roch wie ein Penner. Ich war kurz davor, alles noch wesentlich zu verschlimmern, als es sowieso schon war.

Deutsch wurde nach hinten in den Sitz geworfen, als der Explorer anfuhr. Sie murmelte einen Fluch und schnallte sich an.

Ich erlaubte es meinem Kopf, nach vorne zu rollen.

An meinem linken Handgelenk spürte ich Deutschs Finger, als sie nach meiner Schlagader tastete.

»Sein Puls ist viel zu langsam. Beeil dich, verdammt noch mal!«

Der Wagen holperte die Rampe hinauf und fuhr mit quietschenden Reifen auf den Broadway.

Ich konzentrierte mich auf meine Atmung. Sie musste so flach wie möglich bleiben, ohne dass mir schwindelig wurde.

Meine Körpertemperatur war wieder gefallen, aber mein

ganzer Körper war noch schweißgebadet, weshalb Deutsch das unmöglich merken konnte.

Ich dankte Lendowski im Stillen dafür, dass er das Blaulicht nicht eingeschaltet hatte. Es herrschte wenig Verkehr auf den mit Schnee bestäubten Straßen, und die eisglatten Bürgersteige waren leer. Eine Show mit Licht- und Toneffekten hätte Aufmerksamkeit erregt.

Wir rasten am City Hall Park vorbei, während meine linke Hand sich langsam zu Deutschs Waffe vortastete.

Als ich sie anschaute, um sicherzugehen, dass sie nichts mitbekam, war es nicht Deutsch, die ich anstarrte, sondern ein gehäuteter Leichnam mit blassblauen Augen. Die Glieder waren abnorm lang. Und er hatte Kiemen auf jeder Seite des Brustkorbs, außerdem etwas, das aussah wie eine lange, knochige Finne, die sich aus dem geschundenen Rücken gegen die Lehne presste. Aus den Kiemenschlitzen sickerte Brackwasser.

Was zum …?

Ich kniff die Augen zusammen, bis meine Augäpfel schmerzten. Als ich sie wieder aufschlug, saß Deutsch wieder neben mir.

Die Droge sollte einen Szenen aus früheren Leben erneut erleben lassen. Sollte – denn der Einzige, der mir davon erzählt hatte, dass er sie selbst ausprobiert hatte, war der Kartellboss El Brujo gewesen, zugegebenermaßen nicht gerade die verlässlichste Quelle, wenn man bedachte, wie sehr sein Gehirn durch den lebenslangen Missbrauch von Drogen aller Art vermutlich in Mitleidenschaft gezogen worden war. Wenn sie tatsächlich funktionierte, dann hoffte ich eher auf etwas in Richtung Italien der Renaissance oder wollte mich vielleicht sogar als Tempelritter während der Kreuzzüge in irgendeinem kleineren Scharmützel wiederfinden.

Das hier war … anders. Es schien mich sehr viel weiter zurückzuführen, vielleicht in irgendeine urzeitliche Existenzform – vielleicht hob die Droge aber auch nur die am tiefsten liegenden Gräben meiner Vorstellungskraft aus.

Ich überlegte, was ich tun konnte, und hoffte, dass die irren Visionen für ein paar Minuten ausblieben. Ich konnte die Waffe auf Deutsch richten, aber es bestand die ziemlich große Chance, dass Lendowski es darauf ankommen lassen würde. Ein Risiko, das ich nicht eingehen wollte, da ich nicht die geringste Intention hatte, einen von beiden ernsthaft zu verletzen.

Wenn ich zuerst auf Lendowski zielte, war es Deutsch zuzutrauen, dass sie versuchen würde, sich ihre Waffe zurückzuholen, was ebenfalls überaus unschön enden konnte.

Eigentlich brauchte ich auch den Wagen, aber ich kam ziemlich schnell zu dem Schluss, dass mir nichts anderes übrig blieb, als ihn in einen Unfall zu verwickeln.

Etwas zog an meinem Knöchel. Ich sah nach unten in den Fußraum. Dort wimmelte es vor ekelerregenden, riesigen egelähnlichen Kreaturen – nur egelähnlich, denn sie schienen einen dicken Pelz zu haben –, die wie irre übereinander krochen, um sich an meine Beine zu heften.

Der Drang, die widerwärtigen Missgestalten totzutrampeln, war so heftig, dass ich merkte, wie mein rechtes Bein sich vom Boden hob, bevor ich meinem Hirnstamm die Kontrolle wieder abrang und meinen Fuß fest auf den Teppich stellte, wo jetzt keine Egel mehr zu sehen waren.

Es würde noch viel schlimmer werden, bevor es besser wurde. Außerdem näherten wir uns dem Krankenhaus. Es konnte nicht mehr lange dauern, bis wir da waren.

Scheiß drauf.

Es war Zeit.

Als Lendowski links von der Park Row in die Spruce Street abbog, ballte ich die rechte Hand zur Faust und rammte sie in Deutschs Magen, während ich gleichzeitig mit der linken Hand nach ihrer Dienstwaffe, einer Glock 23, griff und sie, ohne in der Bewegung innezuhalten, mit voller Wucht Lendowski an die Schläfe schlug, woraufhin der sofort das Bewusstsein verlor.

Er sackte nach vorn. Der Explorer hüpfte zwischen einigen Bäumen hindurch auf den Bürgersteig und knallte seitlich in das Gebäude der Pace University.

Deutsch saß beinahe sofort wieder aufrecht, aber ich hatte ihre Handschellen – die sie wie ein Polizist trug – bereits vom Gürtel gelöst.

»Hände her. Jetzt«, befahl ich.

»Was ...«

»Jetzt, Annie.«

Ihr Blick bohrte sich in meinen. »Du machst einen Riesenfehler, Sean. Hör mir zu ...«

Ich schnitt ihr das Wort ab. »Ich hab keine andere Wahl.«

Einen Moment lang gewann ihr Stolz die Oberhand. Ich konnte es in ihren Augen sehen – Kampf war besser als Flucht –, doch ihr Gesichtsausdruck wechselte rasch zu widerwilliger Akzeptanz, und sie hielt mir beide Handgelenke hin. Ich hakte eine der Schellen an ihrem rechten Handgelenk ein und hielt das andere Ende fest im Griff.

»Raus.«

Sie stieg aus, und ich folgte ihr auf derselben Seite.

»Hilf mir mit ihm.«

Ich zog Lendowskis Waffe aus dem Holster und steckte sie in meinen Hosenbund, dann schleiften wir ihn vom Fahrersitz herunter und lehnten ihn gegen einen der Bäume.

Aus dem Augenwinkel sah ich einen verschreckten Affen im Baum sitzen, der mich mit großen Augen anstarrte. Blut rann ihm aus dem Maul, während er auf einem Klumpen Fleisch herumkaute, den er in einer Hand hielt.

Auch wenn ich gerade noch so zwischen der Realität und den zunehmend verstörenden Visionen unterscheiden konnte, merkte ich, wie ich mit jeder Minute, die verstrich, mehr in die Welt der Droge hineingezogen wurde und weg vom Hier und Jetzt.

Ich schüttelte heftig den Kopf, während ich das offene Ende von Deutschs Handschellen um Lendowskis linkes Handgelenk schloss, sein Telefon, seine Marke und seine Brieftasche an mich nahm und mich dann zu Deutsch umdrehte: »Dein Telefon.«

Sie händigte es mir aus, dann gab ich Lendowski seine Brieftasche zurück, ohne das Bargeld. Ich behielt seine FBI-Ausweise, weil sie mir noch nützlich sein konnten, wo ich meine nicht mehr hatte.

»Sean, tu das nicht.«

»Mir bleibt nichts anderes übrig.«

»Es gibt immer eine andere Möglichkeit.«

»Ich hab ihn nicht umgebracht, Annie.«

»Dann lass uns den Kerl finden, der es getan hat. Wie Nick sagte, wir müssen uns gegenseitig helfen.«

»Die Leute, die ich verärgert habe, waren es vielleicht auch, die Nick umgebracht haben. Und die würden euch alle umlegen, um an mich ranzukommen. Das kann ich nicht riskieren.«

Sie machte ein überraschtes Gesicht, als ich ihr das von Nicks Tod sagte. »Das ist unser Job, Sean.«

»Es ist mein Kampf.«

Ich wandte mich von ihr ab, beeindruckt davon, dass sie immer noch bereit war, mit mir zu verhandeln, nach dem, was ich gerade getan hatte.

Auch wenn die Wahrscheinlichkeit äußerst gering war, dass sie es schaffen konnte, Lendowski mehr als nur ein paar Meter zu schleppen, ging ich zum Explorer zurück und holte die Handschellen aus dem Handschuhfach.

Ich fesselte Deutschs linke Hand an Lendowskis rechte, sodass die beiden den Baum umarmten, dann band ich seine Krawatte los, knüllte sie zusammen und stopfte sie ihr in den Mund.

»Das mit dem Schlag in die Magengrube tut mir leid – und das hier auch.«

Sie schüttelte resigniert den Kopf.

Ich stieg in den Explorer und hoffte, dass er noch fuhr.

Es gab ein knirschendes, schleifendes Geräusch, als ich rückwärts von der Betonmauer wegfuhr, dann den Bürgersteig hinunter und zurück auf die Spruce. Als ich schließlich davonraste, folgte ein nasses Reifenquietschen.

25

Wahrscheinlich blieben mir nur wenige Minuten, bevor die Kacke richtig am Dampfen war. Ich hatte keine Ahnung, wie lange mein derzeitiger Zustand anhalten würde und ob die nächste Phase vielleicht noch hundert Mal schlimmer werden würde. Mein Körper schien meinen Anweisungen zu folgen, auch wenn es sich anfühlte, als bewegte ich mich in Zeitlupe. Wenn ich mich in der Tat so langsam bewegte, dann würde ich noch vor dem Morgen wieder in Haft sein.

Das war das Worst-Case-Szenario. Ich hoffte allerdings darauf, dass ich sowohl das FBI als auch die CIA so dermaßen blamiert hatte, dass sie versuchen würden, meine Flucht so weit wie möglich geheim zu halten, zumindest bis zum Morgen, bis man alle verhört und entschieden hatte, wem man die Schuld zuschieben wollte. Außerdem setzte ich darauf, dass Corrigan sich nicht einmischte – zumindest nicht, solange es danach aussah, dass sie mich allein nicht finden konnten. Bis dahin hatte ich noch eine ganze Menge zu tun.

Ich nahm die Akkus aus beiden Telefonen und warf sie aus dem Fenster, während ich in die Gold einbog, am Lower Manhattan Hospital vorbeifuhr, unserem eigentlichen Ziel, und dann rechts auf die Fulton einbog.

Als ich in eine Sackgasse bog, geriet der Explorer auf der schneeglatten Fahrbahn ins Rutschen. Ich schaltete den Motor aus, stieg aus und suchte im Kofferraum nach irgendetwas, mit dem ich meine mit Erbrochenem bekleckerte Kleidung überdecken konnte. Ich war dankbar dafür, dass es so kalt war, als ich seinen Winterparka neben einem Anzug, den er wohl zum Wechseln hier drin liegen hatte, und einer Tasche für seine Sportklamotten erblickte. Außerdem fand ich eine Taschenlampe, die ich ebenfalls an mich nahm.

Parka an, Kapuze hoch, Anzug, Taschenlampe und die beiden FBI-Dienstwaffen in Lendowskis Sporttasche gestopft, und los ging's zu Fuß zurück zur Fulton Street. Ich wusste, dass es dort ein rund um die Uhr geöffnetes Parkhaus gab, etwa fünfhundert Meter südlich der Gold Street, und hoffte, dass ich da irgendeins der über Nacht abgestellten Autos kurzschließen konnte.

Im Laufschritt ging ich die Rampe hinauf und sah mich links und rechts nach einem Fahrzeug um, das alt genug war, um noch nicht von einem Computer kontrolliert zu werden. Als ich den Kopf bewegte, fing alles an, sich zu verzerren und auszubeulen – als läge mein Gesichtsfeld auf einem Blatt, das im Wind dahinsegelt. Unter den Autos wanden sich Egel. Hinter mir hörte ich ein Klopfen. Als ich mich umdrehte, sah ich den Affen wieder. Er warf etwas auf die Motorhaube eines Toyota Corolla, was davon absprang. Ich ging näher heran, schlich vorsichtig um den Wagen herum und erblickte den verstümmelten Kopf meines Vaters, das blutverklebte Haar in der Hand des Affen. Seine immer noch geöffneten Augen sahen genauso aus wie damals, als ich ihn an seinem Schreibtisch sitzend gefunden hatte, das Gehirn an die Wand hinter ihm gespritzt.

Mein Instinkt riet mir, einfach weiterzumachen, aber von irgendwo tief in meinem Inneren kam der Drang, dem Affen den Kopf wegzunehmen – um zu verhindern, dass er noch mehr Schmerz verursachte. Ich merkte, wie ich auf den Corolla zuging, während der Affe immer wilder mit dem Kopf auf den Wagen einhämmerte. Ich war nur noch weniger als fünf Meter entfernt – nah genug, um die einzelnen Haare im Fell des Affen erkennen zu können –, als mein Verstand die

Oberhand gewann. Ich riss mich von dem Anblick los, drehte mich um und ging weiter die Rampe hinauf.

Im dritten Stockwerk rang ich schon wieder nach Luft. Nachdem ich ein paar Minuten vornübergebeugt dagestanden hatte, ließen die Visionen nach. Ich richtete mich auf und erblickte in der hinteren Ecke ein Auto, das aussah wie ein Chevrolet Caprice aus den frühen Neunzigern. Wenn es wirklich ein Caprice war, dann konnte man sich wahrscheinlich auf ihn verlassen. Schließlich war es kein Zufall, dass so viele Police Departments diesen Wagen gewählt hatten, bevor er vom Ford Crown Victoria abgelöst wurde.

Als ich mich zu dem Wagen hinschleppte, blitzte es vor meinen Augen. Ich hatte das Gefühl, als stürzte ich in einen bodenlosen Brunnen. Ich versuchte, den Kopf zu schütteln, um wieder klar zu sehen, doch alles blieb verschwommen. Ich zwang mich, weiter auf den Wagen zuzugehen.

Mein Blick klärte sich, als ich direkt vor dem Caprice stand. Ich schlug das Fenster vorne rechts ein, öffnete die Tür und setzte mich hinein.

Die Abdeckung der Lenksäule war leicht zu lösen, dann angelte ich nach den Zündkabeln.

Als ich mich gegen das Lenkrad lehnte, schoss ein brennender Schmerz meine Wirbelsäule entlang, aber meine Finger hatten schon die richtigen Drähte gefunden.

Der Motor sprang an.

Meine Pupillen fühlten sich so klein wie Stecknadelköpfe an. Mein Gesichtsfeld hatte sich auf etwa zwanzig Grad verengt, aber es gelang mir, den Wagen die Rampe hinunterzulenken, durch die Schranke zu brechen und auf die Fulton hinauszufahren. Dann bog ich links in die Pearl ein und gelangte auf den Franklin D. Roosevelt Drive. Mein Autopilot folgte offensichtlich der Route, die ich sonst zurück nach Mamaroneck nahm. Der Verkehr war immer noch spärlich, floss aber gleichmäßig dahin, ich fuhr langsam und versuchte so zu fahren, als hätte ich keine psychoaktive Droge genommen, die in meinem

Blut Purzelbäume schlug, aber schon bald merkte ich, dass ich anhalten musste. Ich schaffte es, an der Houston Street vom Franklin D. Roosevelt Drive abzufahren und schlängelte mich durch ein paar verlassene Straßen, bevor ich in eine freie Parklücke fuhr und den Motor abstellte.

Ich brauchte eine neue Identität, und ich musste mein Aussehen verändern.

Ich musste Tess erreichen, ohne sie in Gefahr zu bringen.

Aber zuallererst musste ich schlafen, um die urzeitlichen Dämonen loszuwerden, die in meinem Kopf Amok liefen.

SAMSTAG

26

Federal Plaza, Lower Manhattan

Nat »Len« Lendowski hatte einen lausigen Tag.

Genau genommen war lausig noch viel zu gelinde ausgedrückt.

Er war so stinksauer, dass er jederzeit jemandem den Kopf abreißen konnte. Am liebsten Reilly.

Sein Kopf schmerzte immer noch an der Stelle, wo der Agent ihn mit Deutschs Waffe k.o. geschlagen hatte. Um der Verletzung buchstäblich auch noch eine Kränkung hinzuzufügen, hatte Reilly ihm Waffe und Marke abgenommen, seine Geldbörse um fast hundert Dollar erleichtert und den Anzug mitgenommen, der immer in seinem Kofferraum lag, bevor er ihn ohnmächtig auf der Straße hatte sitzen lassen, an Deutsch gefesselt, die Arme um einen Baum geschlungen. Die Krönung aber kam erst noch: Samstagmorgens um sieben Uhr im Konferenzraum im dreiundzwanzigsten Stock zu sitzen und vor der ganzen Belegschaft sowie ein paar CIA-Deppen mit versteinerten Mienen von Gallo dafür runtergemacht zu werden, dass er Reilly hatte entkommen lassen.

»Sie zwei, Sie bewegen Ihre Ärsche jetzt mal ganz fix zu Reillys Haus«, tobte Gallo am Ende der Besprechung. »Ich will Sie erst wieder hier sehen, wenn Sie ihn haben. Vorzugsweise sollte diesmal er die Handschellen tragen.«

Verständlicherweise hatte Lendowski jetzt auf nichts weniger Lust, als sich noch einmal so eine Standpauke anzuhören. Aber es war unvermeidlich. Wenn er jetzt nicht anrief, würde das alles nur noch viel schlimmer machen.

Als sie aus dem Aufzug traten und in Richtung Garage gingen, sagte er zu Deutsch: »Ich sehe dich dann unten. Muss noch kurz auf die Toilette.«

Er sah Deutsch nach, bis sie die Lobby verlassen hatte, dann ging er von dem Strom der ein und aus gehenden Menschen weg, zog sein Ersatz-BlackBerry heraus und wählte die Nummer.

Die vertraute Stimme meldete sich nach dem vierten Klingeln. »Herzlichen Glückwunsch«, sagte der Mann mit trockenem Sarkasmus.

»Leck mich!«, antwortete Lendowski.

»Oh, sind wir heute ein bisschen zart besaitet, oder was?«

»Er hat mich reingelegt«, fauchte Lendowski. »Das wäre alles nicht passiert, wenn diese blöde Kuh, mit der sie mich zusammengespannt haben, gewusst hätte, was sie zu tun hat.«

»Es ist aber nun mal passiert, und ich muss wissen, was dagegen unternommen wird.«

»Wir werden sein Haus observieren, aber natürlich wird er da nicht auftauchen. So dumm ist er nicht.«

»Ist anzunehmen.«

»Wir hören sein Handy ab, aber das wird er auch nicht benutzen. Während wir hier miteinander sprechen, postieren wir einen Van vor seinem Haus, falls er auf anderen Wegen Kontakt aufnimmt.«

»Also keine Fahndung?«

»Nein.«

Das schien dem Mann zu gefallen. Dann sagte er: »Sie wollen es erst mal unter dem Deckel halten.«

»Sieht so aus«, antwortete Lendowski. »Nicht, dass es irgendeinen verdammten Sinn machen würde. Wir sollten dafür sorgen, dass alle da draußen nach seiner Visage Ausschau halten. Da müssen diese beiden Idioten von der CIA dahinterstecken.«

»Ich bin sicher, dass die Bosse Ihres Bosses auch nicht wollen, dass das in den Nachrichten kommt. Ist ja nicht gerade ein Ruhmesblatt. Dafür sollten Sie dankbar sein, Sie stünden nämlich ganz vorne im Rampenlicht.«

Diese Bemerkung entging Lendowski nicht. Der Mann hatte nie gesagt, für wen er arbeitete, aber er schien sich mit der internen Politik der Dienste auszukennen. »Das ist mir so was von egal«, konterte Lendowski. »Ich will nur dieses Arschloch hinter Gittern sehen.«

»In einem Stück?«

Die Frage überraschte den Agenten. Er zögerte und dachte nach. »Wär mir nicht so wichtig.«

»Gut. Dann gehen Sie lieber mal raus. Wie lange dauert Ihre Schicht?«

»Open end«, sagte Lendowski mit einem selbstironischen Schnaufen.

»Finden Sie ihn«, sagte die Stimme. »Und informieren Sie mich in der Sekunde, in der Sie ihn haben.«

Deutsch wartete darauf, dass Tess ans Telefon ging, während sie mit einem Auge den Aufzug des Parkhauses im Blick behielt.

»Komm schon«, flüsterte sie. »Geh ran.«

Es war kein Gespräch, das sie führen wollte, wenn Lendowski auch nur in der Nähe war.

Tess hob ab.

»Tess? Annie Deutsch hier. Können Sie sprechen?«

»Was ist passiert?«

»Also haben Sie noch nichts von ihm gehört?«, fragte Deutsch und lauschte aufmerksam auf Hinweise.

Ihr war, als hätte sie ein leises, scharfes Luftholen gehört, bevor Tess leicht verzögert fragte: »Von Sean gehört? Was meinen Sie damit?«

»Er ist uns letzte Nacht entwischt.«

Das Luftholen und die kurze Pause waren jetzt deutlicher.

»Wie denn das?«

Deutsch wunderte sich über die Frage. War Tess Chaykin wirklich überrascht? Oder spielte sie nur ihre Rolle? Nach allem, was sie über Tess wusste, nach allem, was Tess und Reilly durchgemacht hatten, würde es sie nicht überraschen, wenn Tess etwas mit seinem Entkommen zu tun hatte. Immerhin hatte sie ihn besucht – wenn auch unter der Aufsicht von Deutsch. Es würde Deutsch daher noch schlechter aussehen lassen, wenn Tess dieses Treffen genutzt hätte, um Reilly bei der Vorbereitung seiner Flucht zu helfen.

Sie informierte Tess kurz darüber, was geschehen war, dann, sich stets der Tatsache bewusst, dass Lendowski jederzeit auftauchen konnte, kam sie auf den Grund ihres Anrufs zu sprechen.

»Er wird Sie anrufen, Tess. Sie wissen das, und ich weiß es auch. Irgendwie wird er Kontakt aufnehmen. Und ich kann gar nicht genug betonen, wie wichtig es ist, dass Sie jetzt das Richtige tun. Sie müssen versuchen, ihn davon zu überzeugen, sich zu stellen …«

»Sie wissen, dass er das nie tun würde«, warf Tess ein.

»Ich weiß. Aber Sie müssen es trotzdem versuchen. Ernsthaft. Und Sie müssen dabei beobachtet werden, Tess. Wir reden hier über Beihilfe und Unterlassung – Sie wissen ja, wie das läuft. Ich will nicht, dass ihm was zustößt. Aber ich will auch nicht, dass Ihnen etwas passiert. Außerdem will ich, dass Sie mich in Kontakt mit ihm bringen. Nur mich. Sagen Sie ihm, er soll mich anrufen. Verschaffen Sie mir eine Gelegenheit, mit ihm zu sprechen, zu erfahren, was er möchte. Vielleicht einen Deal mit ihm zu machen. Können Sie das für mich tun?«

Am Tresen in der Küche ihres Hauses in Mamaroneck wurde Tess still, während sie über Deutschs Worte nachdachte.

»Ich kann es ihm sagen«, bot sie schließlich an. »Ich glaube aber nicht, dass es viel bringt.«

»Sie müssen es versuchen«, sagte Deutsch. »Bitte. Um seinetwillen. Bringen Sie ihn dazu, mit mir zu reden.«

»Ich versuch's.«

»Gut. Sie haben meine Nummer.«

Nachdem sie das Gespräch beendet hatte, musste Tess sich am Tresen festhalten. Ihr war schwindelig vor Erleichterung –

und vor Furcht, da sie allmählich begriff, welche Folgen das Geschehene haben könnte.

Sean war raus. Er war wieder frei, was, für sich genommen, ohne die Rahmenbedingungen zu beachten, eine riesige Erleichterung bedeutete – nur dass die Rahmenbedingungen zutiefst beunruhigend waren. Er war auf der Flucht, er wurde des Mordes verdächtigt, und sämtliche Organe der Exekutive waren ihm mit ihren nicht unbeträchtlichen Mitteln auf den Fersen.

Ihre Beine fühlten sich an, als wäre sie gerade einen Marathon gelaufen. Nichtsdestotrotz tappte sie in den vorderen Teil des Hauses und schob eine Lamelle der Jalousie herunter, um aus dem Wohnzimmerfenster nach draußen zu spähen.

Alles war ruhig. So früh am Morgen, besonders an einem knackig kalten Tag wie heute, war Westchester County, zumindest fand sie das, am friedlichsten und schönsten. Sie beobachtete die still daliegende Allee, die ein vollkommen anderes Bild bot als gestern mit den Einsatzfahrzeugen der Spurensicherung. Ein paar hartnäckige Fleckchen Schnee tupften den Rasen, und eine dünne Schneeschicht klammerte sich stur an die kahlen Zweige der großen Eiche neben der Zufahrt.

Das Observationsteam war zweifellos bereits auf dem Weg.

Sie stand still da und genoss die Ruhe vor dem Sturm. Die Kinder und ihre Mutter schliefen noch – samstags war keine Schule – in seliger Unkenntnis der dramatischen Ereignisse, die der Tag unausweichlich mit sich bringen würde. Natürlich würde sie es ihnen sagen müssen. Sie würde ihnen in die Gesichter schauen und sehen müssen, wie jedes Wort, das sie aussprach, ihnen ein Stück ihrer Unschuld raubte und diese durch Angst und Sorge ersetzte.

Während sie einen einzelnen Star beobachtete, der auf einem der tieferen Äste entlanghüpfte, merkte sie, wie sich die Wut in ihrem Magen zusammenballte und mit alarmierender Geschwindigkeit größer wurde, wie sehr sie auch versuchte, sie zu unterdrücken.

Die Wut, gegen die sie jetzt ankämpfte, fühlte sich seltsamerweise fast genauso an wie das, was sie empfunden hatte, als ihre Ehe mit Doug – Kims Vater – begonnen hatte auseinanderzubrechen, lange vor seiner unvermeidlichen Affäre und der rasch darauf folgenden Scheidung. Der Partner musste nicht erst fremdgehen, damit man sich verraten fühlte, und das, was sie angesichts von Reillys Unfähigkeit, die Vergangenheit ruhen zu lassen oder zumindest ihr gegenüber aufrichtig zu sein und ihr zu sagen, wie sehr die Vergangenheit ihn belastete, empfand, ähnelte auf beunruhigende Weise dem, was sie Doug gegenüber empfunden hatte, als er ihr noch etwas bedeutet hatte.

Es lag eine bizarre Ironie darin, dass nur Liebe solche extremen Gefühle von Wut und Verratensein hervorrufen konnte, und darin bestand auch der große Unterschied zwischen den beiden Situationen. Als sie von Dougs Affäre erfahren hatte, hatte sie ihn schon längst nicht mehr geliebt, und seine Untreue hatte einfach nur das Ende eines Lebensabschnitts markiert und ein Versprechen auf neue Perspektiven enthalten, statt ein neues Kapitel voll Abneigung und klaustrophobischer Bitterkeit aufzuschlagen. Dies hier war vollkommen anders. Trotz ihrer Wut auf ihn liebte sie Sean mehr denn je, was es nur noch schwerer machte, all die widerstreitenden Gefühle, die in ihr tobten, zu beruhigen.

Sie fragte sich, wo er wohl sein mochte, was er wohl machte und welche Gedanken er jetzt hatte.

Ja, er würde sich ganz bestimmt bei ihr melden.

Und sie konnte es kaum erwarten.

27

Als mir zum ersten Mal bewusst wurde, dass so etwas wie Tageslicht um mich herum herrschte, hatte ich keine Ahnung, wo ich mich befand oder welche Tageszeit es war. Alles, was ich wusste, war, dass ich zitterte. Und zwar heftig.

Verstörenderweise war ich erst der vagen Überzeugung, dass ich im Keller von El Brujos Hacienda in Mexiko gefangen lag, wo mir mit Gewalt eine Droge verabreicht worden war, die für alle Ewigkeit meine Seele auslöschen sollte. Davon verabschiedete ich mich recht schnell zugunsten unseres Hauses in Mamaroneck und danach meiner alten Junggesellenbude in der Stadt. Am Ende entschied sich mein Geist auf der verzweifelten Suche nach Anhaltspunkten für ein Hotelzimmer in West Hollywood, in dem ich mit neunzehn Jahren zwei Wochen im Sommer verbracht hatte. Ich hatte damals einen Greyhound-Bus nach Los Angeles genommen und hatte mir, kaum dass ich angekommen war, eine Grippe eingefangen, die so heftig gewesen war, dass ich ein Zimmer suchen und das ganze Geld, das ich für drei Monate Kalifornien gespart hatte, für zwei Wochen in der Econo Lodge in Vine hatte ausgeben müssen. Eine Woche lang hatte ich kaum etwas zu mir genommen, und zehn Tage lang hatte ich mich kaum aus dem Bett bewegen können. Ein hübsches, junges mexikanisches Zimmermädchen namens Rosita hatte sich des armen, kranken Jungen aus Chicago erbarmt und zu Beginn und Ende jeder Schicht nach mir gesehen, geschaut, ob ich noch am Leben war, und mir Wasser in Flaschen und übrig gebliebene Pizzastücke gebracht. Als das Fieber endlich nachgelassen hatte, war ich so erschöpft gewesen, dass ich weitere drei Tage im Hotel hatte bleiben müssen, um wieder zu Kräften zu kommen. Als es mir endlich gut genug gegangen war, um auszuziehen, hatte ich allen Mut zusammengenommen und Rosita zum Essen eingeladen. Sie hatte freundlich gelächelt und mir mitgeteilt, dass sie verlobt war und nur noch darauf wartete, bis ihr Verlobter das Geld für den Ring zusammengespart hatte, den sie sich gewünscht hatte.

Ich hatte gerade noch genug Geld für einen Metrobus zum Greyhound-Terminal übrig gehabt und von dort für den ersten Bus zurück nach Osten.

Meine Mutter hatte nie gefragt, was passiert war, und ich hatte es ihr nie erzählt. Stattdessen hatte ich einen Ferienjob als Bürogehilfe beim 42. Revier des Chicago Police Departments angenommen, bevor ich nach Indiana gezogen war, um mein Jurastudium an der Notre-Dame-Universität zu beginnen.

Während ich zwischen Schlafen und Wachen lag, mich neunzehn Jahre alt fühlte, zugleich aber wusste, dass ich seitdem bereits einen sehr langen Weg hinter mich gebracht hatte, kam mir der Gedanke, dass, obwohl ich bisher nur selten darüber nachgedacht hatte, diese drei Monate an der Addison Street maßgeblich für meine Entscheidung, mich beim Bureau zu bewerben, verantwortlich waren. Die Kameradschaft und das Gefühl, das Richtige zu tun, das ich dort erlebt hatte, waren zutiefst befriedigend gewesen, die Idee, dass man nicht nur versuchen konnte, etwas zu bewirken – wie geringfügig es auch sein mochte –, sondern dass man tatsächlich die Gesellschaft besser und sicherer machen konnte.

Als mir das Bureau einfiel, fiel mir auch alles andere wieder ein. Klarheit sickerte nach und nach in meinen Geist zurück, und meine Umgebung kam mir zu Bewusstsein. Ich war nicht auf der Hacienda, und ich kaute auch nicht auf Pizzaresten herum. Ich lag zusammengerollt in einem Auto, das ich gestohlen hatte, ich war in Lendowskis Parka gehüllt und benutzte seinen Anzug als provisorische Zudecke, und dass ich so zitterte, kam einfach nur von der Kälte, die es leicht hatte, mich zu erreichen, weil ich eines der Autofenster eingeschlagen hatte.

Ich rieb mir die Arme, während ich mich langsam und zögerlich aufrichtete. Meine Augen brannten, meine Fingerspitzen kribbelten, als flösse schwacher elektrischer Strom hindurch, und mein Kopf hämmerte, als hätte jemand einen Basslautsprecher in meinem Schädel implantiert.

Ich hatte nie bewusstseinsverändernde Drogen wie LSD genommen, auch soweit keine anderen harten Drogen, also wusste ich nicht, ob ich ein ganz normales Herunterkommen von einem Trip erlebte. Falls dem so war, konnte ich mir nicht vorstellen, was manche Leute sich für einen Kick davon erhofften, diese Art von psychoaktiven Drogen zu nehmen. Die endlosen, todlangweiligen Nachtschichten, die wir letzte Woche vor Dalands Haus geschoben hatten, waren im Vergleich dazu plötzlich liebgewonnene, idyllische Erinnerungen.

Ich stieg aus und schaute mich um. Ich befand mich im East Village, an der Third Street, in der Nähe der Kreuzung zur Avenue C. Ich musste irgendetwas Heißes in den Magen bekommen, am besten mit reichlich Koffein versetzt. Also schlug ich den Kragen von Lendowskis Parka hoch, aber dann fiel mir ein, dass auf der Brusttasche und quer über dem Rücken groß FBI stand, woraufhin ich schnell herausschlüpfte, ihn auf links drehte und ihn dann wieder anzog. Ein paar Minuten später sonnte ich mich in der Wärme eines kleinen Coffeeshops, und meine Hände umklammerten einen großen Becher mit himmlischem Kaffee darin. Jeder Schluck schien ein weiteres Neuronenbündel in meinem erweichten Gehirn anspringen zu lassen, und nachdem ein Teller Rührei seine magische Wirkung getan hatte, begann ich allmählich zu glauben, dass ich es tatsächlich geschafft hatte. Mein Körper schien keinen bleibenden Schaden durch die Droge erlitten zu haben, allerdings würde es noch Jahre dauern, bis ich sicher sagen konnte, dass mein Geist ebensolches Glück gehabt hatte. Fürs Erste jedoch fühlte ich mich wieder wie ein einigermaßen vernunftbegabtes Wesen. Was allerdings gar nicht so toll war, denn mir fielen auch die Ereignisse der letzten Nacht und ihre Folgen mit rasender Geschwindigkeit wieder ein. Vielleicht wäre es mir doch lieber gewesen, noch eine Weile im Wunderland geblieben zu sein.

Ich musste Kontakt mit Tess aufnehmen, sie wissen lassen, dass es mir gut ging. Außerdem musste sie mir bei ein paar Sachen helfen, aber vorher musste ich herausfinden, wie ich sie kontaktieren konnte, ohne mich zu verraten. Ich wusste mit Sicherheit, dass das Bureau ein Stingray-Fahrzeug zur Überwachung vor meinem Haus postiert haben würde, und abgesehen davon, dass ich nicht wieder gefangen genommen werden wollte, wollte ich auch sie nicht in Schwierigkeiten bringen. Während ich mich über den zweiten Becher Kaffee hermachte, dachte ich darüber nach und fasste einen Plan, der mir einigermaßen annehmbar erschien. Ich musste mir ein billiges Telefon kaufen und ein paar Prepaid-SIM-Karten.

Zu sagen, dass meine Optionen limitiert waren, war stark untertrieben, aber solange ich noch frei und lebendig herumlief, hatte ich wohl einen Vorteil. Ich wusste bereits mehr über Corrigan, als nötig war, dass er sich unwohl fühlte, und es bestand eine gute Chance, dass ich dank Kurt oder Kirby oder dank meines flüchtigen Whistleblowers über Informationen verfügte, deren ich mir nicht bewusst war – Informationen, von denen er nicht wollte, dass ich über sie verfügte. Ich dachte an Kurt und daran, dass seine ganzen paranoiden Einsatztechniken mit einem Mal gar nicht mehr so verrückt wirkten. In der Tat, zusammen mit meiner fehlenden Bereitschaft, irgendwelche Einzelheiten mit Tess zu teilen, hatten sie ihm – und Gigi – wahrscheinlich das Leben gerettet.

Andererseits fragte ich mich, ob das alles nicht Nick das Leben gekostet hatte. Der Gedanke traf mich wie ein schwarzes Loch aus Traurigkeit, die mich von innen heraus auffraß. Ich hob den Becher etwas an und prostete stumm meinem toten Kumpel zu.

»Es tut mir leid«, flüsterte ich.

Als ich den Becher abstellte und in die braune Brühe starrte, wurde mir eines klar: Ich würde auf keinen Fall beweisen können, dass ich unschuldig war. Nicht ohne ein unterzeichnetes Geständnis der Täter. Meine einzige Chance bestand darin, den Mann zu finden, der die Fäden zog, sowie eindeutige Beweise dafür, dass man mich verleumdet hatte.

Ich nickte langsam für mich. Was das große Ganze anging, hatte sich nichts geändert. Es war immer noch brutal einfach.

Ich musste Corrigan finden.

Sandmann grübelte beim Rasieren über die seltsame SMS nach und starrte sich im Spiegel an.

Er hatte die Nacht in einem Hotel verbracht, in der Hoffnung, sich etwas Zeit zum Ausruhen nehmen zu können. Seit die ganze Sache aus dem Ruder gelaufen war, war er ununterbrochen auf den Beinen gewesen: Er war erst nach Boston geflogen, um sich um den Doc zu kümmern, dann zurück in die Stadt, um Reillys Spur am Times Square aufzunehmen, von da war er ihm nach D.C. zu Kirby gefolgt, dann war da die Auseinandersetzung in der Garage des CIA-Analysten gewesen, woraufhin er Reilly erst einmal verloren hatte. Er hatte eine schlaflose Nacht vor dem Haus des FBI-Agenten verbracht, nur um zu entdecken, dass dieser sich inzwischen unter den Fittichen des FBI befand. Kurz darauf hatte er sich um den Partner des Agenten kümmern müssen. Allerdings war es ihm nicht gelungen, an den Laptop zu kommen. Er hatte sich auf den Abend gefreut, um zu duschen, ein anständiges Essen zu sich zu nehmen und scharf darüber nachzudenken, was er als Nächstes tun musste, nun, da Reilly im Schutz des FBI für ihn erst einmal unerreichbar war.

Dann war die verschlüsselte Botschaft eingetroffen, die ihn darüber informiert hatte, dass Reilly entkommen war.

Hut ab, dachte er. Ein beeindruckender Schachzug, umso mehr, da Sandmann immer noch nicht wusste, wie Reilly das angestellt hatte. Die Informationen, die er bekam, waren immer noch lückenhaft – Reilly hatte es irgendwie geschafft, sich überzeugend genug krank zu stellen, um in ein Krankenhaus gebracht zu werden.

Sandmann fragte sich, ob Reilly Hilfe von innen bekommen hatte. Das musste er sich noch ansehen, herausfinden, wer ihn eskortiert hatte, als ihm die Flucht gelungen war. Vielleicht würde ihn das auch wieder auf Reillys Spur zurückführen – falls die Spur, die auf seinem Display in Form einer kryptischen SMS aufgetaucht war, nichts ergab, eine SMS, die auf Tess Chaykins iPhone geschickt worden war und von dem Stingray-Van, der jetzt vor Reillys Haus stand, abgefangen worden war.

Das FBI nutzte die Stingray-Technologie schon seit Jahren. Das System, das einen Handysendemast imitierte, war in einen zivilen Kleinbus eingebaut und konnte alle mobilen Geräte innerhalb seiner Reichweite exakt lokalisieren sowie alle Gespräche und Daten abfangen, die zu einem überwachten Telefon hin- oder von ihm weggingen. Das Bureau brauchte keine Erlaubnis zur Telefonüberwachung. Um Stingray anzuwenden, brauchten sie nur einen richterlichen Beschluss nach dem »Pen-Register« – auch als »Anzapf- und Nachverfolgungs-Order« bekannt –, den man leicht bekam, da er nur einen »hinreichenden Verdacht« nach dem Vierten Verfassungszusatz voraussetzte. Diese Beschlüsse sollten den Ermittlern lediglich ermöglichen, Metadaten zu sammeln, wie etwa eine Liste von Telefonnummern, die mit dem Gerät eines Verdächtigen in Kontakt gestanden hatten. Die Tatsache, dass man mit Stingray auch Gespräche abhören und den SMS-Verkehr mitlesen konnte, war ein weitgehend unbekannter, aber glücklicher Nebeneffekt.

Die SMS stammte von einem Wegwerfhandy, dessen SIM-Karte danach nicht mehr verwendet worden war. Sie hatte auch keine Vorgeschichte, die man hätte in Erfahrung bringen können. Sie war nur kürzer als eine Minute aktiviert worden, gerade lange genug, um Chaykins Nummer zu tippen, die Kurznachricht hinzuzufügen und auf Senden zu drücken. Die SIM-Karte würde ab jetzt scharf beobachtet werden, aber es war Sandmann ziemlich klar, dass sie nie wieder benutzt werden würde.

Die Bedeutung der Nachricht hingegen war ihm alles andere als klar.

ICH BIN RAUS UND OK. MUSST MIR DAS SURV PACK BRINGEN. HEUTE ABEND @ KLOSTER.

Sandmann war fasziniert.

Reilly musste doch wissen, dass Chaykins Telefon überwacht, dass ihre SMS aufgezeichnet wurden. Und sie zu bitten, ihm sein Survival-Pack zu bringen, brachte doch das Risiko mit sich, dass sie verhaftet und beschuldigt werden würde – gesetzt den Fall, man konnte nachweisen, dass sie wusste, dass die Nachricht von ihm stammte und dass sie sich tatsächlich mit ihm getroffen hatte.

Die Frage war nur: Was meinte Reilly? Wo sollte Tess Chaykin hinkommen, um sich mit ihm zu treffen?

Das FBI-Team, welches das Haus beobachtete, arbeitete noch daran, aber bis jetzt hatten sie noch keine schlüssige Antwort gefunden. Die Angabe war zu vage und konnte sich auf zu viele Orte beziehen. Für sie war es sowieso nicht besonders wichtig. Sie mussten nur Chaykin folgen, wenn sie das Haus verließ, dann würde die sie direkt zu Reilly führen.

Sandmann hatte vor, dabei zu sein, wenn das Treffen stattfand. Reilly musste zum Schweigen gebracht werden, bevor er wieder in Haft genommen wurde. Falls nötig, konnte er auf die Unterstützung des FBI-Agenten zurückgreifen, den seine Auftraggeber auf ihrem Lohnzettel stehen hatten, das wusste er, aber er arbeitete lieber allein. Verlässlichkeit war nie ein Thema, wenn er allein arbeitete.

Er starrte auf die Worte auf seinem Monitor und versuchte, die darin verborgene Botschaft zu entschlüsseln. Er ging noch einmal alles durch, was er über Reilly und Chaykin wusste. Dann zog er die Kreise weiter. Er sah sich die Akten an, die man ihm über diejenigen gegeben hatte, die Reilly nahestanden, angefangen mit Aparo – und eine überraschende Assoziation sprang ihn vom Bildschirm an. Etwas, das die auf der Hand liegende Lösung zu sein schien.

Zufrieden nickte Sandmann. Bald würde es dunkel sein. Er musste sich beeilen, wenn er vor Reilly dort eintreffen wollte.

28

Mamaroneck, New York

Verstohlen lugte Tess aus dem Fenster ihres Schlafzimmers auf die verschlafene Allee hinaus, als sich die frühe Dunkelheit des Winters herabsenkte. Sie konnte das Zivilfahrzeug vor dem Haus parken sehen, auf der anderen Straßenseite und ein wenig die Straße hinunter, und wusste, dass Annie Deutsch und ihr Partner darin saßen. Sie konnte auch gerade so noch den Comcast-Van ein Haus weiter sehen und wusste, dass dies das Stingray-Überwachungsfahrzeug sein musste, das oft in diesen Situationen zum Einsatz kam – deshalb war sie fasziniert von der Nachricht, die sie erhalten hatte.

Sehr viel früher an diesem Tag, nämlich als sie das Federal Plaza verlassen hatte, hatte sie bereits angefangen, darüber nachzudenken, wo und wann sie Sean treffen würde. Sie wusste, dass, wenn alles gut ging, er bald, nachdem er draußen war, Kontakt mit ihr aufnehmen würde. Er würde sie wissen lassen wollen, dass es ihm gut ging und dass die Kapseln ihren Job erledigt hatten. Außerdem würde er ihre Hilfe brauchen. Seine waghalsige SMS schien vollkommen unpassend zu sein, bis Kim mit einer seltsamen Frage zu ihr gekommen war und alles plötzlich einen Sinn ergeben hatte.

Sie wandte sich vom Fenster ab und ging langsam zum Bett, auf dem Kims Jeans-Rucksack lag, der, den sie mit kleinen, pyramidenförmigen Nieten verziert hatte. Tess hatte Seans Jeans und die Timberland-Stiefel hineingepackt, ein Paar dicke

Socken, Unterwäsche, ein warmes Hemd, einen kleinen Kulturbeutel, den sie mal auf einem Interkontinentalflug bekommen hatte, der Rasierzeug und eine Zahnbürste enthielt, und den Bargeldvorrat – zweitausend Dollar –, den sie für den Notfall immer im Waffenschrank bereithielten. Außerdem hatte sie seine private Waffe, eine Glock 19, hineingetan und eine Schachtel Munition.

Sie sah auf die Uhr. Es war Zeit, sich fertig zu machen.

Von unten hörte sie Alex zusammen mit seiner Großmutter in seliger Ahnungslosigkeit zu den Witzen von »Ich – einfach unverbesserlich 2« lachen – immer noch sein Lieblingsfilm. Kim, so nahm sie an, lungerte wahrscheinlich in ihrem Zimmer herum und gab sich dem endlosen Strom aus Snapchat-Messages und Instagram-Likes hin, während sie sich für den abgesagten Abend, an dem sie mit ihrem Freund Giorgio ins Kino hatte gehen wollen, und, wahrscheinlich wesentlich dramatischer, den bevorstehenden, wenn auch nur vorübergehenden Verlust ihres kostbaren Telefons wappnete.

Es war nicht leicht gewesen, Kim zu überzeugen, ihr zu helfen, aber sie hatte keine andere Möglichkeit gesehen. Sie musste das Haus unerkannt verlassen, und sie brauchte ein Transportmittel, das keinen Verdacht erregte. Kim und Giorgio hatten sich fürs Kino verabredet, und das hatte Tess eine Gelegenheit geboten, die sie nicht ungenutzt lassen durfte.

Sie hatte weder ihrer Mutter noch Alex etwas über Reillys missliche Lage erzählt – weder über seine Haft noch über seine Flucht. Sie wollte die Ereignisse des heutigen Abends abwarten, bevor sie das tat. Kim hingegen wusste inzwischen, dass irgendetwas im Argen war. Als sie in Tess' Schlafzimmer gekommen war, um ihr von der seltsamen Nachricht zu erzählen, die sie bekommen hatte, hatte Tess die Tür hinter ihr zugemacht und sie ins Badezimmer geführt. Mit leiser Stimme, weil sie Richtmikrofone fürchtete, hatte sie ihrer Tochter ihre Instruktionen zugeflüstert. Nachdem sie sich dann den Rest des Planes ausgedacht hatte, hatte sie Kim davon erzählt, hatte aber nicht mehr verraten, als unbedingt nötig gewesen war, damit ihre Tochter mitspielte. Es war nicht leicht gewesen. Die immer wieder flüsternd vorgebrachten Vorhaltungen, weil sie ihr Date verpassen würde, waren schwer zu besänftigen. Schließlich hatte Kim, wenn auch unter Protest, zugestimmt.

Jetzt musste Tess in die Gänge kommen.

Sie ging nach unten und erklärte, dass sie sich ein Bad einlassen und sich ein bisschen Zeit für sich gönnen würde, wobei sie den zweifelnden, fragenden Blick ihrer Mutter die ganze Zeit ignorierte. Sie sagte, danach wolle sie sich selbst eine Schüssel Granola machen, und überließ es ihrer Mutter, ein Abendessen für sich selbst und Alex zu bereiten, da Kim demnächst ins Kino ginge und sehr wahrscheinlich mit ihrem Freund Pizza essen würde. Dann kehrte Tess wieder nach oben zurück und begann, die Fassade zu errichten.

Sie ließ bei geöffneter Tür Wasser in die Wanne, damit das Geräusch bis nach unten drang. Während das Wasser einlief, schlüpfte sie schnell in Kims übergroßen Parka, setzte ihre Lieblingsmütze auf, stieg in die Snowboots und schlang sich einen dicken gepunkteten Schal um, dann kontrollierte sie ihr Erscheinungsbild im Spiegel. Es war befremdlich, sich so gekleidet zu sehen, auch wenn nichts Schockierendes daran war. Es war kein peinlicher Moment à la »die macht aber auf jung«, nicht in dieser Verkleidung. Wäre es Sommer gewesen, wäre es vielleicht anders gewesen, aber sie war viel zu dick verpackt, um sich auch nur ansatzweise als Opfer eines Peter-Pan-Syndroms zu fühlen.

Als sie fertig war, machte sie die Lautsprecher neben ihrem Bett an und wählte eine Liste mit beruhigenden Coldplay-Songs auf ihrem iPod aus. Dann schaltete sie das Licht im Schlafzimmer aus, dimmte das Licht im Badezimmer und begann, nachdem sie aus dem Fenster heraus die Vorderseite des Hauses nach irgendwelchen Anzeichen von Leben abgesucht hatte, zu warten.

Wie aufs Stichwort fuhr Giorgios alter Jeep draußen vor.

Sie nahm den Rucksack und trat in den Flur, wo sie nach Kim rief.

»Honey, G. ist da.«

»Okay«, kam Kims halbherziger Versuch einer begeisterten Antwort.

»Ich weiß, es ist Samstagabend, aber kommt nicht zu spät nach Hause«, sagte Tess laut, als sie die Treppe hinunterging. Eine Wand schirmte sie von der Couch und dem Fernseher im Wohnzimmer ab, und sie hoffte inständig, dass ihre Mutter nicht aus der Küche kam, um ihre Enkelin zu verabschieden, bevor sie die Tür erreicht hatte. Sie trat nach draußen und zog die Kapuze von Kims Parka über ihre Mütze.

Als sie auf Giorgios wartendes Auto zuging, gab sie ihr Bestes, um Kims wiegenden Teenagerschritt zu imitieren. Ohne einen Blick zurück zu der Limousine des FBI zu werfen oder gar noch darüber hinaus, stieg sie ein.

Giorgios Augen wurden groß vor Überraschung: »Mrs Chaykin?«

»Fahr einfach, Giorgio.«

»Aber ...«

Tess warf ihm einen eisigen Blick zu und zeigte nach vorn. »Fahr jetzt los, bitte. Ich erklär's dir später.«

Giorgio legte den Gang ein und fuhr los. Tess riskierte einen verstohlenen Blick zurück, auch wenn bei der Dunkelheit und dem Dunst, mit dem die Heckscheibe beschlagen war, die Agenten, die das Haus observierten, sie wohl kaum erkennen konnten.

Sie gestattete sich ein zaghaftes Lächeln. Es hatte funktioniert. Niemand folgte ihr. Sie nickte kurz, sowohl stolz darauf, dass sie sich von Seans Erzählungen über Dalands Verhaftung hatte inspirieren lassen, als auch darauf, dass sie noch immer einen Körper hatte, der ihr diese Scharade gestattete. Es war hilfreich gewesen, dass Kim inzwischen nur noch ein paar Zentimeter kleiner war als sie.

Sie starrte nach vorn, während ihr Herz bei dem Gedanken,

dass sie Sean schon bald in ihre Arme schließen konnte, freudig zu schlagen begann.

Aus der zivilen Limousine heraus beobachtete Lendowski, wie Tess Chaykins Tochter in den Jeep einstieg und davonfuhr.

Deutsch hatte bereits das Kennzeichen überprüft, während der Wagen mit laufendem Motor vor dem Haus gewartet hatte. Die Informationen hatten zu den Daten gepasst, die vom Stingray zurückgekommen waren und ihnen verraten hatten, dass der Wagen dem Freund des Mädchens gehörte.

»Dad ist auf der Flucht und wird wegen Mordes gesucht, und sie geht aus«, sagte er voller Abscheu. »Mein Gott, die Kinder heute.«

»Vielleicht weiß sie nichts davon«, mutmaßte Deutsch.

Lendowski zuckte nur sarkastisch die Schultern.

Sein Zielobjekt war noch im Haus. Während er es nicht aus den Augen ließ, fragte er sich, ob Reilly wirklich so dumm sein würde, sich mit Tess zu treffen. Man musste nicht gerade Sherlock Holmes sein, um zu wissen, wie überraschend viele Flüchtige gefasst wurden, nur weil sie Kontakt zu ihrer Familie aufnahmen.

Sein BlackBerry vibrierte. Er warf einen Blick auf die ID des Anrufers, dann sah er Deutsch an und zeigte mit dem Daumen zurück zu dem Überwachungs-Van, während er den Anruf annahm. »Was gibt's?«

»Irgendwas stimmt da nicht. Sie muss unterwegs sein.«

Lendowski verstand nichts. Warum zum Teufel sollten die das Telefon des Mädchens überwachen? »Ich weiß, ich hab sie gerade wegfahren sehen.«

»Chaykin?«

»Nein, Sie Trottel. Die Tochter.«

»Nicht die Tochter, Blödmann. Chaykin selbst«, stellte der Mann aus dem Stingray klar.

»Negativ. Ich hab das Haus nicht aus den Augen gelassen. Chaykin ist zu Hause. Das war die Tochter.«

»Dann erklären Sie mir mal, wieso da von ihrem Laptop aus ständig Facebook- und Instagram-Nachrichten hin- und herströmen.«

Von ihrem Laptop? »Was ist mit ihrem Telefon?«

»Ist ausgeschaltet. Wir können es nicht orten.«

Was keinen Sinn ergab. Warum sollte das Mädchen sein Telefon ausschalten? Welcher Teenager machte so etwas – jemals?

Lendowskis Miene verfinsterte sich, als ihm klar wurde, was geschehen war. Die verdammten Weiber versuchten, ihn reinzulegen.

»Bleiben Sie dran.« Er wandte sich an Deutsch. »Da stimmt was nicht.« Er dachte schnell. »Check das Haus, guck, ob Chaykin noch drin ist. Ich häng mich an den Wagen des Freundes.«

Deutsch widersprach nicht. »Verdammt«, murmelte sie, als sie eilig ausstieg.

Sie hatte kaum die Tür zugeknallt, da raste Lendowski schon los.

Sandmann saß in der Dunkelheit in Aparos Apartment, als sein verschlüsseltes Telefon mit einem Vibrieren anzeigte, dass eine SMS eingetroffen war.

Darin stand: CHAYKIN IST UNTERWEGS

Er löschte die Nachricht, dann lehnte er sich in dem unbequemen Sessel zurück, der der Wohnungstür gegenüberstand. Während er die schallgedämpfte Waffe in seinem Schoß musterte, ging er im Kopf seinen Plan noch ein weiteres Mal durch, um sicherzugehen, dass keine Denkfehler darin waren.

Der Ort, den Reilly für das Treffen mit seiner Frau ausgesucht hatte, würde sich noch als Segen erweisen. Gab es denn einen überzeugenderen Platz für einen Agenten, um Selbstmord zu begehen, als die Wohnung seines vor Kurzem verstorbenen Partners? Ein Tod, für den er sich in seinem wahnhaften, verwirrten Geisteszustand verständlicherweise selbst die Schuld gab?

29

Lendowski brauchte nicht lange, um zu dem Jeep aufzuschließen. Mamaroneck war ein kleines Städtchen, und es gab nicht allzu viele Möglichkeiten, wenn man vorhatte, es zu verlassen. Nach Norden oder Süden auf der Boston Post Road, wenn man es eher gemächlich angehen wollte, oder über die Schnellstraße, wenn man noch irgendetwas vorhatte. Die meisten Leute nahmen sowieso die Mamaroneck Avenue bis zu einer der Auffahrten zur Schnellstraße.

Er holte den Jeep ein, als der gerade auf die Post Road einbog, und hielt einen großzügigen Abstand, um seiner Beute keine Gelegenheit zu geben, ihn zu erspähen. Dann fiel ihm wieder sein bar zahlender Auftraggeber ein und was dieser von ihm verlangt hatte. Als der Jeep links auf die Fenimore Road einbog, zog er sein Telefon heraus und wählte die Nummer.

Wie zuvor meldete der Mann sich sofort: »Was ist los?«

»Ich verfolge gerade Chaykin«, berichtete ihm Lendowski. »Sie ist auf dem Weg, um sich mit Reilly zu treffen.«

»Wissen wir«, sagte der Mann. »Es wartet jemand dort.«

Das überraschte Lendowski. »Wartet? Wo denn?«

»In der Stadt. Wo das Treffen stattfinden wird. Es sollte erledigt sein, bevor Chaykin dort eintrifft.«

Das passte nicht. »In der Stadt?«, fragte Lendowski. »Das war die Nachricht in der SMS?«

»Korrekt.«

Irgendetwas lief hier definitiv verkehrt. »Sie fährt aber nicht Richtung Stadt.«

»Sagen Sie das noch mal!«

»Sie fährt nicht in die Stadt«, wiederholte Lendowski. »Hören Sie, wenn sie dorthin wollte, würde sie doch die I-95 nehmen oder den Zug. Und ich kann Ihnen sagen, dass sie keins von beidem macht. Während wir reden, hat sie gerade die Straße verlassen, die zu beiden führt.«

Die Stimme zögerte, dann fragte sie: »Sind Sie sich da sicher?«

»Ich hänge an ihrer verdammten Stoßstange«, gab Lendowski ärgerlich zurück. »Sie fährt irgendwo anders hin. Irgendwo hier in der Nähe, so wie's aussieht. Diese Straße führt nirgendwo hin.«

»Dann haben wir hier vielleicht ein ernsthaftes Problem«, knurrte der Mann. »In Ordnung. Bleiben Sie an ihr dran. Gut möglich, dass Sie einspringen müssen. Ich rufe Sie gleich zurück.«

Was gut passte, denn Deutsch versuchte, Lendowski anzurufen.

»Sie ist weg«, sagte Deutsch atemlos. »Sie haben uns reingelegt. Hast du sie schon?«

Lendowski dachte schnell. Er war allein und folgte Chaykin, die ihn wahrscheinlich direkt zu Reilly führen würde. Sein Auftraggeber – der volle Taschen zu haben schien – hörte sich an, als sei er leicht in Panik geraten. Dass er eventuell einspringen sollte, klang ihm noch in den Ohren.

Gut möglich, dass sich ihm hier eine Gelegenheit bot.

»Noch nicht«, sagte er zu Deutsch, um sich einen Vorsprung zu erkaufen. »Ich ruf dich an, sobald ich was habe.«

»Ich schick eine Fahndung nach dem Jeep raus«, sagte Deutsch.

»Besser nicht«, meinte Lendowski. Das fehlte ihm gerade noch, dass sich andere einmischten. »Wir sollten sie jetzt noch nicht verschrecken. Sie könnte uns zu Reilly führen. Ich finde sie. Gib mir noch ein bisschen mehr Zeit.«

Deutsch zögerte hörbar, dann sagte sie: »Okay. Ruf mich an, sobald du was weißt, egal was.«

»Mach ich.« Er legte auf.

In Aparos Apartment schäumte Sandmann vor Wut. »Ist er sicher? Kann man sich auf ihn verlassen?«

»Er ist ein Fed«, antwortete Roos. »Der Kerl weiß, wovon er redet. Sie können es doch noch rechtzeitig dorthin schaffen, oder?«

»Bis nach Westchester? Ich bin locker eine Stunde entfernt. Hängt also davon ab, wann und wo sie sich treffen.« Er fluchte leise, verärgert darüber, wie Reilly sie reingelegt hatte.

»Okay«, sagte Roos. »Fahren Sie da hoch, ich halte Sie auf dem Laufenden.«

Lendowski sah die Bremslichter des Jeeps aufleuchten und beobachtete, wie er in die CITGO-Tankstelle vor der Überführung der Schnellstraße abbog. Er hielt an und machte das Licht aus. Tess stieg aus, dann kam der Jeep aus der Tankstelle gefahren, machte einen U-Turn und fuhr auf ihn zu. Als er vorbeifuhr, klingelte Lendowskis Telefon wieder. Es war sein außerdienstlicher Arbeitgeber.

»Okay, hier ist der Deal, Len. Wir haben keine Leute in der Nähe, und wahrscheinlich können die Sie auch nicht rechtzeitig erreichen, also müssen Sie sich darum kümmern.«

Lendowski sah Tess jetzt zu Fuß die Tankstelle verlassen, sie ging in nördlicher Richtung die ruhige Straße entlang. »Was meinen Sie damit?« Noch als er fragte, wusste Lendowski, was der Mann von ihm verlangen würde.

Es gab ein kurzes Schweigen, was Lendowskis Vermutung bestätigte. Dann sagte die Stimme: »Fünfzigtausend.«

Lendowski stieg aus dem Wagen, ein ungutes Gefühl in der Magengegend bei dem, was er hörte – und dachte. »Damit Ihr Reilly-Problem für immer aus der Welt geschafft ist? Das ist es doch, worüber wir hier reden, oder?«

»Ich wusste, dass Sie mich verstehen würden, Len.«

Eine seltsame Mischung aus Euphorie und nacktem Entsetzen darüber, dass er über so etwas überhaupt nachdachte, raste durch ihn hindurch. »Da bin ich mir nicht so sicher.«

»Kommen Sie, Len. Sie müssen das für uns machen. Und Sie könnten es auch sehr viel schlechter getroffen haben, als in unserem Team zu sein.«

»Ihnen ist schon klar, was Sie da von mir verlangen?« Er folgte Tess jetzt mit reichlich Abstand.

»Ich bitte Sie nur, diese einzigartige Situation zu nutzen, in der Sie sich befinden. Denken Sie darüber nach. Damit könnten Sie alles abzahlen, was Sie den Buchmachern schulden – davon weiß das Bureau gar nichts, oder? Genau wie die Steuerbehörde nichts von den Geldbündeln weiß, die wir Ihnen gegeben haben?«

Das war eine versteckte Drohung. Den Mistkerlen reichte es nicht, ihn zum Mitspielen zu überreden, sie mussten ihm auch noch drohen. Nun, scheiß drauf, dachte er. Scheiß auf die und auf Reilly. Er würde die ganze Geschichte zu seinem Vorteil drehen, aber so was von.

»Hundert. Zwei, wenn sie auch aus dem Weg geschafft werden soll.«

»Ich habe keine Zeit für Spielchen, Len. Und ich bin auch nicht der Sultan von Brunei. Hundert kann ich zusammenbekommen. Ob nur ihn oder beide, das liegt bei Ihnen. Aber in jedem Fall muss es sauber aussehen.«

»Eins fünfzig.«

»Len, nehmen Sie den Deal an. Das ist die clevere Entscheidung, glauben Sie mir.«

Scheiße.

Trotzdem – es zahlte sich immer noch ordentlich aus. Steuerfrei, alles auf einmal, fertig.

Die Zeit drängte.

Lendowskis Gedanken rasten, während er versuchte zu erkennen, ob er sich rundherum abgesichert hatte. »Aber wie? Ich weiß nicht, wer Sie sind. Wie lassen Sie mir das Geld zukommen?«

»Sehen Sie Ihren Kontostand auf Ihrem Telefon an. Die Hälfte kommt jetzt, während wir hier miteinander reden.«

Es hätte ihn nicht überraschen sollen, dass sie seine Kontonummer kannten, aber die Erkenntnis bereitete ihm dennoch Übelkeit. »Bankkonto? Nein, vergessen Sie das. Nur Bargeld. Ich kann mir nicht erlauben, da so eine große Zahlung eingehen zu lassen.«

»Machen Sie sich darüber keine Sorgen, Len. Wir tauschen es gegen Cash, sobald es erledigt ist, räumen das Konto und lassen es wie eine Fehlbuchung aussehen. Das wird kein Problem sein. In der Zwischenzeit gehört es Ihnen. Sehen Sie's als Vorschuss.«

Er hatte keine Wahl. Die wussten jetzt schon genug über ihn, um dafür sorgen zu können, dass er aus dem Bureau, wenn nicht sogar hinter Gitter geworfen wurde. Und es ging ja nun mal nicht um jemanden, den er gut leiden konnte.

Seine Miene verzog sich zu einem so finsteren Ausdruck, dass er damit hätte Wasser durch Kaffeepulver mit dem Druck einer Espressomaschine pressen können, dann lenkte er ein. »Abgemacht«, sagte er. »Ich melde mich, wenn es erledigt ist.«

Er legte auf. Er wusste, dass er seine Abwesenheit und den abgebrochenen Funkkontakt später Deutsch gegenüber würde erklären müssen. Ein Problem mit seinem Wagen, vielleicht. Doch es gab noch ein wesentlich bedeutenderes Problem. Seine zweite Waffe – eine saubere Sig P226 mit herausgefeilter Seriennummer – war unter dem Ersatzrad in seinem Explorer versteckt gewesen, als Reilly damit davongefahren war. Er war noch nicht dazu gekommen, sie wieder an sich zu nehmen.

Wahrscheinlich würde er Reilly mit bloßen Händen umbringen müssen.

30

New Rochelle, New York

Ich schaffte es bis nach Baychester, bevor der Drang, die Augen zuzumachen, zu stark wurde. Ich fuhr auf den Parkplatz des Bay Plaza, schmierte ein paar Handvoll schmutziger Schneereste über die Nummernschilder, dann schlief ich ein paar Stunden in meinem gestohlenen Caprice, wobei mir dieses In-Autos-Zusammenbrechen allmählich zu sehr zur Gewohnheit wurde.

Die körperliche Erschöpfung und die adrenalingeschwängerten letzten Stunden schienen sich miteinander verschworen zu haben. Statt oscarreife Wachträume aus meinen vergangenen Leben zu genießen, hatte ich tief und fest geschlafen.

Jetzt saß ich in der Dunkelheit in der Nähe des Pinebrook Boulevards und schwelgte in Erinnerungen an glücklichere Zeiten, insbesondere an den Augenblick, als Tess laut losgebrüllt hatte: »Das ist alles Müll. Ich hau den Laptop zu Klump, dann muss ich nie wieder so haarsträubenden Blödsinn schreiben.«

Glücklichere Zeiten, in der Tat.

Tess war zutiefst frustriert gewesen. Sie hatte an ihrem zweiten Buch gearbeitet und war beim Schreiben in eine Sackgasse geraten. Ich hatte den Tag gerettet, indem ich den Laptop zugeklappt hatte, bevor er dauerhaft in Rente geschickt wurde, und Tess dazu gebracht hatte, mit mir einen flotten Spaziergang zu unternehmen.

Tess konnte zweifellos gut schreiben – die Verkaufszahlen ihres ersten Buches hatten das gezeigt –, aber nach dem Rollenwechsel – von der abenteuerlustigen Archäologin zur an den Schreibtisch gefesselten Schriftstellerin – hatte Tess oft aufgestautes Adrenalin zu verbrennen. Alle zwei Wochen Bikram-Yoga reichte offensichtlich nicht, und manchmal fiel ihr die

Decke auf den Kopf. Also nahm ich sie auf den einzigen Wanderweg mit, den ich in der Gegend kannte, und ging mit ihr einmal hin und wieder zurück, etwas, was sie nun jede Woche auf ihrem »Zen Walk« tat, wobei sie hin und wieder die Routen wechselte, damit es nicht zu langweilig wurde.

Bin ich ein toller Partner, oder was?

Der Leatherstocking Trail war ein wundervolles Paradies aus Bäumen und Mooren, und Tess hatte auf dem Teilstück, von dem ich rede, dem südlichen Teil des fünfzehn Meilen langen Colonial Greenway Loops, Dampf abgelassen, statt ihre Wut an einem MacBook im Wert von tausend Dollar abzureagieren.

Ein paar der Straßen, die den Ost-West-Trail ungefähr von Nord nach Süd kreuzten, machten den Weg leicht erreichbar, was bedeutete, dass er sich sehr gut dafür eignete, einen Verfolger oder jegliche physische Beschattung zu entlarven. An den meisten Stellen war er an die sechzig Meter breit und bot keinerlei Deckung. Besser noch, das vorhergesagte Wetter hätte zur Folge, dass auch eine Überwachung durch Drohnen schwerlich unentdeckt bleiben würde – angenommen, sie wussten überhaupt, dass ich hier war, was hoffentlich nicht der Fall war.

Tess und ich wussten ziemlich genau, wie der andere dachte, weshalb ich mir ziemlich sicher war, dass sie den Trail irgendwo vom östlichen Ende her betreten würde, vielleicht in Fenimore, und Richtung Westen gehen würde, während sie von mir erwartete, dass ich ihr vom anderen Ende entgegenkam, was genau das war, was ich vorhatte. Für den Fall, dass wir schnell wegkommen mussten, stünden uns beide Autos zur Verfügung.

Ich hatte etwa zwanzig Minuten im Caprice gewartet und war jetzt so sicher, wie ich überhaupt sein konnte, dass ich allein war. Ich schnappte mir die Taschenlampe und eine der Glocks aus Lendowskis Sporttasche – ob es seine oder Deutschs war, konnte ich nicht feststellen –, stieg aus dem Wagen, überquerte den Pinebrook Boulevard und machte mich auf den Weg. Nach ein paar tausend Metern kam ich an einem Schild vorbei, das mich darüber informierte, dass ich von New Rochelle nach Mamaroneck gekommen war.

Es war kaum noch hell genug, um den Weg ohne Taschenlampe zu erkennen. In dem schwachen Mondlicht zusammen mit dem fernen Lichtschein der Stadt sah man Inseln aus Schnee in einem Meer aus dicken Blättern von Esche, Ahorn, Eiche und anderen Bäumen, die meine bescheidene Kenntnis der örtlichen Flora überstiegen. Das Einzige, was ich noch kannte, war der Giftefeu, der entlang des Weges wuchs. Angesichts dessen, wie glänzend in den letzten Tagen alles gelaufen war, kam mir der Gedanke, dass es mich nicht überraschen würde, wenn ich, noch bevor die Nacht zu Ende war, mit dem Gesicht voran in so einen Strauch fallen würde.

Ich rechnete damit, dass ich nicht mehr als zwanzig Minuten brauchen würde, um die Mitte des Trails zu erreichen, die Stelle, an der sich der Sheldrake River gabelte. Das war der Teil, der am weitesten von jeder Straße entfernt war und daher der perfekte Treffpunkt. Ich hoffte, dass Tess genauso gedacht hatte.

Ich ging weiter ostwärts, wobei ich ständig zwischen dem Boden und dem Weg hin- und herblickte.

Als ich die einzige Querstraße zwischen der Stelle, wo ich den Wagen abgestellt hatte und dem Fluss erreicht hatte, schaute ich in beide Richtungen, bevor ich meinen Weg fortsetzte. Zehn Minuten später öffnete sich der Weg zu seinem breitesten und abgelegensten Abschnitt hin, dort, wo er den östlichsten der beiden Flussarme kreuzte.

Langsam schritt ich einmal um die Lichtung herum, alle Sinne aufs Äußerste gespannt, um jedes Anzeichen von Bewegung wahrzunehmen. Abgesehen von allerlei nächtlichen Kreaturen war ich allein. Ich versteckte mich hinter einer Baumgruppe am nördlichen Rand des Platzes und wartete.

Nach fünf Minuten hörte ich das leise Geräusch einer Person, die sich von Osten her näherte. Weniger als eine Minute später entwickelte sich das Geräusch zu klar abgrenzbaren Schritten. Dann erschien Tess. Allein und mit Kims Rucksack.

Sie blieb stehen und drehte sich um, um in die Richtung zu schauen, aus der sie gekommen war, während sie auf ein Geräusch hinter sich lauschte.

Um uns herum war nichts als Stille.

Ich beobachtete, wie sie die Lichtung betrat, und wartete, dann trat ich hinter den Bäumen hervor.

»Tess.« So leise wie möglich, aber laut genug, um gehört zu werden.

Sie drehte den Kopf, sah mich und ging am Rand der Lichtung entlang auf mich zu, wobei sie mit jedem Schritt schneller wurde.

Innerhalb von Sekunden überwanden wir den Raum zwischen uns und fielen einander in die Arme. Tess ließ den Rucksack fallen.

»Gott sei Dank«, flüsterte sie.

Lange blieben wir so stehen. Das Einzige, was wir in diesem Moment brauchten, war die Körperwärme des anderen.

Schließlich lösten wir uns voneinander.

Sie schaute mich besorgt an. »Dir geht's gut, oder? Hat die Droge gewirkt? Geht's dir gut?«

»Sie hat gewirkt«, sagte ich. »Über die langfristigen Wirkungen allerdings ist das Urteil noch nicht gefallen.« Dann musterte ich sie von oben bis unten und erkannte die Verkleidung. »Du bist Kim?«

Sie lächelte zaghaft. »Vielleicht sollte ich bei dem Look bleiben. Was meinst du?«

»Solange du dich nicht überall tätowieren und piercen lässt, junge Dame«, sagte ich und wedelte mit dem Finger.

»Lass uns damit aufhören, das wird unheimlich.«

»Stimmt.«

Ich zeigte auf ihr Outfit. »Also hat Kim dir geholfen?«

»Sie hat mir nicht nur geholfen, sie hat mir sogar Giorgio

abgetreten.« Offensichtlich spiegelte sich meine Verwirrung in meiner Miene. »Er hat mich hergefahren und abgesetzt.«

Ich lächelte. Dank Kim – Tess' mini Alter Ego – standen wir hier. Ich sah in Tess' Augen, die in dem schwachen Licht dunkel aussahen, in Wirklichkeit aber den exakt gleichen Grünton wie Kims aufwiesen.

»Sie hat alles, was an dir großartig ist.«

Sie dachte kurz darüber nach. »Und Alex hat nichts von deinen zwanghaften Zügen. Noch nicht.«

Ich nickte. Natürlich hatte sie recht. Aber nichts davon spielte jetzt eine Rolle. Im Augenblick war ich einfach nur verdammt froh, sie zu sehen. Und das wäre ohne Kim nicht möglich gewesen. Oder ohne die Regelung, auf der ich an einem regnerischen Sonntagnachmittag vor ein paar Jahren bestanden hatte.

Ich hatte gewollt, dass Kim unsere Handynummern und die Nummer unseres Festnetzanschlusses zu Hause auswendig lernte. Ich hatte ihr erklärt, dass bloß weil niemand mehr irgendeine Nummer auswendig kannte, niemand davor gefeit sei, auf einmal Dinge zu verlieren. Ich meine, im Ernst, wer weiß heutzutage noch irgendeine Telefonnummer auswendig? Wenn man sein Telefon irgendwo verliert, ist es höchst unwahrscheinlich, dass man noch irgendwen kontaktieren kann, weil das Telefon inzwischen als eine Stütze – und oft auch als ein Ersatz – für das Gehirn fungiert.

Also hatte Kim verlangt, dass wir alle drei die Telefonnummern der anderen auswendig lernten. Ihrer untadeligen Logik folgend, sollten wir ihre Nummer ebenso auswendig lernen wie sie unsere. Ein Streit, den sie übrigens nur gewonnen hatte, indem sie so lange geschmollt hatte, bis wir eingewilligt hatten. Und den sie in diesem Augenblick wieder gewonnen hatte, ohne herausgefordert worden zu sein, denn ich hätte Tess niemals die SMS von einem Wegwerfhandy aus schicken können, hätte ich die Nummer nicht auswendig gewusst.

Es war jedoch die andere Nachricht gewesen, die Tess hierhergeführt hatte.

Ich hatte beschlossen gehabt, sie indirekt zu kontaktieren, und war auf verschiedene Möglichkeiten gekommen. Eine davon war gewesen, es über Kurt zu versuchen, dann war mir jedoch etwas Besseres eingefallen. Ich hatte ein Internet-Café gefunden und einen falschen Facebook-Account eingerichtet, für den ich ein paar Bilder benutzt hatte, die ich aus einigen der Profile von Kims Freunden herauskopiert hatte. Dann hatte ich zu einem ihrer aktuelleren Fotos einen Kommentar abgegeben. Der Kommentar hatte ihre schnell wischenden Finger und ihre schonungslose Gleichgültigkeit durchbrechen und ihr zeigen müssen, dass ich es war, ohne dies den Jungs im Stingray-Van zu verraten. Also hatte ich einen Namen benutzt, der mit Sicherheit ihre Aufmerksamkeit erregen würde.

Als Giorgio und Kim sich gerade kennengelernt hatten, hatte ich ihn einmal im Scherz als »Georgie Boy« bezeichnet, was ganz und gar nicht gut angekommen war. Ich hatte es freundlich gemeint gehabt und mich auf einen Spitznamen bezogen, den Jerry in »Seinfeld« für George benutzte. Ich meine, es war ja nicht so, als hätte ich ihn Boy George genannt oder irgendwelche bescheuerten Armani-Anspielungen gemacht. Schließlich hatte ich erklärt, wie ich darauf gekommen war, und da ich dazu neige, ein bisschen missionarisch zu werden, was den Seinfeld-Kanon angeht, hatte ich auch noch über Georges andere Spitznamen gesprochen, insbesondere über T-Bone und meinen Favoriten Art Vandelay. Gleichwohl, die Abwehr war zur Kenntnis genommen worden und »Georgie Boy« erblickte nur äußerst selten das Licht der Welt. Ich wartete immer noch auf den Tag, an dem ich mit ihr zusammen die sechs DVD-Boxen anschauen konnte, aber immer schienen wichtige Pretty-Little-Liars-Folgen ihre gesamte verfügbare Fernsehzeit in Anspruch zu nehmen.

Also hatte »Georgie Boy« eines von Kims Fotos geliked und

dazu im Kommentar gefragt: »Wie geht's Stacys Mom?« – eine Anspielung auf einen Song, den wir beide mochten und über den wir gerne witzelten – mit einem augenzwinkernden Smiley. Es hatte ein paar Minuten gedauert, aber als sie – wahrscheinlich, nachdem sie Tess den Facebookeintrag gezeigt hatte – mit »Immer auf Trab, Art« und einem lachenden Smiley geantwortet hatte, hatte ich gewusst, dass sie verstanden hatte. Also hatte ich zurückgeschrieben: »Ich krieg ihre Wiese nicht gemäht! Wie wär's stattdessen mit einem Quickie auf dem Zen Walk?«, mit einem Emoticon, das die Zunge herausstreckt. Sie hatte geantwortet: »8OK!« mit zwei von den Zunge herausstreckenden Gesichtern.

»Ein Quickie auf dem Zen Walk ›Georgie Boy‹?« Tess grinste. »Ich weiß nicht, ob Kim dir das jemals vergeben wird.«

»Hey, es hat funktioniert, oder?«

Sie nickte, dann verdüsterte sich ihre Miene. »Was ist los, Sean? Was soll aus dem allen noch werden?«

»Ich werde Corrigan finden und beweisen, dass sein Mann Kirby getötet hat. Das ist die einzige Möglichkeit.«

Sie musterte mich, dann nickte sie nur. Wahrscheinlich wusste sie, dass wir längst über den Punkt hinaus waren, an dem man das noch hätte diskutieren können. Sie zeigte auf den Boden. »Ich habe dabei, was ich mitnehmen konnte.«

»Vielleicht solltest du mit den Kindern auf die Ranch gehen …« Ihre Tante hatte eine Ranch in Arizona.

»Auf keinen Fall«, fiel sie mir ins Wort. »Du brauchst mich hier. Aber deine Jungs überwachen das Haus rund um die Uhr. Wo willst du hin?«

»Ich habe keine Ahnung.«

»Vielleicht zu den Leuten, die dir geholfen haben?«

Eine bedeutungsschwere Frage, so wie es aussah.

»Hat Nick dir davon erzählt?«

Sie nickte.

Was mich an etwas erinnerte: »Was hat er dir sonst noch gesagt? Als du ihn gesehen hast?«

»Was, zu Hause?«

»Ja, bevor … vor dem Unfall.«

»Er hat gesagt, du wolltest, dass dein Laptop in Sicherheit gebracht wird.«

Ich nickte. »Wo ist der jetzt?«

»Ich habe ihn nach dem Unfall wieder mit nach Hause genommen. Ich habe ihn auf dem Dachboden versteckt, weil ich dachte, dass die von der Spurensicherung den wahrscheinlich schon durchsucht haben und er dort sicher ist. Ich wusste nicht, wohin ich ihn sonst hätte tun können. Hätte ich ihn mitbringen sollen?«

»Nein, das ist in Ordnung so. Ich wollte nur nicht, dass sie Zugriff darauf bekommen, damit sie weder den Mann aufspüren, der mir geholfen hat, noch irgendetwas darauf installieren. Was noch?«

»Er hat mir alles erzählt, was du mir im Federal Plaza erzählt hast. Über Corrigan, deinen Dad, das Azorer-Projekt.«

»Was noch?«

»Das ist alles. Er hat nur gesagt, dass er alles in seiner Macht Stehende tun würde, um zu beweisen, dass du unschuldig bist. Dass er, solange du in Haft bist, die ganze Macht des Bureaus nutzen wollte, um der Sache und der Rolle der CIA bei dem Ganzen auf den Grund zu gehen. Vielleicht sogar den Präsidenten um Hilfe bitten.« Sie musterte mich, dann fragte sie: »Warum fragst du mich das?«

»Ich weiß nicht. Es ist nur … dass er gestorben ist, ausgerechnet jetzt.«

Sie runzelte besorgt die Stirn: »Du meinst, er ist ermordet worden?«

Bevor ich antworten konnte, hörten wir es beide.

Das Knacken eines Zweiges.

Dann wieder Stille.

Tess nickte zu Kims Rucksack. »Hau ab, hau schnell ab.«

»Nein.« Ich zeigte auf die Bäume zu meiner Rechten und zischte leise. »Versteck dich. Schnell.«

Tess sprintete los, während ich nach der Waffe griff, die ich hinten im Hosenbund stecken hatte …

Doch bevor ich sie ganz gezogen hatte, löste sich eine Gestalt aus dem Schatten der Bäume und stürmte schnell auf mich zu, und es sah aus, als hätte der Mann ebenfalls eine Waffe in der Hand. Er knallte mit voller Wucht auf mich und warf uns beide zu Boden, seine linke Hand umklammerte meinen rechten Unterarm. Dann rammte er mir das Knie in den Bauch, richtete sich auf und hämmerte mir mit der Waffe ein paar Mal gegen den Kopf, was mich dermaßen benommen machte, dass er mir meine Waffe entwinden konnte. Sie fiel zu Boden.

Er hob sie auf, steckte sie in sein Gürtelholster und richtete seine eigene Waffe direkt auf mich.

»Steh auf, Arschloch!« Es war Lendowski.

Ich schüttelte den Kopf und versuchte scharf zu gucken, aber was ich sah, ergab keinen Sinn. Er war allein.

»Wo ist Deutsch?«

Er machte ein seltsam gequältes Gesicht. »Sie hat's nicht hierher geschafft.«

Und dann ergaben plötzlich viele kleine, voneinander unabhängige Beobachtungen einen Sinn. Das Telefongespräch vor der Bar. Die Spielsucht. Das außergewöhnliche Interesse an meinem Tagesablauf. Dass er hier war ohne Deutsch.

Sie hatten ihn in der Tasche – und jetzt tat er, was sie von ihm verlangten.

»Len. Tu's nicht.«

Er zuckte mit den Schultern. »Was denn?«

»Denk darüber nach, was du tust. Die werden dich niemals am Leben lassen.«

»Halt's Maul.« Unter der Anspannung und der Wut in seiner Stimme hörte ich die Angst heraus, als fühlte er sich nicht so ganz wohl bei dem, was er vorhatte.

Das war ein Ansatzpunkt.

»Du wirst ihnen gehören«, beharrte ich. »Und wenn sie

dich nicht mehr brauchen, dann erledigen sie dich. Das weißt du, oder?«

Das wollte er nicht hören. Stattdessen schob er mir die Waffe ins Gesicht. »Das reicht. Ruf deine Tussi an und sag ihr, sie soll zurückkommen.«

»Len …«

»Ruf sie an.«

Ich hielt seinem Starren eine Sekunde lang stand, dann sagte ich: »Fick dich.«

Er packte mich an der Jacke und zog mich auf die Füße, wobei er seinen linken Arm um meinen Hals legte und mir die Waffe an die Schläfe hielt.

»Tess!«, bellte er. »Ich weiß, du kannst mich hören. Du hast fünf Sekunden, hierherzukommen.« Er fing an, laut herunterzuzählen.

Ich hörte ein kaum wahrnehmbares Geräusch hinter mir. Lendowski zählte laut, daher konnte ich hoffen, dass er es nicht gehört hatte. Vielleicht schlich Tess hinter uns herum.

Ich brüllte aus vollem Hals, um ihr Deckung zu geben: »Tu's nicht! Er wird uns beide umbringen, lauf weg …«

Dann hörte ich es unter ihren Schritten knacken, und Lendowski musste es auch gehört haben, aber in dem Augenblick, in dem er noch überlegte, was er tun sollte, knallte ihm etwas gegen den Hinterkopf, ein Stein oder ein Ast – ich konnte es nicht sagen. Alles, was ich spürte, war, dass sein Schädel gegen meinen stieß, aber er schaffte es, sich auf den Beinen zu halten. Getroffen, aber nicht ohnmächtig, wirbelte er herum und zielte auf die Bäume, während sein linker Arm mich immer noch würgte.

Ich rief: »Bleib in Deckung«, und rammte ihm meinen rechten Ellbogen mit so viel Kraft, wie ich aufbringen konnte, in die Seite, dann schlang ich mein rechtes Bein um seines und stieß ihn nach vorn, worauf wir beide zu Boden gingen.

Als wir aufschlugen, lockerte sich sein Griff so weit, dass ich zur Seite rollen und seinen rechten Arm blockieren konnte, sodass er die Waffe nicht abfeuern konnte.

»Tess! Lauf weg!«

Ich dachte, ich hätte sie laufen gehört, als ich gerade Lendowskis Handgelenk einen Faustschlag versetzte. Sein Griff um die Waffe lockerte sich, sie fiel herunter. Ich versuchte, sie mir zu schnappen, während ich von ihm herunterrollte, aber er hieb mit der Linken auf meinen Bauch ein, bevor er mich von der Waffe wegzerrte, mir in den Magen trat und beide Hände um meinen Hals schloss.

Ich wusste, dass er wesentlich stärker war als ich und wahrscheinlich alle meine Schläge wegstecken würde, besonders, da er jetzt merkte, dass ich mit jeder Sekunde schwächer wurde, also versuchte ich mit all meiner Kraft, mich aufrecht zu halten, damit Lendowski nicht auch noch die Schwerkraft für sich nutzen konnte.

Wir knieten auf dem gefrorenen Boden, Lendowski hinter mir, seine Daumen bohrten sich hinten in meinen Nacken. Ich hoffte, dass Tess die Zeit nutzte, um zu ihrem Auto zurückzugelangen und zu fliehen.

Ich spürte, wie ich allmählich in die Bewusstlosigkeit glitt – einen Zustand, in dem ich in den letzten paar Tagen schon viel zu viel Zeit verbracht hatte. Um dagegen anzukämpfen, klammerte ich mich an den Gedanken, dass ich dafür sorgen musste, dass Tess, Kim und Alex in Sicherheit gebracht wurden. Sein Griff war zu fest, ich war hilflos. Als ich begann, in dem tiefen Ozean schwarzer Tinte zu versinken, dachte ich an meinen Dad. Vielleicht würde ich ihn finden. Ihn fragen, was ihn dazu getrieben hatte, sich das Leben zu nehmen, während jede Zelle meines Körpers immer noch leben wollte.

Ein lautes Geräusch hallte durch das dunkle Wasser und kehrte das Unterste zuoberst.

Plötzlich wurde das Wasser dünner, heller.

Ich sank nicht mehr so schnell nach unten, sondern stieg wieder der Oberfläche entgegen.

Als ich zu Bewusstsein kam, spürte ich die kalte Winterluft auf dem Gesicht.

Tess stand über Lendowski, die Waffe in der rechten Hand, ihr ganzer Körper zitterte vor Schreck.

Lendowski lag auf der Seite, mausetot. An der Seite seines Schädels klaffte ein großes Loch. Das Blut, das daraus hervorquoll, wirkte auf dem schmuddeligen Schnee wie ein schwarzer Fleck, der sich in Zeitlupe ausbreitete, als es darin versickerte.

Ich rappelte mich hoch, taumelte zu ihm, zog die Waffe aus seinem Holster und steckte sie in meinen Hosenbund. Dann ging ich zu Tess, legte den Arm um sie und entwand ihr sanft die Waffe. Sie zitterte heftig, ihr entrückter Blick war fest auf Lendowski gerichtet.

»Tess. Tess. Hör mir zu. Es wird alles gut.«

Sie antwortete nicht. Sie nickte nur nervös.

»Du warst überhaupt nicht hier, in Ordnung? Du warst nie hier.« Ich lehnte mich ein bisschen zurück, damit ich ihr in die Augen blicken konnte. »Und Kim auch nicht.«

Sie sah nach unten auf Lendowskis Leiche, immer noch zitternd. »Ich bin froh, dass ich hier war.«

Ich zog sie an mich und küsste sie auf die Stirn, hielt sie fest, presste meine Lippen auf ihre kalte Haut, spürte ihre Adern unter meinen Fingern pulsieren. Erst nach einer ganzen Weile löste ich mich von ihr und ging zurück zu Lendowskis am Boden liegendem Körper. Ich durchsuchte seine Taschen und zog sein BlackBerry heraus, das erwartungsgemäß ausgeschaltet war. Ich steckte beide Waffen und sein Telefon in den Rucksack.

»Du musst nach Hause. Bevor er gefunden wird. Ich fahr dich in die Stadt.«

»Nein. Ich komme schon zurecht. Ich komme auch so nach Hause. Du musst hier so schnell wie möglich weg.«

Ich schüttelte den Kopf. »Ich will nicht, dass du allein den Trail zurückgehst. Ich setze dich irgendwo ab, wo es weniger gefährlich ist. Dann gehst du einfach nach Hause. Sie werden sich fragen, wo Lendowski abgeblieben ist. Wenn jemand dich fragt, warst du frische Luft schnappen. Du hast einen Spaziergang gemacht, um nachzudenken. Das ist alles. Und dabei bleibst du. Du hast mich nie gesehen.«

Sie rührte sich nicht. »Was machst du jetzt?«

Ich sah auf Lendowskis Leiche hinunter. »Die Mistkerle finden, die ihn dafür bezahlt haben, mich umzubringen.«

Sie legte eine Hand auf meinen Arm – ihr Blick hielt meinen fest, klammerte sich an alles. »Er hat versucht, dich zu töten. Beweist das nicht schon was?«

»Sie werden einfach argumentieren, dass er hier war, um mich festzunehmen, und ich ihn dafür niedergeschossen habe.«

Ich konnte die Verzweiflung in ihrer Stimme hören, als sie mich anflehte: »Du könntest doch mit mir nach Hause zurückkommen. Ich schummele dich durch die Hintertür hinein, dann kannst du dich oben auf dem Dachboden verstecken.«

»Was, und DVDs gucken, während du mir immer mal ein paar Energy-Riegel und einen Tetrapack Milch zusteckst?« Ich schenkte ihr ein schwaches Lächeln. »Geh nach Hause, Tess. Du musst bald zu Hause sein.«

»Wie willst du die denn finden, wenn alle nach dir suchen?«

»Ich werde für Chancengleichheit sorgen. Mach dir keine Sorgen. Ich habe hier einen Vorteil. Ich weiß, wie man das Spiel spielt.«

Sie warf die Arme um meinen Hals und zog mich für einen Kuss an sich heran. Nach einer Minute löste ich mich sanft von ihr. Ich griff in den Rucksack und gab ihr die Waffe zurück, die sie mir gebracht hatte, zusammen mit der Schachtel Munition. »Trag die bei dir«, sagte ich, während ich die Waffe einsteckte, die sie für Lendowski benutzt hatte. »Anscheinend habe ich den Grundstein für eine Sammlung von FBI-Glocks gelegt.« Dann holte ich ein neues Wegwerfhandy aus der Jackentasche und gab es ihr. »Ich rufe dich darauf an. Ich habe einmal meine Nummer damit gewählt, also steht sie in der Anrufliste. Ruf mich an, wenn du dich aus irgendeinem Grund nicht mehr sicher fühlst.«

»Ich werde mich so lange nicht mehr sicher fühlen, bis du als unschuldig anerkannt und wieder bei uns zu Hause bist.«

Ich nickte. Es gab nichts, was ich lieber wollte. »Wir stehen das durch, Tess, ich versprech's.«

Sie sah mich ein paar Sekunden schweigend an, dann nickte sie.

Ich nickte ebenfalls und fing an, Lendowskis Leiche zu den Bäumen zu ziehen.

31 New York City

Auf der anderen Seite der Straße konnte ich den Nachtclub sehen, den Kurt zu unserem neuesten Treffpunkt auserkoren hatte. Davor standen alle möglichen Kreaturen der Nacht – in Leder gekleidet, tätowiert und gepierct – und rauchten. So hatte ich mir den Ort, an dem Kurt seine Samstagabende verbrachte, nicht unbedingt vorgestellt. Vielleicht erweiterte Gigi seinen Horizont.

Nachdem ich mich vergewissert hatte, dass Tess in einem gemütlichen Taxi saß und auf dem Weg nach Hause war, hatte ich den gestohlenen Caprice in einem Parkhaus in der Nähe des White-Plains-Bahnhofs stehen gelassen und einen Zug in die Stadt genommen. Kurt war mit seinem Mädchen unterwegs gewesen, als ich ihn per SMS kontaktiert hatte, und er schien nicht allzu erfreut darüber, sein Date für einen dringenden Kriegsrat unterbrechen zu müssen.

Ich hatte die Sachen angezogen, die Tess mir gebracht hatte, und dafür Lendowskis Anzug und Parka in einen Müllcontainer neben einem italienischen Restaurant geworfen. Beides hatte ich vorher noch großzügig mit einer alten Pastasoße eingeschmiert, um eventuelle Interessenten davon abzuhalten, sie auf der Suche nach hochkalorischer Nahrung für sich zu beanspruchen. Außerdem hatte ich die Sporttasche dabei, in der jetzt die drei Glocks und die Sachen, die Tess mir gebracht hatte, lagen und die ich unbemerkt in eine dunkle, schmale Ecke gestopft hatte, wo ich sie hoffentlich noch vorfinden würde, wenn ich wieder aus dem Club kam.

Als ich mir so sicher war, wie ich eben sein konnte, dass niemand den Club beobachtete, überquerte ich die Straße und ging auf den Eingang zu, wobei ich mein Gesicht von den Überwachungskameras abwandte, die außen an der Fassade angebracht waren. Natürlich war ich mir im Klaren darüber, welche Möglichkeiten, Informationen und Daten zu sammeln unsere Behörden hatten, um eine Nadel im Heuhaufen zu finden, und ich wusste, dass ich von nun an jede Art von Kamera, aber auch jegliche Telefonanrufe meiden musste, wenn ich den Monsterservern, die alles durchwühlten, was sie in ihre Finger bekamen, nicht helfen wollte, sich auf meine Spur zu setzen.

Bevor ich durch die Tür gehen konnte, versperrte mir ein Zweihundertfünfzig-Pfund-Türsteher den Weg. »Falsche Tür, Kumpel.«

Ich hielt den Jeansrucksack hoch. »Ich muss mich noch umziehen. Meine Frau hasst das an mir, ich musste mich rausschleichen.«

Er dachte kurz nach, dann ließ er mich mit einem widerwilligen Nicken durch. »Na gut.« Als ich an ihm vorbei war, rief er mir noch nach: »Irgendwann musst du's ihr sagen, weißt du? So oder so, Geheimnisse finden immer einen Weg ans Licht.«

Es ist doch jeder ein Guru.

Ich manövrierte mich durch eine Gruppe Goth-Girls – einige von ihnen sahen aus, als wären sie nicht älter als Kim – und ging hinein.

Es war Zeit, Kurt den Abend so richtig zu versauen.

Stroboskopblitze und bizarre elektronische Musik hämmerten auf meine Sinne ein, während ich tiefer in die dunklen und schwitzigen Katakomben vordrang. Ich fand Kurt und seine neue Freundin an einem kleinen Tisch im hinteren Teil, weit entfernt vom frenetischen Gedrängel der Tanzfläche. Sie waren beide voll kostümiert, aber die Klientel hier bestand aus solchen Freaks, dass sie bestens hineinpassten. Ich war derjenige, der aussah, als wäre er hier fehl am Platz.

Kurt, mit roter Krawatte, weißer Anzugjacke mit hohem Kragen und einem blauen Cape, lächelte schwach. »Wir waren auf dem Weg zu einer *Final-Fantasy*-Nacht in einem Pop-up-Kino. Keine Zeit, uns noch umzuziehen, und nicht allzu viele Clubs, in die man so reinkommt. Gigi hat vorgeschlagen, dass wir uns hier treffen.«

Gigi sah ihn zweifelnd an, dann stützte sie in einer koketten Pose das Kinn auf die Handrücken: »Nicht Gigi. Lumina.« Sie grinste mich an. »Aus *Final Fantasy Dreizehn*. Und er ist Cid. Cid Raines.«

Also hatte auch sie eine Abneigung dagegen, echte Namen zu verwenden.

Großartig.

Lumina – pinkes Haar, schwarzes Korsett, das ihren schwer zu übersehenden Busen im Zaum hielt, ein Frack mit langen Schößen und pinkfarbenen Säumen, ein kurzer, fedriger Rock und schwarze Strümpfe, die bis zum Oberschenkel reichten – musterte mich von oben bis unten: »Das ist also der Fed?«

Kurt nickte und sah aus, als fühlte er sich extrem unwohl. Vermutlich hatte er ihr während der Wartezeit alles berichtet, und obwohl ich mich nicht gerade wohl dabei fühlte, hatte ich auch nicht wirklich Zeit, mir über solche Feinheiten Sorgen zu machen.

Da wir hier mit Musik in voller Lautstärke beschallt wurden und niemand auch nur ein Wort von dem belauschen konnte, was wir sagten, beschloss ich, direkt auf den Punkt zu kommen: »Kirby ist tot. Und die Beweise sprechen für mich als seinen Mörder.«

Kurt riss die Augen auf. »Mein Gott, was ist passiert?«

Ich lieferte ihm und Lumina eine kurze Zusammenfassung –

von meiner Ankunft bei Kirby bis hin zur Flucht aus dem Federal Plaza. Wie in letzter Zeit üblich, ließ ich alles weg, was mit Tess zu tun hatte.

Gigi hörte konzentriert und ruhig zu – was mich überraschte. Kurt hingegen machte zunehmend ein unbehagliches Gesicht.

Ich gelangte zum Ende und sagte achselzuckend: »Und jetzt bin ich hier.«

Gigi zog eine Augenbraue hoch: »Einen Regierungsangestellten zu töten, könnte man noch als Missgeschick durchgehen lassen. Zwei zu töten, das sieht doch eher nach Unachtsamkeit aus.«

Ich lächelte. Es war mein Fehler. Meine natürliche Leichtfertigkeit war offensichtlich ansteckend. »Oscar Wilde. Schön.«

Gigi grinste anerkennend, etwas überrascht.

Kurt sprang mir hilfsbereit bei: »Seine Frau ist Schriftstellerin. Sie …«

Ich warf ihm einen vernichtenden Blick zu. »Ich hab es schon geschafft, das eine oder andere Buch zu lesen, bevor ich sie kennengelernt habe.«

Gigi grinste. »Ich muss ja zugeben, dass ich ziemlich ausgerastet bin, als mein bezaubernder Panda mir erzählt hat, wer Sie sind, aber das ist alles so dermaßen verfahren. Als würdet ihr in irgendeinem altmodischen ARG leben.«

Kurt verdrehte die Augen: »Alternate Reality Game, Kumpel.«

Gigi stupste ihn an und sagte: »Das weiß er.« Dann wandte sie sich, plötzlich ernst, an mich: »Was sollen wir machen?«

»Ich weiß es nicht so genau. Irgendwas Neues bei eurer Suche?«

»Nachdem ich das Archiv mit den digitalisierten Altdaten nach Einträgen zur Operation Rausschmeißer angezapft hatte, fingen die CIA-Server an, irgendwelche Säuberungsprogramme laufen zu lassen. Ich habe mich durch die Befehlsketten zum Quellserver durchgearbeitet, und das waren definitiv keine automatischen Prozesse. Irgendjemand ist da reingegangen und hat dem Archiv gesagt, es soll alles, was mit den Akten in Zusammenhang steht, die Cid mir gegeben hat, überschreiben, angefangen mit Rausschmeißer. So wie die Befehle konfiguriert waren, würde ich sagen, dass da jemand verhindern wollte, dass die Systemadministratoren davon etwas mitbekamen, was bedeutet, dass diese Säuberung nichts mit der normalen Datenpflege zu tun hatte.«

Mir schwirrte der Kopf, und nicht nur von der Musik: »Also heißt das, ihr seid auf eine Wand gestoßen?«

»Keine Wand ist undurchdringlich, G-Boy. Ich hab ein paar anonyme Botnets laufen. Die simulieren multiple interne Suchprozesse in der SCI-Datenbank. Sie sollen nach allem suchen, was mit den Akten zu tun hat. Und sie werden damit zu Mama zurückkommen. Aber das kann eine Zeit lang dauern.«

»Zeit, ein Luxus, den ich nicht habe.« Ich war niedergeschlagen. »Ich hab sonst niemanden, an den ich mich noch wenden könnte. Und ich muss anfangen, zurückzuschlagen.«

Kurt hielt verteidigend die Hände hoch. »O Mann, im Ernst, wir können nicht …«

»So meine ich das nicht, entspann dich. Aber vielleicht gibt's da doch noch was, womit ihr mir helfen könnt.«

»Und das wäre?«, fragte Gigi. Sie schien mir nicht abgeneigt, ganz im Gegenteil, eher aufgeregt.

»Lauscht einfach dem, was so geplaudert wird. Vielleicht taucht irgendwo mein Name auf. Hier sind CIA und FBI betroffen, und es sieht aus, als würden sie die ganze Geschichte schön unterm Deckel halten wollen – vorerst. Wahrscheinlich will keine der beiden Behörden als unfähig dastehen, und das wird sehr viel einfacher zu verhindern sein, solange die Polizei ihre Finger nicht mit drin hat.«

Immer noch leicht benommen, nickte Kurt. »Klar, okay, schätze ich.«

Gigi legte Kurt beruhigend eine Hand auf den Arm: »Das

kriegen wir hin. Immerhin ist das dieser Typ hier, hinter dem sie her sind. Jetzt geh uns mal ein paar Drinks holen, du hast das ja alles schon gehört, und ich brauche jetzt dringend einen Wodka.«

Kurt stand auf und ging zur Bar, und ich fragte Gigi: »Was ist mit diesem Reporter? Dem Portugiesen in der Corrigan-Akte?«

Gigi beugte sich dichter zu mir. »Octavio Camacho. Das hab ich mir näher angesehen.«

»Er ist kurz nach dem Treffen mit Corrigan gestorben, oder? 1981?«

Sie nickte. »Ja, bei einem Kletterunfall. Er war nicht nur ein erfolgreicher investigativer Journalist, sondern auch ein begeisterter Bergsteiger. Im Bericht des Leichenbeschauers stand Tod durch Unfall.«

»Das ist alles?«

»Na ja, und ein paar verstreute Hinweise auf den Datenservern, aber die sind stark zensiert. Er war definitiv jemand, für den sie sich interessiert haben, aber nur ganz kurz. Bevor er gestorben ist.«

Sie bedachte mich mit einem vielsagenden Blick. Ich widersprach nicht.

»Keine weiteren Treffer zu Corrigan oder Corrigam oder irgendwelchen anderen naheliegenden falschen Schreibweisen?«, fragte ich.

»Nope. Und auch sonst nichts in den CIA-Archiven oder anderen – zumindest nicht in denen, in die ich reingekommen bin, bevor die mit ihrer Säuberung angefangen haben.«

Kurt stellte einen White Russian und zwei Gläser Bier auf den Tisch und setzte sich. Ich war so fertig, dass ich mein Bier an die Lippen führte und es fast in einem Zug austrank.

Gigi gab Kurt ein Zeichen, woraufhin er mir seins rüberschob.

Ich fing an, sie zu mögen.

Sie schlug die Beine übereinander und ließ dabei mehr sehen, als ein glücklicher monogam lebender Mann sehen sollte. »Wo werden Sie bleiben?«

Ich hatte Kurts Bier schon zur Hälfte ausgetrunken. »Keine Ahnung. In irgendeinem runtergekommenen Motel wahrscheinlich.«

»Auf keinen Fall. Sie kommen mit zu mir. Ich hab Platz ohne Ende.«

Kurt war entsetzt. »Ist das dein Ernst?«

»Der Mann braucht einen Schlafplatz, Snake.«

Ich sah sie vollkommen verwirrt an.

Sie merkten es. Kurt sagte: »Snake Plissken?« Ich verstand immer noch nichts. »Kurt Russells Figur? In *Die Klapperschlange*? Klingelt da was?«

Ich brauchte einen Übersetzer, wenn ich länger mit den beiden zusammen sein wollte.

Kurt drehte sich wieder zu ihr und sagte: »Ich bin noch nie über Nacht geblieben.« Es lag eindeutig etwas Weinerliches in seiner Miene und seinem Tonfall.

Gigi lachte: »Hey, Mami soll sich doch nicht einsam fühlen, oder?«

Sein Gesicht wurde sogar noch länger.

Sie versetzte ihm einen leichten Stoß mit dem Ellbogen. »Entspann dich, Snake. Ich mach nur Scherze. Du kannst auch bleiben. Und wer weiß … Vielleicht …«

Ich hob die Hände. »Stopp. Bitte.«

Auf Kurts Gesicht breitete sich wieder jenes arglose Lächeln aus, das ich immer so sympathisch an ihm gefunden hatte. Ich war offensichtlich nicht der Einzige, der Kurts zahlreiche Qualitäten zu schätzen wusste, auch wenn einige davon in meiner Gegenwart im Geheimen bleiben mussten, wenn das hier funktionieren sollte.

Gigi kippte ihren White Russian hinunter und stand auf. Sie war größer, als ich erwartet hatte, aber ihr fedriger Rock war so kurz, dass ich die Augen abwenden musste. Mein Blick blieb an fünf Männern und etwas hängen, das aussah wie ein Drogenverkauf, der in einem dunkleren Winkel des Clubs vor sich ging, abseits des Trubels. Die Verhandlungen schienen hitzig geworden zu sein, und einen Augenblick lang sah es aus, als würde es hässlich werden, doch dann beruhigten sie sich wieder und wurden sachlich. Ich musste mich ermahnen, ruhig zu bleiben und meine Impulse im Zaum zu halten, da ich ja sowieso nichts unternehmen konnte, also schaute ich auch weg und versuchte, etwas weniger Belastendes zu finden, nur um wieder zu meinen ausgeflippten Freunden und dem Mikro-Rock zurückgezogen zu werden.

Gigi packte Kurt am Arm und schob ihn zur Tür. »Komm schon, Cid. Lumina kriegt Frühlingsgefühle.«

Als ich hinter ihnen hertrottete, gewann die Vorstellung, jemand anderes zu sein als der, der ich gerade war, unglaublich an Verführungskraft.

SONNTAG

32

Federal Plaza, Lower Manhattan

Deutsch saß am Konferenztisch und dachte, dass es wohl kaum möglich war, wütender, trauriger, müder oder frustrierter zu sein, als sie es genau in diesem Augenblick war. Es war zwanzig Stunden her, seit sie zum letzten Mal auf ebendiesem Stuhl gesessen hatte, vierundzwanzig Stunden, seit ihr Boss sie vor derselben Kollektion grimmiger Gesichter öffentlich zur Schnecke gemacht hatte. Ein komplettes Déjà-vu, abgesehen von der Tatsache, dass Lendowski nicht mit am Tisch saß – oder sonst irgendwo aufzufinden war.

Sein Wagen war an einer Tankstelle gefunden worden, ein paar Meter von der Überführung der Schnellstraße entfernt. Es gab keine Hinweise auf ein Verbrechen. Sein Diensthandy war weg und abgeschaltet, der Akku herausgenommen – was bedeutete, dass es keine Möglichkeit gab, ihn darüber aufzuspüren. Bei ihm zu Hause war auch niemand.

Gallo war wieder in die Stadt gekommen und leitete den zweiten Tag in Folge die Notfallmaßnahmen, und das an einem Sonntagmorgen. Die beiden Kontaktleute von der CIA, Henriksson und sein stummer Partner, saßen auch wieder mit im Raum, ebenso wie vier weitere Agenten vom New Yorker Field Office, die Deutsch kaum kannte.

»Wir wissen, dass Reilly die Stadt in einem Auto verlassen hat, das er aus einem Parkhaus an der Fulton Street gestohlen hat, nachdem er aus Ihrer Obhut entkommen ist«, sagte einer der Agenten. »Ein 1994er Caprice Classic. Wir haben den Wagen aufgenommen, als er gestern Nachmittag um etwa halb drei auf der I-95 Richtung Norden fuhr, etwa zwölf Stunden nach seiner Flucht. Was er in der Zeit dazwischen getan hat, wissen wir nicht.«

Deutsch bemerkte, dass Henriksson sie kühl musterte und

wusste, dass ihr Gesicht bei der neuerlichen Erwähnung von Reillys Flucht ausgesehen haben musste wie eine Gewitterwolke. In dem vergeblichen Versuch, sich klein zu machen, sank sie in sich zusammen.

»Wir haben noch ein paar Aufnahmen von Straßenkameras von gestern Abend in und um Mamaroneck herum. Danach nichts mehr. Also ist er den Wagen entweder irgendwo losgeworden oder …«

Henriksson schien die Geduld zu verlieren und unterbrach ihn: »Das ist doch reine Zeitverschwendung. Wir wissen alle, was passiert ist. Reilly ist da rausgefahren, um sich mit Chaykin zu treffen. Sie haben sich irgendwo getroffen, Lendowski hat eingegriffen, und Reilly hat ihn überwältigt. Ob Agent Lendowski noch am Leben ist oder nicht, ist die einzige Frage, die noch offen ist. Aber auch wenn wir noch nichts von ihm gehört haben, nehme ich doch an, dass er nicht mehr in der Lage ist, uns seine Sicht der Geschichte zu erzählen.«

Deutsch erwachte zum Leben. »Warten Sie mal – das sind ein bisschen viele Vermutungen ohne Beweise.«

»Ach ja?«, fragte der CIA-Agent mit eisiger Stimme. »Haben Sie denn ein wahrscheinlicheres Szenario, das uns verrät, wo Ihr vermisster Partner sich derzeit aufhält?« Die Betonung, die er auf »vermisst« legte, war nicht zu überhören.

Deutsch gab ihr Bestes, nicht wie ein verschrecktes Kaninchen auszusehen, das versucht, einen herannahenden Sattelzug niederzustarren. »Nein. Aber warum hat er seine Position nicht gemeldet, um Unterstützung anzufordern?«

Der roboterhafte Skandinavier ließ sich nicht so leicht die Butter vom Brot nehmen. »Vielleicht hat er keine Gelegenheit mehr dazu gehabt. Reilly hat ihn angegriffen, bevor er eine Chance hatte, es zu melden.«

»Aber warum hat er nicht …«

»Was?«, fiel er ihr hart ins Wort. »Reilly hat Sie und Lendowski schon einmal angegriffen. Er schreckt nicht davor zurück, Gewalt anzuwenden. Und falls ich Ihnen hier einen

Rat geben darf, Agent Deutsch – ich an Ihrer Stelle würde mich hüten, einen Agenten zu verteidigen, der aus Ihrer Obhut geflohen ist. Das könnte Fragen aufwerfen.« Ohne ihr eine Gelegenheit zu einer indignierten Antwort zu geben, wandte der CIA-Agent sich an Gallo. »Wir müssen Chaykin vorladen. Sie weiß, was geschehen ist. Wir müssen sie vernehmen.«

Gallo blickte Deutsch stirnrunzelnd an, dann wandte er sich wieder Henriksson zu. »Ich stimme Ihnen zu, Chaykin lügt uns an. Ich meine, die ganze Story, die sie Agent Deutsch erzählt hat, dass sie sich eingesperrt fühlte und den Kopf frei bekommen musste – das ist absoluter Quatsch. Keine Frage. Aber wir können das Gegenteil nicht beweisen, und auf Basis von Spekulationen können wir sie nicht einbestellen.«

»Dann geben Sie ihr nicht die Gelegenheit, ihren Anwalt zu benachrichtigen. Falls Sie's vergessen haben sollten, hier geht's um die nationale Sicherheit. Ja, wir würden gar nicht hier sitzen, wenn Sie Reilly uns übergeben hätten, als wir Sie darum gebeten haben, statt sich von seinem Gefasel über den Fünften Verfassungszusatz weich klopfen zu lassen.«

Gallo rutschte auf seinem Stuhl herum, es war ihm sichtlich unangenehm, wie sich das Gespräch entwickelte.

»Reillys Hintergrund mag etwas schillernd sein, aber wenn er Grenzen überschritten hat, dann immer nur, um seinen Job zu erledigen. Und ich schätze es ganz und gar nicht, dass Sie hier hereinmarschiert kommen und …«

Deutsch hieb mit der flachen Hand auf den Tisch, heftiger, als sie beabsichtigt hatte. Immerhin sicherte ihr das die Aufmerksamkeit aller Anwesenden: »Er ist kein Killer.«

Henriksson sah sie an, als wäre ihr plötzlich ein zweites Paar Augen gewachsen. »Ihnen ist schon klar, dass er wegen Mordes gesucht wird?«

»Das ist nicht irgendein dahergelaufener Irrer, über den wir hier reden, okay?« Sie sah allen am Tisch in die Augen. »Ihr kennt diesen Mann. Ihr arbeitet seit Jahren mit ihm zusammen. Mein Gott, zählt das denn überhaupt nichts mehr?«

Wieder ließ sie ihren Blick um den Tisch wandern. Anscheinend hatte sie einen Nerv getroffen.

»Ich stimme ja zu«, fuhr sie fort. »Tess Chaykin ist uns wahrscheinlich entwischt, um sich mit ihm zu treffen. Aber ich glaube nicht, dass Reilly ein kaltblütiger Mörder ist. Da steckt mehr dahinter. Das müsst ihr doch sehen.«

Sie riskierte einen Blick zu Henriksson und hätte ihm am liebsten diese unbewegliche Miene mit den zusammengekniffenen Augen aus dem Gesicht geschlagen.

Er ignorierte ihren Ausbruch und wandte sich an Gallo: »Ich halte es nicht für ratsam, Agent Deutsch länger an diesem Fall zu beteiligen. Ihr Urteil ist zumindest ein wenig getrübt durch ihre …«

Jetzt fiel ihm Gallo ins Wort. »Wissen Sie was? Das ist nicht Ihre Entscheidung, oder? Das letzte Mal, als ich nachgesehen habe, war das FBI noch keine Unterabteilung der CIA. Was halten Sie also davon, wenn Sie Ihren Arsch hier aus meinem Büro tragen und diesen Fall uns überlassen, wo es doch eine interne Angelegenheit ist, die, so denke ich, beim besten Willen nicht in den Aufgabenbereich Ihrer Behörde fällt?«

Deutsch lehnte sich zurück, atmete tief aus und verfolgte den Rest der Auseinandersetzung nicht mehr.

33

Richmond, Virginia

Roos ließ seine Cessna Skyhawk durch die tief hängenden Wolken sinken und landete ohne Schwierigkeiten auf dem Chesterfield County Airport. Das schlechte Wetter, das derzeit die Ostküste im Griff hatte, hatte Virginia eine Pause vergönnt, und der Flug war kaum länger gewesen als die zwei Stunden, an die er gewöhnt war.

Zehn Minuten darauf fuhr er in einem Mietwagen auf dem Richmond Beltway Richtung Midlothian.

Er und sein ehemaliger Partner hatten das Bedürfnis verspürt, die aktuelle Krise persönlich miteinander zu besprechen. Sie hatten sich schon oft in dem Golfclub getroffen, er war für sie beide mit ähnlich großem Aufwand zu erreichen, für Roos mit dem Flugzeug etwa gleich weit wie für Tomblin mit dem Auto von seinem Haus etwas weiter nördlich in Virginia oder von seiner Arbeit im CIA-Hauptquartier in Langley.

Während er in der Luft gewesen war, hatte Roos den Anruf, der ihn zur Unzeit aus dem Schlaf gerissen hatte, verdrängt und sich stattdessen erlaubt, es zu genießen, vollkommen unberührt von den Komplikationen der Welt unten über die bauschige Wolkendecke dahinzugleiten.

Nun, da er wieder am Boden war, konzentrierte er sich erneut auf die Tatsachen, die dringend seiner ungeteilten Aufmerksamkeit bedurften.

Er nahm den Midlothian Turnpike westlich von Richmond, hier in der Gegend war früher, erstmals in der Geschichte der späteren Vereinigten Staaten von Amerika, im großen Stil Kohle gefördert worden, in jüngerer Zeit hingegen beheimatete sie verschiedene Golfclubs. In den Jahrzehnten, in denen er die Gegend kannte, waren die letzten verbliebenen Wälder beinahe zur Gänze den sich stetig ausbreitenden Vorstädten gewichen. Das Einzige, was noch daran erinnerte, wie das Land hier mal ausgesehen hatte, waren ein paar kleine Parks, die üppig grünen, welligen Hügel und die gepflegten Anlagen der Clubs. Die fortschreitende Ausdehnung der Vorstädte – und der Highways, die zu ihnen führten – war einer der primären Gründe gewesen, warum er auf die Outer Banks gezogen war und später nach Ocracoke, weil die Insel nur über sehr begrenzte Kapazitäten für eine weitere Bebauung verfügte und ihre Bewohner die raue Schönheit ihrer Umwelt zu schätzen wussten.

Der Salisbury Country Club hatte Geschichte, etwas, worauf er immer achtete, wenn er einen Ort auswählte, an dem er regelmäßig Zeit verbringen wollte, selbst wenn es nur sehr wenig Zeit war. Das Clubhaus, das ungefähr in den Sechzigern erbaut worden war, hatte eine Jagdhütte aus dem 18. Jahrhundert abgelöst, die 1920 niedergebrannt war.

Roos winkte dem Mann vom Service, als er vor dem Clubhaus vorfuhr. Auch wenn er von Jahr zu Jahr seltener hierherkam, kannten ihn die Angestellten noch sehr gut und beschränkten sich auf die allernotwendigsten Formalitäten. Der Club war zivilisiert genug, um, abgesehen von den Außengrenzen, auf Überwachungskameras verzichten zu können, die Überprüfung der Mitgliedschaft reichte aus. Niemand von ihnen würde sich ein- oder austragen. Falls jemand fragte, wäre keiner von ihnen je hier gewesen.

Die Tür schwang sanft hinter ihm zu, als Roos in den größten der holzgetäfelten Privaträume trat. Ein großes Ölgemälde von Thomas Jefferson – der das Gelände davor gerettet hatte, von den Briten beschlagnahmt zu werden, als der Eigentümer für die Revolution aus Schottland zurückgekommen war und gefangen genommen wurde – hing über einem riesigen, gemauerten offenen Kamin, der den größten Teil der Wand einnahm.

Edward J. Tomblin saß in einem weinroten Ledersessel und trank Tee. Er trug einen dunkelbraunen Maßanzug aus Cord, handgefertigte Schuhe und einen waldgrünen Pullover mit V-Ausschnitt über einem Baumwollhemd, das aussah, als sei es mindestens schon zehn Jahre alt. Zusammen mit der Yale-University-Krawatte sah er in dieser Aufmachung eher aus wie ein College-Professor als wie einer der mächtigsten Männer in der Welt der Geheimdienste – eine Position, auf der ihn nur wenige Menschen, die er traf, erwarten würden. Er strahlte die Art unbekümmerte Autorität aus, die immer schon das perfekte Gegenstück zu Roos' Ernsthaftigkeit gebildet hatte. Wie es sich für seine Position ziemte, war Tomblin jedoch ein ausgesprochen gerissener Agent. Er hatte den Einfluss und die Insiderkenntnisse, um sich zwischen häufig miteinander im Krieg liegenden Interessengruppen zu bewegen und am Ende immer auf der Seite herauszukommen, die gewonnen zu haben schien, selbst wenn dem eigentlich gar nicht so war. Die Leitung des National Clandestine Service war der krönende Abschluss seiner Management-Karriere. Der einzige Schritt weiter nach oben würde die Leitung der gesamten Agency bedeuten, was eine unwahrscheinliche, aber nicht unvorstellbare Möglichkeit war.

Tomblin sah von seinem Tee auf. »Ich bin mir nicht sicher, ob ich damit einverstanden bin, was sie mit den hinteren neun Löchern gemacht haben.«

Roos setzte sich auf die Couch mit dem Blumenmuster rechts von seinem Freund. »Ich bin mir nicht sicher, ob jemandem mit einem dreistelligen Handicap überhaupt ein Urteil darüber zusteht, Eddy.«

Tomblin schnaufte. »Vielleicht nicht, aber ich muss es trotzdem jedes Mal sehen, wenn du mich hier mit rausschleifst. Kommst du dieses Jahr Weihnachten zu uns? Mary hat danach gefragt.«

»So wie sie seit meiner Scheidung jedes Jahr gefragt hat«, antwortete Roos. »Die Antwort lautet immer noch nein. Mit Bedauern, natürlich.«

»Natürlich. Ich werde es ausrichten.«

Ein Kellner brachte Roos den Kaffee, den er bestellt hatte, und ging wieder hinaus. Roos schaute sich im Raum um, während er den ersten Schluck davon trank. Es saß niemand in Hörweite. Abgesehen vom Knacken der Holzscheite im Kamin war es absolut ruhig in dem großen Raum.

»Was für ein Desaster!«, sagte Tomblin. »Wie zum Teufel ist Reilly da rausgekommen?«

»Das wissen wir nicht. Sie sagen, er wäre krank geworden, sodass sie mit ihm ins Krankenhaus wollten, unterwegs ist er dann entwischt.«

»Was ist mit unserem Mann? Wird er immer noch vermisst?«

Roos nickte. »Als wir zum letzten Mal miteinander gesprochen haben, hat er Reillys Frau verfolgt. Er dachte, dass sie sich mit ihm treffen wollte.«

»Also hat Reilly ihn erledigt.«

»Sieht so aus.«

»So was passiert, wenn man mit Amateuren arbeitet.« Tomblin dachte darüber nach. »Wir müssen seine Leiche finden. Das lässt Reilly nur noch schlechter dastehen. Im Fall des Falles.«

»Vergiss die Leiche. Wir müssen Reilly aus dem Weg schaffen. Das ist alles.«

»Hat Sandmann eine Spur?«

»Im Moment nicht. Aber Reilly wird schon wieder auftauchen. Muss er.«

Tomblin sagte: »Wenigstens richten sich die Feds in dem Punkt nach uns, dass sie die Sache unterm Deckel halten. Aber wir müssen ihn erledigen, bevor sich dieses Fenster schließt.«

»Da bin ich ganz bei dir, wie man so sagt. Was ist mit den Attacken? Haben die aufgehört?«

Tomblin schien das überhaupt nicht zu beunruhigen. »Nein. Es versucht immer noch jemand, in unsere Server einzudringen und nach dir zu suchen. Dieser Kerl ist echt ganz versessen auf dich.«

»Und das soll mich jetzt trösten?« Roos verfluchte den Tag, an dem er einem alten Freund bei der DEA zugesagt hatte, ihm bei seinem unkonventionellen Plan zu helfen, einen mexikanischen Drogenbaron zu ködern – ein Gefallen, der ihm Reilly überhaupt erst auf den Hals gehetzt hatte.

»Reilly hat jemanden, der ihm hilft. Wer immer es ist, ist richtig gut. Nicht viele Leute da draußen haben so viel Talent. Wenn wir die lokalisieren können, wird uns das zu ihm führen. Wir dürfen das nicht so weiterlaufen lassen, Gordo. Es darf nichts mehr schiefgehen. Wenn irgendwas davon rauskommt und … Willst du etwa den Rest deines Lebens hinter Gittern verbringen?«

»Das wird nicht passieren.« Roos klopfte bei jedem Wort auf die Armlehne seines plüschigen Sofas.

»Wir müssen Reilly zur Strecke bringen. Schnell.«

»Hast du das Fort auf ihn angesetzt?«, fragte er und benutzte seinen bevorzugten Spitznamen für die NSA.

»Heute Morgen«, antwortete Tomblin. »Ich habe einen unserer Jungs bei denen, der das in aller Stille anleiert. Das ganze Spektrum, höchste Priorität. Wir haben eine Menge Aufzeichnungen von Kameras und Abhöreinrichtungen, die wir auswerten müssen, was uns helfen wird. Er wird bald auftauchen.«

Das gefiel Roos. Er wusste, wie tief der Arm der NSA in die Netzwerke der Überwachungskameras reichte und wie effektiv ihre Gesichtserkennungssoftware war – ganz zu schweigen von der Telefonüberwachung mit Stimmerkennungssoftware und Stichwortfiltern. »Wer wird benachrichtigt?«

»Nur du, ich und Sandmann. Wir halten das in der Familie.«

»Gut.«

»Apropos Familie …«

Roos stellte seine Tasse ab. Er spürte, dass hier mehr auf dem Spiel stand.

»Ich mache mir Sorgen, dass sich unsere Lieblings-Superhirne anstecken.«

Roos wusste, worauf er hinauswollte. Er zuckte nur mit den Achseln. »Es war abzusehen, dass sie eine Schwachstelle sein würden. Deshalb halten wir sie ja an einer so kurzen Leine.«

Tomblin beugte sich vor. »Das sind Zivilisten, Gordo. Sie sind alt. Und sie sind nicht wie wir, sie sind nicht wegen der Sache dabei. Sie sind Wissenschaftler, die nur mehr oder weniger in die Sache hineingestolpert sind. Sie haben uns ihre Expertise zur Verfügung gestellt aus, ich weiß nicht, Pflichtbewusstsein, intellektueller Neugier, vielleicht auch wegen des Nervenkitzels … Aber am Ende sind und bleiben es Zivilisten mit all der Verwundbarkeit und Schwäche, die das mit sich bringt.«

»Und wir können dieses Risiko nicht länger eingehen.«

»Padley hatte sein Saulus-Paulus-Erlebnis und wollte sein Gewissen erleichtern. Die drei – die reden doch miteinander. Besonders Padley und Orford. Sie waren damals befreundet. Woher wissen wir, dass sie nicht alle dieses Bedürfnis haben? Woher wissen wir, dass nicht einer von den anderen dasselbe macht wie Padley?«

»Versucht, meinst du«, korrigierte Roos ihn.

Tomblin tat den Einwand mit einer Handbewegung ab. »Ich denke, wir sollten reinen Tisch machen.«

Roos lies den Vorschlag ein wenig sacken. Er hatte selbst bereits daran gedacht, aber an etwas zu denken und es tatsächlich zu tun, waren zwei vollkommen verschiedene Dinge. Er kannte diese Leute. Er hatte jahrelang mit ihnen zusammengearbeitet. Sie hatten alles getan, was er von ihnen verlangt hatte, ohne ihn jemals zu enttäuschen.

Und jetzt sollten sie sterben. Einfach nur, weil sie ein Sicherheitsrisiko darstellten.

Roos schnaubte leise. »Du willst, dass in der Putzkolonne aufgeräumt wird? Doch hoffentlich nicht alle. Ich bin da ein bisschen eigennützig und möchte, dass wir noch ein bisschen dableiben, diese kleinen Plaudereien noch etwas länger genießen, bevor ich dich mal wieder draußen auf dem Platz blamiere.«

»Du weißt, wie ich das meine«, antwortete Tomblin.

Roos nickte. »Okay. Dann sollten wir mit Siddle anfangen. Er hat mehr Einblick.«

»Sandmann wird alle Hände voll zu tun haben.«

»Das ist sein Job. Lass uns austrinken und rausgehen. Ich schicke ihm seine Instruktionen vom ersten Abschlag aus, während du deinen zweiten Versuch startest.«

Roos musterte seinen alten Partner. »Hast du mit dem Wikinger darüber gesprochen, was los ist?«

»Nicht nötig«, sagte Tomblin. »Das kriegen wir auch so hin.«

Roos nickte und lehnte sich zurück. Er sah zwei Probleme. Erstens, dass Sandmann in der Tat viel zu tun bekommen würde. Das Zweite war weniger ein Problem als eher ein ungutes Gefühl, das sich leise irgendwo in den tieferen Falten seines Gehirns regte: Er musste sicherstellen, dass ihn nicht doch noch irgendein Rückstoß von diesem ganzen Schlamassel erwischte.

Expartner und alte Freunde galten jedem viel, aber jede Beziehung hatte ihre Belastungsgrenze, und er wusste, dass sie beinahe unerträglich und bis zum Zerreißen gespannt werden würde. Abgesehen davon, dass sie alle hinter Gittern landen konnten, wenn das Ding jemals aufflog, hätten einige seiner alten Partner noch wesentlich mehr zu verlieren, wenn das passierte.

Ab jetzt musste er auf der Hut sein.

34

Chelsea, New York City

Ich wachte davon auf, dass Gigi sich an der Kücheninsel zu schaffen machte, die in der Mitte des großzügigen Lofts stand. Die Schlafcouch in einer Ecke des riesigen, offenen Raumes war überraschend bequem, und die niedrigen Wände darum herum, die bei Weitem nicht bis zur hohen Decke reichten, sorgten dafür, dass man sich in dem abgetrennten Bereich wie in einem eigenen Zimmer fühlte. Das Schlafzimmer hatte richtige Wände und eine abgehängte Decke, auch wenn ich mir ziemlich sicher war, dass ich Gigis ekstatisches Heulen in der Nacht gedämpft gehört hatte.

Wir waren spät nach Mitternacht mit dem Taxi zu ihr gefahren, nachdem ich die Sporttasche abgeholt hatte. Gigi hatte darauf bestanden, dass wir auf dem Rückweg noch etwas zum Essen beim Thailänder holten, und da ich ihr Gast war, hatte ich nicht widersprechen können. Außerdem hatte ich dringend etwas zu essen gebraucht.

Ohne das Licht anzumachen, hatte sie auf die Ecke gezeigt, mir gesagt, dass ich es mir bequem machen sollte und dann Kurt ins Schlafzimmer gezogen. Ich hatte das Bett ausgeklappt, ein paar der Paravents aufgestellt, meine Schuhe und Jeans ausgezogen, war ins Bett gefallen und beinahe sofort eingeschlafen.

»Hey, wollen Sie Bacon zu Ihren Pfannkuchen?«

So wie es sich anhörte, würde das Frühstück definitiv besser sein als ein Motel-Muffin mit so vielen Konservierungsstoffen, dass er sich noch bis ins nächste Jahrtausend halten konnte.

Gigis Kopf lugte um einen der Paravents herum. »Wollen Sie mir Gesellschaft leisten? Ich hab Kurt ganz schön ausgepowert gestern Nacht, deshalb bezweifle ich, dass er bald aufsteht.«

Das Augenzwinkern machte es nur noch schlimmer, und ich schauderte: »Gigi, im Ernst, so genau will ich das gar nicht wissen.«

Sie sah mich neugierig an, der Schalk war aber nie zu tief verborgen. »Aber Sie freuen sich für ihn, oder? Ich meine, ich sehe, dass Sie ihn mögen. Als er mir von Ihnen erzählt hat, dachte ich, dass Sie ihn ausnutzen, aber er hat darauf bestanden, dass Sie ein Team seien.«

»Ich werde es abstreiten, wenn er mich fragt, aber ja, ich mag Cid. Oder Snake. Oder welchen Avatar auch immer er heute benutzen wird.«

»Gut. Ich mag ihn nämlich auch irgendwie. Und ich würde es gar nicht mögen, wenn ihn irgendjemand ausnutzt. Er ist ein Schatz. Und ein überraschend großzügiger Liebhaber – davon gibt's nicht besonders viele, das kann ich Ihnen sagen.«

Ich sah sie warnend an.

»Okay, okay, sorry.« Ihre Miene veränderte sich, ihr Blick

schien mich jetzt auf die Probe zu stellen. »Sagen Sie mir eins. Sie haben meinem Großen eine ›Du kommst aus dem Gefängnis frei‹-Karte versprochen, wenn er Ihnen hilft. Die er, lassen Sie mich Ihnen das sagen, nicht brauchen wird, wenn er mit mir zusammen ist, dafür werde ich auf jeden Fall sorgen. Aber unabhängig davon sind Sie jetzt ganz und gar nicht in der Position, jemandem rauszuhelfen, wo Sie sich auf die dunkle Seite geschlagen haben, oder?«

Sie hatte recht. Aber ich würde sie nicht darin bestärken. Ich brauchte sie und Kurt auf meiner Seite. Ich sah sie nur an und sagte trocken: »Und Sie wollen worauf genau hinaus?«

Sie starrte mich einfach nur an, ohne eine Miene zu verziehen, vollkommen ausdruckslos. Dann brach sie in ein breites Grinsen aus. »War nur ein Scherz. Mein Gott, ich mach das doch gern, weil's Spaß macht.« Sie zog den Kopf zurück und ging wieder zur Kücheninsel. »Komm, Squidward. Dein Festmahl wartet.«

Das Loft lag im obersten Geschoss eines sechsstöckigen Gebäudes aus den frühen Zwanzigern, ein paar Blocks östlich der Hochbahntrasse. Nach allem, was ich gestern Nacht gesehen hatte, sah es ziemlich typisch aus mit seinen Backsteinverzierungen und einem Hauch Beaux-Arts-Stil. Der Wohnraum war riesig und hell, selbst an einem bewölkten Tag wie heute, was an den bodentiefen Fenstern an der Front und den Glastüren im hinteren Teil lag, die zu einer kleinen, privaten gartenartigen Terrasse führten, von der aus man einen eindrucksvollen Blick auf das Empire State Building hatte. Ich sah aus dem Fenster meiner Enklave nach unten. Die Straße war gesäumt von hochpreisigen Möbelgeschäften und verschrobenen Mode-Boutiquen, die alle ihr Territorium mit großen Fahnen und ihrem Logo darauf markierten. Direkt gegenüber war ein Restaurant, dessen Namen ich wiedererkannte, eine dieser großen, trendigen Brasserien, die immer voll sind. Gigi verdiente offensichtlich ziemlich gut, was mich neugierig machte.

Ich zog meine Jeans an und schlenderte in den offenen Raum

hinüber. Er wurde von einem massiven Stahltisch dominiert, der in der Mitte stand und mit allen erdenklichen Arten von Computern, Servern und Routern vollgestellt war, darunter aber nur ein einziger Mac. Anscheinend war das noch etwas, das Gigi und Kurt teilten – den Hass auf alles von Apple.

An einer Seitenwand stand ein mit Technik vollgestopfter Schrank mit Glastüren, hinter denen es auf den Frontseiten diverser brandneuer Gerätschaften blinkte. Ich hatte keine Ahnung, was das war, aber ich nahm an, dass einige davon Gigi in die Lage versetzten, unentdeckt das Internet zu durchstreifen.

»Vorsichtig«, sagte sie, als sie aus dem Küchenbereich kam. »Das ist eine ziemlich fein aufeinander abgestimmte Maschinerie, die Sie da angucken.«

Sie erklärte, dass dies ihr Gateway zur digitalen Welt war, und ich zitiere: »das über multiple Fiberglasverbindungen läuft und von Myriaden von Firewalls geschützt wird, jedes einzelne IP-Paket wird sowohl intern durch falsche IP-Subnetze hin- und hergespielt, als dann auch extern über zufällig ausgewählte POPs geschickt, die an ständig wechselnden Orten der Welt stehen und dann wieder zurück, bevor es sein Ziel erreicht.«

Ich nickte einfach nur, als hätte ich mindestens zehn Prozent davon verstanden. Ich schaute mich um, betrachtete den Raum und die ganze Technik und sagte: »Schön.«

Sie sah mich neugierig an. »Ich weiß, ja? Und ich wette, Sie fragen sich gerade, wer das alles bezahlt.«

»Das würde ich mir niemals anmaßen.«

»Einfach nur die klassische Geschichte von einem Black-Hat-Hacker, der zum Sicherheitsberater geworden ist. Ich sage Banken, was sie tun müssen, damit sie nicht angreifbar sind. Im Gegenzug zahlen sie mir deutlich weniger, als ich bekäme, wenn ich mich bei ihnen einhacken und Konten plündern würde, aber es sind immer noch ernst zu nehmende Summen, und ich hab dafür nicht Ihre Kumpel von der Internetkriminalität am Hacken. Das hab ich zwar auch schon gemacht, aber ich habe nie auch nur einen Cent behalten. Es ging nur um den Thrill, aber irgendwann wurde es langweilig, deshalb finde ich jetzt diese ganze Schnüffelei über die verdeckten Operationen, die Sie und Kurt da machen, so spannend.«

Ich war erfreut zu hören, dass hier alles legal war. Ich war immer begeisterter von Kurts Freundin, und auch wenn sie immer noch in alle möglichen geheimen Datenbanken einbrach – in jüngster Zeit zumeist für mich –, war ich doch froh, dass sie nicht in irgendetwas verwickelt war, das sie hinter Gitter bringen konnte.

Ich folgte ihr zu der glänzend weißen Insel, um die herum der Rest der Küche arrangiert war. Ein praktisch aussehender Laptop stand aufgeklappt an einem Ende, also setzte ich mich ans gegenüberliegende Ende. Gigi trug ein übergroßes Metallica-T-Shirt und eine Laufhose, die Haare hatte sie oben auf dem Kopf locker zusammengebunden. Ohne Make-up und Kostüm sah sie immer noch verdammt hübsch aus. Vielleicht sogar hübscher als mit. Kurts Brot war definitiv mit der Marmeladenseite nach oben gelandet.

Gigi stellte zwei Teller hin, auf denen sich Pfannkuchen, Schinken und Obst türmten, dann brachte sie einen Kaffeebereiter mit und zwei weiße Porzellanbecher.

Sie drückte den Stempel herunter und goss uns Kaffee ein. Dann trank sie einen Schluck aus ihrem Becher und fing an, auf der Tastatur des Laptops zu tippen.

»Hat sich über Nacht irgendwas ergeben?«, fragte ich.

»Sie sind im Moment extrem heiß.« Ihr wurde klar, was sie da gerade gesagt hatte, und sie errötete, etwas, wovon ich nicht gedacht hätte, dass sie dazu in der Lage wäre. »Ich meine im Internet. Sie wären auch gar nicht mein Typ.«

»Zur Kenntnis genommen.« Ich lenkte das Gespräch wieder auf das, was mich interessierte, während ich mich über die Pfannkuchen hermachte: »FBI? CIA? Irgendwelche anderen?«

Sie lächelte. »Alle. Die NSA war besonders lebhaft. Alle fragen sich, wie ein Mörder es hat schaffen können, zum Dinner ins Weiße Haus eingeladen zu werden. Ich nehme an, irgendwo werden demnächst Köpfe rollen.«

Traurig schüttelte ich den Kopf. »In den Genuss des Angus Beefs mit der getrüffelten Merlot-Soße bin ich nie gekommen.«

»Auf dem offiziellen Porzellan des Weißen Hauses«, fügte sie hinzu.

»Natürlich.«

»Wow. Das ist echt deprimierend.« Sie zeigte auf meinen Teller. »Probieren Sie den Schinken. Ich brate den in Ahornsirup aus. Der stellt jedes Angus Beef locker in den Schatten.«

»Das bezweifle ich keine Sekunde.« Ich trank noch einen Schluck von meinem Kaffee und biss in einen Schinkenstreifen. Ich war beeindruckt. Sie sah meinen Gesichtsausdruck, und ihr gefiel eindeutig, was sie da sah.

»Es wird Sie freuen zu erfahren, dass die Cops Anweisung haben, sich zurückzuhalten«, setzte sie hinzu. »Es gibt keine Fahndung, keine Überwachung aller Flughäfen, keine Alarmierung aller Behörden.«

»Nichts über den verschwundenen FBI-Agenten?«

»Nichts, was ich gesehen hätte.« Sie stellte ihren Becher ab und sah mich direkt an. »Also … was machen wir jetzt?«

Ich kaute zu Ende und schluckte herunter. »Da war noch was anderes. Ein Typ hat sich bei mir gemeldet. Mit einer ganz heftigen ›Deep-Throat‹-Attitüde. Ich meine nicht den Film.« Dann setzte ich hinzu: »Nicht *den* Film.«

Sie grinste. »Hab ich mir schon gedacht.«

»Er hat mir gesagt, er hätte Informationen für mich. Zeug, von dem er wollte, dass ich es an die Öffentlichkeit bringe. Ein Bericht über etwas, womit er zu tun gehabt hatte. Hat gesagt, dass der Letzte, an den er sich gewandt hat, bei einem Brand umgekommen ist. Er hätte dem Kerl gesagt, dass er keine Nachforschungen anstellen soll, bevor sie sich getroffen hätten, aber er hat nicht darauf gehört. Es hätte ihm im Blut gelegen und er hätte nicht anders gekonnt.«

Das schien ein paar Rädchen anzuschieben. »Haben Sie irgendeine Idee, wer diese Quelle gewesen sein könnte?«

»Er ist nie aufgetaucht. So wie sich die Dinge jetzt entwickeln ist es gut möglich, dass er längst tot ist. Aber der Mann, von dem er gesprochen hat, könnte vielleicht ein ehemaliger Polizist gewesen sein oder ein Privatdetektiv.«

Sie legte die Gabel hin und begann auf der Tastatur ihres Laptops zu tippen.

»Lassen Sie mich mal sehen … Tote, Brände, Nachrichten aus den letzten … was? Vier Wochen vielleicht?«

Ich nickte.

Sie machte sich an die Arbeit. »Ergebnisse auf US-Seiten beschränken … Okay.« Ihre Augen hingen am Bildschirm. »Greensboro, eine Frau ist gestorben, als sie versucht hat, ihre drei Kinder bei einem Wohnungsbrand zu retten, ein Typ stirbt, weil er beim Burning Man in ein Feuer gesprungen ist …«

So ging es etwa eine Minute weiter, dann erhellte sich ihr Gesicht. »Okay, wie wär's hiermit: Kyle Rossetti. Schreibt diese großen investigativen Reportagen für *The New York Times*, *HuffPo*, *Vanity Fair* … ziemlich abenteuerlustig. Als embedded Journalist bei den Truppen in Afghanistan, hat einen großen Artikel über Deepwater Horizon geschrieben, der ihm einen Polk Award eingebracht hat. Ist auch heiß, im positiven Sinne, meine ich. Gucken Sie sich den mal an.« Sie drehte das Gerät herum, sodass ich sein Foto sehen konnte. Ja, das musste ich zugeben: Der Mann hatte ein zerfurchtes Gesicht und einen Blick, in dem sich die Extreme menschlichen Verhaltens spiegelten, deren Zeuge er geworden sein musste.

»Und?«

Sie drehte den Laptop wieder zu sich, und ihre Mundwinkel verzogen sich nach unten. »Wohnungsbrand, von der Elektrik verursacht, in einem Mietshaus an der 113th und dem Adam Clayton Boulevard. Er ist dabei umgekommen. Vor etwa zwei

Wochen. Seine Frau ist Krankenschwester. Sie war auf Nachtschicht.« Sie spießte eine halbe Erdbeere mit der Gabel auf und sah mich darüber hinweg an. »Diese Typen mögen echt keine Reporter.«

»Können Sie den Bericht des Gerichtsmediziners finden?«

Sie schnaubte. »Ich bitte Sie.« Ein paar Klicks später war sie da, ihre Augen tasteten den Bildschirm ab wie Laserscanner. »Tod durch Unfall.« Schon bald tanzten ihre Finger weiter rasend schnell auf der Tastatur und hielten nur inne, wenn sie kurz etwas überflog, dann ging es weiter. Wie sie Finger, Augen und Denken koordinierte, wie sie mit Warpgeschwindigkeit Informationen aufnehmen und filtern konnte, beeindruckte mich zutiefst. »Natürlich gibt's diverse Blogs, die behaupten, er wäre wegen etwas ermordet worden, über das er gerade geschrieben hat. CIA, Mossad, Putin. Die üblichen Verdächtigen.«

Ich kippte noch etwas Kaffee nach und überlegte, was als Nächstes zu tun war. »Wer war der Brandermittler?«

»Dan Walsh. Ein Marshal aus dem Battalion Twelve. Das ist die Feuerlöschgruppe 35 an der Third Avenue.«

»Können Sie rausfinden, wo er wohnt?«

Gigi sah mich spöttisch an. »Du hängst echt am Protokoll, was, G-Boy?«

Ich lächelte. »Zur Kenntnis genommen. Noch einmal.« Ich aß den letzten Bissen Pfannkuchen und legte die Gabel weg. »Okay. Können Sie mal sehen, was Sie noch über Rossetti ausgraben können? Ich muss erst mal duschen, ich will einen Feuerwehr-Marshal besuchen.«

»An einem Sonntag? Ist einem skrupellosen FBI-Agenten denn gar nichts heilig?«

Ich musste lächeln. Dann fiel mir Lendowskis Telefon ein. »Kommen Sie in ein gesperrtes BlackBerry?« Bevor sie mich wieder mit so einem Blick ansah, der ein Terabyte Daten löschen konnte, setzte ich hinzu: »Ein BlackBerry des FBI.«

Ein verzückter Ausdruck erhellte ihr Gesicht. Ich war dabei, diesen Sonntag zu einem denkwürdigen zu machen.

35

Mamaroneck, New York

Vor Tess' Haus war inzwischen deutlich mehr los. Zwei örtliche Streifenwagen hatten sich zu einer zweiten FBI-Limousine gesellt, die jetzt in ihrer Straße parkte. Der Stingray-Van stand natürlich immer noch in der Nähe, aber sie hatten ihn einen Block weiter abgestellt, um weniger Aufmerksamkeit zu erregen. Gallo und Henriksson hatten sich zumindest in einem Punkt einigen können: die Geschichte mit Verschwiegenheit zu behandeln und zu vermeiden, dass die Presse und die Blogs Wind davon bekamen. Aufgrund der Kontroverse über die zügellose Überwachung und die jüngsten Misserfolge in der Außenpolitik standen die Geheimdienste sowieso schon stark in der Kritik. Eine negative Berichterstattung über einen FBI-Agenten, der einen CIA-Agenten ermordet, war etwas, was beide unter allen Umständen vermeiden wollten.

Annie Deutsch war auch wieder da, sie lehnte ungeachtet der Kälte vor dem Haus an ihrem Auto. Nach dem großen Meeting am Morgen hatte sie noch eine private Besprechung mit Gallo in seinem Büro gehabt, und nachdem sie ihm für seine Unterstützung gedankt hatte, hatte sie hart dafür gekämpft, wieder damit beauftragt zu werden, Tess zu überwachen, obwohl sie und Lendowski dabei schon einmal gescheitert waren. Anfangs war Gallo dagegen gewesen, hatte dann aber nachgegeben, um es ihr zu ermöglichen, sich zu rehabilitieren und herauszufinden, was mit ihrem verschwundenen Partner geschehen war.

Vier Agenten, unterstützt von Angehörigen der örtlichen Polizei, durchkämmten die Gegend, in der Lendowskis Auto gefunden worden war. Bis jetzt war noch nichts Nützliches dabei herausgekommen.

Deutsch musste Tess zur Rede stellen. Auch wenn sie wusste,

dass Tess sie angelogen hatte, als sie gestern Nacht nach Hause gekommen war, musste sie zu ihr durchkommen. Sie musste Tess das Gefühl vermitteln, dass sie ihr vertrauen konnte. Deutsch wusste nicht, was geschehen war, aber Reilly würde Hilfe brauchen, und sie musste sicherstellen, dass sie dafür zur Verfügung stand, falls – oder besser wenn – es so weit war.

Sie dachte gerade darüber nach, wie sie Tess ansprechen sollte, als auf dem Display ihres Telefons eine Nummer mit einer Vorwahl aus Virginia aufleuchtete, die sie nicht kannte.

Sie meldete sich mit ihrem gewohnten »Annie Deutsch«.

»Agent Deutsch? Alejandro Fernandez, Virginia DFS, Manassas. Man hat mir gesagt, Sie nehmen Agent Aparos Anrufe entgegen?«

Sie brauchte ein paar Sekunden, um darauf zu kommen, dass er zum Department für Forensische Wissenschaften des Staates Virginia gehörte. Aparos Diensthandy war auf die Zentrale des Federal Plaza umgeleitet worden, ebenso wie Reillys. Sie hatte keine Ahnung, wo Manassas lag.

»Ja, das ist richtig.«

»Ich rufe an wegen der Laborergebnisse für die zweite Kugel. Agent Aparo hatte darum gebeten, ihn zu informieren.«

»Entschuldigen Sie – welche zweite Kugel?«

»Von der Schießerei in Arlington.«

Deutsch richtete sich auf. »Das wusste ich nicht.«

»Die Kugel aus der Leiche ist schlüssig. Sie passt zu der Glock, die wir am Tatort gefunden haben, die auf Sean Reilly registriert ist. Aber wir haben noch eine zweite Kugel gefunden. Sie steckte in der Wand der Garage. Hat man Ihnen das nicht gesagt?«

»Nein.«

»Okay, ich dachte, Sie wollten das wissen.«

Deutsch merkte, wie ihr Puls raste. »Natürlich. Was haben Sie herausgefunden?«

»Sie ist frisch, ganz neu. Könnte sehr gut gleichzeitig mit der Schießerei abgefeuert worden sein.«

»Was noch?«

»Nicht viel. Wir haben keine Hülle, und die Patrone war zu stark beschädigt, als dass der Aufprall uns irgendetwas geliefert hätte, was wir durch die Datenbank laufen lassen könnten. So viel wissen wir aber: Sie stammte nicht aus derselben Waffe.«

Ein Schwall Adrenalin durchflutete sie. »Sind Sie sicher?«

»Absolut. Reillys Waffe war eine Glock. Diese Kugel stammt aus einer Fünfundvierziger. Ich habe sie nach D.C., ins CFL, geschickt, aber ich bezweifle, dass die irgendwas finden, was wir nicht finden konnten.«

Deutsch bedankte sich und bat ihn, sie über alle weiteren Entwicklungen auf dem Laufenden zu halten. Sie legte auf und dachte immer noch darüber nach, wie sehr diese zweite Kugel Reilly helfen könnte, als ein vorbeifahrendes Auto sie kurz ablenkte.

Instinktiv drehte sie sich mit, als es ihren Blick auf sich zog. Es war ein weißer Toyota Prius, in dem nur der Fahrer saß, ein Mann mit rasiertem Kopf und einer Brille mit dickem, schwarzem Gestell. Sie konnte ihn nicht genau sehen, aber er machte auf sie einen erschöpften Eindruck. Er fuhr etwas langsamer, als er vorbeikam – ganz normale menschliche Neugier, vermutete sie – und zum Haus und den Uniformierten davor schaute, bevor er weiterfuhr.

Sandmann registrierte jedes Detail, als er die Szene vor Tess Chaykins Haus in sich aufnahm.

Sein Gehirn arbeitete wie ein 3-D-Scanner und merkte sich die Lage des Hauses in Beziehung zu den Nachbarhäusern, den Eingang und die Zufahrt sowie die Position der Polizeifahrzeuge, die es überwachten. Er war sogar sicher, dass er Tess Chaykin am Fenster hatte stehen sehen, die auf ihre neue Wirklichkeit hinausblickte.

Er sah die FBI-Agentin, von der er im jüngsten Bericht von Tomblin gelesen hatte. Sie hatten ihr Telefon unter besondere Überwachung gestellt, für den Fall, dass ihr Kontaktmann bei der CIA recht hatte und sie mehr Interesse an dem Fall hatte, als sie nach außen hin zugab.

Er dachte darüber nach, wie er Reilly noch mehr unter Druck setzen könnte. Natürlich war Chaykin das nächstliegende weiche Ziel. Ebenso wie Reillys Sohn und Chaykins Tochter. Er wusste bereits, wo sie zur Schule gingen, kannte die idealen Stellen entlang des Weges, den sie jeden Morgen zur Schule nahmen. Schon bald würde wegen der Weihnachtsferien erst einmal keine Schule mehr sein, aber bis dahin blieb ihm diese Option, falls er sie benötigte.

Er dachte über Deutsch nach. War sie auch ein möglicher Ansatzpunkt? Nicht so wirksam, das sicher. Aber es war ebenfalls eine Möglichkeit.

Er bog um die Ecke und fuhr weg, zu dem Café, wo er Aparo sein letztes Gewürz zugesteckt hatte. Die Omelette-Baguettes da sahen wirklich zum Sterben lecker aus, dachte er und freute sich über seinen kleinen Kalauer, und er hatte Hunger.

Er war bereits dort, als er eine E-Mail bekam, die ihm zwei weitere Aufträge ankündigte, und es war ebenfalls dort, als er sich zum ersten Mal vorstellte, wie er den hochtalentierten Mark Siddle und den etwas unheimlichen Ralph Orford töten würde.

36

Queens, New York

Ich fuhr in Gigis 4er-BMW, den sie mir, ohne mit der Wimper zu zucken, angeboten hatte, nach Queens.

Im Rückspiegel kontrollierte ich mein Gesicht – erschöpft, aber vorzeigbar –, bevor ich ausstieg und über die Straße ging.

Der Feuerwehr-Marshal, der den Bericht des Leichenbeschauers im Fall Kyle Rossetti unterzeichnet hatte, wohnte in einer Doppelhaushälfte aus den Zwanzigerjahren in Astoria, von wo er nicht länger als dreißig Minuten brauchte, um über den East River zum Gebäude des 12. Feuerwehr-Bataillons an der Third Avenue zu gelangen.

Ein paar Holzschlitten lagen auf dem briefmarkengroßen Rasenstück vor dem Haus. Von hinten drang das fröhliche Kreischen einer Horde Kinder herüber, vermischt mit dem Aufklatschen von Schneebällen, die ihr Ziel trafen. Sie hörten sich glücklich an. Ich hoffte nur, dass ich nicht allzu viel Druck ausüben musste, um an die Informationen zu kommen, die ich brauchte.

Ich drückte den Knopf, und die Türklingel schellte. Ich schaute mich auf der Veranda um, wo mehrere Paar Schlittschuhe ordentlich aufgereiht standen. Aus der Anzahl und den Farben schloss ich, dass sie drei Kinder hatten: zwei Mädchen unter zehn und einen Jungen im Teenageralter.

Ich betrachtete immer noch die Schlittschuhe – fragte mich, ob meine Familie jemals wieder vollzählig Schlittschuhfahren gehen würde –, als die Tür aufging und eine schlanke Frau mit Sommersprossen und warmen braunen Augen mich fragend ansah. Ich schätzte sie auf Mitte dreißig. Sie hatte einen Baumwolljogginganzug an und trug ihr glattes, dunkelblondes Haar in einem lockeren Pferdeschwanz.

»Kann ich Ihnen helfen?«, fragte sie, nachdem sie mich ein paar Sekunden lang kritisch angesehen hatte.

»Das hoffe ich. Ich muss Ihren Mann sprechen, es ist wichtig.«

»Der ist auf dem Basketballplatz.« Sie zeigte nach draußen. »Drei Blocks weiter östlich.«

Ich musste wohl ein skeptisches Gesicht gemacht haben.

Sie schüttelte den Kopf. »Ich weiß, bei dem Wetter. Verrückt. Aber er wirft jeden Tag ein paar Körbe, ohne Ausnahme. Sagt, es hilft ihm, auf Zack zu bleiben, also sag ich nichts dagegen. Denn bei seinem Job, wenn man da nicht auf Zack bleibt, ist man tot.«

Ich nickte zustimmend, was sie sofort interpretierte: »Sind Sie Polizist?«

»FBI.«

»Ich hoffe, er kann Ihnen helfen.« Sie drehte sich um und wollte wieder hineingehen, wandte sich dann aber noch einmal mir zu. »Warten Sie mal kurz …«

Eine Minute später erschien sie mit einer großen Thermosflasche und ein paar Bechern wieder. »Ich habe ihm etwas Suppe gekocht. Sie können auch was abhaben.«

Ich nahm ihr die Sachen ab, bedankte mich und ging.

Der Basketballplatz war ein einfaches Betonquadrat, das von einem hohen Maschendrahtzaun umgeben war. Dahinter befand sich ein kleines Wäldchen. Auch wenn ein Teil des Platzes noch unter einigen Zentimetern Schnee lag, war die Fläche vor der Dreierlinie freigeräumt. In ausgebeulter Jogginghose spielte ein hochgewachsener schwarzer Amerikaner gegen einen imaginären Partner, wobei sein Atem in der eiskalten Luft dicke Wolken bildete.

Er umtänzelte die unsichtbare Verteidigung, ließ den Ball aufspringen und warf. Der Ball fiel, ohne den Rand zu berühren, durch den Korb.

Ich zeigte ihm kurz meine Marke, in der Hoffnung, dass meine routinierte Praxis ihn davon abhalten würde, meine Papiere genauer anzusehen. »Nat Lendowski, FBI. Ich müsste mal kurz mit Ihnen sprechen.«

»An einem Sonntag? Hätten Sie mich auch aus der Kirche gezerrt?«

»Weiß ich nicht.«

Er zeigte auf den Platz. »Nun, das hier ist meine Kirche. Kommen Sie morgen an der Third Avenue vorbei, und ich helfe Ihnen mit Vergnügen.«

Ich hielt die Thermosflasche hoch. »Ihre Frau hat gesagt, ich soll Ihnen das hier mitbringen.«

Er machte einen Schritt auf mich zu, sah mich einen Moment lang an, dann schüttelte er den Kopf und lächelte: »Okay, ich sag Ihnen was. Wenn Janette nichts dagegen hat, dass Sie hierherkommen, dann soll mir das reichen.«

Er zeigte auf eine Holzbank, die auf einem Flecken mit schneebedecktem Gras neben dem Platz stand. Der Schnee war von der Bank gewischt worden, und über der Lehne hing ein dicker Wintermantel.

Ich übergab die Thermoskanne ihrem Besitzer. »Sie haben eine Brandermittlung durchgeführt. In einer Wohnanlage zwischen der 113th und Adam Clayton.«

Er reichte mir einen Becher mit dampfender Suppe, dann goss er sich selbst einen ein. »Klar. Ein Journalist namens Kyle Rossetti. Der arme Kerl ist verbrannt. Was interessiert Sie daran?«

»Wir denken, dass er an einem Artikel über Maxiplenty gearbeitet hat.«

»Internetkriminalität?«

»Genau. Wir haben den Gründer in Haft, aber er hat einen Anwalt beauftragt und sagt nichts mehr.« Ich trank einen Schluck von der Suppe. »Schmeckt gut.«

»Ja, mehr braucht man nicht, stimmt's? Eine Frau, mit der man noch leben möchte, Kinder, auf die man stolz sein kann, einen Job, von dem man nach Hause kommt, und Essen im Bauch.«

Ich nickte, weil ich ihm in allen Punkten nur zustimmen konnte, wusste aber zugleich, dass ich niemals irgendetwas davon genießen könnte, solange ich nicht mit meinen Weißen Walen fertiggeworden wäre.

Mit beiden.

Der nächste Schritt war ein Risiko. Ich wusste, dass es plausibel klingen würde – und ich vermutete, dass Walsh Besseres zu tun hatte, als es selbst zu überprüfen.

»Wir wissen, dass Rossetti über Maxiplenty geschrieben hat. Wir vermuten, dass er mehr entdeckt hat, als veröffentlicht wurde. Und dass ihn das zum Ziel gemacht haben könnte.«

Walsh schraubte die Kanne wieder zu. »Es ist alles verbrannt. Ordner, Laptop, alles. Wenn er nicht Sicherungskopien in einer Cloud oder Dokumente in irgendeinem Schließfach gelagert hat, dann werden Sie nichts mehr finden.«

»Sind Sie sicher, dass es ein Unglück war?«

»Absolut. Es gab keine Hinweise auf Fremdeinwirkung.« Er las meinen Gesichtsausdruck. »Sie sehen enttäuscht aus.«

War ich auch. Ich sah keinen Sinn darin, es zu verbergen. »Irgendwie schon. Jetzt steh ich wieder genau da, wo ich angefangen habe.«

Er dachte kurz nach. »Schauen Sie, es passt alles zu Tod durch Unfall: geschmolzene Kabelumhüllungen und Entstehung von Karbon durch den Funkenschlag im Lichtschalter. Es war nur eine Frage der Zeit, bis das heiß genug wurde, um einen Brand auszulösen. Bücherstapel und massenhaft Papier in der Nähe. Die Batterie im Rauchmelder war leer. Wahrscheinlich hat er auf dem Sofa geschlafen, als es losging. Vielleicht ist er aufgesprungen und hat versucht zu löschen, aber seine Kleidung hat Feuer gefangen. Die Jungs vom Achtundfünfziger haben ihn am Boden liegend gefunden, vielleicht hat er versucht, sich selbst zu löschen, indem er sich herumgerollt hat.«

Ich grübelte über seine Worte nach, dann fragte ich: »Sagen wir mal, Sie wollten jemanden durch einen Brand töten und es wie einen Unfall aussehen lassen. Wie würden Sie das anstellen?«

Er nickte, sein Blick richtete sich in die Ferne. So etwas kam ihm in seinem Job wesentlich häufiger unter, als es sein sollte. »Unter uns?«

»Klar.«

Er zuckte die Achseln. »Als Erstes brauchen Sie ein Haus, das keinen AFCI-Schalter hat – einen Schutzschalter, der die gesamte Elektrik abschaltet.«

»Und Rossettis Haus hatte das nicht?«

»Nein. Wir werben dafür, dass die nachträglich in alle Häuser eingebaut werden, aber es gibt kein Gesetz, das das vorschreiben würde. Außerdem ist es natürlich leichter bei Leuten, die meinen, sie hätten zu viel zu tun, um ihre Rauchmelder zu überprüfen.«

Ich schüttelte den Kopf. Zweiter Treffer.

»Dann brauchen Sie nur noch irgendeinen Schalter im Haus gegen einen auszutauschen, den Sie manipuliert haben. Das dauert nur ein paar Minuten. Um hundertprozentig sicher zu sein, dass das Feuer auch ausbricht, würden Sie noch einen Brandbeschleuniger verwenden. Jemand, der sich damit auskennt, würde wissen, was man am besten nimmt – Ethanol vielleicht – und wo man ihn verteilen muss und wie viel man benötigt. Zu wenig, und das Feuer geht nicht richtig an. Zu viel, und es bleiben Spuren zurück, sodass wir merken, dass es Brandstiftung war.«

Auf dem Niveau, auf dem Corrigan arbeitete, war das wahrscheinlich durchaus möglich – und auch ohne irgendwelche Spuren zu hinterlassen. Mir kam noch ein Gedanke.

»Haben Sie die Ergebnisse des Drogentests gesehen?«, fragte ich. »Könnte er irgendetwas intus gehabt haben, das ihn langsamer gemacht hat? Irgendetwas, weswegen er das Feuer erst bemerkt haben könnte, als es zu spät war?«

»Nein. Nichts. Nicht mal Alkohol. Wenn da was gewesen ist, hat das auch keine Spur hinterlassen.«

Jetzt hatte ich nichts mehr zu fragen. »Vielen Dank, dass Sie sich Zeit genommen haben.«

Walsh stand auf. »Viel Glück. Tut mir leid, dass ich Ihnen nicht mehr sagen konnte. Ich geh mal nach Hause. Hab den Kindern versprochen, einen Schneemann mit ihnen zu bauen.«

Er nahm meinen leeren Becher und setzte ihn auf den anderen, der bereits auf der Thermoskanne steckte, bückte sich, um seinen Basketball aufzuheben und ließ mich auf der Bank sitzend zurück, mit dem immer stärker werdenden Gefühl, dass Kyle Rossetti ermordet worden war – und der Frage, wie viele Menschen Corrigan mit seinen »Unfällen« wohl getötet haben mochte.

Als ich aufstand, klingelte mein Wegwerfhandy. Es war Gigi.

»Rossettis Chefredakteur ist zwei Tage nach ihm gestorben.« Bevor ich fragen konnte, setzte sie hinzu: »Herzversagen.«

Die Worte trafen mich wie ein Speer und nagelten mich dort fest, wo ich stand, während Bilder von Nick – nicht atmend, leblos, immer noch angeschnallt auf dem Fahrersitz, wie ich ihn mir vorstellte, als der Wagen endlich zum Stehen gekommen war – in mein Bewusstsein zurückströmten.

37

Chelsea, New York City

Gigi verdrehte die Augen. »Also wirklich, nicht hinter jedem verfrühten Tod steckt eine Verschwörung.«

Wir waren wieder in ihrem Loft und saßen um die Kücheninsel herum – Gigi, er-dessen-Namen-nicht-genannt-werden-darf und ich. Gigis Finger tanzten beim Sprechen blitzschnell über die Tastatur, während Kurt sich auf einem Android-Tablet durch etliche Seiten scrollte.

»Im Augenblick würde es mich mehr überraschen, wenn er eines natürlichen Todes gestorben wäre«, sagte ich.

»Ich habe bei der Zeitung angerufen, als du auf dem Rückweg warst. Habe gesagt, ich hätte ihn bei einem Ted-Talk gesehen, den ich online mitverfolgt hatte, und dass er mir gesagt hätte, ich solle ihn anrufen, wenn ich das nächste Mal in der Stadt wäre. Wie auch immer, langer Rede, kurzer Sinn, es war abzusehen, dass der Kerl irgendwann einen Herzinfarkt erleiden würde. Nicht gerade schlank, hat sich kaum bewegt, außer von seiner Wohnung in Murray Hill ins Büro und wieder zurück und zwei Mal in jeder Stunde zum Aufzug, um draußen eine zu rauchen – ja, wie ein Schlot, seit er auf der Highschool war. Auch *beaucoup* Kaffee. Dazu noch die Deadlines sowie sinkende Auflagen und weniger Anzeigen, mit denen sich die Zeitungen heutzutage herumschlagen müssen ...« Sie ließ den Satz ausklingen und bedachte mich mit einem vielsagenden Blick.

»Und was ist mit meinem Partner?«, fragte ich. »Er hat von Junkfood gelebt und hatte auch nicht gerade den stressfreiesten Job, den man sich denken kann.«

»Vielleicht auch noch zu viele erektionsfördernde Pillen eingeworfen«, warf sie in einem halb fragenden Ton ein. Auf meinen fragenden Blick hin setzte sie rasch hinzu: »Du hast gesagt, seit seiner Scheidung wäre seine Libido Amok gelaufen, und in seinem Alter ...«

»Ich weiß nicht, vielleicht«, sagte ich und ersparte uns den Rest ihrer Analyse. »Ich weiß aber, dass er seit seiner Scheidung gesund gelebt hat. Besser gegessen, an den meisten Abenden noch ins Fitnessstudio, weniger Alkohol.«

»Noch schlimmer.« Gigi stand auf, ging zu der Maschine, die an der Wand angebracht war, und begann, Kaffee zu kochen. »Man hört doch immer wieder diese Geschichten von Leuten, die ihr Leben so schnell umstellen, dass der Körper nicht mehr mitkommt.«

»Also ist er sowohl ein wahrscheinlicher Kandidat, wenn er herumgammelt, als auch, wenn er sich am Riemen reißt? Beides geht nicht. Außerdem hatte er einen Kumpel, der Trainer war und seine Workouts überwacht hat. Ich weiß noch, wie Nick sich mal beschwert hat, dass er gern besser aussehen wollte – es gab da eine Frau, die er interessant fand und für die er am liebsten über Nacht schlank geworden wäre –, aber der Kerl hat das nicht zugelassen.«

Gigi und Kurt wechselten einen raschen Blick – das Thema war vielleicht zu brisant, angesichts des neuen, generalüberholten Kurts. Dann wandte sich Gigi mir zu und sagte: »Reilly. Lies von meinen Lippen. *No es possible.*«

»Woher weißt du das?«, konterte ich, allmählich frustriert. »Du bist keine Ärztin.«

»Bin ich nicht – aber hör mal, wenn man jemanden umbringen könnte, indem man absichtlich einen Herzinfarkt herbeiführt, meinst du nicht, wir hätten schon mal irgendwo was darüber gelesen? Ich meine, irgendwann hätte doch irgendwo irgendwer das mal getan und wäre erwischt worden, und das hätte eine Menge Wirbel verursacht.« Sie wedelte mit den Händen. »Wir wüssten davon.«

Kurt hob den Blick von seinem Tablet. »Redest du davon, dass jemand ihm, na ja, irgendeine Art von Droge untergeschoben haben könnte? Das würde doch bestimmt bei der Autopsie rauskommen.«

»Was, wenn nicht? Was, wenn die Scheißkerle etwas entwickelt haben, was man nicht nachweisen kann? Vergesst nicht, wir haben es hier nicht mit irgendeiner kleinen Klitsche zu tun, hier geht's um Schlapphut-City.«

Das brachte sie einen Moment lang zum Schweigen. »Damit hätte man aber eine verdammt coole Mordwaffe«, sagte Kurt schließlich.

Ich bekam den Gedanken einfach nicht aus dem Kopf.

Aber es steckte noch mehr dahinter. Camacho, der portugiesische Reporter, starb 1981 bei einem Kletterunfall. Rossetti, der investigative Journalist, als sein Apartment in Flammen aufging. Dann stirbt sein Chefredakteur an einem Herzinfarkt, genau wie mein Partner.

Wie viele andere mochten gestorben sein, damit geheim blieb, was immer diese Leute verbergen wollten? Und was ist es, von dem sie nicht wollen, dass wir davon erfahren? War das der Grund, warum die CIA Corrigan schützte und vor mir abschirmte? Woran war er beteiligt? Und welche Verbindung bestand zu Camacho, die mehr als dreißig Jahre zurückreichte?

In dasselbe Jahr, in dem mein Vater gestorben war.

»Okay«, sagte ich. »Wir müssen versuchen herauszufinden, was Rossetti und sein Chefredakteur gewusst haben könnten. Was könnt ihr da machen?«

Kurt sah Gigi an. »Wir können ihren digitalen Spuren folgen«, sagte er. »Uns ihre E-Mails ansehen, gucken, wonach sie online gesucht haben. Telefonanrufe, Verbindungsdaten. Vielleicht bekommen wir auch ein Bewegungsprofil über die Handydaten und können nachvollziehen, wo sie sich aufgehalten haben.«

Ich sagte einen Augenblick gar nichts. Was jemand mit den richtigen Fähigkeiten heutzutage erreichen konnte, die Menge der Informationen, die man über unser Leben ausgraben konnte – das verblüffte mich immer noch. Ich wusste nicht, ob die Jungs von unserer Cyber-Abteilung es besser konnten.

»Klasse, machen wir das. Und ich muss auch mit einem Herzspezialisten reden, einem, der führend ist. Ich muss wissen, ob so etwas möglich ist.«

Kurt tippte auf seinen Bildschirm und sagte: »Hab ich mir irgendwie schon gedacht. Es gibt eine ganze Menge Top-Kardiologen in dieser Stadt, aber da ist einer, von dem ich dachte, dass er interessant aussieht.« Er drehte sein Tablet herum, um ihn mir zu zeigen. »Waleed Alami. Am New York Presbyterian – am Ronald O. Perelman Heart Institute, um genau zu sein.«

Ich überflog seinen Lebenslauf. Tolle Referenzen, so viel war sicher. Sah freundlich aus, jünger, als ich ihn mir vorgestellt hätte, vielleicht Ende vierzig, mit vollem, nach hinten gekämmtem Haar und einer zierlichen Brille. »Warum er?«, fragte ich.

»Na ja, er ist einer der führenden Herzchirurgen, aber er ist auch einer der führenden Forscher zum Thema Herzstillstand.«

Das konnte noch nicht alles sein: »Und …?«

Kurt gab mit einem angedeuteten Grinsen auf. »Er hat diese coole Frankensteinmaschine, um Leute wiederzubeleben, die einen Herzinfarkt hatten. Ich hab gedacht, dass der bestimmt eine Ahnung hat und offen für Neues ist …«

Ich nickte. »Okay. Hört sich gut an.« Ich sah auf die große Uhr an der Wand. Es war vier Uhr nachmittags. Vermutlich war Alami heute nicht im Krankenhaus. Aber ich wusste, wie ich ihn dazu bringen konnte, mich an einem späten Sonntagnachmittag zu treffen. Es war ein kleines Risiko, aber ich glaubte nicht, dass er im Büro anrufen würde, um nachzufragen, ob es tatsächlich einen »Nat Lendowski« beim FBI gab – oder ob er noch am Leben war.

Bevor ich ihn anrief, musste ich noch einen anderen Telefonanruf erledigen. Ich wollte keins meiner Einweghandys verschwenden, das ich würde wegwerfen müssen, wenn ich es jetzt benutzte.

»Ich muss jemanden anrufen«, sagte ich zu Kurt. »Ohne nachverfolgbar zu sein. Kannst du das einrichten?«

»Hai, mochiron«, antwortete er mit einer angedeuteten Verbeugung.

Ich gab ihm Deutschs Nummer, und er vollführte seinen üblichen Zaubertrick, indem er die Nummer über ein virtuelles Netzwerk an einen gefälschten Skype-Account schickte, der unter der Kreditkartennummer irgendeiner zufällig ausgewählten Frau in Japan eingerichtet worden war. Augenblicke später nahm Deutsch ab.

»Bist du immer noch vorm Haus?«, fragte ich sie ohne Umschweife.

»Reilly!«, rief sie aus. »Wo bist du?«

»Geht es Tess gut?«

»Ja, es geht ihr gut … Na ja, im Augenblick. Sie ist im Haus – glaube ich zumindest. Sicher kann ich mir da ja nicht mehr sein, stimmt's?«

Den Köder schluckte ich nicht. »Du musst dir für mich etwas anschauen. Wird Nick obduziert?«

Sie sagte kurz nichts, dann erwiderte sie mit sanfter Stimme: »Ich weiß nicht, aber … Ich gehe davon aus, bei der Art, wie er gestorben ist, oder? Warum?«

»Sag dem Gerichtsmediziner, er soll nach allem gucken, was seinen Tod herbeigeführt haben könnte.«

»Was meinst du damit?«

»Ich weiß es nicht«, sagte ich. »Bring ihn dazu, dass ein volles Tox-Screening gemacht wird. Sorg dafür, dass sie nach allem Ausschau halten, was irgendwie außergewöhnlich ist – nach allem, was zu einem Herzinfarkt führen könnte.«

Wieder sagte sie nichts – offensichtlich hatte sie mit so etwas überhaupt nicht gerechnet. »Denkst du, er wurde ermordet?«

»Die Möglichkeit besteht.«

Ihre Stimme wurde leise, gedämpft, als verdeckte sie das Telefon, um ungestört sprechen zu können. »Scheiße. Wer denn … und warum?«

»Das versuche ich gerade rauszufinden. In der Zwischenzeit tu mir einen Gefallen. Behalt das für dich. Kontaktier den Gerichtsmediziner und sag ihm, er soll dich direkt anrufen, wenn ihm irgendetwas Ungewöhnliches auffällt. Und Annie?«

»Ja?«

»Bleib wachsam. Sorg dafür, dass Tess und die Kinder in Sicherheit sind. Und kümmere dich auch um deine Sicherheit. Diese Typen machen keine halben Sachen.«

Ich konnte hören, wie die Anspannung ihr die Kehle zuschnürte: »Reilly, wir sollten das Gallo sagen. Wenn du recht hast, müssen wir …«

»Nein. Wenn du etwas sagst, wissen die, dass wir miteinander gesprochen haben, und werden dich aus dem Fall raushalten, und ich brauche dich da. Ich will, dass du auf Tess aufpasst. Außerdem will ich nicht, dass du dich in Gefahr bringst, weil die denken, du wüsstest etwas, was sie nicht wissen, okay?«

Sie dachte einen Augenblick darüber nach, dann sagte sie: »Okay«, hörte sich aber nicht sonderlich überzeugt an.

»Annie, du musst extrem wachsam sein. Setz nichts als gegeben voraus. Vertrau auf gar nichts – keinen Anruf, keiner Marke –, ohne es genau zu überprüfen.«

»Ich verstehe«, sagte sie.

»Wir kriegen die Scheißkerle«, sagte ich ihr. »Und zwar jeden Einzelnen von denen.«

Ich legte auf und fragte mich, ob ich meinen eigenen Worten glaubte.

Tausend Meilen weiter südlich stieg Sandmann gerade aus dem Airbus der United Airlines aus, der ihn nach Miami gebracht hatte. Dabei grübelte er über eine besondere Nachricht nach, die er gelesen hatte.

Die Nachricht stammte von Roos, der ihn darüber informierte, dass sie einen Glückstreffer hatten.

Am späten Samstagabend hatte ein DEA-Team zufällig Reilly mit einer Überwachungskamera aufgenommen, die vor einem Nachtclub in Manhattan installiert war, um einen Drogendeal zu filmen. Die Gesichtserkennung hatte gegriffen und es bestätigt. Roos teilte Sandmann mit, dass sie alle Kameras in der näheren Umgebung nach weiteren Aufnahmen absuchten, überwiegend, um zu sehen, ob er in ein Fahrzeug gestiegen war, das sie nachverfolgen konnten. Außerdem überprüften sie die Identität zweier weiterer Personen, in deren Gesellschaft Reilly sich anscheinend befunden hatte.

Sandmann holte den wartenden Mietwagen ab und verspürte, als er davonfuhr, jenes vertraute Kribbeln, das dem Adrenalinstoß einer gelungenen Exekution vorausging. Er hatte das Gefühl, dass er hier über eine schöne, klare Fährte verfügte, die ihn sicher zu seiner Beute führen würde. Den Adrenalinstoß würde er natürlich schon vorher erleben, hier in Miami. Aber er würde sich nicht lange hier aufhalten. Dann würde er zurück nach New York fliegen und mit ein bisschen Glück endlich die Reilly-Geschichte zu Ende bringen.

38 New Yorker Presbyterian Hospital, Manhattan

Ich schritt über die Kalksteinoase, die zugleich der Empfangsbereich des Perelman Heart Institutes war, und meine Schritte hallten durch die Weite des fünf Stockwerke hohen Atriums. Eine von Musikberieselung freie Aufzugfahrt später war ich im vierten Stock und wurde in das Büro von Dr. Waleed Alami geführt.

Wie ich bei dem freundlichen Bild in seinem Lebenslauf schon vermutet hatte, hieß er mich herzlich willkommen und nahm meine Marke nicht allzu genau unter die Lupe, sondern warf nur einen kurzen Blick darauf. Im Allgemeinen gucken nur diejenigen Leute gründlicher hin, die selbst etwas zu verbergen haben. Ich hatte ein schlechtes Gewissen, weil ich ihn anlog, aber mir blieb nichts anderes übrig. Wir schüttelten uns die Hände, und ich dankte ihm dafür, dass er so kurzfristig ins Büro gekommen war, um mit mir zu sprechen, und das auch noch an einem Sonntag. Dann sagte ich ihm, dass ich einige Todesfälle in der jüngsten Vergangenheit untersuchte, und fragte ihn direkt, ob es möglich wäre, einen Mord zu begehen, indem man jemandem einen Herzinfarkt bescherte, und zwar nicht, indem man ihm wie im Kino einfach nur den Schrecken seines Lebens einjagte.

»Das gibt es wirklich«, sagte er. Dabei lächelte er nicht und sagte es auch nicht leichtfertig dahin, was mich nicht überraschte. Meiner Erfahrung nach taten das echte Experten ihres Fachs niemals, wenn sie über ihr Spezialgebiet sprachen. »Sprechen wir von einem Herzinfarkt oder einem Herzstillstand?«, fragte er. »Sie wissen ja sicher, dass das ein großer Unterschied ist, oder?«

»Nein, aber … egal was, Hauptsache tödlich«, antwortete ich.

Er dachte einen Moment lang darüber nach, dann beschloss er, mir erst einmal die Grundlagen beizubringen.

Wie wohl die meisten Menschen war ich davon ausgegangen, bei den beiden Begriffen handele es sich um Synonyme, aber er erklärte mir, dass es mitnichten dasselbe ist. Ein Herzinfarkt ereignet sich, wenn der Blutfluss zu einem Teil des Herzens unterbrochen ist. Mit der Zeit werden die Herzkranzgefäße, die das Herz mit dem Sauerstoff und den Nährstoffen versorgen, die es braucht, um seine Arbeit zu leisten, durch Fettablagerungen verstopft – Plaques – und diese Verstopfung führt irgendwann zu einer Schädigung des Herzens. Diese Schädigung kann dann zu elektrischen Störungen der Erregungsleitungen führen, entweder in Form der Blockierung bestimmter Schläge oder indem der gesamte elektrische Kreislauf durchbrochen wird. Überraschenderweise, sagte er mir, hört das Herz normalerweise während eines Infarktes nicht zu schlagen auf. Manche Herzinfarkte jedoch führen zum Herzstillstand.

Der Herzstillstand und nicht der sogenannte »Herzanfall« ist die häufigste Todesursache in unserem Land, und das mit Abstand – jedes Jahr über dreihunderttausend Herzstillstände außerhalb von Krankenhäusern allein in den Vereinigten Staaten. Zugrunde liegt ein elektrisches Problem, das bedeutet, der Herzstillstand wird durch eine elektrische Fehlfunktion des Herzens ausgelöst, die zu einem ineffektiven Herzschlag führt. Die Pumpenfunktion des Herzens versagt, das Gehirn, die Lunge und andere lebenswichtige Organe werden nicht mehr ausreichend mit Blut versorgt, und das Opfer hört auf zu atmen. Der Tod tritt innerhalb von Minuten ein, falls weder Wiederbelebungsmaßnahmen eingeleitet werden noch ein Defibrillator eingesetzt wird.

»Für mich hört sich das an, als fragten Sie nach einem PHT – einem plötzlichen Herztod, bei dem das Herz plötzlich und unerwartet aufhört zu schlagen.«

»Ja«, sagte ich.

»Nun, das Herz hat ein eigenes elektrisches System. Im

Unterschied zu anderen Muskeln im Körper, die die elektrische Stimulation, die sie brauchen, um arbeiten zu können, durch Nervenverbindungen bekommen. Das Herz hat seinen eigenen Akku, den Sinusknoten, der sich in der oberen rechten Herzkammer befindet. Er steuert die Herzfrequenz und den Herzrhythmus. Wenn im Sinusknoten oder bei der Leitung der elektrischen Impulse im Herzen etwas nicht funktioniert, bekommt man eine Arrhythmie, das Herz fängt an, zu schnell oder zu langsam zu schlagen oder hört ganz damit auf. Im schlimmsten Fall bleibt es plötzlich stehen – plötzlicher Herzstillstand.«

»Also, gibt es etwas, womit man diese elektrischen Signale unterbrechen kann – irgendetwas, das man jemandem ohne dessen Wissen verabreichen könnte, in einer Spritze, einer einmaligen Dosis, nicht über einen längeren Zeitraum? Jemandem, der bei guter Gesundheit ist und der keinerlei zugrundeliegende Herzkrankheit hat?«

»Nun, Arrhythmien, die Herzstillstände verursachen, treten nicht ohne Grund auf, aber sie können auch bei Leuten auftreten, die keine Vorerkrankungen haben.«

»Wie?«

»Stress. Übertriebene körperliche Anstrengung – Sie haben doch sicher schon von jungen Sportlern gehört, die mitten im Spiel zusammenbrechen. Ein elektrischer Schock.«

Ich schüttelte den Kopf. »Nein, ich meine so etwas wie eine Droge, eine Pille, eine Injektion vielleicht. Irgendeine Art Gift. In einer einzigen Dosis.«

Alami zuckte die Schultern. »Hm, eine Überdosis Kokain kann reichen. Oder eine ungünstige Reaktion auf eine ganze Reihe illegaler Drogen. Auch unerwünschte Wechselwirkungen von Medikamenten könnten zu einer tödlichen Arrhythmie führen. Da kämen einige Sachen infrage.«

Ich schüttelte wieder den Kopf. »Es muss etwas sein, das bei einer Autopsie nicht zu erkennen ist.«

Alamis Miene veränderte sich. Ich hatte das Gefühl, dass er

plötzlich etwas besorgt, ja vielleicht sogar misstrauisch mir gegenüber wurde.

Ich hob entschuldigend die Hände. »Bitte, Doc. Ich frage nur, weil ich versuchen möchte zu verstehen, ob das möglich ist. Denn wenn es das ist, dann könnte es eine ganze Serie von Morden gegeben haben, die nie entdeckt wurden. Und die Leute, die dafür verantwortlich sind, müssen aufgehalten werden, bevor sie erneut zuschlagen.«

Er musterte mich einen Augenblick lang mit düsterem Gesicht. »Nun, wenn jemand so etwas erfunden hätte ... Ich kann mir das nicht vorstellen.« Er dachte noch einmal nach. »Bei einer Autopsie nicht zu entdecken? Das schließt eine Vielzahl von Stoffen aus.«

»Aber halten Sie es für möglich?«

»Ich komme aus einer Denkschule, die davon ausgeht, dass alles möglich ist. Es ist nur die Frage, ob wir es schon entdeckt haben.«

»Wo würden Sie suchen?«

Er dachte ein paar Sekunden nach. »Es gibt Stoffe, die eine ungünstige Reaktion auslösen könnten und die bei einer Autopsie nicht nachweisbar wären, weil wir sie bereits in uns tragen, bei denen es nur eine Frage der Menge wäre, nehme ich an. Irgendetwas in Richtung Kalziumglukonat vielleicht. In wesentlich höherer Konzentration als normalerweise im Körper vorhanden. Oder Kaliumchlorid. Das steckt in vielen verschreibungspflichtigen Medikamenten, und beide, sowohl Kalium als auch Chlorid, kommen natürlich im Körper vor. Ein plötzlicher Kaliumanstieg könnte Kammerflimmern auslösen, was zum Herzstillstand führen könnte. Das wird manchmal bei Hinrichtungen eingesetzt. Andererseits halte ich es für schwierig, die richtige Dosis zu bestimmen und es so stark zu konzentrieren, dass es in einer einzigen Dosis unbemerkt verabreicht werden kann. Und herauszufinden, wie man verhindert, dass es nicht auffällt und so schnell vom Körper absorbiert wird, dass es in einer Autopsie nicht mehr erkennbar ist. Wir sprechen hier über wesentlich höhere Konzentrationen, als man normalerweise findet.«

»Aber wenn gar keine Autopsie durchgeführt wird, dann gäbe es keine offensichtlichen äußerlichen Anzeichen, oder? Es würde wie ein gewöhnlicher Herzstillstand aussehen?«

»Ja.« Er machte ein besorgtes Gesicht, als habe er erst jetzt die Tragweite des Gedankens begriffen. »Glauben Sie wirklich, jemand würde so etwas tun?«

»Mehr als bevor ich hier hereingekommen bin.«

Nachdenklich sagte er: »Gibt es ein aktuelles Opfer? Jemanden, bei dem Sie vermuten, dass ihm das angetan wurde?«

»Ja.«

»Und wird eine Autopsie gemacht?«

»Ja.«

»Könnten Sie es arrangieren, dass ich die Leiche sehe?«

»Sie sind kein Rechtsmediziner. Ich weiß nicht.«

»Bringen Sie mich da hinein. Lassen Sie mich mal einen Blick darauf werfen und ein paar eigene Tests machen. Der beste Weg herauszufinden, wie das gemacht worden sein könnte – wenn es denn gemacht wurde –, besteht darin, den Leichnam zu untersuchen.«

Das schien mir logisch. Natürlich konnte ich das nicht arrangieren, nicht bei meinem derzeitigen Persona-non-grata-Status. Aber das konnte ich ihm natürlich nicht sagen. Noch nicht, jedenfalls.

»Okay, ich sehe, was ich tun kann. Könnten Sie in der Zwischenzeit noch ein bisschen weiter darüber nachdenken und es mich wissen lassen, wenn Ihnen noch etwas dazu einfällt?«

Er lachte trocken auf. »Meinen Sie etwa, ich könnte verhindern, dass mich das gedanklich beschäftigt?«

Ich schüttelte ihm die Hand und dankte ihm dafür, dass er sich Zeit genommen hatte, dann sagte ich, dass ich keine Visitenkarte bei mir hätte, weil ja Sonntag war und so. Es sah nicht danach aus, als würde ihn das auch nur im Geringsten misstrauisch machen. Ich gab ihm die Nummer meines Wegwerfhandys und des Anschlusses im Federal Plaza. Das war ein Risiko, aber ich musste ihm eine funktionierende Nummer geben, falls ihm noch etwas einfiel, und es hätte komisch ausgesehen, wenn ich ihm nicht auch eine Büronummer gegeben hätte. Ich hoffte nur, dass ich das nicht noch bereuen würde.

Als er mich hinausbegleitete, sagte er: »Beim nächsten Mal, wenn Sie so einen Verdacht haben, bringen Sie die Rettungssanitäter dazu, das Opfer so schnell wie möglich hierherzubringen. Zur Herzambulanz, nicht in die Notaufnahme.«

»Warum?«

»Vielleicht können wir helfen, wo andere es nicht mehr können.«

Ich war mir nicht sicher, was er damit sagen wollte, dann fiel mir ein, was Kurt/Cid/Snake gesagt hatte. »Jemand im Büro hat gesagt, Sie hätten eine Art Frankensteinmaschine?«

Er schnaubte: »Wohl kaum. Kommen Sie, ich zeig's Ihnen.«

Er führte mich durch eine medizinische Abteilung und weiter zu einem freien Operationssaal, wo er mir einen Rolltisch zeigte, der mit Geräten vollgepackt war – diverse Monitore, Pumpen und alle Arten von Schläuchen, die dazwischen verliefen. Die Maschine sah aus wie ein Roboter, den jemand in der Garage zusammengebaut hat.

Er tätschelte sie. »Das ist sie. Und sie braucht keinen Blitzeinschlag, um zu funktionieren.« Beinahe hätte er gelächelt, mehr würde ich ihm wohl heute nicht entlocken können. »Das ist ein ECMO, extrakorporale Membranoxygenierung. Seit wir sie einsetzen, bringen wird doppelt so viele Menschen ›vom Tod‹ zurück ins Leben wie andere Krankenhäuser.« Bei »vom Tod« malte er mit den Zeigefingern Anführungszeichen in die Luft.

Ich verstand nicht ganz, was er sagen wollte. Also ahmte ich seine Anführungszeichen nach: »›Vom Tod‹? Ist man nicht entweder tot oder nicht tot?«

»Das hängt davon ab, wie man tot definiert. Aber das ist ein ganz anderes Thema … Auf Basis meiner Forschung und nachdem ich mit einer Menge von Leuten gesprochen habe, die wir zurückgeholt haben, nachdem ihre Körper für ›tot‹ gehalten wurden und nachdem alle Monitore, an die wir sie gehängt haben, keinerlei Leben, weder in ihren Körpern noch in ihren Gehirnen, gezeigt haben, kann ich Ihnen sagen: Viele von diesen Menschen können sich ganz klar an diese verlorenen Stunden erinnern. Ihr Bewusstsein war noch aktiv, auch wenn ihr Gehirn keinerlei Lebenszeichen gezeigt hat – zumindest keines, das wir entdecken konnten. Wir können es neurologisch nicht erklären. Aber es ist eine Tatsache.«

Ich hätte ihm nur zu gern erzählt, was ich im Sommer in Mexiko mit Alex und El Brujo erlebt hatte und wie offen ich für die Vorstellung geworden war, dass unsere Seelen die Zeit und das Leben unseres Körpers transzendieren können. Aber dafür war jetzt nicht der richtige Zeitpunkt.

»Es ist ja so, dass Sie und ich – wir alle irgendwann einen Herzstillstand erleiden werden«, fuhr er fort. »Das ist letztlich das, woran die meisten Leute sterben. Normalerweise, weil irgendetwas im Körper nicht mehr funktioniert, vielleicht infolge einer fortgeschrittenen Krebserkrankung, und das Herz überanspruchtet wird, ohne alles zu bekommen, was es braucht, um weiterzuschlagen. Aber wenn das passiert, während der Rest des Körpers noch weitermachen könnte, was ziemlich verbreitet ist, dann sind die Minuten und Stunden nach dem Herzstillstand entscheidend. Und derzeit muss ich leider sagen, dass in den meisten Krankenhäusern die Art und Weise, wie in diesem entscheidenden Moment reagiert wird, noch auf dem Stand der Sechzigerjahre ist.«

»Sie meinen Herzdruckmassage, Beatmung und Defibrillator?«

»Hm, ja. Wir wenden das natürlich auch an – das muss man, das ist grundlegend. Aber es reicht nicht. Sehen Sie, die meisten Ärzte reanimieren für maximal fünfzehn oder zwanzig Minuten, dann hören sie auf. Sie geben auf, bevor sie richtig angefangen haben. Aber der Begriff ›klinisch tot‹ … das ist

Unsinn. Ich weiß nicht, was das heißen soll, medizinisch gesprochen. In diesen Situationen jemanden für tot zu erklären, ist vollkommen willkürlich. Es hat nichts mit dem zu tun, was wir heute über das Leben wissen und wie lange nach einem solchen ›Tod‹ jemand noch zurückgeholt werden kann. Wenn Sie wissen, was Sie tun und das richtige Werkzeug an der Hand haben.«

»Über welchen Zeitraum reden wir hier?«

»In Japan gibt es ein Mädchen, das drei Stunden lang als tot galt. Tot. Weg. Sie haben sie angehängt und sechs Stunden versucht, sie wiederzubeleben.« Er lächelte. »Es geht ihr gut, ja, sie hat gerade ein Kind bekommen.« Er stellte sich neben seine wertvolle Maschine. »Wir können mit diesem Ding Wunder wirken. Na ja, vielleicht eine Kombination aus Wundern und wissenschaftlichen Erfolgen.« Er zeigte auf die verschiedenen Pumpen, Wärmetauscher und Oxygenatoren auf dem Rollwagen. »Erst kühlen wir den Körper sehr schnell drastisch herunter, um Schäden an den Hirnzellen so weit wie möglich zu begrenzen. Man braucht zeitgemäße Technik, um die Sauerstoffversorgung des Gehirns zu überwachen, das ist der Schlüssel. Dann leiten wir das Blut des Patienten aus dem Körper, reichern es mit Sauerstoff an, wärmen es auf, filtern es und pumpen es wieder zurück. Das verschafft uns Zeit, um das Problem zu beheben, das ursächlich für den Herzstillstand war. Wir verdoppeln die Überlebensraten, und wenn sie zurückkommen, haben sie keinen Hirnschaden.«

»Hört sich an, als sollte jede Notaufnahme im Land so etwas haben«, sagte ich.

»Ihr Wort in Gottes Ohr«, antwortete er.

Ich mochte ihn. Sehr. Aber trotzdem verließ ich ihn mit brodelnder Wut im Bauch. Irgendwie war ich mir sicher, dass Nick ermordet worden war. Weshalb ich nun noch wilder entschlossen war, diese Dreckskerle in die Finger zu bekommen.

Meinen Namen reinzuwaschen, interessierte mich nur noch am Rande – im Augenblick trieb mich nur das klare Verlangen nach einfacher, primitiver Rache an.

MONTAG

39
Cape Cod, Massachusetts

Es war beinahe Mittag, als ich Gigis BMW eine sich schlängelnde Straße entlang lenkte, an der Bluteichen wie ausgemergelte Wachposten Spalier standen, ihre Kronen trafen sich über der Straße. Es ärgerte mich immer noch, dass ich erst auf der Flucht sein musste, um meine Mutter und ihren Mann zum ersten Mal seit fast einem Jahr zu besuchen.

Wir hatten uns nie so nahgestanden wie manche Mütter und ihre Söhne. Die Kombination aus meiner Berufsentscheidung, die sie nur stirnrunzelnd akzeptieren konnte, und der Tatsache, dass ich keine Frau gefunden hatte – und als ich dann eine hatte, sie nicht heiratete –, sowie der physischen Entfernung hatte dafür gesorgt, dass wir uns mit den Jahren immer weiter voneinander entfernt hatten.

In den letzten zwanzig Jahren hatte ich wohl kaum mehr als zwei Wochen mit ihr verbracht, und das lag vermutlich an uns beiden. Wahrscheinlich erinnerte ich sie an meinen Vater – wie die meisten Söhne hatte ich mit etwa dreißig angefangen, sowohl körperliche Züge als auch Gewohnheiten anzunehmen, die seine spiegelten – und sie erinnerte mich an die ersten zehn Jahre meines Lebens, die aus meiner unschuldigen Perspektive nahezu perfekt erschienen. Unschuldig, bis mein Vater sich das Hirn weggeblasen hatte.

Ich hatte meiner Mutter nichts von dem erzählt, was passiert war, weder von dem, was jetzt geschah, noch von dem, was in den letzten sechs Monaten geschehen war, seit ich das mit Alex herausgefunden hatte. Sie wusste nur, dass ich einen Sohn hatte, der jetzt bei uns lebte, einen Enkel, den sie endlich kennenlernen wollte. Dass ich sie nicht in die Dramen meines Lebens einbezog, war uns beiden ganz recht, so musste sie sich keine Sorgen über Dinge machen, die sie nicht beeinflussen konnte, und ich musste mir keine Sorgen darüber machen, dass sie sich Sorgen machte.

Eine halbe Meile die Straße hinunter stand ein klassisches Cape-Cod-Haus, perfekt symmetrisch, weißer Portikus, geschwungenes Schindeldach und zwei Gaubenfenster. Die Fassade war mit pastellblauen Brettern verkleidet, und alle Fenster hatten gut erhaltene Fensterläden. Ein ebenso gut erhaltener dunkelgrüner Kastenwagen mit der Aufschrift »Standish Tree & Landscaping Services – serving Cape Cod since 1972« in Druckbuchstaben stand neben dem Carport, in dem der Volvo-SUV meiner Mutter geparkt war. Der Kastenwagen gehörte Eric, meinem Stiefpapa – auch wenn ich ihn nie so nannte.

Meine Mutter hatte wieder geheiratet und war nach Cape Cod rausgezogen, während ich als FBI-Frischling in Chicago gewesen war, deshalb hatte ich nie mit ihm zusammengelebt. Er war immer noch Miteigentümer und Geschäftsführer in seiner eigenen Firma, auch wenn jetzt sein jüngerer Bruder und seine Neffen die meiste Arbeit machten. Wie es oft der Fall ist, hatte meine Mutter sich für das genaue Gegenteil ihres ersten Ehemanns entschieden. Während Colin Reilly ein ernsthafter, eigenständiger Intellektueller war, der problemlos sechzehn Stunden am Tag allein in seinem Arbeitszimmer verbringen konnte, war Eric Standish ein unbeschwerter, warmherziger Mensch, der sich am liebsten in der Natur aufhielt, wenn er nicht mit seiner großen Familie zusammen war.

Ich parkte Gigis Wagen hinter dem Kastenwagen, stieg aus und reckte die Glieder.

Die Luft war anders hier. Irgendwie süßer als in Mamaroneck, obwohl beide Orte an der See lagen. Es war auch milder als in New York, in den letzten Wochen waren hier nur ein paar sanfte Flocken gefallen, und nichts davon war länger als ein paar Stunden liegen geblieben, auch wenn aktuell die Wettervorhersage heftigere Schneefälle ankündigte.

Während ich noch auf den Fersen wippte, um den Blutfluss in meinen Beinen zu verbessern, sah ich Eric auf mich zukommen. Er trug eine dicke Wolljacke und hielt eine kleine Säge in der Hand.

»Viel zu tun?«, fragte ich.

»Der Winter ist die beste Zeit zum Bäumezuschneiden«, sagte er. »Ohne die Blätter kann man die Struktur des Baumes besser sehen.«

Um das Haus herum war keine nennenswerte Rasenfläche. Nur sauber getrimmte einheimische Bäume und Sträucher, die er mir einmal als Hartriegel, Haselnuss, Traubenkirsche, Zaubernuss und Zimterle vorgestellt hatte. Wie zu erwarten konnte Eric die Namen aller in Neuengland heimischen Gehölze herunterrattern, ebenso wie eine erschöpfende Liste aller nichtheimischen, eingedrungenen Varietäten, die auszurotten er seinen Kunden schon seit Jahren empfahl.

Er nahm die Säge in die linke Hand und streckte mir die rechte hin. Auch wenn er der Typ Mann war, der Männer und Frauen gleichermaßen umarmte, waren wir nie so vertraut miteinander geworden, dass wir uns dabei wohlgefühlt hätten.

Ich gab ihm die Hand. »Tut mir leid, dass ich die Kinder nicht mitgebracht habe.«

Er hatte Alex natürlich auch noch nicht kennengelernt, aber Kim hatte er ins Herz geschlossen, was auf Gegenseitigkeit beruhte. Trotz der Wochen, die sie auf der Ranch ihrer Tante in Arizona verbrachte, hatte Kim sich immer mehr zu einem eingefleischten Stadtkind entwickelt, aber sie hatte die paar Mal, wo Eric sie zu einem Auftrag mitgenommen hatte, sehr genossen und teilte seine Liebe für die lokalen Lebensräume.

Er lächelte. »Da wird Sarah aber enttäuscht sein. Sie sehnt sich danach, Alex endlich kennenzulernen.«

»Ich weiß, und es tut mir leid. Das war so nicht geplant. Nächstes Mal aber bestimmt. Bald.«

»Das würde sie riesig freuen«, sagte er. Auch wenn er glaubhaft klang, war aus seiner Stimme deutlich herauszuhören, dass er selbst nicht damit rechnete, dass das in allzu naher Zukunft geschehen würde. »Sie ist in der Küche.«

Ich nickte und trat durch die offene Haustür. Dort blieb ich kurz stehen, weil ich meinen Besuch einen Moment lang wieder bereute. Dann überwand ich mich.

»Mom?«

Sie kam aus der Küche und wischte sich die Hände an ihrer Schürze ab.

»Sean.«

Wir umarmten uns steif.

»Komm ins Wohnzimmer. Ich hab ein paar Fischpasteten im Ofen. Eric macht das Gemüse.«

So etwas hätte mein Vater nie getan. Ich glaube nicht, dass ich überhaupt je gesehen hatte, wie er auch nur einen Fuß in die Küche setzte.

Sie band die Schürze ab, hängte sie über die Lehne eines Küchenstuhls und ging zu dem gemütlichen Wohnzimmer voraus. Ein Holzfeuer brannte im Kamin. Zwei perfekte Minitannen standen auf jeder Seite des Kamins, jeweils mit glänzenden roten Christbaumkugeln geschmückt. Winzige handgemachte Anker und Schiffssteuerräder hingen ebenfalls an den Ästen. Auf einem lasierten Buchentisch stand ein Weihnachtsgesteck – mit schneebestäubten Kiefernzapfen und getrockneten Seesternen.

Hier oben mischte der Ozean bei allem mit, sogar bei Weihnachten.

Ich hatte angerufen, um zu erfahren, ob meine Mutter zu Hause war, und anzukündigen, dass ich sie etwas fragen musste. Ich hatte ihr sagen müssen, dass es um Dad ging, als sie ängstlich angefangen hatte, sich Gedanken darüber zu machen, worüber ich wohl mit ihr sprechen wollte, und ich hatte das Gefühl, dass sie Eric gebeten hatte, uns allein zu lassen, damit wir ungestört reden konnten, was bedeutete, dass er wissen musste, warum ich hier war. Auch wenn die Tatsache, dass ich den ganzen Weg rausgefahren war, um mit seiner Frau über ihren ersten Mann zu sprechen, seine gute Laune oder seine Freundlichkeit nicht getrübt zu haben schien. Er fühlte sich so wohl in seiner Haut wie nur irgend möglich. Ich bewunderte ihn dafür.

Wir setzten uns einander gegenüber, Mom in einen Sessel mit geblümtem Bezug, ich auf ein braunes Ledersofa. Ein paar Minuten verbrachten wir mit Nettigkeiten, sie fragte, wie es uns ging, besonders Alex, und tadelte mich, dass ich ihn nicht längst einmal mitgebracht hatte. Ich musste verlegen meine Schuld eingestehen, ohne dass ich ihr sagen konnte, was er durchgemacht hatte. Dann spannte sich ihr ganzer Körper ein wenig an und sie fragte: »Also, was wolltest du mich über deinen Dad fragen?«

Mir war sofort klar, dass sie am liebsten nicht über ihn sprechen würde, aber ich erkannte, dass sie bereit war, sich zu überwinden, wofür ich dankbar war.

»Ich muss mehr darüber wissen, was in seinem Leben passiert ist, in den Monaten und Wochen vor … du weißt schon.«

Ich konnte sehen, wie sie überlegte, wo sie anfangen sollte.

Sie erzählte mir, dass er sich immer tiefer in seiner Arbeit vergraben hatte, dass es ausgesehen hatte, als hätte sie nach und nach sein ganzes Leben in Anspruch genommen und alles andere beiseitegeschoben. Seine gesamte Grundstimmung hatte sich verändert.

»Die meiste Zeit schien er überhaupt nicht da zu sein, wenn wir zusammen waren«, sagte sie. »Wir waren mit Freunden essen, und es war, als wäre er in Gedanken ganz woanders. Dann blieb er immer spät im Büro und verbrachte Stunden in seinem verdammten Arbeitszimmer – du erinnerst dich wahrscheinlich nicht mehr daran, aber manchmal ist er nur runtergekommen, hat sich einen Teller mit Essen geholt, ist damit wieder nach oben verschwunden und hat dort allein gegessen. Es war, als hätte er jedes Interesse am Familienleben verloren. Erst hinterher habe ich erfahren, dass er Depressionen hatte.«

»Ja, erzähl mir mehr darüber.« Dann setzte ich hinzu, wobei ich versuchte, nicht allzu anklagend zu klingen: »Ich meine, wie konntest du das nicht mitbekommen haben? Die ganze Zeit nicht?«

Sie rutschte auf ihrem Sessel herum, ihre Körpersprache zeigte, wie unwohl sie sich fühlte. »Er hat nie geredet. Von Zeit zu Zeit, wenn es passte, habe ich ihn gefragt, ob es ihm gut ging, ob er zufrieden war, ob alles zwischen uns in Ordnung war. Dann hat er nur gesagt: ›Ja, natürlich‹, hat mich angelächelt und mir einen Kuss gegeben – aber ich wusste, dass er mir irgendetwas verschwieg.«

»Aber du hast ihn nie irgendwelche Tabletten nehmen sehen oder so etwas?«

»Nein. Er hat die Diagnose für sich behalten.«

»Aber, ich meine …« Ich bremste mich und holte einmal tief Luft. Wenn ich sie beschuldigte, würde sie nichts mehr sagen. Lustig, wie man seiner Familie gegenüber alles vergaß, was man je über Vernehmungen gelernt hatte. Nicht, dass Mom eine Verdächtige war, sie wusste nur so vieles, was ich nicht wusste. Noch nicht, jedenfalls. »Entschuldige«, sagte ich.

Sie lächelte. »Schon in Ordnung. Mir war klar, dass das nicht einfach würde. Für keinen von uns. Deshalb hatte ich gehofft, dass wir das nie wieder aufwühlen müssten.«

Ich nickte. »Wie hast du es denn dann rausbekommen?«

»Es stand im Bericht des Leichenbeschauers. Die Leute, die seinen Tod untersucht hatten, hatten den Psychiater aufgetan, bei dem er in Behandlung war. Es stellte sich heraus, dass bei ihm eine behandlungsbedürftige Depression diagnostiziert wurde, ungefähr neun Monate bevor … bevor er gestorben ist.«

»Hast du jemals mit dem Psychiater gesprochen?«

»O ja. Ich bin zu ihm gefahren. Er konnte mir nicht viel sagen … Wegen dieser lächerlichen Schweigepflicht, sogar nach dem Tod. Das ist doch albern, oder?« Ihr Gesicht entspannte sich etwas, als ihre Miene einen bittersüßen, etwas abwesenden Ausdruck annahm. »Er konnte mir nicht viel sagen. Es tat ihm nur schrecklich leid, was passiert war.«

»Erinnerst du dich noch an seinen Namen?«

»Ach, du je.« Sie dachte nach. »Irgendwas wie … Orwell? Nein …«

Ich sah, wie sie versuchte den Namen aus irgendeinem Friedhof tief unten in ihren Erinnerungen auszugraben.

»Orford? Ja, Orford. So hieß er. An seinen Vornamen kann ich mich aber nicht mehr erinnern.«

Ich merkte mir das.

»Hat Dad davor schon mal unter so etwas gelitten?«

»Nicht dass ich wüsste, und der Psychiater sagte auch, dass er nicht glaubte, dass er schon einmal Depressionen gehabt hatte, aber dass seine Persönlichkeit Aspekte aufwies, die als Risikofaktoren dafür gelten.«

»Als da wären?«

»Seine Verschlossenheit. Immer wollte er für sich allein sein. Dermaßen auf seine Arbeit konzentriert, dass es schon an Besessenheit grenzte. Nie war er wirklich ganz glücklich. Ich meine, erinnerst du dich, dass du ihn jemals lächeln oder laut und von Herzen lachen gesehen hast?«

Ich dachte darüber nach, und mir fiel nur ein einziges Mal ein: Als er ein Päckchen von einem Universitätsverlag ausgepackt und sein erstes Buch darin gefunden hatte, dessen Titel mir so rätselhaft vorgekommen war, dass ich mich schon am nächsten Tag nicht mehr hatte daran erinnern können, und erst recht nicht mehr jetzt, fast fünfunddreißig Jahre später. Sein Gesicht hatte vor Stolz geleuchtet – aber sie hatte recht. Er war nicht gerade ein Quell der Freude gewesen.

Sie schüttelte den Kopf, während die Erinnerungen auf sie einstürmten.

»In den letzten Monaten, eigentlich über ein Jahr lang, konnte er das Schöne im Leben nicht mehr wirklich sehen, und er hatte dieses gebrochene Lächeln … außer wenn er mit dir zusammen war. Wenn er mit dir zusammen war, habe ich eine andere Seite von ihm gesehen. Du hast ihn froh gemacht, wie ich es nie konnte. Du hast ihn die Last der Welt vergessen lassen, in der er versunken war. Dann hat das eines Tages einfach aufgehört. Sogar du konntest ihn nicht mehr froh machen. Kein Wunder …«

Ihre Augen hatten sich mit Tränen gefüllt. Sie zog ein sauber gefaltetes Taschentuch aus der Tasche, schüttelte es auf und tupfte sich die Augen ab.

Ich legte so viel Sanftheit in meine Stimme, wie ich konnte, und hoffte, dass ich kurz vor einer echten Enthüllung stand. »Kein Wunder, was?«

»Kein Wunder, dass ich mich in Eric verliebt habe.«

Es war sowohl Schuld als auch Traurigkeit, die aus ihr sprach. Ein kleiner Teil von ihr musste immer noch das Gefühl haben, dass es Verrat war, sich in jemand anderen zu verlieben. Und zwar an ihrem Mann ebenso wie an ihrem Sohn.

»Er will die Welt nicht ändern«, setzte sie hinzu, »und auch nicht für Gerechtigkeit kämpfen.« Sie machte eine Handbewegung, die das ganze Haus umfasste. »Das hier reicht ihm. Wir haben in unseren ersten sechs Monaten mehr Zeit miteinander verbracht als dein Vater und ich in den letzten fünf Jahren, die wir zusammen waren. Das hört sich jetzt bestimmt so selbstsüchtig an …«

Die Tränen begannen wieder zu fließen.

Ich schüttelte den Kopf.

»Überhaupt nicht. Und ich bin froh, dass du ihn gefunden hast. Du hast es verdient. Du verdienst es, glücklich zu sein. Jeder verdient das.«

Wir schwiegen beide eine ganze Weile, während sie noch ein paar Tränen vergoss, sich die Augen trocknete und sich wieder sammelte. Dann stand sie auf, faltete ihr Taschentuch zusammen und steckte es sorgfältig wieder in die Tasche.

»Lass uns was essen.«

Auf der anderen Straßenseite von Flo Line Autos saß Sandmann in seinem Mietwagen und beobachtete seine Zielperson mit ungebrochener Konzentration.

Der Eigentümer des Luxuswagen-Geschäfts, Mark Siddle, zeigte einem Kunden und seiner Freundin gerade einen nach ihren Wünschen zusammengestellten, tiefergelegten Chevy Impala. Der Kunde verströmte das Testosteron und die Gewaltbereitschaft eines Söldners aus einer der zahlreichen Drogengangs von Miami, während seine Freundin ein klassisches Florida-Muscle-Car-Babe war – sie hatte überall auf ihrem kurvigen Körper Tattoos und trug sogar jetzt im Dezember nur ultrakurze Jeansshorts, etwa so viel Stoff wie eine Unterhose, und ein viel zu enges T-Shirt, das ihren Bauchnabel frei ließ. Ihr einziges Zugeständnis an die Witterung bestand in einem Paar kniehoher UGG-Boots und der extra Line Koks, die sie sich reingezogen haben musste, um Gänsehaut zu vermeiden.

Siddles Geschäft hatte an dem Wagen des Banditen ganze Arbeit geleistet. Der Impala war dunkelviolett, das Heck setzte beinahe auf dem Boden auf. Das Soundsystem dröhnte auf voller Lautstärke, so laut, dass sogar Sandmanns Auto davon vibrierte.

Auf Knopfdruck sprang die Heckfederung nach oben, sodass der hintere Teil des Wagens mindestens einen halben Meter über dem Boden schwebte. Der Eigentümer schnippte mit den Fingern, seine goldenen Armbändchen kämpften darum, am Handgelenk zu bleiben, und er grinste, als hätte das Mädchen ihm gerade mitgeteilt, dass ihre Freundin für einen flotten Dreier vorbeikam.

Als der Kerl in den Impala stieg, um die Inneneinrichtung anzusehen, ging Siddle zu dem Mädchen, streifte wie zufällig mit der rechten Hand ihren Po und steckte dabei seine Visitenkarte in die hintere Tasche ihrer Shorts.

Sandmann wusste von Siddles außergewöhnlichen Fähigkeiten als Verführer des anderen Geschlechts, konnte aber immer noch nicht ganz begreifen, mit welcher Leichtigkeit der Kerl das hinbekam. Nicht nur, dass er sich sicher war, dass seine Opfer ihn attraktiv finden würden, nein, er musste sich auch absolut sicher sein, dass sie ihrem Mann oder Freund nichts von seinen Annäherungsversuchen erzählten, ganz besonders, wenn es sich dabei um jemanden handelte, der aussah, als sei er alles andere als abgeneigt, ernsthaft Gewalt anzuwenden, wenn ihm jemand in die Quere kam. Sandmann nahm an, dass alles von der richtigen Wahl abhing. Ein Ziel identifizieren und dann den richtigen Augenblick abpassen.

So gesehen hatte das ziemlich viel mit seiner Arbeit gemeinsam.

Das richtige Timing war alles.

40

Ich nahm das Angebot eines Kaffees gern an, und Eric ging in die Küche, um ihn zu kochen. Dann dankte ich meiner Mom für den Lunch – und dafür, dass sie mit mir über meinen Dad geredet hatte.

Während des Essens hatten wir geplaudert: über Kim, Alex, Erics Großneffen, den Schnee, das erschreckende Unwissen und die regelrechte Fahrlässigkeit der Menschen, die die falsche Art von Viburnum pflanzen oder sogar verkaufen – über alles, nur nicht über Colin Reilly. Aber als Eric den Raum verlassen hatte, änderte sich die Stimmung, wir versanken in Gedanken an einen Mann, den wir beide nicht so gut gekannt hatten, wie wir es uns gewünscht oder wie wir es gebraucht oder gedacht hätten.

Sie sah mich an. »Er hat dich geliebt.«

Ich wollte sagen: »Dich hat er auch geliebt«, aber während sich der Gedanke noch formte, ließ mich irgendetwas aus einer längst begrabenen Erinnerung daran zweifeln, ob das letzten Endes stimmte. Vielleicht hatte er sie gemocht – ich bin mir sicher, dass er sie gemocht hatte –, aber hatte er sie geliebt?

Irgendwann musste er sie geliebt haben. Ich hatte die Hochzeitsfotos gesehen. Bilder von ihnen mit mir als Baby. Ich war mir ziemlich sicher, dass die Liebe darauf deutlich zu sehen gewesen war. Warum hatte sich das geändert? War es ein chemisches Ungleichgewicht gewesen, das das unausweichlich gemacht hatte? War es einfacher – sein Job, seine Introvertiertheit, seine Hingabe an die Arbeit, die alles andere ausschloss? Oder war da noch etwas anderes?

Also sagte ich das Einzige, was ich sagen konnte: »Ich weiß. Und du hast ihn auch geliebt. Das weiß ich.«

Sie sah auf, als sähe sie ihn vor sich. »Ja. Aber auch zu sehr und zu lange und auch noch, als ich nichts anderes mehr war als seine Haushälterin, die alles am Laufen hielt, ein Schatten, den er kaum wahrgenommen hat.«

Ich sah ihr in die Augen. »Danke dafür. Danke, dass du bei ihm geblieben bist die ganze Zeit. Ich kann mir nicht vorstellen, dass das einfach war, aber ich kann mir auch nicht vorstellen, wie mein Leben ausgesehen hätte, wenn ich euch beide verloren hätte.«

Sie stand auf, weil sie nicht damit umgehen konnte, weil sich ein Teil von ihr immer noch schuldig fühlte, als hätte sie ihn irgendwie im Stich gelassen – und mich vielleicht auch.

Plötzlich wurde mir bewusst, dass ich sie, so wie sich mein Leben gerade entwickelte, womöglich nicht noch einmal wiedersehen würde, also stand ich dieses Mal auf und nahm sie fest in die Arme. Ich hielt sie ein paar Sekunden lang, über den Punkt hinaus, an dem sie instinktiv versuchte, sich von mir zu lösen, bis sie schließlich aufgab und sich meiner Umarmung fügte.

Dann ließ ich los und machte einen Schritt zurück. Auf ihrem Gesicht lag ein leichtes Lächeln – eine perfekte Erinnerung.

Also winkte ich, drehte mich um und ging zum Auto.

Eric folgte mir nach draußen, einen Thermobecher in der Hand.

»Hab mir schon gedacht, dass du los willst.«

Ich nahm ihn. »Danke.«

Dann wieder dieser Gedanke, lauter dieses Mal.

Ich wusste, dass Eric seine Meinung für sich behalten konnte, das war eines der Dinge, für die ich ihn respektierte. Und als hätte er meine Gedanken gespürt sagte er: »Es fällt ihr schwer, über diese Zeit zu sprechen. Weißt du, gegen Ende stand es nicht gerade gut zwischen ihnen. Und sie will auf keinen Fall deine Erinnerung an ihn trüben.«

Der Gedanke war zu laut, um ihn noch zu ignorieren.

Ich fragte: »Gab es da noch jemand anderen?«

Er sah mich einen Augenblick einfach nur mit neutraler Miene an.

»Ich kann es ihr gegenüber einfach nicht ansprechen, ganz egal, was auf dem Spiel steht. Ich kann's einfach nicht, weil ich weiß, wie sie reagieren würde«, setzte ich hinzu. »Da ist bei mir die Grenze. Und wenn du wüsstest, was ich in den letzten Tagen – ach, was sag ich, Wochen – durchgemacht habe, dann wüsstest du, was das heißt.«

Er schüttelte lächelnd den Kopf. »Das muss ich gar nicht wissen. Du liebst sie und willst ihr nicht wehtun. Das haben wir gemeinsam.«

Mit einer Geste bedeutete er mir, dass er mit zum Wagen kommen wollte, so weit wie möglich vom Haus weg.

»Ich weiß nicht«, sagte er.

»Aber etwas weißt du?«

Er zuckte die Achseln, sein Unbehagen zeigte sich in den tiefer werdenden Falten auf der Stirn. »Das ist schon Jahre her. Deine Mom und ich haben eines Abends einfach durch die Fernsehkanäle geschaltet. Wir sind auf ein Remake der *Thomas Crown Affair* gestoßen. Als wir angefangen hatten, den Film zu gucken, habe ich eine Bemerkung darüber gemacht, dass Rene Russo Faye Dunaway nicht das Wasser reichen kann. Damit musste ich einen wunden Punkt getroffen haben, denn deine Mom hat irgendetwas Schnippisches geantwortet, als ich

Dunaway erwähnt habe, und kurz danach hat sie gefragt, ob wir umschalten könnten. Ich hab nicht weiter nachgefragt, aber neugierig war ich schon. Und als ich sie später einmal darauf angesprochen habe, hat sie es einfach abgetan und mich gebeten, das Thema fallen zu lassen. Aber es hat mich nicht mehr losgelassen, sodass ich ein paar Tage später noch einmal nachgefragt habe. Sie hat nur gesagt, dass sie den Namen nicht leiden konnte, hat gesagt, dass er sie an jemanden erinnerte und dass es etwas mit deinem Vater zu tun hätte, und sie hat mich gebeten, es gut sein zu lassen. Was ich dann auch getan habe.«

»War das alles, was sie gesagt hat?«

Eric zögerte kurz und sagte dann: »Nein. Sie hat gesagt, dass eine Assistentin deines Vaters so hieß. Eine seiner Doktorandinnen. Eine Faye.« Sein Blick ergänzte, was ich nicht gleich begriff.

Eine Studentin. Meine Güte. So viel zum Trüben von Erinnerungen.

Ich wusste, was ich zu tun hatte. »Keinen Nachnamen?«

»Nein, tut mir leid.«

Wir kamen am Auto an, und ich dankte ihm für seine Offenheit.

Er streckte die Hand aus. »Bringst du nächstes Mal die Kinder mit? Sie würde es dir nie sagen, du weißt ja, wie sie sein kann, aber sie wünscht sich wirklich, Kim öfter zu sehen und Alex kennenzulernen.«

Ich schüttelte ihm die Hand. »Natürlich. Im neuen Jahr. Dann kommen wir alle zusammen.«

Ich stieg in den BMW, ließ den Motor an und fuhr los, während Eric sich wahrscheinlich fragte, warum mein Gesichtsausdruck, trotz erheblicher Anstrengung dem, was ich gerade gesagt hatte, extrem widersprach.

Nach einer Weile, etwa zehn Meilen westlich des Hauses, fuhr ich rechts ran. Ich trank den Kaffee, rief Kurt und Gigi mit dem Smartphone an, das sie mir gegeben hatten. Sie arbeiteten an Rossetti und den digitalen Spuren seines Chefredakteurs, wie Gigi es vorgeschlagen hatte. Ich bat sie, einen Psychiater namens Orford ausfindig zu machen, der mindestens seit 1981 praktiziert hatte, wahrscheinlich in D.C., und sagte ihnen, dass sie nicht lockerlassen sollten, bis sie ihn gefunden hatten. Außerdem bat ich sie, eine Doktorandin aufzuspüren, die um dieselbe Zeit als Forschungsassistentin in der juristischen Fakultät an der George Washington University gearbeitet hatte und deren Vorname Faye lautete.

Dann machte ich mich auf den Weg zurück nach New York City, immer knapp unterhalb der Geschwindigkeitsbegrenzungen, das Radio voll aufgedreht, um die Armada aus Erinnerungen zu ertränken, die mich belagerte.

41

Miami, Florida

Eine frische Brise vom Meer hatte die Wolken vom Nachthimmel gewischt, als die Spezialanfertigung eines Lamborghini Aventador auf der A1A Richtung Norden fegte, das Grollen des Motors hallte in den Himmel hoch und verjagte die letzten Wolkenfetzen, die sich noch an das samtene Firmament klammerten.

Als das Superauto die Hillsboro Mile erreichte, trat der Fahrer das Gaspedal herunter und beschleunigte auf mehr als hundertvierzig Meilen pro Stunde. Der Fahrer kannte die Strecke wie seine eigene Westentasche. Er wusste, dass dieser Straßenabschnitt fast gerade war. Er wusste, dass es auf den nächsten drei Meilen keine Ampeln gab und auch keine Radarfallen. Er wusste, dass um drei Uhr morgens keine Streifenwagen der Polizei unterwegs waren, deren Insassen man bestechen musste, und dass er die Gegenfahrbahn zum Überholen nutzen konnte, auch wenn es höchst unwahrscheinlich war, dass dies nötig werden würde. Es gab nichts außer der leeren Straße, einem freien Kopf und dem angenehmen Schmerz in den Lenden von der preiswürdigen oralen Befriedigung, die ihm vor einer Stunde das neunzehn Jahre alte, tätowierte Muscle-Car-Babe geschenkt hatte. Kleine zusätzliche Freuden, die das Leben mit sich brachte, wenn man einen von Miamis führenden Betrieben für nach Kundenwünschen sondergefertigte Luxuskarossen besaß.

Wann immer er und seine Jungs einen Wagen fertig hatten, machte er in den frühen Morgenstunden eine Probefahrt damit und weihte ihn richtig ein, bevor der Besitzer kam, um ihn abzuholen. Der Aventador war ein Beispiel mustergültiger Ingenieurskunst. Er fuhr sich wie das Muscle-Car-Babe – keine Ansprüche, keine Aussetzer, nichts, das durch übermäßigen Gebrauch schon abgenutzt war. Er tat exakt das, was man von ihm verlangte, und zwar mit den Puls nach oben treibender Energie.

Sein Team hatte die Pferdestärken von bereits monströsen siebenhundert auf siebenhundertfünfzig gesteigert, die Heckschürze vollständig umgearbeitet, sodass sie sich jetzt um den neuen vierrohrigen Edelstahlauspuff schmiegte, einen markanten Spoiler hinzugefügt und die Räder mit Leichtmetallfelgen ausgestattet, die geschmiedet und nicht gegossen waren, das Unterhaltungs- und Kommunikationssystem aufgemotzt und dann dem ganzen Ding jenes mattschwarze Finish gegeben, das er selbst allerdings nicht besonders mochte und was das Einzige war, das er für sich selbst nicht gemacht hätte. Dennoch hatte Siddle keine Einwände erhoben und seine Bedenken für sich behalten. In seinem Geschäft hatte der Kunde immer recht, ganz genau wie bei seiner Tätigkeit als freiberuflicher Auftragskiller für die CIA.

Mark Siddle sah aus wie um die fünfunddreißig, auch wenn er bereits exakt neunundfünfzig Jahre und zehn Monate auf diesem Planeten weilte, was er wusste, weil auf den Tag genau in zwei Monaten sein sechzigster Geburtstag sein würde. Er hatte ein gebräuntes, glatt rasiertes Gesicht und einen jugendlichen Körper, der durch Tausende Stunden im Fitnessstudio geformt war. Entgegen dem, was viele Leute dachten, wenn er sein Baseballcap abnahm und sein Haar enthüllte – das so kurz geschoren war, dass es die Tatsache kaschierte, dass er so gut wie kahl war –, versuchte er nicht, sein Alter zu verleugnen und jung auszusehen. Er hatte tatsächlich niemals aufgehört, sich so zu fühlen wie Mitte zwanzig – und in vielen Situationen auch so zu handeln.

Im Unterschied zu vielen Männern seines Alters und trotz seines mehr als gut gefüllten Bankkontos verabscheute er die Vorstellung von Botox, Schönheitschirurgie und sogar einer Haartransplantation. Er fühlte sich pudelwohl in seiner Haut, so wohl, dass der Gedanke, daran herumzudoktern, ihm beinahe körperliches Unwohlsein bereitete. Er kannte einige Männer – allein drei in seinem Golfclub –, die Zehntausende darauf verschwendet hatten, jünger auszusehen. Die Gedankengänge dahinter konnte er nicht nachvollziehen. Wenn man sich wirklich selbst liebte, warum sollte man sich dann wünschen, wie jemand anderes auszusehen? Und Mark Siddle liebte jeden einzelnen Teil von sich selbst, ohne Ausnahmen oder Vorbehalte. Niemals hatte er sich dafür verachtet, dass er so viel Geld damit verdiente, Autos für Menschen umzubauen, die reicher und dümmer waren als er. Er hatte es im Verlauf der Jahre auch nie bedauert, dass er sein beträchtliches Talent nicht für etwas Sinnvolleres eingesetzt hatte, und er war nie traurig darüber gewesen, dass er niemals länger als drei Monate mit einer Frau zusammen gewesen war, bevor sie anfing, ihn zu langweilen, und er hatte sich nie schuldig gefühlt, weil er Menschen umgebracht hatte, nur weil seine Auftraggeber es von ihm verlangt hatten. Er hatte keine Lust auf all diesen negativen Scheiß, nicht deshalb, weil das Leben zu kurz dafür war, sondern weil das Leben schlichtweg zu viel Spaß machte. Und er genoss es in vollen Zügen, von den vierzehn Tagen, die er mit den Zwillingsschwestern verbracht hatte, die eigentlich Freundinnen eines russischen Mafiagangsters waren – zuvor hatte er den Fettwanst und seine brandneue Harley in den Chicago River geschickt –, bis hin zu der Befriedigung, die es ihm verschaffte, einen großen, zweimotorigen Hubschrauber auf dem Weg in die Hamptons vom Himmel zu holen, weil er mehr von den Navigationssystemen an Bord verstand als die Typen, die sie gebaut hatten.

Überraschenderweise hatte es trotz all der Toten, für die er verantwortlich war, in Siddles Vergangenheit nichts als Liebe und Freundlichkeit gegeben. Sein Vater, ein Air Force Colonel, hatte ihn immer unterstützt und ihm oft gesagt, dass er stolz auf seinen Sohn sein werde, unabhängig davon, was er tun würde, wenn er mal groß war. Seine Mutter hatte ihm immer wieder gesagt, wie sehr sie ihn liebte. In der Highschool hatte er in Mathematik und Naturwissenschaften geglänzt und war überaus beliebt gewesen. Auf dem College hatte er dann Elektrotechnik studiert, bevor er zur Air Force gegangen war und eine Ausbildung zum Flugzeugingenieur gemacht hatte.

In den letzten Monaten des Krieges war er noch nach Vietnam geschickt worden, um eine Kollektion aus ermüdeten Phantom-, Crusader- und Super-Sabre-Kampfbombern in Schuss zu halten. Als er in die Staaten zurückkehrte, war er vom Verteidigungsministerium angeworben worden, um dann ein paar Jahre später zur CIA zu wechseln, wofür er von Edward Tomblin persönlich ausgewählt worden war, der nur ein paar Monate älter war als er. Später, in den Neunzigern, hatte er sich selbstständig gemacht und seine Arbeit für die CIA als Freiberufler fortgeführt, war aber zur gleichen Zeit nach Miami gezogen und hatte dort seine Autowerkstatt aufgebaut.

Schon einige Jahre zuvor hatte er sich in die Stadt verliebt, nachdem er einmal dorthin geschickt worden war, um ein Boot zu sabotieren, das einem ehemaligen Agenten von Kubas *Dirección de Inteligencia* gehörte. Der Kerl und seine Familie waren mit neuen Identitäten versehen in die USA gezogen, hatten aber nur ein paar Wochen im Land des Überflusses genossen, bevor sie alle in einem riesigen Feuerball gestorben waren, als das Boot des ehemaligen Agenten wegen eines Schadens an einer Benzinleitung explodierte.

Siddle hatte seinen Laden sehr schnell so weit aufgebaut, dass er die Alltagsgeschäfte seinem Team überlassen und Autoshows, Versteigerungen und Beratungen als Cover für seine tödlicheren Geschäfte verwenden konnte.

Er sah, wie der digitale Tachometer immer höher zählte, während er einen leichten Zug nach rechts bemerkte.

Seine Sinne waren so geschärft, dass selbst eine so geringe, kaum merkliche Abweichung seinen Puls in die Höhe trieb.

Nur die neuen Reifen, die sich noch setzen müssen, dachte er.

Als er an einer Reihe fünfstöckiger Wohnblocks vorbeiraste, brach der Wagen plötzlich nach links aus, halb auf die Gegenfahrbahn, dann schwang er ebenso schnell wieder zurück auf die rechte Spur.

Siddle erschrak und bremste herunter. Verwundert drehte er das Lenkrad vorsichtig nach links und rechts, um die Reaktion des Wagens zu überprüfen.

Alles in Ordnung.

Er nahm sich vor, seiner Mannschaft zu sagen, dass der Wagen noch gründlicher getestet werden musste, bevor er an den Kunden ausgeliefert wurde. Er konnte gut darauf verzichten, dass eines seiner angepassten Modelle seinen Insassen umbrachte, was bis jetzt zum Glück noch nie passiert war, auch wenn er sich auf extreme Autos spezialisiert hatte, deren Leistungsstärke meist die beschränkten Fähigkeiten und Erfahrungen derjenigen, die sie bestellten, deutlich überstieg.

Außerdem würde er den Jungs einen Anschiss dafür verpassen, dass sie ihn den Wagen hatten fahren lassen, bevor er gründlich durchgecheckt worden war. Auch wenn seine Angewohnheit, die fertiggestellten Fahrzeuge erst einmal persönlich für eine Ausfahrt zu nehmen, anfangs eine reine Möglichkeit gewesen war, zu kontrollieren, ob alles funktionierte, war es doch inzwischen mehr geworden – eine Gelegenheit, so viele verschiedene Autos zu fahren wie möglich und das Gefühl zu haben, dass sie, auch wenn dieses spezifische Superauto Eigentum seines Kunden war, in gewisser Weise alle ihm gehörten.

Wenn er durch Deerfield Beach hindurch war, würde er den Wagen wieder auf knapp über hundert beschleunigen, am Lake Boca Raton vorbeischießen, auf dem Linton Boulevard das Wasser überqueren, sich dann nach Süden wenden und die Route One zurück in die Stadt nehmen, wo er auf dem dreispurigen Abschnitt durch Boca noch ein paar Mal mit Genuss beschleunigen und Spuren wechseln würde.

Siddle ging vom Gas und schaltete in den zweiten Gang herunter, als er an den East Hillsboro Boulevard kam. Die Ampel war rot, und er hatte keinen Grund, gegen Verkehrsregeln zu verstoßen. Ja, er genoss es geradezu, durch alle Gänge zu schalten, genoss das leise Gurgeln, das zum grollenden Tuckern wurde, bevor er noch weiter herunterschaltete. Dann, wenn die Ampel grün würde, würde er das Gaspedal durchtreten und die Beschleunigung spüren, die ihn ins Polster drü cken würde und den Kick, den ihm jedes Schalten verschaffte.

Doch bevor die Ampel umsprang, machte der Wagen einen Satz nach vorn, kam in deutlich unter drei Sekunden auf sechzig Meilen pro Stunde und beschleunigte weiter.

Während er versuchte, den Wagen unter Kontrolle zu bringen, wurde Siddles ganzer Körper eiskalt, denn ihm wurde klar, was hier geschah.

Er fuhr den Wagen nicht mehr.

Das System, das er entwickelt hatte, um Autos fernzusteuern, hatte die Kontrolle über den Wagen übernommen.

Alle Versuche, daran etwas zu ändern, waren aussichtslos. Seine Entwicklung war fehlerlos. Er wusste, dass alle Sicherheitsmechanismen des Wagens bereits funktionsuntüchtig waren – keine Airbags, keine Notbremsen, kein vorgespannter Sicherheitsgurt.

Und er wusste, wie das unweigerlich ausgehen würde.

Er hatte das schon oft genug beobachtet, ohne sich allerdings jemals vorgestellt zu haben, es einmal selbst vom Fahrersitz aus zu erleben.

Sandmann wartete, bis der Lamborghini sich drei Meilen südlich von seinem Standort befand, überprüfte zum letzten Mal das 3-G-Signal und gab dann den Code ein, um das System zum Leben zu erwecken.

Heutzutage wurden die meisten Funktionen in den meisten Autos, vom Mittelklasse-Toyota bis hin zum Bentley und darüber hinaus, von einem Computer an Bord kontrolliert. Hackte man sich in diesen Computer ein, entweder über die physische Schnittstelle – die den Autowerkstätten dazu diente, etwaige Fehler auszulesen, indem sie einen Laptop an die Schnittstelle unter dem Armaturenbrett anschlossen – oder kabellos über ein Telefonsignal in das telematische System des Wagens, und man konnte alles kontrollieren, was über den eingebauten Computer gesteuert wurde, von den Scheibenwischern bis zum Tempomaten, von den Scheinwerfern bis hin zur Lenkung und den Bremsen. Und nicht nur das, ein solcher Angriff konnte auch so programmiert werden, dass er keinerlei Spuren auf dem Gerät hinterließ, was die forensische Untersuchung eines Autounfalls erschwerte oder gänzlich unmöglich machte.

Und mit jedem Jahr wurden die in Autos eingebauten Systeme verbreiteter und ausgeklügelter, wuchsen die Möglichkeiten für Cyberangriffe auf Fahrzeuge.

Für den Hack, den Sandmann nutzte, brauchte man nur ein Netbook mit einer 3-G-SIM-Karte. Siddle hatte es so gestaltet, dass er die Firewall des Wagens zusammen mit allen Sicherheitsspezifikationen der jeweiligen Marke und des Zielmodells umging. Allerdings war die Liste der möglichen Ziele nicht erschöpfend. Siddle hatte sich während der gesamten Entwicklung auf Luxuswagen spezialisiert, mit dem Argument, dass die nicht nur über bessere Sicherheitssysteme verfügten, weshalb sie seine Fähigkeiten stärker auf die Probe stellten, sondern auch, dass es vom operationellen Standpunkt her am sinnvollsten war, da viele ihrer künftigen Zielpersonen hochklassige Fahrzeuge fahren würden.

Als Zugeständnis an seine persönlichen Vorlieben hatte sich auch der Lamborghini Aventador auf dieser Liste befunden.

Siddle befand sich etwa fünfhundert Meter südlich von ihm, als Sandmann den Aufprall hörte.

Sein Blick durch das Nachtsichtgerät auf den Unfallort wurde durch eine kleine Gruppe Palmen versperrt, aber er musste es auch nicht sehen.

Bei der Geschwindigkeit war es schlichtweg unmöglich, dass Siddle den Aufprall überlebt hatte.

Siddle konnte nur hilflos zusehen, wie der Lamborghini beschleunigte, seine Gedanken schossen in alle Richtungen, verstreute Erinnerungen an einige der Menschen, die er mithilfe des Systems getötet hatte: den saudischen Diplomaten und seinen schwulen Freund; den Kongressabgeordneten, der sich geweigert hatte zu tun, was man ihm befahl; die Doktorandin, die bereits eine von Chinas Top-Wirtschaftsspioninnen gewesen war. Sie alle mussten gedacht haben, dass bei ihren Autos eine Fehlfunktion vorlag.

Siddle wusste, dass es im Aventador keine Fehlfunktion gab.

Es war schlicht und einfach so, dass im Augenblick jemand anderes den Wagen fuhr.

Siddle sah, wie der Tacho über hundertzwanzig Meilen pro Stunde anzeigte und dann weiter nach oben kletterte. Und als der violette Balken noch ein wenig nach rechts wanderte, schluckte er hart. Ein sandfarbenes Gebäude in der Ferne wurde sehr schnell sehr groß.

In dieser Geschwindigkeit daraufzuprallen, würde sich in etwa so anfühlen, wie nach einem Sturz aus dem dreißigsten Stock auf dem Bürgersteig aufzuschlagen. Und auch wenn sein Schöpfer innerhalb der nächsten Sekunden durch eine unaufhaltsame Kraft getötet würde, mit der er auf ein unbewegliches Objekt aufschlug, so würde er doch ein weiteres Mal stolz darauf sein können, dass sein System perfekt funktioniert hatte. Und so, wie es angelegt war, würde es keinerlei Beweise für irgendetwas anderes als einen Fahrfehler geben, denn jede halsbrecherische Aktion würde als vom Fahrer selbst stammend aufgezeichnet werden.

Für die Presse wäre es nur eine weitere Story über einen Star oder einen skrupellosen Raser ohne Respekt vor dem Gesetz – solange es niemand war, der überall beliebt war, in diesem Fall wäre es eine echte Tragödie, dass dieser Mensch so jung aus unserer Mitte gerissen wurde.

Die einzigen Menschen, die Mark Siddle vermissen würden, wären allerdings diejenigen, die seinen Tod befohlen hatten.

DIENSTAG

42
Philadelphia, Pennsylvania

Nach einer unruhigen Nacht, in der ich mich auf Gigis Schlafsofa herumgewälzt hatte, stand ich sehr früh auf, und es war noch nicht einmal acht, als ich vor dem Criminal Justice Center an der Filbert Street stand, auf Faye Devane wartete und hoffte, dass sie willens war, über jemanden zu sprechen, der vor mehr als dreißig Jahren gestorben war, jemanden, an den sie vielleicht nicht denken und über den sie wahrscheinlich erst recht nicht reden wollte.

Kurt und Gigi sei Dank hatte ich ein aktuelles Foto von ihr und eine feste Vorstellung davon, wo sie sich um diese Zeit aufhielt. Ich fand es nicht toll, dass Kurt sich in ihren E-Mail-Account und ihre Kreditkartenauszüge eingehackt hatte, aber ich konnte weder eine Verzögerung noch eine schroffe Ablehnung riskieren, die eine höfliche Anfrage mit hoher Wahrscheinlichkeit nach sich gezogen hätte.

Faye Devane stammte aus Philadelphia. Sie war in Glenwood aufgewachsen und hatte ein Stipendium für die George Washington bekommen, an der sie neun Jahre verbracht hatte, und das von einem Doktortitel in Jura gekrönt worden war. Danach war sie zurück nach Hause gegangen und hatte in Philadelphia als Anwältin gearbeitet. Sie lebte allein in einem Apartment in Bewerytown, hatte weder je geheiratet noch Kinder bekommen. Sie schien in ihrem Beruf aufzugehen und arbeitete ausschließlich für die Philadelphia Defenders Association, eine gemeinnützige Gesellschaft, deren Mitgliedern sowohl eine private Kanzlei als auch jegliches politisches Engagement verboten war. Dem Porträt nach, das meine unermüdlichen, wenn auch skurrilen Unterstützer von ihr gezeichnet hatten, vermutete ich, dass sie einen formidablen Gegner abgab, sowohl vor Gericht als auch bei einer Vernehmung.

Kurt hatte ihr Handy verfolgt, seit sie am Morgen um Viertel vor acht ihre Wohnung verlassen hatte, und mich benachrichtigt, dass sie innerhalb der nächsten fünf Minuten eintreffen müsste. Sie hatte die Angewohnheit, vor einem Gerichtstermin immer eine Stunde vor Sitzungsbeginn anwesend zu sein.

Nachdem ich ein paar Minuten den Strom der Fußgänger beobachtet hatte, sah ich sie näher kommen, in der Hand eine Aktentasche. Sie sah wesentlich jünger aus als sechsundfünfzig. Sie trug einen dunkelblauen Hosenanzug, der wahrscheinlich ihre blauen Augen zur Geltung brachte, die ich auf den Fotos gesehen hatte, und auf Hochglanz polierte schwarze Slipper. Ihr rabenschwarzes Haar war kurz – beinahe jungenhaft –, und es sah nicht aus, als hätte ihre schlanke Figur sich in den letzten dreißig Jahren stark verändert: kein Wunder, wenn sie nie den hormonellen Schwankungen und körperlichen Veränderungen ausgesetzt worden war, die Schwangerschaft und Geburt mit sich bringen. Es war immer noch leicht zu erraten, wie sie ausgesehen haben mochte, als sie meinen Vater kannte, und ebenso leicht zu sehen, warum ein Mann sich in sie verliebt haben könnte. Sie bewegte sich mit agiler Anmut und absolutem Selbstvertrauen – sowohl was ihren beruflichen Status als auch was ihre Erscheinung betraf.

Als sie an mir vorbeikam, trat ich ihr so höflich und harmlos in den Weg, wie ich konnte.

»Faye?«

Sie blieb stehen und nickte, ohne sich irgendetwas anmerken zu lassen. Wahrscheinlich hatte sie jahrelange Übung darin.

»Ich bin Sean Reilly, Colins Sohn.« Ich sah, wie erst Erkennen und dann Überraschung in ihre Augen traten, bevor sie sich für eine gezwungene Verwirrung entschied. »Können wir bitte reden? Nur ein paar Minuten?«

Sie machte Anstalten, an mir vorbeizugehen. »Ich weiß nicht, wer das sein soll.«

Ich streckte den Arm aus und lächelte sie entspannt und freundlich an. »Ich hoffe, vor Gericht lügen Sie besser.«

Sie bedachte mich mit einem ernsten, festen Blick: »Ich lüge nie vor Gericht. Das überlasse ich den Cops.« Sie nahm mich genauer unter die Lupe. »Sie sind selbst ein Cop, oder?«

Wieder versuchte sie, um mich herumzugehen, aber ich trat ihr in den Weg. »Faye …«

»Ich werde vor Gericht erwartet.«

Ich wusste, dass ich nur eine einzige Möglichkeit hatte, zu ihr durchzudringen.

»Ich bin kein Cop«, sagte ich. »Ich bin beim FBI. Und nach allem, was ich gelesen habe, haben Sie und ich etwas mit meinem Dad gemeinsam. Ihr ganzes Leben dreht sich darum, auch bei schärfstem Gegenwind noch für die Gerechtigkeit zu kämpfen. Mehr um das große Ganze als um persönlichen Gewinn. Er wäre stolz auf Sie gewesen. Ich hoffe, er wäre auch auf mich stolz gewesen.«

Einen Moment lang sagte sie gar nichts. »Was wollen Sie?«

»Nur reden. Geben Sie mir zehn Minuten. Bitte.«

Ihr Blick huschte zu ihrer Armbanduhr, dann sah sie mich an. Sie seufzte.

»Okay. Zehn Minuten. Hier entlang.«

Sie machte eine Handbewegung Richtung Osten die Straße hinunter. Während wir gingen, musterte sie mich von der Seite, sie schätzte mich ab, aber es war noch mehr als das – als suchte sie nach etwas in mir. Ich fragte mich, ob sie irgendwo in Gedanken wieder fünfundzwanzig war und neben meinem Vater herging.

»Sie sind von hier, oder?«

»Hören Sie, ich weiß, dass Sie wahrscheinlich mehr über mich wissen als ich selbst. Tun Sie mir einen Gefallen und sagen Sie mir nicht, wie Sie darauf gekommen sind, okay? Weil ich das nämlich lieber nicht wissen möchte.«

Schweigend gingen wir einen Block weiter. Ich dachte darüber nach, dass Tragödien das Leben entweder dominieren können, sodass alles, was danach kommt, sich nur darum dreht, oder dem Leben eine kristallklare Bestimmung geben können, wie es bei Faye passiert war, und wie schmal der Grat zwischen diesen beiden Möglichkeiten war. Darüber, was von beidem auf mein Leben zutraf, wurde noch beraten, auch wenn mein Leben viele Jahre lang eine Bestimmung gehabt hatte, war doch alles, was in den letzten paar Monaten geschehen war, nur von dem bestimmt worden, was Alex zugestoßen war, und vom Selbstmord meines Vaters. Ich hoffte nur, dass es noch einen Weg zurück auf die andere Seite gab.

Ich folgte ihr über die Twelfth Street und in den Reading Terminal Market, der die unteren Ebenen eines Lokschuppens aus dem 19. Jahrhundert einnahm. Sie führte mich zwischen den Marktständen hindurch – von denen die meisten nur tagsüber geöffnet hatten –, bis wir am Old City Coffee ankamen.

Ich fragte sie, was sie wollte, und bestellte, dann trug ich unseren Kaffee zu einem leeren Tisch am Rand, und wir setzten uns. Eine Weile saß sie mir schweigend gegenüber.

»Sie sehen aus wie er«, sagte sie schließlich, während ihr Blick über mein Gesicht tanzte. »Nicht nur die Augen. Der ganze Ausdruck.«

Ich nickte mit einem zaghaften Lächeln. »Das höre ich öfter.« Dann holte ich tief Luft und fragte sie: »Waren Sie mit ihm zusammen?«

Auch wenn sie versuchte, sich nichts anmerken zu lassen, konnte ich doch sehen, wie sie kurz die Luft anhielt und ihre Augen groß wurden. »Sie reden wirklich nicht lange um den heißen Brei herum, was?«

»Es tut mir leid, aber … ich wäre nicht hier, wenn es nicht wichtig wäre. Und ich bin kein verunsichertes Seelchen, das nach irgendeiner Art von Abschluss in der Beziehung zu seinen Eltern sucht, glauben Sie mir. Es hat mit einem Fall zu tun.«

»Was für einem Fall?«

»Seinem Tod.«

Dieses Mal versuchte sie nicht, ihre Überraschung zu verbergen. »Wovon reden Sie da? Und warum jetzt, nach all den Jahren?«

»Erzählen Sie mir erst von sich und ihm«, sagte ich.

Trauriger Ernst legte sich auf ihre Miene. »Wir waren zusammen«, sagte sie und wich meinem Blick aus. »Mehr als das.«

Auch wenn ich es vermutet hatte, traf mich die unverbrämte Bestätigung wie ein Faustschlag in den Magen. Die Vorstellung, dass mein Vater – ein Mann, den ich kaum gekannt hatte, jemand, den ich trotz der Art und Weise, wie er gestorben war, idealisiert hatte, oder vielleicht sogar gerade deswegen – ein Doppelleben geführt haben und meine Mutter betrogen haben könnte, war sogar nach all der Zeit schwer hinzunehmen.

Ich fragte: »Wie lange waren Sie zusammen?«

»Etwas über ein Jahr«, antwortete sie, ohne zu zögern. »Es tut mir leid, wenn das eine Enttäuschung ist, aber ich habe das Gefühl, Sie wollen die Wahrheit erfahren.«

»Das tue ich. Und ich weiß Ihre Aufrichtigkeit zu schätzen.«

Sie nickte, wandte den Blick ab und sah in die Ferne. »Ich bin nie ganz darüber hinweggekommen, wissen Sie? Er war etwas ganz Besonderes. Ein großer Teil von mir ist mit ihm gestorben. Und mir habe ich auch nie verziehen.«

»Was denn?«

Sie trank einen Schluck Kaffee zur Stärkung. »Ihr Vater hatte keinen Halt im Leben, als ich ihn kennengelernt habe, Sean. Er und Ihre Mutter … sie haben sich geliebt, aber sie waren nicht verliebt ineinander. Verstehen Sie, was das heißt? Ich meine, verstehen Sie das *wirklich*?«

»Die Zeit beeinflusst alle Paare, verheiratet oder nicht«, konterte ich. »Das liegt in der Natur des Menschen, ist es nicht so?«

»Ja, aber Ihr Vater … war ein leidenschaftlicher Mensch.« Sie errötete, dann schüttelte sie den Kopf. »So meine ich das nicht«, sagte sie. »Nicht, dass er nicht … was ich sagen will, ist, er hatte hohe Erwartungen ans Leben. Wollte viel davon. Und mit der Zeit war das Leben mit Ihrer Mutter schal geworden. Und sie war daran schuld, hatte er das Gefühl.« Sie zögerte, dann setzte sie hinzu: »Sie wissen, dass sie eine Fehlgeburt hatte?«

Und noch ein Schlag. Ich hatte keine Ahnung. »Nein.«

»Das tut mir leid … Sie hatte eine. Ein Mädchen. Im sechsten Monat. Sie wäre etwa vier Jahre jünger als Sie gewesen.« Sie holte Luft, musterte mich und überlegte offensichtlich, ob sie weitermachen sollte. »Es war schlimm. Colin hat gesagt, danach sei sie nie wieder dieselbe gewesen wie zuvor, da sei immer eine unterschwellige Traurigkeit gewesen. Und er konnte ihr das nicht verübeln. Es war einfach Pech gewesen. Aber es forderte seinen Tribut. Auch von ihm, erst wegen der Fehlgeburt, dann weil Ihre Mutter nicht damit fertigwurde. Er hat schon nachvollziehen können, dass sie am Boden zerstört war, das war er auch. Aber sie verharrte jahrelang in ihrer Trauer. Er konnte es in ihren Augen sehen. Es machte ihn am Ende auch missmutig und grämlich. Sein Funken war erloschen.«

»Und das hat sich geändert, als Sie in sein Leben getreten sind?«

Sie schien sich zunehmend unwohl zu fühlen.

»Bitte, Faye«, sagte ich. »Es ist in Ordnung. Ich verurteile Sie nicht, ganz und gar nicht. Ich muss es nur wissen. Es ist wichtig.«

Sie nickte und zwang sich, weiterzumachen. »Er wurde wieder lebendig, zumindest hat er mir gesagt, dass er es so empfand. Aber er konnte sich nicht dazu durchringen, Ihre Mutter zu verlassen. Oder Sie. Er hat immer gesagt, das stünde außer Frage, dazu stand er Ihnen beiden zu nahe. Er konnte es nicht.«

»Aber Sie wollten es?«

Ich beobachtete, wie sie den Erinnerungen erlaubte, an die Oberfläche zu steigen – Gefühle, die sie vielleicht seit Dreißig Jahren nicht mehr zugelassen hatte. »Ich würde lügen, wenn ich abstreiten würde, dass ich ihn am liebsten für mich allein gehabt hätte. Aber vor allem wollte ich, dass er glücklich war. Und ein Teil seiner Anziehungskraft beruhte darauf, was für ein guter Mensch er war. Ich weiß, das hört sich absurd an, aber seine unerschütterliche Treue zu Ihnen beiden – das machte ihn für mich nur noch attraktiver. Und dann, ein paar Wochen bevor er gestorben ist, hat er mir gesagt, er hätte beschlossen, Ihre Mutter zu verlassen. Er sorgte sich zwar um sie – um Sie hatte er sogar noch mehr Angst –, aber er hatte das Gefühl, dass er alles getan hatte, was in seiner Macht stand, um die Beziehung zu retten, und dass sie vielleicht glücklicher würde, wenn sie mit jemand Neuem noch einmal von vorne anfangen konnte, ohne die ganzen Belastungen. Er fragte, ob ich ihm Zeit lassen würde, bis er den richtigen Augenblick gefunden hätte. Ich weiß, das sagen viele Männer. Wie bei Meg Ryans Freundin in *Harry und Sally*, diese peinliche Geliebte, die sich Illusionen macht, dass ihr Typ seine Frau für sie verlässt, und die sie immer wieder daran erinnern müssen, dass er das niemals tun wird. Aber Ihr Vater war nicht so. Er hat nicht gelogen. Und ich konnte warten.« Sie senkte den Blick, und ihre Stimme brach ein wenig. »Hinterher habe ich mich so schuldig gefühlt. Ich dachte, wenn niemals etwas zwischen uns gewesen wäre, hätte er vielleicht nicht … Ich hätte nie gedacht, dass er tun würde, was er getan hat.«

Erst da sah ich, wie stark sie den Verlust noch empfand. Vielleicht immer noch so stark wie zu dem Zeitpunkt, als sie von seinem Tod erfahren hatte. Ein bodenloser Abgrund, der niemals gefüllt werden konnte.

Dennoch, irgendetwas passte nicht. »Deshalb fühlen Sie sich schuldig? Sie glauben, er hätte sich umgebracht, weil er nicht mehr mit seinem Doppelleben zurechtkam oder weil er es nicht schaffte, meine Mutter zu verlassen?«

»Nun, was sollte ich sonst denken? Das war die einzige Erklärung. Ich meine, er war ein starker Mann mit scharfem Verstand. Er schien alles im Griff zu haben, zwei vollkommen voneinander getrennte, parallele Leben, und er schien damit umgehen zu können und zufrieden zu sein. Aber mir fiel kein anderer Grund ein, warum er das getan haben könnte, und ich hatte nie irgendjemanden, mit dem ich darüber hätte sprechen können. Niemand wusste davon. Ist das nicht der Grund, warum Sie das alles fragen?«

»Glauben Sie, das war die Ursache seiner Depression?«

»Welche Depression?«

»In den Monaten vor seinem Tod war er in Therapie. Es war eine klinische Depression diagnostiziert worden. Er wurde deswegen behandelt.«

»Unsinn. Colin war nicht depressiv. Hin- und hergerissen, ja. Vielleicht sogar zerrissen. Aber deprimiert? Niemals. Ganz sicher nicht«, sagte sie zutiefst überzeugt. »Das hätte ich gemerkt. Er war sich sicher. Ja, er hatte ein schlechtes Gewissen wegen dem, was er tun wollte und weil er mich warten ließ, aber wie ich schon sagte, ich hatte es nicht eilig. Ich war sehr jung. Ich dachte nicht so weit voraus. Und ich hatte nicht die geringste Ahnung, wie viel er mir bedeutete.« Sie lehnte sich zurück und schwelgte sichtlich in Erinnerungen. »Er war glücklich, wenn er mit mir zusammen war. Wir waren glücklich.« Mit Betonung auf dem »wir«.

Gut. Jetzt wünschte ich mir, sie wäre etwas zurückhaltender gewesen.

Ich wandte den Blick ab, gab ihr ein bisschen Zeit, um sich wieder zu fangen. »Er war nicht in Therapie, da bin ich mir ganz sicher«, setzte sie in festem Ton hinzu. »Das hätte ich gewusst.«

»Meine Mutter wusste auch nichts davon. Ich bin mir ziemlich sicher, dass sie auch nichts von Ihnen wusste. Der Mann konnte Geheimnisse bewahren.«

»Nicht vor mir, glauben Sie mir. Nicht über etwas so Persönliches wie das.«

»Vielleicht konnte er sich nicht dazu durchringen, dem Psychiater von Ihnen zu erzählen, und da er keinen Grund für seine Depression finden konnte, hat der Psychiater es einer klinischen Depression zugeschrieben. So steht es im Bericht des Leichenbeschauers. Meine Mutter hat den Psychiater getroffen. Ich meine, immerhin hat er sich umgebracht – oder zumindest haben das damals alle angenommen.«

»Aber Sie denken etwas anderes?«

»Ich bin mir nicht sicher.«

Sie riss die Augen auf. »Sie glauben, er wurde *ermordet*?«

»Ich weiß es nicht.«

Ich hatte die ganze Nacht darüber nachgedacht. Wenn er eine Geliebte hatte und sich deswegen in einer Zwickmühle gesehen hat, dann hätte das eine Depression erklären können und vielleicht, vielleicht den Selbstmord. Aber wenn er vorhatte, meine Mutter – und mich – wegen ihr zu verlassen, dann bestärkte es meinen Verdacht. Jemand, der vorhat, mit seiner Geliebten ein neues Leben anzufangen, geht nicht hin und bläst sich das Hirn heraus. Und nach dem, was Faye mir erzählte, schien es ihn auch nicht übermäßig belastet zu haben. Jedenfalls nicht einmal annähernd genug, um einen Suizid zu erklären.

Ich fragte: »Was können Sie mir über die Tage oder Wochen vor seinem Tod sagen? Gab es irgendetwas, was ihn besonders beschäftigte?«

»Etwas, weswegen er sich hätte umbringen können? Oder weswegen er hätte umgebracht werden können?«

»Vielleicht.«

Sie trank ihren Kaffee aus, während sie darüber nachdachte. »Die großen Probleme des Landes haben ihn sehr beschäftigt, und das war keine gute Zeit«, sagte sie. »Wir steckten in einer tiefen Rezession. Die Inflation, steigende Zinsen, der Ölpreis – das waren große Probleme. Und es waren Präsidentschaftswahlen in dem Jahr, Reagan gegen Carter, ein großer Showdown … sie hatten gegensätzliche Ideale, Sie waren noch zu jung, um davon zu wissen. Es waren unruhige Zeiten. Dazu die Geiselnahme im Iran.«

»Ich erinnere mich, wie ich mit ihm und Mom zusammen

die Nachrichten darüber im Fernsehen gesehen habe«, sagte ich.

»Ja, das war eine große Sache damals.« Ein wissender Blick erhellte ihr Gesicht. »Als ich *Argo* gesehen habe, da musste ich an ihn denken. Armer Colin. Es war, als fühlte er sich für das ganze Land verantwortlich, so hat er sich das alles zu Herzen genommen.«

»Aber nichts im Besonderen?«

»Er hatte alles im Blick, so war er nun mal.«

»War da gar nichts Außergewöhnliches? Irgendetwas, das ihn mehr getroffen hat als der Rest?«

»Zu seiner Arbeit gehörten viele vertrauliche Gespräche, müssen Sie wissen, Dinge, über die er mit mir nicht sprechen konnte und niemals gesprochen hätte. Ein paar Wochen vor seinem Tod hat sich ein alter Freund aus Collegezeiten bei ihm gemeldet, und er wollte, dass ich ihn treffe. Es war, als hätte er ein neues Kapitel in seinem Leben aufgeschlagen, in das er mich einbeziehen konnte, ein Teil seiner Vergangenheit, aus dem er mich nicht ausschließen musste. Wir konnten sogar ausgehen und uns mit ihm treffen, er musste mich nicht verstecken, weil der Mann nicht einmal in den USA lebte. Und es war toll, ihn kennenzulernen. Aber da ging es nicht nur um ein freundschaftliches Treffen, sie haben zusammen an etwas gearbeitet, und daran durfte ich nicht teilhaben. Was frustrierend war, weil sein Freund wirklich lustig war und ich mehr über sein Leben und seine Reisen erfahren wollte, ganz besonders wegen dieses Akzents. Und ein paar Wochen später war Colin tot. Ich konnte es nicht fassen und kann es heute immer noch nicht fassen, obwohl es mich geprägt hat. So ist das Leben.«

Etwas von dem, was sie gesagt hatte, hatte mich aufhorchen lassen, hatte einen Spalt in meinen Gedanken aufgerissen. »Was für ein Akzent?«

»Wie bitte?«

»Sein Freund. Was hatte er für einen Akzent?«

»Oh«, erinnerte sie sich. »Portugiesisch. Er war aus Portugal. Und ich liebe diesen Akzent, es hört sich an wie bei Brasilianern. Jahrelang habe ich da mitgesungen, ohne zu wissen, was die Worte bedeuten, Salsa und Bossa nova, Antonio Carlos Jobim und …«

Der Spalt erleuchtete sich, als wollte Lava daraus hervorbrechen. »Portugiesisch? Wie hieß er? Wissen Sie das noch?«

Über ihrer Nase bildeten sich Falten, als sie ihre Erinnerungen nach einem lang vergessenen Namen durchforstete, dann sagte ich: »Camacho vielleicht? Octavio Camacho?«

Sie zog überrascht den Kopf zurück. »Ja, genau. Woher wissen Sie das?«

43

Camacho. Der portugiesische Journalist, dessen Namen Kurt und Gigi in dem CIA-Dossier aufgetan hatten, das in Zusammenhang mit Corrigan stand, und der im selben Jahr wie mein Vater bei einem Kletterunfall umgekommen war. Ich musste das genaue Datum überprüfen, aber ich war mir sicher, dass er in den Wochen, wenn nicht Tagen, um den Tod meines Vaters herum gestorben war.

Sie hatten sich gekannt. Mehr als das – sie waren zusammen aufs College gegangen.

Ich hatte Schwierigkeiten, meine stillen Flüche für mich zu behalten. Worüber hatten die verdammt noch mal geredet? Und warum waren sie beide gestorben? Mein Bauch sagte mir, dass beide getötet worden waren, um sie zum Schweigen zu bringen. Andererseits quälte mich Nicks Warnung aus jener Nacht, dass mein Vater auch zu den Bösen gehört haben könnte.

Im Augenblick kam es aber darauf an, die ganze Sache für Faye herunterzuspielen. Ich wollte sie nicht in Gefahr bringen, und schon gar nicht wollte ich, dass sie anfing, sich dafür zu interessieren, was wirklich mit meinem Vater passiert war. Ein besessener Gesetzloser reichte.

»Mir ist nur eingefallen, dass meine Eltern mal über ihn gesprochen haben«, sagte ich. »So einen ungewöhnlichen Namen merkt man sich.« Um sie von dem Thema abzubringen, fragte ich: »Sie wissen nicht zufällig, woran die beiden gearbeitet haben?«

»Nein. Ich weiß nur, dass es wichtig war. Es hat Colin tagelang beschäftigt, aber er wollte mir nicht sagen, was los war. Ich weiß nur, dass er sich mit einer schweren Entscheidung herumgeplagt hat. Warum fragen Sie nicht Octavio? Ich bin sicher, dass Sie ihn ausfindig machen könnten.«

Es überraschte mich, dass sie anscheinend nicht wusste, dass Camacho tot war. Also war er nach meinem Vater gestorben – und angesichts der Tatsache, dass sein Tod nicht einmal in Portugal Nachrichtenwert gehabt hatte, war es nicht verwunderlich, wenn sie hier in den USA nichts davon mitbekommen hatte. Wäre er vor meinem Vater gestorben, hätte mein Vater doch sicherlich etwas darüber zu ihr gesagt, oder? Und sie hätte es doch mitbekommen, selbst wenn er es ihr nicht gesagt hätte – es sei denn, er hätte es gezielt vor ihr verborgen.

Nicks Worte ließen mich schon wieder nicht in Frieden, lästig wie eigensinnige Fliegen.

Hier gab es nichts mehr, was ich erfahren konnte. Ich trank meinen Becher aus, und wir standen beide auf, um zu gehen. Ich sagte, dass ich froh war, sie getroffen zu haben, trotz der Umstände und des traurigen Themas.

Als wir ins Freie traten, fragte sie: »Lassen Sie es mich wissen, wenn Sie etwas herausfinden?«

Ich war mir nicht sicher, dennoch sagte ich: »Gewiss.«

Im Weggehen beschloss ich aber, dass ich es tun würde. Ich konnte mich des Eindrucks nicht erwehren, dass ich die Wahrheit ebenso für sie wie für meine Mutter und für mich herausfinden wollte.

Nachdem ich wieder in den BMW eingestiegen war, sah ich auf die Uhr auf dem Armaturenbrett und rief Gigi und Kurt an. Ich bat sie, ihre Anstrengungen bezüglich Camacho zu verdoppeln. Er war eindeutig der Schlüssel, um herauszufinden, was mit meinem Vater geschehen war.

Kurt sagte, er habe Neuigkeiten für mich: Er hatte es geschafft, sich in den Rechner von Rossettis Boss einzuhacken und den Verlauf seiner Online-Suche in den Tagen vor seinem Tod herunterzuladen. Wie nicht anders zu erwarten beim Chefredakteur von einer der führenden Zeitungen, gab es eine ganze Menge. Ich sagte, dass wir uns das ansehen würden, wenn ich zurück war. Dann machte ich es mir bequem für die zweieinhalbstündige Fahrt runter nach Bethesda, Maryland, zu dem zweiten Geist aus einer nebligen Vergangenheit, den Kurt und Gigi für mich ausgegraben hatten.

Es war Zeit für einen Plausch mit Dr. Ralph Orford, ich wollte hören, was er zum Geisteszustand meines Vaters zu sagen hatte.

Sandmann kam um zwanzig nach neun auf dem Reagan National Airport an. Er hatte fast die ganzen zwei Stunden und fünfundzwanzig Minuten geschlafen und war erst aufgewacht, als der Jet landete. Im Parkhaus A wartete ein Wagen auf ihn, der Schlüssel lag am üblichen Platz, seine Ausrüstung war im verschlossenen Kofferraum.

Er hatte sich nicht die Mühe gemacht, in Miami am Unfallort noch auf den Krankenwagen, die Feuerwehr und die Polizei zu warten, er hatte keine Bestätigung dafür gebraucht, dass Siddle tot war. Das Gebäude, das jetzt den Lamborghini beherbergte, war durch den Aufprall so stark beschädigt worden, dass der leitende Officer der Feuerwehr es unverzüglich für unsicher erklärt und die Wohnungen im ersten und zweiten Stockwerk evakuiert hatte. Das Ausmaß dieses Kollateralschadens war nur eine weniger als unzureichende Hommage an einen Mann, der, ohne mit der Wimper zu zucken, so viele Menschen getötet hatte.

Als Sandmann zurück zum Miami International Airport gefahren war, war es nach vier Uhr morgens gewesen. Er hatte die beiden Stunden vor dem Einchecken genutzt, um die Akte zu seinem nächsten Auftrag zu lesen.

Er kannte den Ruf des Psychiaters, nicht aber ihn persönlich. Wie immer würde Sandmann sich in sein Opfer hineinversetzen, aber in diesem Fall würde es so gut wie unmöglich sein, diesbezüglich auch nur ansatzweise an das Niveau seiner Zielperson heranzukommen.

44

Bethesda, Maryland

Mein früher Start in den Tag zahlte sich aus, es war noch nicht einmal Mittag, als ich von der I-495 ab und nach Bethesda hineinfuhr. Der Verkehr war schwach, und kurz darauf rollte ich die Old Georgetown Road entlang, an der Ralph Orford seine Praxis hatte.

Es war Zeit für die dritte Station meiner Magical-Mystery-Tour in die Vergangenheit. Mutter, Geliebte, Psychiater – es war wie ein Dreierblatt aus einem Tarot-Kartendeck von Woody Allen.

Kurt und Gigi hatten herausgefunden, dass sich Orfords Leben in den letzten dreißig Jahren kaum verändert hatte. Die einzige Anpassung bestand in der Reduktion der Stunden, in denen er Patienten behandelte, sowohl in seiner Praxis als auch in den psychiatrischen Abteilungen der wenigen Krankenhäuser, die er betreute. Bis vor fünf Jahren hatte Orford noch jeden Montag mindestens zehn Stunden im Walter-Reed-Krankenhaus verbracht, wo er sich vor allem für die komplexeren Fälle interessiert hatte. Dienstags bis donnerstags war er in seiner Praxis. Freitags besuchte er abwechselnd einige private psychiatrische Krankenhäuser, die Wochenenden hielt er sich frei für Golf oder die Jagd.

In der Tat wusste ich immer noch nicht, als was sich Orford entpuppen würde. War er der Psychiater meines Vaters gewesen, hatte ihn korrekterweise als depressiv diagnostiziert und vor seinem Tod behandelt? Oder war er ein CIA-Gewächs, das erst nachträglich eingeflogen worden war, um den Bericht des Leichenbeschauers zu unterfüttern und alle Verdachtsmomente, die beim Tod meines Vaters hätten auftauchen können, auszuräumen?

Natürlich neigte ich zu Letzterem, und für jemanden, den ich verdächtigte, die Schlüsselrolle in einer noch von mir aufzudeckenden Verschwörung gespielt zu haben, war sein Leben ein beinahe offenes Buch – zumindest, wenn man zwei talentierte Hacker zur Verfügung hatte, die den digitalen Brotkrumen folgen konnten und seine Bewegungen so akkurat nachvollziehen konnten, als hätte er einen GPS Tracker verschluckt. Es gab Lücken – einige sogar über ein paar Tage –, die zu jemandem passen würden, der unter allen möglichen Tarnungen reiste, und Gigi hatte es noch nicht geschafft, auch nur eine davon aufzudecken. Falls er für Corrigan gearbeitet hatte, machte das Sinn, denn dann hätte er, um wasserdichte Legenden zu stricken, auf die gesamte Ressourcen-Palette der CIA zurückgreifen können.

Typisch für die Achtzigerjahre zählte seine Klientenliste Kongressabgeordnete, Lobbyisten, Journalisten, Manager, die auf der Fortune-500-Liste standen, und Universitätsprofessoren auf, und mir sah das nach einer unversiegbaren Quelle vertraulicher Informationen aus. Wenn Orford in der Tat Dreck am Stecken hatte, dann hatten er und seine Führungsoffiziere jedenfalls sehr sorgfältig abgewogen, wie und in welchem Ausmaß sie Informationen nutzten, was dadurch belegt wurde, dass Orford während seines gesamten Berufslebens nicht einen Flecken auf seiner weißen Weste davongetragen hatte.

Das kleine Bürogebäude, in dem die Räumlichkeiten von Orfords Praxis lagen, hatte in den letzten zwölf Jahren außerdem zwei Zahnärzte, einen Gynäkologen, einen Hausarzt und eine Ernährungsberaterin beherbergt – alle im ersten und zweiten Stock über einem Reisebüro für Luxusreisen, was so ziemlich das einzige Segment war, das den Exodus dieses Geschäftszweiges aus der wirklichen Welt ins Internet überlebt hatte.

Ich fuhr an den Reihen der Autos vorüber, die zu beiden Seiten der Straße parkten, und fand einen Parkplatz um die Ecke, hinter dem Gebäude. Ich stieg aus, ging zurück und hatte gerade die Ecke erreicht, als ich etwas erblickte, das mich auf der Stelle stehen bleiben ließ.

Ein Mann mit Baseballcap und Handschuhen ging auf das Gebäude zu.

Sandmann parkte etwa fünfzig Meter von Orfords Büro entfernt. Er war seit elf Uhr dort, spielte seinen Plan in Gedanken durch und wartete auf die Zeit, in der man eine frühe Mittagspause beginnen konnte.

Während er wartete, fragte er sich, wohin ihn diese Krise als Nächstes führen würde. Wenn alles nach Plan verlief, dann würden nur Roos und Tomblin übrig bleiben. Sandmann fragte sich, wer von beiden als Erster blinzeln würde – wenn es denn überhaupt einer von beiden tat. Sie hatten nicht zusammengerechnet mehr als fünfundsiebzig Jahre in der Welt der Geheimdienste überlebt, ohne zu wissen, wie man eine Bedrohung niederstarrte, aber Sandmann hatte den starken Verdacht, dass dies vielleicht eine der katastrophalsten Situationen sein könnte, in der sie sich je befunden hatten. Sandmanns Erfahrung nach konnte selbst der kampfgestählteste Soldat die Nerven verlieren, wenn er mit etwas konfrontiert wurde, das seine Einsatzerfahrungen überschritt, und auch wenn er beiden Männern, deren Aufträge er klaglos und ohne Einwände ausführte, vertraute, vermutete er doch, dass einer von ihnen mit größerer Wahrscheinlichkeit die Nerven verlieren würde als der andere.

Er sah auf die Uhr – fünf vor zwölf – und tippte genau in dem Augenblick auf das Wählfeld seines Smartphones, als ein weißer BMW vorbeifuhr. Wegen der getönten Scheiben und weil der Fahrer gerade den Kopf von ihm abgewandt hatte, konnte er das Gesicht nicht erkennen, aber der Wagen fiel ihm sowieso nicht als bedrohlich auf.

Nachdem es ein paar Mal geklingelt hatte, meldete Orford sich.

Sandmann sagte: »Die Saison für Sikahirsche ist zu Ende, aber stark begrenzt wird es noch Abschüsse geben. Angesichts unserer gemeinsamen Interessen sollten wir dies bei der ersten sich bietenden Gelegenheit diskutieren.«

In dem Schweigen, das folgte, konnte Sandmann hören, wie Orford die Information verarbeitete.

»Ich schicke Violet in eine frühe Mittagspause.« Orfords Stimme klang ruhig, aber konzentriert.

»Gut.«

Zwei Minuten später beobachtete er, wie eine junge Frau in einem modischen Mantel über einem Bleistiftrock – Haar, Make-up und Haltung waren perfekt – aus dem Gebäude kam und in Richtung einer Reihe von Restaurants drei Blocks weiter südlich davonging.

Sandmann sah in den Spiegel, stieg aus und ging den Bürgersteig entlang zu Orfords Praxis.

Es waren das Baseballcap und die Handschuhe, die ihn verrieten.

Als ich stehen blieb und zusah, wie er auf das Gebäude zuging, verwob sich das, was meine Augen aufnahmen, in meinem Gehirn mit einer unwillkürlichen Erinnerung. Auch wenn der Mann jetzt glatt rasiert war und keine Brille mehr trug – sein Gesicht war halb hinter dem hochgeschlagenen Kragen eines altmodischen Kurzmantels verborgen –, erkannte ich in ihm sofort den Bärtigen aus Kirbys Garage. Die Chancen standen wohl ziemlich schlecht, dass er hier war, um eine All-inclusive-Reise durch Italiens Opernhäuser zu buchen.

Schnell zog ich das Telefon heraus, um ein Foto von ihm zu machen, aber ich war zu langsam: Er hatte den Eingang bereits erreicht und sich abgewandt, um zu klingeln.

Mit einem leisen Fluch steckte ich das Telefon wieder ein und beobachtete ihn weiter. Der Killer zog die Glastür mit den Metallstreben auf und verschwand im Inneren. Ich stürmte die Straße entlang und kam gerade noch rechtzeitig, bevor die Tür zufiel, mit Mühe schaffte ich es, sie aufzuhalten, bevor das Schloss einrastete. Hinter dem Glas erhaschte ich noch einen Blick auf Kirbys Mörder, bevor er durch eine Brandschutztür in der Ecke der kleinen Lobby verschwand. Es war nicht überraschend, dass er nicht den Aufzug nahm, denn das senkte das Risiko beträchtlich, jemandem zu begegnen.

Wenn ich ihm die Treppe hinauf folgte, würde ich mich zu einem leichten Ziel machen, also ging ich zum Aufzug, drückte den Knopf und wartete.

Dieses Mal würde der Scheißkerl nicht davonkommen.

45

Sandmann kam im ersten Stock an, vergewisserte sich, dass der Flur leer war, dann trat er aus dem Treppenhaus und ging an der Zahnarztpraxis vorbei zu Orfords Büro. Gegenüber der Eingangstür zur Zahnarztpraxis befand sich eine Gemeinschaftsküche. Im Augenblick war sie leer, würde aber sicher bald gut genutzt werden.

Sandmann würde etwa zehn Minuten brauchen.

Er fand die Tür zu Orfords Praxisräumen und trat ein, dann schloss er die Tür hinter sich ab, durchquerte den Empfangsbereich, betrat das Büro des Psychiaters und schloss wieder die Tür hinter sich.

Ralph Orford saß in einem großen Ledersessel hinter einem glänzenden Eichenschreibtisch, auf dem ein aufgeklappter Laptop stand, eine Stifteschale, ein Tintenlöscher und verschiedene Golfpokale. Das Büro war geschmackvoll eingerichtet, an den Wänden hingen vor allem großformatige Schwarz-Weiß-Fotografien aus den Nationalparks von Maryland. Ein paar persönliche Fotos waren auf einem lackierten Aktenschrank neben einem großen Fenster aufgestellt. In einem halbhohen Regal stand eine altmodische Stereoanlage. Daneben in geschmackvollen Wandregalen befanden sich mindestens fünfhundert CDs. An der hinteren Wand stand neben einer Tür ein Ledersofa.

Orford musterte Sandmann von oben bis unten. »Das verstößt gegen jedes Protokoll.«

»Ganz und gar nicht«, entgegnete Sandmann. »Sonst würden wir jetzt nicht miteinander sprechen.«

»Aber dass Sie hierherkommen? Am helllichten Tag? Das ist absolut inakzeptabel.«

Sandmann setzte sich auf einen der beiden Stühle, die dem Schreibtisch gegenüberstanden. Er konnte sehen, dass der arme Kerl versuchte, cool zu wirken, aber bis ins Mark erschüttert war.

»Wir brauchen Sie«, sagte er zu Orford. »Die Zeit reichte nicht, um ein geheimes Treffen zu arrangieren.«

Allein die beiläufige Erwähnung veranlasste schon eine sichtbare Veränderung in Orfords Haltung. Er atmete hörbar aus, dann fragte er: »Was brauchen Sie?«

»Es gibt da einen Senator, der ist wie ein Straßenköter, der einen besonders saftigen Knochen nicht loslassen möchte. Es muss aussehen, als wäre er verrückt geworden. Als wäre alles, was er im letzten Jahr getan hat, den Wahnvorstellungen eines verwirrten Geistes zuzuschreiben. Das Ganze muss so öffentlich und schmutzig wie möglich über die Bühne gehen. Ein totaler Zusammenbruch. Irgendwas, das ihn an den Anfang der Sechs-Uhr-Nachrichten bringt.«

»So was wie bei dem ukrainischen Botschafter?«

»Genau so was.«

Orford riss die Augen auf. »Sie wissen aber schon, dass das schwer vorhersehbar ist? Das liegt in der Natur der Sache. Die Leute reagieren sehr unterschiedlich, je nachdem, was sie in den Falten ihrer Gehirne so abgespeichert haben.«

»Das wird schon passen.«

»Lieferung?«

»Injektion. Er ist Diabetiker, also wird die Einstichstelle einer Insulininjektion zugeschrieben werden.«

Nach kurzem Nachdenken stand Orford auf. »Ich hab noch was im Kühlschrank. Sie werden die richtige Spritze brauchen.«

Sandmann drehte sich zur Seite, als Orford aufstand und zu einer in die Wand eingelassenen Tür ging. Er zog einen Schlüssel aus der Tasche und schloss sie auf. Dahinter befand sich eine Kammer, in der ein abgeschlossener Kühlschrank, ein Brandschutzsafe, ein Set Golfschläger und vom Boden bis zur Decke Regale voller vertraulicher Patientenakten standen.

»Er braucht null Komma zwei Milliliter pro Kilogramm Körpergewicht. Intramuskulär.«

»Oberschenkel. Ja, ich weiß.«

»Wie viel wiegt er?«

»Ungefähr so viel wie Sie, schätze ich«, sagte Sandmann.

Orford fiel die Tragweite dieser Bemerkung nicht auf, als er den Kühlschrank aufschloss und eine kleine Ampulle herausholte. Dann zog er an einem schmalen Metallschränkchen eine Schublade auf und wählte bedächtig eine kleine Spritze aus.

Ich hatte die Tür zu Orfords Praxisräumen in weniger als dreißig Sekunden auf. An der Rezeption saß niemand, aber aus Orfords Büro konnte ich Stimmen hören. Ich zog eine der FBI-Glocks aus der Manteltasche und schlich zur Tür.

»Ich denke, ich sollte mir vorher noch seine Krankenakte ansehen. Möglich, dass er irgendwelche Medikamente einnimmt, die mit der Droge ungünstig reagieren.« Ich nahm an, dass es Orford war, der das gesagt hatte.

»Oh, ich bin mir sicher, das wird nicht nötig sein.« Die Stimme erkannte ich. Und eine kaum verhohlene Drohung schwang in ihr mit. »Sagen Sie, Doc, nehmen Sie irgendwelche Medikamente?« Einen Moment war es still im Raum, dann hörte ich Orford, seine Stimme nun eindeutig voller Angst. »Was machen Sie … nein, warten Sie. Das können Sie nicht tun!« Angst wich rasch Ungläubigkeit. »Mein Gott! Padley? Das waren Sie? Sie haben das getan?«

»War doch ein passender Tod, finden Sie nicht?«

»Aber … warum?«, jammerte Orford.

»Sehen Sie's als Hommage an seine Arbeit – und in diesem Fall an Ihre.«

»Sie werden es aussehen lassen, als hätte ich mir die Spritze selbst gesetzt? Das nimmt Ihnen doch niemand ab.«

»Warum nicht?«, fragte der Killer. »Hoffman, Lilly, Bob Wilson. All die großen Vorreiter der Bewusstseinsforschung wollten irgendwann die Grenzen überschreiten. Sie wollten wissen, was da war, bevor sie irgendwen anders da reinschickten. Und Sie sind einer von den ganz Großen, Doc. Sie würden doch auf keinem anderen Weg gehen wollen, oder?«

»Aber warum?«, fragte er wieder.

»Wir räumen nur ein bisschen auf. Sehen Sie's als letzte Vollendung des Werks der Putzkolonne.«

»Und Siddle?«

Der Killer antwortete nicht. Musste er wohl auch nicht. Dann hörte es sich an, als hätte Orford, bei dem Versuch zu entkommen, etwas umgestoßen. »Nein, bitte …«

»Kommen Sie, Doc. Machen Sie's uns nicht so schwer.«

Es war Zeit, einzugreifen. Ich drehte so leise wie möglich den Türknauf, dann stieß ich mit der Schulter die Tür auf und sprang mit gezogener Waffe hinein.

Der Killer hatte bereits den linken Arm um Orfords Kehle gelegt und hielt die Nadel direkt über Orfords Hals, als ich die Waffe auf ihn richtete.

»Loslassen!«, brüllte ich, während ich näher herantrat. »Lassen Sie ihn sofort los.«

Orford schrie: »Nein!«, als der Killer ihm die Spritze in den Hals stieß, den Finger auf dem Stempel.

Ich dachte, ich könnte eine Salve auf die Hand des Scheißkerls abgeben, bevor er die Droge in Orfords Blutbahn drückte, aber schon in dem Augenblick, in dem ich das dachte, drehte er sich und sein Opfer so, dass seine Hand durch die Schulter des Psychiaters verdeckt wurde.

Der Kerl war nicht nur gut. Er war außergewöhnlich gut.

Eine Sekunde lang bewegte ich mich gar nicht. Er ebenso wenig. Ich konnte sehen, dass er in Gedanken schnell seine Möglichkeiten durchging. Er schaute mich direkt an, sein Blick aber huschte so schnell hinter Orfords Kopf hin und her, dass ich seine Augen immer nur ganz kurz sehen konnte, sie waren so dunkel, dass sie beinahe schwarz aussahen.

»Im Ernst«, sagte er. »Sie wollen diesen Kerl hier retten? Nach allem, was er Ihrem Sohn angetan hat?«

Verwirrung malte sich auf Orfords Miene, aber ich hatte nur das gleißend helle Aufflackern der blendenden Wahrheit vor Augen. Die Logik war unanfechtbar, elegant und doch vollkommen pervers. Das war der Kerl, der Alex programmiert hatte. Derselbe, der vielleicht meinen Vater dazu getrieben hatte, sich selbst zu töten.

Es schien mir nur recht, seine Erinnerung aufzufrischen.

»Alex Martinez«, zischte ich dem Arzt zu. »Mein vier Jahre alter Sohn, in San Diego. Der Job, mit dem Corrigan Sie beauftragt hat.«

Orford konnte nicht verbergen, dass er sich erinnerte.

Der Killer musste gefühlt haben, wie sich Orfords Körper kurz anspannte – ein kristallklares Zeichen dafür, dass er wusste, wovon ich redete.

Ich konnte spüren, wie sich mein Finger um den Abzug spannte, schon bevor mein Gehirn meiner Hand den Befehl erteilt hatte. Und gerade als der Teil von mir, der immer noch zu einem vernünftigen, klar denkenden FBI-Agenten gehörte, meinen bloßen Rachedurst gegen ein mögliches Armageddon abwog, drückte der Killer den Stempel herunter und stieß sein schreiendes Opfer auf mich zu, bevor er blitzschnell und routiniert seine Waffe zog.

Ich konnte nicht zielen, weil Orford auf mich zutaumelte, wobei seine Hände verzweifelt nach der Spritze tasteten. Ich duckte mich um ihn herum und feuerte zwei Mal, genau in dem Augenblick, in dem drei Kugeln aus der automatischen Waffe des Killers die Luft da zerschnitten, wo ich den Bruchteil einer Sekunde zuvor noch gestanden hatte, und hinter mir in einem perfekten Tötungsmuster in die Wand einschlugen. Meine eigenen Schüsse gingen fehl, auch wenn ich mir nicht viel dabei dachte.

Meine Güte, der Mann konnte sich bewegen.

Ich duckte mich nach links, während der Kerl noch mehr Schüsse auf mich abfeuerte, bevor er zum Fenster hinaussprang.

Wir waren im ersten Stock – es war schlichtweg unmöglich, dass er das unbeschadet überstand, dachte ich, während ich ans Fenster stürzte, aber da war er, rollte sich perfekt auf dem feuchten Erdboden ab und kam auf die Füße. Er war schon wieder auf den Beinen, als ich noch einige Salven auf ihn abgab, während er Haken schlagend auf dem Bürgersteig davonrannte.

»Scheiße!«

Ich mahlte so heftig mit den Zähnen, dass ich merkte, wie die Wurzeln im Kieferknochen arbeiteten. Nach einem Augenblick ohnmächtiger Wut und Frustration wurde mir klar, dass

Orford unverzüglich medizinische Hilfe brauchte, wenn er lange genug am Leben bleiben sollte, um meine Fragen zu beantworten – aber die Tür zu seinem Büro stand auf, und er war nirgendwo mehr zu sehen.

Wo zum Teufel steckte er?

Ich lief in den Empfangsbereich. Niemand war da, und die Tür stand offen. Mit erhobener Waffe schlich ich darauf zu und lugte in den Flur hinaus. Gegenüber, ein bisschen den Flur hinunter, stand Orford in der Küche, in jeder Hand ein großes Küchenmesser.

Ich bewegte mich auf ihn zu. Dankenswerterweise war der Bereich ansonsten leer. »Orford, wir müssen reden. Über meinen Vater, Colin Reilly. Dann besorge ich Ihnen die Hilfe, die Sie brauchen.«

Er starrte mich mit manischem Blick an, seine Pupillen waren geweitet, als blickte er ins schwärzeste aller schwarzen Löcher, sein Gesicht war schweißüberströmt, die Hand mit dem Messer bewegte sich ruckartig hin und her.

»Bleib stehen«, zischte er. »Du kriegst mich nicht auch noch.«

Ich öffnete die Arme zu einer beruhigenden Geste, dabei hielt ich die Waffe so, dass sie nicht mehr auf ihn gerichtet war, und streckte ihm die andere Handfläche entgegen.

»Orford«, sagte ich. »Legen Sie das Messer weg und reden Sie mit mir. Mehr will ich ja gar nicht. Colin Reilly. 1981. Ich muss wissen, was geschehen ist. Ich muss wissen, was Sie mit ihm gemacht haben.«

Er starrte mich mit nackter Angst an. »Ich weiß, was du bist. Ich weiß, was du innerlich wirklich bist – *das*«, stieß er mit einer Mischung aus Angst und Abscheu hervor. »Mich legst du nicht rein. Bleib … mir vom Leib. Du kommst nicht in mich rein. Verstehst du? Du kriegst mich nicht auch noch!«

Was immer ihm verabreicht worden war, übermannte ihn und brachte seinen Geist gründlich durcheinander. Mir wurde klar, dass ich vielleicht nicht mehr viel Zeit hatte. »Orford, beruhigen Sie sich. Reden Sie mit mir. Was haben Sie mit meinem Vater gemacht?«

»Mit deinem Vater? Woher zum Teufel soll ich das wissen? Deine Leute … wahrscheinlich haben die ihn auch geholt. Wie sie alle geholt haben. Alle!«

»Orford, legen Sie das Messer weg«, sagte ich, während ich mich näher an ihn heranschob. »Ich bin vom FBI.« Ich versuchte, so beruhigend und harmlos zu klingen, wie ich konnte, aber er wich vor mir zurück, von Angst geschüttelt, sein Blick huschte irre von links nach rechts – dann sah er das Fenster.

Unsere Blicke trafen sich – nun drehte er endgültig durch und schrie: »Mich kriegt ihr nicht, ihr Arschlöcher!« und warf das Messer nach mir – ein lausiger Wurf, es fiel harmlos an mir vorbei –, bevor er zum Fenster sprang. Ich warf mich ihm hinterher, schaffte es aber nicht mehr rechtzeitig zu ihm, um ihn noch zu packen, bevor er es aufriss und sich hinausstürzte.

Seine Landung war nicht im Mindesten so elegant wie die des Killers. Er lag ausgestreckt unten auf der Erde, Hals und Arme unnatürlich verdreht.

Ich eilte die Treppe hinunter und nach draußen und erreichte ihn im selben Moment wie die ersten Gaffer, die sich zögernd seinem ausgestreckten Körper näherten. Blut sickerte aus seinem Mund, und seine Augen starrten leer in die Ferne.

»Einer soll den Notruf wählen! Schaffen Sie einen Krankenwagen her«, brüllte ich den schockierten Gesichtern entgegen, während ich versuchte, mich auf das zu konzentrieren, was wirklich eine Rolle spielte. Ich beugte mich nach unten zu Orfords Gesicht. Er atmete noch. »Orford. Erinnern Sie sich. Sie *müssen* sich erinnern! Colin Reilly? Er hat sich erschossen.«

Seine Augen flackerten, dann schaute er an mir vorbei mit dem Blick einer Seele, die dermaßen verloren, dermaßen gepeinigt war, dass es mir schwerfiel, nicht wegzusehen. »Deshalb bist du hier, ja? Um uns zu befreien. Ralph, Mark, mich, Reilly …«

Ich verstand kein Wort. »Was meinen Sie? Kannten Sie meinen Vater? Kannten Sie Colin Reilly?«

»Reilly … ja, er war … interessant.«

Ich kniete mich hin und nahm Orfords Kopf zwischen die Hände, in dem Wissen, dass dies meine allerletzte Chance war. »Orford. Bitte. Sagen Sie mir, was geschehen ist.«

Sein Blick hielt meinen fest, aber es war kaum Licht darin. Dann flackerte er, und da war nichts mehr.

Das Heulen von Sirenen in der Entfernung drang in mein Bewusstsein.

Ich muss hier weg.

Ich stand auf, steckte die Waffe ein, zog meine Marke hervor und verlieh meiner Stimme so viel Befehlsgewalt, wie ich aufbringen konnte.

»Ich muss den Mann verfolgen, der hierfür verantwortlich ist. Sagen Sie der Polizei, dass sie die Mordwaffe in Orfords Büro auf dem Boden finden. Sagen Sie ihnen, dass ein Mann hier war, der geschickt wurde, um ihn zu töten. Er ist aus Orfords Bürofenster gesprungen und geflohen.«

Ich wollte gerade loslaufen, als mir der aufgeklappte Laptop auf Orfords Tisch einfiel. Ich musste es riskieren. Also rannte ich zurück ins Haus und die Treppen zu Orfords Praxis hoch, wo ich den Laptop schnappte und ihn in seine eigene Laptoptasche steckte.

Ich war fast wieder an der Treppe, als die Sirenen direkt vor dem Gebäude erklangen.

Ich blieb stehen und trat dann an das Küchenfenster.

Zwei Streifenwagen des Montgomery County Police Department und ein Krankenwagen standen vor dem Haus. Vier Cops und zwei Rettungssanitäter rannten zu Orford.

Ich sah, wie die Rettungssanitäter sich an die Arbeit machten, und wartete, bis die Cops im Haus verschwunden waren, dann schlang ich mir die Tasche über die Schulter und eilte zurück in Orfords Büro. Ich würde denselben Weg hinausnehmen müssen wie der Killer. Ich schnappte mir die ordentlich zusammengefaltete Decke, die auf dem Ledersofa lag, und hängte sie in den Fensterrahmen. Auf keinen Fall würde ich hinausspringen. Ich würde versuchen, mich aus dem Fenster abzuseilen und dann zu springen, was die Höhe auf etwa vier Meter fünfzig reduzierte.

Als ich ein Bein über das Fensterbrett schwang, fiel mir noch etwas auf. Ein Foto, das ganz hinten bei den gerahmten Bildern auf dem lackierten Aktenschrank stand.

Es zeigte drei Männer Mitte vierzig auf einem Jagdausflug – Orford ganz links. Dahinter war eine Art Jagdhütte.

Ich schwang das Bein wieder hinein, nahm das Bild und steckte es in die Laptoptasche. Dann kletterte ich hinaus, klammerte mich mit beiden Händen an den Fensterrahmen, baumelte einen Moment in der Luft und ließ mich dann fallen. Ein durchdringender Schmerz schoss in meinen rechten Knöchel, als ich auf dem Bürgersteig aufkam.

Ich richtete mich auf und humpelte weg, stieß ein paar Gaffer beiseite, als ich schneller wurde, und ignorierte den gellenden Schmerz, der mein rechtes Bein emporschoss.

Ich stieg in den BMW, dankbar dafür, dass, wie Gigi mir erklärt hatte, der Wagen unter falschem Namen und einer ungültigen Adresse zugelassen war, und raste davon.

46

Federal Plaza, Lower Manhattan

Deutsch saß an Aparos Tisch und starrte ins Leere. Ihr Körper und ihr Geist waren so erschöpft, dass das, was in den letzten beiden Tagen passiert war, gar keine Gefühle mehr bei ihr auslöste. Ja, diese undurchdringliche Taubheit war so seltsam entspannend, dass sie bereits Angst vor dem Moment hatte, in dem sie von ihr abfallen würde, wenn sie eine Nacht durchgeschlafen und vernünftig gegessen hätte.

Als sie so dasaß, weder in der Lage noch willens, sich zu bewegen, kam ein Junior Agent, den sie irgendwann schon einmal im Büro gesehen hatte, zu ihr. Er wedelte mit einem braunen Umschlag.

»Agent Deutsch, das ist heute Morgen gekommen. Es ist an Agent Reilly adressiert. Da seine Anrufe an Sie weitergeleitet werden, dachte ich, Sie wollten sich vielleicht auch hierum kümmern.«

»Von wem ist es denn?«

»Es steht kein Name und kein Absender darauf. Der Scan zeigt, dass nur Papier darin ist.«

Er hielt ihr den Umschlag hin. Sie zögerte einen Moment.

Wer bekommt denn heutzutage noch Briefe?

Der Gedanke reichte, um ihr Interesse zu wecken.

Sie stemmte sich aus dem Stuhl hoch und nahm den Umschlag entgegen. »Ich kümmere mich darum.«

Mit einer Handbewegung schickte sie den Agenten weg und lugte um die Stellwand, die den Arbeitsplatz umgab, herum. Ihre direkten Nachbarn waren nicht an ihren Plätzen. Sie wusste, dass sie im Hauptbesprechungsraum festsaßen und sich durch Reillys Fallakten wühlten, auf der Suche nach Personen, an die er sich hilfesuchend wenden könnte. Zufrieden damit, dass sie einen Augenblick für sich allein hatte, setzte sie sich wieder hin und untersuchte den Umschlag.

Wie der Junior-Agent gesagt hatte, befand sich kein Absender darauf. Die Briefmarken stammten aus Kanada, der Poststempel war unleserlich. Vorne standen Reillys voller Name und die Adresse des Field Office, in ordentlichen, aber sehr kleinen Blockbuchstaben mit einem Füllfederhalter geschrieben.

Vorsichtig öffnete sie den Umschlag. Darin befand sich ein einziger brauner Aktendeckel mit zwei Blättern Zeichenpapier aus dem Skizzenblock eines ziemlich anständigen Künstlers. Auf jedem Blatt befand sich eine Zeichnung von einem männlichen Gesicht. Unter dem ersten Gesicht standen in derselben Druckschrift die Buchstaben »F.F.«

Erst sagten ihr auch die Buchstaben unter dem zweiten Porträt nichts, »R.C.«. Dann traf sie die Erkenntnis, und sie konnte ein plötzliches Luftholen nicht unterdrücken. Sie hatte Glück, dass niemand in der Nähe war, der es hören konnte.

Das waren Initialen.

R. C. war Reed Corrigan.

Der Einzige, der wusste, was hier vor sich ging. Und warum.

Es steckte noch eine kleine Notiz darin, offensichtlich von derselben Person mit demselben Stift geschrieben: »Ich hoffe, es hilft. Mit ewigem Dank. L. + D.«

Sie legte den Zettel weg und die Zeichnungen nebeneinander auf den Tisch, dann starrte sie eine Weile darauf, bis sie ihr privates Handy herauszog und mit hoher Auflösung, sechzehn Megapixel, von jedem Porträt und dem Zettel ein Foto machte. Dann zog sie einen großen unbeschrifteten Briefumschlag aus einer Schublade ihres Tisches, legte die drei Dokumente zurück in den Aktendeckel und dann den Aktendeckel in den neuen Umschlag. Den alten Umschlag faltete sie einmal, sodass Reillys Name nicht mehr zu sehen war, und versteckte ihn ganz unten in einer Schreibtischschublade.

Auch wenn es allem widersprach, was sie zu Tess gesagt hatte, wenn es gegen alles war, was Gallo ihr aufgetragen hatte – und außerdem gegen die Grundlagen des Eigenschutzes und des gesunden Menschenverstands verstieß –, war sie fest entschlossen, einen Weg zu finden, um Sean diese Zeichnungen zukommen zu lassen. Seit sie auf seine Seite gewechselt war, nannte sie ihn in Gedanken Sean. Die Veränderung schien unumkehrbar.

Jemand musste ihm helfen. Da Nick tot war und Tess zwar wollte, aber ein extrem hohes Risiko einging, war sie die Einzige, die ihm noch geblieben war – nur durfte das niemand erfahren. Sie war sich darüber im Klaren, dass sie ihre Karriere riskierte, ganz zu schweigen von der Möglichkeit, ins Gefängnis zu wandern, wenn sie Kontakt zu ihm aufnahm, ohne ihre Vorgesetzten darüber zu informieren, und ihm die Zeichnungen übergab, statt sie ihnen auszuhändigen. Doch obwohl es gegen alles verstieß, woran sie glaubte, und gegen alles, wofür sie je gekämpft hatte – das FBI stand bei ihr unerschütterlich für Treue, Mut und Integrität wie für fast jeden Agenten, dem sie je begegnet war, ausgenommen vielleicht Lendowski –, hatte sie das Gefühl, dass sie es einfach tun musste. Sie spürte, dass sein Leben, seine Karriere und sogar die Zukunft seiner Familie davon abhingen.

Sie konnte den Umschlag nicht einfach Gallo übergeben. Er würde den Inhalt entweder als unwichtig abtun oder ihn mit Henriksson teilen, der seinerseits sehr schnell dafür sorgen würde, dass die Zeichnungen vernichtet wurden.

Es gab da nur ein kleines Problem: Sie wusste nicht, wie sie Reilly kontaktieren sollte. Tess hingegen würde es wissen. Da war sie sich sicher. Sie musste sie einbeziehen oder wenigstens an sie herankommen, ganz egal, wie unwohl sie sich bei dem Gedanken fühlte, Tess' Wohlergehen und das der Kinder in Gefahr zu bringen. Aber sie hatte keine andere Wahl. Ihr fiel kein anderer Weg ein, um ihm die Zeichnungen zukommen zu lassen, und sie war davon überzeugt, dass sie sich als mehr als nützlich erweisen würden.

Sie nahm ihre Schlüssel und eilte hinaus, ohne sich die Mühe zu machen, jemanden darüber zu informieren.

47

Chelsea, New York City

Es war nicht nur das Bild von Orford mit seinem besessenen, panikerfüllten Blick, das mich heimsuchte.

Es war das, was er gesagt hatte.

Deshalb bist du hier, ja? Um uns zu befreien. Ralph, Mark, mich, Reilly …

Uns …

Das verdammte Wort.

Drei kleine Buchstaben, die mich noch wahnsinnig machten.

Und dennoch, dennoch … ja, der Mann hatte unter dem Einfluss irgendeiner Monsterdroge gestanden. Der Killer mit dem Basecap hatte von »großen Kriegern der Bewusstseinsforschung« gesprochen und Psychotrips und Grenzerfahrungen erwähnt. Wer wusste, was Orford durch den Kopf gegangen war, als er das gesagt hatte? Aber was, wenn die Droge ihn nur enthemmt hatte? Was, wenn das ein »in vino veritas«-Moment gewesen war – wenn die Droge, wie der Alkohol es manchmal tut, ihn frei gemacht hatte, zu sagen, was er wirklich dachte?

Was, wenn mein Vater zu ihnen gehört hatte?

Was, wenn er sich aus Schuld und Reue getötet hatte oder sie ihn aus dem Weg geräumt hatten, weil er kurz davor war, etwas über ihre Aktivitäten zu verraten?

Und wer zum Teufel waren *die* eigentlich?

Es war gegen fünf Uhr nachmittags, und wir saßen um die große Kücheninsel in Gigis Apartment herum.

Orfords Laptop stand auf dem Tresen und verhöhnte mich. Ich hatte Kurt und Gigi gebeten, ihn für mich zu knacken. Er könnte uns verraten, was genau Orford mit Alex getan hatte, was dazu beitragen konnte, die Schritte zu seiner Genesung besser abzustimmen und dafür zu sorgen, dass er genau die richtige Therapie bekam. Sie hatten gesagt, es würde ein Weilchen dauern, bis sie das Passwort herausgefunden hatten. Unabhängig davon, war der Laptop aber jetzt nicht das Wichtigste. Wir hatten noch Wichtigeres, das wir herausfinden mussten.

»Wir haben drei Namen«, sagte ich zu Kurt und Gigi, nachdem ich ihnen alles erzählt hatte. »Ralph Orford, Psychiater, getötet durch eine Art psychoaktiver Droge. Jemand namens ›Ralph‹, der ebenfalls auf eine Weise gestorben ist, die eine ›angemessene Hommage an seine Arbeit‹ war.«

»Poetisch«, meinte Kurt.

Ich zuckte die Schultern: »Dann haben wir noch einen Typen namens ›Mark‹, der ebenfalls vor Kurzem den Löffel abgegeben hat. Und alle drei scheinen zu einer Truppe gehört zu haben, die ›die Putzkolonne‹ genannt wurde, und sie werden ausgelöscht, um ›aufzuräumen‹.«

Kurt zuckte zusammen. »Was hast du gesagt? ›Putzkolonne‹?«

Er beugte sich über seinen Laptop und begann in die Tasten zu hauen, als lebte er im Schnelldurchlauf, dann drehte er den Rechner zu mir, damit ich auf den Bildschirm gucken konnte. »Putzkolonne. Da steht's. Im Suchverlauf von Rossettis Chefredakteur.«

Ich beugte mich näher heran.

»Hier.« Er zeigte darauf. »Er hat nach ›Putzkolonne Regierung geheim‹ gesucht, nach ›CIA-Putzkolonne‹ und ›Putzkolonne Mord‹. Ist ein paar Links gefolgt, die sich daraus ergeben haben. Ich hab mir die mal kurz angeschaut, waren alle Sackgassen. Einfach nur zufällige Seiten, auf denen die einzelnen Wörter auftauchten, aber nichts, was irgendeinen direkten Bezug zu irgendwas gehabt hätte, womit wir es hier zu tun haben.«

»Was ist mit Rossettis Suchverlauf?«

»Er hat von zu Hause gearbeitet, wo er eine FiOS-Verbindung hatte. Die ist schwerer zu knacken.«

»Wir müssen uns den Suchverlauf von beiden genauer ansehen. Und wir müssen diese drei Leute von der Putzkolonne identifizieren«, sagte ich. »Was nicht allzu schwierig sein dürfte. Ich meine: Mark, männlich, erwachsen, vor Kurzem gestorben. Wir wissen auch, über welche Fähigkeiten sie verfügen. Sie führen Unfälle herbei – Rossettis Wohnungsbrand, der Kletterunfall des portugiesischen Reporters. Sie führen Herzanfälle herbei – Rossettis Chefredakteur, Nick. Und sie spielen Psychospielchen. Mein Sohn Alex, Orford …«

»Und vielleicht Ihr Vater«, setzte Gigi hinzu.

»Vielleicht«, sagte ich.

Gigi hatte das gerahmte Foto betrachtet, das ich bei Orford hatte mitgehen lassen. Sie stellte es auf den Tresen. »Und wir haben das hier. Drei Typen mitten in der Midlife-Crisis, die beschlossen haben, lieber *›Deer Hunter‹* zu spielen, als *›Deliverance‹ zu gucken.*«

»Also, die Putzkolonne räumt auf, indem sie Leute umbringt?«, fragte Kurt, während Gigi anfing, auf ihrer Tastatur zu klappern. »Glaubst du, dass der Kerl, der dich angerufen hat, auch zu denen gehört hat?«

»Ja, denke schon«, sagte ich. »Entweder ›Ralph‹ oder ›Mark‹. Vielleicht war er ein Whistleblower. Erst kontaktiert er Rossetti. Sie kriegen es mit. Sie bringen Rossetti und seinen Chefredakteur um. Aus irgendeinem Grund konnten sie nicht rausfinden, wer er war. Schätze, weder Rossetti noch sein Chefredakteur wussten, wer er war, und wenn sie ihm eine Falle gestellt haben, muss er es gemerkt haben und ist nicht hineingegangen. Er weiß, wie sie arbeiten: Er ist einer von ihnen. Er weiß, worauf er achten muss. Also versucht er noch einmal, seine Geschichte an den Mann zu bringen, bei mir. Nur dass sie ihn dieses Mal kriegen.«

»Bevor er dir sagen kann, was er weiß, oder dir die Beweise liefern kann, die er angeblich für dich hatte«, schloss Kurt.

»Damit hat er all das ausgelöst«, erklärte ich. »Und sie haben beschlossen, alles dichtzumachen. Aufzuräumen. Weniger Leute, die wissen, was los ist, und die darüber reden können, wenn alles den Bach runter geht.«

»Da haben wir's«, sagte Gigi und blickte kurz vom Monitor auf. Sie begann vorzulesen: »Mark Siddle. Neunundfünfzig Jahre alt. Gestern Abend in Miami gestorben, als sein Lamborghini in eine Hauswand gerast ist. Der Mann hatte ein Geschäft für Luxuskarossen, das er auch geführt hat. Hat alle möglichen Wagen aufgemotzt, ein König der Straße.« Sie sah uns an. »Und so jemand fährt in eine Hauswand?«

»Ein Techniker«, sagte ich. »Vielleicht kennt er sich auch mit Hauselektronik aus?«

»Oder Kletterausrüstung?«, ergänzte Kurt.

Allmählich ergab sich ein Bild. »Okay, das bedeutet, unser Ralph könnte der Herz-Typ gewesen sein, falls sie wirklich über solche Möglichkeiten verfügt haben.« Ich drehte mich zu Gigi um. »Guck doch mal nach …«

»Ralph Padley«, sagte sie, mir wieder einmal um eine Nasenlänge voraus. »Top-Kardiologe in Harvard. Ist am Dienstag in Boston im Schwimmbad an einem Herzinfarkt gestorben. Neunundsechzig Jahre alt.«

»Mein Gott«, sagte Kurt. »Wie viele von denen gibt's denn noch da draußen?«

Ich fragte Gigi: »Hast du Bilder von denen?«

Sie tippte ein bisschen, dann drehte sie den Rechner zu mir.

Ich stand auf und ging näher heran. Sie hatte zwei Porträts auf dem Monitor, ein bisschen pixelig, weil sie so stark vergrößert waren, aber deutlich genug. Ich hielt das gerahmte Foto aus Orfords Büro neben den Bildschirm und verglich sie.

Sie waren alle darauf. Orford, Padley, Siddle.

Die drei von der »Putzkolonne«.

Drei Zivilisten mittleren Alters – ein Psychiater, ein Kardiologe und ein Mechaniker für exklusive Luxuskarossen – waren Teil von etwas, das aussah wie eine streng geheime Todesschwadron der CIA. Ein Killerkommando, das anscheinend nicht nur außerhalb unserer Landesgrenzen operierte – was schon illegal genug war –, sondern auch auf heimischem Boden. Wir wussten, dass sie vor über dreißig Jahren in Portugal einen Mord begangen hatten. Die Frage war nur, wie viele andere Menschen sie über die Jahre getötet hatten. Wie viele davon waren Amerikaner oder auf amerikanischem Boden getötet worden? Und war diese Einheit noch aktiv?

Und – die schwierigste Frage von allen – hatte mein Vater mit ihnen zusammengearbeitet?

»So allmählich verstehe ich, warum die so verzweifelt versuchen, das unter der Decke zu halten«, sagte Kurt.

»Padley hat behauptet, er hätte Beweise, die er mir vorlegen könnte. Beweise, die ich an die Öffentlichkeit bringen müsste«, sagte ich. »Wenn die immer noch irgendwo da draußen sind, wenn es ihm gelungen ist, sie zu verstecken, bevor sie ihn erwischt haben … dann können wir sie vielleicht finden.«

»Ohne zu enden wie der Rest von ihnen«, setzte Gigi hinzu, und eine düsterere Stimmung senkte sich über den Raum.

Ich hatte eine Menge Fragen, aber die Einzigen, die sie mir beantworten konnten, waren entweder ausgelöscht oder – im Fall meines stets flüchtigen Lieblingsfeindes, Reed Corrigan – nicht aufzuspüren.

Und dann rief Tess an und der Damm brach.

Deutsch warf einen nervösen Blick auf die FBI-Autos, die vor Tess' Haus parkten, während sie klingelte.

Sie war problemlos bis an die Haustür gekommen. Allerdings hatte sie weder Gallo noch irgendwen sonst über ihre kleine Spritztour informiert, und sie wusste, dass sie einiges würde erklären müssen, wenn sie zurückkam. Sie würde später noch Zeit haben, um sich eine Entschuldigung auszudenken, und wusste, dass sie schon irgendwie damit durchkommen würde, aber das konnte warten. Im Augenblick musste sie schnell handeln.

Sie schlüpfte hinein, sobald Tess ihr die Tür aufgemacht hatte, dann führte sie sie diskret durch das Haus auf die hintere Terrasse, während sie ihr ein paar unverfängliche Fragen danach stellte, wie es ihr ging und ob oder ob nicht sie von Reilly gehört hatte.

Draußen angekommen, schaute sie sich um, um sicherzugehen, dass sie nicht irgendeinen Teil des FBI-Überwachungsnetzes übersehen hatte.

»Ich kann nicht lange bleiben, und drinnen können wir nicht sicher reden. Sie werden abgehört«, flüsterte sie.

»Davon gehe ich aus, aber …«

»Tess, es wird alles überwacht«, sagte Deutsch. »Telefone, E-Mails, WLAN. Bei jeder Verbindung, die Sie mit der Welt außerhalb dieses Hauses aufnehmen und auch hier drin, sind wir dabei. Sogar bei allem, was gesprochen wird. Also seien Sie vorsichtig.«

»Vorsichtig?«, fragte Tess mit angespannter Miene. »Weswegen?«

»Sie müssen mich mit Sean in Kontakt bringen.«

»Annie, ich habe Ihnen doch gesagt …«

»Hören Sie mir zu!«, fiel ihr Deutsch ins Wort. »Ich weiß, ich weiß … Sie haben keine Ahnung, wie Sie ihn erreichen sollen, Sie haben nichts von ihm gehört. Tess, das ist jetzt wirklich wichtig. Ich weiß, dass Sie eine Möglichkeit finden können, um mit ihm in Verbindung zu treten. Niemals würde er untertauchen, ohne Ihnen zu sagen, wie. Nicht, wenn Sie einer solchen Bedrohung ausgesetzt sind. Und das ist meine persönliche Meinung – ich riskiere hier meinen Hals für Sie. Für ihn. Bitte.«

Tess musterte ihr Gesicht von oben bis unten und versuchte offensichtlich zu entscheiden, ob sie ihr glauben konnte. »Warum? Was ist passiert?«

Deutsch blickte sich noch einmal um, mehr aus Paranoia denn weil sie tatsächlich an eine unmittelbare Bedrohung glaubte, und senkte die Stimme sogar noch ein wenig. »Jemand hat Sean zwei Zeichnungen geschickt. Porträts von zwei Männern. Aus Kanada. Der Absender heißt einfach nur L. + D. Ich denke, das ist wichtig. Auf den Zeichnungen könnten die Männer sein, hinter denen Sean her ist.«

Sie fischte ihr Telefon heraus, rief die Fotos auf, die sie von den Zeichnungen gemacht hatte, und zeigte sie Tess. Sie beobachtete Tess, während sie die Bilder ansah.

»Diese Typen habe ich noch nie gesehen«, sagte Tess.

»Er auch nicht, könnte ich mir vorstellen. Aber ich glaube, die Bilder könnten ihm helfen, an sie heranzukommen.« Sie steckte das Telefon wieder ein. »Sie wissen, wer L. + D. sind, oder?«

Tess zögerte – das genügte Deutsch als Antwort.

»Sie sind wichtig, oder?«, fragte Deutsch. »Sie wissen, dass sie es sind. Kommen Sie, Tess.«

Schließlich nickte Tess. »Das ist ein Paar, dem Reilly geholfen hat. Sie schulden ihm was. Eine Menge.«

»Und so geben sie es ihm zurück. Kommen Sie, Tess, er braucht das.«

Tess zögerte noch immer, die Muskeln in ihrem Gesicht spannten sich sichtlich – dann nickte sie. »Ich habe eine Telefonnummer. Von einem Wegwerfhandy.« Sie sah zutiefst besorgt aus. »Lieber Gott, lass das keinen Fehler sein. Sie dürfen sie nicht zu ihm führen, Annie. Wie wollen Sie die Bilder zu ihm bringen?«

»Ich brauche nur eine Smartphonenummer oder eine E-Mail-Adresse. Meine Güte, sogar ein Facebook-Account würde reichen. Ich schicke sie ihm von meinem privaten Telefon.«

Tess hielt ihren Blick einen Moment lang, dann nickte sie.

Sandmann wusste, dass seine Nachricht Roos und die anderen in Wut versetzen würde, aber streng genommen war der Auftrag im Ergebnis ja ausgeführt. Orford war tot, auch wenn der Auftrag nicht so sauber gelungen war wie angestrebt. Dennoch, wenn es mehr nach Mord als nach Selbstmord aussah, würde Reillys Porträt auf dem Fahndungsplakat zu sehen sein. Was, zusammen mit der erfolgreichen Beseitigung Siddles in Miami, unter dem Strich die Bilanz doch nicht allzu schäbig ausfallen ließ.

Natürlich war Roos nicht begeistert, auch wenn es sich so anhörte, als riefe er mit guten Neuigkeiten an.

»Wir hatten einen Treffer«, sagte Roos ihm. »Überraschend und reiner Zufall, aber angesichts des jüngsten Scheiß' freue ich mich auch über solche Geschenke.«

Sandmann sagte lieber nichts dazu.

»Wir haben Reilly am Samstagabend auf einer Überwachungskamera vor einem Nachtclub erwischt. Die DEA hatte einen serbischen Drogenhändler im Visier, und die Filter der

Gesichtserkennung haben zufällig Reilly aufgegabelt. Sieht aus, als sei er nicht allein gewesen. Es waren ein Mann und eine Frau bei ihm, die allerdings die Software noch nicht kannte. Außerdem trugen die Zielpersonen irgendwelche seltsamen Kostüme. Sie bekommen die Daten geschickt. Sandmann …«

»Ja?«, fragte er und wusste schon, was als Nächstes kommen würde.

»Bringen Sie das zu Ende«, sagte Roos. »Solange wir noch jung sind.«

48

Chelsea, New York City

»Also was zum Teufel fangen wir jetzt damit an?«

Ich ließ mich gegen die Lehne der Sitzbank fallen, verschränkte die Hände hinter dem Kopf und blies einen Teil der Frustration, Wut und Ungeduld heraus, die in mir brodelten.

Wir drei saßen um einen Ecktisch in der großen Brasserie gegenüber von Gigis Wohnung, auf dem Tisch Ausdrucke der Zeichnungen von Frank Fullerton und Reed Corrigan, die Deutsch an Kurt gemailt hatte.

Ich konnte den Blick nicht von Corrigans Gesicht abwenden. Unglaublich, dass ich endlich wusste, wie er aussah – na ja, wie er vor gut dreißig Jahren ausgesehen hatte, aber trotzdem. Es war schon mal etwas. Es war mehr als nur etwas.

Es würde mich zu ihm führen.

Musste es.

Kurt und Gigi wussten nicht, woher die Porträts kamen. Kurt war in diesen Teil der Geschichte nicht eingeweiht worden, als ich ihn eingespannt hatte, damit er mir half, Corrigan aufzuspüren. Ich hatte ihn davon abgeschottet, wie ich auch seine Beteiligung vor allen anderen geheim gehalten hatte, die damit zu tun gehabt hatten. Doch jetzt, da sie ihre Hälse für mich riskierten und tief in alles, was vor sich ging, verstrickt waren, hatte ich das Gefühl, dass ich ihnen die ganze Geschichte schuldig war.

Also erzählte ich ihnen, dass »L. + D.« Leo und Daphne Sokolow waren. Leo war ein brillanter russischer Wissenschaftler, der eine unglaubliche, weltverändernde Technologie entwickelt hatte, während er zu Zeiten, als die Sowjetunion noch bestand, für ein geheimes Labor in Russland gearbeitet hatte. Mit beachtlicher Weitsicht hatte er erkannt, dass seine Erfindung zu gefährlich war, um sie seinen sowjetischen Aufpassern zu überlassen. Er kontaktierte die CIA und traf Vorbereitungen für einen Seitenwechsel, wofür er versprach, seine Erfindung unserer Regierung auszuhändigen. Was er ihnen aber nicht sagte, war, dass er ihnen bereits auch nicht mehr vertraute als den Sowjets. Nachdem sie ihn sicher aus Russland herausgeholt und auf US-amerikanischen Boden gebracht hatten, entwischte er auch seinen CIA-Aufpassern. An die dreißig Jahre lebte er mit seiner Frau Daphne unerkannt in Queens, bis ein unglücklicher Gefühlsausbruch bei einer antirussischen Demonstration vor der russischen Botschaft Leos Cover hatte auffliegen lassen.

Ich hatte ihn und Daphne vor den russischen Agenten gerettet, die hinter ihm und seiner Erfindung her waren. Außerdem war ich seiner Meinung gewesen, dass die Technologie zu gefährlich war, um sie irgendeiner Regierung zu übergeben, selbst unserer, und hatte meine Beziehungen zum Vatikan spielen lassen, um für ihn und seine Frau ein neues Leben außerhalb der Vereinigten Staaten zu organisieren. Dafür waren mir Leo und Daphne unendlich dankbar. Aber uns verband noch etwas anderes. Ihre CIA-Aufpasser waren niemand anderes als Reed Corrigan und Frank Fullerton gewesen.

Daher die Zeichnungen – Porträts von Corrigan und Fullerton, wie sie 1980 ausgesehen hatten, als Leo sie zum letzten

Mal gesehen hatte. Ich wusste nicht, wer sie gezeichnet hatte, aber sie waren gut, ordentliche Zeichnungen, die eindeutig identifizierbare Gesichter zeigten.

Kurt schüttelte den Kopf. »Hm, das Naheliegendste wäre ja gewesen, sie zu digitalisieren, dann die Schlüssel-Features mit der Datenbank der CIA-Angehörigen abzugleichen. Aber die Tür ist jetzt ja zu.«

»Ich bezweifle sowieso, dass wir damit auch nur in die Nähe der vollständigen Liste gekommen wären«, sagte ich. »Und diese Typen arbeiten wahrscheinlich sowieso inoffiziell.«

Gigi warf die Hände in die Luft. »Ich hasse das. Seit ich tief in deren Archiv vorgedrungen bin, haben sie die Firewalls grundlegend neu konfiguriert. Ich kann keine gültige Autorisierung mehr klonen, ich kann aber auch keine neue mehr erstellen. Irgendwann komme ich schon wieder da rein, aber ich brauche mehr Zeit.«

»Die wir nicht haben«, sagte ich.

Es war zutiefst frustrierend. Ich hatte ihn, ich hatte ein Porträt, das besser war als jedes Phantombild, das ich je gesehen habe, aber ich konnte es mit nichts abgleichen.

Kurt tippte mit zwei Fingern auf die Zeichnungen. »Warum kann deine Freundin aus dem Bureau die nicht mal durchlaufen lassen?«, fragte er. »Sie könnte sie doch eurem Boss geben, ihn dazu bringen, sie der CIA zu zeigen und zu sagen, dass sie von einem Zeugen stammen, der in einem Schutzprogramm lebt. Dann würden die doch aktiv werden.«

»Nein«, sagte ich. »Die haben von Anfang an jede Anfrage abgeschmettert. Die offizielle Linie besagt, dass es keinen Reed Corrigan gibt. Punkt.«

»Scheißkerle.«

»Jep«, sagte ich.

Gigi winkte ihren Lieblingskellner heran – Theo, ein aufstrebender Stand-up-Comedian mit einem leicht psychotischen Blick, der uns freudestrahlend darüber informierte, dass er gerade ein Vorsprechen für eine Rolle in *Louie* absolviert hatte – und bestellte uns frischen Kaffee und drei Stücke von einer anscheinend lebensverändernden Himbeersahnetorte.

Ich rieb mir müde das Gesicht und schaute mich im Restaurant um. Es war voll wie üblich. Gab es überhaupt noch irgendein trendiges Fresslokal in Manhattan, das nicht voll war? Die morgendlichen Espressos und Croissants waren schon lange von den Feierabendbieren und Mojitos abgelöst worden. Während ich den stetigen Strom der Menschen beobachtete, die vor dem Restaurant vorbeigingen, auf dem Weg von der Arbeit nach Hause – vielleicht müde, vielleicht zufrieden, vielleicht voller Vorfreude auf ein schönes Abendessen und einen gemütlichen Abend vor dem Fernseher, vielleicht aber auch, um sich durch die Social-Media-Apps zu wühlen und dabei Cornflakes aus der Schachtel zu essen –, konnte ich nicht anders, als sie zu beneiden, und zwar alle. Normalität, in welcher Form auch immer, erschien mir im Augenblick wie eine vollkommen fremde Vorstellung. Diese besessene Suche hatte mein ganzes Leben in Beschlag genommen und es einmal auf links gedreht.

Ich dachte an meinen Vater, meine Mutter und Faye und an Tess. Was immer für negative Auswirkungen Dads Tod auf mich gehabt haben mochte, er hatte auch dafür gesorgt, dass ich nicht früh geheiratet hatte. Ja, je mehr ich darüber nachdachte, desto sicherer wurde ich mir jetzt, dass es an der Zeit war, mit Tess übers Heiraten zu sprechen.

Allerdings würde das jetzt erst einmal warten müssen. Vielleicht bis in alle Ewigkeit.

Als Theo Kaffee und Kuchen brachte, drehte ich mich um und bemerkte, dass Gigi mich mit einem verschmitzten, selbstzufriedenen Lächeln ansah. Ich erwiderte den Blick fragend, aber sie schaute nur zurück und sagte: »Jake Daland.«

Was mich vollkommen aus der Fassung brachte, da ich ihn ihr oder Kurt gegenüber nie erwähnt hatte. Beinahe hätte ich hier voll den Kramer aus Seinfeld gegeben – staunend aufgerissene Augen, zappelnde Extremitäten wie nach einem Elektroschock, die ganze Palette.

Sie grinste. »Was? Hast du echt geglaubt, wir würden von so was nichts mitbekommen?« Dann, zu meiner wachsenden Überraschung, setzte sie hinzu: »Beruhige dich, Mann, und leihe mir dein Ohr. Daland könnte der Schlüssel zu deiner Rettung sein.«

Die Samtkordel vor dem Eingang zum Nachtclub war gerade erst aufgestellt worden und noch stand niemand an. Für ein Abendlokal in Manhattan war es noch früh, was Sandmann gut passte. Er war nicht zum Feiern hier. Zumindest nicht im herkömmlichen Sinne, und überhaupt nur, wenn er es nicht vermeiden konnte.

Zwei Männer lungerten an der Tür herum, zwei Türsteher in schwarzen Anzügen mit schwarzen Hemden und schwarzen Krawatten, um noch einen schwarzen Akzent zu setzen. Abgerundet wurde der Look von den allgegenwärtigen Klemmbrettern und Ohrhörern. Einer war bullig, der andere fett – locker an die hundertfünfundzwanzig Kilo. Sandmann war nicht leicht einzuschüchtern. Wie jeder Kämpfer, der etwas taugte, wusste er, dass es nicht wirklich auf die Größe ankam.

Er nahm die Überwachungskamera über dem Eingang zur Kenntnis, als er auf die beiden zuging, und gab dem Größeren von ihnen ein lässiges Zeichen, dass er mal zu einem kleinen Plausch beiseitetreten sollte. Der Türsteher schien verblüfft und ein wenig amüsiert auf dieses Ansinnen zu reagieren. Er kam auf seinen dicken Füßen schwerfällig herübergeschlendert und hätte nicht desinteressierter gucken können.

Sandmann zeigte eine Heimatschutz-Dienstmarke vor – eine echte –, dann zog er sein Telefon heraus und zeigte ihm ein Standbild der beiden Zielpersonen, die Reilly beim Verlassen des Clubs offenbar begleitet hatten.

»Ich versuche, diese beiden zu identifizieren«, sagte er. »Sie waren am Samstagabend hier. Wissen Sie, wer die sind?«

Der Türsteher legte den Kopf schief und verzog das Gesicht, während er Sandmann verächtlich von oben bis unten musterte. »Mann, im Ernst jetzt. Dieser Club ist so was wie 'ne Kirche. Heiliger Boden, Zuflucht. Die Leute, die hierherkommen, wissen, dass sie hier sein können, ohne dass ihnen deshalb jemand auf den Wecker geht. Verstehst du, was ich sagen will, Bruder?«

Sandmann zuckte mit einem gelangweilten Augenrollen die Achseln. »Ich denke, Sie wollen sagen, dass Sie nicht vorhaben, mir in dieser Angelegenheit behilflich zu sein.«

Der Dicke kam näher und bedrängte ihn plötzlich: »Ich sag wohl eher, dass du jetzt ...«

Bei der letzten Silbe erstarrte sein Gesicht und nahm dann schnell einen schockierten Ausdruck mit weit aufgerissenen Augen und gespitzten Lippen an, während er vor Schmerz aufheulte, weil Sandmann seine Hoden zusammenquetschte. Der Auftragskiller quetschte noch ein wenig fester und schickte den Türsteher damit fast auf die Knie.

Der Dicke versuchte, Sandmann wegzustoßen, aber der hatte bereits in aller Ruhe sein Handy wieder eingesteckt und nutzte die andere Hand, um mit gestreckten Fingern einen schnellen Hieb gegen die Kehle des Türstehers zu setzen, woraufhin der um Atem ringend jeglichen Widerstand aufgab.

Der andere Türsteher sah das und stürzte zu ihnen, um seinem Kumpel beizustehen. Sandmann reagierte nicht und wartete, bis der Mann in Reichweite war, bevor er herumwirbelte, mit einem Bein austrat und den Mann direkt über dem Knie erwischte. Er wollte den Mann nicht zum Krüppel machen, er musste ihn nur zähmen, weshalb er die empfindliche Kniescheibe und die Sehnen verschonte. Der Türsteher ging zu Boden, ohne zu erkennen, welches lange Leiden ihm soeben erspart worden war.

»Also, versuchen wir das noch mal von vorne, ja?«, fragte Sandmann. »Ich muss wissen, ob Sie oder Ihr Freund hier diese beiden kennen. Falls nicht, würde ich es zu schätzen wissen, wenn Sie mich freundlicherweise dem Geschäftsführer dieses Etablissements vorstellen würden, der mir vielleicht bei meinen Nachforschungen behilflich sein kann. Eine Kopie der Aufnahmen aus den Überwachungskameras von Samstagabend wäre, denke ich, auch ganz nützlich, weil sie wahrscheinlich ein Taxi genommen haben und es uns sehr weiterhelfen würde, wenn wir wüssten, welches. Hört sich das für Sie machbar an?«

Er brauchte nicht wirklich auf die Antwort zu warten.

»Woher wisst ihr von Daland?«, fragte ich, immer noch wie vom Donner gerührt.

Gigi warf Kurt einen Blick zu und lächelte mich dann entspannt an: »Ich weiß gern, mit wem ich zusammenarbeite. Und es mag ja sein, dass die CIA mir die Tür vor der Nase zugemacht hat, aber die FBI-Server … *biiiitte*.«

Ich versuchte immer noch die Tragweite zu erfassen. »Ihr wisst von dem Kerl?«

Wieder sah Gigi Kurt an, dieses Mal allerdings ein bisschen weniger sicher, dann wandte sie sich wieder an mich. »Er ist einmal zu mir gekommen. Bei der Comic-Con. Damals in seinen Hidden-Lynx-Tagen. Der Typ ist ein totaler Widerling. Ich meine, er war als Aquaman da. Wie lahm ist das denn? Und ich musste seine schmierigen Griffel mit Gewalt von meinen Hüften fernhalten.«

Ich wusste Gigis Ehrlichkeit zu schätzen, brauchte aber einen überzeugenden Plan und keine Hacker-Crew-Reminiszenzen. »Noch mal, Gigi, worauf willst du hinaus?«

Da war das Grinsen wieder. »Oh, Padawan, du hast noch so viel zu lernen. Ihr Typen denkt echt, ihr hättet ihn erledigt? Ihr habt nur an der Oberfläche gekratzt. So was nennt man nicht umsonst Zwiebelnetzwerk. Die oberen Schichten mögen abgeschält und auf den Kompost geworfen sein, aber darunter gibt es noch tiefere Schichten, in einer vollkommen anderen Architektur, und die sind immer noch voll funktionsfähig. Eine davon heißt Erebus, und in die müssen wir reinkommen.«

Ich wusste nur wenig über Erebus. Der Name stammte aus der griechischen Mythologie, der Gott der Dunkelheit und der

Schatten. Es war eine Seite in den Tiefen des Darknet, die unter den Cyber-Geeks des Bureaus einen beinahe mythischen Ruf gewonnen hatte. Soweit ich wusste, war völlig unbekannt, wer sie gebaut hatte oder wer sie betrieb.

»Erebus?«, fragte ich. »Das ist Daland?«

»Ja. Das ist die Schattenseite von Maxiplenty. Der VIP-Bereich. Wir reden hier vom tiefsten Darknet. Aber keiner von uns bekommt Zugriff darauf. Niemand kann das von außen. Das ist so wasserdicht, dass es genial ist. Man braucht eine persönliche Einladung von einem Kenner der Seite. Darüber hinaus benutzen sie eine dreistufige Zugangs-Sequenz. Jede Zugangserlaubnis wird auf mehreren Ebenen verschlüsselt, angefangen mit einem asymmetrischen Keyset, das auf einem Einmal-Algorithmus basiert. Der unverschlüsselte Code wird dann als Schlüssel zu einer symmetrischen Chiffre verwendet, die, wenn sie mit einem separaten Code kombiniert per SMS verschickt wird, zu einem Einmalkennwort mit Verfallsdatum führt. Das Netzwerk ist ohne Anwendung von brutaler Gewalt unmöglich zu hacken. Es gibt keine Hintertüren. Die virtuellen Server-Hubs sind ständig rund um die Welt in Bewegung – Estland, Chile, Libanon, was auch immer – und spiegeln sich, ohne Spuren zu hinterlassen, selbst, dann überschreiben sie den Code des ursprünglichen Servers, sodass er sich in Luft auflöst. Selbst wenn man einen Server lokalisieren könnte, hätte der Code sich längst woandershin bewegt, bevor du eine Chance bekommst, ihn zu klonen oder reinzukommen und einen Wurm einzuschleusen. Wirklich ein Wunderwerk. Daland ist ein Wahnsinnsprogrammierer.«

Ich hatte vielleicht drei Worte verstanden. Kurt sah auch nicht gerade erfreut aus, aber – da bin ich mir sicher – aus vollkommen anderen Gründen.

»Keine Sorge, Snake. Ich weiß Relativität zu schätzen – sowohl in ihren allgemeinen als auch in ihren spezifischen Inkarnationen –, aber das heißt noch lange nicht, dass ich Einstein das Hirn rausficken wollte.«

Ich verstand überhaupt nichts mehr. »Gigi, im Ernst. Worüber redest du da? Wie soll uns das helfen?«

Gigi schien zu merken, wie Kurts Augen aufleuchteten.

»Ich schwöre bei Gott, Snake, ich dachte schon, du wärst tot«, sagte sie mit dieser seltsamen Stimme zu ihm, von der ich annahm, dass sie damit einen der Schauspieler dieses Films nachahmte. Dann setzte sie mit ihrer normalen Stimme hinzu: »Sag's ihm, Sensei.«

Kurt lächelte. »Wir müssen mit Daland reden. Er kann uns sagen, wie wir in Erebus reinkommen. Dann können wir die Zeichnungen dort posten und fragen, ob irgendwer sie erkennt. Vielleicht einen Preis aussetzen. Oder einfach gucken, ob es jemanden gibt, der noch eine Rechnung mit ihnen offen hat. So, wie sich das anhört, könnte es ja da draußen noch ein oder zwei Leute geben.«

»Warum sollte irgendwer auf Erebus sie kennen?«, fragte ich.

»Im Ernst, G-Boy«, sagte Gigi, »du hast echt keine Ahnung, wer so auf den tieferen Ebenen im Darknet rumhängt, oder?«

»Drogendealer, Auftragsmörder, Menschenhändler, kranke Kinderpornotypen? Freunde von euch?«

»Na, die auch«, sagte Kurt. »Aber man findet da auch pensionierte Ostblockspione mit beschissenen Renten, Freiberufler für Drecksarbeiten, ehemalige Agenten der Special Forces, die versuchen, ihre asozialen Fertigkeiten zu Geld zu machen, Lieutenants von Drogenkartellen, die die Nahrungskette raufklettern wollen, galante Sicherheitsberater vornehmer afrikanischer Diktatoren … einfach alles. Und wenn es irgendwo Leute gibt, die ihnen schon mal über den Weg gelaufen sein könnten, dann ist das auf Erebus.«

Gigi lächelte. »Das ist mein Snake.«

Ich versuchte, das alles zu begreifen. »Ihr glaubt echt, das wäre einen Versuch wert?«

»Wenn du Ratten wie die finden willst«, sagte Gigi, »wo, wenn nicht in den Abwasserkanälen?«

»Okay, vielleicht«, sagte ich. »Aber ihr scheint mir da ein winziges Detail übersehen zu haben.«

Sie stellte sich dumm. Das Mädchen genoss das hier wirklich.

»Ein kleines Problem«, sagte ich. »Daland kann sich möglicherweise nicht hier mit uns auf einen Latte treffen, weil er derzeit im MCC residiert und auf seinen Prozess wartet.«

Das Metropolitan Correctional Center ist New York Citys Bundesgefängnis, in dem Gefangene während ihres Prozesses oder während der Wartezeit auf den Prozess untergebracht sind, der normalerweise am direkt gegenüberliegenden US District Court geführt wird. Das MCC hatte ein paar der schlimmsten Verbrecher des Landes beherbergt, von denen manche jahrelang dort eingesessen und auf einen Prozess gewartet hatten, der vielleicht nie stattfand.

Gigi beugte sich zu mir vor. »Also besuchen wir ihn da.«

Ich musste lachen. »Tolle Idee. Sollte ja kein Problem sein, nach mir wird ja derzeit nur gefahndet, man kennt mich da, und es macht ja auch überhaupt nichts, dass es nur einen Steinwurf vom FBI-Hauptquartier entfernt steht.«

»Und?«, hakte sie nach.

»Also, da wären erst einmal die Wachen, die mich erkennen könnten. Dann hätten wir da die Anwälte, Richter und FBI-Agenten, die da aus und ein gehen. Ganz zu schweigen von einem Dutzend Jungs, die ich da eingelocht habe.«

»Prima. Dann ändern wir eben dein Aussehen.«

Ich schüttelte den Kopf. »An was habt ihr da gedacht? Einen von den Avengers? Wie wär's mit Thor? Mit blonden Locken sähe ich bestimmt cool aus.«

Ich dachte, ich hätte ihre Sprache ziemlich gut nachgeahmt, aber sie lachte nicht. »Wir gehen rein. Zusammen. Getarnt. Du bist sein ultraglatter Verteidiger. Du bist dreist, brillant und sagst ihnen, wo's langgeht, ohne Rücksicht auf Verluste. Ich bin die sexy Anwaltsgehilfin, die dich nicht an ihr Höschen lassen will.«

Sie war nur noch ein paar Minuten davon entfernt, den Pilotfilm an den Mann zu bringen.

Kurts Stimme klang außergewöhnlich entschlossen: »Kommt gar nicht infrage.«

»Ganz ruhig, Tiger. Kommt klar infrage. Und ist in der Tat die einzige Antwort«, antwortete sie lächelnd und mit sanfter Stimme.

Kurt starrte mich böse an, er wollte mich zwingen, die Idee zu verwerfen, in seinen Augen stand bereits die Furcht davor, dass Entscheidungen ohne ihn getroffen werden könnten.

Das Problem war, wir hatten sonst nichts anderes.

Ich sah Kurt entschuldigend an.

»Okay, sag mir, wie wir das machen.«

MITTWOCH

49

Park Row, New York City

Die braune Perücke und der Kinnbart, den Kurt und Gigis favorisierter Kostümverleiher für mich ausgesucht hatte, damit ich wie ein Anwalt aus einer echten Kanzlei aussah, juckten dermaßen, dass ich mich ständig ermahnen musste, nicht daran herumzufummeln. Dennoch und auch trotz der Tatsache, dass ich das MCC weitaus besser kannte, als derzeit gesund war, überstanden wir die Anmeldeprozedur, die Identitätskontrollen, die Durchleuchtung, die Durchsuchung und die wandernden Blicke diverser Wachleute.

Gigi – die mehr Zeit in Verkleidung zubrachte, als ohne Kostüm – sah verführerisch sexy aus. Mit einer schwarzen Langhaarperücke und blutroten Lippen, einer weißen Bluse über einem kohlschwarzen Bleistiftrock zu einer tiefroten Jacke und mit schwarzen Strumpfhosen und hochhackigen Schuhen sah sie aus wie eine Femme fatale aus einem wieder zum Leben erweckten selektiv kolorierten Film noir der Vierziger.

Allerdings wusste ich, dass ich ihr, im Gegensatz zu den Sirenen jener Filme, trauen konnte.

Wieder einmal hatte ich das Kurt zu verdanken. Und dem Universum im Allgemeinen. Vielleicht stimmte es ja, dass guten Menschen Gutes widerfuhr.

Gigi hatte freundlicherweise mein fiktionales Alter Ego in die New Yorker Anwaltsvereinigung aufgenommen, und gleich heute Morgen hatte Kurt sich als einer der Bürochefs ausgegeben und sich in die Telefonanlage der Kanzlei gehackt, um mir bei der Rechtsabteilung des MCC eine Zulassung zu besorgen, was bedeutete, dass ich nur noch den gefälschten Führerschein brauchte, den wir uns letzte Nacht besorgt hatten, und keinen gesonderten Ausweis des Federal Bureau of Prisons, an den heranzukommen wesentlich schwieriger gewesen wäre.

Jetzt hatte ich das Informationsformular für Besucher unterzeichnet, und wir gingen durch den Metalldetektor. Ein junger Wachmann war gerade dabei, Gigi mitzuteilen, dass er sie durchsuchen musste – seiner unübersehbaren Begeisterung war schwer etwas entgegenzusetzen –, als ein älterer Wachmann ihn wegwinkte. Wir bekamen einen Stempel auf die Hand und trugen uns in das altmodisch gebundene Gästebuch ein.

Gegen Kurts heftigen Widerstand hatten wir entschieden, unsere Smartphones in Gigis Auto zu lassen – wir hätten sie sowieso nicht benutzen dürfen, was sie nur zu einem weiteren Risikofaktor gemacht hätte. Kurt hatte einen Stapel authentisch aussehender juristischer Papiere vorbereitet. Die Hälfte davon füllte meine abgewetzte lederne Aktentasche, die Gigi bei einem Trödler gefunden hatte, während die andere Hälfte in einer ledernen Dokumentenmappe lag, die Gigi unter dem Arm trug. Nur Requisiten, aber notwendig, um uns Glaubwürdigkeit zu verleihen. Sowohl die Aktentasche als auch die Mappe waren durchsucht und durchleuchtet worden.

Ich sah auf die Uhr. Zwanzig vor drei. Wir mussten um drei Uhr anfangen, was uns eine halbe Stunde verschaffen würde, bevor Daland zur Zählung um vier wieder in seine Zelle zurückkehren musste. Wir hatten beschlossen, nicht zu fordern, dass Daland von der Zählung befreit würde, auch wenn das bedeutet hätte, dass wir währenddessen alle im Vernehmungsraum hätten bleiben können. Aber es hätte auch bedeutet, dass Gigi und ich einmal mehr unter Beobachtung gestanden hätten und außerdem nicht hätten gehen können, bevor die Zählung beendet war.

Wir wurden in den nördlichen Teil von Trakt elf eingelassen, der in sich abgeschlossenen Einheit, in der Daland untergebracht war, und einen Flur entlang zu einem Besuchszimmer geführt.

Nach zwanzig Metern sträubten sich mir die Nackenhaare, weil mein Blick auf zwei Wachmänner fiel, die einen Gefangenen zu seiner Zelle zurück eskortierten. Ich wusste genau, wer das war: Vince Northwood, ein weißer Rassist und einheimischer Terrorist, der diverse Todesdrohungen gegen afroamerikanische Politiker gepostet hatte, bevor er versucht hatte, ein Gesundheitszentrum in Queens in die Luft zu jagen, weil es staatliche Unterstützung bekam. Er war glücklicherweise gescheitert – und hatte nur deshalb keine Chance auf einen zweiten Versuch erhalten, weil wir ihn verhaftet hatten. Er saß hier jetzt schon beinahe drei Jahre, und der Prozess war schon so oft verschoben worden, dass er das MCC inzwischen wahrscheinlich schon als sein Zuhause betrachtete.

Das Blut gefror mir in den Adern, als sie rasch auf uns zukamen. Wenn er mich erkannte, waren wir verloren. Gigi musste gemerkt haben, wie sich mein Körper verspannte, weil sie ihrem Gang sofort mehr Hüftschwung verlieh und Northwood mit einem mörderischen Schmollmund anblickte, der es ihm unmöglich machte, irgendwo anders hinzuschauen.

Als sie direkt vor uns waren, bedachte Northwood Gigi mit einem anzüglichen, geilen Blick, der Kevlar hätte durchdringen können. Wir gingen aneinander vorbei, ich geriet direkt in Northwoods Blickfeld, auch wenn Gigi zwischen uns war. Sein Blick huschte von Gigis Hintern weg und landete kurz auf meinem Gesicht. Einen Wimpernschlag lang war da beinahe so etwas wie Wiedererkennen, dann schoben ihn die Wachen weiter. Bevor Northwood sich noch einmal umsehen konnte, bogen die drei um eine Ecke.

Noch so einen Moment konnten wir uns wirklich nicht leisten.

Ich warf Gigi einen vielsagenden, erleichterten Blick zu, während unser Wachmann den Vernehmungsraum aufschloss und uns hineinließ. Gigi sagte zu dem Wachmann: »Ich rufe Sie, wenn wir mit unserem Klienten gesprochen haben.«

Der Wachmann sah sie mit gelangweilter Gleichgültigkeit an, nickte, ging hinaus und machte die Tür hinter sich zu. Sie fiel mit einem verstörend klaren Klicken ins Schloss.

Sie drehte sich zu mir um: »Bist du okay, G-Boy?«

»Ich habe jede Sekunde genossen«, sagte ich.

Kaum eine Minute später wurde Daland – seinen Seidenkimono hatte er gegen einen orangen Overall tauschen müssen – von einem anderen Wachmann in den Raum geführt, der den Häftling auf die andere Seite des Tisches brachte, dann zurücktrat und sich an die Wand lehnte. Falls Daland irgendetwas an Gigi oder mir aufgefallen war, behielt er es für sich – vorerst.

Ich streckte ihm die Hand hin. »Mr Daland, Ben Burnham. Und dies ist meine Assistentin Polly Harris. Von jetzt an werde ich Sie vertreten. Wie Sie wissen, musste Simon sich um einen anderen Fall kümmern, aber wir sind umfassend informiert und in allen Belangen auf dem aktuellen Stand.«

Er nahm meine Hand mit festem Griff, während sein Blick sich förmlich in mich hineinbohrte. Ich sah, dass er mich in der Tat erkannt hatte – und dass er auf Zeit spielte, um zu entscheiden, wie er darauf reagieren sollte. Ich konnte so deutlich sehen, was in ihm vorging, dass es Absicht sein musste. Wenn er uns verriet, würde er nie herausfinden, worum es hier ging. Wenn er mitspielte, konnte er herausfinden, was los war, aber in der Zwischenzeit konnte es schon zu spät sein, um das Netzwerk zu retten, das tief unter Maxiplenty lag.

Nach nervenzerreibenden Sekunden ließ er meine Hand los. »Sicher. Simon hat es mir gesagt. Er meinte, Sie seien ein Spezialist für Cyberkriminalität.«

Ich ließ mir meine ungeheure Erleichterung nicht anmerken und bedeutete ihm, sich zu setzen. »Ich habe ein bisschen Erfahrung, die sich auszahlen könnte, ja.«

Gigi und ich setzten uns ihm gegenüber.

Dann gab ich dem Wachmann einen Wink. »Könnten Sie bitte sicherstellen, dass alle Kameras und Aufnahmegeräte ausgeschaltet sind?«

Er nickte. »Ich warte draußen.«

Die Tür fiel hinter ihm ins Schloss.

Daland lehnte sich in seinem Stuhl zurück und wartete darauf, dass wir den ersten Zug machten.

»Polly« schlug ihre Dokumentenmappe auf, nahm ein einzelnes Blatt Papier heraus und legte es auf den Tisch.

Daland tat so, als interessiere ihn das nicht, aber ich konnte sehen, dass er blitzschnell alles erfasste. Kurz darauf blickte er Gigi an.

»Sie kommen mir bekannt vor.«

Das überraschte mich. Ich hatte damit gerechnet, dass er mir sagte, er wüsste genau, wer *ich* war.

Daland wandte den Blick nicht von Gigi ab. »Wonder Woman. New York Comic-Con.«

Gigi lächelte. »Wow. Ich bin beeindruckt. Aber es gilt immer noch, behalten Sie Ihre Pfoten bei sich.«

Er grinste und lehnte sich entspannt zurück. »Wie könnte ich diesen Körper jemals vergessen?« Er schloss die Augen und genoss den Moment. »Sie waren eine verdammt gute Diana von Themyscira.«

Nachdem er den Augenblick ausgekostet hatte, wandte er sich endlich mir zu, und jede Freude schwand aus seinem Gesicht. »Was soll das denn? Geben Sie jetzt den unkonventionellen Agenten, damit ich Ihnen mehr sage, als gut für mich ist? Im Ernst, Kumpel. Ihr Feds müsstet mal über diese Besessenheit für Schwindeleien wegkommen. Selbst wenn es euch geholfen hat, Ross Ulbricht zu schnappen – übrigens ein totaler Stümper –, heißt das noch lange nicht, dass es bei mir auch funktioniert.«

Ich wusste alles über Dread Pirate Roberts und Silk Road. Auch wenn die Cyber-Division des FBI keinen Hintereingang zu den Silk-Road-Servern gefunden hatte, war Ulbricht – der Mann, der die Plattform erschaffen hatte – so lax mit seiner persönlichen Online-Sicherheit umgegangen, dass es nur eine Frage der Zeit gewesen war, bis das Bureau ihn erwischt hatte.

Daland spielte in einer ganz anderen Liga der Internetpiraterie.

Ich versuchte es mit einem anderen Ansatz. »Denken Sie

mal drüber nach. Würde ich wirklich so weit gehen und riskieren, dass Sie nichts über mich hören?«

»Sie hätten doch mit Leichtigkeit jemanden bezahlen können, der mir gesagt hätte, dass Sie inzwischen polizeilich gesucht werden. Oder jemanden dazu erpressen. Northwood zum Beispiel. Wir haben schon ein paar liebgewonnene Erinnerungen an Sie ausgetauscht.«

Was hatte ich eben noch gedacht? Er war so verdammt schlau, dass es einem schon Angst einjagen konnte.

Daland musste gemerkt haben, wie unbehaglich ich mich fühlte. Er hätte mich noch länger schmoren lassen können, zuckte stattdessen aber unverkennbar mit den Achseln.

»Er war's nicht.«

»Aber das ist es doch, wovon alles abhängt«, sagte ich. »Wer hat es Ihnen gesagt – hier drin oder draußen – und wie sehr vertrauen Sie denen?«

Seine Miene war vollkommen ausdruckslos. Ich hatte keine Ahnung, ob ich zu ihm durchkam oder nicht.

Als ich fortfuhr, hörte ich, wie sich Verzweiflung in meine Stimme schlich: »Und Polly hier. Sie müssen doch wissen, wie talentiert sie ist. Ich bin sicher, Sie sind sich ihres unbeirrbaren Respekts für das Gesetz bewusst und dass es ja auch nicht so ist, als bräuchte sie das Geld, oder? Also, wie hätte ich sie hierherbekommen sollen, wenn sie mir nicht vertrauen würde?« Ich schwieg kurz, um seine Reaktion abzuschätzen, dann erhöhte ich den Druck: »Sehen Sie, Sie sitzen hier am längeren Hebel, keine Frage. Ich stehe im Verdacht, einen CIA-Analysten getötet zu haben, und es wird ein FBI-Agent vermisst, woran man mir wahrscheinlich auch die Schuld gibt. Aber das wissen Sie bereits. Wahrscheinlich sogar noch mehr. Aber trotzdem bin ich hier ins MCC gegangen wie ein Lamm zur Schlachtbank.«

Ich hielt kurz inne, um den Zorn ein wenig zu unterdrücken. Es war heiß hier drin, und mein Rücken war klatschnass. Außerdem lösten die Enden meines Schnurrbarts sich umso mehr, je länger der Kleber dem Schweiß ausgesetzt war. Ich versuchte, ruhiger zu atmen.

Daland genoss mein Elend sichtlich.

»Es ist doch so, Jake. Wir wissen alle, dass Sie uns gleich hätten verraten können, als Sie uns zum ersten Mal gesehen haben. Aber das haben Sie nicht getan, was bedeutet, Sie sind neugierig genug, um uns anzuhören. Also hören Sie uns an.«

Er zuckte wieder die Achseln. »Schießen Sie los.«

»Ich habe zwei Porträts. Zeichnungen, um genau zu sein. Wie Phantomzeichnungen. Zwei Typen, die verdeckte Operationen ausgeführt haben. Echt unangenehme Kerle. Ich denke, dass sie über die Jahre für eine ganze Reihe von Todesfällen verantwortlich waren. Morde. Reporter und alle möglichen anderen Leute. Ich muss sie identifizieren. Ich kenne nur ihre Tarnnamen – ihre CIA-Legenden.«

Er schürzte die Lippen und stieß einen leisen Pfiff aus.

»Agency?«

Ich nickte.

»Heftig«, sagte er achselzuckend. »Und was hat das mit mir zu tun?«

»Ich möchte ihre Bilder auf Erebus einstellen und sehen, ob irgendjemand weiß, wer sie sind.«

Ich beobachtete ihn, wartete auf seine Reaktion auf das magische Wort.

Er war gut. Mehr als gut. Er verriet sich durch nichts. Ich konnte mir vorstellen, wie er mit diesem Pokerface in Vegas abräumte, ohne auf schwarze Sonnenbrillen oder ein Baseballcap zurückzugreifen.

»Nie gehört«, sagte er.

»Hören Sie, ich bin mir darüber im Klaren, was ich hier von Ihnen verlange, okay? Aber Sie haben mein Wort, in Gegenwart einer Zeugin, dass ich nicht als Cop hier bin und dass das keine aufwendig konstruierte Falle ist. Es bleibt unter uns. Ich wäre nicht hier, wenn ich irgendeine andere Möglichkeit hätte. Sie sehen sich doch als Kreuzritter für Offenheit und Wahrheit und Gerechtigkeit, stimmt's? Nun, hier läuft was ganz Schlimmes, etwas ernsthaft Übles, und zwar schon seit Jahren, und diese beiden Typen stecken dahinter. Und wenn Sie mich auf Erebus bringen und mir irgendjemand deren Namen liefert, dann kann ich was dagegen unternehmen.«

Er saß immer noch da und starrte mich ausdruckslos an.

»Jake«, mischte Gigi sich ein, »wir reden hier auf Augenhöhe. Sonst wäre ich nicht dabei.«

»Ich brauche die richtigen Namen dieser Drecksäcke«, drängte ich. »Wir brauchen nur einen einzigen User, der ein so gutes Gedächtnis hat wie Sie.«

Einen Moment lang spielte er noch die Sphinx, dann grinste er und ließ seinen Blick anzüglich über Gigi wandern. »Man vergisst niemanden, dem man mal an die Wäsche wollte.« Er ließ diese subtile, verführerische Bemerkung noch ein wenig wirken, bevor er hinzusetzte: »Jemanden anzuheuern, der einen Abzug drückt? Oder dafür bezahlt zu werden, dass man es tut? Ich nehme an, daran erinnern Sie sich auch.«

»Macht Ihnen das nichts aus?«, fragte Gigi ihn, ernsthaft interessiert, ohne Anklage in der Stimme. »Dass Leute Ihre Seiten für so etwas nutzen?«

Ich warf ihr einen überraschten Blick zu – ich meine, ich mochte ihre Direktheit, aber das grenzte schon an Asperger, und jetzt war wirklich nicht der richtige Zeitpunkt, um das anzusprechen –, aber es war bereits geschehen. Glücklicherweise schien es Daland nicht zu stören.

»Geben Sie Tim Berners-Lee die Schuld an Internetpornos? Wo liegt da der Unterschied? Sicher, er setzt sich für eine Regulierung ein, ich habe die Texte gelesen. Aber es war von Anfang an zu spät dafür, nachdem er den Browser der Pandora geöffnet hatte. Sollten wir ihm die Schuld für eine ganze Generation von Teenagern geben, die einen harten Dreier für eine ganz normale Sexpraktik halten? Oder sollten wir ihn für Kannibalen verantwortlich machen, die auf Facebook ihr nächstes Festmahl zusammensuchen, oder für Rekrutierungsvideos des IS? Ich habe den Leuten nur eine Plattform zur Verfügung gestellt, auf der sie kommunizieren können, ohne bespitzelt zu werden. Von Leuten wie ihm.« Er stieß energisch mit dem Finger in meine Richtung. »Was die damit anfangen, ist deren Sache.«

Ich schüttelte den Kopf. Ich hatte weder die Zeit noch den Kopf für eine philosophische Debatte.

»Okay, gut, das ist genau das, was ich brauche … Kommunizieren, ohne dass irgendwer zuhört, weil die Jungs, hinter denen ich her bin, zu den Zuhörern gehören.«

Gigi lächelte und beugte sich zu Daland vor. »Wenn Sie nur zehn Prozent davon wüssten, würden Sie uns helfen.« Sie zeigte auf mich. »Er hat sich so dermaßen weit aus dem Fenster gelehnt wie nur möglich, ohne in einen Abgrund zu stürzen und sich ernsthaft wehzutun.«

Daland wurde für einen Augenblick ruhig, sein Blick wanderte zwischen mir und Gigi hin und her.

»Ich besorge *euch*, was ihr braucht, aber was kriege *ich* dafür? Haltet ihr den Verkehr auf der Pearl auf, grabt ihr euch durch neun Meter Erde und befreit mich aus dem Tunnel, wenn ich in Handschellen, mit Fußfesseln und einer Kette dazwischen zum Gerichtsgebäude schlurfe, flankiert von zwei US-Marshals, eingesperrt zwischen ferngesteuerten, elektronischen Türen an jedem Ende?«

Bei der Vorstellung musste ich lächeln. Der Tunnel unter der Pearl Street, der das MCC mit dem Bundesgerichtsgebäude verband, war legendär, besonders unter Kriminellen und deren Verbindungsleuten draußen, die stundenlang darüber nachdachten, wie man dort einbrechen könnte – ohne jeglichen Erfolg.

Ich sah ihm direkt in die Augen: »Wenn das hier alles vorbei ist, wenn wir mit den Mistkerlen fertig sind und alles geklärt haben, dann werde ich alles in meiner Macht Stehende tun, um Ihnen zu helfen. Und ich meine alles, außer Beweise zu vernichten. Darauf haben Sie mein Wort. Und glauben Sie mir –

wenn das klappt, dann werden eine Menge hoher Tiere mir eine Menge Gefallen schulden.«

Er musterte mich interessiert. »Ach, kommen Sie, Reilly. Ich weiß, wie tief Sie in der Scheiße sitzen. Die Chancen, dass Sie jemals was für mich tun können, sind gleich null.«

»Ich kann noch ein oder zwei Gefallen ganz oben einfordern«, entgegnete ich und fragte mich, ob die Tatsache, dass ich erst vor wenigen Wochen Präsident Yorke das Leben gerettet hatte, jemals irgendwo zählen würde.

»Weshalb haben Sie das noch nicht genutzt, um den eigenen Hals aus der Schlinge zu ziehen?« Er ließ mich einen Augenblick schmoren, dann grinste er. »Aber machen Sie sich darüber keine Sorgen. Wenn es hilft, diesen Faschisten ordentlich eins auszuwischen, bin ich dabei.«

Gigi brach in ein prustendes Gelächter aus und schüttelte den Kopf. Ich weiß nicht, ob sie noch irgendetwas Unanständiges in ihren Lachanfall hineinmurmelte, aber ihre Lippen verzogen sich zu einem Lächeln. »Also, wie kommen wir rein?«

Von dem Gespräch, das folgte, verstand ich kein Wort. Ja, nach ein paar Sätzen klinkte ich mich vollkommen aus, als machte ich eine außerkörperliche Erfahrung und beobachtete uns drei als Außenstehender. Ich ertappte mich dabei, wie ich mich fragte, was ich hier machte, darüber nachdachte, wie wohl die Chancen standen, dass jemand aus Dalands Super-Darknet eines der beiden Gesichter erkannte, die meinen Geist belagerten. Corrigan und Fullerton waren beide Agenten gewesen. Und sie waren gut in ihrem Job gewesen – was bedeutete, dass sie extrem sorgfältig darauf geachtet hatten, wer ihre wahre Identität kannte. Sie mussten weit herumgekommen sein und über die Jahre eine beträchtliche Zahl von anderen Agenten getroffen haben, von denen allerdings viele niemals erfahren haben dürften, mit wem sie es zu tun hatten. Andererseits ging ich davon aus, dass ihre Profile innerhalb der CIA einsehbar waren, sodass jeder, der dort in einer einigermaßen hohen Position gearbeitet hatte, irgendwann in den letzten zwei oder drei Jahrzehnten ihre wahre Identität kennen musste. Für mich musste sich nur einer der früheren Kollegen oder Agenten an einen von ihnen erinnern. Vielleicht war das doch gar nicht so unwahrscheinlich.

Gigi legte mir eine Hand auf die Schulter. »Wir sind hier fertig, Ben. Zeit zu gehen.«

Ich blinzelte, hatte keine Ahnung, ob die beiden fünf oder fünfundzwanzig Minuten miteinander gesprochen hatten. »Hast du alles, was du brauchst?«

Sie nickte. »Wie ich schon sagte, es ist ein wahres Wunderwerk.«

Daland lächelte. »Immerhin etwas, wenn ich bedenke, wie wenig du gewillt scheinst, mich ranzulassen.«

Gigi musste lachen. »Du bist echt ein unverbesserlicher Schwachkopf, Jake. Aber hey, wie heißt es so schön? Sag niemals nie.«

Dalands Miene nahm einen hoffnungsvollen, lüsternen Zug an.

Ich stand auf, ging zur Tür und klopfte.

Keine Reaktion.

Ich klopfte noch einmal.

Nichts.

Ich spürte, wie Panik in mir aufstieg.

Die wissen, wer ich bin. Sie haben alles mit angehört. Der einzige Ort, an den ich von hier aus gehe, ist das Supermax Florence, das Bundesgefängnis in Colorado.

»Wache? Wir sind fertig.«

Ich sah Gigi an. Sie stand direkt an der Tür, aber ihre Haltung war eiskalt, als wartete sie nur darauf, dass ihr ein Kellner ein Glas Champagner brachte.

Endlich ging die Tür auf, und der Wachmann erschien. »Sorry, Leute. War nur ein paar Sekunden weg.«

Ich zwang mich, mir die Erleichterung nicht ansehen zu lassen, drehte mich noch einmal zu Daland um und schüttelte ihm die Hand. »Halten Sie die Ohren steif, Jake. Wir lassen Sie wissen, was aus dem Deal geworden ist, sobald sich etwas ergibt.«

Sein Griff war fest. »Tun Sie das.« Dann wandte er sich lächelnd an Gigi. »Kommen Sie jederzeit vorbei.«

Sie lächelte zurück und folgte mir aus dem Vernehmungsraum hinaus.

Während wir den Flur entlanggingen, beugte sie sich dicht zu mir und flüsterte mir ins Ohr: »Mein Gott, ich muss so schnell wie möglich zu Kurt zurück. Solche Rollenspiele plus das ganze Adrenalin – ich bin so was von spitz.«

Ich ging weiter, ohne etwas dazu zu sagen. Allmählich spürte ich, wie sich Erleichterung in mir breitmachte, der ich mich aber erst hingeben würde, wenn wir wieder in ihrem Wagen saßen und Kontakt mit Kurt aufgenommen hatten.

»Ich glaube nicht, dass Mrs Burnham es sehr schätzen würde, wenn Sie so mit ihrem Mann reden, Miss Harris. Richten Sie Ihre Aufmerksamkeit wieder auf den Fall. Sie haben noch eine Menge zu tun.«

Sie warf mir über die Schulter ein Grinsen zu. »Machen Sie sich keine Sorgen, Boss. Ich bin gut im Multitasking.«

50

Chelsea, New York

Ich saß in dem Restaurant gegenüber von Gigis Haus, ließ achtlos die Zeit verstreichen und starrte ins Nichts, während der stetig fallende Schnee draußen einen weißen Vorhang vor dem dunklen Nachthimmel bildete. Ich wollte noch mindestens eine Stunde hier sitzen bleiben, bevor ich wieder hochging. Ich konnte jetzt sowieso nicht viel tun. Die Porträts von Corrigan und Fullerton zirkulierten in den dunkelsten Ecken des Internets, und bis jemand uns wissen ließ, wer sie waren, konnten wir nur warten. Und hoffen.

Ich wollte auch Gigis und Kurts Auszeit nicht stören – nicht, dass ich ihren Stil bisher irgendwie eingegrenzt hätte. Nachdem sie die Zeichnungen in Dalands Online-Katakomben hochgeladen hatte, hatte Gigi mich und Kurt in dem großen offenen Raum sitzen gelassen und war kurz darauf in einem Wonder-Woman-Kostüm wieder aufgetaucht – dem klassischen Outfit, wie sie mir erklärte, nicht dem neuen, postmodernen schwarzen, das sie und der Rest der Fangemeinde anscheinend von ganzem Herzen verabscheuten. Sie hatte keinen Zweifel daran gelassen, wie aufgedreht sie nach unserem Ausflug ins MCC und ihrem digitalen Spaziergang durch Dalands schwärzeste Schöpfung gewesen war, weshalb ich glaubte, dass ihr Kostümwechsel wahrscheinlich etwas damit zu tun hatte, Kurt zu zeigen, dass er sich keine Sorgen wegen Jake Daland machen musste. Der liebenswerte Bär schien ernstlich erschüttert darüber gewesen zu sein, wie sehr seine Freundin Dalands Können bewunderte und, schlimmer noch, dass Daland sie angebaggert hatte – selbst wenn es zu nichts geführt hatte –, sodass er die letzten beiden unverhohlenen Anmachversuche von Gigi einfach hatte abprallen lassen. Das Wonder-Woman-Outfit aber erfüllte seinen Zweck.

Kurt war auch auf mich sauer, aber nachdem er Gigi in dem Outfit erblickt hatte, löste sich jegliches Ressentiment in Luft auf. Mit einem breiten Grinsen auf dem Gesicht ging er auf die Suche nach seinem Green-Arrow-Kostüm, was mir das Stichwort lieferte, die Wohnung zu verlassen.

Ich war sogar ganz froh, dass ich einen Vorwand für einen Szenenwechsel hatte. Ich machte einen langen Spaziergang, bei dem ich mich ziellos durch die Straßen von Lower Manhattan treiben ließ, während die Dunkelheit hereinbrach und fluffige Schneeflocken sich sanft auf meinem Gesicht und meiner Kleidung niederließen, dabei wurden meine Gedanken noch immer von der Idee belagert, dass mein Vater bei dem

Ganzen mitgemacht haben könnte. Innerlich fühlte ich mich kalt und hohl und fragte mich, ob ich vielleicht besser die Finger davongelassen und keine schlafenden Hunde geweckt hätte – ganz besonders nicht die tollwütigen, wilden, die, wenn sie ihre Zähne einmal in etwas geschlagen haben, nicht mehr lockerlassen.

Am Ende landete ich in dem trendigen Fresstempel gegenüber des Apartments mit viel Zeit zum Nachdenken, zum Grübeln, zum Zermahlen und zum Verarbeiten – auch wenn das nur dazu führte, dass meine Stimmung noch finsterer wurde, als sie es vor einer Stunde sowieso schon gewesen war.

Kurt war es gelungen, sich in Rossettis private Breitbandverbindung einzuhacken und den Verlauf seiner Online-Suche herunterzuladen. Er hatte beide Dokumente auf einen kleinen Vaio-Laptop gezogen, der jetzt auf dem Tisch vor mir stand und mich herausforderte. Ich musste erst noch reinschauen. Der Kaffee daneben – mein dritter – war bereits eiskalt, der lebensverändernde Käsekuchen kaum angerührt. Ich war alles noch einmal in Gedanken durchgegangen, hatte jedes Informationsbröckchen noch einmal umgedreht, als gehörte es zu einem dämonischen, unlösbaren Zauberwürfel, in der Hoffnung, dass sich mit jedem Dreh etwas Neues enthüllen würde.

Nichts kam. Ich steckte in einer Sackgasse.

Jede Informationsquelle war versiegt. Wir hatten drei Typen, die alle zu einem verdeckten Killerkommando der CIA gehört zu haben schienen, aber sie waren inzwischen alle tot. Wir hatten den zutiefst beunruhigenden Verdacht, dass mein Vater dieser edlen Truppe angehört hatte. Und wir hatten Corrigans und Fullertons Gesichter von vor dreißig Jahren, aber niemanden, der sie identifizieren konnte.

Mir blieb nichts anderes übrig, als abzuwarten, bis jemand aus Dalands Unterwelt einen von beiden erkannte und sich meldete. Natürlich bestand eine hohe Wahrscheinlichkeit, dass das niemals der Fall sein würde. Was dann?

Entmutigt, erschöpft und von einer riesigen Sehnsucht nach

meinem Zuhause und meiner Familie erfüllt, fuhr ich den Laptop hoch, öffnete den Browser und rief die Verläufe von Rossetti und seinem Chefredakteur auf.

Sie waren lang, jeder belief sich auf mehrere Seiten.

Ich war gerade dabei, mich hindurchzuwühlen, als Theo, Gigis Comedian-Kellner-Freund, an meinem Tisch vorbeikam und den unangetasteten Kaffee bemerkte. Er zeigte darauf und sagte: »Nennen Sie mich ein Medium, aber mir sieht das aus, als seien Sie bereit für etwas mit ein bisschen mehr Wumms, oder?«

»Was würden Sie empfehlen?«, fragte ich.

Er nahm meinen Becher vom Tisch. »Mein Barmann hat da diesen beeindruckenden Reposada-Tequila, den er aus Mexiko mitbringt. Der vertreibt unter Garantie diese Dämonen.«

Ich war mir nicht sicher, ob ich wirklich etwas Mexikanisches wollte, das irgendwie Einfluss auf mein Hirn nahm, nicht nach meinen jüngsten Erfahrungen, aber ich sagte trotzdem: »Okay.« Dann fragte ich ihn: »Gibt's irgendwas Neues von dem Vorsprechen?«

Sein Gesicht leuchtete auf vor Stolz, seine irren Augen nahmen einen noch manischeren Blick an: »Ich hab sie gekriegt. Eine Nebenrolle in *Louie*, ist das zu fassen? Ich hab sogar zwei kleine Szenen mit dem Mann selber.«

Ich nickte bittersüß. »Das sind großartige Neuigkeiten, Mann. Großartig.«

Es lief offensichtlich prima für Theo. Vielleicht hatte ich ja auch bald einen Durchbruch.

Halbherzig richtete ich den Blick wieder auf den Monitor, um eine zweite Seite von Rossettis Suchverlauf durchzusehen, dabei zogen zwei Worte meine Aufmerksamkeit auf sich: DIE OKTOBER-ÜBERRASCHUNG.

Ich richtete mich kerzengerade auf, während ich auf den Link klickte und zu lesen begann.

Sandmann ließ sich lautlos an dem Seil auf die kleine Terrasse auf der Rückseite des Lofts herunter und ging sofort in die Hocke.

Es war kalt genug, damit der spärlich, aber stetig fallende Schnee sich dort sammelte und liegen blieb. Alle Flächen, auf denen sich kein Verkehr bewegte, waren bereits mit mindestens einem Zentimeter Schnee bedeckt.

Sandmann nahm sich einen Moment Zeit, damit sich seine Augen an das schwache Licht gewöhnen konnten, das aus dem Loft nach draußen drang, und suchte den Innenraum nach Anzeichen für Aktivität ab. Er sah keine. Er schlich zu den Terrassentüren und zog mit seinen Händen in den Handschuhen sanft am Griff. Es war nicht abgeschlossen, man konnte ja auch getrost davon ausgehen, dass so hoch oben das Risiko, dass ein Einbrecher sich über diesen Weg Zutritt verschaffte, sehr gering war. Ein Schwall warmer Luft schlug ihm von drinnen entgegen. Miss Decker hatte offensichtlich kein Problem damit, den riesigen Raum zu heizen. Sowohl ihr Giro- als auch ihr Sparkonto erfreuten sich bester Gesundheit, und dabei handelte es sich nur um die Konten, die auf ihren Namen liefen. Ihr Faultier von einem Freund hatte sich da einen ziemlich hübschen Fang an Land gezogen.

Noch etwas anderes wehte in die eisige Kälte hinaus. Das unverwechselbare Geräusch einer Frau, die ihren Höhepunkt erreicht. Sandmann lächelte innerlich. Das würde alles noch einfacher machen. Kurz dachte er darüber nach, was es war, was er da hören konnte. War es möglich, dass Reilly hinter dem Rücken ihres Freundes seine Gastgeberin nagelte? Unwahrscheinlich. Es mussten die beiden kostümierten Freaks sein, die da zugange waren. Was bedeutete, dass Reilly irgendwo anders im Loft war, wenn er denn überhaupt da war.

Der Besuch im Nachtclub hatte sich mehr als gelohnt. Er hatte keine Aufnahmen von Überwachungskameras gebraucht, um zu sehen, wie sie in ein Taxi stiegen, hatte keine Kennzeichen überprüfen müssen, um herauszufinden, wo sie ausgestiegen waren. Der Manager, mit dem er gesprochen hatte, hatte nicht gewusst, wer der Kerl in dem blauen Cape war, aber er kannte Gigi Decker, die Stammgast im Club war und gern in gutem Champagner schwelgte. Sandmann hatte dem Manager gegenüber wenig Zweifel daran gelassen, dass es überaus heftige Konsequenzen nach sich ziehen würde, wenn er versuchte, Miss Decker vorzuwarnen.

Er schlüpfte hinein.

Die Deckenbeleuchtung war ausgeschaltet. Ein paar übergroße Stehlampen, Replikationen alter Hollywood-Scheinwerfer, tauchten den gesamten Raum in ein gedämpftes, warmes Licht. Die gestrichenen Bodendielen knarzten leise, als er sich vorsichtig durch das Loft bewegte, aber er wusste, dass es höchst unwahrscheinlich war, dass das Pärchen im Schlafzimmer irgendetwas hörte.

Er konzentrierte sich und lauschte. Das große Wohnzimmer war leer. Es war niemand da, falls Reilly nicht irgendwo leise schlief. Er ging weiter und fand in einer Ecke einen kleinen Haufen Kleidung und persönliche Gegenstände neben einem ordentlich gemachten Futonbett. Das mussten Reillys Sachen sein, also war seine Zielperson, wie er angenommen hatte, nicht hier.

Sandmann suchte systematisch nach einer Waffe und fand die Sporttasche mit den Glocks darin. Was bedeutete, dass Reilly wahrscheinlich unbewaffnet ausgegangen war. Er versteckte sie tief unter der Matratze und trat zurück in den weiten Raum.

Als er die geschlossene Schlafzimmertür erreichte, erscholl ein so lauter Schrei, dass Sandmann einen Moment lang warten musste, bis er verhallt war. Dann lachten die beiden, die Frau kicherte hysterisch wie ein Teenager. Auf keinen Fall würde auch nur einer von beiden in der Lage sein, ernsthaft Widerstand zu leisten.

Sandmann zog seine Waffe – der Schalldämpfer war bereits aufgesetzt –, drehte den Türknauf und betrat das Schlafzimmer.

Jaegers sah ihn als Erster, seine Augen füllten sich im selben Augenblick mit nackter Angst, während er nach hinten gegen das Kopfteil des Bettes zurückwich.

»Scheiße!«

Decker folgte dem alarmierten Blick ihres Freundes, erblickte Sandmann, zuckte zusammen und zog sich die Decke bis ans Kinn. »Kurt!«

Sandmann stand einfach nur da, weil ihm bewusst war, dass es nichts brachte, noch weiter einzutreten und sich zur Zielscheibe zu machen.

»Zieht euch an. Bewegt euch.«

Beide gehorchten unverzüglich. Jaegers zog eine dunkelgrüne Lederhose und ein dazu passendes Wams mit Kapuze über, während das Mädchen in eine Jogginghose und ein T-Shirt schlüpfte, das sich in dem goldenen Diadem in ihrem Haar verhakte. Sie stöhnte ärgerlich und griff nach oben, entwirrte ihre Haare und zog das T-Shirt über.

Sandmann wedelte mit der Waffe und trieb sie hinaus.

»Gehen wir.«

Er wich ein paar Schritte zurück, als Jaegers als Erster aus dem Schlafzimmer ging und für den Bruchteil eines Augenblicks den Innenraum verdeckte. Das Mädchen folgte ihm und hielt ihm das Diadem hin.

»Da, nehmen Sie's. Hält sowieso nicht.«

Als Sandmann instinktiv die linke Hand ausstreckte, um den Goldreif zu nehmen, wusste er, dass sie ihn reingelegt hatte. Der schwere Lampenständer, den sie hinter dem Rücken gehalten hatte, verdeckt durch Jaegers' Körper, sauste bereits auf ihn nieder. Blitzschnell riss er den Kopf zur Seite, als die Lampe mit überraschender Wucht auf seine Schulter krachte, doch bevor der Schmerz sich ausbreiten konnte, versetzte er dem Mädchen mit dem Griff seiner Waffe einen Schlag gegen die Schläfe und schickte sie zu Boden.

Jaegers hatte sich umgedreht und machte Anstalten, sich auf ihn zuzubewegen, aber Sandmann war zu schnell, riss den rechten Ellbogen hoch und rammte ihn dem Mann ins Gesicht. Er hörte Jaegers' Nase brechen und den begleitenden Schmerzensschrei, als er herumwirbelte und dem Mann noch einen bösartigen Tritt gegen das Schienbein unterhalb des Knies versetzte – nicht hart genug, um den Knochen zu brechen, aber doch ausreichend, um eine weitere, quälende Schmerzquelle hinzuzufügen.

Jaegers löste sich von der Wand und sackte auf dem Boden zusammen.

»Jetzt reicht's aber«, bellte Sandmann, mit der Waffe auf den Kopf des Hackers zielend, und ließ keinen Zweifel an seiner Intention.

Jaegers nahm die blutüberströmten Hände von der Nase und hielt sie hoch, die Handflächen nach vorn. »Okay, okay. Nur – bitte tun Sie ihr nicht noch mal weh.«

Mit von Angst und Sorge weit aufgerissenen Augen blickte er zwischen Sandmann und seiner Freundin hin und her, dann kroch er, die Hände hoch neben dem Kopf, die Lippen zitternd, das ganze Gesicht stumm um Erlaubnis flehend, langsam zu Decker hinüber.

»Gigi? Gigi!«

Sie rührte sich nicht.

Sandmann sah zu, wie er sich vorbeugte, ihrem Atem lauschte und sich dann zu ihm umdrehte. »Sie atmet«, sagte er und wiederholte es noch einmal, bevor er anfing zu schluchzen.

Sandmann blickte auf ihn hinab. »Kann ich davon ausgehen, dass du dich jetzt benimmst?«

Jaegers nickte nur, während er sich Blut und Schnodder abwischte, die aus seinen Nasenlöchern strömten.

51

Die Oktober-Überraschung.

Natürlich wusste ich darüber Bescheid. Nicht nur über das Konzept, ich kannte auch ihr berüchtigstes Auftreten – in dem Jahr, als Reagan gegen Carter antrat.

1980.

Der Ausdruck bezieht sich auf ein größeres, überraschendes Ereignis, dessen – geplante – Veröffentlichung den Ausgang von Präsidentschaftswahlen beeinflussen kann, die Anfang November stattfinden. Sowohl vor der Wahl 1968 als auch vor der 1972 wurden Behauptungen, das Ende des Vietnamkrieges sei in Sicht, dazu benutzt, um der Popularität der Kandidaten einen Schub zu geben. In Wirklichkeit bezieht sich der Ausdruck aber auf die Verschwörung, die angeblich 1980 Ronald Reagans Sieg über den Amtsinhaber Jimmy Carter herbeiführen sollte.

Fast ein Jahr vor der Wahl waren zweiundfünfzig Amerikaner im Iran als Geiseln genommen worden. Dieses Ereignis war traumatisch für die Nation gewesen und stand im Bewusstsein jedes Wählers. Es wurde hart um ihre Freilassung verhandelt, wobei die Carter-Administration natürlich auf ihre eigene »Oktober-Überraschung« hoffte: Wenn es gelungen wäre, die Geiseln noch vor den Wahlen nach Hause zu holen, hätte das Carters Aussichten auf eine Wiederwahl entscheidend verbessert. Die Geiseln wurden nicht freigelassen, und Reagan gewann die Wahl. Allerdings wurden sie kurz darauf doch freigelassen, und zwar am Tag des Amtsantritts. Nicht nur am Tag des Amtsantritts, sondern exakt fünf Minuten nachdem Reagan seinen Amtseid abgelegt hatte.

Schon bald wurden Vermutungen laut, dass Reagans Leute ein geheimes Abkommen, Waffen gegen Geiseln, geschlossen haben könnten – einen Deal, der dafür sorgen sollte, dass die Geiseln erst nach den Wahlen freigelassen wurden, um Carters Niederlage zu besiegeln.

Die Verdächtigungen waren jedoch schnell wieder vergessen, bis die Iran-Contra-Affäre fünf Jahre später explodierte, während Reagans zweiter Amtsperiode. Es sickerte durch, dass hochrangige Beamte der Reagan-Administration im Geheimen amerikanische Waffen an den Iran hatten liefern lassen – was gegen geltende Gesetze und ein Waffenembargo verstieß. Der Iran hatte auf zwei Wegen dafür bezahlt: mit Bargeld, das den Rebellengruppen der Contras in Nicaragua zukam – ein weiterer illegaler Akt, da die Finanzierung der Contras vom Kongress verboten worden war –, und mit der Entlassung von sieben amerikanischen Geiseln, die im Libanon gefangen gehalten worden waren.

Die Iran-Contra-Affäre hatte bewiesen, dass die Reagan-Administration mit dem Iran in Verbindung stand und dass sie durchaus bereit war, mit schmutzigen Tricks zu arbeiten und gegen geltende Gesetze zu verstoßen. Das wiederum befeuerte die Gerüchte darüber, was während des Wahlkampfs 1980 geschehen war. Nachdem immer mehr Berichte darüber in den Medien erschienen waren, leiteten sowohl der Senat als auch der Kongress Untersuchungen ein. Beiden gelang es nicht, Anklage zu erheben. Dessen ungeachtet haben in der Zwischenzeit einige maßgebliche Akteure, die damals einflussreiche Positionen innehatten, so zum Beispiel Abulhassan Benisadr, der damalige Präsident des Iran, Yitzhak Shamir, der ehemalige Premierminister Israels, und Barbara Honegger, eine ehemalige Mitarbeiterin Reagans im Wahlkampf und im Weißen Haus, die Anschuldigungen eingestanden.

Meine Gedanken rasten zu dem Gespräch mit Faye, der Geliebten meines Vaters, zurück. Was hatte sie gesagt? Dass sie das Gefühl hatte, er hätte sich für das ganze Land verantwortlich gefühlt, dass er sich alles sehr zu Herzen genommen hatte.

Steckte da noch mehr dahinter?

Wusste er von dem, was im Schatten vor sich ging?

Sorgte er sich darum, dass die Geiseln rechtzeitig freigelassen würden – und wusste er von den schmutzigen Tricks, die hinter den Kulissen gespielt wurden?

Mein Vater war Mitglied der republikanischen Partei gewesen. Er war ein Fan von Reagan gewesen. Was bedeuten könnte, dass er getötet worden war, um ihn zum Schweigen zu bringen und zu verhindern, dass er die Wahrheit ans Licht der Öffentlichkeit brachte – eine Wahrheit, die er entweder aufgrund eigener Nachforschungen entdeckt oder von der er gewusst hatte, weil er selbst Teil der schmutzigen Verschwörung gewesen war.

Ich wusste, dass ich mich an Strohhalme klammerte – aber irgendwie fühlte es sich richtig an, als wäre ein Gang richtig eingelegt worden und würde nun meine Gedanken immer schneller vorantreiben.

Doch ich hatte nicht viel Zeit, um darüber nachzudenken. Ich kippte gerade ein Glas von dem Tequila herunter, den Theo mir gebracht hatte, als das Telefon in meiner Tasche vibrierte.

Es war Kurt.

Kurt saß zusammengesackt mit dem Rücken an der Außenwand des Schlafzimmers. Vor ihm auf dem Boden lag Gigi, immer noch bewusstlos. Der Eindringling hatte sie mit Plastikmanschetten an den Handgelenken und den Knöcheln gefesselt und war gerade damit fertig, alles aus ihrer Reichweite zu schaffen, womit sie sich eventuell hätten befreien können. Abgesehen von dem gedämpften Licht aus dem Schlafzimmer und dem schwachen Schein, der von draußen hereindrang, lag die Wohnung im Dunkeln.

Sein Mut sank, während er zusah, wie sich Gigis Brustkorb beim Atmen leise hob und senkte. Zumindest waren sie beide noch am Leben, dachte er, was bedeutete, dass es noch Hoffnung gab. Abgesehen von dem pochenden Schmerz, der sich über sein Gesicht ausgebreitet hatte, verspürte er ein durchdringendes Ziehen in der Brust, so durchdringend, dass es das sein musste, was man allgemein Liebe nannte. Gigi musste erst kaltblütig bewusstlos geschlagen worden sein, damit das Gefühl ausgelöst wurde, aber er wusste jetzt ganz genau, was damit gemeint war – er würde alles tun, einfach alles, um sie am Leben zu erhalten.

Der Eindringling kam zurück, sichtlich zufrieden, dass Kurt und Gigi gesichert waren. »Ruf Reilly an.«

Auch wenn er vermutete, dass es fruchtlos war, wusste er doch, dass er versuchen musste zu lügen. »Was? Ich weiß nicht, wovon Sie reden.«

Der Eindringling stieß ein kurzes, trockenes Schnauben aus. »Bist du sicher, dass du das Spiel so spielen willst?«

Kurt spürte, wie sein Brustkorb sich einzog, als der Mistkerl ihn einfach nur anstarrte. »Nein«, flüsterte er schließlich.

»Gut. Wo ist dein Telefon?«

»Ich glaube – ich weiß nicht. Vielleicht im Schlafzimmer?«

Der Eindringling ging weg und verschwand außer Sicht, sodass Kurt versuchen konnte, sich zu konzentrieren.

Er musste irgendwie Zeit schinden. Reilly würde ihnen nicht helfen können, solange er nicht wusste, dass sie in Schwierigkeiten steckten. Dazu kam, dass nach dem, was Reilly ihnen gesagt hatte, der Agent den sadistischen Mistkerl, der sie gefangen hielt, schon einmal überlistet und sogar besiegt hatte. Sie hatten Reilly immer weiter geholfen, ungeachtet der Risiken, die sie selbst eingingen. Jetzt war es an ihm, ihnen zu helfen. Aber was, wenn Reilly zurückkam? Würde der Kerl sich dann nicht einfach holen, was er brauchte, und sie alle drei umlegen?

Der Eindringling würde ihn und Gigi sowieso umbringen. Und wenn sie Reilly nicht mehr helfen konnten, war es nur eine Frage der Zeit, bis auch er nicht mehr am Leben war. So hatten sie zumindest eine Chance, wie gering auch immer sie sein mochte.

Der Eindringling kam zurück und hielt zwei Telefone in der Hand. »Welches ist deins?«

Kurt zeigte darauf.

»Es gehört zu einem anderen, sicheren, oder?«, fragte der Mann.

»Ja. Ich hab sie gehackt. Reilly hat das andere.«

»Okay.« Er hielt ihm das Telefon hin, aber bevor Kurt danach greifen konnte, riss der Eindringling es hoch, sodass er nicht herankam, und richtete die Waffe, die er in der anderen Hand hielt, direkt auf den Punkt zwischen Kurts Augen. »Sag mir ganz genau, was du sagen wirst.«

»Was soll ich denn sagen? ›Reilly, hier ist Kurt. Wir haben einen Treffer. Du musst zurückkommen.‹ Das ist alles«, sagte Kurt, ohne nachzudenken, doch während er es aussprach, wusste er, dass es funktionieren würde, selbst wenn er riskierte, ihre Pläne, Corrigan zu entlarven, damit offenzulegen.

Das war nicht mehr das Wichtigste hier.

»Einen Treffer? Wobei?«

»Wir haben Reilly bei was geholfen.« Er zögerte, dann setzte er hinzu: »Wir haben ein paar Fotos in einigen Foren gepostet. Herumgefragt, ob jemand sie erkannte. Noch hat sich niemand gemeldet. Und es wird sich wahrscheinlich auch niemand melden. Aber er wartet darauf.«

Der Scheißkerl nickte, dann lächelte er. »Du meinst die Zeichnungen?«

Kurts Mund wurde trocken. Sie hatten die ganze Zeit gewusst, dass es ebenso gut möglich war, dass ein ehemaliger CIA-Agent, der Corrigan und Fullerton erkannte, sie warnen würde, wie es möglich war, dass jemand, der einen Groll gegen sie hegte, sie verriet. Es hatte keinen Sinn, es länger abzustreiten.

»Ja. Aber wir hatten noch keinen Treffer.«

»Ich weiß, dass ihr noch keinen hattet«, sagte der Eindringling. »Okay. Ruf an.«

»Reilly?«, sagte er. »Kurt hier.« Er machte eine kurze Pause, dann fügte er hinzu: »Wir hatten gerade einen Treffer. Du musst sofort zurückkommen.«

Eine Welle freudiger Erregung durchströmte mich, doch sie wurde sofort von dem Gefühl fortgespült, dass sich unter mir ein gähnender Abgrund aufgetan hatte.

Etwas stimmte nicht.

Ganz und gar nicht.

Kurt hatte sich noch niemals und unter keinen Umständen in irgendeinem unserer Gespräche mit seinem echten Namen gemeldet. Es gehörte zu seiner extremen Paranoia wegen der umfassend überwachten Welt, in der wir lebten. Er hatte sich Mrs. Takahashi, Cid Raines, Green Arrow und natürlich Snake genannt, Kronprinz Arthas Menethil und ein einziges Mal, als er besonders aufgeregt war, Jaegerbomb, sein Hackername aus der Zeit, bevor er es auf der Internetkriminalitäts-Fahndungsliste des FBI zu einem respektablen siebten Platz geschafft hatte.

Aber niemals Kurt.

Ich musste Zeit schinden. Schnell.

»Fantastisch, Mann. Ich dreh dann gleich mal um, bin inzwischen bis zum Park gelaufen.«

»Zum Central Park?«, fragte Kurt.

»Ja. Hab die Zeit vergessen. Aber ich spring in ein Taxi, so in zwanzig Minuten bin ich da.« Ich versuchte so begeistert wie möglich zu klingen. »Tolle Arbeit, Curtis, echt klasse.«

Ich legte auf, ziemlich sicher, dass es mir gelungen war, jeden Zweifel aus meiner Stimme zu tilgen, und hoffte, dass er meine kleine, versteckte Botschaft verstanden hatte, konnte mich aber dennoch des Gefühls nicht erwehren, dass eine alles zerschmetternde, bedrohliche Lawine auf mich zuraste.

Kurts brillant in aller Öffentlichkeit verborgene Nachricht konnte nur eines bedeuten. Baseballcap war da – und er hatte Kurt und Gigi.

Zumindest hatte ich uns etwas Zeit erkauft.

Jetzt musste ich sie nutzen.

52

Ich kaute noch ein paar verzweifelte Ideen durch, bevor ich mich schnell für die eine entschied, die meiner Meinung nach das geringste Potenzial dazu aufwies, direkt in einer Katastrophe zu münden. Ich spielte sie noch ein paar Mal durch, um sicherzugehen, dass ich nichts übersehen hatte, und kam dann zu dem Schluss, dass ich sie nehmen musste.

Ich zog das Wegwerfhandy heraus und wählte Deutschs private Nummer. Sie meldete sich sofort.

»Ich bin's.«

»Wo bist du?« Ihre Stimme klang begeistert, sogar wenn sie so leise sprach.

»In der Nähe. Hör zu, Annie. Ich hab ein feindliches Element, das hier in der Stadt zwei Freunde von mir als Geiseln genommen hat. Nicht weit vom 26. Fed. Derselbe Scheißkerl, der Kirby erschossen hat und, glaube ich, auch Nick getötet hat …«

»Was?«, fiel sie mir schockiert ins Wort.

»Ich bin überzeugt davon, dass er umgebracht wurde, Annie. Und ein ganzer Haufen anderer Leute auch. Und dieser Kerl will mich, und du kannst dir vorstellen, dass ich ihn kriegen will, aber ich kann ihn nicht allein erledigen. Nicht, solange er sie gefangen hält. Der Kerl ist ein Profi. Ein Profi für verdeckte Operationen. Und er wird gedeckt. Ich brauche deine Hilfe, aber wir müssen es auf meine Weise machen. Das Leben meiner Freunde steht auf dem Spiel.«

»Mein Gott, Sean …«

Ich hatte keine Zeit für Diskussionen. »Annie, bist du dabei oder nicht? Ich muss das jetzt wissen.«

Doch während ich noch fragte, wusste ich bereits, dass sie helfen würde. Sie hatte schon viel für mich riskiert, indem sie mir die Zeichnungen überlassen hatte, statt sie dem Bureau auszuhändigen. Aus Gründen, die nur Deutsch erklären konnte – und obwohl ich sie zutiefst erniedrigt hatte, als ich unter ihrer Aufsicht aus der Haft entkommen war –, wusste ich, dass sie meiner Version der Ereignisse glaubte.

Ich hörte, wie sie sich mit einem tiefen Atemzug Mut machte. »Ich bin dabei.«

»Okay. Ich brauche ein Sondereinsatzkommando in der westlichen Twenty-Third, zwischen Seventh und Eighth.«

»Ein Sondereinsatzkommando?«

»Ja. Und die müssen in der nächsten Viertelstunde da sein. Der Kerl ist gut, ich kann's nicht allein mit ihm aufnehmen, nicht, wenn er meine Leute da drin in seiner Gewalt hat.«

»Wie soll ich die denn dazu bringen, Sean? Ich kann mich nicht auf einen Tipp von dir berufen.«

»Ich weiß. Wir machen es folgendermaßen: Es wird ein Anruf von einem der Informanten kommen, die Nick und ich für die Joint Terrorism Task Force hatten. Ein Libanese, Ramsey Salman. Er ist in der Datenbank, arbeitet in einem Deli in Brooklyn. Er hat ein paar Prediger für uns beobachtet, hat sich aber eine ganze Weile schon nicht mehr gemeldet. Aber er wird sagen, dass in der Wohnung ein paar Typen sind, die in der Stadt einen Anschlag verüben wollen. Das wird Alarmstufe Rot rechtfertigen.«

»Warte mal, warte mal.« Sie dachte schnell nach. »Okay, aber ich kann nicht einfach sagen, ich hätte den Anruf bekommen. Es muss wirklich ein Anruf in der Telefonzentrale des Bureaus eingehen, ein Anruf für dich oder für Nick. Und von dir kann der natürlich auch nicht kommen.«

Natürlich nicht – der Anruf würde aufgezeichnet werden, und er musste auch einer eingehenden Untersuchung standhalten. Ich dachte nach. Wenn ich anrief, bestand die überaus reale Möglichkeit, dass mein Stimmprofil erkannt würde, was Deutsch in ernsthafte Schwierigkeiten bringen konnte. Mein Blick wanderte ziellos durch das Café, bis ich die Lösung erblickte. Er wischte gerade einen Tisch am anderen Ende des Raumes ab.

Ich winkte Theo zu mir an den Tisch. »Ich weiß. Ich hab eine Lösung.«

»Du hast jemanden, der den Anruf machen kann?«

Ich beobachtete, wie Theo zu mir hinüberkam, hoffte, dass er mitspielen würde – und dass er so gut sein würde, wie er bei seinem Vorsprechen gewesen war. »Ja.«

Ich konnte ihr Lächeln beinahe hören, obwohl ich sie so in die Enge getrieben hatte. »Okay, fangen wir an. Aber lass ihn lieber nach Nick fragen, seine Anrufe werden alle auf mein BlackBerry umgeleitet.«

Gigis Kopf fühlte sich an wie nach ihrem ersten und einzigen Besuch des Coachella-Valley-Musikfestivals. Sie hatte sich damit den Traum erfüllt, einmal Portishead live zu erleben – deren erste beiden Alben hatten den Soundtrack ihrer Teenager-Zeit gebildet –, aber sie hatte eine ganze Woche gebraucht, um sich von der Erfahrung zu erholen. Als Roger Waters es von »The Dark Side of The Moon« zurück geschafft hatte, hatte sie sich gefühlt, als hätte ihr jemand ein Loch in die Schädeldecke gebohrt, Hüpfknete und Natodraht hineingefüllt und sie dann auf einem kalten Felsbrocken liegen gelassen. Die Knete machte angenehm taub, aber kaum bewegte sie sich, und sei es nur einen Mikrometer, schrappten die Klingen an der Innenseite ihres Schädels, und sie wollte nur noch sterben.

Während sie blinzelte und versuchte, scharf zu sehen, stürzte die Erinnerung an die Ereignisse auf sie ein, die dazu geführt hatten, dass sie in ihrer Wohnung auf dem Fußboden lag.

Scheiße.

Das traf es ziemlich genau.

»Gigi«, hörte sie Kurt flüstern. »Wie geht's dir?«

Sie stemmte sich auf die Ellbogen hoch und ignorierte den gellenden Schmerz, der schnell die linke Seite ihres Kopfes erfüllte. Kurt saß zusammengesackt an der Außenseite der

Schlafzimmerwand und drehte sich zu ihr, die Augen fest auf sie gerichtet. Darin wütete ein chaotischer Sturm aus Erleichterung, Schrecken, Verwirrung und – sie hatte es erst einmal zuvor gesehen, erkannte es aber sofort wieder – aufrichtiger Anteilnahme.

»Was geht hier vor sich?«, fragte sie stöhnend.

»Alles wird gut«, versicherte ihr Kurt.

»Wie das?«

»Reilly ist unterwegs.«

Das passte nicht. »Was meinst du damit? Wieso?«

»Ich hab ihn angerufen.« Kurt machte eine Pause und zog ein beschämtes Gesicht, dann sagte er: »Er hat mich gezwungen. Ich sollte ihm sagen, wir hätten einen Treffer.«

Gigi überdachte alles schnell und stöhnte. »Du verdammter Schwachkopf!«, zischte sie. »Mein Gott, Jaegers! Hast du noch nicht kapiert, dass er uns sowieso umbringt?«

Sie hörte den Eindringling sagen: »Haltet den Mund. Beide.«

Sie drehte sich um und sah ihn im Wohnzimmer sitzen, wo er ihr italienisches Sofa entehrte, auf das sie nach der Bestellung vier Monate hatte warten müssen, und sie beobachtete. Ihre Miene verzog sich voll Abscheu: »Was auch immer, Arschloch.« Sie drehte das Gesicht wieder zu Kurt, schüttelte langsam den Kopf und versuchte, die Verzweiflung zu verdrängen.

Sie sah Kurt an. Er sah aus, als wollte er gleich in Tränen ausbrechen. Und genau in dem Moment dachte sie, wie sehr sie den Schwachkopf doch liebte und wie schön es wäre, diese Worte zu hören und zu sagen – das hatte sie nie, nicht ein Mal –, aber zuerst mussten sie die Nacht überleben.

Der Mistkerl sah auf seine Uhr. »Ihr zwei solltet euch küssen und vertragen. Ihr wollt doch nicht im Streit gehen, oder?«

»Fick dich«, spuckte sie aus, während sie rückwärts auf die Wand zurutschte, näher an Kurt heran, in der Hoffnung, ihm damit Mut zu machen, und dann zusammengesackt neben ihm endete.

Sie neigte ihren Kopf zu ihm und flüsterte: »Reilly kriegt ihn.«

Die Bewegung war so schmerzhaft, dass ihr schlecht davon wurde. Und sie war sich nicht einmal sicher, ob sie selbst glaubte, was sie gerade gesagt hatte.

53

Von meinem Aussichtspunkt in einem geschützten Hauseingang an der Twenty-Third Street, etwas oberhalb des Blocks, in dem Gigis Haus stand, beobachtete ich, wie uniformierte Angehörige des NYPD in aller Stille die Straße abriegelten und eine Sicherheitszone errichteten.

Ich konnte gerade so ein paar Cops ausmachen, die in das Lokal gingen, um alle Gäste im hinteren Bereich zusammenzutreiben und ihnen zu sagen, dass sie sich bis auf Weiteres von den Fenstern fernhalten sollten. Ein weiteres Team würde auf dem gegenüberliegenden Bürgersteig dasselbe tun.

Bevor ich hinausgeschlüpft war, hatte ich mit Theo gesprochen, weil ich ihm klarmachen musste, wie wichtig es war, dass er unser kleines Geheimnis für sich behielt. Er war ein bisschen nervös, zu Recht besorgt wegen des Anrufs, den er mit einem sehr überzeugenden, ausländischen Akzent erledigt hatte – nicht unbedingt libanesisch, aber es hatte gereicht. Ich hatte ihm bereits so überzeugt versichert, wie ich konnte, dass er sich keine Sorgen machen musste. Davon war ich wirklich aufrichtig überzeugt. Wir hatten mein Wegwerfhandy genommen, das nicht nachzuverfolgen war. Seine Stimme befand sich nicht in der Stimmdatenbank, und ich würde ihnen ganz sicher nicht erzählen, wer da angerufen hatte, sollte ich jemals in die Verlegenheit kommen, danach gefragt zu werden.

Durch den leichten Schneefall, der sanft aus dem dunklen Himmel rieselte, beobachtete ich die Straße und wartete, in dem Wissen, dass ich schnell aktiv werden musste, sobald sich die Gelegenheit ergab. Ich würde nicht viel Zeit haben, wenn ich die Verwirrung ausnutzen und meinen Zug machen wollte, solange die Lage noch unklar war.

Außerdem fragte ich mich, ob meine Zielperson die Polizeikräfte entdecken würde, die um ihn herum zusammengezogen wurden, und vor allem hoffte ich, dass ich mich nicht verrechnet und Kurts und Gigis Schicksal besiegelt hatte.

Noch ehe Reillys zwanzig Minuten abgelaufen waren, hatte Sandmann sich bereits damit abgefunden, dass seine Beute nicht erscheinen würde, was hieß, dass er entweder Reillys Moral falsch eingeschätzt hatte oder dass die Hacker dem Agenten irgendwie eine Nachricht hatten zukommen lassen.

Er trat an eines der großen Fenster und lugte vorsichtig nach draußen. Es schneite immer noch, leicht, aber stetig. Draußen tat sich nichts. Außer … die Straße lag ruhig da. Zu ruhig. Es fuhren keine Autos. Es gab keine Fußgänger auf den Bürgersteigen. Überhaupt keine.

Auf dem gegenüberliegenden Dach schien sich etwas bewegt zu haben. Er zog sich zurück und holte sein Nachtsichtfernglas, dann stellte er sich mit dem Rücken an eine der dicken Ziegelsteinsäulen, auf denen die Decke des Lofts ruhte, und spähte durch das Gerät nach draußen. Ein Scharfschütze und ein Beobachter bezogen Position. Er erkannte sie an der Ausrüstung und konnte die Umrisse der Großbuchstaben auf den Schutzwesten ausmachen.

Er schwang das Fernglas nach unten zur Straße, auch wenn von seiner Position aus der Bürgersteig direkt vor dem Haus nicht zu sehen war. Er stellte sich an eine andere Säule und schaute gerade noch rechtzeitig an der Vorderfront des Gebäudes entlang, um zwei Polizisten im Restaurant gegenüber verschwinden zu sehen.

Sie hatten ihn reingelegt. Der faule Sack und seine liederliche Freundin hatten eine Möglichkeit gefunden, Reilly zu warnen, und der hatte die Truppen mobilisiert.

Sandmann zog seine Waffe, ging mit schnellen Schritten zu seinen Geiseln hinüber und drückte den Schalldämpfer hart gegen Kurts Schläfe.

»Was hast du ihm gesagt?«, fuhr er ihn an.

»Was? Wieso? Nichts. Sie haben doch gehört, was ich gesagt habe. Ich hab ihm nicht …«

»Was hast du ihm gesagt?«, wiederholte er, schäumend vor mühsam kontrollierter Wut.

Sandmann legte den Fuß gegen Kurt und schubste ihn auf eine Seite, bevor er den Schalldämpfer herumschwang und ihn Gigi an die Stirn drückte. Er hielt den Blick fest auf Kurt gerichtet.

»Ich will, dass du zusiehst, wie sie stirbt«, zischte er ihm zu. »Ich will, dass du zusiehst und weißt, dass du schuld daran bist. Ja, ich will, dass du so dicht bei ihr bist, dass du spürst, wie sie stirbt.«

Sandmann sah sowohl Trotz als auch Angst im Blick des Mädchens und wusste, dass beides echt war. Sie versuchte nicht, ihre Gefühle zu verbergen oder ein Gefühl mit einem anderen zu maskieren. Da waren weder Gebete noch Flehen und keinerlei Versprechen. Wie Sandmann selbst, war sie ganz im Augenblick, und dafür bewunderte er sie auf eine gewisse Weise. Er würde sowieso irgendwann beide töten müssen, wenn sie ihm nichts mehr nutzten. Er hatte sich bereits aufgrund dessen, was er gesehen und gehört hatte, für ein gestelltes Sexspiel mit unerwartet tragischem Ausgang entschieden, das würde gut passen, um sie loszuwerden. Einfach nur zwei weitere »Tod durch Unfall«-Opfer, die zu all den anderen hinzukamen, aber zuerst musste er sich noch mit Reillys nervigem, kleinem Versuch eines Gegenschlags auseinandersetzen.

Fürs Erste brauchte er sie lebendig, also nahm er die Waffe

vom Kopf des Mädchens, ging ein paar Schritte zurück, holte sein verschlüsseltes Handy heraus und wählte.

Roos meldete sich schnell, offensichtlich wartete er bereits auf ein Update.

»Ich hab ein Sondereinsatzkommando am Hacken, das kurz davor ist zu stürmen«, sagte er. »Da muss Reilly dahinterstecken.«

»Können Sie sich gefahrlos zurückziehen?«

»Könnte ich, aber das würde wahrscheinlich multiple Opfer unter befreundeten Einheiten mit sich bringen, und eigentlich sollten ja Kollateralschäden auf ein Mindestmaß begrenzt werden.«

Es entstand eine kurze Pause, solange Roos nachdachte. »Nein. Die derzeitigen Parameter bleiben in Kraft.«

Davon war Sandmann ausgegangen. Man wendet nicht scheinbar unendlich große Mittel auf, um die eigene Arbeit unterhalb des Radars zu halten, nur um dann alles auffliegen zu lassen, wenn es sich als schwieriger herausstellt, als einem idealerweise gefallen würde. »Dann schaffen Sie sie mir vom Hals. Das wird Reilly unter Zugzwang setzen.«

»Wir haben bereits mitgehört. Es heißt, ein Informant hätte sich mit einer Terrorwarnung gemeldet, eine Zelle habe einen unmittelbar bevorstehenden Anschlag geplant.«

»Der Kerl macht keine halben Sachen.«

»Wir sagen ihnen, dass die Agency jemanden im Inneren hat und dass wir den Dingen ihren Lauf lassen müssen.«

»Kommen wir damit durch? Das FBI wird sich doch nicht unnötig eine Beule holen wollen.«

»Lassen Sie das mal unsere Sorge sein. Kümmern Sie sich um Ihren Teil.«

»Verstanden.«

Als Sandmann das Gespräch beendete, wurde ihm bewusst, dass er seinem derzeitigen Auftraggeber gegenüber noch nie so einen Ton angeschlagen hatte. Natürlich ließen sie es ihm durchgehen, aber es verriet ihm, wie sehr Reilly ihm unter die

Haut gegangen war. Es war keinesfalls etwas Persönliches – nicht einmal die unauffindbarste oder halsstarrigste Zielperson würde es jemals schaffen, einen Top-Operator wie ihn zu irgendeiner Emotion hinzureißen –, aber Reilly kratzte an seiner Berufsehre.

Abgesehen davon, dass es schlichtweg nötig war, den derzeitigen Auftrag erfolgreich zu Ende zu bringen, würde es unglaublich befriedigend sein, den Kerl aus dem Rennen zu nehmen.

Kein ausgeklügelter Plan. Kein kunstvoll arrangierter »Unfall«.

Einfach nur eine Kugel direkt ins Hirn und dann die Leiche einäschern.

Es würde sein, als wäre Agent Reilly spurlos vom Erdboden verschwunden, um nie mehr wiederzukehren.

54

Ich sah, wie die Limousine rückwärts einparkte, und noch bevor der einzige Insasse ausstieg und um den Wagen herum zum Kofferraum ging, hatte ich mich bereits für ihn entschieden.

Operationen wie die, die ich rund um Gigis Wohnung ausgelöst hatte, wurden von der JTTF durchgeführt – der »Joint Terrorist Task Force«, die Kräfte des FBI und des NYPD bündelte. Das Sondereinsatzkommando, das bald eintreffen würde, war kein zufällig zusammengetrommelter Schlägertrupp. Es bestand aus bestausgebildeten Cops und Agents, die normalerweise in der Antiterror-Abteilung oder der Gegenspionage oder in anderen Divisionen arbeiteten und die, wenn sie gerufen wurden, ihren eigenen Weg zum Schauplatz finden würden und außerhalb des Perimeters, das um Gigis Haus herum errichtet worden war, einen sicheren Arbeitsplatz einrichten würden. Deutsch hatte angerufen, um mir mitzuteilen, wo das war, und ich wusste, dass ich meine Chance bekommen würde, wenn ich in der Nähe wartete.

Die großen Jungs – die Kommandozentrale und der Truck mit den Spezialwaffen – waren noch nicht da, aber das würde nicht mehr lange dauern. Ich musste mich beeilen.

Im leichten Schneefall näherte ich mich ihm, warf einen flüchtigen Blick in den Kofferraum, als er die Kofferraumklappe aufspringen ließ, um nachzusehen, ob er alles hatte, was ich brauchte, und war ganz erleichtert, dass es niemand war, den ich kannte. Ich meine, ich war mit diesen Jungs in zahllosen Einsätzen gewesen, das waren Männer, denen ich mein Leben anvertrauen würde, während sie dasselbe bei mir taten, und die Tatsache, dass ich ihn nicht kannte, machte es ein wenig leichter – wenn auch nicht sehr viel.

»Hey«, sagte ich so freundlich und harmlos, wie ich konnte, »was ist denn da drüben los?«

Er drehte sich um, aber bevor er antworten konnte, holte ich aus und versetzte ihm einen heftigen Schlag gegen die Brust. Er taumelte rückwärts und krümmte sich, ich folgte ihm schnell, zog die Waffe aus seinem Holster und drückte sie ihm in die Seite, während ich mit der anderen Hand nach seinen Handschellen griff.

»Umdrehen. Schnell.«

Widerwillig gehorchte er. Ich fesselte ihm die Hände hinter dem Rücken.

»Flach auf den Boden legen.«

Er legte sich hin.

Ich steckte die Waffe ein, wandte mich um und plünderte den Kofferraum. Die marineblaue Jacke, das Cap und die Level-3-Weste zog ich an. Er gehörte zum FBI, nicht zur Einsatztruppe des NYPD, die Buchstaben auf der Weste gaben das wieder. Ich nahm ein Remington-Repetiergewehr heraus, sah nach, ob es Munition hatte und durchgeladen war, dann fiel mein Blick noch auf etwas anderes. Eine Ramme. Das hatte ich nicht erwartet – aber es eröffnete mir eine sicherere Möglichkeit, also schlang ich mir das Gewehr über die Schulter und schnappte mir die Ramme.

»In den Kofferraum«, sagte ich. »Na los.«

Er kletterte gerade hinein, als mein Telefon klingelte.

Ich knallte den Kofferraum zu und fing an, auf Gigis Haus zuzulaufen, während ich den Anruf annahm. Es war Deutsch.

Das Funkgerät zerbrach in mehrere Stücke, als Deutsch es gegen die Innenverkleidung des FBI-Geländewagens knallte.

Gallo bekam nicht einmal mehr die Chance, sich zu verabschieden, nachdem er ihr gesagt hatte, dass er einen Eilbefehl der Homeland Security bekommen hatte, die Operation abzubrechen. Bis zu dem Moment war ihr Kopf noch ein paar Schritte hinter ihrem Herzen zurück gewesen – Letzteres war bereits voll und ganz von Seans Unschuld überzeugt, während Ersterer noch Zweifel hegte. Jetzt befanden die beiden sich in perfektem Einklang. Der Einfluss dieser Mistkerle reichte offensichtlich schwindelerregend weit.

Sie zog ihr privates Telefon heraus und wählte die Nummer von Reillys Wegwerfhandy, weil sie davon ausging, dass das, was das Sondereinsatzkommando eigentlich hätte tun müssen, jetzt an ihr und Reilly allein hängen bleiben würde.

Deutsch war nicht glücklich. »Es tut mir wirklich leid, Sean. Ich kann nichts dagegen tun.«

»Wogegen? Was ist denn los?«

»Wir haben gerade den Befehl zum Abbruch bekommen.«

Hatte ich es doch geahnt. »Langley?«

»Jep. Sie sagen, sie hätten jemanden da drin und alles unter Kontrolle, es drohe kein unmittelbarer Anschlag, und wir würden eine laufende Operation gefährden, an der sie seit Monaten arbeiten.«

Angesichts der Unverfrorenheit dieser Leute – es gab ja gar keine Terrorzelle, in die sie jemanden hätten einschleusen können – musste ich lachen.

»Wir können nichts mehr tun. Auch nicht Gallo oder der Direktor oder wer auch immer, niemand, außer vielleicht der Präsident selbst, so wie's aussieht.«

Ich sagte: »Mach dir keine Sorgen.« Das hatte sie eindeutig nicht erwartet.

»Was?«

»Du hast einen Befehl, Annie. Halt dich zurück und brich ab.«

»Sean ...«

»Annie. Das ist nicht deine Sache. Zieh dich zurück und sorg dafür, dass du morgen noch einen Job hast. Gut möglich, dass ich dich da noch mal brauche.«

Und damit beendete ich das Gespräch, ohne Deutsch eine Chance zu geben, noch weitere Einwände zu erheben.

Ich hatte zu tun.

55

Ich hielt mich im Schatten der Gebäude, als ich im Laufschritt den Bürgersteig entlang auf Gigis Haus zueilte und versuchte, so auszusehen, als bewegte ich mich zielgerichtet und führte einen Befehl aus.

Ich schaffte es bis zum Eingang, ohne irgendjemanden zu treffen, was ich schätzungsweise meinem Schützen und seinen Auftraggebern zu verdanken hatte. Das Chaos, das sie durch den Abbruch des Einsatzes ausgelöst hatten, verschaffte mir ein günstiges Zeitfenster.

Ich schaute mich um, um sicherzustellen, dass mich niemand

beobachtete, dann versetzte ich der Haustür einen leichten Schubs mit der Ramme, woraufhin sie aufsprang.

Ich schlüpfte hinein und nahm die Treppe nach oben.

Sandmann sah, wie sich das Beobachterteam auf dem Dach gegenüber zurückzog und in der Nacht verschwand.

Um einiges erleichtert darüber, dass er sich nicht den Weg durch ein Sondereinsatzkommando würde freischießen müssen, trat er zurück ins Apartment, weg vom Fenster, und stellte sich zu seinen Gefangenen, während er die Lage noch einmal durchdachte.

»Ihr könnt von Glück reden, dass es doch noch Leute gibt, die tun, was ihnen verdammt noch mal gesagt wird«, erklärte er.

Keiner von beiden bewegte sich oder antwortete.

Irgendetwas an ihnen hatte sich geändert, auch wenn er es nicht genau ausmachen konnte. Es war, als zeigten sie jetzt eine einzige Reaktion statt zwei verschiedene – als wären sie irgendwie gedanklich verbunden.

Und er spürte Reillys Gegenwart, nicht nur in seinen Gedanken, sondern auch im Bauch. Vielleicht spürten sie es auch.

Der Agent würde kommen. Und Sandmann würde ihn erwarten.

Deutsch war aufgewühlt, als sie sah, wie die Polizisten sich von ihren Positionen zurückzogen, aber es waren nicht so sehr die Cops, die sie beunruhigten, sondern vielmehr Reillys Worte.

Sie wusste, dass er auf eigene Faust handeln würde, und war zutiefst frustriert deswegen. Sie musste etwas unternehmen, in dieser Lage durfte sie ihn nicht allein lassen. Sie dachte daran, es zu melden, irgendetwas zu sagen, damit das Sondereinsatzkommando wieder in Position ging, und zog das Funkgerät heraus – und zögerte.

Reilly stand wahrscheinlich kurz davor, in das betreffende Apartment einzudringen. Wenn sie jetzt die Truppen mobilmachte, würde das seinen Plan, so verrückt er auch sein mochte, gefährden. Wenn er nicht wusste, dass das Sondereinsatzkommando nun doch stürmen wollte, könnte ihr Anruf ihn – und seine Freunde – in Gefahr bringen. Außerdem wurde ja immer noch nach ihm gefahndet. Sie wollte nicht, dass er wegen ihr in Haft landete, selbst wenn ihm das das Leben retten könnte.

Sie rang um die Entscheidung, hin- und hergerissen zwischen beiden Optionen – dann murmelte sie einen scharfen Fluch und lief in Richtung des Zielgebäudes.

Sie fand die Tür aufgebrochen vor und zog die Waffe, während sie hineintrat. Ein schneller Blick durch die Lobby. Sie sah den Aufzug und ein paar Türen an einer Seite davon. Der Aufzug war im sechsten Stock. Sie drückte auf den Knopf, besann sich dann jedoch eines Besseren und öffnete eine der Türen zum Treppenhaus.

Sie machte sich auf den Weg nach oben.

Das Geräusch ließ Sandmann aufhorchen.

Es war kaum hörbar, eine leise Irritation irgendwo am Rand seines Bewusstseins, aber es war definitiv da.

Er erstarrte.

Er konzentrierte sich auf seinen Gehörsinn und identifizierte die Quelle: das leise Rumpeln des Aufzugs, das verriet, dass er in Bewegung gesetzt worden war.

Lautlos durchquerte er das Apartment und schlich auf die Eingangstür zu, wobei er kurz am Schalldämpfer seiner Waffe zog, um sicherzugehen, dass er festsaß.

Er schob sich näher an die Tür heran, lauschte kurz, dann beugte er sich vor, um durch den Spion zu sehen. Es gelang ihm gerade noch, einen Blick auf einen Mann zu erhaschen, der aussah, als gehörte er zum Sondereinsatzkommando und habe eine Ramme in der Hand, als die Tür einbrach und gegen ihn krachte.

56

Ich warf die Ramme weg, als die Tür nach innen gekracht war, und stürmte hinein, die Remington in beiden Händen.

Drinnen war es dunkel, aber in dem Licht, das vom Flur hineindrang, konnte ich sehen, wie mein Schütze, der von der Tür niedergeschlagen worden war, sich aufrappelte. Ich wirbelte herum und schwang das Gewehr in seine Richtung, aber er feuerte bereits auf mich und packte den Gewehrlauf, bevor ich abdrücken konnte. Er nutzte den Schwung meiner Bewegung, um mich herumzureißen und gegen die Wand zu werfen, als ich abdrückte.

Die Explosion war ohrenbetäubend, aber der Schuss ging ins Leere. Alles, was ich erreichte, war, einen gerahmten Kunstdruck und die Wand dahinter zu Konfetti zu machen. Ich klammerte mich an das Gewehr, als ich mit Wucht seitlich gegen die Wand geschleudert wurde. Ich bekam kaum Zeit, mich zu erholen, denn er riss die Waffe in einer wilden Bewegung nach oben, sodass der Lauf meinen Kiefer traf wie ein wohlplatzierter Kinnhaken. Als er mir dann mit dem Stiefel gegen das Schienbein trat, jaulte ich auf, einen Augenblick später versetzte seine rechte Faust meinen Rippen einige schnelle Schläge, die mich zurückweichen ließen, auch wenn ich nicht weit genug kam, sodass ich die ganze Wucht seiner Linken abbekam, die einen Hammerschlag gegen meine Schläfe landete. Irgendwie schaffte ich es, die Waffe trotz des Ansturms festzuhalten, aber es war unmöglich, unter diesen Umständen zu zielen. Ich versuchte, den ganzen Körper zu verdrehen und vor ihm zurückzuweichen, um das Gewehr auf seinen Kopf zu richten, aber er packte mich mit der linken Hand am Handgelenk und richtete den Lauf auf den Boden, bevor er meine Hand gegen die Wand rammte und das Gewehr klappernd zu Boden fiel.

Er stieß mich mit der Schulter weg und tauchte danach, aber ich warf mich zurück und trat ihm auf die Hand, als er die Finger danach ausstreckte, ich kickte das Gewehr mit dem anderen Fuß weg, sodass es in eine weit entfernte Ecke schlitterte, dabei hörte ich ein paar Sehnen reißen, außerdem sein scharfes Grunzen. Er wirbelte herum und rammte mir die Linke in die Nieren, worauf ich einknickte und mir einen Augenblick lang schwindelig wurde – was ihm reichte, um mir mit der verletzten Hand an die Kehle zu gehen.

Ich sah es rechtzeitig kommen und wich aus, packte ihn am Arm und schwang ihn an mir vorbei, sodass ich ihn von hinten gepackt hatte, die Arme jetzt eng um ihn geschlungen, einen um seinen Brustkorb, den anderen um seinen Hals – ich drückte zu. Er konnte sich nicht bewegen. Ich stand fest auf gespreizten Beinen, er konnte sie nicht erreichen, und spürte, wie sich die Machtverhältnisse verschoben – ich drückte ihm die Luft ab, und er fing an, nachzugeben. Aber er war stark, und ich musste alle mir zur Verfügung stehende Kraft einsetzen, um ihn im Griff zu halten. Er wollte nach mir treten, setzte die Ellbogen ein und versuchte, um sich zu schlagen, traf allerdings nicht, und jeder Versuch fiel schwächer aus als der vorige.

Ich hatte ihn – dachte ich zumindest –, sein rechter Arm versuchte, mich von seinem Hals zu lösen oder mich wegzuschlagen. Dann ging sein Arm seltsamerweise nach unten, ich hatte den Eindruck, er wühlte wie wild in seiner Tasche herum, und bevor mir klar wurde, was vor sich ging, spürte ich es: einen Stich, tief und scharf wie ein Biss – der Biss einer Injektion, mit hohem Druck ausgeführt, tief in meinen Oberschenkel.

Meine Sinne spielten verrückt – ich wusste sofort, was er getan hatte.

Ich war so gut wie tot.

Jedes Neuron in meinem Körper schlug Alarm, das ganze Nervensystem erkannte das Gift sofort, von dem ich wusste, dass es durch meine Adern jagte, sich von meinem Oberschenkel in den Oberkörper bis ins Herz wand, wo es schon bald verheerende Schäden anrichten und ein katastrophales Herzversagen herbeiführen würde, das mich auf der Stelle töten würde, hier in Gigis Loft, mitten im Kampf, während ich meinen Mörder im Klammergriff hielt.

Überall breiteten sich seltsame Missempfindungen aus – meine Arme wurden etwas taub, meine Brust wurde eng, eine Schwere in meinem Kopf, auch wenn ich nicht sagen konnte, ob das alles echt war oder ob ich es mir nur einbildete. Doch wie dem auch sein mochte, ich hatte nicht mehr viel Zeit.

Ich musste es zu Ende bringen, jetzt.

Ich durfte ihn nicht davonkommen lassen. Nicht, nachdem er mich getötet hatte.

Mich würde ich nicht mehr retten können, aber zumindest Kurt und Gigi konnten das alles überleben. Vielleicht.

Ich nahm alle Kraft zusammen und versuchte, ihn zu töten – ich verstärkte den Griff um seinen Hals, dann riss ich die andere Hand hoch, packte seinen Kopf und riss ihn so brutal herum, wie ich konnte. Eine einzige Bewegung, die entschlossenste, wildeste und wütendste Tat meines Lebens. Ich wollte einfach nur noch, dass er tot war. Ich wusste, wie schwer es war, so zu töten, aber ich wusste genug über den menschlichen Körper, welche Wirbel ich brechen musste, damit das Rückenmark so geschädigt war, dass er beinahe sofort tot war und nicht nur langsam erstickte oder irgendwie gelähmt war, was er unter Umständen überleben konnte. Ich hatte noch nicht so viele Menschen getötet – in meinem Job geht es darum, Leute einzusperren, nicht selbst Richter und Jury zu spielen –, und wenn ich getötet hatte, hatte ich das normalerweise zur Selbstverteidigung getan. Und mit irgendeiner Art von Waffe. Noch nie hatte ich jemanden mit bloßen Händen getötet, auch wenn ich jetzt im Augenblick nichts mehr wollte als das.

Ich sah Deutsch im Türrahmen erscheinen, sah sie die Waffe mit beiden Händen auf uns richten, während ihr Mund Worte formte: »Stopp! Hände hoch!«, aber ich achtete nicht auf sie und ihre Stimme. Alles, was ich spürte, waren die Muskeln, Knochen und Sehnen zwischen meinen Händen, während ich das vielsagende Knacken hörte und fühlte, wie sein Körper zuckte, bevor er in meinen Armen erschlaffte.

Ich ließ ihn los, und er fiel auf dem Boden zusammen wie eine Lumpenpuppe, leblos – wie auch ich es bald sein würde.

Ich wirbelte herum, meine Augen registrierten nicht mehr wirklich etwas, ich wusste nicht mehr, ob Kurt oder Gigi noch am Leben waren, konnte in der Dunkelheit nicht viel sehen, durch den Nebel, der meine Sinne zunehmend verschleierte. Doch dann blieb mein Blick wieder an Deutsch hängen, und ich taumelte auf sie zu.

Sie machte ein schockiertes Gesicht, als ich ihr sagte: »Er hat mich getroffen, mit einer … Alami. Bringt mich zu Alami. Schnell.«

Dann schlug ich auf dem Boden auf und sah und hörte nichts mehr.

FREITAG

57 New Yorker Presbyterian Hospital, Manhattan

Sehr viel später, wenn wir darüber sprachen, sollte ich oft gefragt werden, ob ich das »weiße Licht« gesehen hätte oder irgendeinen Tunnel. Zur allgemeinen Enttäuschung und im Gegensatz zu dem, was Alami mir erzählt hatte, das viele seiner Patienten in diesen Stunden und Tagen erfahren hatten, in denen sie eigentlich – und im traditionellen, ungenauen Sinn des Wortes – tot gewesen waren, konnte ich nur sagen, dass ich nichts dergleichen gesehen hatte. Keinen erleuchteten Tunnel, keinen Engel, der mich abholte, auch keinen Himmel. Es war einfach der tiefste Schlaf, in dem ich je versunken gewesen war. Siebenundzwanzig Stunden lang, so wurde mir gesagt.

Ich hörte nicht die panischen Schreie von Deutsch, Kurt und Gigi, nachdem ich das Bewusstsein verloren hatte. Ich erinnerte mich nicht an die unermüdliche Herzdruckmassage, die Deutsch mir verpasste, und ich spürte auch keinen der sechs Defibrillator-Schocks, mit denen die Rettungssanitäter mich malträtierten, bevor sie die Wiederbelebungsmaßnahmen wiederaufnahmen, während sie mit mir zum New Yorker Presbyterian rasten. Ich habe keine Erinnerungen an das, was Alami und sein Team mit mir in jenen langen Stunden gemacht haben, um mich wieder ins Leben zurückzuholen: Sie hatten einen Schlauch in meine Kehle geschoben, um mich zu intubieren, meine Adern aufgeschnitten, um mein Blut herauszulassen, es herunterzukühlen und mit Sauerstoff anzureichern, mir noch mehr Schocks zu verabreichen, mir alle möglichen Medikamente intravenös zuzuführen und mich an diverse Überwachungsapparate anzuschließen. Aber sie taten es. Diese brillanten, engagierten Menschen – reale Engel, schätze ich mal – holten mich zurück, und dafür werde ich ihnen für immer zutiefst und ergebenst dankbar sein.

Das Erste, was ich wahrnahm, war Tess' verschwommenes Gesicht, das über mir schwebte. Deutsch war zum Haus gefahren und hatte sie hierher eskortiert, vorbei am FBI und den örtlichen Polizeikräften, die sie beobachteten, unter dem Vorwand, sie müsse sie zur Vernehmung ins Federal Plaza bringen. Später erzählte Tess mir, dass plötzlich meine Finger gezuckt hätten und sie von ihrem Stuhl neben meinem Bett aufgesprungen war und auf mein Gesicht heruntergeblickt hätte, um mich mit Willenskraft zum Aufwachen zu bringen. Innerhalb von Sekunden erkannte ich andere Gesichter: Kurt und Gigi, jemanden, in dem ich schließlich irgendwann Alami wiedererkannte, und ein paar andere Leute. Ich wusste nicht, wer das war, aber mir wurde bald klar, dass es Ärzte und Schwestern sein mussten. Ihre Mienen waren von Sorge und Erleichterung geprägt, was mich verwirrte. Ich brauchte noch eine ganze Weile, um zu verstehen, was vor sich ging. Ich konnte mich an nichts von dem erinnern, was geschehen war, ich wusste nicht einmal, warum ich im Krankenhaus war. Wegen des Schlauchs in meinem Hals konnte ich nicht sprechen, und als ich versuchte, etwas aufzuschreiben, musste ich schockiert zur Kenntnis nehmen, dass meine Schreibkünste eher denen eines Kleinkindes entsprachen als meinen eigenen.

Den größten Teil jener zweiten Nacht verschlief ich wieder. Am nächsten Morgen war Tess nicht da. Es war zu gefährlich für sie, noch einmal herzukommen, egal ob auf eigene Faust oder mit Deutsch als Eskorte. Stattdessen hatte Deutsch ihr versprochen, sie über Viber-Voice-over-IP-Gespräche auf Kims Laptop auf dem Laufenden zu halten, die nicht von irgendwelchen Abhöreinrichtungen in Tess' oder Kims Telefonen abgefangen werden konnten. Der Trachealtubus wurde entfernt, den sie mir in den Hals geschoben hatten. Ich konnte wieder sprechen, im Grunde kaum mehr als krächzen, aber dennoch war es eine große Erleichterung.

Deutsch kam früh vorbei, lange bevor sie bei der Arbeit sein musste. Sie, Kurt und Gigi brachten mich auf den aktuellen Stand, angefangen mit Deutschs Überraschung, als sie das Paar nach ihr rufen gehört hatte und dann einen Mann vorgefunden hatte, der ganz in grünes Leder gekleidet war, und eine atemberaubend schöne, aber ziemlich mitgenommen aussehende Rothaarige, die sich damit abgemüht hatten, sich von Plastikhandschellen zu befreien.

In der Hitze des Augenblicks hatte Deutsch schnell Entscheidungen getroffen, die mich unter dem Radar halten sollten. Sie hatte Gigi gebeten, einen Krankenwagen zu rufen und zu sagen, Kurt hätte einen Herzanfall erlitten. Als ein paar Cops, die noch von dem abgebrochenen Sondereinsatz vor Ort gewesen waren, sich interessiert genähert hatten, als man mich auf einer Trage in den Krankenwagen gerollt hatte, hatte sie ihre FBI-Papiere genutzt, um sie abzulenken und glaubhaft zu machen, es handele sich um eine vollkommen andere Angelegenheit, einfach nur um einen Kerl aus dem Haus, der einen Hamburger zu viel gegessen hatte. Im Krankenhaus hatte sie ihre Plakette genutzt, um mich unter falschem Namen aufnehmen zu lassen, indem sie gesagt hatte, es handele sich um eine Angelegenheit des Heimatschutz-Ministeriums, zwei Worte, die dieser Tage über sehr viel Macht verfügten.

Der Nachteil ihrer Entscheidungen lag darin, dass die Leiche meines Killers in Gigis Wohnung liegen geblieben war und Deutsch den Toten nicht melden konnte, damit er in die Gerichtsmedizin kam, wo er eine Ermittlung hätte auslösen können, um seine Identität festzustellen. Doch das war kein großer Verlust, da er wahrscheinlich sowieso in keiner unserer Datenbanken aufgetaucht wäre. Ich konnte mir vorstellen, dass er zu derselben unsichtbaren Gruppe von geisterhaften Agenten gehörte, die offiziell gar nicht existierten. Nichtsdestotrotz war es für Kurt und Gigi ein Problem, weil es nicht lange dauern würde, bis die eingeschlagene Haustür Aufmerksamkeit erregte, genau wie die Tür zu Gigis Apartment. Deutsch hatte

Kurt befohlen, die Leiche des Killers von dem gut einsehbaren Platz im Eingangsbereich wegzuziehen und ihn im Schlafzimmer zu verstecken, damit die Rettungssanitäter ihn nicht sahen. Die Leute, die ihn geschickt hatten – Corrigan und sein CIA-Verbündeter oder seine Verbündeten –, mussten gewusst haben, wo er sich aufgehalten hatte, bevor er verschwunden war, und wenn sie es nicht bereits getan hatten, so würden sie schon bald jemanden schicken, um herauszufinden, warum er sich nicht mehr meldete. Deutsch wusste nicht, ob das bereits geschehen war, da sie ja schlecht herumlaufen und danach fragen konnte, und die Gegenseite würde es auch nicht melden. Wie dem auch sein mochte, Gigi und Kurt würden die naheliegenden Kandidaten sein, denen man seinen Tod in die Schuhe schieben konnte, wenn es seine Leiche jemals ins Justizsystem schaffte, doch bisher hatte Deutsch noch keine Hinweise darauf entdecken können. Vielleicht würden sie seine Leiche auch einfach verschwinden lassen, und damit hätte sich die Sache erledigt. Deutsch suchte noch nach einer Lösung, um Kurt und Gigi aus der Schusslinie zu holen, ohne dass sie selbst hinter Gittern landete, falls die Sache doch noch heiß wurde.

Fürs Erste jedoch war klar, dass Gigis Apartment tabu war. Sie hatte sich und Kurt unter falschem Namen in einem kleinen Hotel in der Nähe des Krankenhauses einquartiert. Gigi hatte schon lange Vorbereitungen für den Tag getroffen, an dem sie den Schleudersitz würde betätigen müssen, und während die Rettungssanitäter mit mir beschäftigt waren, hatte sie den Schalter umgelegt und alle Systeme gelöscht. Alles Wichtige steckte allerdings noch in einer Vier-Terabyte-Festplatte von der Größe eines Taschenbuchs, die zusammen mit ihrem Hochleistungslaptop noch in ihrem Besitz war.

Was entscheidend für mich war, denn am nächsten Tag sollte eine Nachricht auf ihrem Laptop landen, eine Nachricht, die endlich die Wände der Verschwiegenheit einreißen würde, gegen die ich in den letzten Monaten immer wieder angerannt war.

Jemand antwortete auf das anonyme Posting von Gigi und Kurt auf Dalands Darknet-Seite.

Und wir waren wieder im Spiel.

58

CIA Hauptquartier, Langley, Virginia

Edward Tomblin hatte schon schwere Krisen durchgestanden. Er hatte Schussverletzungen davongetragen, war sogar gefoltert worden, und es waren auch Aktionen schiefgegangen. Das Schlimmste waren zwei Gelegenheiten gewesen, bei denen Roos und er verdeckt auf fremdem Boden im Einsatz gewesen waren und ihre Kontaktleute sie verraten hatten, einmal um des finanziellen Vorteils wegen im Sudan und das andere Mal unter Folter in Nigeria. Beide Male hatten sie sich aus eigener Kraft aus feindlichem Territorium herausschleusen müssen und waren nur um Haaresbreite extremen Unannehmlichkeiten entronnen.

Tomblin ließ sich von Krisen grundsätzlich nicht aus dem Konzept bringen. Er galt als einer der nervenstärksten Taktiker im Geschäft, als ein Mann, der auch angesichts der verstörendsten Kalamitäten noch ruhig Blut bewahrte.

Jetzt war er nicht ruhig. Nicht, nachdem einer aus dem inneren Kreis seiner vertrauenswürdigen OSINT-Geeks, die sich mit der Auswertung öffentlich zugänglicher Informationen beschäftigten, ihn darüber informiert hatte, dass Porträts von ihm und jemand anderem – der Roos sein musste, wie Tomblin schon klar gewesen war, noch ehe der Open-Source-Intelligence-Analyst ihm eine Kopie der Zeichnungen gemailt hatte – auf einer Untergrund-Plattform im Darknet aufgetaucht waren und dass eine Belohnung dafür ausgesetzt worden war, sie zu identifizieren.

Tomblin war seit Jahren nicht mehr im Außeneinsatz gewesen. Als derzeitiger Leiter des National Clandestine Service der CIA rechnete er nicht mehr damit, körperlich in Gefahr zu geraten. Er hatte seine Zeit abgeleistet und überließ die schmutzige Handarbeit jetzt anderen. Sicher, er musste sich immer noch mit schwierigen politischen Situationen herumschlagen und dafür sorgen, dass gewisse Geheimnisse, die seine Karriere gefährden konnten, auch geheim blieben. Aber physische Bedrohungen? Die gehörten der Vergangenheit an – zumindest bis jetzt.

Das hier war anders.

Es war ein Angriff aus heiterem Himmel von einem außer Kontrolle geratenen Besessenen, der über brandgefährliche Fähigkeiten verfügte und anscheinend niemals aufgab. Und zum ersten Mal, seit diese Krise begonnen hatte, machte sich Tomblin nicht ausschließlich Gedanken über seine Enttarnung oder eine Gefängnishaft. Er fing an, um sein Leben zu fürchten.

»Also, worauf warten Sie dann noch?«, fragte Tomblin den Analysten. »Nehmen Sie die Bilder raus. Nehmen Sie sie raus oder machen Sie gleich die ganze Website platt.«

»Das können wir nicht«, antwortete der Analyst. »So funktioniert das nicht.«

»Was meinen Sie damit, wir können das nicht? Das läuft doch über Tor, oder? Das verdammte Ding gehört uns.«

Was in gewisser Weise zutraf.

Das Anonymisierungsnetzwerk Tor – der Name war eine Abkürzung seiner anfänglichen Inkarnation als The Onion Router – war shakespearisch in seinem Ursprung. Es war ein Datenschutzwerkzeug, eine freie Software, die Internetnutzer davor schützen sollte, von den Geheimdiensten der US-Regierung ausspioniert zu werden, was jedoch eine ziemlich weltferne Erwartung war, wenn man bedachte, dass dies die Leute waren, die es geschaffen hatten.

Nicht, dass die meisten Tor-User sich dessen bewusst waren.

Tor war von der US-Regierung entwickelt, finanziert und eingerichtet worden – insbesondere vom Office of Naval Research und der DARPA, der Defense Advanced Research Projects Agency –, um ihren Agenten zu erlauben, auch online undercover zu arbeiten, ohne Spuren von IP-Adressen der Regierung zu hinterlassen, die sie enttarnen könnten. Dann wurde es als freie Software veröffentlicht und heutzutage von Millionen von Menschen genutzt. Mithilfe von »Onion-Routing«, bei dem die Datenpakete, verpackt in mehrere Verschlüsselungsschichten, willkürlich innerhalb eines parallelen Peer-to-Peer-Netzwerks hin- und hergespielt wurden, um ihren Ursprung und ihr Ziel zu verschleiern, konnten Dissidenten und Aktivisten in Ländern mit eingeschränktem Internetzugang Tor erreichen, um außerhalb der Reichweite ihrer Regierungen zu publizieren. Gleichzeitig konnte aber in seiner vorgeblich unaufspürbaren Cloud auch der Handel mit Kinderpornografie oder Drogen blühen.

Was die meisten User nicht wussten – jedenfalls nicht, bis Edward Snowden es bekannt gemacht hatte –, war, dass Tor im Grunde genau das Gegenteil von Anonymität bot. Es half der NSA und den Strafverfolgungsbehörden dabei, Ziele aufzuspüren, und verschaffte den Beobachtern Zugang zu allen Online-Aktivitäten der Nutzer.

»In dem Fall nicht«, erklärte der Analyst. »Es ist kein reines Tor-Spiel. Wer immer Erebus programmiert hat, wusste, dass wir unsere Finger in Tor haben, also haben sie es so hingebastelt, dass sie Tor auf eine Weise einsetzen, die wir nicht vorhergesehen haben. Ein paar von unseren Jungs in Fort Meade und ich arbeiten daran, seit wir den Post mit ihrem Gesicht erkannt haben, aber wir kommen einfach nicht rein. Wir können die Zeichnungen sehen, aber wir können sie nicht rausnehmen.«

Tomblin stand an der Glaswand seines Büros an der nordwestlichen Ecke im sechsten Stock im New Headquarters Building, das auf den Innenhof und das dreiteilige, geschwungene Dach hinausging, unter dem sich die Speisesäle befanden.

»Natürlich können Sie das«, sagte er, während sein Blick über die Kryptos-Skulptur wanderte, die einsam und ungestört in einer ruhigen Ecke des Hofes stand. Eine drei Meter hohe, von Grünspan überzogene Schriftrolle, die eine verschlüsselte Botschaft aus 865 Buchstaben enthielt und aus einem versteinerten Baum zu fließen schien, der neben einem mit Wasser gefüllten Bassin stand, an das ein Steingarten angrenzte.

»Es tut mir leid, Sir, aber derzeit – können wir das nicht.«

Tomblin starrte durch die Skulptur hindurch, während er über die Worte des Analysten nachdachte. Ein anderer Analyst hatte mehr als sieben Jahre gebraucht, um die Botschaft auf der Skulptur zu entschlüsseln – auch wenn ein aus 97 Zeichen bestehender Abschnitt noch immer darauf wartete, entschlüsselt zu werden. Er hatte es in seiner Freizeit getan, während der Mittagspausen und nichts außer Papier und Bleistift und einen brillanten Verstand dazu genutzt. Mehr als siebenhundert Stunden stiller Kontemplation und Hirnakrobatik, um herauszufinden, was ein anderer inspirierter Geist in der Abgeschlossenheit seines Ateliers erschaffen hatte.

Das war das Kaliber der Analysten, die Tomblin in der Agency kennengelernt hatte.

Tomblin fragte sich, ob die Darknet-Seite Erebus sich als ebenso widerspenstig erweisen würde. Er hatte volles Vertrauen in die Fähigkeiten seines Teams, jegliche Schranken zu durchbrechen, die sie daran hinderten, zu erreichen, was getan werden musste. Jetzt war er mehr denn je auf genau diese Entschlossenheit, genau diese hartnäckige Suche nach einer Lösung angewiesen – er brauchte ein Ergebnis, und er brauchte es schnell.

»Machen Sie sie platt«, sagte er zu dem Analysten. »Und das muss schnell passieren. Habe ich mich da klar ausgedrückt?«

»Wir arbeiten daran, Sir. Aber selbst wenn wir die Login-Informationen der Quelle verwenden, können wir derzeit noch nicht mehr tun, als einen frischen Account einrichten und unseren Spitzel als Bürgen nutzen. Mit ausreichend Zeit können wir vielleicht Nutzer und deren Lokalisation identifizieren, indem wir deren An- und Abmeldemuster analysieren, aber das wird Tage dauern – wenn nicht länger. Und wenn er schlau ist, dann wird sich derjenige, der die Zeichnungen gepostet hat, nur noch ein einziges Mal einloggen, sobald er benachrichtigt wird – und das nur, wenn überhaupt jemand Sie erkennt und beschließt, das Angebot anzunehmen und Sie zu verraten.«

Tomblin schloss die Augen und massierte sich die Nasenwurzel. »Das reicht nicht.«

»Ich weiß, Sir. Ich kann Ihnen sagen, wer immer das eingerichtet hat, war kein Auftragnehmer des Verteidigungsministeriums oder irgendein Superhirn vom Naval Research Office, der schnelles Geld machen wollte. Dies hier ist die Frucht echter Begeisterung, das muss einer dieser Kreuzritter gewesen sein, der sich für einen zweiten Orwell hält und glaubt, das Internet vor Big Brother zu schützen, sei wie im Spanischen Bürgerkrieg gegen Francos Faschisten zu kämpfen, und der es geschafft hat, eine Seitenstruktur zu bauen, die so komplex ist, dass sie schon an künstliche Intelligenz grenzt. Die Server sind vollständig virtuell und spiegeln sich immer wieder selbst – sie verhalten sich genau wie ein Virus. Sie bewegen sich rund um die Welt von einer Serverfarm zur nächsten und überschreiben dabei ihre Spuren. Die Jungs drüben im Bureau haben Silk Road nur gefunden, weil es irgendwo physikalisch abgelegt war. Deren Abteilung für Internetkriminalität hat die Server mit etwas Unterstützung der NSA gefunden, hat sie geklont, die Transaktionsprotokolle durchkämmt und das, was sie dabei gefunden hat, genutzt, um den Kerl anzuklagen, der es erfunden hat. Wer immer das hier gebaut hat, hat daraus gelernt – dieses Baby ist dem anderen um einige Generationen voraus. Es hat keinen physischen Ort, gehört keiner juristischen Person, hat keinen Administrator, der sich einloggen würde, um es am Laufen zu halten. Es ist der Geist in der Maschine – im wahrsten Sinne des Wortes –, auch wenn wir das Opfer in diesem Fall nicht getötet haben.«

»Finden Sie einen Weg«, insistierte Tomblin, wobei sein ruhiger Ton keinen Zweifel an seiner Entschlossenheit ließ. »Und halten Sie das unter dem Deckel. Niemand Ihres unmittelbaren Teams darf außerhalb auch nur ein Wort zu irgendjemandem darüber verlieren. Und ich meine wirklich zu niemandem.«

»Verstanden.«

Tomblin legte auf und sah von der Skulptur zum trüben Dezemberhimmel über ihm.

Er musste eine Entscheidung treffen.

Die Porträts waren gut. Jeder, der ihn oder Roos kannte, würde sie mit Leichtigkeit darauf identifizieren. Sie sahen aus, als stammten sie von einem Profi, und sie sahen jünger darauf aus. Sie waren ein bisschen älter gemacht worden, aber Tomblins geschulter Blick erkannte, dass das nur oberflächlich war. Sie stammten von jemandem aus ihrer Vergangenheit. Vielleicht von vor Jahrzehnten.

Er wusste, dass Reilly dafür verantwortlich sein musste. Der FBI-Agent hatte sie irgendwie in die Finger bekommen, und angesichts von Reillys jüngster Kollision mit Tomblins und Roos' Vergangenheit wusste Tomblin ganz genau, wer Reillys Wohltäter gewesen sein musste.

Sokolow. Der gerissene russische Wissenschaftler hatte sie Reilly gegeben.

Tomblin schäumte innerlich.

Das war alles Roos' Schuld. Dieser ganze Schlamassel hatte angefangen, nachdem Roos einem alten Kumpel von der DEA bei dessen absurdem Plan geholfen hatte, einen Drogenbaron aus seinem Bau zu treiben, indem sie Reillys Sohn eine Gehirnwäsche verpasst hatten – ohne Tomblin vorher zu fragen. Ein leichtsinniger, durch nichts zu rechtfertigender Alleingang, der Reilly auf den Plan gerufen und in einen tollwütigen Bluthund verwandelt hatte.

Einen Bluthund, der, so wie es aussah, bereits auf ihrer Fährte war und nicht lockerlassen würde.

Tomblins Unbehagen intensivierte sich noch, wenn er an Sandmann dachte. Wenn ihr Auftragskiller seinen Job ordentlich gemacht und Reilly erledigt hätte, als er die Gelegenheit dazu gehabt hatte, befände sich keiner von ihnen in dieser misslichen Lage. Aber der Zug war längst abgefahren. Tomblins Leute hatten Sandmanns Leiche aus Gigi Deckers Apartment geborgen und unentdeckt herausgeschafft. Niemand würde mehr eine Spur des toten Killers finden. Dafür hatten sie gesorgt. Die Suchmaschinen, Warnsysteme und Gesichtserkennungsprogramme waren rasch auf Gigi Decker und Kurt Jaegers scharf gestellt worden, aber bis jetzt hatte sich noch nichts daraus ergeben.

Tomblin musste eine schwere Entscheidung treffen und tendierte bereits zu einer der beiden Möglichkeiten, die sich ihm boten.

Er wusste, dass Reillys Familie für sie immer noch nicht erreichbar war, da sie rund um die Uhr sowohl vom FBI als auch von der Polizei überwacht wurde, für den Fall, dass Reilly Kontakt aufnahm. Er konnte nicht an sie herankommen, ohne deren Aufmerksamkeit zu erregen.

Weshalb ihm nur noch eine Strategie blieb – allerdings in zwei Varianten. Er spielte sie in Gedanken durch, dann entschied er sich für diejenige, die ihm logischer erschien.

Er konnte Roos nicht im Dunkeln darüber lassen. Zwar bestand die Möglichkeit, dass er ebenfalls einen Anruf von jemandem erhielt, der auf Erebus war, aber Tomblin glaubte nicht, dass der aus CIA-Kreisen kommen würde. Roos arbeitete schon seit so langer Zeit außerhalb, dass die neuen Analysten wie der, der Tomblin gewarnt hatte, ihn nicht mehr kannten. Des Weiteren hatten sie strikte Anweisungen erhalten, niemanden sonst darüber zu informieren. Dennoch – es tummelten sich eine Menge Geister aus der Vergangenheit auf dieser Plattform. Tomblin wusste das.

Er griff zu seinem verschlüsselten Handy und rief Roos an.

Sein alter Partner schäumte vor Wut, was zu erwarten gewesen war. Er sagte, er hätte noch nichts von den Zeichnungen gehört, was wahrscheinlich stimmte, auch wenn Tomblin sich da nicht ganz sicher sein konnte, wenn er bedachte, wie viel inzwischen auf dem Spiel stand und was für ein exzellenter Heuchler Roos sein konnte.

Wie dem auch sein mochte, er brachte ihn auf den neusten Stand und teilte ihm die Einschätzung des Analysten mit.

Roos fragte: »Hm … Optionen?«

»Ich weiß nicht«, sagte Tomblin. »Gut möglich, dass uns gar niemand verrät.«

»Willst du dich darauf verlassen?«

»Nicht wirklich. Und ich will auch nicht ständig mit dieser Bedrohung leben, nicht zu wissen, ob oder wann uns jemand enttarnt.«

»Geht mir genauso. Also ist es nur eine Frage der Zeit, bis Reilly zumindest von einem von uns weiß, wer er ist.«

»Davon müssen wir ausgehen«, antwortete Tomblin.

Roos sagte einen Moment lang nichts. Tomblin wusste, dass er den Gedanken freien Lauf ließ, um sich zu entwickeln, und verschiedene Szenarien vor seinem geistigen Auge durchspielte.

»Er wird sich an unsere Fersen heften, Gordo«, setzte Tomblin düster und entschlossen hinzu. »Früher oder später, ohne Vorwarnung und unerbittlich. Es wird passieren. Und ich denke, wir sollten diese Unsicherheit ausräumen.«

»Du willst ihn aus der Deckung scheuchen?«

»Ja«, sagte Tomblin, der bereits das Endspiel vor Augen hatte, das sein Problem ein für alle Mal lösen würde. »Zu unseren Bedingungen. Mit Heimvorteil.«

»Die Jagdhütte«, sagte Roos.

Tomblin war nicht überrascht, dass sein alter Partner zu dem Schluss gekommen war, den er von ihm erwartet hatte. »Ganz genau«, sagte er. »Ich kümmere mich darum.«

SAMSTAG

New Yorker Presbyterian Hospital, Manhattan

59

Gordon Roos.

Meine Nemesis hieß Gordon Roos.

Es hatte mich nicht einmal Geld gekostet. Der anonyme Informant am anderen Ende von Gigis Glasfaser-Internetverbindung schien ihn nur zu gern zu verpfeifen, ohne an die zehntausend Dollar zu denken, die wir dafür geboten hatten. Der Kerl hatte einfach nur gesagt, er habe noch eine Rechnung mit Roos offen, ohne genauer auszuführen, worin sie bestand, und wenn es Roos Schwierigkeiten bereiten würde, ihn zu enttarnen, dann sei das Belohnung genug. Er sagte uns noch, wo wir ihn wahrscheinlich finden würden, dann verschwand er. So, wie Erebus konstruiert war, würden wir ihn nie aufspüren oder noch einmal kontaktieren können, sofern er das nicht wollte. Er war aufgetaucht, hatte uns einen Anstoß gegeben und war wieder in den trüben Eingeweiden von Dalands Schöpfung verschwunden.

Kurt und Gigi hatten den Namen natürlich durchlaufen lassen, um nachzuschauen, ob er echt war. Sie hatten ein bisschen tiefer als bei einem normalen Bürger graben müssen, aber schließlich hatten sie ihm bis zu einem Haus in Ocracoke in North Carolina folgen können, und zwar ausgerechnet über einen Pilotenschein. Die Jagdhütte in den Blue Mountains, die unser geheimnisvoller Informant erwähnt hatte, konnten sie nicht ausfindig machen, aber das überraschte mich nicht. Sie war wahrscheinlich nicht auf seinen Namen eingetragen. Was nur logisch war – wenn man bedachte, wofür sie die Hütte hatten nutzen wollen.

Ich blickte meine versammelten Avengers an und musste leider feststellen, dass wir nicht gerade unbesiegbar aussahen.

Da war ich, dem Tod gerade so von der Schippe gesprungen, immer noch an einem Tropf hängend, durch den magische Tränke in meine Adern geflößt wurden, und an Geräte angeschlossen, die mir mit beruhigendem Piepsen versicherten, dass ich noch am Leben war. Kurt, der aussah, als sei er mit voller Geschwindigkeit gegen eine Ziegelmauer angerannt, die gebrochene Nase geschient und mit zwei blauen Augen. Auch wenn die Schiene und die Pflaster über seinen Augenbrauen und der Oberlippe ihm schon etwas verliehen, was vage an einen Superhelden erinnerte – und an seinem Computer verfügte er ja tatsächlich über so etwas wie Superkräfte –, war er auf dem Schlachtfeld, als was sich das hier zweifellos bald entwickeln würde, alles andere als eine tödliche Waffe. Gigi, ebenso mitgenommen, litt immer noch unter den Nachwirkungen einer Gehirnerschütterung und einer unübersehbaren Beule am Hinterkopf. Deutsch war unverletzt – bis jetzt. Ich war fest entschlossen, dafür zu sorgen, dass es auch so blieb.

Deutsch sagte: »Das ist eine Falle.«

Das Licht vor den Fenstern schwand rasch, es waren noch zwei Tage bis zur Wintersonnenwende, und die hereinkriechende Dunkelheit spiegelte ihren düsteren Gesichtsausdruck.

»Natürlich ist es eine Falle«, sagte ich. »Darauf habe ich gehofft.«

»Du hast auf eine Falle gehofft?«, fragte Kurt. Seine Mimik war durch die Mullstöpsel, die aus seiner Nase ragten, stark eingeschränkt.

»Sie beobachten«, sagte ich. »Sie beobachten alles. Sogar Erebus. Besonders Erebus. Das sollte ihre Aufmerksamkeit wecken, musste es. Es war immer wahrscheinlicher, als dass sich jemand Echtes melden würde, der sie kennt.«

Trotz seines verstopften Gesichts gelang es Kurt, zutiefst besorgt zu gucken. »Also … gehst du natürlich nicht hin?«

Ich sah ihn an, als hätte er Urdu gesprochen.

»Du gehst hin?«, fragte er ungläubig.

»Es ist ein Unterschied, ob man blind irgendwo reingeht

oder vorbereitet«, erklärte ich. »Ich habe nicht vor, blind da reinzugehen.«

»Aber das musst du doch mit Sicherheit nicht.« Er drehte sich um und sah Deutsch an. »Warum melden Sie das nicht, schicken ein Sondereinsatzkommando hin und verhaften den Kerl? Sie sind vom FBI. Sie wissen, was los ist. Sie kennen die ganze Geschichte. Sie können es bezeugen. Das muss doch irgendwas wert sein, oder?«

»Beruhige dich, Snake«, sagte Gigi. »Sie kennt vielleicht die ganze Geschichte, aber das heißt doch nicht, dass das irgendwie als Beweis zählt. Was es, wenn ich das richtig verstehe, eher nicht tut«, sagte sie und wandte sich an Deutsch.

»Korrekt«, sagte Deutsch. »Bis jetzt gibt es nur Reilly, der wegen Mordes gesucht wird, und eine hohe Beweislast, die das stützt«, erklärte sie Kurt.

»Alles andere über Roos«, setzte ich hinzu, »ist nur eine Geschichte, ein Märchen – meine übersteigerte Fantasie. Sogar ein vom Gericht bestellter Anwalt, der seine Zulassung aus dem Versandhandel hat, würde das schon in den ersten Sekunden einer Vorermittlung auseinandernehmen, falls wir überhaupt so weit kommen würden. Und falls sie uns überhaupt so lange am Leben lassen.«

»Also willst du hinter ihm her«, sagte Kurt. »In deiner derzeitigen Verfassung? Obwohl du weißt, dass es eine Falle ist?«

»Wie ich schon sagte, ich hab nicht vor, da unvorbereitet reinzugehen.« Ich sah Deutsch an. »Und ich denke, wir haben ein paar Überraschungen auf Lager, die wir zu unserem Vorteil nutzen können.«

»Du spinnst«, protestierte Kurt. Er sah Deutsch empört an. »Er spinnt, oder? Und Sie sind einverstanden damit? Sie müssen was dagegen machen.« Er drehte sich wieder zu mir um und fuhr wild gestikulierend fort: »Ich meine, guck dich doch mal an. Du hattest gerade einen Herzinfarkt, um Himmels willen.«

»Plötzlicher Herzstillstand«, korrigierte ich ihn mit einem

angedeuteten Lächeln. Ich richtete mich auf. »Hör mal, lass uns das nicht jetzt diskutieren. Mein Gott, bis die sich an ihn herangemacht haben, wusste ich nicht mal, dass ich einen Sohn habe, und vielleicht, auf irgendeine perverse Weise, könnte ich dafür sogar dankbar sein. Bin ich aber nicht. Er hat glücklich und zufrieden mit seiner Mom gelebt, bis die ihn da rausgerissen haben. Dann haben sie eine Menge Leute umgebracht und am Ende meinen Partner. Also ist es mir ganz egal, ob Annie hier sagt, sie hätte genug Beweise, um Roos zu verhaften. Über das Stadium sind wir längst raus. Abgesehen davon, selbst wenn wir einen halbwegs anständigen Fall auf die Beine stellen könnten, gäb's immer noch kein Gefängnis, das diese Leute halten könnte. Die sind gut genug vernetzt, um jederzeit irgendeinen Deal machen zu können oder dafür zu sorgen, dass irgendwo Druck ausgeübt wird, und dann sind die schneller draußen, als wir gucken können, und haben uns alle im Visier. Was mir ganz und gar nicht gefallen würde. Nein, es gibt nur einen Weg, das ein für alle Mal zu Ende zu bringen, und der besteht darin, dafür zu sorgen, dass sie kriegen, was sie verdient haben, und dass sie nicht weiterleben, damit sie einen von uns – oder irgendwen anders – weiter bedrohen können.«

Ich schaute mich im Zimmer um.

Deutsch machte ein grimmiges, entschlossenes Gesicht. Sie erwiderte meinen Blick und sah aus, als wollte sie etwas sagen, schien sich dann aber doch dagegen zu entscheiden und deutete nur ein leichtes, zögerliches Nicken an. Kurt und Gigi hatten auch nichts hinzuzufügen. Sie blickten mich mit ruhigen, gelassenen Mienen an, die mir sagten, dass sie verstanden hatten, was ich tun musste. Es sagte mir auch, dass sie sich darauf einstellten, zu tun, was sie konnten, um mir zu helfen.

Ich zog die Sensoren ab. Die Monitore fingen wild an zu piepen. Dann griff ich nach dem Infusionsbeutel und hängte ihn ab. »Gehen wir.«

Ich schwang die Füße aus dem Bett und stemmte mich hoch. Mir war schwindelig – ich hatte länger als zwei Tage im Bett gelegen. Ich stützte mich am Nachttisch ab, schloss die Augen und holte ein paar Mal tief Luft. Ich ließ sie tief in meinen Brustkorb strömen und genoss ein paar weitere tiefe Atemzüge lang das Gefühl, trotz des Kribbelns um meinen Brustkorb herum. Dann schlug ich die Augen auf, tappte zur Steckdose und zog den Stecker des Monitors heraus. Im selben Augenblick kam die Schwester hereingerannt.

»Was machen Sie da?«, fragte sie und starrte mich mit weit aufgerissenen Augen schockiert an.

»Heimatschutz«, griff ich zu Deutschs neuester Lieblings-Allzweckwaffe. Ich blickte die Schwester todernst an, damit sie die volle Tragweite begriff, dann zeigte ich auf den Infusionsbeutel, den ich jetzt in der Hand hielt. »Ich behalte die so lange drin, wie ich kann, aber ich werde alles an Tabletten oder Spritzen brauchen, was Sie mir geben können, um mich in Gang zu halten. Genug für achtundvierzig Stunden, maximal. Dann bin ich wieder hier, und Sie können mich so lange dabehalten, wie Sie müssen. Abgemacht?«

60

Nelson County, Virginia

Fast vierhundert Meilen südwestlich des Krankenhauses brach die Cessna Skyhawk durch die tief hängende Wolkendecke und bereitete sich auf die Landung vor, indem sie nach links eindrehte.

Es gab keinen Tower hier auf dem Oakridge Field Airport. Ja, es gab noch nicht einmal einen Flughafen. Es war nur ein Flecken Farmland in Privatbesitz, auf dem eine gut fünfhundert Meter lange Landebahn auf einem flachen Stück Wiese angelegt worden war und sonst nichts. Normalerweise nutzte Roos den Eagle's Nest Airport in Waynesboro, um zu seiner

Jagdhütte zu gelangen, der fünfzehn Meilen weiter südlich lag. Das war schon eher ein richtiger Flughafen mit einer asphaltierten Start- und Landebahn – rissig, aber immer noch besser befestigt als der Streifen Erde, auf dem er jetzt landen wollte. Mit dem Auto brauchte man von dort genauso lang wie von hier zur entfernten Ecke des Berges, auf dem Roos' Rückzugsort lag. Natürlich hatte auch Eagle's Nest keinen Tower, aber dort gab es zumindest Hangars und Verzurrungen für den Fall, dass das Wetter ungemütlich wurde. Der kleine Flughafen hatte auch einen Windsack, der bei den herrschenden Seitenwinden, die das kleine Propellerflugzeug gerade durchrüttelten, auch in Oakridge nützlich gewesen wäre. Doch für sein heutiges Vorhaben bevorzugte Roos eine diskretere Ankunft. Er kannte den Eigentümer der Landebahn und hatte vorab mit ihm telefoniert. Er wusste, dass heute kein anderes Flugzeug da sein würde, und konnte sich darauf verlassen, dass der Mann verschwiegen genug war, um Roos' Anwesenheit geheim zu halten. Wenn alles gut lief, würde er schon bald ohne Zwischenfälle wieder abfliegen, um rechtzeitig wieder zu Hause zu sein und an Weihnachten einen schönen, ruhigen Angeltag am Golfstrom zu genießen.

Wenn alles gut lief.

Als er sich der Landebahn näherte, spürte er, dass dic Seitenwinde aus Nordwesten kamen, und suchte den Boden nach Hinweisen ab, die ihm verraten könnten, ob die Windrichtung da unten dieselbe war wie oben. Er entdeckte eine dichte Gruppe Bäume, die sich im Wind bogen, und verglich diesen Eindruck mit den Anzeigen seiner Instrumente. Beides stimmte mehr oder weniger überein.

Dennoch erforderte es seine gesamte, durchaus beachtliche Erfahrung, die Flügel auf gleicher Höhe zu halten, während er die Nase des Flugzeugs in den Wind drehte, um die Maschine in eine zur Mitte der Landebahn leicht versetzte Position zu bringen. Das musste einen beunruhigenden Anblick bieten – ein Flugzeug, das beinahe seitwärts wie eine Krabbe auf eine

Landebahn zutrieb. Was er von der Landebahn sehen konnte, schien geräumt zu sein. Der Eigentümer hatte genug Schnee weggeschoben, dass er landen konnte. Von oben sah es aus, als hätte jemand mit dem Rasiermesser eine Spur durch die weiße Umgebung gezogen.

Kurz vor dem Abfangen fuhr Roos das entgegengesetzte Seitenruder aus, um die Krabbe zu korrigieren, während er mithilfe der Querruder die Flügel in Balance hielt. Das Flugzeug richtete sich selbst aus, als die Räder mit einem kaum hörbaren Quietschen aufsetzten.

Er kam direkt an der alten Scheune zum Halten, wo drei schwarze Geländewagen und elf kräftige Männer bereits auf ihn warteten. Er schaltete den einzigen Motor des Flugzeugs aus und kletterte mit kaum mehr als einem Nicken hinaus, ging zu den Autos hinüber, stieg in eines ein und setzte sich auf die Rückbank.

Wenn alles gut lief, würde er bald um eine Sorge leichter zu seiner Cessna zurückgefahren werden. Ruhig und gelassen würde er das neue Jahr begrüßen, sein Geist würde frei sein, um sich auf neue Chancen zu konzentrieren.

Wenn alles gut lief.

Worauf es, da er es mit Reilly zu tun hatte, wirklich keine Garantie gab.

SONNTAG

61

New York City

Wir mussten einkaufen.

Zum Teil waren Kurt und Gigi dafür verantwortlich. Sie hatten ein paar Ideen – gute Ideen, die uns helfen würden. Sie zogen los, um sich auszurüsten, vor allem im B & H Superstore an der Penn Station, und kehrten mit ein paar großen Taschen in Deutschs Wohnung zurück. Da ich ihre Vorliebe für technische Spielereien kannte, überraschte es mich, dass sie nicht nur mit einer GoPro und einem Selfie-Stick zurückkamen. Was sie mitbrachten, würde uns hingegen ohne Zweifel nützlich sein. Und wir brauchten jede Hilfe, die wir bekommen konnten.

Deutsch suchte einen ganz anderen Superstore auf, nämlich die Waffenkammer im Federal Plaza. Mit List und Tücke war es ihr gelungen, für mich ein kleines Arsenal zusammenzustellen, das jetzt im Kofferraum ihres Autos lag. Als sie zurück war, ging ich mit ihr nach unten in die Tiefgarage ihres Hauses, um einen Blick hineinzuwerfen, und da erkannte ich das Problem.

Sie hatte es geschafft, alles mitzubringen, worüber wir gesprochen hatten: Helm, Weste, Handschuhe, Nachtsichtgerät, Blendgranate, M4-Sturmgewehr mit Mündungsfeuerdämpfer, Ziel-Optik, Springfield .45 Extra-Magazine für beide Waffen, eine Nagelsperre, ein Smith-&-Wesson-Klappmesser, ein Kommunikationsset. Von allem etwas, bis auf einen MRAP-Truck, ein minen- und schusssicheres, gepanzertes Fahrzeug – was ideal gewesen wäre, wenn ich mir vorstellte, womit ich es zu tun bekommen würde, aber das hätte dann vielleicht doch Fragen aufgeworfen, wenn sie das verlangt hätte.

Was sie ausgesucht hatte, war nicht das Problem.

Das Problem war, dass sie von allem jeweils zwei Stück mitgebracht hatte.

Ich stand mit ihr unten in der Garage und drehte mich fragend zu ihr um, kaum dass der Kofferraumdeckel aufgesprungen war.

Sie schnitt mir das Wort ab, noch bevor ich etwas sagen konnte: »Ich komme mit.«

»Nein, kommst du nicht.«

»Sean, ich komme mit.«

Ich spürte, wie sich meine Eingeweide zusammenzogen. »Annie, es sind mir schon zu viele Leute weggestorben wegen dieser Scheißkerle. Ich werde nicht zulassen, dass das noch einmal passiert. Das ist nicht dein Kampf.«

Sie gab nicht nach. »Ist es doch.«

»Annie, das ist keine Sache des Bureaus mehr …«

»Scheiß auf das Bureau, Sean. Hier geht's um mich. Und dich. Und Nick.«

Sie hielt meinem Blick stand, und ich musste ihr erst eine Sekunde lang ins Gesicht sehen, damit ich verstand, was sie meinte – dann fiel der Groschen. Nicks Tinder-Date war etwas vollkommen anderes gewesen.

»Du … und Nick?«

Sie reagierte nicht gleich, dann nickte sie.

»An dem Abend, an dem ich in seiner Wohnung gelandet bin nach der Schießerei, da war er bei dir?«, fragte ich.

Sie nickte wieder. »Er wollte über Nacht bleiben, aber er hatte Pastasoße auf sein Hemd gekleckert und, na ja, du weißt ja, wie blöd die Jungs im 26. Fed sein können.«

Ich konnte mir vorstellen, wie überrascht er gewesen sein musste, als er mich an dem Abend erblickt hatte. »Also du und …«

»Zwei Monate«, sagte sie und kam damit meiner Rekonstruktion von Nicks Dating-Historie zuvor. »Wir waren seit zwei Monaten zusammen. Niemand wusste davon. Er wollte dir davon erzählen, sobald wir beide uns ein bisschen klarer darüber waren, was das zwischen uns war. Schätze mal, er ist nie dazu gekommen.«

Alles, was ich dazu sagen konnte, war: »Ich wünschte, er

hätte es gesagt.« Vor meinem inneren Auge sah ich Nick und mich vor Dalands Haus sitzen, all diese langen Nächte, und dass er da nicht mehr stundenlang Tinder-Profile durchgewischt hatte, und fühlte mich schlecht, weil mir nicht klar geworden war, dass zwischen ihm und Annie etwas gelaufen war, und dass wir jetzt nie die Gelegenheit bekommen würden, darüber zu sprechen.

»Das spielt keine Rolle, Annie. Ich kann das nicht zulassen.«

»Und ich kann dich das nicht allein durchziehen lassen. So simpel ist das, Sean. Wirklich.«

Einen Moment lang standen wir einfach nur da, in dem schummrigen Licht der Garage, sahen uns an, neben uns der Kofferraum voll mit Waffen für ein ganzes Sondereinsatzkommando.

Ich konnte nichts dagegen sagen. Ich hatte kein Recht, etwas dagegen zu sagen.

Sie war dabei.

Ich wartete, bis wir alle so weit waren, dass wir loslegen konnten, dann rief ich über Viber Tess an. Es machte mich fertig, dass ich sie nicht hier hatte, dass ich sie nicht sehen und an mich drücken und küssen konnte, bevor ich aufbrach, denn ich wusste, welche Gefahren mich erwarteten, womit wir uns anlegen würden – aber es war besser so. Es wäre für uns beide extrem hart gewesen, uns von Angesicht zu Angesicht zu verabschieden, und es war immer noch viel zu gefährlich, sie noch einmal herzuholen, für uns beide. Außerdem war es besser, sie aus dem allen so weit wie möglich herauszuhalten. Ich wusste, dass sie ernsthafte Einwände gegen das vorbringen würde, was meine zusammengewürfelte Crew und ich vorhatten. Allerdings dauerte es natürlich auch nicht lange, bis sie diese Einwände erhob, als ich sie an der Strippe hatte.

»Sean, du weißt, wer diese Leute sind«, sagte sie mit wachsender Verzweiflung. »Du weißt, wozu die in der Lage sind, du weißt, über welche Ressourcen die verfügen. Das ist irre.«

»Tess, bitte. Ich habe doch eben gesagt …«

»Nimm dir nur eine Nacht, um noch mal darüber zu schlafen«, rief sie dazwischen, »um alles noch einmal zu überdenken. Vielleicht kommst du noch auf etwas, das du nicht bedacht hattest.«

»Wir haben alles durchdacht, Tess. Ich weiß, was ich tue. Und es kann nur so laufen.«

»Das ist eine Falle, das hast du selbst gesagt.«

»Ja. Eine Falle, die *wir* gestellt haben. Sie spielen uns in die Hände, Tess. Wir müssen zuschlagen, bevor sie zu viel Zeit hatten, alles zu durchdenken.«

Sie verstummte für einen Moment, nur ein langes, bedeutungsschweres Ausatmen war zu hören. Ich konnte mir vorstellen, wie sie frustriert das Gesicht verzog, wie sie die Augen zusammenkniff, grimmig und wütend.

»Ich werde nicht mehr mit dir sprechen können, bis alles vorbei ist«, setzte ich hinzu, um das lastende Schweigen zu durchbrechen.

»Ich weiß«, sagte sie geschlagen.

»Es wird alles gut werden. Ich weiß, was ich tue, Tess.«

»Das will ich verdammt noch mal hoffen«, antwortete sie mit einer etwas brüchigen Stimme.

»Gib den Kindern einen Kuss von mir. Und … bis bald.«

»Okay.«

Dann legte ich auf.

Noch am selben Abend verließen wir vier in Deutschs Ford Crown Victoria New York City, nachdem wir dem Aktionsplan, den ich vorgeschlagen hatte, über ein paar Kartons mit chinesischem Take-away-Essen in Deutschs Wohnung den letzten Schliff verliehen hatten. Unsere Gedanken kreisten um das, was der nächste Tag bringen würde. Während der ganzen Fahrt sprachen wir nur, um noch Fragen zu Aspekten unseres Plans zu stellen.

Der Verkehr floss reibungslos aus der Stadt, wie an einem

Sonntagabend nicht anders zu erwarten, und weder größere Baustellen noch starker Schneefall behinderten unser Vorankommen, sodass wir zwei Stunden später bereits die Schilder von Philadelphia passierten und eine Stunde danach an Baltimore vorbeifuhren. Eine weitere Stunde später checkten wir in einem Marriott-Hotel in Tysons Corner, westlich von Washington, D.C. ein, das fast genau auf halbem Weg zwischen Vienna, Virginia, und dem CIA-Hauptquartier in Langley lag. Zwei Zimmer, eines für Annie und mich, das andere für Kurt und Gigi.

Wir alle brauchten unseren Schlaf, auch wenn ich mir nicht sicher war, wie gut wir schlafen würden.

Morgen mussten wir früh aufstehen, wenn wir unseren ersten Wurm fangen wollten.

MONTAG

62

Vienna, Virginia

Es war für Tomblin nicht gerade das schönste Wochenende gewesen.

Er mochte das überhaupt nicht, dieses Wartespiel zu spielen. Jedenfalls nicht so. Ein großer Teil der geheimdienstlichen Tätigkeiten, die er leitete, bestand aus Warten, und oft fühlte es sich an, wie ein langsames, nachdenkliches Schachspiel zu beobachten: Man machte einen Zug und hoffte, dass der Gegner so reagierte, wie man es sich vorgestellt hatte, dann machte man den nächsten Zug und immer so weiter, in der Hoffnung, irgendwann zum gewünschten Ergebnis zu kommen. Ein Ergebnis, von dem ein Leben, oft sogar viele Leben abhingen. Doch es gab noch eine andere Form des Wartens: Das nägelkauende, herzrasende Warten während einer laufenden Operation, bei dem man in Hunderten oder Tausenden Meilen Entfernung, umgeben vom Komfort eines fensterlosen, klimatisierten Raumes, in Langley saß und darauf hinfieberte, dass über Funk die Bestätigung des erfolgreichen Ausgangs käme.

Das hier war anders. Sie hatten am späten Freitagabend einen Samen auf Erebus gepflanzt. Er hatte mit seinem Analysten vor dem Bildschirm gesessen und zugesehen, wie der kurze, getippte Austausch erschienen war. Die Botschaft war empfangen und verstanden worden. Jetzt ging es darum, wann Reilly handeln würde, wann er an Roos' Hütte eintreffen und wie diese Konfrontation ausgehen würde.

Solange Reilly dort nicht aufgetaucht war, war Tomblin unruhig. Der Agent hatte sich als ein unberechenbarer Mistkerl gezeigt und war immer für eine Überraschung gut gewesen. Tomblin fühlte sich gar nicht wohl bei dem Gedanken, dass der frei herumlief. Auch wenn er ihm Roos' Namen und Aufenthaltsort geliefert hatte, fühlte er sich immer noch angreifbar. Das hatte das ganze Wochenende über seinen Kopf in Beschlag genommen – das Warten auf den Anruf von Roos, dass es vorüber war –, und jetzt dachte er immer noch daran, als er seinen Mantel überzog, seine Aktentasche nahm und in die Garage ging, die an sein Sechs-Zimmer-Haus angrenzte.

Augenblicke später glitt das Tor auf, und er fuhr in seinem Wagen hinaus, einem eindrucksvollen dunkelgrauen Lincoln Navigator. Am Ende der Zufahrt hielt er kurz an, wie er es immer tat, blickte in den Rückspiegel, um zu beobachten, wie sich das Garagentor schloss, dann nahm er den Fuß von der Bremse und fuhr davon.

Er rollte, verwöhnt vom Komfort des großen SUVs, dahin und freute sich darauf, zur Arbeit zu fahren. Es würde viel los sein, was ihn von dem Unbehagen ablenken würde, das an ihm nagte. Schon bald würde er in Situationen und Strategien hineingezogen werden, die Entscheidungen von ihm verlangten. Und der Anruf von Roos würde kommen. Tomblin wusste, dass Reilly nicht würde widerstehen können, selbst wenn die Chancen schlecht für ihn standen.

Es schneite immer noch, ein Zentimeter oder so war auf der ruhigen Wohnstraße liegen geblieben, nicht genug, um den großen Reifen seines Allradfahrzeugs Schwierigkeiten zu bereiten. Er stellte gerade die Klimaanlage richtig ein, als er das Stoppschild an der T-Kreuzung zur Wolftrap Road erreichte, wo eine attraktive Rothaarige mit üppigen Rundungen darauf wartete, die Straße überqueren zu können.

Er brachte den Navigator zum Stehen und ertappte sich dabei, wie er sie anstarrte, wie seine Aufmerksamkeit von der verführerischen Frau angezogen wurde, die sich umdrehte und ihm mit einem warmen Lächeln fürs Anhalten dankte. Sein Blick folgte ihr, als sie begann, die Straße zu überqueren, er versuchte unter dem schwingenden Mantel die genauen Konturen ihres Körpers zu erraten, der einen verlockend kurvigen Eindruck machte. Seine Fantasie sonnte sich im Augenblick und verwandelte sie in eine Figur seiner Tagträume, eine ihr entfernt ähnelnde Schauspielerin aus einer Fernsehserie, die in der Werbebranche der Sechzigerjahre spielte. Die Serie selbst langweilte ihn, die Intrigen darin waren für seinen Geschmack viel zu schlicht – aber er schaute sie dennoch, zusammen mit seiner Frau, um trotz ihrer zunehmend auseinanderdriftenden Geschmäcker etwas Gemeinsames zu haben, und er genoss jede Sekunde, in der die Schauspielerin zu sehen war. Er stellte sie sich in der Frau vor, die soeben ein paar Meter vor seiner Stoßstange die Straße überquerte, langsam und mit eleganten Schritten, um nicht auszurutschen, und die sich noch einmal zu ihm umdrehte, um ihn mit ihrem Lächeln bis ins Mark zu treffen. Er genoss den Moment, bis er plötzlich spürte, wie ein Schatten direkt am Fenster neben ihm aufragte, den Bruchteil einer Sekunde, bevor das Fenster in einem Schauer aus Glassplittern nach innen explodierte.

Er bekam nicht einmal Zeit zu reagieren, bevor eine geballte Faust auf seinen Kiefer zusauste, sein Hirn durchrüttelte und ihn zur Seite in den Sicherheitsgurt schleuderte. Aus dem Augenwinkel heraus erblickte er eine Hand, die ins Wageninnere griff und die Tür aufriss, dann stieß Reilly ihm eine Waffe ins Gesicht und drückte im selben Moment mit der anderen Hand den Start/Stopp-Knopf, um den Motor abzustellen.

»Raus hier, aber fix«, befahl ihm Reilly, während er nach dem Schloss des Sicherheitsgurtes tastete und es öffnete.

Tomblin war zu überrascht, um etwas zu tun. Das, sein durchgerütteltes Gehirn und die Handfeuerwaffe, die gegen seine Wange gedrückt wurde, ließen ihn gehorchen. Er kletterte aus dem Wagen und sah noch, dass jemand daneben stand, ebenfalls mit gezogener Waffe, auch wenn die nicht auf sein Gesicht gerichtet war. Eine Frau, die er nicht kannte.

»Einsteigen«, sagte sie und zog die hintere Tür auf.

Er tat wie ihm geheißen, in der Hoffnung, dass ein Anwohner den Vorfall beobachtete und der Polizei meldete oder dass ein Auto vorbeifahren würde, dessen Fahrer dann die Polizei benachrichtigte. Nichts davon schien zu geschehen.

Die Frau stieg ein und setzte sich neben ihn. Reilly saß bereits hinter dem Lenkrad.

Elf Sekunden nachdem der Wagen an dem Stoppschild angehalten hatte, setzte er sich wieder in Bewegung, gefolgt von einem zivilen Crown Vic mit der verführerischen Rothaarigen auf dem Beifahrersitz, und machte sich auf den Weg zu den Blue Ridge Mountains.

63

Nelson County, Virginia

Trotz der Plastikfolie, die ich vor das zerschlagene Fenster von Tomblins fettem SUV geklebt hatte, war es ziemlich kalt im Auto, als ich die Route 29 entlangfuhr. Es schneite immer mal wieder, und das Thermometer zeigte –2°C an, aber da war der Fahrtwind nicht eingerechnet. Mir machte die Kälte nicht allzu viel aus. Sie half mir, wach zu bleiben, lud mich mit Adrenalin auf und brachte die Teile von mir auf Touren, die noch immer ein bisschen benommen waren. Sie trug auch dazu bei, meinen geschätzten Gast auf das vorzubereiten, was noch kam. Ich machte mir mehr Sorgen darüber, dass die Plastikfolie und die Tatsache, dass ich zwei Passagiere im Fond hatte und niemanden neben mir sitzen, die Aufmerksamkeit irgendeines gelangweilten Autobahnpolizisten auf sich ziehen könnte. Andererseits hatte ich ja Annie im Auto, und ihre Marke würde uns im Fall des Falles aus der Patsche helfen. Die Plastikhandschellen des Typen neben ihr und das Klebeband über seinem Mund würden wahrscheinlich weniger hilfreich sein.

Aber ich wollte nicht hören, was er zu sagen hatte, und ich beabsichtigte auch nicht, mit ihm zu sprechen. Wir hatten mehr als zwei Stunden Fahrt vor uns, und ich wollte, dass er nichts sagen konnte und ernsthaft verunsichert war, bis wir unser Ziel erreichten. Ich stellte mir vor, wie die Panik ihn immer mehr erfasste. Ein hohes Tier der CIA, Leiter des National Clandestine Service zu sein – mir ist das so was von egal, was du bist –, und dann so erwischt zu werden von jemandem mit meinen Möglichkeiten, von dem man weiß, dass er mit einem noch ein Hühnchen zu rupfen hat und der nichts mehr zu verlieren hat, das kann einen schon mal in Panik versetzen. Ich stellte mir auch vor, dass er krampfhaft überlegte, wie wir an ihn herangekommen waren, woher wir überhaupt wussten, wer er war. Immerhin hatte er versucht, unsere Bemühungen zu untergraben, indem er schnell gehandelt und einem seiner Handlanger befohlen hatte, sich auf Erebus einzuloggen und mir Roos auf dem Silbertablett zu überreichen. Ich war mir sicher, dass er dahintersteckte. Nach Tomblins Plan hätte ich direkt zu Roos' Versteck flitzen sollen – wo ich zweifellos von einigen entschlossenen Schlägern und ein paar Scharfschützen erwartet worden wäre –, statt ihn mithilfe einer vollbusigen Rothaarigen einzukassieren. Und doch hatten wir ihn gefunden. Sein Name war aus den Tiefen aufgetaucht, dank eines weiteren anonymen Posters auf Erebus, den Tomblins Handlanger offensichtlich nicht gesehen hatte oder hätte sehen können.

Hut ab vor Daland und seinem Genie als Programmierer.

Der echte, rätselhafte Informant, wer auch immer er sein mochte – falls es sich denn um einen »er« handelte –, hatte nicht näher erklärt, warum er die beiden verriet, und auch wenn er nicht viel gesagt – geschrieben – hatte, war ich mir ziemlich sicher, dass seine Muttersprache nicht Englisch war. Nichtsdestotrotz hatte er mir den Namen geliefert, der mir noch gefehlt hatte, Edward Tomblin, CIA, der »Frank Fullerton« zu Roos' »Reed Corrigan«.

Kurt und Gigi hatten sich richtig mühen müssen, um ihn persönlich hinter den mächtigsten Schachzügen seiner Karriere zu entdecken. Der Typ schätzte seine Privatsphäre, so viel stand fest, und er hatte sich auch nicht gerade in die Welt der sozialen Medien gestürzt. Allerdings half Kurt und Gigi die

Tatsache, dass Tomblin kein sonderlich verbreiteter Name war, und am Ende waren sie doch ziemlich leicht an seine Privatadresse gekommen. Seine Frau gehörte zu den hundertvierundvierzig Millionen Ebay-Usern, deren persönliche Daten in einer Datenbank standen, aus der vor ein paar Monaten durch einen Hack Daten gezogen worden waren – die einzigen Tomblins im Einzugsbereich von Langley.

Vor der Abfahrt hatten wir die GPS-Tracker an beiden Autos ausgeschaltet, und ich hatte den Akku und die SIM-Card aus Tomblins Autotelefon genommen. Es würde nicht mehr lange dauern, bis er vermisst wurde, wir hatten nicht viel Zeit. Also machten wir uns so schnell wie möglich auf den Weg, und nach etwas mehr als zwei Stunden, nachdem wir D.C. verlassen hatten, fuhren wir an Charlottesville vorbei Richtung Süden.

Die Landschaft um uns herum wurde immer dramatischer, die Spuren menschlicher Siedlungen wurden spärlicher – Wälder mit hohen Bäumen, sowohl kahle als auch immergrüne, säumten die zweispurige Asphaltstraße, auf der so gut wie kein Verkehr herrschte, und immer wieder gab es kurze Ausblicke auf die Blue Ridge Mountains dahinter zu erhaschen, das alles gefiltert durch den Schmelz des leichten Schneefalls und vor einem weißgrauen Hintergrund.

Es dauerte nicht lange, bis wir durch die beeindruckende Landschaft Virginias fuhren. Auf jeder Seite bedeckten imposante, alte Laubwälder die Hügellandschaft, die sich bis zum Fuß der Berge hinauf erstreckte, die ganze Majestät der Natur, die sich über Jahrhunderte und Jahrtausende hatte wild entwickeln können, ein bemerkenswertes Fleckchen des Planeten, nur einen Steinwurf entfernt von einigen großen Städten. Dieses Land war wirklich gesegnet. Tess und ich waren vor ein paar Jahren hier durchgefahren, auf einem dieser idyllischen Ausflüge durch den Shenandoah National Park und den Blue Ridge Parkway. Unser Timing war perfekt gewesen, wir waren durch die ganze Pracht des Herbstes hindurch gefahren, trunken von den Sinneseindrücken einer beinahe unwirklichen

Palette aus flammenden Rot-, Rost- und Goldtönen auf den Bergen und dem Geruch von Holzfeuern in der Luft. Zu dieser Jahreszeit war die Landschaft nicht weniger herzergreifend, aber ich empfand es aus vollkommen anderen Gründen so. Was wir hier taten, war natürlich weit von jeder Idylle entfernt.

Wir erreichten das Gebiet, das wir online ausgekundschaftet hatten, und ich bog auf eine schmale, einspurige Straße ein. Ich lenkte den Navigator ein paar Meilen in den Miran Forest hinauf und bog dann in einen unbefestigten Weg ein, der nicht aussah, als seien hier in letzter Zeit viele Autos gefahren. Es fühlte sich an, als wollte der Berg uns verschlingen. Wir folgten dem schmalen, kurvigen Weg etwa eineinhalb Meilen lang, bis wir die strategisch günstig gelegene kleine Lichtung erreichten, die wir ausgesucht hatten.

Ich fuhr darauf und machte den Motor aus.

Gigi, die den Crown Vic fuhr, tat es mir nach.

Tomblin ließen wir in seinem SUV sitzen, während wir vier ausstiegen und auf die Lichtung gingen. Wir überprüften mit Gigis Tablet, dass wir richtig waren, und schauten in die Richtung, in der unser Ziel lag.

Dann gingen wir an die Arbeit.

»Eddy?«, fragte Roos, als er das Gespräch annahm.

Er hatte nicht erwartet, von Tomblin zu hören. Es sollte eher Tomblin sein, der darauf wartete, von ihm zu hören, sobald alles erledigt war.

In der Sekunde, als er die Stimme des Anrufers hörte, wusste er, dass etwas nicht stimmte.

Es war nicht Tomblin.

»Versuch's noch mal, Gordo.«

Roos verstärkte seinen Griff um das Telefon. Er hatte noch nie mit Reilly gesprochen, hatte seine Stimme nur auf Überwachungsaufnahmen gehört, aber er wusste sofort, dass es niemand anders sein konnte. »Sie wissen wirklich, wie man eine Party ruiniert, das muss ich Ihnen lassen.«

»Nächstes Mal sollten Sie vielleicht Ihre Einladungen etwas sorgfältiger formulieren. Und ›um Antwort wird gebeten‹ drunter schreiben, so lassen sich Enttäuschungen vermeiden.«

»Oh, ich bin nicht enttäuscht«, sagte Roos. »Ich freue mich schon, Sie zu treffen. Deswegen rufen Sie doch an, oder?«

»Sie kennen mich so gut«, sagte Reilly. »Legen Sie auf. Ich rufe von einem anderen Telefon an. Dieses hier ist vielleicht ein bisschen zu heiß im Moment.«

Clever, der Mistkerl, dachte Roos. Er legte auf. Sekunden später klingelte sein Telefon wieder. »Also, was kann ich für Sie tun?«

»Ich hab Ihren Jungen hier«, sagte Reilly. »Und ich muss da diese Entscheidung treffen …«

»Was denn?«

»Die vernünftige, nüchterne Seite von mir denkt: Warum noch mehr Risiken eingehen? Warum nicht einfach Eddy hier dazu bringen, mir alles zu sagen, was er über all die Sachen weiß, die Sie zwei in den letzten Jahren so unternommen haben – alles über die Putzkolonne, die Herzanfälle, die Unfälle, diese ganzen Toten … und alles über meinen Vater. Und wenn er schon mal dabei ist, könnte ich ihn auch gleich dazu bringen, meinen Namen reinzuwaschen und dazu noch alles zu erzählen, was er über Sie weiß. Es auf Video aufnehmen und der Staatsanwaltschaft überreichen und damit fertig. Dann kann ich mit einem Haftbefehl und einem Sondereinsatzkommando im Rücken zu Ihnen zurückkommen. Hört sich doch vernünftig an, oder was meinen Sie?«

»Ja, hört sich für mich vernünftig an«, antwortete Roos ohne Zögern. »Ich meine, Eddy ist ein hohes Tier bei der CIA. Meine Güte, er steht kurz davor, die ganze Agency zu leiten. Die Leute würden glauben, was er sagt.«

»Ja, das denke ich auch«, sagte Reilly. »Er ist eine angesehene Stütze der Gesellschaft. Und selbst wenn er ein paar Schnitte und blaue Flecken davontragen würde, was wir hoffentlich vermeiden könnten, würde er uns ein ziemlich überzeugendes Geständnis liefern. Dabei gibt es nur ein Problem.«

»Und das wäre?«

»Mir ist nicht nach Vernunft.«

Roos lächelte. Er hatte von Reilly nichts anderes erwartet. Nicht nach all dem, was der Agent auf sich genommen hatte, um ihn zu finden. »Nicht?«

»Nicht wirklich«, sagte Reilly. »Abgesehen davon traue ich dem System nicht mehr so wirklich, um ehrlich zu sein.«

»Das sollten Sie aber«, entgegnete Roos. »Sie haben Ihr ganzes Leben lang dafür gekämpft. Das ist doch traurig, wenn ein Vertreter der Gerechtigkeit das Vertrauen in die Justiz verliert. Das ist ja beinahe, als wollten Sie sagen, Sie hätten Ihr ganzes Leben etwas gewidmet, das am Ende wertlos war.«

»So weit würde ich nicht gehen, Gordo. Aber es stimmt schon, dass ich mich in letzter Zeit im Stich gelassen fühle. Und ich bin nicht ganz überzeugt davon, dass Sie und Eddy hier nicht doch noch ein paar Fäden ziehen könnten oder irgendeinen schmutzigen Trick anwenden oder Druck ausüben würden, um das Band verschwinden zu lassen und im Triumph zurück in die Stadt zu reiten. Mit all den unschönen Folgen, die das für meine Freunde und mich haben würde. Wir könnten es ins Internet stellen, aber das würde auch nicht funktionieren. Sie würden es einfach als eine irre Verschwörungstheorie von irgendwelchen Spinnern abtun.«

»Ich weiß, was Sie meinen«, sagte Roos. »Manchmal ist es schwer, das System zu schlagen.«

»Also können Sie nachvollziehen, in welchem Dilemma ich stecke.«

»Ja, ich verstehe das. Wirklich. Aber Sie sagten, Sie müssten eine Entscheidung treffen. Was ist denn die andere Option?«

»Die andere Option ist: Gerechtigkeit kann warten.«

Roos wusste nicht genau, was Reilly meinte. »Ich bin mir nicht sicher, ob ich Ihnen folgen kann.«

»Das bedeutet, die ganz große Geschichte und die Verbrechen der Vergangenheit jemand anderem zu überlassen. Ich für meinen Teil bin ein einfach gestrickter Typ. Mir geht's um was anderes.«

»Und worum?«

»Mit meinen bloßen Händen die Wahrheit aus Ihnen herauszuprügeln.«

Ross schnaubte lachend. Er hatte viel über Reilly gelesen – Überwachungsberichte, Fallakten –, aber bis jetzt hatte er noch nie mit ihm gesprochen. Er fing sogar an, ihn zu mögen, auch wenn das nichts an dem ändern würde, was er mit dem Agenten vorhatte.

»Nun, sehen Sie, es ist immer gut, zu wissen, was einem wichtig ist. Und Sie und ich –, das musste irgendwann passieren, das reicht ganz weit zurück. In die Zeit, als Sie ungefähr zehn waren, stimmt's?« Er schwieg kurz, wusste, dass seine Worte die beabsichtigte Wirkung auf Reilly haben würden. »Warum noch jemand anderen mit hineinziehen?«

Roos hörte das leichte Zögern, das Reilly sicher am liebsten ganz vermieden hätte, bevor Reilly sagte: »Genau.«

»Also, was schlagen Sie vor? Ich würde Sie ja auf einen Plausch und einen Irish Coffee hier oben einladen, aber irgendwas sagt mir, dass Sie was anderes im Sinn haben.«

»Nein, das hört sich gut an. Ein Sandwich wäre auch nett, ich hab noch nichts gegessen. Aber Sie sagten ja, wir sollten niemand anderen mit hineinziehen.«

»Ja, das hab ich gesagt.«

»Dann müssen Sie die Jungs wegschicken.«

»Welche Jungs?«

»Ich muss mindestens sechs Jungs sehen, wie sie Ihr Grundstück verlassen, bevor ich hochkomme.«

Roos schnaubte. »Alle sechs?«

»Ach was, machen Sie acht draus.«

»Acht? Jetzt überschätzen Sie mich aber ein bisschen, so wichtig bin ich nicht. Oder vielleicht überschätzen Sie sich selbst.«

»Acht Jungs, Gordo. Ich will acht Ihre Hütte verlassen sehen, oder ich fange an, Eddy zu bearbeiten.«

Roos merkte auf. Er wollte Sie weggehen *sehen*?

Reilly war in der Nähe. Musste er sein.

»Ah, na gut. Sagen wir, ich könnte acht von meinen Jungs auftreiben. Wie soll ich Ihnen beweisen, dass sie weg sind?«

»Lassen Sie sie bis unten ins Tal fahren. Sagen Sie ihnen, sie sollen einmal aus den Autos aussteigen, wenn sie die Hauptstraße erreicht haben, und dann wieder einsteigen und dahin zurückfahren, wo sie hergekommen sind.«

Roos brauchte genauere Informationen darüber, wo Reilly sich befand. »Und Sie gucken zu?«

»Ich seh die schon. Ich habe noch einen Beobachter an der Route 29, Richtung Charlottesville. Wenn der anruft und mir sagt, dass Ihre Jungs an ihm vorbeigekommen sind, dann komme ich zu Ihnen. Sie müssen nur dafür sorgen, dass sie nicht noch mal umdrehen, weil sie was vergessen haben.«

»Woher weiß ich, dass Sie allein kommen?«

»Das war doch meine Idee, oder?«

»Was ist mit Eddy?«

»Den lasse ich laufen.«

Roos dachte darüber nach. »Okay«, sagte er. »Ich brauche einen Beweis dafür, dass Sie ihn wirklich haben.«

»Warten Sie.«

Roos hörte den Wind rauschen, dann kam Tomblins Stimme. »Gordo?«

»Alles okay, Eddy?«

»Mir geht's gut. Hör zu …«

Noch mehr Wind, als wäre ihm das Telefon wieder weggenommen worden, dann war wieder Reillys Stimme zu hören. »Können wir anfangen?«

»Klar. Wann?«

»Was du heute kannst besorgen …«, sagte Reilly. »Wir haben ja lange genug gewartet, stimmt's? Reichen den Jungs zehn Minuten?«

»Geben Sie uns fünfzehn.«

»Okay. Ich sehe Sie dann gleich«, sagte Reilly.

Er legte auf, bevor Roos antworten konnte.

64

Wir mussten starten.

In mehrfacher Hinsicht.

Im wörtlichen Sinn betraf das die Drohne, die Kurt mitgebracht hatte.

Ich hatte noch nie so eine gesehen, aber wie es aussah, waren die der neueste Schrei, ein brillantes Stück verspielter Technologie, das so viel verändern würde wie das erste iPhone oder das Oculus Rift.

Was ich Roos gesagt hatte, stimmte zum Teil. Ja, ich hatte Tomblin. Ja, er war damals Roos' Partner gewesen, was hieß, dass er wahrscheinlich eine Menge von dem wusste, was ich wissen wollte, vielleicht sogar über meinen Vater. Ja, ich hätte ihn zum Reden bringen können und das Ganze auf Video aufnehmen. Aber ich war mir wirklich sicher, dass sie irgendeine Möglichkeit finden würden, um die Aufnahmen aus dem Verkehr zu ziehen. Und ich war nicht sicher, ob wir lange genug überleben würden, um diese Enttäuschung zu erleben. Ich hielt den Leiter des National Clandestine Service gefangen, der geheimsten Abteilung der CIA. Damit kam man nicht so einfach davon. Nein, es ging mir tatsächlich um Roos und mich. Ich wollte alle Antworten von ihm und von niemand anderem. Was ich tun würde, wenn ich sie hatte – nun, das würde ich entscheiden, wenn ich so weit gekommen war.

Ich war verblüfft, wie einfach es war, die Drohne in die Luft zu bekommen. Kurt hatte ein Modell ausgesucht, erklärte er mir, das über eine an der Unterseite eingebaute Full-HD-Kamera verfügte. Er hatte nur ein paar Minuten gebraucht, um sie startklar zu machen, die Zeit mitgerechnet, die er gebraucht hatte, um sie aus ihrem Karton zu holen, die vier Plastikpropeller von Hand anzuschrauben, den Akku einzusetzen, den Kompass schnell zu kalibrieren, unsere Position ins GPS einzugeben, indem er die Drohne einmal auf beiden Achsen um sich selbst gedreht hatte, und das Gerät mit der Fernbedienung, die er benutzen wollte, zu synchronisieren. Ziemlich einfach, auch wenn wir das Glück hatten, dass er so etwas schon mal gemacht hatte und sie mit Leichtigkeit steuern konnte – er hatte so eine bei sich zu Hause, aber da wir schlecht dorthin gehen konnten, hatten wir eine neue kaufen müssen. Sie war klein, ein flaches x-förmiges Plastikteil, dessen einzelne Arme kaum dreißig Zentimeter lang waren. Mit weniger als drei Pfund war sie außerdem sehr leicht. Und dennoch steckte so viel schlaue Technologie in dem Teilchen, dass sein hoher Preis vollkommen gerechtfertigt war.

Unser derzeitiger Standort erfüllte drei Anforderungen: Wir mussten nahe genug an Roos' Hütte sein, damit die Drohne sie erreichen konnte, deren Reichweite etwa eine Meile betrug. Außerdem musste die Drohne von hier aus die Abfahrt seiner Schlägertruppe beobachten, den Männern folgen können, bis sie weit genug weg waren, und sicherstellen, dass sie nicht umdrehten. Und er musste versteckt genug liegen, damit wir alles, was wir vorhatten, ungestört tun konnten.

Wir hatten die Drohne zum ersten Mal losgeschickt, bevor ich Roos anrief, um die Lage genauer und aktueller einschätzen zu können. Das Wetter war grenzwertig – nicht so sehr wegen des Schneefalls, sondern eher wegen der Temperaturen, aber das kleine Hightechteil schien sich davon nicht beeindrucken zu lassen. Kurt schickte die Drohne etwa hundertfünfzig Meter hoch in die Luft. Sie war so klein, dass wir sie schon lange vorher aus dem Blick verloren. Ich vertraute darauf, dass Roos und seine Entourage nichts von ihr bemerken würden.

Kurt hatte sie über den Hügel zu Roos' Grundstück geflogen, wobei die ferngesteuerte Kamera Bilder an Kurts Fernbedienung sendete, die die Aufnahmen wiederum über Bluetooth auf Gigis Laptop schickte. Das Bild war überraschend stabil dank des three-way brushless Gimbals, der die Kamera hielt, und verschaffte mir einen großartigen Überblick aus der Luft.

Roos' Hütte stand am Ende eines langen, unbefestigten Weges, der sich von der Hauptstraße den Berg hinaufschlängelte und einen Pfad durch sein Achtzig-Morgen-Grundstück schlug. Kurt flog die Drohne in einem großen Kreis, um zu sehen, was es noch so gab, was im Prinzip waldige Hügel, Wald und noch mehr Wald war. Einmal erwischte die Kamera die Berge in einem Ausschnitt, der mir bekannt vorkam, und ich war ziemlich sicher, dass es dieselbe Bergkette war, die auf dem Foto, das ich in Orfords Büro hatte mitgehen lassen, zu sehen gewesen war, auf dem Orford, Padley und Siddle in voller Jagdmontur posierten.

Es war eine schlichte Jagdhütte, ein abgelegener Zufluchtsort, an dem man seine Ruhe haben und ebenso Jagd auf schwarze Bären, Weißwedelhirsche und Truthähne machen konnte wie auf Raubzeug wie Kojoten und Füchse. Außerdem schienen um die Jagdhütte herum wesentlich tödlichere Arten von Raubtieren ihr Unwesen zu treiben, die ohne Zweifel gerade dabei waren, ihre ganz eigene Jagd zu planen.

Kurt hatte die Drohne dann wieder gewendet und vor der Hütte verharren lassen, sodass wir einen klaren Blick auf die Vorderseite bekamen. Es war ein rustikales Blockhaus, etwa 300 Quadratmeter, zwei Stockwerke mit mehreren Schlafzimmern unter dem Dach und einer umlaufenden Veranda sowie einer überdachten Terrasse an einer Seite. Vor dem Haus standen drei Autos willkürlich auf der kleinen Lichtung geparkt, große schwarze Geländewagen, Standard für harte Kerle mit schlechten Gewohnheiten. Ich konnte mir nicht vorstellen, dass sie mehr als vier Leute in ein Auto gequetscht hatten, wenn man bedachte, was sie alles an Ausrüstung dabeihatten.

Also hatte Roos wahrscheinlich elf Schützen da oben. Zwei Männer sahen wir bei den Autos herumstehen. Die anderen waren nicht zu sehen. Das Höchste, was ich von Roos verlangen konnte, war, zwei von den drei Autos zu entfernen, daher meine Forderung nach acht Männern. Dann würden noch Roos und drei andere übrig bleiben, mit denen ich mich befassen musste. Zwölf zu eins hörte sich nicht gerade gut an. Mit vier zu eins konnte ich leben.

Ich hatte Kurt gebeten, mir noch einen Blick auf die Straße zu verschaffen, die zur Jagdhütte führte, und versuchte, mir die Kurven einzuprägen, indem ich die Aufnahmen mit dem Satellitenbild von Google Maps verglich. Dann brachte er die Drohne zurück und tauschte den Akku durch einen frisch geladenen aus, während ich das Auto für meine Fahrt zur Hütte hinauf vorbereitete.

Als alles bereit war, rief ich Roos an, direkt nachdem Kurt den Quadrocopter wieder hochgeschickt hatte. Ich hatte dafür gesorgt, dass Tomblin von der Drohne nichts sah – wir hatten jetzt auch seine Augen mit Klebeband zugeklebt. Und wir flogen sie vom Auto weg, sodass er auch nichts davon hören konnte. Ich wollte verhindern, dass er Roos verriet, dass wir einen Vogel in der Luft hatten. Es war toll, dass man so etwas mit einem Gerät machen konnte, das es in jedem halbwegs anständigen Elektronikmarkt oder einfach online zu kaufen gab. Wir hatten eine Live-Übertragung von der Hütte, während ich mit Roos sprach. Es gab allerdings nichts zu sehen. Offensichtlich war er drin, und die Männer, die davor standen, standen einfach nur da und warteten auf Anweisungen.

Das änderte sich jedoch, sobald ich aufgelegt hatte.

Ein paar Minuten später kamen drei Männer aus dem Haus und stellten sich zu den beiden, die schon draußen waren. Die Drohne war zu weit oben, als dass wir ihre Gesichter hätten erkennen können. Wir sahen sie nur als kleine dunkle Umrisse vor einem schmutzig weißen Hintergrund. Dann kamen drei weitere heraus, gefolgt von zwei anderen.

Alle hielten für einen Moment ihre Positionen, die ersten standen dicht beieinander, die letzten zwei näher am Haus, ihnen gegenüber. Ich trat näher an den Monitor heran, weil ich das Gefühl hatte, einer von ihnen könnte Roos sein – der General, der zu seinen Truppen spricht. Dann kletterten die acht Männer in zwei der SUVs, die wegfuhren und sich auf den langen Weg den Berg hinunter machten.

»Wo soll ich jetzt hin?«, fragte Kurt. »Willst du die Autos sehen oder willst du an der Hütte bleiben?«

Idealerweise brauchte ich beides. Die Jungs an der Hütte würden den Hinterhalt für mich vorbereiten, während die Männer in den abfahrenden SUVs vielleicht eine eigene Falle stellten. Und die waren in der Überzahl.

»Bleib bei den Autos«, sagte ich Kurt. »Gucken wir erst mal, dass die wirklich weg sind.«

Geschickt manövrierte er die Drohne mithilfe der beiden Joysticks, und ich warf einen letzten Blick auf die winzige Figur auf dem Bildschirm, von der ich mir vorstellte, es sei Roos, brannte mir sein Bild ins Gedächtnis ein, bevor er wieder zurück ins Haus ging und die Jagdhütte aus dem Bild verschwand.

Wir beobachteten, wie die beiden schwarzen SUVs den unbefestigten Weg hinunterkrochen. Sie bogen nach links auf die Hauptstraße ab, hielten am Straßenrand an, und die acht Männer stiegen aus. Kurt hatte die Drohne so hoch, dass sie sie nicht sehen oder hören konnten. Die acht winzigen Figuren standen einen Augenblick ziellos herum, als wären sie verwirrt, dann stiegen sie wieder in ihre Autos und fuhren Richtung Norden. Kurt ließ die Drohne tiefer fliegen und folgte ihnen, so lange er konnte. Als die Drohne die maximale Entfernung zur Fernsteuerung erreicht hatte, schaltete sich automatisch das Heimkehrprogramm ein, und sie drehte um und fing an, zu uns zurückzufliegen. Kurt hielt sie nach ein paar Sekunden an und ließ sie über der Straße verharren, um diese etwa für zehn Minuten weiter zu beobachten, aber nichts passierte. Ich bezweifelte, dass Roos mir meine Story über den Beobachter abgenommen hatte, aber es war einen Versuch wert gewesen. Wahrscheinlich würden sie irgendwo in der Nähe stehen bleiben und auf die Nachricht warten, dass ich an der Hütte eingetroffen war, um so schnell wie möglich zurückzukehren. Was bedeutete, dass ich da oben nicht viel Zeit bekommen würde.

Kurt holte die Drohne zurück, während ich den Navigator und Tomblin vorbereitete. Kurt tauschte wieder den Akku gegen einen frischen aus, und wir waren bereit. Ich würde einen Schutzengel am Himmel haben und ein Mini-Funkgerät am Ohr. Annie würde das Gegenstück dazu haben. Sie sollte die Lage überwachen und mir Live-Updates liefern, wofür ich dankbar war. Alles unter der Voraussetzung, dass ich es überhaupt lebend bis zur Hütte schaffte.

Ich sah auf die Uhr. Es war fast eine Stunde vergangen, seit ich mit Roos gesprochen hatte.

Es war zwölf Uhr mittags am kürzesten Tag des Jahres. Ich wusste nicht, ob ich das als gutes Zeichen nehmen sollte oder nicht.

Wie dem auch sein mochte, es war Zeit, loszulegen.

65

Der schwarze Lincoln Navigator stürmte den Berg hinauf, machte Hackfleisch aus dem schmalen Weg und fraß sich durch die matschigen Kurven.

Roos wartete an einem offenen Fenster im Inneren der Hütte und suchte den Waldsaum nach Anzeichen von Bewegung ab. Nichts regte sich am Berg, nur das entfernte Rauschen eines Wasserfalls durchbrach die Stille. Der Schnee fiel immer noch leicht, der Himmel hinter dem Laubwaldteppich war dumpf grau. Dann nahm er am Rande seines Hörvermögens ein leises Grollen wahr, das raue Brummen eines großen Motors. Das Geräusch wurde lauter und lauter, jagte mit jedem Dezibel mehr seinen Puls höher, und dann erschien der schwarze SUV hinter den Bäumen, als er die letzte Kurve, gut achtzig Meter unterhalb der Hütte, nahm.

Roos schaute durchs Fernglas. Er strengte sich an, um trotz der Spiegelung der Windschutzscheibe ein klares Bild zu bekommen, und konnte den Umriss einer einzelnen Person ausmachen, die hinter dem Lenkrad saß: männlich, wie erwartet, mit einem schwarzen Baseballcap, kerzengerade. Natürlich konnten sich die anderen hinten ducken, aber das würde sowieso keine große Rolle spielen. Wenn irgendjemand da mit Reilly zusammen drinsaß, würde er bald ebenso tot sein wie dieser.

Er sah zu, wie der Navigator auf die Lichtung vor der Hütte raste – und nicht verlangsamte. Er fuhr einfach weiter, beschleunigte noch und raste direkt auf das Haus zu.

Roos gab das Zeichen, und aus den Bäumen zu beiden Seiten seiner Hütte peitschten die Gewehrsalven.

Die Kugeln durchsiebten den Wagen. Roos beobachtete, wie die 7.62-Millimeter-Geschosse auf das heranrasende Auto herabregneten, die Windschutzscheibe und die Seitenfenster zerschossen, die Karosserie zerbeulten und auch den Fahrer durchsiebten, dessen Körper von jedem Aufprall sichtbar hin- und hergeworfen wurde. Weniger als vierzig Meter vor der Hütte explodierten die Reifen unter dem Beschuss, was den Wagen verlangsamte, bis weitere Salven den Motor auslöschten und er drei Autolängen vor den Verandastufen schließlich zum Stehen kam.

Das Gewehrfeuer verstummte. Die Stille kehrte auf den Berg zurück, abgesehen vom leisen Zischen und dem unregelmäßigen Ticken des zerstörten Autos.

Roos lächelte nicht.

Etwas stimmte nicht.

Reilly war kein Selbstmörder. Er hatte sich immer als viel zu clever gezeigt, um so einen blinden Ansturm zu unternehmen. Roos sah wieder durch das Fernglas und stellte es auf den Kopf des Fahrers ein. Zu viele Salven hatten ihr Ziel gefunden – und auch wenn der Mann nur noch ein matschiger, blutiger Klops war, war sein Kopf immer noch oben. Was nicht natürlich war. Und der Mann war auch nicht so verunstaltet, dass Roos vor dem Anblick zurückgeschreckt wäre, sobald er genug sah, um den toten Fahrer zu erkennen.

Es war verdammt sicher nicht Reilly.

Ich kämpfte darum, den Wagen in der Spur zu halten, als ich ihn den Berg hinauflenkte.

Das war schwierig, weil ich nicht auf dem Fahrersitz saß. Und ihn auch nicht über eine Fernbedienung steuerte. Ich kauerte im Fußraum des Beifahrersitzes, trug einen Helm, eine Spezialbrille und eine Schutzweste, war umgeben von Panzerplatten, hatte eine Hand an dem Selfiestick, den ich an das Gaspedal geklebt hatte, und die andere am Lenkrad.

Links über mir saß Tomblin auf dem Fahrersitz, von genug Klebeband in Position gehalten, dass er sich sicher nicht einen Zentimeter bewegen konnte. Ich hatte sogar sichergestellt, dass sein Kopf oben blieb, indem ich Klebeband um den Hals und die Kopfstütze herumgeklebt hatte. Auch sein Mund war zugeklebt. Nur die Augen waren offen und konnten sich bewegen. Sie schossen wild umher, zwischen der Straße vor uns und einem, wie ich mir vorstellte, konzentrierten, intensiven Starren.

Kurt und Gigi hatten ein paar Geräte für meine Sicht installiert: ein Smartphone an die vordere Stoßstange des Lincolns getaped, mit einer Videoverbindung zu einem 4G-Tablet, das sie unter das Armaturenbrett geklebt hatten, wo ich es sehen konnte. Meine Kauerstellung im Fußraum war überaus unbequem, aber es war die einzige Möglichkeit, die mir eingefallen war, um unversehrt auch nur in die Nähe der Hütte zu gelangen.

In der Sekunde, in der die Hütte auf dem Monitor in Sicht kam, brach das Feuer los, unerbittliche Salven aus großkalibrigen Waffen, von irgendwo weiter oben abgefeuert, regneten auf den SUV herab. Ich duckte mich noch tiefer und drückte das Gaspedal herunter, hielt auf das Haus zu, während Bruchstücke des Autos und Teile von Tomblins Körper um mich herum explodierten und ich von allen möglichen Arten von Trümmerstücken, harten und weichen, überschüttet wurde. Einige der Salven fanden ihren Weg in die Kevlarplatten und schlugen hart ein, wodurch die Platten gegen mich gedrückt wurden, aber ich hielt das Pedal unten und fuhr weiter, bis der Wagen schließlich erschauderte, seine Nase in den Erdboden rammte und zum Stehen kam. Dann wurde das Feuer eingestellt.

Eine panische Stimme platzte in meinen Ohrhörer: »Reilly? Reilly! Mein Gott, bist du okay?« Das war Kurt unten auf der Lichtung, an der Konsole der Drohne.

Der Plan war insofern aufgegangen, als ich es bis vor die Tür der Jagdhütte in einem Stück geschafft hatte, aber das musste ich auch bleiben, was bedeutete, dass ich eines von diesen fetten Gewehren unschädlich machen musste. So wie sie sich angehört hatten und nach der Feuerrate und dem Schaden, den sie angerichtet hatten, zu schließen, musste es irgendetwas wie ein M240-Maschinengewehr sein, eher außerhalb als innerhalb des Hauses positioniert, was eine schnellere Neuausrichtung und ein breiteres Schussfeld garantierte.

»Mir geht's gut, entspann dich«, flüsterte ich in das Mikro an meinem Hals. »Was siehst du?«

»Du hast zwei Schützen – einen auf jeder Seite des Hauses.« Er flog jetzt tiefer, auch wenn ich nicht dachte, dass die Drohne bereits in Hörweite war.

»Der rechts von mir, den muss ich unter Kontrolle kriegen. Wo ist der, von der Nase des Autos aus gesehen?«

»Auf zwei Uhr würde ich sagen.«

»Ich brauche mehr Präzision, Kurt. Sag's mir in Minuten. Und sei exakt, um Himmels willen. Ich hab nur einen Schuss.«

»Okay, okay. Warte. Ich denke, ähm, dreizehn.«

»Bist du sicher?«

»Ja, ja. Dreizehn.«

Schnell fragte ich noch: »Entfernung?«

»Okay, ähm, so um die, ähm, knapp dreißig Meter. Ja, das müsste hinkommen, wenn ich die Länge des Autos als Maßstab nehme. Er sitzt hinter irgendwelchen umgestürzten Baumstämmen.«

»Okay. Bleib dran.«

Ich konzentrierte mich auf meine Positionierung, stellte mir die Längsachse des Wagens vor und setzte sie im Geist in Relation zu allem um mich herum. Dann schloss ich die Augen und beschwor vor meinem inneren Auge ein Bild von dem herauf, was Kurt mir über meine Position in Relation zu dem Schützen gesagt hatte. Ich würde nur einen einzigen Schuss haben, und der musste sitzen.

Ich korrigierte meine Position und machte das M4 fertig, dann holte ich eine Blendgranate heraus, zog den Splint, konzentrierte mich und warf sie vorne heraus, wo ursprünglich die Windschutzscheibe gewesen war, etwas links, in die entgegengesetzte Richtung von der, in der ich den Schützen vermutete, auf den ich es abgesehen hatte. Solche Blendgranaten hatten sehr kurze Zündintervalle, zwei Sekunden in diesem Fall, also hatte der kleine, perforierte Zylinder kaum meine linke Hand verlassen, als er auch schon mit einem ohrenbetäubenden Knall und einem blendenden Blitz losging. Ich wusste, dass die Wirkung nicht so desorientierend ausfallen würde wie in einem geschlossenen Raum, aber die Wucht der Explosion war so stark, dass ich sogar im Auto von der Druckwelle durchgeschüttelt wurde. Sie hatte sofort die erwünschte Wirkung und führte dazu, dass noch mehr Salven aus der Deckung der Bäume heraus abgefeuert wurden, allerdings zielten sie jetzt nicht mehr direkt auf meinen Wagen. Mit geschlossenen Augen wirbelte ich herum, kam aus der Hocke hoch, das M4 im Anschlag und bereits in die Richtung zielend, die Kurt mir angesagt hatte – und ich machte die Augen auf, sah durch das Zielfernrohr, und da war er, für eine Sekunde, die obere Hälfte seines Kopfes und der Lauf der Waffe, durch den leichten Schneefall kaum auszumachen, der rote Punkt in der Zieloptik war direkt auf seine Stirn gerichtet.

Ich drückte den Abzug und sah, wie sein Kopf in einer scharlachroten Explosion nach hinten flog.

Einer weniger, zwei – und Roos – vielleicht noch zu erledigen.

»Führ mich hier raus, schnell«, krächzte ich.

»Okay, ich gucke auf deine Seite des Wagens. Da ist ein großer Felsblock rechts von dir. Auf ein Uhr«, setzte er hinzu, »und die Bäume sind direkt dahinter, vielleicht zehn Meter weiter.«

»Verstanden.«

Die Munitionsgürtel zu diesen Waffen enthielten hundert Schuss, bestenfalls, und nachdem sie mehr als sechshundert Schuss pro Minute abgegeben hatten und bei der Anzahl von Treffern, die das Auto abbekommen hatte, rechnete ich damit, dass, wer auch immer daran saß, inzwischen würde nachladen müssen. Ungeachtet dessen musste ich jetzt schnell sein. Sie wussten jetzt, dass ich am Leben und im Auto war. Ich holte ein paar Mal schnell und tief Luft, dann drückte ich den Griff herunter, trat die Tür auf und warf mich in einer einzigen, wilden Bewegung aus dem Wagen. Ich rollte mich ab, bevor ich in die Hocke kam, dann sprintete ich auf den Felsen zu, während rings um meine Füße die Kugeln den Matsch aufspritzen ließen. Ich schoss nicht zurück, sparte mir die Munition meines M4 für etwas Wertvolleres auf. Ich schaffte es hinter den Felsen, weitere Kugeln bohrten sich in ihn hinein, und mir flogen Steinsplitter um die Ohren. Der Schütze war jetzt von mir aus gesehen auf der anderen Seite des Hauses, und ich wusste, dass der Felsbrocken mich schützen würde. Ich hatte weder eine Ahnung, wo der dritte Mann sein konnte, wenn es denn einen gab, noch, ob Roos im Haus war oder wo sonst.

Wahrscheinlich würde ich nicht allzu lang bleiben können, wo ich gerade war, und ich konnte auch nicht ungedeckt die Lichtung überqueren, also schien die beste Option darin zu bestehen, zum Haus zu gelangen und sich irgendwie dahinter vorbei oder innen hindurch zu arbeiten, um den Kerl mit der dicken Knarre auf der anderen Seite zu erledigen. Ich lugte hinaus, stellte meine Position fest. Ich konnte keine Bewegung wahrnehmen. Wenn ich den direkten Weg zum Haus nahm, würde ich länger exponiert sein, als wenn ich mich anfangs parallel dazu hielt und dann hinüber rannte – ein längerer Weg, aber sicherer, sofern kein Schütze an den Seitenfenstern platziert war. Die Hütte hatte drei – zwei im Erdgeschoss, die auf die Veranda hinausgingen, und ein drittes im Obergeschoss darüber. Ich rang mit mir, ob ich nicht lieber die zehn Meter weiter weg gehen und den Saum des Waldes nutzen sollte, aber dort würde der Boden nicht so eben sein wie auf der Lichtung, auf der ich mich befand; unter den nackten Zweigen würde mehr Schnee liegen geblieben sein, und ich würde mich weniger sicher bewegen können und einen Sturz riskieren.

Ich wappnete mich, dann sprintete ich hinter dem großen Felsen hervor und rannte parallel zur Stirnseite des Hauses. Schneeflocken leckten mein Gesicht, während der Schütze sofort wieder das Feuer eröffnete, aber seltsamerweise kam nichts aus dem Haus. Ich rannte, so schnell ich konnte, und innerhalb von Sekunden hörten die Schüsse wieder auf, als der Schütze mich nicht mehr treffen konnte. Ich überquerte die Grasfläche, hielt jetzt direkt auf das Haus zu und flankte auf die Veranda, bevor ich gegen die Außenwand knallte.

Wieder wurde alles still.

Das gefiel mir nicht. Ich spielte nicht gern Katz und Maus mit einer mir unbekannten Anzahl an Schützen, die über Feuerkraft in ganz großem Maßstab verfügten. Dann drang Kurts Stimme durch meine Ohrhörer, und was er sagte, machte alles nur noch schlimmer.

»Reilly! Reilly«, zischte er.

»Was?«, flüsterte ich.

»Ich hab die Drohne gerade mal schnell auf eine größere Runde geschickt. Die beiden SUVs mit den schweren Jungs drin sind auf dem Weg zurück.«

66

Darüber konnte ich mir jetzt keine Gedanken machen. Ich hatte hier schon alle Hände voll zu tun. Und je eher ich diese Todeszone hier gesäubert hatte, desto eher konnte ich anfangen, mir zu überlegen, wie ich mit der nächsten Bedrohung fertigwerden würde.

Ich nahm den Lauf meines Karabiners, um das Fenster einzuschlagen, das mir am nächsten war, dann warf ich eine weitere Blendgranate. Im geschlossenen Raum war sie natürlich wesentlich effektiver, weshalb ich direkt danach hineinstürmte und dabei schnelle Salven nach links und rechts abgab. Ohne irgendetwas zu treffen.

Der Raum war leer. Meine Augen passten sich schnell an die Dunkelheit an. Ich befand mich in einem weiten, offenen Raum, typisch für ein altes Blockhaus, der von einem großen Kamin dominiert wurde. Sechsender-Schädel starrten mich von den kahlen Wänden herunter an. Ich scannte die Umgebung nach Lebenszeichen, hörte und sah aber nichts. Ich spürte, dass das Blockhaus leer war – es bot nicht genug Deckung, sodass es aus taktischen Gründen nicht sinnvoll war, sich darin aufzuhalten. Der Wald draußen bot wesentlich bessere Möglichkeiten. Dennoch drang ich vorsichtig, aber schnell weiter vor, schwang die Waffe von einer Seite zur anderen, meine Sinne aufs Höchste geschärft. Ich war bereits auf der gegenüberliegenden Seite des Hauses, auf der Seite, auf der sich der andere

Schütze befand, da hörte ich draußen ein Rascheln. Ich sprang zur Seite und knallte mit dem Rücken gegen die Wand, als etwas durch die Scheibe krachte und in den Raum flog.

Sie hatten mich die ganze Zeit ins Haus locken wollen. Das war ihre Killzone. Und jetzt, wo ich drin war, hatte einer der Mistkerle mit einem Granatwerfer auf mich gefeuert.

Der erste SUV schlitterte von der Hauptstraße auf den Weg, der zur Hütte führte, seine großen Räder schleuderten Schauer matschigen Schnees auf die Windschutzscheibe des dicht darauf folgenden zweiten Fahrzeugs. Er beschleunigte bergauf, seine kraftvolle Maschine trieb ihn mit Leichtigkeit die Steigung hinauf, und ungefähr zwanzig Meter bevor der Weg um eine große Felszunge herum führte, stießen seine Reifen plötzlich auf etwas und wurden in Teile zerfetzt, ließen den schweren Wagen sich in den Boden graben und erschauernd zum Halt kommen. Der Fahrer des nachfolgenden SUVs, dessen Sicht schon durch den fliegenden Matsch beeinträchtigt war, hatte keine Zeit mehr zu reagieren und krachte hart in das Heck des ersten Fahrzeugs. In diesem Moment begann der Beschuss.

Ich dachte nicht mehr. Ich reagierte einfach.

Reiner Instinkt, null Verzögerung. Einfach nur Nervenzellen, die unmittelbar und reflexhaft Befehle feuerten, und Muskeln, die ohne Zögern reagierten.

Ich warf mich mit der Schulter zuerst durch das Fenster und flog durch die Luft, als die Explosion den Raum hinter mir zerriss.

Ich landete hart auf der Veranda, rollte mich zusammen, während mir Ohren und Schädel von der Explosion dröhnten, doch darauf konnte ich jetzt keine Rücksicht nehmen – ich brauchte meine funktionierenden Sinne noch für die nächsten ein, zwei Sekunden. Ich musste die Schwere wegdrücken, das Klingeln und die verschwommene Sicht, und einfach jede

Faser meines Körpers dazu bringen, sich auf mein Ziel zu konzentrieren, solange er in erreichbarer Nähe war und bevor er einen Schuss auf mich abgeben konnte.

Ich sah ihn aus dem Augenwinkel, einen Geist mit weißem Gesicht und dunkler Tarnkleidung, und irgendwie schafften meine Arme es, den Karabiner hochzubringen und auf ihn zu richten, und mein Finger betätigte den Abzug, während ich den roten Zielpunkt der Optik auf seinen Brustkorb richtete. Er taumelte rückwärts, als meine Dreiersalve in ihm einschlug, und kippte außer Sicht, während ich mich auf den Rücken rollte und die Augen schloss, um meine Sinne neu einzustellen.

Mit dem Jaulen in meinen Ohren konnte ich zurechtkommen – das hatte ich schon schlimmer erlebt –, und ich schätze, der Helm hatte auch geholfen, die Auswirkung der vollen Wucht des Knalls auf das Innere meines Schädels abzumildern. Ein paar lange Sekunden blieb ich so liegen, atmete, ließ das Blut im Körper kreisen und mein geschocktes Betriebssystem wieder hochfahren.

Ich schaltete meine Kommunikationsgeräte an und sagte: »Kurt?«, aber es kam keine Antwort.

Ich rief noch einmal, aber es kam nichts zurück.

Ich zog den Transmitter aus der Schultertasche und kontrollierte ihn. Er war zerbrochen. Ich schaltete ihn aus und wieder ein, versuchte es noch einmal, ohne Erfolg. Meine harte Landung musste ihn zerstört haben.

Ich war auf mich allein gestellt.

Ich stemmte mich auf die Füße und schlich dicht an die Wand gedrückt auf die Rückseite des Hauses und den Wald dahinter zu.

Da draußen wartete vielleicht noch ein Schütze auf mich, und Roos war auch noch irgendwo.

Ich schaute nach links und rechts, konnte aber keinerlei Bewegung erkennen. Hinter dem Haus stieg das Gelände zu den welligen Hügeln hin an, und die Bäume boten eine dichte

Deckung: an einigen Stellen mit guter Sicht, unter den kahlen Eichen und Ahornbäumen, andere Teile waren wesentlich dunkler, dort, wo die immergrünen Bäume standen, die Tannen und Fichten. Passend dazu war auch die Schneedecke unregelmäßig und fleckig: dichter und weißer, wo die Äste darüber kahl waren, und dünn bis nicht vorhanden, wo das Dach des Waldes es nicht erlaubte. Doch es schneite weiter, und die Flocken wurden fetter.

Dann entdeckte ich etwas: Spuren, in dem feuchten Boden um die Veranda herum. Stiefelabdrücke, ein Paar, die vom Haus weg in den Wald führten.

Vielleicht irrte ich mich. Vielleicht hatte Roos doch nur zehn Männer mitgebracht statt elf.

Zehn, eine runde Zahl. Und eine übertriebene, wenn man mich fragte. Ich glaubte wirklich nicht, dass ich solchen Aufwand wert war. Elf – das war einfach übertrieben.

Ich checkte meinen Karabiner, knallte, nur für alle Fälle, einen frischen Clip hinein und machte mich auf den Weg.

Ich hatte kaum einen Schritt getan, als in der Entfernung Maschinengewehrfeuer die Stille zerriss, wütende, heftige Salven hallten von irgendwo hinter mir herüber. In dem Augenblick bemerkte ich eine blitzschnelle Bewegung, eine Veränderung der Schattierung, einen dunkleren Umriss vor dem dunkelgrünen Hintergrund aus Nadeln und Ästen, etwa dreißig Meter vor mir, hoch oben. Ich ging auf ein Knie und riss das M4 hoch, als mehrere Kugeln durch die Luft sausten, dort, wo eben noch mein Oberkörper gewesen war, und in die Holzstämme hinter mir einschlugen.

Ich drückte den Abzug, und der Umriss zuckte, bevor er zehn Meter nach unten stürzte. Er hatte auf mich gewartet, auf einem Hochsitz.

Es waren also doch elf gewesen.

Ich war mir ziemlich sicher, dass Roos jetzt allein war.

Und ich würde ihn erwischen.

Deutsch gab alles.

Sie hatte die Nagelbänder am Ende des ersten relativ steilen Wegabschnitts ausgelegt, bevor er sich sanft um eine große Felsnase wand, die ihren Crown Vic verdeckte und ihr einen riesigen Vorteil verschaffte, einen Punkt, von dem aus sie ihren Angriff führen konnte.

Sie wusste, was auf sie zukam, aber das beeinträchtigte sie nicht. Sie war fest entschlossen und bereit. Sie trug einen Helm, eine schusssichere Weste und Kommunikationsgeräte; sie hatte das M4 mit dem Mündungsfeuerdämpfer vorbereitet, die Zieloptik scharf gestellt und ihre Ausrüstung griffbereit um sich herum ausgelegt: fünf Extramagazine, Blendgranaten, eine voll geladene Handfeuerwaffe, sogar das große Messer.

Alles, was sie brauchte, um die Abschussrate zu maximieren.

Sekunden nachdem die langen Metallkrallen des Nagelbandes die Reifen des SUVs geschreddert hatten, eröffnete sie das Feuer, genau in dem Augenblick, als die Fahrzeuge zum Stehen gekommen waren und noch bevor die Türen aufgingen. Ihr Standort lag nicht auf der Seite, sondern beinahe direkt gegenüber den Autos, vielleicht minimal versetzt, sodass sie beide Seiten der Autos belegen konnte. Jeder, der versuchte, auszusteigen, würde in ihr Feuer geraten.

Als Erstes nahm sie sich die beiden Männer auf den Vordersitzen des ersten Wagens vor, ging dann über zu den beiden, die im hinteren Wagen vorne saßen, schwenkte zurück zu den Passagieren im Fond des ersten Autos, bevor sie sich wieder dem hinteren Fahrzeug und den letzten beiden Zielen zuwandte.

Dreißig Schuss pro Clip, Salven zu je drei Schuss, zehn Salven pro Clip. Zehn verschiedene Ziele, zehn Gelegenheiten, einen Feind zu erledigen. Sechs Clips, hundertachtzig Schuss, sechzig Chancen, eines der acht Ziele auszuschalten. Wenn sie nur bei einer von sieben Salven traf, wenn nur eine von einundzwanzig Kugeln ihr Ziel fand, waren sie alle aus dem Spiel.

Ihr Geist war klar, ihre Konzentration ungeteilt, ihr Ziel

deutlich zu erkennen. Mit jedem roten Punkt, der sich auf ein Ziel richtete, bei jedem Drücken des Abzugs dachte sie an Nick Aparo und an sonst nichts. Bei jeder einzelnen Blutfontäne dachte sie daran, was diese Männer ihm angetan hatten. Sie ließ keinem anderen Gedanken Raum, nicht dem geringsten. Sie war einfach vollkommen, absolut und ausschließlich darauf konzentriert, jeden Einzelnen dieser Hurensöhne auszulöschen, der in ihrem Blickfeld auftauchte.

Die letzten beiden erforderten etwas mehr Anstrengung. Sie musste die Blendgranaten einsetzen, um sie zu erschrecken und zu zähmen, musste aus ihrer Deckung kommen und bis in die Killzone hinunterklettern, um sie aus geringerer Entfernung zu exekutieren. Aber das machte ihr nichts aus. Deshalb war sie hier. Und nachdem alles erledigt war, nachdem alle acht ihren letzten Atemzug getan hatten, drang eine Stimme durch ihren Gleichmut.

Kurt rief im Ohrhörer nach ihr: »Annie?«

Er musste zwei Mal rufen, bevor sie antwortete. »Was?«

»Annie, ich kann Reilly nicht erreichen. Ich kann ihn auch nicht mehr sehen.«

Ihr Verstand faltete sich zurück in die Realität, und sie machte sich auf den Weg zu ihrem Auto. »Wann hast du das letzte Mal von ihm gehört?«

»Vor ungefähr zehn Minuten. Dann haben wir diese Explosion gehört.«

»Ich weiß«, sagte sie, während sie am Wagen ankam. »Die habe ich auch gehört.«

»Möglich, dass er Hilfe braucht«, sagte Kurt.

»Bin schon auf dem Weg nach oben«, sagte Deutsch, legte den Gang ein und trat das Gaspedal durch.

67

Es war gruselig und unbequem.

Und es war mühselig, sehr, sehr mühselig.

Der Weg den Berg hinauf war nicht einfach. Schlüpfrige Wege, Geröllhalden, glitschige Felsplatten und der Schnee, schwer und nass auf dem Boden, in unregelmäßigen Flecken von wechselnder Tiefe und Konsistenz. Es war auch nicht allzu leicht, etwas zu sehen, seit der unaufhörliche Schneefall einen geisterhaften Schleier über alles gelegt hatte.

Es war abgelegen und ruhig, die kahlen Bäume und das raue Terrain erzeugten eine harsche Atmosphäre wie nicht von dieser Welt, bis das immergrüne Dickicht die Umgebung eher brütend und geheimnisvoll machte. Ich wusste, dass es hier viel Wild gab, und die vielen Scheuerstellen an den Baumstämmen bestätigten das. Aber ich sah keine Bären, Hirsche oder Elche. Nicht einmal einen Truthahn. Die einzigen wilden Kreaturen hier oben schienen die beiden Raubtiere zu sein, die Jagd aufeinander machten. Es war, als hätte das übrige Tierreich den Berg frei gemacht, um uns Platz für unsere Auseinandersetzung zu verschaffen. Vielleicht hatten aber auch nur die Explosionen und die Schüsse sie alle in die Flucht getrieben. Oder sie waren schlau genug, sich aus dem Kreuzfeuer herauszuhalten.

Meine Sinne, immer noch erschüttert von der Granatenexplosion, taten ihr Bestes, um durch den Nebel zu dringen und wachsam zu bleiben, zu versuchen, auch die allerkleinste Bewegung und das leiseste Geräusch zu entdecken.

Roos war hier draußen, irgendwo.

Dies war sein Territorium.

Das hier war sein Jagdrevier, und durch diese Erkenntnis wurde jeder meiner Schritte zögerlicher.

Er kannte diese Wälder. Ich nicht. Aber ich würde hier nicht weggehen, bevor ich ihn gefunden hatte.

Roos kauerte unter der Tarnblende, die er am Eingang des Felstunnels errichtet hatte, lauschte angestrengt und suchte das Gelände vor sich nach einem Hinweis auf Reilly ab.

Über einen Angriff von hinten musste er sich keine Sorgen machen. Er wusste, dass Reilly von unten den Berg hinaufkommen würde. Er brauchte nur zu warten. Dann würde er ihn einfach auflesen und wieder in die Zivilisation zurückkehren.

Auf Beute zu lauern, die er töten wollte, war für Roos nichts Neues. Im Gegenteil. Er war von Natur aus ein Jäger, ein Talent, das sein Vater schon früh in ihm entdeckt und das zu entwickeln er Roos geholfen hatte, seit er ein kleiner Junge gewesen war. Beute zu verfolgen, ob zu Land oder zu Wasser, war ein Gefühl, mit dem er sehr vertraut war, ein Hobby, das er überaus genoss und dem er sich nach Herzenslust hatte hingeben können, seit sein Vater, ein Zahnarzt, der seinen Erfolg auf der Welle der Beliebtheit der Kieferorthopädie Mitte der Siebzigerjahre gegründet hatte, dieses riesige Stück Land für wenig Geld gekauft hatte, nachdem der Hurrikan Camille 1969 die Gegend verwüstet hatte. Da er ein Einzelkind war, hatte Roos die Jagdhütte von seinem Vater geerbt, nachdem der Mann fast auf den Tag genau zehn Jahre nachdem er sie gekauft hatte, einem frühen Herzinfarkt erlegen war.

Er hatte sie gut genutzt, für alle Arten von Jagd.

Über die Jahre hatte Roos auf seinem Grund eine ganze Reihe von getarnten Ansitzen errichtet. Die Natur lieferte Material in Fülle, aus dem man die besten Verstecke bauen konnte: von starken Stürmen entwurzelte Bäume, dicht belaubte Äste von Koniferen, riesige Felsblöcke, hinter denen man sich einrollen konnte. Er hatte sie früh in der Saison gebaut, damit die Tiere Zeit hatten, sich daran zu gewöhnen. Dann war er hinaufgegangen und hatte zusammengekauert mehrere Stunden darin verbracht, hatte beobachtet, gewartet –

und immer darauf geachtet, seine Beute nicht durch Geräusche oder Gerüche zu verschrecken. Dann kamen sie aus der Deckung der Bäume, ohne etwas von der Gefahr, in der sie schwebten, zu ahnen. Es gab nichts Befriedigenderes, als einem Elchbullen oder einer Weißwedelhirschkuh aus nächster Nähe zuzuschauen, sodass man sie hätte berühren können. Die Tiere auf Augenhöhe zu beobachten, die Zeitspanne vor dem Schuss so lange auszudehnen, wie er konnte, mit ihren Leben zu spielen, bevor er sie tötete.

Dieselben Gefühle erfüllten ihn jetzt, nur dass es kein Bär oder Bock war, auf den er wartete.

Er spürte etwas in der Entfernung und rutschte langsam und vorsichtig noch etwas tiefer.

Eine Bewegung, hinter dem dünnen, weißen Nebel etwas weiter unten am Berg.

Er presste sich flach auf die Erde und verlangsamte seinen Atem. Aus der Jagd auf wilde Böcke wusste er, dass es entscheidend war, ruhig und absolut unbeweglich zu bleiben. Das leiseste Geräusch, eine kaum wahrnehmbare Bewegung, konnten die Beute verschrecken.

Er starrte in den leichten Schneefall, dann hob er das Gewehr und blickte durch das Zielfernrohr.

Eine einzelne Gestalt bahnte sich einen Weg auf ihn zu. Mit langsamen, zögernden Schritten. Ein dunkler Umriss vor dem weißen Hintergrund, der immer wieder hinter den Kastanien-Eichen auftauchte und wieder verschwand, die den Hang sprenkelten.

Als die Gestalt näher kam, vertiefte sich seine Konzentration. Er spürte die bevorstehende Tötung mit jeder Faser, war vollgepumpt mit Endorphinen, die in der Vorfreude durch seinen Körper rauschten. Mein Gott, er liebte eine gute Jagd, und diese hier würde alles übertreffen.

Und dann erhaschte er einen Blick auf das Gesicht seines Jagdopfers, und sein Puls schoss in die Höhe und schwemmte die Euphorie davon.

Es war nicht Reilly.
Es war eine Frau.

Annie Deutsch arbeitete sich vorsichtig den Berg hinauf.

Sie hatte Reilly nicht in der verbrannten Hütte gefunden, auch davor hatte sie keine Spur von ihm entdeckt. Sie hatte Tomblins Leiche in dem zersiebten SUV gesehen, bevor sie an der Seite des Hauses über einen toten Scharfschützen gestolpert war, und sie vermutete, dass Reilly seine Beute den Berg hinauf verfolgt hatte. Sie hatte außerdem vermutet, dass zwei Waffen besser wären als eine.

Sie fühlte sich unwohl hier draußen. Sie war durch und durch ein Stadtkind und hatte noch nicht viel Zeit in der Natur verbracht. Ein paar Mal war sie zum Skifahren in Vermont gewesen, vor Jahren, weil ihr Freund auf dem College darauf bestanden hatte, aber abgesehen davon konnte sie sich nicht erinnern, wann sie zum letzten Mal in einer so abgelegenen, fremdartigen Landschaft gewesen war.

Es war eine Schande, dachte sie. Die Landschaft war von unbestreitbarer Schönheit, und sie konnte nachvollziehen, warum Menschen die Mühen auf sich nahmen, um rauszukommen und an Orte wie diesen zu gelangen. Aber im Augenblick war diese Schönheit vollkommen verschwendet. Alles, was sie wahrnahm, war Leid und Tod.

Sie blieb einen Moment lang stehen und schaute sich um. Nichts außer kahlen Bäumen, Geröllhalden, ein paar großen, herausragenden Felsblöcken und Schnee. Eine kalte, leere Leinwand mit Weiß und Grau in verschiedenen Schattierungen, hin und wieder unterbrochen von einem Spritzer Dunkelgrün von irgendeinem Berglorbeer- oder Heidelbeerstrauch.

Sie konnte kein Lebenszeichen entdecken. Am liebsten hätte sie laut nach Reilly gerufen, um zu erfahren, dass er noch am Leben war – um zu erfahren, dass sie nicht die Einzige war, die beobachtet wurde. Aber das konnte sie nicht.

Stattdessen schaute sie nach links und rechts, vergewisserte sich, dass sie nichts übersah, und stieg weiter bergan, während ihr Geist sich die große Felsnase an dem Grat zu ihrer Rechten als Orientierungspunkt aussuchte.

Roos sah die Frau immer näher kommen.

Sie war nur noch fünfzehn Meter entfernt und kam immer noch näher. Er hatte sie jetzt im Fadenkreuz. Ein sanfter Druck auf den Abzug, und sie würde zusammenbrechen, ohne je zu erfahren, was sie getroffen hatte.

Er hielt den Atem an und richtete die Waffe aus. Auf diese Entfernung unter diesen Bedingungen war es ein einfacher Schuss. Beinahe unsportlich. Keinerlei Herausforderung. Fast schon unfair. Rehe und Hirsche hatten wesentlich schärfere Sinne. Sie sahen, hörten und rochen auch die geringsten Veränderungen. Im Vergleich dazu war diese Frau hier wie ein Astronaut in voller Montur. Langsam, schwerfällig, angestrengt. Nicht zu vergleichen. Er hätte sie auch rufen können, ihr zuwinken und sie nach ihrem Namen fragen, bevor er den Abzug betätigte, und er hätte sie immer noch erwischt.

Aber andererseits hielt er es nicht für einen klugen Schachzug, sie zu töten.

Sie wäre tot, keine Frage. Aber der Schuss würde durch den Wald hallen, und Reilly würde wissen, wo er war. Er müsste versuchen, zu einem anderen Versteck zu kommen, bevor Reilly ihn entdeckte. In diesem zu verharren und die tote Frau als Köder zu benutzen, war zu gefährlich. Reilly würde so etwas vorausahnen. Und was auch immer er tat, Reilly würde immer noch da draußen sein, auf freiem Fuß, auf der Suche nach ihm.

Nein, sie jetzt zu töten, wäre ein Fehler. Er konnte sie wesentlich sinnvoller einsetzen. Viel einfacher, sehr viel direkter, und da er wusste, wie redlich Reilly war, würde es unter Garantie funktionieren.

Er beobachtete, wie sie bergan ging, anscheinend angezogen von der Felsnase, hinter der sein Versteck lag. Er wusste, dass er perfekt getarnt war, wusste, dass sie ihn nicht entdecken würde, bevor es zu spät war.

Sie kam näher. Langsam, aber unbeirrbar.

Er wartete, bis sie nur noch weniger als zwei Meter entfernt war, dann warf er sich in einer einzigen fließenden Bewegung auf sie und rammte ihr den Lauf des Gewehrs in den Rücken.

Sie ächzte und taumelte nach vorn, stolperte über die eigenen Füße und verlor den Karabiner aus der Hand.

Dann drehte sie sich langsam und vor Schmerz stöhnend um, aber er war schon über ihr und hielt ihr die Waffe direkt ins Gesicht.

»Schschsch«, sagte er. »Keinen Ton. Noch nicht. Jetzt drehen Sie sich um.«

68

Ich war müde. Total erschöpft, um genau zu sein. Mein Körper ließ mich im Stich. Ich war in letzter Zeit nicht allzu nett zu ihm gewesen, und da hatte es auch ein paar Stunden gegeben, in denen ich klinisch tot gewesen war. Ich durfte jetzt aber nicht aufgeben.

Ich ging weiter, meine Beine bewegten sich wie ferngesteuert und trugen mich immer weiter die Berge hinauf, wobei sie versuchten, einen Sturz oder auch nur ein Wegrutschen zu vermeiden. Hier oben, in dieser Lage, war ein verletzter Knöchel oder ein verdrehtes Knie ein Todesurteil. Und dieses Mal gäbe es keine Frankensteinmaschine, die mich zurückholen würde.

Ich hörte, wie sich die Luft über mir bewegte, und sah nach oben, wo ich einen Truthahngeier vorbeisegeln sah. Er drehte ein und beschrieb über mir einen ganzen Kreis, dann verschwand er mit einem kräftigen Flügelschlag im weißen Nebel. Ich fragte mich, ob das ein gutes Zeichen war. Musste es – für einen von uns auf jeden Fall.

Es gab mehr als nur ein paar Windbrüche hier oben, vielleicht Opfer eines der jüngsten Stürme. Entweder kletterte ich darüber hinweg oder ging darum herum, lange Stämme, die mein Vorankommen zusätzlich erschwerten.

Und dann hörte ich sie.

»Reilly! Reilly?«

Es war Annie.

Beinahe hätte ich geantwortet, dann bremste ich mich.

Er hatte sie.

Scheiße.

Was machte sie überhaupt hier oben?

Ich biss die Zähne zusammen und schluckte meinen Zorn herunter, dann raffte ich entschlossen noch mehr Kräfte zusammen und ging schneller in die Richtung, aus der ich glaubte, ihren Schrei gehört zu haben.

Es hatte sich nicht allzu weit entfernt angehört – hundert, hundertfünfzig Meter maximal. Ich ging noch schneller, schwer atmend, die Augen fest auf den Weg vor mir gerichtet, mir stets der Gefahr eines Hinterhalts bewusst.

»Reilly!«, erscholl wieder ihre Stimme wie ein Kompass, der mich leitete.

Ich schloss die Finger fest um das Gewehr. Und nach einem langen Aufstieg, der mir beinahe den Atem geraubt hätte, erschien etwas aus dem Dunst, der den Berg verhüllte, etwas, das nicht in diese trostlose Landschaft zu passen schien.

Es war Annie, die vor einem großen Felsvorsprung oben auf dem Grat stand. Nur war sie nicht allein. Eine Gestalt stand hinter ihr und hielt ihr eine Handfeuerwaffe an den Kopf.

Roos.

Ich ging langsamer und schwenkte meine Waffe ganz langsam in ihre Richtung, ohne stehen zu bleiben, bis ich etwa zehn Meter entfernt von ihnen war.

Da war er. Gordon Roos. Nach all den Monaten – nach all diesen Toden stand ich ihm endlich von Angesicht zu Angesicht gegenüber.

Ich muss gestehen, ich war enttäuscht. Mitte sechzig, schätzte ich. Nichts Bemerkenswertes, nichts besonders Abscheuliches oder Böses in seinen Zügen. Kein Glasauge, kein vernarbtes Gesicht, keine Klauen als Finger. Sein Gesicht sah der Zeichnung, die Leo und Daphne mir geschickt hatten, sehr ähnlich. Sie hatten wirklich phänomenal gute Arbeit geleistet. Ich konnte nicht sehen, wie er gebaut war, und nicht feststellen, in welcher Verfassung er war, aber er schien einigermaßen fit zu sein. Immerhin war er hier oben, und er keuchte nicht so wie ich.

»Schön, endlich ein Gesicht zu der Stimme zu haben«, sagte ich und versuchte die Tatsache zu überspielen, dass Annie und ich abgrundtief in der Tinte saßen.

»Dachte, es wäre an der Zeit, dass wir uns mal treffen«, antwortete Roos. »Sie haben ja genug Zeit und Mühe reingesteckt.«

»Lassen Sie sie laufen«, sagte ich. »Das hier ist eine Sache zwischen Ihnen und mir.«

»Sie sind so ein Pfadfinder, wissen Sie das? Wie jemand aus einem Norman-Rockwell-Gemälde. ›Das ist eine Sache zwischen Ihnen und mir?‹ Wirklich? Was sind Sie – Shane? Wann hat das jemals im richtigen Leben funktioniert? Glauben Sie, ich roll hier mit Ihnen im Schnee herum, wenn ich Sie auch einfach erschießen kann? Mein Gott, ich hätte Sie schon vor Minuten erledigen können, als Sie noch hier raufkamen. Aber ich wollte den Blick in Ihren Augen sehen, wenn Ihnen klar wird, dass Sie verschissen haben. Wenn Ihnen klar wird, dass Sie beide, Sie und Ihr kleines Mäuschen hier, verschissen haben. Diesen Blick, den Sie jetzt gerade auf dem Gesicht haben? Der wird mir in den nächsten Jahren noch Gesellschaft leisten. Momente wie dieser hier … die muss man nutzen, wenn sie sich bieten. Was ich hiermit getan habe.«

Und dann richtete er ganz ruhig und schlicht, an Annie vorbei die Waffe auf mich. Erst dachte ich daran, als Erster zu schießen, die Waffe herumzureißen und mich gleichzeitig zur Seite zu werfen, aber ich hätte kein freies Schussfeld gehabt, nicht mit Annie im Weg, nicht aus der Bewegung heraus und angesichts der Tatsache, wie schwach ich war und wie stark meine Hände zitterten.

Dennoch konnte ich nicht einfach da stehen bleiben. Und genau in dem Augenblick, den ich brauchte, um mich zu entscheiden, ob ich mich nach rechts oder links werfen sollte, raste aus dem Nichts heraus etwas heran, ein summender weißer Blitz, der aus dem Himmel stieß und gegen die großen Felsen neben Roos und Annie prallte. Das hatte Roos nicht erwartet – keiner von uns hatte das. Aber der Bruchteil einer Sekunde Ablenkung war alles, was wir brauchten.

Annie bewegte sich blitzschnell, packte seine Waffenhand mit beiden Händen und riss ihn einfach nach vorn, beinahe über ihre Schultern, was ihn dazu brachte, sich um die eigene Achse zu drehen, zu stolpern und krachend zu Boden zu gehen. Ich hatte bereits zum Sprung angesetzt und war bei ihm, als Annie versuchte, ihm die Waffe zu entringen. Ich warf mich auf ihn, versetzte ihm einen massiven Hieb von oben nach unten, der ihn wieder zu Boden drückte und seinen Griff um die Waffe lockerte. Dann versetzte ich ihm einen weiteren Schlag – unnötig, aber scheiß drauf –, und dann traten Annie und ich zurück und musterten unseren Gefangenen.

Gordon Roos gehörte endlich mir.

Jetzt musste ich entscheiden, was ich mit ihm machen wollte.

69

Wir führten Roos den Berg hinunter.

Ein paar Mal versuchte er, etwas zu sagen, aber ich brachte ihn zum Schweigen, erst mit Worten, dann mit einem weiteren Haken. Ich war noch nicht bereit, ihm zuzuhören. Ich sammelte noch meine Gedanken und spielte im Kopf alles durch.

Wir gingen, bis wir auf eine kleine Lichtung kamen, die von geisterhaften Birken umstanden war, in Sichtweite der Hütte. Hier war mehr Schnee liegen geblieben – sechs, vielleicht sieben Zentimeter. Ich wusste, dass die Temperaturen noch knapp unter null lagen, aber es ging ein leichter Wind, was genau das war, was ich brauchte.

Ich befahl Roos, sich unter einen der Bäume zu setzen. Er tat wie ihm geheißen. Dann ging ich zu ihm und fesselte seine Hände um den Stamm.

Ich trat zurück und fragte Annie: »Ist der Crown Vic noch da unten?«

Sie nickte.

»Und der Kanister? Noch im Kofferraum?«

»Jep.«

»Sie verschwenden Ihre Zeit«, rief Roos. »Ich sage Ihnen sowieso nichts.«

Ich ging zu ihm. »Da würde ich aufs Gegenteil wetten.«

»Scheren Sie sich zum Teufel«, sagte er. »Sie töten mich sowieso. Auf diese Weise genieße ich es wenigstens, zu wissen, dass Sie niemals Ihren Namen reinwaschen und nie die ganze Geschichte über Ihren Vater erfahren werden.«

»Da denke ich wirklich anders«, sagte ich und wandte mich wieder an Annie: »Ich bin gleich zurück. Wenn er Ärger macht – versuch, ihn nicht umzubringen.«

»Kann ich nicht versprechen.«

Ich ließ sie zurück und machte mich auf den Weg zum Haus. Da sah es aus wie in einem Kriegsgebiet. Die verkohlte Jagdhütte, Tomblins zerschossener Navigator, sein zerfetzter Leichnam immer noch darin. Es sah überall nach Tod aus, und es roch auch so.

Ich ließ den Kofferraum des Crown Vic aufspringen, holte heraus, was ich brauchte, und machte mich dann auf den Rückweg zur Lichtung.

Als ich zurückkam, fixierte Roos mich mit finsterem Blick, sein Trotz war laut und deutlich. Dennoch, man musste nicht Gedanken lesen können, um zu wissen, was er dachte. Ein abgelegener Ort, an dem einen niemand hören konnte, ein Typ, der auf Rache aus war. Wenn er nur ein bisschen Vorstellungskraft hatte, mussten ihm in dieser Situation ein paar ziemlich ungemütliche Bilder durch den Kopf gehen. Ganz besonders, da ich in der linken Hand einen Fünfliterkanister hielt.

Ich stellte ihn ab und trat zu ihm. Dann, ohne ein Wort zu sagen, beugte ich mich herunter und riss ihm die Schuhe von den Füßen.

Er fing an, um sich zu treten. »Hey, was zum …«

Ich schlug ihn hart, um ihn zum Schweigen zu bringen. »Halt's Maul.«

Dann machte ich mich an die Arbeit. Ich zog ihm die Socken aus, löste den Gürtel und riss ihm in einer einzigen Bewegung Hose und Unterhose runter. Dann zog ich das Kampfmesser heraus und hielt es vor mich, um Roos noch ein paar Sekunden stärker zu verunsichern. Sein Blick ließ die spitze Klinge nicht los, und trotz der bitteren Kälte traten Schweißtropfen auf seine Stirn.

»Ich war letzten Sommer in Kalifornien«, sagte ich zu ihm. »Eine Exfreundin hat mich um Hilfe gebeten. Sie hat früher für die DEA gearbeitet. Ein paar Jungs waren hinter ihr her. Als ich da hinkam, habe ich erfahren, dass ich ein Kind habe. Einen vier Jahre alten Jungen. Es stellte sich heraus, dass die Typen in Wirklichkeit hinter ihm her waren, und sie starb bei dem Versuch, ihn zu schützen.« Ich stieß mit der Klinge in seine Richtung. »Sie ist in meinen Armen gestorben. Wegen Ihnen.«

»Ich habe nicht …«

Ich hielt das Messer hoch, um ihn zum Schweigen zu bringen. Er schloss den Mund.

»Ich weiß. Damit hatten Sie nichts zu tun. Aber es wäre alles nicht passiert, wenn Sie nicht da gewesen wären, um es vorzubereiten. Das, was Sie und Ihre Leute – Orford würde ich schätzen – meinem Jungen angetan haben.«

Ich musterte ihn ein Weilchen, dann fuhr ich fort: »Dennoch … der Typ, hinter dem alle her waren? Vielleicht wissen Sie das schon, vielleicht auch nicht. Er dachte, es wären diese Biker, die ihm Ärger machten, also ist er mit seinen Männern hinter denen her. Hat sie alle erschossen. Alle außer den Anführer. Was er mit ihm angestellt hat, um die Wahrheit aus ihm herauszubekommen … Ich war da und hab das Ergebnis gesehen. Es sah nicht hübsch aus. Er hat mit den Fingern angefangen. Nach zweien wurde ihm langweilig. Also hat er sich woandershin gewandt. Der Leichenbeschauer sagte, er sei verblutet, und lassen Sie mich Ihnen sagen, wenn Sie da unten verbluten? Nicht gerade der angenehmste Weg zu gehen. Aber zumindest war es ein sauberer Schnitt. Ein einziger. Er hat eine Gartenschere benutzt.«

Ich ließ das einen Moment sacken, während ich die Klinge leise in die offene Hand klatschen ließ. »Ich hab keine Gartenschere. Aber ich habe das hier.« Ich hielt das Messer hoch. »Das muss reichen.«

Wieder schwieg ich und versuchte, ihn niederzustarren, gab seiner Fantasie Zeit, sich alle möglichen grauenerregenden Szenarien vorzustellen. Dann trat ich vor, Annie passte auf ihn auf, das M4 im Anschlag.

Er zuckte zurück und trat um sich, als dächte er, ich wollte anfangen. Was ich aber nicht tat. Stattdessen nahm ich das Messer, um seine Ärmel und das Rückenteil seiner Jacke aufzuschlitzen, und eine Minute später war er splitterfasernackt.

Im Schnee.

Bei leichtem Wind.

Er zitterte. Wahrscheinlich eine Kombination aus Kälte und Angst.

Ich ging zurück zu Annie.

»Was?«, fragte er sie mit einem verstörenden, anzüglichen Grinsen. »Gefällt Ihnen, was Sie sehen?«

Sie ignorierte ihn, während ich in den Himmel hinaufblickte, zu den Bäumen hinüber und dann wieder zu ihm.

»Ich will *alles* wissen. Ich will wissen, *wer* zur Putzkolonne gehört hat. *Was* das war. Was sie getan haben. Ich weiß von Padley, Orford und Siddle. Ich will wissen, wer die anderen waren. Ich will wissen, welche Rolle Tomblin gespielt hat. Ich will wissen, wer sonst noch davon wusste. Ich will wissen, wen ihr getötet habt und wen ihr habt töten lassen. Ich will wissen, wer der Kerl war, den ihr mir auf den Hals gehetzt habt, der Kerl, der Kirby und Nick getötet hat. Und ich will alles über meinen Vater erfahren.«

Da hörte ich auf, ließ ihn das einen Augenblick lang verarbeiten. Sein Blick war fest auf mich geheftet, der Trotz stand immer noch darin, aber ich konnte schon einige Risse erkennen. Er würde nicht leicht zu brechen sein. Das hatte ich schon gewusst, als ich angefangen hatte. Aber wir kamen schon noch dahin.

»Du wirst mir alles sagen, was ich wissen will«, fuhr ich fort. »Das ist eine Tatsache. Alternativlos, glaub mir. Ich werde dich nicht töten, bevor ich bekommen habe, was ich will, und wir sind beide gut genug ausgebildet, um zu wissen, dass das irgendwann passieren wird. Die Frage ist nur, in welcher Verfassung du sein wirst, wenn wir fertig sind. Wenn du dann noch in ausreichend guter Verfassung bist, werde ich dich meiner Freundin hier übergeben, und sie wird dich verhaften. Ich muss aber dafür sorgen, dass sie dich nicht erschießt, weil mein Partner, der, den ihr habt töten lassen? Das war ihr Freund. Aber wir haben darüber gesprochen, und ich denke, sie wird mehr Genugtuung daraus ziehen zu sehen, wie du vor Gericht erniedrigt wirst, bevor du ins Gefängnis wanderst. Vielleicht. Vielleicht bist du aber auch so gut vernetzt, dass deine Leute irgendeinen Deal für dich aushandeln oder irgendein Hintertürchen finden und dich laufen lassen. Ich für meinen Teil würde ins Gefängnis gehen. An deiner Stelle würde ich nicht gern hier draußen sein. Schon deswegen nicht, weil meine Freundin und ich wissen, was wir tun. Also, das ist Option eins. Option zwei ist, dass du hier den harten Macker spielst und ich die Wahrheit Stückchen für Stückchen aus dir herausschneiden muss. In dem Fall dürfte es für mich schwierig werden, dich zurückzuschicken, ohne mir noch mehr Ärger einzuhandeln. Vernünftig wäre es natürlich, dich hier oben zu erledigen und den Bären zu überlassen. Also, es liegt an dir, echt. Deine Entscheidung. Damit du dich nicht gedrängt fühlst, gebe ich dir noch ein bisschen Zeit zum Nachdenken. Darüber, was ich gesagt habe. Mal sehen, ob du zu dem vernünftigen Schluss kommst, den ich mir erhoffe. Aber um das Ganze etwas zu beschleunigen …«

Ich drehte mich um, nahm den Kanister und schraubte ihn auf. Dann hielt ich ihn über ihn, beobachtete, wie er voller Entsetzen zu mir hinaufstarrte, den Kopf schüttelte und stammelte: »Nein, nicht …«, damit ich aufhörte. Und dann schüttete ich den ganzen Inhalt über ihn und durchtränkte ihn von Kopf bis Fuß.

Er rollte sich zusammen wie ein Embryo, kniff die Augen zu und spuckte, dann wurde er plötzlich ruhig, schüttelte sich die Flüssigkeit aus dem Gesicht und sah mit brennender, wütender Überraschung zu mir hoch.

Es war kein Benzin. Es war einfach nur Wasser.

Wasser, das, auf nackter Haut, bei leichtem Schneefall, die Unterkühlung beschleunigen würde.

Dramatisch.

»Ich denke, wir haben eine ähnliche Ausbildung genossen«, sagte ich. »Ich weiß nicht, an wie viel von dem Zeug du dich noch erinnerst, aber … ich denke, wir haben hier ungefähr minus zwei oder drei Grad, höchstens. Und der Wind hat, was … acht bis zehn km/h? Sagen wir acht. Minus zwei Grad und eine Windgeschwindigkeit von acht km/h ergibt eine gefühlte Temperatur von ungefähr minus zwölf. Dazu das Wasser, und ich wette, es fühlt sich für dich jetzt nicht so wirklich kuschelig warm an.«

Ich trat zurück und genoss den Anblick, wie er da unten an den Baum gefesselt saß. Ich glaubte nicht, dass ich jemals einen Menschen so ausgeliefert, in einer so verletzlichen Lage gesehen hatte. Normalerweise war ich der Typ, der jetzt eingriff, um so jemanden zu retten. In diesem Fall war ich verantwortlich dafür.

»Dieses Zittern da?«, sagte ich. »Das ist Phase eins. Leichte Unterkühlung. Dein Körper versucht Wärme zu erzeugen. Schon bald werden deine Hände und Füße taub werden. Du wirst müde werden, und schon die geringste Anstrengung wird dir zu viel. Noch ein paar Grad kühler, und du wirst moderat unterkühlt sein. Du wirst heftig zittern und die Kontrolle über die Muskulatur verlieren, bis das Zittern aufhört, weil du nicht mehr genug Energie dafür hast, was deine Körpertemperatur noch weiter fallen lassen wird, bis du bei ungefähr dreißig Grad das Bewusstsein verlieren und in Phase drei gleiten wirst: starke Unterkühlung. Dann setzen auch die ersten Erfrierungen ein. Ich gebe dir eine halbe Stunde bis dahin, maximal.« Ich schaute mich um und überdachte die Bedingungen. Es musste früher Nachmittag sein, aber die Sonne stand um diese Jahreszeit sowieso sehr tief, sodass alles noch düsterer aussah.

»Ich lasse dich jetzt mal darüber nachdenken.«

Dann nickte ich Annie zu, und wir gingen ohne ein weiteres Wort zum Haus zurück. Mit jedem Schritt wurden Roos' Verwünschungen leiser.

Wir ließen ihn etwa zwanzig Minuten allein, was etwas gewagt war. Ich wollte ja nicht seinen Tod riskieren. Aber ich wusste, dass er ein harter Hund war, und wollte heute noch fertig werden. Vor Sonnenuntergang.

Wir redeten nicht viel, während wir warteten.

Ich fragte Annie nach der Schießerei unten am Berg. Sie sagte, es sei alles gut gelaufen. Mehr nicht.

Sie konnte sehen, dass ich so etwas wie das hier noch nie getan hatte.

Ich war kein Freund von »erweiterten Verhörtechniken« oder welche beschönigenden Bezeichnungen den Leuten auch immer für das Wort »Folter« eingefallen sein mochten. So war ich nicht erzogen worden. Das verstieß gegen alles, woran ich glaubte, alles, wofür unsere Nation meiner Meinung nach stand. Aber ich wollte, dass er redete, und dazu musste ich ihm den Schrecken seines Lebens einjagen. Ich kann nicht sagen, dass ich es genoss, aber um vollkommen ehrlich zu sein, war es mir auch nicht unangenehm. Es musste getan werden, und ich weiß, dass das keine politisch korrekte Entschuldigung ist. Es ist die Entschuldigung, die alle immer vorbringen. Aber es gab keine andere Möglichkeit, und um über die ersten Skrupel hinwegzukommen, wenn sie denn aufkamen, würde ich mir einfach nur einen der Menschen vorstellen müssen, die gestorben waren, weil dieser Mistkerl oder einer seiner Kumpane ein paar Worte zu einem gedungenen Mörder gesagt hatte.

Es kamen keine Skrupel auf.

Wir gingen zwei Mal zu ihm zurück.

Beim ersten Mal spielte er noch den Tapferen, auch wenn er erbärmlich aussah. Er zitterte heftig und hatte einen Großteil der Kontrolle über seine Muskeln verloren. Er hatte sich auch vollgepisst. Wird ein Körper so starker Kälte ausgesetzt, vermindert sich die Durchblutung an der Hautoberfläche. Der Körper kann nur eine bestimmte Menge an Flüssigkeit halten und reagiert dann darauf, indem er alles rauslässt, was er kann. Normalerweise ist Urin das Erste, was gehen muss.

In diesem Zustand würde man erwarten, dass keine rationalen Entscheidungen mehr möglich sind. An Unterkühlung leidende Bergsteiger legen sich manchmal einfach in den Schnee oder scheitern daran, auch das simpelste Geschirr richtig anzulegen. Ich bin mir nicht sicher, ob ein umfassendes Geständnis für ihn eher eine rationale oder eine irrationale Entscheidung war, aber ich hoffte darauf, dass es rational war: Es könnte ihm helfen zu überleben, selbst wenn er dachte, dass nur eine winzige Chance darauf bestand. Wenn wir mit dem Rücken zur Wand stehen, übernehmen unsere Überlebensinstinkte das Kommando. Ich hoffte, dass die seinen das tun würden, bevor es zu spät war.

Aber er kämpfte noch dagegen an. Also ließ ich ihn wieder allein, dieses Mal fünfzehn Minuten lang.

Als ich zurückkam, war er in wirklich schlechtem Zustand. Sein Körper hatte aufgehört zu zittern und jede Kraft verloren, um sich noch warm zu halten. Seine Glieder waren steif, sein Puls und sein Atem kaum noch spürbar. Seine Haut war bleich und eiskalt. Wichtiger noch, seine Entschlossenheit war ebenso dahin. Sein Geist war geschwächt, er war desorientiert und sprach nur noch undeutlich. Und er hatte Schmerzen. Große Schmerzen. Sein Körper hatte außerdem beschlossen, dass die inneren Organe wichtiger waren als die Extremitäten, die jetzt rot waren und wehtun mussten. Alle. Die Erfrierungen schritten voran, schnell.

Wenn ich ihn da ließe, würde er bald sterben. Einen langen, qualvollen Tod. Am Ende würde er zu halluzinieren beginnen, dann würde er das Bewusstsein verlieren und ins Vergessen hinabgleiten.

Er wollte das nicht.

Ich auch nicht.

Ich ging in die Hocke und fragte ihn: »Bist du bereit zu reden?«

Er antwortete, soweit er dazu in der Lage war.

Er wollte reden.

Es würde nicht nur für meine Ohren bestimmt sein. Es würde für die Nachwelt gerettet werden.

Ich zog die GoPro heraus, die Kurt in New York gekauft hatte, schaltete sie ein und richtete sie auf Roos. Zur Sicherheit nahm Annie auch ihr Telefon heraus, schaltete die Kamera ein und begann ebenfalls zu filmen.

70

Das Lämpchen an der GoPro blinkte, die Kamera nahm auf und Roos redete.

Eine Menge.

Die Putzkolonne war nicht irgendeinem bösen Masterplan entsprungen, erzählte er uns. Sie war nicht gezielt eingeführt, sondern eher aus Notwendigkeit ins Leben gerufen worden und hatte mit jedem neuen Auftrag mehr Form angenommen.

Es ging vor allem darum, Schwachstellen auszumerzen, Bedrohungen zu eliminieren. Whistleblower zum Schweigen zu bringen. Unabhängig davon, ob im Ausland oder zu Hause.

»Dieses ganze Theater um das JSoc …« Er stieß ein schwaches, keuchendes Prusten aus, es fiel ihm schwer zu sprechen. Das Joint Special Operations Command war ein aktuelles Netzwerk topausgebildeter, paramilitärischer Auftragsmörder, die außerhalb der traditionellen Befehlshierarchien die Tötungslisten abarbeiteten, die sie bekamen. In letzter Zeit hatten sie öfter in der Diskussion gestanden, auch in den Medien. Unter dem Dach des JSoc verband sich die geheime, verantwortungslose Welt der Söldner mit den Informationen und der Feuerkraft des Militärs. Es war direkt dem Präsidenten unterstellt, sein Budget war geheim. Faktisch war das JSoc die persönliche Todesschwadron des Präsidenten.

»Das ist doch lächerlich«, fuhr Roos nach einem qualvoll

trockenen Husten langsam fort. »Die Leute halten es für was Neues. Ist es nicht. Wir machen das seit Jahrzehnten. Der einzige Unterschied ist, dass jetzt plötzlich alle dafür sind. Meine Güte, das JSoc hat Bin Laden gekriegt, oder etwa nicht? Die haben Team Six bestückt. Früher war das noch anders. Der Kalte Krieg, Osteuropa und Mittelamerika, Südasien – das war damals nicht so attraktiv. Das war viel zu weit weg, als dass es die Leute wirklich berührt hätte. Es war nicht der ›Krieg gegen den Terror‹. Wir mussten im Verborgenen bleiben.«

»Aber die Leute, die ihr getötet habt, waren keine Terroristen, die für den Tod unschuldiger Zivilisten verantwortlich waren«, sagte ich. »Das *waren* unschuldige Zivilisten.«

Zittrig wedelte er mit dem Finger. »Wir haben nie jemanden getötet, der nicht eine direkte Bedrohung für die Nation dargestellt hätte. Und das ist eine Tatsache. Wir haben nur die Drecksarbeit gemacht, über die sich niemand getraut hat zu reden. Die Leute da draußen – die haben keine Ahnung. Und sie schulden uns was. Aber es geht nicht nur um militärische Bedrohungen. Es geht nicht nur darum, Türme zu sprengen oder irgendwo eine Botschaft in die Luft zu jagen. Es geht auch um mehr. Um unseren Platz in der Welt. Darum, wie andere Länder uns sehen. Und es geht um wirtschaftliche Macht. Abzusichern, dass wir an der Spitze bleiben. Ich meine, sehen Sie sich doch mal um. Sie wissen doch, welchen Schaden Woodward und Bernstein angerichtet haben. Dieser ganze Watergate-Scheiß – das hätte nie passieren dürfen.«

»Du nennst es Schaden«, sagte ich. »Ich halte es für das, was uns auszeichnet. Was uns zu den Besten macht.«

»Was für ein Pfadfinder«, spuckte Roos aus. »Das, was uns auszeichnet? Unseren eigenen Präsidenten so gedemütigt zu sehen? Dass er angeklagt wurde und mit eingezogenem Schwanz aus dem Weißen Haus gekrochen ist, während der Rest der Welt uns ausgelacht hat? Wie soll uns das zu den Besten machen?«

Er schüttelte verächtlich den Kopf. Ich war nicht hier, um

mit ihm zu diskutieren. Ich war nicht hier, um zu debattieren. Ich war hier, um zuzuhören.

»Das hat uns erschüttert, das kann ich Ihnen sagen. Es hat uns alle erschüttert. Ich stand noch ganz am Anfang, aber für alle um mich herum war es ein gigantisches Desaster. Und ich sag Ihnen eins – wenn mein Team da am Hebel gewesen wäre, wäre diese Story niemals rausgekommen. Woodward und Bernstein wären nicht mehr lange genug am Leben geblieben, um sie rauszubringen. Und wenn wir heute noch am Hebel wären, dann hätten Sie auch nie von diesem Schwanzlutscher Edward Snowden gehört. Oder von irgendeiner der anderen Wikileaks-Schwuchteln.«

Wir gerieten vom Thema ab. Ich musste ihn zurückholen.

Ich fragte: »Wie hat es angefangen?«

Er sammelte Kraft, beruhigte seinen Atem. »Wir waren bei der CIA. Ich, Eddy ... wir hatten eine Operation in London laufen mit einem holländischen Kontakt. Wir arrangierten Kokainlieferungen an ihn, weil er uns ein paar Gefallen in Ostdeutschland getan hatte. Und dieser verdammte Reporter vom *Telegraph* hat Wind davon bekommen, den Kerl zur Rede gestellt und die ganze Geschichte rausbekommen. Und er wollte sie veröffentlichen. Nun, wir haben noch rechtzeitig davon erfahren. Wir haben mit ihm geredet, ihn gebeten, es sein zu lassen, ihm die größeren Zusammenhänge erklärt. Dass Leben und Karrieren auf dem Spiel standen. Er wollte nicht hören. Wir haben versucht, ihm zu drohen. Das hat alles nur noch schlimmer gemacht.«

»Also habt ihr ihn getötet?«, fragte ich.

»Das können Sie wohl glauben, dass wir das getan haben«, sagte er. »Haben es wie einen Unfall aussehen lassen. Der Kerl fuhr Motorrad, eins von diesen schrottigen englischen, keine Harley oder auch nur eine japanische Maschine. Kinderspiel. Und wir sind an seine gesamten Notizen gekommen, alles. Damals war das noch einfacher, es gab ja noch keine E-Mails und all so was. Alles physisch vorhanden, Papier, wissen Sie?

Fotos und Negative und Tonbänder. Dinge, die, wenn sie mal verschwunden waren, auch wirklich unwiederbringlich weg waren.« Er zuckte die Achseln. »Die Operation lief glatt.«

»Dann habt ihr's noch mal gemacht?«

»Wir wurden gebeten, uns um ein anderes Problem zu kümmern, dass die Agency in Istanbul hatte. Haben wir getan. Dann noch eins in Zürich. Ziemlich schnell wurde das zu unserer einzigen Aufgabe. Wir waren die einschlägige Adresse, an die man sich wandte, wenn es Probleme gab.«

»Und ihr habt außerhalb unserer Grenzen und im Inland gearbeitet«, setzte ich hinzu.

»Wir haben uns um jede Bedrohung gekümmert, egal wo. Niemand wusste von uns, also spielte das für uns nicht wirklich eine Rolle. Ein Feind ist ein Feind. Mir ist es egal, welchen Pass er mit sich herumträgt. Und wir hatten auch eine ziemlich gute Truppe zusammen. Klein. Verdeckt. Keine Lecks.«

»Du und Tomblin habt sie geleitet?«

»Ja. Wir hatten drei Spezialisten, Überflieger, jeder mit seinem eigenen Fachgebiet, die jeweils die beste Methode erarbeitet haben, die keinen Verdacht erregte. Wir haben uns getroffen, um die Lage zu erörtern. Das haben wir hier getan, wenn es ging – die Hütte war für alle leicht zu erreichen. Wenn die Entscheidung über die beste Vorgehensweise gefallen war, haben wir einen Agenten rausgeschickt, der es ausgeführt hat.«

»Die Spezialisten waren Padley und die anderen beiden«, sagte ich.

»Genau. Padley für die medizinischen Optionen. Siddle für alles, was mit Technik zu tun hatte. Und Orford für psychische Zusammenbrüche.«

»Psychische Zusammenbrüche. Wie bei meinem Vater?«, fragte ich und spürte, wie mein Blut überkochte.

Er sah aus müden, gefühllosen Augen zu mir hoch. Ich verspannte mich. Jetzt oder nie. Er würde entweder reden oder mich für immer im Ungewissen lassen.

»Yeah«, er nuschelte etwas. »Ihr Dad. Ein sturer Hund war das.«

Ich wusste nicht, ob das gut oder schlecht war. »Red weiter. Was ist passiert?«

Er musterte mich, die manipulativen Rädchen seines Gehirns drehten sich noch, obwohl der Körper längst geschlagen war. »Das würden Sie wohl gern wissen, was?«

»Würde ich.«

Er machte »hmmm« und nickte langsam. Dann sah es aus, als wäre ihm etwas klar geworden, etwas, dass ihm eine innere Genugtuung verschaffte. Und er hob wieder den müden Blick zu mir hoch.

»Sie wissen, was die Oktober-Überraschung ist, oder?«

Ich bejahte. Die Geiseln in der US-Botschaft in Teheran während der Wahl Reagan–Carter, ihre Entlassung Minuten nachdem Reagan den Amtseid abgelegt hatte, die Vorwürfe, dass es dabei nicht mit rechten Dingen zugegangen war.

»Der Iran stand unter einem Waffenembargo, stimmt's?«, sagte er. »Aber sie brauchten Gewehre. Sie hatten einen Krieg zu kämpfen, acht Jahre lang, gegen den Irak. Sie waren bereits mit Carters Leuten im Gespräch. Sie hatten einen Deal, die Geiseln würden rauskommen. Im Oktober. Was Carter gereicht hätte, um wiedergewählt zu werden. Dann haben sich hinter den Kulissen Reagans Leute eingemischt, ihnen ein besseres Angebot gemacht und sie dazu gedrängt, es anzunehmen. Sie wollten, dass die Geiseln nicht freigelassen wurden, bevor er die Wahl gewonnen hatte. Und im Gegenzug wollte Reagan ihnen geben, was sie wirklich brauchten: Waffen. Im Wert von fünf Milliarden Dollar. Aber es musste alles unter der Hand passieren. Wegen des Embargos.«

»Was hat das alles mit meinem Vater zu tun?«

»Ihr Vater«, sagte er ziemlich sachlich, »hatte diesen Freund, seinen alten College-Kumpel, einen Portugiesen.«

»Octavio Camacho.«

Roos sah mich ein bisschen überrascht an. »Exakt. Nun, es

schien, als hätte Camacho sich zu Hause in Portugal schon wacker geschlagen. War zu diesem angesagten rasenden Reporter geworden. Und dann kam er zu Ihrem Vater, weil er ein paar Dokumente hatte. Informationen.«

»Über die Oktober-Überraschung?«, fragte ich. »Aber das war doch schon bekannt. Die Leute haben doch schon darüber geredet.«

»Das stimmt«, sagte Roos. »Aber sie kannten nicht die ganze Geschichte.«

»Und Camacho kannte sie?«

Roos nickte.

»Aber – Sie sagten doch, er sei in Portugal gewesen? Was hat das mit dem Iran und uns zu tun?«

»Die Waffen mussten ja irgendwoher kommen. Ein paar davon wurden aus Israel verschifft wie für die Contras. Aber der Rest kam von uns. Und die gingen über den Lissaboner Flughafen und ein paar andere, mit Unterstützung des portugiesischen Militärs durchgeschleust.«

»Und Camacho hat das rausgefunden?«

»Nein, er hat rausgefunden, was danach passiert war.«

»Was?«

»Dass der portugiesische Verteidigungsminister davon Wind bekommen hatte. Der war nicht glücklich darüber. Er war der erste zivile Verteidigungsminister des Landes und eher so ein idealistischer Kreuzritter wie Sie. Also hat er rumgebohrt und sich selbst alle Beweise besorgt, die er brauchte.«

Ich ahnte, worauf das hinauslief.

»Er wollte es vor die UN bringen. Wir mussten schnell reagieren. Er hatte für eine Wahlkampfreise eine kleine Cessna gechartert. Es war drei Tage vor deren Präsidentschaftswahl. Dann, in letzter Minute, entscheidet sich sein Kumpel, der ihm den Job besorgt hatte, der Premierminister Sá Carneiro, auch mit an Bord zu kommen. Das Flugzeug ist kurz nach dem Start abgestürzt.«

»Siddle?«, fragte ich.

Er nickte. »Einer seiner ersten Gigs. Aber unter Hochdruck. Hing viel davon ab.«

Ich konnte nicht glauben, was ich hörte. »Ihr habt den Premierminister und den Verteidigungsminister von Portugal ermordet?«

Er zuckte die Schultern. »Deren Militär hat ihnen keine Träne nachgeweint. Zumindest nicht dem Verteidigungsminister. Er war keiner von ihnen. Und er hatte vor, eine Menge von ihnen hinter Gitter zu bringen.«

»Aber ihr habt sie töten lassen?«

»Hey, ich hätte es jederzeit wieder getan«, sagte er. »Das hätte unser Land noch schlimmer getroffen als Watergate. Reagan war überaus beliebt. Ein Mann des Volkes. Carter hatte einiges versaut, und wir mussten das Land wieder in die Spur bringen. Zu hören, dass zweiundfünfzig amerikanische Diplomaten drei Monate länger als nötig in irgendeiner Zelle in Teheran festgehalten worden waren, nur damit er die Wahl gewinnen konnte … wie, glauben Sie wohl, hätte das Land darauf reagiert?«

Ich versuchte, meinen Zorn im Zaum zu halten und mich zu konzentrieren. »Also, Camacho hat es herausgefunden? Und er ist zu meinem Vater gefahren?«

»Er hatte Angst. Das Militär in Portugal hatte seine Augen und Ohren überall. Er hielt es für sicherer, die Geschichte erst rauszubringen. Also hat er Kontakt zu Ihrem Vater aufgenommen. Er hat ihm gesagt, was passiert war, und ihn gebeten, einen Weg zu finden, damit an die Öffentlichkeit zu gehen. Ihr Vater hatte einen guten Ruf. Er war keiner, den man so leicht knacken konnte.«

»Er war eine Bedrohung für die Nation?«

Roos zuckte die Schultern. »Wir wussten von seiner Affäre. Wir haben versucht, damit Druck auf ihn auszuüben, aber das kümmerte ihn nicht. Er hat uns keine Wahl gelassen.«

Eine tonnenschwere Last hob sich von meinen Schultern, gepaart allerdings mit einer tiefen Trauer um diesen anständigen Mann, den ich niemals wirklich kennenlernen konnte. Eine tiefe Trauer – und eine lodernde Wut auf das Tier, das da vor mir saß.

»Orford?«, fragte ich.

»Nein, der nicht. Wir haben es gestellt. Aber wir brauchten einen echten Seelenklempner, um den Leichenbeschauer und Ihre Mutter davon zu überzeugen, dass es sich wirklich um einen Selbstmord handelte. Orford hat den Part übernommen. Er war praktizierender Psychotherapeut. Die drei hatten ja echte Jobs. War auch eine bessere Tarnung.«

Ich fragte: »Wer hat die Entscheidung getroffen?«

»Das war Eddys und meine Aufgabe. Wir haben die Bedrohungslage eingeschätzt und dann entschieden, was zu tun war.«

»Wer hat den Abzug betätigt?«

»Eddy«, sagte er. »Tomblin hat es getan. Wir waren beide da drin.«

Bilder von Tomblin, wie er mit Klebeband an den Autositz neben mir gefesselt von Kugeln zersiebt wurde, gingen mir durch den Kopf. Es hätte keinen Besseren treffen können, dachte ich.

Ich ließ Roos die Namen ihrer Opfer runterrasseln. Alle, an die er sich erinnern konnte. Orte. Daten. Eine kurze Zusammenfassung. Nur für die Akten. Ich bin sicher, dass es noch mehr gab, aber die, die er mir nannte, waren schon schockierend genug. Mordopfer, bei denen niemand bemerkt hatte, dass sie ermordet worden waren.

Währenddessen ließ mich ein Gedanke nicht los. Er war zu offen, zu hilfsbereit. Ich wusste, dass er das tat, weil er überleben wollte, aber dennoch – er hätte eine Menge für sich behalten können, ohne dass ich es gemerkt hätte. Aber ich hatte den Eindruck, dass er mir alles erzählte. Was mich beunruhigte. Ich glaubte nicht, dass sein Gehirn so durch die Kälte in Mitleidenschaft gezogen war.

Nein, er musste noch eine Karte im Ärmel haben. Und es dauerte auch nicht lange, bis er sie ausspielte.

»Ich bin froh, dass wir uns mal in Ruhe unterhalten haben«, sagte er, als wir zum Ende kamen. »Denn jetzt kann ich Ihnen das Letzte sagen, was Sie noch nicht wissen. Sehen Sie, jetzt fühlen Sie sich gut. Sie glauben, Sie hätten die Wahrheit, Sie haben alles aufgenommen mit Ihrer lächerlichen kleinen Kamera. Sie glauben, Sie fahren jetzt nach Hause zurück, werden ein großer Held und leben glücklich bis ans Ende Ihrer Tage mit Ihrer Frau.«

»Das ist der Plan«, bestätigte ich ihm.

Er lachte. Schwach, kaum hörbar. »Sie haben wirklich keine Ahnung. Bei allem, was da passiert ist, geht es nicht um uns. Das ist größer als ich, größer als Eddy und die anderen. Sie haben wirklich keine Vorstellung davon. Aber eins kann ich Ihnen sagen. Sie werden es nicht überleben, Sie werden's nicht mal bis morgen zum Frühstück schaffen. Und wenn Sie morgen nicht tot sind, dann halt übermorgen. Diese Aufnahmen da? Die wird niemand zu sehen bekommen. Stellen Sie die nur ins Internet. Laden Sie sie jetzt gleich hoch. Niemand wird das ernst nehmen. Sie werden es sehen. Na ja, Sie nicht mehr – so lange werden Sie nicht mehr am Leben bleiben.« Er drehte sich, um Annie anzusehen. »Sie auch nicht, Schätzchen.«

»Sie meinen, es gibt noch andere?«

»Natürlich. Andere, die das unmöglich in die Öffentlichkeit gelangen lassen können. Nicht jetzt. Überhaupt niemals. Aber ganz besonders nicht jetzt.«

»Wer?«

Wieder lachte er leise auf, keuchend, grotesk. »Das sind die hohen Tiere, an die Sie nicht rankommen werden.«

Ich nickte, es war mir klar, was uns bevorstand. »Ich wünschte, Sie hätten das nicht gesagt. Ehrlich, Gordo. Zu Ihrem eigenen Besten.«

Es dauerte noch eine Stunde.

Die Kälte, noch mehr Wasser. Und anderes.

Und dann redete er.

Und er hatte recht.

Es würde ein Problem werden.

Ich dachte ein, zwei Minuten darüber nach. Annie stand hinter mir in der Kälte und beobachtete mich schweigend.

»Sean«, rief sie schließlich. »Wir haben ihn. Wir haben alles auf Band. Es ist erledigt. Lass uns ihn mitnehmen. Es ist vorbei. Lass uns nach Hause gehen.«

Es war noch nicht zu Ende. Nicht bei dem, was er mir gerade gesagt hatte.

»Du hast doch gehört, was er gesagt hat. Er ist zu gut vernetzt. Das Ding ist zu groß. Er wird einen Deal bekommen.«

»Wir haben genug zusammen, damit das nicht passiert.«

Ich dachte noch einmal darüber nach.

Dann sagte ich: »Das kann ich nicht riskieren.« Ich drehte mich zu ihr um. »Wenn nicht für dich oder für mich, dann doch für … Nick. Und all die anderen.«

Ich ging zur Kamera und vergewisserte mich, dass sie ausgeschaltet war. Dann zog ich meine Waffe heraus, ging zu Roos und jagte ihm eine Kugel in den Kopf.

71

Die nächsten zwei Tage waren heftig.

Annie und ich waren mit den Aufnahmen nicht an die Öffentlichkeit gegangen. Wir hatten sie unserem Boss gezeigt, und der hatte sie weiter nach oben geleitet. Unnötig zu sagen, dass das einen ziemlichen Shitstorm auslöste. Der unmittelbare Effekt war, dass FBI und CIA die Polizei Arlington dazu brachten, die Ermittlungen gegen mich im Fall des Mordes an Kirby einzustellen, und meinen Namen reinwuschen. Der Rest – nun ja, da mussten sie alle erst noch herausfinden, wie sie damit umgehen sollten. Es lag genug Sprengstoff in dem Material, um einen Tsunami in unserem Politik- und Rechtssystem sowie in der Presse auszulösen, und ich hatte kaum Zweifel daran, dass ein ganzer Trupp Heimatschutz-Bosse mit ein paar ausgewählten hohen Tieren lange, hitzige Debatten darüber führte, was mit Roos' Enthüllungen anzufangen sei.

Wie sie letztlich entscheiden würden, konnte ich nicht beeinflussen. Um ehrlich zu sein, war es mir auch ziemlich egal. Roos und Tomblin waren tot, und ich war nur froh, wieder mit meiner Familie vereint zu sein. Es fühlte sich großartig an, wieder mit Tess, Kim und Alex zu Hause zu sein. Ich musste erst einmal ausschlafen, und das Bureau hatte offensichtlich kein Problem damit, dass ich die nächsten Wochen freinahm. Es würde ein tolles Weihnachtsfest werden, an dem ich zu Hause sein und meine Familie genießen konnte. Und all die Dinge tun, die das Leben schön machten.

Kurt und Gigi hatten es geschafft, Orfords Rechner zu hacken, und hatten seine Aufzeichnungen über Alex gefunden, eine ziemlich schockierende Lektüre. Ich würde das im neuen Jahr alles an Alex' Therapeutin weiterleiten, gleich nach den Ferien. Sicherlich würde es dazu beitragen, auch noch die letzten Spuren von all dem auszumerzen, was sie ihm eingepflanzt hatten.

Dann blieb aber immer noch eine letzte Sache übrig, um die ich mich kümmern musste. Die Angelegenheit, bei der wir Gallo nicht mit einbezogen hatten, das Video, das wir für uns behalten hatten.

Der letzte Teil von Roos' Geständnis.

Natürlich hatte ich Tess davon erzählt. Wir hatten stundenlang darüber gesprochen, nachdem ich das ganze Haus zwei Mal nach versteckten Mikrofonen und Kameras abgesucht hatte. Und wir waren zu dem simplen Schluss gekommen, dass ich es nicht einfach auf sich beruhen lassen konnte.

Zum einen wäre es gefährlich. Ich wollte nicht für den Rest meines Lebens über die Schulter gucken müssen. Oder einen Vorkoster benötigen.

Abgesehen davon, konnte ich nicht einfach nichts tun. Auf keinen Fall.

Ich musste es angehen.

Was der Grund war, weshalb ich jetzt ins Oval Office geführt wurde, zu einer Privataudienz beim Präsidenten.

Yorke begrüßte mich mit einem herzlichen Handschlag und einem Klopfen auf die Schulter. »Meine Güte, Reilly, ich wusste, dass Sie uns nur wegen etwas Wichtigem beim Dinner so versetzt haben, aber mein Gott – nach allem, was ich gehört habe, haben Sie einiges durchgemacht.«

»Es war … heftig«, sagte ich ausdruckslos.

»Setzen Sie sich doch, setzen Sie sich«, sagte er, während er mich zu einem der Sessel neben den beiden Sofas führte.

Ich war nicht in der Stimmung, es mir bequem zu machen, setzte mich aber dennoch. Es würde nicht leicht werden.

»Tess, die Kinder – alle schon voller Vorfreude auf Weihnachten? Haben Sie überhaupt Zeit gefunden, Geschenke zu kaufen?«

»Ich bin nicht hergekommen, um darüber zu reden, Sir.«

»Nein, natürlich nicht. Nun, dann kommen wir gleich zum Thema, ja?«

Ich nickte stumm.

»Offensichtlich ist das, was Sie aufgedeckt haben … Ich kann es immer noch kaum fassen. Wir alle. Und ich muss sagen, Sie haben Großartiges geleistet, das alles ganz aufzuklären. Eine großartige Leistung, mein Sohn. Aber zugleich bereitet es uns allen auch arge Kopfschmerzen. Ausgewachsene Migräne, um ehrlich zu sein. Wir werden sehr, sehr sorgsam bedenken müssen, was wir damit anfangen. Enthüllungen wie diese … können dem Land nicht wiedergutzumachenden Schaden zufügen, Schaden, von dem es sich womöglich nicht erholen wird.«

Ich antwortete nichts darauf. Ich sah ihm nur direkt in die Augen, versuchte den Mann zu verstehen.

Das Problem war, dass ich ihn gemocht hatte. Bis zu jenem unglücklichen Nachmittag in den Blue Ridge Mountains, bis ich gehört hatte, was Roos über ihn zu sagen wusste, hatte ich unseren Präsidenten gemocht. Ich hatte Hank Yorke immer für einen von den Guten gehalten. Er hatte unser Land vier gute Jahre lang geführt. Er polarisierte nicht, und die wütenden Partisanenkriege waren unter seiner Führung zum Erliegen gekommen. Ich war stolz darauf, ihm das Leben gerettet zu haben, und ich hätte nächstes Jahr wieder für ihn gestimmt.

Jetzt nicht mehr.

»Es wird ein Weilchen dauern«, fuhr er fort. »In der Zwischenzeit, hoffe ich, werden Sie ein bisschen freinehmen und mit Ihrer Familie die Weihnachtszeit genießen. Gott weiß, Sie haben es sich verdient.«

»Das ist der Plan«, sagte ich schließlich. »Aber bevor wir das tun, gibt es da noch etwas zu klären.«

»Ja, natürlich«, sagte er und beugte sich vor. »Sie haben um dieses Gespräch gebeten, Reilly. Was kann ich für Sie tun?«

»Ich denke, es geht mehr darum, was ich für Sie tun kann.«

Er sah verblüfft aus. »Was meinen Sie damit?«

»Roos' Geständnis hatte noch einen zweiten Teil. Einen, über den ich das Bureau nicht informiert habe.« Ich schwieg kurz, versuchte ihn einzuschätzen.

Seine Augen verengten sich ganz leicht, aber es war zu sehen. »Ach ja?«

Ich nickte. »Roos hat mir von Viking erzählt. Von Ihnen und der Putzkolonne. Ich weiß alles, was es darüber zu wissen gibt.«

Seine Miene verdüsterte sich, aber als mit allen Wassern gewaschener Politikprofi zeigte er nicht die Reaktion, die man nach einer solchen Enthüllung hätte erwarten können.

»Und ich muss sagen«, setzte ich hinzu, »wer immer sich Ihren Decknamen ausgedacht hat, sollte dafür gefeuert worden sein.«

Die Stadt York, in England, war Ende des 9. Jahrhunderts

von den Wikingern erobert worden und gehörte dann als Jorvik über fünfzig Jahre lang zum norwegischen Königreich.

»Nun ja«, Yorke zuckte die Achseln, »damals gab es noch kein Wikipedia. Und das Offensichtliche funktioniert oft auch gut als Ablenkung. Aber ich verstehe, was Sie sagen wollen.«

»Ich weiß, was Sie getan haben, Sir. Ich weiß, dass Sie Roos' und Tomblins Vorgesetzter waren. Ich weiß, dass die Putzkolonne die ganze Zeit unter Ihrem Befehl stand, und ich habe die Namen all der Leute, die Sie haben töten lassen.«

Yorke seufzte tief und lang und schwieg eine ganze Weile. Dann stand er auf, ging um seinen Tisch herum und sah zum großen Fenster hinaus.

Draußen war ein strahlender Wintertag. Blauer Himmel, perfekte Sonne, kalte, klare, frische Luft. Kein toller Tag, um den Präsidenten der Vereinigten Staaten von Amerika zu beschuldigen, eine geheime Todesschwadron befehligt zu haben, die Amerikaner beseitigt hatte. Auf heimischem Boden.

»Das waren andere Zeiten«, sagte er schließlich. »Die Jungs, mit denen wir es heutzutage zu tun haben ... Al-Qaida, ISIS? Kein Vergleich zu den Bedrohungen, denen wir damals ausgesetzt waren.«

»Mir ist es egal ...«

»Wir hatten Atombomben, Reilly«, platzte er wütend heraus. »Tausende von Atombomben, die auf uns gerichtet waren, und einen Feind, der es todernst damit meinte, die Weltherrschaft zu übernehmen.«

»Harte Zeiten, harte Maßnahmen, stimmt's?«, antwortete ich ungerührt. »Das Land schützen, die schweren Entscheidungen treffen, damit die Menschen nachts ruhig schlafen konnten? Ja. Das habe ich alles schon gehört. Roos hat mir dieselbe Rede gehalten. Das entschuldigt aber alles nicht, was Sie getan haben. Das war Mord, schlicht und einfach.«

Das machte ihn jetzt wirklich sauer. »Sie haben nicht die geringste Ahnung, wovon Sie da reden«, knurrte er. »Sie haben es nicht durchlebt, so wie wir. Sie haben nicht gewusst, was wir wussten, was die Geheimdienste uns täglich mitgeteilt haben. Sie haben keine Vorstellung davon, wie dünn das Eis unter unseren Füßen war, und Sie denken, Sie können sich einfach hier so selbstgerecht hinstellen und den Stab über uns brechen, obwohl Sie nicht dabei waren und nicht erlebt haben, womit wir es zu tun hatten?«

»Sie haben Menschen töten lassen. Zivilisten, Amerikaner, Ausländer …«

»Und Sie glauben, das wäre uns leichtgefallen?«, feuerte er zurück und hieb mit der flachen Hand auf den Tisch. »Glauben Sie etwa, das wäre leicht gewesen? Glauben Sie mir etwa nicht, dass wir alles Mögliche unternommen hätten, um in jedem einzelnen Fall, in dem wir diese schreckliche Entscheidung treffen mussten, einen anderen Weg zu finden? Glauben Sie etwa nicht, dass mich jeder Einzelne von ihnen heimsucht?«

»Das weiß ich nicht«, schoss ich zurück. »Ich würde es gern glauben, aber das ändert auch nichts an dem, was geschehen ist. Es ändert nichts an dem, was Sie getan haben.«

»Und Sie glauben, Sie hätten es anders gemacht? In dem Wissen, was das bedeuten könnte, in dem Wissen um das, was Sie riskieren? Woher wissen Sie, dass Sie nicht genauso gehandelt hätten wie wir?«

»Ich hätte einen anderen Weg gefunden. Weil es immer einen anderen Weg gibt. Vielleicht haben Sie nur nicht gründlich genug danach gesucht. Vielleicht wurde es auch einfach mit jedem Mal leichter.«

Yorke hielt den Blick auf mich gerichtet, sein Mund war fest zusammengepresst. Dann wandte er den Blick ab, nickte schweigend, tief in Gedanken.

Nach einer unendlich langen Pause murmelte er: »Warum sind Sie hier, Reilly?« Er drehte sich zu mir um. Sein Gesicht war zerfurcht. »Warum sind Sie hier? Sie sagen mir, Sie wüssten, was Sie wissen. Wahrscheinlich haben Sie ziemlich überzeugende Beweise, sonst wären Sie nicht hier, stimmt's?«

»Ich habe genug, Sir. Genug, um Ihnen sehr ernste Probleme zu bereiten.«

Seine Miene verfinsterte sich, seine Stimme wurde scharf: »Also, was wollen Sie?«

Das war eine Frage, mit der ich mich herumgeschlagen hatte, seit Roos endlich geredet hatte.

»Um offen zu sein, bin ich mir nicht ganz sicher. Denn in einem haben Sie recht. Wenn das herauskäme, und wenn Ihre Rolle darin bekannt würde, dann wäre das eine Katastrophe für das Land. Das Land, das ich liebe, das Land, das ich geschworen habe zu beschützen. Aber ich weiß zweierlei. Ich weiß, dass ich nicht auf der Flucht leben möchte. Und ich weiß, dass ich Sie nicht davonkommen lassen kann. Sie und Ihre Leute haben meinen Vater töten lassen.«

Yorke starrte mich an, dann schürzte er die Lippen und wandte den Blick ab. Sein Kopf war leicht gesenkt. »Ich weiß, dass es nichts ändern wird, wenn ich sage, dass es mir leidtut, aber das tut es. Manche Entscheidungen sind … unmöglich zu treffen. Aber wenn man sie nicht trifft, sind die Folgen noch schrecklicher.«

Vielleicht war er einfach nur ein außergewöhnlich guter Schauspieler, vielleicht war es auch nur mein eigener Wunsch, der sich erfüllte, aber ich hatte das Gefühl, dass da echte Reue war. Dessen ungeachtet sagte ich: »Ich weiß alles darüber, wie das Wohl der vielen das Wohl weniger überwiegt, aber wir reden immer noch über Mord. Mehrfachen Mord.«

Er nickte. »Also haben wir ein Problem.«

»Ja, das haben wir.«

Yorke atmete wieder frustriert aus. Seine Schultern sackten nach unten, während er zu mir kam und sich schwer in den Sessel mir gegenüber fallen ließ. »Ich werde Sie nicht dadurch beleidigen, dass ich Ihnen sage, dass ich Ihnen Ihre Karriere sehr, sehr erleichtern könnte. Ein kometenhafter Aufstieg.«

»Darauf würde ich verzichten.«

Er nickte. »Also, was dann?«

»Ich habe mir das Hirn zermartert, um auf eine Lösung zu kommen. Denn bis jetzt hatte ich nichts als Respekt und Bewunderung für Sie. Ich dachte, Sie seien gut für dieses Land. Ihnen wurde die Verantwortung für dreihundert Millionen Menschen übertragen, und Sie haben Gutes für sie getan. Das kann ich nicht ignorieren.«

»Danke, dass Sie das sagen.«

»Aber das ändert nichts an der Tatsache, dass Sie ein mörderischer Hurensohn sind, der in der Todeszelle verrotten sollte.«

Ich holte tief Luft. Ein Teil von mir wollte sich einfach nur auf ihn stürzen und ihn mit bloßen Händen erwürgen, aber diesem Impuls durfte ich natürlich nicht nachgeben.

»Ich kann nicht übersehen, was Sie getan haben«, fuhr ich fort. »Unabhängig davon, dass es meinen Vater betroffen hat. Aber ich habe überlegt, was er an meiner Stelle tun würde, nicht, dass ich ihn so gut gekannt hätte, aber ich kannte seine Werte. Ich weiß, wie sehr er dieses Land geliebt hat, was ihm wichtig war. Und mir ist nur eine Sache eingefallen.«

»Und das wäre?«

»Sie geben alles auf. Sie blasen Ihre Wahlkampagne ab.«

Er runzelte irritiert die Stirn. »Sie wollen, dass ich nicht mehr kandidiere?«

»Ja.«

Ich konnte sehen, wie es in seinem Gehirn arbeitete. »Damit wären Sie zufrieden?«

»Im Augenblick und so hart es ist, denke ich, ich könnte damit leben, ja. Weil die Alternative das Land zutiefst spalten würde. Es käme zu einer politischen Kernschmelze, die Märkte würden zusammenbrechen, unser internationaler Ruf ginge den Bach runter … Einfach nur großes Leid, vielleicht für Generationen. Und sosehr ich auch das Gefühl habe, dass genau das nur gerecht wäre, dass das passieren müsste, dass die Wahrheit uns frei machen würde und der ganze Scheiß … ist das Land vielleicht doch besser dran, wenn wir mit dieser Lüge leben. Also werde ich den Mund halten, wenn Sie gehen, wenn

Sie D.C. verlassen und den Rest Ihres Lebens versuchen, wiedergutzumachen, was Sie angerichtet haben. Vergessen Sie nicht, ich habe Beweise … die verschwinden nicht. Ich lösche nichts.«

Yorke nahm sich einen Augenblick Zeit, um darüber nachzudenken. Als er zum Fenster blickte, bemerkte ich einen versonnenen, verlorenen Ausdruck in seinen Augen. Der Vollblutpolitiker, der … diesen Raum verlassen musste. Vielleicht schickte ich ihn damit nicht in die Todeszelle, aber ich verurteilte ihn mit Sicherheit zu einem Leben voll harter Arbeit, auch wenn die nur darin bestand, damit zurechtzukommen, was ihm genommen worden war.

Nicht das von mir bevorzugte Ergebnis, aber vielleicht das richtige.

Schließlich fragte er: »Woher wissen Sie, dass der Nächste nicht noch mehr Leichen im Keller hat?«

»Das kann ich nicht wissen. Aber ich kenne Ihre. Und ich kann sie nicht ignorieren.«

Er nickte, dann schüttelte er stirnrunzelnd den Kopf. »Nein, wir werden uns etwas anderes ausdenken müssen. Man geht nicht einfach so aus dem Oval Office. Das ist nicht so einfach.«

Ich biss nicht an. »Natürlich ist es das. Sie werden eine Ausrede finden. Familienangelegenheiten, Ihre Gesundheit, denken Sie sich was aus. Passiert doch ständig. Wir leben in einer Welt der Meinungsmache und erfundener Geschichten, schon vergessen?«

Er dachte noch weiter nach, dann sagte er: »Lassen Sie mich darüber nachdenken. Ich bin sicher, mir wird etwas einfallen, das Sie zufriedenstellt. Eine andere Lösung, die für uns beide funktioniert. Was halten Sie davon? Werden Sie mich das tun lassen?«

Ich wusste, dass er in demselben Augenblick, in dem ich sein Büro verließ, den Befehl geben konnte, mich nach Guantanamo zu verschiffen oder in die Fundamente irgendeines Highways einzubetonieren. Aber irgendwie und trotz all dem, was ich über seine Vergangenheit wusste, rechnete ich nicht damit, dass Hank Yorke, der Präsident, das tun würde.

»Nein«, erklärte ich fest. »Es gibt nur zwei Möglichkeiten, wie das hier ausgeht. Sie tun, was ich verlange. Oder es kommt alles heraus. Und nur damit Sie es wissen … wenn Sie mir die Putzkolonne oder irgendjemand anderen auf den Hals hetzen, dann geht das ganze Ding auf Sendung. Im großen Stil. Wenn die Bombe erst einmal geplatzt ist, dann gibt es keine Möglichkeit mehr, das wieder rückgängig zu machen. Das wollen Sie nicht. Glauben Sie mir.«

»Oh, daran zweifle ich keinen Augenblick, Reilly.«

Wir gaben uns nicht die Hände.

Ich ging einfach raus und hoffte, dass ich mir nicht gerade einen Riesenhaufen Ärger eingebrockt hatte.

Ich glaubte nicht.

Aber das wird wohl allein die Zeit zeigen.

Prolog

Ural, Russisches Reich, 1916

Als der schrille Schrei von den Wänden der Kupfermine widerhallte, spürte Maxim Nikolajew ein seltsames Kneifen im Kopf.

Der große Mann stellte seine Spitzhacke ab und wischte sich die Stirn. Langsam ließ der Schmerz wieder nach. Er holte tief Luft und füllte dabei seine bereits geschädigten Lungen mit noch mehr giftigem Staub. Doch das merkte er längst nicht mehr, es kümmerte ihn auch nicht. Im Moment dachte er nur an die Mittagspause, denn sein Arbeitstag hatte bereits um fünf begonnen.

Als die letzten Echos der Pfeife nicht mehr zu hören und die Schar der Spitzhacken zur Ruhe gekommen waren, vernahm Maxim in der Ferne das Rauschen des Flusses Miass, draußen vor dem Eingang der offenen Mine. Es erinnerte ihn an seine Kindheit, als er noch ein kleiner Junge war und sein Onkel ihn zum Schwimmen an jenen abgeschiedenen Platz draußen vor Osiorsk mitnahm, weit weg vom dicken, fauligen Rauch, der Tag und Nacht aus den Schornsteinen der Schmelzhütte quoll.

Er dachte an den Duft der Kiefern, die so hoch waren, dass es aussah, als berührten sie den Himmel. Er vermisste die Ruhe dieses Ortes.

Den offenen Himmel und die reine Luft vermisste er noch mehr.

Eine Stimme hallte von etwas weiter weg durch den Tunnel: »Hey, Mamo, schaff deinen Hintern hier rüber. Wir spielen um einen Fick mit Pjotrs Tochter.«

Maxim hätte gern die Augen über Wassily verdreht, über den Spitznamen, den er hasste, und die allgemeine Dummheit des Mannes, aber der drahtige Kerl fühlte sich schon bei der leichtesten Provokation angegriffen, also lächelte Maxim stattdessen die Männer in der Gruppe an, legte sich die Spitzhacke über die breite, muskulöse Schulter und schlenderte zum Sitzplatz, an dem schon die drei anderen *mudaks* ihre gewohnten Plätze eingenommen hatten.

Er setzte sich neben den unglückseligen Pjotr und lehnte sein Werkzeug neben sich an die Wand. Maxim hatte die Tochter des Mannes nur einmal gesehen und fand sie in der Tat beeindruckend schön, aber er zweifelte nicht daran, dass sie jederzeit etwas Besseres bekommen könnte als jeden dieser armseligen Verlierer um ihn herum, die sich hier für einen mehr als mageren Lohn in den Tiefen der Erde abrackerten.

Maxim fischte einen Flachmann aus der Tasche – bei Strafe verboten – und nahm einen langen Schluck, dann wischte er sich den Mund mit einem schmierigen Ärmel ab. »Also los dann«, sagte er zu Wassily. Wenn es sowieso nicht zu ändern war, konnte er genauso gut versuchen, dem anzüglich grinsenden Idioten ein bisschen Geld abzuluchsen.

Stanislaw, der Erbärmlichste des Quartetts, fing an, gefolgt von Pjotr, dann Maxim. Dann kam Wassily an die Reihe. Er knallte die Faust auf eine eben umgedrehte Herzdame, erschütterte den wackeligen Holztisch, an dem die vier Männer saßen, und lehnte sich dann mit einem durchtriebenen Grinsen zurück.

Maxim zuckte nicht zusammen. Seine Gedanken schweiften bereits ab. Er spürte wieder ein seltsames Kribbeln im Kopf wie ein leichtes Kitzeln ganz tief im Gehirn. Aus irgendeinem Grund dachte er, dass er Ochko nicht leiden konnte. Alle taten so, als ginge es dabei ums Können, wo man doch in Wirklichkeit bloß Glück brauchte. Durak spielte er viel lieber, ein Spiel, bei dem man scheinbar Glück brauchte, bei dem es aber in Wirklichkeit ums Können ging. In den siebenundzwanzig Jahren, die er dieses Spiel spielte, war er noch nie derjenige gewesen, der am Ende mit Karten in der Hand dagesessen hatte. Wahrscheinlich weigerte sich dieser Blutsauger Wassily deshalb, dieses Spiel mit ihm zu spielen.

Wassilys krächzende Stimme drang durch seine wirren Gedanken. »Komm schon, Mamo, zieh eine Karte, bevor wir hier alle verschimmeln.«

Maxim schaute nach unten und merkte, dass er seine ersten beiden Karten aufgedeckt hatte, ohne auch nur daraufzusehen.

Stanislaw deckte eine Kreuzsieben auf, die ihn wenig überraschend schon nach drei Karten aus dem Spiel warf, Pjotr hatte eine Pikzwei, was ihm neunzehn Punkte einbrachte. Nervös sah er zu Wassily, dessen Miene unverändert blieb. Der Mistkerl hatte mit achtzehn Punkten geführt. Dazu war er ein sehr schlechter Verlierer. Wassily bedeutete Maxim, er solle sich beeilen und ausspielen, wahrscheinlich, damit er dann eine Drei umdrehen und den kleinen Stapel Münzen in der Mitte des Tisches einstreichen konnte.

Maxim hatte wirklich keine Lust, ihn gewinnen zu lassen. Nicht heute. Nicht hier und sonst auch nicht. Und als er gerade seine Karte aufdecken wollte, spürte er, wie sich ein stechendes Gefühl durch den hinteren Teil seines Schädels bohrte. Es dauerte kaum einen Atemzug an. Er schüttelte den Kopf, schloss kurz die Augen und schlug sie gleich wieder auf. Was immer es gewesen war, es war weg.

Er lugte auf seine Karte, dann blickte er Wassily an. Das sehnige Ekelpaket grinste schon wieder, und in dem Augenblick wusste Maxim, dass der Mann ein Betrüger war. Er wusste nicht, warum, aber er war todsicher.

Und nicht nur das, er sah ihn auch an, als hasste er ihn. Es war mehr als Hass. Abscheu. Verachtung.

Als wollte er ihn am liebsten umbringen.

Und da wurde Maxim klar, dass er Wassily sogar noch mehr verabscheute. Das Blut in seinen Adern hämmerte gegen seinen Schädel, aber er schaffte es noch, die Karte umzudrehen. Er beobachtete, wie Wassily den Blick senkte, um zu sehen, was es war. Eine Karofünf. Maxim war auch aus dem Spiel. Wassily grinste ihn spöttisch an und deckte seine eigene Karte auf. Herzvier. Zu viel. Er hatte gewonnen.

»Wie wir, *moi ljubimyi*«, sagte Wassily fies grinsend und streckte die Hand aus, um seinen Gewinn einzustreichen. »Vier Herzen, die wie eines schlagen.«

Maxims Hand schoss vor, um Wassily aufzuhalten, aber im selben Augenblick drehte sich Stanislaw würgend vom Tisch weg und übergab sich auf die Stiefel des Betrügers.

»Baaah! Stanislaw, du Hurensohn!« Wassily sprang auf und machte einen Satz nach hinten, weg von dem würgenden Mann, dann zog ein gepeinigter Ausdruck über sein Gesicht. Er stolperte über die Kiste, auf der er gesessen hatte, und ging zu Boden, wobei er sich den Kopf anschlug, den Tisch umwarf und die Karten durch die Luft wirbeln ließ.

Pjotr schoss ebenfalls hoch, kochend vor Wut. »Vier? Welche Vier? Ich seh hier keine Vier. Du dreckiger Betrüger.«

Maxim sah wieder zu Stanislaw hinüber, dessen Augen inzwischen blutunterlaufen waren, als hätte das Würgen alle Blutgefäße in seinem Gesicht zum Platzen gebracht, und Maxim wusste, wusste ganz sicher, dass Stanislaw genauso falschgespielt hatte. Hatten sie alle, die Schweine. Sie wollten ihn abzocken – und dann wollten sie ihm wehtun.

Wie zur Bestätigung brach Wassily in Lachen aus. Nicht einfach nur ein Lachen, nein, es war ein dämonisches, aus der Tiefe aufsteigendes Lachen voll Verachtung und Spott und – da war sich Maxim sicher – Hass.

Maxim starrte ihn an, ohne sich vom Fleck rühren zu können, spürte, wie ihm der Schweiß ausbrach, wusste nicht, was er tun sollte …

Er sah, wie Wassily einen Schritt auf ihn zumachte – er sah wirklich ganz und gar nicht gut aus –, dann verdrehten sich die Augen des Mannes, und er blieb wie angewurzelt stehen.

Pjotr hatte Maxims Spitzhacke in Wassilys Hinterkopf versenkt.

Maxim taumelte zurück, während Wassily ihm vor die Füße kippte und sich ein Schwall Blut aus seinem Schädel ergoss. Der Schmerz in seinem Hinterkopf kehrte zurück, schärfer als zuvor. Eine durchdringende Angst ergriff ihn. Er würde der Nächste sein. Das wusste er ganz bestimmt.

Sie würden ihn umbringen, wenn er sie nicht zuvor umbrachte.

Noch nie in seinem ganzen Leben hatte er etwas so sicher gewusst.

Während auch in den anderen Abschnitten der Mine wütende Schreie ausbrachen, stürzte er sich auf Pjotr, wehrte seinen Arm ab, griff nach der Spitzhacke und fing an, mit dem mörderischen Betrüger darum zu ringen. Im schummerigen Licht der einzelnen, schmuddeligen Laterne sah er aus dem Augenwinkel Stanislaw, der wieder auf den Beinen war und ebenfalls nach seiner Hacke griff. Alles verschwamm in einem Wirbel aus Klauen und Hieben und Schreien und Schlägen, bis Maxim etwas Warmes zwischen seinen Händen spürte, etwas, das er unter allen Umständen zerquetschen musste, bis sie sich in der Mitte trafen, und als sein Blick sich klärte, sah er, wie das augenlose, blutige Gesicht des armen Pjotr sich tief violett verfärbte, bevor er dem Kerl das Genick brach.

Um ihn herum war die Luft plötzlich erfüllt mit Schreien und dem Geräusch von Stahl, der in Fleisch und Knochen hackte.

Maxim lächelte und schöpfte ganz tief Atem. Noch nie hatte er etwas so Schönes gehört – da blitzte am Rand seines Gesichtsfeldes etwas auf.

Er wich nach hinten aus, während die Axt auf seinen Hals zu schwang, und fühlte den Luftzug auf dem Gesicht. Dann rammte er seinem Angreifer eine Faust in die Rippen und gleich danach die nächste. Etwas zerbrach. Er trat hinter den stöhnenden Mann und legte ihm den Arm um die Kehle – es war Popow, der Schichtleiter, der die ganze Zeit, in der Maxim hier arbeitete, nicht ein Mal die Stimme erhoben hatte – und begann, ihm die Luft abzudrücken.

Popow fiel zu Boden wie ein Sack Rote Bete.

Maxim schnappte sich die Axt aus der Hand des Toten und grub sie ohne Zögern in Stanislaws Gesicht, der jedoch bereits die Hacke, die er in Händen hielt, halb erhoben hatte, um sie gegen Maxims Brust zu schwingen. Maxim versuchte noch, ihr auszuweichen, doch die Hacke traf ihn und riss ihm ein großes Stück Fleisch aus der Seite.

Stanislaw taumelte rückwärts und stürzte, die Axt ins Gesicht gegraben.

Maxim sackte auf die Knie und fiel dann vornüber, griff mit beiden Händen in sein zerfetztes Fleisch und versuchte, die klaffenden Ränder der Wunde zusammenzudrücken.

Da lag er, wand sich auf dem Boden, während der Schmerz durch ihn hindurchschoss, die Hände in seinem eigenen Blut gebadet, und erhaschte einen flüchtigen Blick in den Schacht. In dem trüben Licht konnte er kaum die Umrisse der anderen *mudaks* überall in den Tunneln ausmachen, die wild aufeinander einhackten.

Er sah auf die Wunde in seiner Seite herunter. Sein Blut rann ihm durch die Finger und ergoss sich pulsierend auf den Dreck des Minenbodens. Während um ihn herum die Todesschreie hallten und die Minuten verstrichen, starrte er weiter darauf wie betäubt, seine Gedanken wirbelten in einem Mahlstrom der Verwirrung davon – da durchbrach eine mächtige Explosion die Luft hinter ihm.

Die Wände erbebten, und Staub und Felsbrocken regneten auf ihn hinab.

Drei weitere Explosionen folgten, schleuderten alle Laternen aus ihren Halterungen und tauchten die sowieso schon düsteren Tunnel in absolute Schwärze.

Ganz kurz herrschte tödliche Stille – dann folgten ein kalter Luftzug und ein drängendes Rauschen.

Ein Rauschen, das zu einem Brüllen wurde.

Maxim starrte in die Dunkelheit. Er sah die Wasserwand nicht mehr, die mit ungeheurer Gewalt auf ihn traf und ihn mit sich riss. Doch in jenen letzten Sekunden des Bewusstseins, jenen letzten Momenten, bevor das Wasser in seine Lungen drang und die Wucht der Flut ihn gegen die Tunnelwand schleuderte, dachte Maxim Nikolajew an seine Kindheit und wie friedlich es sein würde, wenn er an den Fluss seiner Jugend zurückkehrte.

Am Sprengkasten neben dem Eingang des Schachtes stand der Forscher und lauschte, bis die Stille in den Berg zurückgekehrt war. Er zitterte sichtlich, wenn auch nicht vor Kälte. Sein Begleiter hingegen war unnatürlich ruhig und heiter, was den Wissenschaftler noch stärker schaudern ließ.

Sie hatten diese lange Reise zusammen unternommen, aus der fernen Abgeschiedenheit eines sibirischen Klosters an diesen ebenso verlassenen Ort. Eine Reise, die vor vielen Jahren mit großartigen Versprechungen begonnen hatte, die sie seither jedoch auf wildes, verbrecherisches Territorium geführt hatte. Der Gelehrte konnte es nicht genau sagen, wie sie an diesen Punkt ohne Wiederkehr geraten waren, wie es letztendlich zu diesem Massenmord gekommen war. Und während er seinen Begleiter anstarrte, überkam ihn die Furcht, dass dies hier erst der Anfang war.

»Was haben wir getan?«, murmelte er, und er verspürte Angst, während die Worte sich über seine Lippen stahlen.

Sein Begleiter wandte sich ihm zu. Für einen Mann von so viel Macht und Einfluss, einen Mann, der ein intimer Freund und Vertrauter des Zaren und der Zarin war, war er ungewöhnlich gekleidet. Eine alte, speckige Jacke mit abgewetzten Aufschlägen. Weite Hose mit tief hängendem Schritt wie bei en Pluderhosen der Türken. Die geölten Stiefel eines Bauern. Dann waren da der ungepflegte, verfilzte Bart und das fettige Haar, mit einem Mittelscheitel wie bei einem Kneipenkellner. Der Wissenschaftler wusste, dass all dies nicht echt war, sondern zu einem wohlkalkulierten Erscheinungsbild gehörte. Einem Erscheinungsbild, das listig entworfen war, um einem größeren Plan zu dienen, einem Plan, den der Forscher möglich gemacht hatte und dessen Komplize er geworden war. Ein Kostüm, das die Demut und Bescheidenheit eines wahren Gottesmannes vermitteln sollte. Eine so schlichte Tracht, dass sie unmöglich in irgendeiner Weise von dem hypnotischen graublauen Blick ihres Trägers ablenken konnte.

Dem Blick eines Dämonen.

»Was wir getan haben?«, echote sein Begleiter in seiner seltsam schlichten, beinahe urtümlichen Art zu sprechen. »Ich werde dir sagen, was wir getan haben, mein Freund. Du und ich … wir haben gerade die Rettung unseres Volkes gesichert.«

Wie immer in Gesellschaft des anderen spürte der Wissenschaftler, wie ihn eine dumpfe Schwäche überkam. Er konnte nur noch dastehen und nicken. Doch als er anfing zu begreifen, was er eben getan hatte, senkte sich erstickende Düsternis auf ihn herab, und er fragte sich, was für entsetzliche Dinge noch vor ihm liegen mochten, Schrecken, die er sich damals in jenem abgeschiedenen Kloster im Traum nicht hätte ausmalen können, wo er zum ersten Mal dem rätselhaften Landmann begegnet war. Wo der Mann ihn vom Äußersten zurückgeholt hatte, ihm die Wunder seiner Gabe gezeigt und ihm von seinen Wanderungen zu tief in den Wäldern verborgenen Klöstern erzählt und von den Überzeugungen berichtet hatte, zu denen er dort gekommen war. Wo der Mystiker mit dem stechenden Blick ihm zum ersten Mal von der Ankunft des »wahren Zaren« erzählt hatte, eines gerechten Regenten, eines Erlösers des einfachen Volkes. Eines Retters des heiligen Russland.

Einen Wimpernschlag lang fragte sich der Forscher, ob er wohl jemals in der Lage sein würde, sich dem Griff seines Mentors zu entziehen und den Irrsinn zu verhindern, der mit Sicherheit bevorstand. Doch so schnell, wie der Gedanke an die Oberfläche seines Bewusstseins gedrungen war, so schnell war er auch wieder fort, erstickt, bevor er auch nur Gestalt annehmen konnte.

Er hatte noch nie erlebt, dass irgendjemand Grigori Rasputin irgendetwas verweigert hätte.

Und er wusste mit schmerzlicher Gewissheit, dass seine Willenskraft bei Weitem nicht ausreichte, um der Erste zu sein, dem dies gelang.

11 Queens, New York City
Gegenwart

Der Wodka schmeckte nicht besonders, nicht mehr, und dieser letzte Schluck hatte in seiner Kehle wie Säure gebrannt, was ihn allerdings nicht daran hinderte, nach mehr zu verlangen.

Es war ein schlechter Tag für Leo Sokolow.

Ein schlechter Tag in einer ganzen Reihe schlechter Tage.

Er riss den Blick von dem an der Wand montierten Fernseher los und gab dem Barmann ein Zeichen zum Nachschenken, dann schaute er wieder zu der Livesendung aus Moskau hin. Bitterkeit wühlte ihn auf, als die Kamera auf den Sarg zoomte, der in die Erde hinabgelassen wurde.

Der Letzte von uns, klagte er in zornigem Schweigen. *Der Letzte … und der Beste.*

Der Letzte aus der Familie, die ich ausgelöscht habe.

Das Bild teilte sich, um noch eine weitere Übertragung zu zeigen vom Manegenplatz, wo Tausende von Demonstranten vor den Mauern und Türmchen des Kremls wütend protestierten. Direkt unter den Nasen derjenigen, die diesen mutigen, anständigen … diesen großartigen Mann ermordet hatten.

Ihr könnt so viel schreien und brüllen, wie ihr wollt, dachte er wütend. *Was kümmert die das? Was sie ihm angetan haben, würden sie jederzeit wieder tun, und sie werden es auch jedes Mal wieder tun, wenn jemand es wagt, das Wort gegen sie zu erheben. Denen ist es doch egal, wie viele sie töten. Für die sind wir doch alle nur …* Er erinnerte sich an die mitreißenden Worte des Mannes.

Wir sind alle nur Vieh.

Eine tiefe Traurigkeit durchflutete ihn, als die Kamera zu einer Nahaufnahme einer trauernden Mutter schwenkte, ganz in Schwarz, die mit aller Kraft versuchte, sich würdig und stolz zu zeigen, obwohl sie genau wusste, da war sich Sokolow sicher, dass ihr jeder Anflug von Protest erbarmungslos ausgetrieben werden würde.

Seine Finger klammerten sich fester um das Glas.

Im Unterschied zu anderen Oppositionsführern war der Mann, der da begraben wurde, weder ein machtgieriger Egomane gewesen noch ein gelangweilter Oligarch, der seinem noch prunkvollen Leben eine weitere Trophäe hinzufügen wollte. Ilja Schislenko war kein nostalgischer Kommunist, kein sendungsbewusster Umweltschützer oder wilder Linksradikaler gewesen. Er war einfach ein ganz normaler, besorgter Bürger, ein Anwalt, der fest entschlossen versucht hatte, die Dinge in Ordnung zu bringen. Und wenn schon nicht ganz in Ordnung zu bringen, so doch sie zumindest besser zu machen. Der gegen die Mächtigen kämpfte, die, die er öffentlich als die Partei der Lügner und Diebe gebrandmarkt hatte – ein Etikett, das sich mittlerweile fest in den Geist derjenigen eingebrannt hatte, die gegen die Regierung arbeiteten. Der gegen die ungezügelte Korruption und Veruntreuung kämpfte, um diejenigen loszuwerden, die jene entmachtet hatten, die das Land über Jahrzehnte versklavt hatten, jene, die jetzt mit einer vergoldeten Klinge statt mit eiserner Faust regierten, jene, die den unermesslichen Reichtum des Landes geplündert und ihre Milliarden in London und Zürich gebunkert hatten. Der sein Leben aufs Spiel gesetzt hatte, um seinen Mitbürgern etwas von der Würde und der Freiheit zu schenken, die viele ihrer Nachbarn in Europa und überall auf der Welt genossen.

Wie stolz Sokolow gewesen war, als er zum ersten Mal von ihm gelesen hatte. Es hatte seiner matten, dreiundsechzig Jahre alten Lunge frisches Leben eingehaucht, diesen charismatischen jungen Mann in den Nachrichten zu sehen, die begeisterten Reportagen über ihn in der *New York Times* zu lesen, seine mitreißenden Reden auf YouTube zu hören, zuzusehen, wie die Protestbewegung, die er anführte, wuchs und wuchs, bis das Unerhörte geschah und Zehntausende zorniger Russen aller Altersgruppen und Schichten es wagten, sich bei eisigen Temperaturen und der Miliz zum Trotz auf dem Bolotnajaplatz und überall in der Stadt zu versammeln, um seine Worte zu hören und ihre Zustimmung herauszuschreien und zu zeigen, dass sie genug davon hatten, wie hirnlose Leibeigene behandelt zu werden.

Und als wäre es noch nicht begeisternd genug gewesen, seine Worte zu hören, als hätte, diese Menschenmengen zu sehen, sein Herz nicht schon höher schlagen lassen, so machte die Tatsache, dass dieser inspirierende Anführer, dieser außergewöhnliche und mutige Mann, dieser Retter der Retter, niemand anderes als der Sohn von Leos eigenem Bruder war, das alles noch atemberaubender. Sein Neffe und abgesehen davon das letzte überlebende Mitglied seiner Familie.

Der Familie, die er selbst ausgelöscht hatte.

Die Fernsehbilder zeigten jetzt eine Rückschau auf die letzte Rede seines Neffen, ein Bericht, den Sokolow plötzlich kaum noch mit ansehen konnte. Wenn er die selbstsicheren Züge des jungen Mannes und die unwiderstehliche Energie, die er ausstrahlte, sah, konnte Sokolow nicht anders, als sich vorzustellen, wie sich das geändert haben musste, nachdem er festgenommen worden war. Er konnte die Schrecken nicht ausblenden, die über den Mann gekommen sein mussten. Wie so oft, seit die Nachricht von seinem Tod über ihn hereingebrochen war, konnte er nicht aufhören, sich seinen Neffen vorzustellen – dieses wunderschöne, strahlende Leuchtfeuer von einem Mann –, wie er in irgendein dunkles Loch im Lefortowo-Gefängnis geworfen worden war, jenem nichtssagenden, senfgelben Block unweit des Moskauer Zentrums, in dem seit den Tagen des Zaren Staatsfeinde eingekerkert wurden. Er wusste alles über die schmutzige Vergangenheit des Gebäudes, darüber, wie Dissidenten hier durch Nasensonden zwangsernährt worden waren, um sie gefügiger zu machen. Er wusste von seinen Folterkellern und den »psychologischen Zellen« mit ihren schwarzen Wänden, der einzelnen 25-Watt-Birne, die rund um die Uhr eingeschaltet von der Decke hing, und den ständigen, irremachenden Erschütterungen, die vom benachbarten Institut für Hydrodynamik herüberdrangen, sodass man kaum einen Becher auf dem Tisch abstellen konnte, ohne dass er früher oder später herunterrutschte. Er wusste auch von dem überdimensionierten Fleischwolf, in dem die Leichen seiner Opfer zerkleinert wurden, bevor man sie in die städtischen Abwasserkanäle spülte. Alexander Solschenizyn war hier eingekerkert gewesen, ebenso wie der ehemalige KGB-Agent Litwinenko, dem man einen kettenrauchenden Informanten als Zellengenossen zugewiesen hatte – eine kleine Aufmerksamkeit seines früheren Arbeitgebers, der wusste, wie sehr er Zigarettenrauch verabscheute –, bevor man ihn durch mit Polonium verseuchten Tee ermordete, nachdem er nach seiner Entlassung in London Zuflucht gefunden hatte.

Die Ermordung seines Neffen war nicht annähernd so ausgeklügelt gewesen. Dennoch, das wusste Sokolow, zweifellos wesentlich schmerzhafter.

Zweifellos.

Vergeblich versuchte er, die qualvollen Bilder von dem, was sie ihm da drin angetan hatten, auszublenden. Er schloss die Augen, aber die Bilder kamen trotzdem. Er wusste, wozu diese Leute fähig waren, er wusste es nur allzu gut, in allen blutrünstigen, unmenschlichen Einzelheiten, und er wusste, dass sie seinem Neffen nichts davon erspart hatten, nicht, wenn die Entscheidung von ganz oben gekommen war, nicht, wenn sie einen der größten Stachel in ihrem Fleisch loswerden wollten, nicht, wenn sie ein Exempel statuieren wollten.

Das Fernsehbild wechselte, die Aufnahmen jetzt stammten von einem Ort, der wesentlich näher an der heruntergekommenen Astoria-Bar lag, in der Sokolow am Tresen hing. Es zeigte eine Protestdemonstration, die gerade in Manhattan stattfand, vor dem russischen Konsulat. Hunderte von Demonstranten, die Schilder schwenkten, Fäuste schüttelten, Blumengestecke und andere Trauergaben vor den Toren der anliegenden Gebäude niederlegten – alles unter den Augen von New Yorks Polizei und einer kleinen Schar Reporter.

Es wurde zu einem anderen Schauplatz geschnitten, zu ähnlichen Demonstrationen, die vor anderen russischen Botschaften und Konsulaten überall auf der Welt stattfanden, bevor die Berichterstattung wieder zu der in Manhattan zurückkehrte.

Sokolow starrte mit erloschenem Blick auf den Bildschirm. Innerhalb von Augenblicken hatte er seinen Deckel bezahlt und taumelte aus der Bar hinaus. Er war sich nur ungefähr bewusst, wo er war, aber er war sich mehr als bewusst, wo er hinmusste.

Irgendwie schaffte er es von Queens nach Manhattan bis zur East Ninety-First Street und der großen, lärmenden Menge, die gegen die Absperrgitter der Polizei drängte. Wut tobte in seiner Brust, befeuert durch die erbitterte Leidenschaft, die ihn umfing, und so warf er sich ins Getümmel, schüttelte die Fäuste und stimmte in die vertraut klingenden Chöre, die *»lschezy, ubijzy«* – »Lügner, Mörder« – und *»pozor«* – »Schande« – riefen.

Kurz darauf war er ganz vorne in der Menge, direkt an der Absperrung, die die Tore des Konsulates schützte. Die Sprechchöre waren noch lauter geworden, die Fäuste wurden wilder in der Luft geschwenkt. Verstärkt durch den in seinen Adern kreisenden Alkohol, wirkte das Ganze beinahe psychedelisch. Seine Gedanken wanderten in alle möglichen Richtungen, bis sie an einer sehr befriedigenden Vorstellung hängen blieben, einer Rachefantasie, die wie ein Buschfeuer durch ihn hindurchraste. Sie wärmte ihn von innen, und er ertappte sich dabei, wie er sie nährte und ihr erlaubte zu wachsen, bis sie ihn wie ein wütendes Inferno verschlang.

Mit müdem, vernebeltem Blick registrierte er ein paar Männer am Eingang des Konsulates. Sie beobachteten die Menge und berieten sich kurz, bevor sie sich wieder hinter geschlossene Türen zurückzogen.

Sokolow konnte sich nicht beherrschen.

»Ganz recht so! Lauft nur und versteckt euch, ihr gottlosen Schweine«, grölte er ihnen nach. »Eure Zeit ist abgelaufen, hört ihr mich? Eure Zeit ist abgelaufen, und zwar für euch alle, und ihr werdet bezahlen. Ihr werdet teuer bezahlen!« Tränen strömten über seine Wangen, während er immer wieder mit den Fäusten gegen die Barrikade hieb. »Glaubt ihr, ihr hättet uns erledigt? Glaubt ihr, ihr hättet die Schislenkos erledigt? Denkt gut darüber nach, ihr Scheißkerle. Wir werden euch erledigen. Wir werden euch auslöschen, jeden Einzelnen von euch.«

Noch die ganze nächste Stunde schrie er sich die müden Lungen aus dem Leib, schüttelte die schwachen Fäuste. Irgendwann hatte er keine Kraft mehr und stahl sich mit hängendem Kopf davon. Er schaffte es zurück zur U-Bahn und dann zu seiner Wohnung in Astoria, wo ihn seine Frau Daphne in ihre liebenden Arme nahm.

Was ihm natürlich nicht klar war, woran er nicht einmal dachte, auch wenn er es hätte besser wissen müssen und auch besser gewusst hätte, wären da nicht diese letzten vier Gläser Wodka gewesen, war, dass sie ihn beobachteten. Sie observierten und sie lauschten, wie sie es immer taten, besonders zu Zeiten wie diesen, bei Versammlungen wie diesen, wo die Unerwünschten massenweise registriert und analysiert und katalogisiert und auf allen möglichen unheilvollen Listen verzeichnet werden konnten. Überwachungskameras an den Wänden und auf dem Dach des Konsulates sowie leistungsstarke Richtmikrofone waren installiert worden, und, noch schlimmer, Undercoveragenten der Föderation hatten sich unter die Menge gemischt, hatten die Demonstranten und ihre wütenden Rufe und Fäuste nachgeahmt, während sie die Gesichter um sich herum eifrig studierten und diejenigen herauspickten, die es wert waren, genauer betrachtet zu werden.

Sokolow dachte nicht daran, aber er hätte es wissen müssen.

Drei Tage später kamen sie ihn holen.

Jeder hat Feinde, doch John Milton ist der tödlichste.

*Cover- und Preisänderungen vorbehalten

Hier reinlesen!

Mark Dawson

One – Sie finden dich

Thriller

Aus dem Englischen von Andrea Brandl
Piper Taschenbuch, 320 Seiten
€ 9,99 [D], € 10,30 [A]*
ISBN 978-3-492-30690-4

Er war Number One. Der beste Agent der Group 15, einer Untergrundeinheit des britischen Geheimdienstes. Doch nach zehn Jahren hat John Milton genug – er will raus. Jetzt ist er der meistgesuchte Mann der britischen Regierung, und auch der russische Geheimdienst ist ihm auf den Fersen. Aber was sie fordern, stellt selbst ihn vor eine Herausforderung: Er soll eine ehemalige Kollegin finden. Auch sie war einst Number One, auch sie ist untergetaucht – und mindestens so gefährlich wie Milton.

PIPER

Leseproben, E-Books und mehr unter www.piper.de